栗山雅央著

西晉朝辭賦文學研究

汲古書院

西晉朝辭賦文學研究

目　次

中篇　「三都賦」と西晉武帝期の政治・學術

西晉朝辭賦文學研究

序　論

第一節　西晉「朝」辭賦文學研究とは

本書は、「西晉時代に創作された辭賦作品」を網羅的に考察對象としている譯ではない。極端に言えば、西晉武帝期に活躍した左思（二五三～三〇七）の手になる「三都賦」のみを考察したものとすべきかもしれない。その上で、本書を「西晉朝辭賦文學研究」という枠組で捉えた理由を、以下に示すことにする。

そもそも西晉時代は、思いのほか辭賦作品が創作された時代であった。このことは當該時代に活躍した文人の辭賦作品が數多く『文選』に採錄されることからも推し量れよう。その採錄順に列擧すると次のようになる（括弧内は、卷數及びその收錄部立てである）。

左思「三都賦」（卷四～六、京都）
潘岳「藉田賦」（卷七、耕藉）
潘岳「射雉賦」（卷九、畋獵）
潘岳「西征賦」（卷十、紀行）
木華「海賦」（卷十二、江海）

潘岳「秋興賦」（巻十三、物色）
張華「鷦鷯賦」（巻十三、鳥獸）
潘岳「閑居賦」（巻十六、志）
陸機「歎逝賦」（巻十六、哀傷）
潘岳「懷舊賦」（同右）
潘岳「寡婦賦」（同右）
陸機「文賦」（巻十七、論文）
嵇康「琴賦」（巻十八、音樂）
潘岳「笙賦」（同右）
成公綏「嘯賦」（同右）

以上、八名の文人に對して計十五篇の作品を數えることができる。一瞥すると、潘岳の收錄作品數が八篇であり、全體の過半數を占めることに目が向かう。しかし、『文選』賦類に立てられた十六類の部立てのうち、十一類において西晉時代に活動した文人の作品が收められることからは、この當時の文人が幅廣い主題の中から各人の創作活動を展開していたことが窺われる。一般に、後漢末の建安年間（一九六～二二〇）に文壇を主導した曹操父子や建安七子によって、五言詩が文學としての地位を確立したと認識され、これに伴い相對的に賦の立場は衰退していったとされる。ところが、『文選』所收の西晉文人の賦作品を通覽してみるに、この時代の賦に對する文人の創作意識は却って高かったと看做して差し支えないのである。

ところで、本書は敢えて西晉「朝」辭賦文學研究と銘打ったが、これには幾らかの理由がある。先に、本書は「三都賦」を考察對象の中心に据えることを述べたが、その際に避けて通ることのできないのが、左思が該賦の創作時に所屬した官僚組織としての中書省、ひいては武帝司馬炎によって建國された西晉王朝なのである。作者と王朝との關係に鑑みれば、「三都賦」の著述と西晉王朝とは密接不可分な關係にあると考えられるのである。無論、西晉時代に創り出された賦が、總じて西晉王朝との關係のもとに理解できるのであれば、わざわざ王朝を意味する「朝」を冠する必要はない。しかし、當時の賦を俯瞰したとき、そのすべてに西晉王朝の姿を見出すことができないのである。

例えば、西晉時代、とりわけ武帝司馬炎の太康年間（二八〇～二八九）に行われた文學活動では、抒情の重視や文彩の尊崇といった側面や、所謂「建安風骨」を繼承するといった側面など多岐にわたる作風の展開が認められる。つまり、當時はある特定の文學思潮に向かって、すべての文人が必ずしも一様に邁進したのではなく、それぞれに固有の志向に從って創作活動が行われていたのである。これを賦の實作の面から通覽すれば次のようにまとめられる。

まず、漢賦の傳統を繼承する賦の一群が擧げられる。これには本書が扱う「三都賦」や木華「海賦」などが該當する。ついで「詠物賦」に屬する一群がある。「詠物賦」自體は、曹操父子や建安七子によって形成された一種の文學集團的風潮の中で、同時同座を基本として創作されてはいた。ところがこれが西晉時代になると、題材の面で變化や擴大現象が見られるようになる。主に傅玄傅咸父子の賦作に多く認めることができるが、目新しい物という本來的に詠物賦が備える要素は保持しつつも、徐々に文人の生活環境の中に近しい物に着目した作品が現れるようになってくる。傅玄の「筆賦」「硯賦」や傅咸の「紙賦」がまさにそうである。これらの作品に對して、當時の風俗を反映した現象として理解することは容易である。しかし、これを西晉王朝との關わりの中で了解することには困難があると言わざるを得ない。

また、所謂「抒情小賦」と稱される作品群であるが、これも直ちに西晉王朝との關連を見出すことは難しい。例として、潘岳の「寡婦賦」の序文を擧げる。

樂安任子咸、有韜世之量、與余少而歡焉。雖兄弟之愛、無以加也。不幸弱冠而終。良友既沒、何痛如之。其妻又吾姨也。少喪父母、適人而所天又殞。孤女藐焉始孩。斯亦生民之至艱、而荼毒之極哀也。昔阮瑀既歿、魏文悼之。並命知舊作寡婦之賦。余遂擬之、以敍其孤寡之心焉。其辭曰。

樂安の任子咸、世を韜するの量有りて、余と少《わか》くして歡《たの》しむ。兄弟の愛と雖も、以て加ふる無し。不幸にして弱冠にして終ず。良友の既に沒せしに、何ぞ痛むこと之に如かん。其の妻も又た吾が姨なり。少くして父母を喪《うしな》ひ、人に適《とつ》げしも所天の又た殞へり。孤女　藐きも始めて孩す。斯れ亦た生民の艱に至り、荼毒の哀を極むるなり。昔　阮瑀の既に歿して、魏文　之を悼む。並びに知舊に命じて寡婦の賦を作らしむ。余　遂に之に擬ひ、以て其の孤寡の心を敍ぶ。其の辭に曰く。

（〔西晉〕潘岳「寡婦賦序」『文選』巻十六）

序文より窺い知れる潘岳の心境には、彼の亡くなった親友と一人殘されたその妻に對する哀悼の意こそあれ、西晉王朝に對する意識は微塵も見出せない。

このように、西晉の賦作は多岐にわたるものであるがために、これを一括りに「西晉辭賦文學」とすることには非常な困難が發生するのである。では、「三都賦」研究とすればよいかというと、これも必ずしも妥當ではないように思われる。該賦を仔細に分析してみれば、そこにはやはり左思が活動した西晉という時代の思潮、とりわけ西晉司馬政權の存在をそこかしこに認めることができるのである。詳細は本論に讓るが、該賦の中に當時の時代思潮を認めることができるとき、この作品を單純に個別の作品研究として取り扱うことに違和感を覚えるのである。「三都賦」という賦作品と西晉王朝を中心とした時代思潮との接點を摸索したとき、西晉朝辭賦文學研究、このように本書を位置づけることが最も妥當だと感じられたのである。

「三都賦」の著述の裏側に見え隠れする西晉王朝の存在。これこそが、本書を「西晉朝辭賦文學研究」と銘打つ所以である。

第二節　左思の生涯とその文學

本書が對象とする左思は、同じく西晉の陸機や潘岳ほどの知名度を持った文人ではない。一方で全くの無名という譯でもなく、中國文學史を語る際には往々にして名の擧がる文人でもある。一般に彼に關して知られるのは、「洛陽紙貴」、或いは「洛陽の紙價をして貴からしむ」という成語であろう。これは現在、著書が好評を博して盛んに賣れることを意味するが、もともとは左思の作品の流行現象を評しての言葉であった。この流行現象を生み出した作品こそ、本書が主な考察對象とする「三都賦」なのである。

ところで本書で論じる「三都賦」は、左思を代表する作品ではあるけれども、この作品のみで左思という文人を見定めることはできない。そこで本節では、左思の生涯とともに、彼が殘した作品を俯瞰することで、「三都賦」を考察するための足がかりとしたい。

左思、字は太沖、およそ曹魏王朝後半期の嘉平五年（二五三）に生まれ、西晉王朝が滅亡へと少しずつ歩みを進めていく懷帝期の永嘉元年（三〇七）に沒したとされる文人である。(1)『晉書』卷九十二左思傳に見える彼の傳記は、その殆どが「三都賦」をめぐる諸活動で占められており、左思を語る上で「三都賦」の存在が不可欠の要素となっていることを物語っている。(2) しかし、左思はただに「三都賦」のみで評價された文人ではない。このことは、鍾嶸が『詩品』において西晉の太康年間（二八〇～二八九）を代表する文人として、「三張（張載、張協、張亢）二陸（陸機、陸雲）兩潘（潘岳、潘尼）一左（左思）(3)」と併稱し、詩における左思の類い稀なる才能が絶賛されたことからも明らかである。(4)『詩品』は、左思を上品に配した上で次のように批評する。

其源出於公幹。文典以怨、頗爲清切、得諷諭之致。雖淺於陸機、而深於潘岳。謝康樂常言「左太沖詩、潘安仁詩、古今難比。」

其の源は公幹（劉楨）より出づ。文は典にして以て怨、頗る清切爲り、諷諭の致を得たり。陸機より淺しと雖も、潘岳より深し。謝康樂（謝靈運）常《かつ》て言ふ「左太沖の詩、潘安仁の詩、古今に比《なら》び難し」と。

建安七子の一人に數えられる劉楨の詩風を繼承した左思の文學作品は、古典的教養に優れて慷慨の情を發し、事實に卽した明快な表現を使用し、諷諭の精神が込められていると評される。『詩品』において上品に配されること、そして謝靈運が激賞することからも、西晉時代の文人として最も高く評價された一人であることは間違いない。このように高い評價を獲得しているものの、現在確認できる彼の作品は同時代の文人の中では寡ない。いま、左思の作品として確認できるものを、その文體に従い列擧すれば次のようになる。(5) なお、全文が確認できる作品については、それを收錄した文獻名を記載し、佚文についてはひとまず『全晉文』と『全晉詩』の巻數を記載する。

「三都賦」（『文選』巻四、五、六）
「齊都賦」（佚文、『全晉文』巻七十四）
「白髮賦」（佚文、『全晉文』巻七十四）

詩

「詠史詩」八首（『文選』巻二十一）
「招隱詩」二首（『文選』巻二十二）
「雜詩」（『文選』巻二十九）
「嬌女詩」（『玉臺新詠』巻二）
「悼離贈妹詩」（『文館詞林』巻一百五十二）
「詠史詩」逸句四句（佚文、『全晉詩』巻七）

七

「七諷」（題目のみ、『文心雕龍』指瑕篇）(6)

完全なかたちが確認できる作品のうち、「嬌女詩」が『玉臺新詠』に殘るほかは、すべて『文選』によって現在に傳えられている。ところで、左思の作品は同時代の他の文人に比して寡ないながらも、極めて特徴的な內容を備えている。

例えば、左思が當時の社會や政治情勢を強く注視した文人であった點がそうである。これは左思に限らず、陸機や潘岳ら西晉時代の文人に共通する特徴でもある。左思の作品では「詠史詩」や「招隱詩」がこれに該當する。まず「詠史詩」其一を例に擧げる。

弱冠弄柔翰　卓犖觀羣書
著論準過秦　作賦擬子虛

邊城苦鳴鏑　羽檄飛京都
雖非甲冑士　疇昔覽穰苴
長嘯激清風　志若無東吳
鉛刀貴一割　夢想騁良圖
左眄澄江湘　右盼定羌胡
功成不受爵　長揖歸田廬

弱冠にして柔翰を弄し、卓犖として群書を觀る。
論を著しては過秦（賈誼「過秦論」）に準《なぞら》へ、賦を作りては子虛（司馬相如「子虛賦」）に擬《なぞら》ふ。

邊城　鳴鏑に苦しみ、羽檄　京都に飛ぶ。
甲冑の士に非ずと雖も、疇昔《ちゅうせき》　穰苴を覽る。
長嘯して清風を激しくし、志は東吳を無《なみ》するが若し。
鉛刀もて一割せんことを貴び、夢想して良圖を騁せん。
左眄《さべん》して江湘を澄ましめ、右盼《ゆうはん》して羌胡を定む。
功成るも爵を受けず、長揖して田廬に歸らん。

（西晉）左思「詠史詩八首」其一『文選』巻二十一

これは左思の青年期の熱情を誰に憚ることなく披露したものである。「長嘯して清風を激しくし、志は東吳を無するが若し。鉛刀もて一割せんことを貴び、夢想して良圖を騁せん」という四句からは、彼の孫吳の平定に貢獻しようとする強い意思が溢れ出している。左思が主に活動したのは、「詠史詩」に詠まれるように、江南の地に割據した孫吳を平定せんとする西晉王朝建國直後の一時期であった。この平吳、すなわち孫吳の平定は西晉文人にとって影響力の極めて強い歴史事件であった。陸機が敗戰國の立場から「辨亡論」（『文選』巻五十三）を著し、平吳の事實に眞正面から向き合い論じたことはもちろんのこと、本書の中篇で詳述するが、左思の「三都賦」もこのことを強く意識した作品であった。當時の文人の著述活動と社會政治狀況との間には、このような密接な關係が認められる。

また、當時の社會や政治狀況に鋭敏な感覺で反應する一方、左思は家族に對する愛情を恥じることなく豐かに表現することのできる文人でもあった。「悼離贈妹詩」は妹である左棻が武帝司馬炎の後宮に入内したのちに、彼女との離別を悲哀の情によって綴った作品であるし、「嬌女詩」は彼の二人の娘にあらわれた幼子特有の天眞爛漫な姿を切り取った作品である。まずは「悼離贈妹詩」より擧げる。

惟我惟妹　寔惟同生　　惟《こ》れ我 惟れ妹、寔れ惟れ同生なる。
早喪先妣　恩百常情　　早《つと》に先妣を喪ひ、恩は常情に百たり。
女子有行　實遠父兄　　女子 行ひ有り、實に父兄に遠し。
骨肉之恩　固有歸寧　　骨肉の恩、固より歸寧する有り。
何悟離析　隔以天庭　　何ぞ離析を悟る、隔つるに天庭を以てす。
自我不見　于今二齡　　我の見《あ》はざりし自り、今に于けるや二齡ならん。

（西晉）左思「悼離贈妹詩」『文館詞林』巻一百五十二人部親屬贈答（7）

左思は武帝司馬炎の後宮へ入内した妹左棻に對する惜別の情を詠ったが、妹が生活する後宮を「天庭」と表現し、兄妹二人が離ればなれになってから「二齡」がすでに經過したことを述べる。洛陽に居を移して以降、妹と面會する機會が得られなかったことがその原因であろうが、左思の骨肉の情を大切にする姿がこの作品を通して窺える。左棻が武帝の後宮へ入内したのは泰始八年（二七二）であり、この詩もその後數年の間に書かれたものであろう。ついで

「嬌女詩二首」其一を擧げる。

吾家有嬌女　皎皎頗白皙
小字爲紈素　口齒自清歴
鬢髮覆廣額　雙耳似連璧
明朝弄梳臺　黛眉類掃跡
濃朱衍丹脣　黄吻瀾漫赤
嬌語若連瑣　忿速乃明㦢
握筆利彤管　篆刻未期益
執書愛綈素　誦習矜所獲

吾が家に嬌女有り、皎皎として頗《すこぶ》る白皙たり。
小字は紈素《がんそ》爲り、口齒　自《おのづ》から清歴たり。
鬢髮　廣額を覆ひ、雙耳は璧を連ねたるが似し。
明朝　梳臺を弄《もてあそ》び、黛眉　掃跡に類す。
濃朱は丹脣に衍《ひろが》り、黄吻は瀾漫として赤し。
嬌語　連瑣の若く、忿速として乃ち明㦢たり。
筆を握りて彤管を利し、篆刻　未だ益するに期せず。
書を執りて綈素を愛で、習ひしを誦《そらん》じて獲し所を矜《ほこ》れり。

（〔西晉〕左思「嬌女詩二首」其一『玉臺新詠』巻二）

左思の次女である紈素の無邪氣な様子、とりわけ化粧に興味を持つ様子に對する仔細かつ暖かな描寫は、先に示した「悼離贈妹詩」とは似て非なるものがある。(8) この作品は彼の三十歳から四十歳にかけて、「三都賦」の完成前後の頃に作られたと推定される。(9) このように家族への深い愛情を見せた左思であったが、「詠史詩」其一で見せたような高い志を抱きつつも、九品官人法の制定による門閥貴族の臺頭により、西晉王朝下ではついに政治的な成功を収めることはできなかった。門閥貴族制度に對する彼の慨嘆は、「詠史詩」其二の中で次のように詠われる。

鬱鬱澗底松　離離山上苗　鬱鬱たる澗底の松、離離たる山上の苗。

以彼徑寸莖　蔭此百尺條　彼の徑寸の莖を以て、此の百尺の條《えだ》を蔭《おほ》ふ。
世冑躡高位　英俊沈下僚　世冑は高位を躡《ふ》み、英俊は下僚に沈む。
地勢使之然　由來非一朝　地勢は之れをして然らしめ、由來 一朝に非ず。
金張藉舊業　七葉珥漢貂　金張は舊業に藉《よ》り、七葉も漢貂を珥《よそ》へり。
馮公豈不偉　白首不見招　馮公 豈に偉ならざらん、白首なるも招かれず。

（〔西晉〕左思「詠史詩八首」其二『文選』巻二十一）

當時の門閥貴族制度に對しては、左思と同じく西晉を生きた劉毅が「上品に寒門なく、下品に勢族なし」と評した[10]が、左思もまた「世冑は高位を躡み、英俊は下僚に沈む」と述べ、門閥貴族制度の不條理と自己の現狀に對する憤懣とを表出する。最後は、西晉王朝を滅亡へと追い込む八王の亂の勃發を契機として、左思は冀州へと居を移し、ここでその人生を終えたとされる。先に「嬌女詩」の創作時期を「三都賦」の完成前後とする說を擧げたが、「嬌女詩」で描かれる愛娘へ向けられた暖かな眼差しは、或いは政治への參畫の思いを放棄した後、彼の晩年期にようやく獲得できたものであるようにも感じられる。

ここに述べた門閥貴族制度への慨嘆は、左思の家格に起因するとともに、彼個人の人となりも大きく影響したものであった。『世說新語』に見える種々の逸話からも明らかなように、當時は當意卽妙の文才が重んじられる風潮にあった。これが左思に當てはまらないことは、『世說新語』に採られる左思の逸話が「三都賦」に關するものと次に示すものの二例しかないことからも容易に想像できる。當時は、身體的に惠まれたことが官吏になるための條件の一つであったが、この點でも左思は先天的不利を被っていた。『世說新語』容止篇では、次のような左思の姿が描かれている。[11]

潘岳妙有姿容、好神情。少時挾彈出洛陽道、婦人遇者、莫不連手共縈之。左太沖絶醜、亦復效岳遊遨、於是羣嫗齊共亂唾之、委頓而返。

潘岳 妙たる姿容有り、神情を好む。少き時 彈を挾みて洛陽の道に出づれば、婦人の遇ひし者、手を連ねて共に之を縈《めぐ》らざる莫し。左太沖 絶醜なるも、亦た復た岳に效《なら》ひて遊遨す、是に於て群嫗 齊《ひと》しく共に之に亂唾す、委頓《いとん》して返る。

ここでは西晉を代表する美丈夫である潘岳との對比で左思が描かれる。潘岳と同じ格好をして街へと繰り出した左思は、道行く老婆に唾を吐きかけられ、意氣消沈して歸宅する。このような左思の姿からは滑稽さすら感じられるが、左思の門閥貴族制度に受け入れられないさまがより鮮明なものとなる。このように政治の世界で成功を収めることができなかった左思であったが、權力者のもとに集うことができた時期もあるにはあった。賈謐のもとに集った所謂「二十四友」に屬した一時期である。[12]但し、彼らの活動の實態はいまだ充分に明らかではなく、この中で左思が果たした役割も判然としない。何れにせよ、最後は冀州に移住し、その生涯を閉じている。この時に左思が何を思ったかは作品が残っていないためわからない。しかし、彼の生涯が西晉時代に翻弄されたことは間違いないと言えよう。

左思という文人にとって、彼が生きた西晉武帝期という一時期はあまりに激動の時代であった。そのような状況での彼の詩作の中には、社會政治に對する意識や、或いは家族に對する親愛の情といった多様な側面を見出すことができる。彼のこのような波瀾萬丈な生涯における渾身の大作とも言える「三都賦」も、當時の社會政治状況の中に置かれてこそ論じられるべきであろう。

第三節　西晉文學及び辭賦文學研究史における「三都賦」

西晉文學を代表する文人として、とりわけ太康年間（二八〇～二八九）の詩の創作者として「三張二陸兩潘一左」が『詩品』に擧げられることは先に述べた。確かに、彼らが殘した作品が西晉文學全體に占める割合は大きく、『文心雕龍』に見える批評などから、彼らが西晉文學の主要な部分を擔ったであろうことは間違いない。ところが、翻ってこの時期に對するこれまでの研究狀況を振り返った時、彼らの中でも陸機と潘岳に關する文學研究への偏向が認められる。そこで、本節ではこれまでの主要な西晉文學研究の流れを確認しつつ、その成果と問題點とを確認する。これにより、本書の位置附けも自ずと明確になろう。

西晉文學研究はその最初期にあって、すでに陸機と潘岳への偏向の樣相を呈していた。高橋和巳氏による「陸機の傳記とその文學」(13)や「潘岳論」(14)、興膳宏氏の『潘岳　陸機』(15)がそうである。これらはいずれも陸機や潘岳の經歷を明らかにした上で作品內容の讀解を試みるという、いわば作家作品論的立場からの考察であった。この兩者の研究によって日本における西晉文學研究は充實し始めたが、それと同時にその研究の方向性が決定づけられたと言ってもよい。ついで、佐藤利行氏に『西晉文學研究――陸機を中心として――』(16)があるが、副題に示す通り、これも陸機を中心に考察が展開されている。佐藤氏はここで、南方文人の代表として陸機を、北方文人の代表として潘岳を擧げて論を展開するが、これも陸機や潘岳を西晉文學研究の中心に位置附けた高橋、興膳兩氏の理解が反映されたものと言えよう(17)。このような陸機や潘岳への過度な偏向は、彼らに殘された作品が他の同時代の文人のそれをはるかに凌駕することに主たる原因がある(18)。

このような研究状況を打破するものとして、佐竹保子氏の『西晉文學論――玄學の影と形似の曙――』[19]を擧げることができる。佐竹氏は、西晉文學を構成する要素として「玄學」と「形似」とに着目し、これらに關わりを持つ文人に對する考察を展開する。特徵的なのは、その考察對象となる文人が「三張二陸兩潘一左」に限られないことである。佐竹氏が該著で論究する張華や皇甫謐、束晳、成公綏、郭璞らは、およそこれまで主な考察對象とされなかった文人たちである。佐竹氏の研究によって、西晉文學研究は一つの轉機を迎えたと言ってよい。佐竹氏はこれまでの主に詩に限定された研究狀況に鑑み、三國末から西晉時期にかけてそれ以前と比較して多樣性を增した各文體に着目した上で考察を展開した。その一方で、こと詩においても矢田博士氏に、四言詩と五言詩との創作狀況の差違に關する一連の研究を見ることができ、その具體的創作狀況が明らかにされつつある。[20]矢田氏によれば、主に四言詩は正式な場面、すなわち王朝の儀禮祭祀や皇族主催の宴會などで詠われる傾向にあり、五言詩は却って私的な場面、個人間での贈答詩などで使用される傾向にあったと分析する。

ところで、本書で主に取り扱う左思は、西晉文學研究において專ら特異な存在として位置附けられてきたようである。彼の文學について論じたものに興膳宏氏「左思と詠史詩」[21]、林田愼之助氏「左思の文學」[22]があるが、兩者は左思は西晉文學の中心には決して位置附けられることなく、その周緣に位置する文人として認識し、かつ彼の文學、とりわけ詩に關しては「慷慨」を一つの特徵として理解する。これは主に彼の「詠史詩」に對する理解に基づくものであるが、かかる左思の文學に對する理解の背景には、次の二つの要因が存在していよう。すなわち、第一に陸機や潘岳が西晉文學の中心を擔ってきたであろうという認識である。第二に、西晉時代に見られる門閥貴族制度の發達に伴う貴族層と寒門層の二分化、そして當時の文人活動を主導したのが陸機や潘岳に代表される貴族層によるものであるとする認識である。つまり、中心と周緣、或いは貴族と寒門という二項對立によって西晉文學は認識され、その結果として、左思は西晉時期の著名な文人であるにもかかわらず、特異な存在として認識され續けてきたのである。

このような貴族層に着目した西晉文學研究は、中國においても見出すことができ、例えば孫明君氏は『兩晉士族文學研究』の中で、兩晉時代の門閥士族制度の發達により成立した「士族」階層に屬した文人による文學活動について考察を行っている(23)。ここでは「士族」という枠組みから當時の文學を捉えており、陸機や潘岳、謝靈運が主な考察對象とされる。とりわけ西晉時代における中原文化の代表として潘岳を、江南文化の代表として陸機を位置附けて論じる點は、日本における研究状況との相關性を見出すことができる。その他、兪士玲氏に『西晉文學考論』と題する西晉文學全體に關する研究があり、ここでは張華や傅玄などこれまで西晉文學の中心に置かれることのなかった文人が考察對象とされ、また西晉文學の特質を考える際に「形似」に着目するなど、ここでも日本の研究状況との親和性が確認できる(24)。總じて、これまでの西晉文學研究では陸機や潘岳を中心としてその基礎が構築され、近年ようやく新たな文人、新たな思想性からの考察へと展開されるようになったと理解すべきであろう。

ここで、辭賦文學研究の状況についても附言しておく必要があろう。端的に述べるならば、西晉文學のそれとは大きく異なり、近年の日本においては停滯状況にあると言うことができるように思われる。このことは、辭賦文學史を學ぶ際の先行研究が、鈴木虎雄氏の『賦史大要』と中島千秋氏の『賦の成立と展開』が擧げられるのみであることから明らかであり、中國では馬積高氏の『賦史』と魏晉以降に限れば程章燦氏の『魏晉南北朝賦史』と廖國棟氏の『魏晉詠物賦研究』を代表に、近年は徐々に注目を集めつつある(25)。中島氏は「賦」の起源から說き起こすものの、前漢までの考察にとどまる。また鈴木氏や馬氏の論著は、賦の流れを通時的に眺めたものである。この中で西晉時代も扱われる。馬氏は各時代毎に主要な賦の創作者を取り上げ、この中で左思についても「三都賦」とともに觸れられる。一方、鈴木氏は通時的に眺める點で馬氏と共通するものの、時代よりも主に賦の性質に基づき分類する。「騷賦・辭賦・

駢賦・律賦・文賦・股文賦」とするがごとくである。この中で、西晉時代の作品は主に「駢賦」の中で取り扱われ、「三都賦」に一項を設けるとともに、潘岳・陸機・木華らの賦を取り上げる。また、程氏は賦の枠組みとして「漢賦二體」という見方を示し、一方を「騁辭大賦」、他方を「抒情小賦」とし、これらに基づき魏晉南北朝時期の賦を俯瞰する。中でも晉代に對しては、後述のように「三都賦」を「騁辭大賦」の最終極點と看做して一章を割くとともに、「騁辭大賦」と「抒情小賦」が合流した時期として認識する。このように多岐にわたる賦作が展開される中で、廖氏は主に「詠物賦」という具體的主題に着目して考察を加えている。

このような研究状況下において、「三都賦」は果たしてどのような作品として理解されてきたのか。國内における「三都賦」研究は、小尾郊一氏による論考を中心に展開されてきた。[26] 小尾氏はまず「三都賦」に見える寫實性に着目した。すなわち、漢賦の中に存在した虚構性に對して魏晉期の文人が反發し、自然をありのままに表現しようとする寫實精神が作品に求められ、これを左思も共有したことで彼の寫實性が獲得されたと指摘する。つまり、左思に至るまでの文人に繼承された共通意識によるものであると理解するのである。更に戸髙留美子氏は、「三都賦」の著述は當時の社會政治狀況とは乖離した場でなされたと分析するが、[27] この點には再考の餘地があるように思われる。事實、中國における研究狀況としては、皋于厚氏によって當時の西晉王朝の人々による三國統一を願う機運が「三都賦」著述の契機の一つとなったであろうことが論じられ、[28] また顧農氏も「三都賦」が西晉王朝による三國統一の必然性を喧傳し、中原文化による統一の必要性を強調した作品であると論じるように、[29]「三都賦」の著述と西晉時代、とりわけ武帝期に固有の社會政治狀況とはしばしば關連づけられるところである。程章燦氏も『魏晉南北朝賦史』の中で、「三都賦」に一章を割いて詳細に考察を加え、先に述べた「騁辭大賦」の最後を飾る作品として該賦を位置附けている。[30] 本書も程氏の論考に多く學び、「三都賦」が當時の社會政治情勢を反映した上で著述されたであろうと捉える立場から、「三都賦」の著述に關連する諸活動について論考を進めていくことにする。

なお、本書で「三都賦」を分析する際の主な底本とした『文選集注』について附言する。『文選集注』とは、『文選』の舊抄本の一つである。この『文選集注』には、李善注、文選鈔、文選音決、五家注、陸善經注、集注編者の案語（「今案」）がそれぞれ收められる。ここに見える『文選鈔』及び『文選音決』は『文選集注』にしか殘らない資料である。また本文や李善注においても、胡克家重刻本や尤袤刻本以前の狀態が保持されていると思われる箇所が散見され、『文選』を研究する上で、極めて重要な資料の一つである。この作者については、近年まで唐人によるものか、或いは日本人の手によるものかで意見が分かれていたが、徐々に日本人によるものとされる見解が支持されつつある。(31) 本書が研究對象とする「三都賦」も、「三都賦」序文及び「蜀都賦」、「吳都賦」の第465・466句「出車鞶鞶、被練鏘鏘（出車　鞶鞶として、被練　鏘鏘たり）」句までが、幸いなことに『文選集注』の中に收められているため、本文及び注釋の當該箇所については『文選集注』を底本とした上で、適宜諸本を參照して考察を行った。

第四節　本書の構成と目的

本書は上・中・下篇の三部から構成される。上篇は「「三都賦」前後の賦作とその周緣」と題し、「三都賦」そのものの考察に先立ち該賦の前後に創作された辭賦作品との關わりについて考察し、併せて當時の創作活動と密接に關係したであろう書寫材料と注釋について檢討を行った。

第一章は、「三都賦」に先立つ都邑賦として漢代に著された班固「兩都賦」と張衡「二京賦」、この二作品と「三都賦」との關係性について考察した。作品の構成において「三都賦」は漢代都邑賦の影響下にあるものの、描寫內容は、都城部の敍述、動植物の記述、そして戰亂の描寫において大きく變化を遂げたことを指摘した。都城の敍述及び動植物の記述は、左思が序文で表明する地圖や地方志に基づく敍述を心がけたための結果であった。一方、戰亂に關する描寫は曹魏の歴史敍述に置き換えられ、王朝の交替を作品内で描き出したが、これは左思による西晉王朝の宣揚の結果であった。これら「三都賦」が持つ漢代都邑賦と異なる獨自性を具體的に明らかにした。

第二章では、「三都賦」以前に左思が著した「齊都賦」及び建安七子の一人徐幹の「齊都賦」の分析を行い、併せて左思「齊都賦」と「三都賦」との關係性を考察した。左思「齊都賦」には「三都賦」の特徴の一つである實證主義的寫實性がいまだ萌芽的段階でしかないことから、「三都賦」の著述時に左思が置かれた社會政治狀況の影響で、この實證主義的寫實性が成立したであろうことを指摘した。併せて、左思の性格や辭賦に限らない彼の作風の分析を通じて、都邑賦が左思にとって最も創作に適した主題であったことを論じた。

第三章は、「三都賦」以後に都邑賦がどのように展開したのか、そして「三都賦」は後世どのような作品として他の辭賦作品の中に取り込まれ變容していったのかについて論じた。「三都賦」以後、都邑賦は著されるものの、單篇都邑賦が中心であり複數篇のものは殆ど見られなくなり、内容も諷諫などの政治的態度を表明したものが多くなる。これらの著述狀況は、班固「兩都賦」や杜篤「論都賦」の發表された後漢の頃と類似する。ここから、漢賦が持つ諷諫の精神への回歸の結果として、東晉以後の都邑賦を位置附けた。このような狀況にあって、「三都賦」自體は後世も連綿と讀み繼がれており、その具體例として鮑照「蕪城賦」や庾信「哀江南賦」に見える影響を考察した。

第四章では、六朝時期以前の文章創作と書寫材料の關係について考察した。西晉時期に簡牘から紙への書寫材料の代替が完了したという從來の考察への疑問から、文章の用途と文體の別に着目して、實際に殘された作品に基づき分析を行った。その上で、所謂「文學」の創作に紙が一般的に利用されるようになった時期を考察した。結果、後漢から三國時期までは、書簡と書籍に對する限定的利用であり、西晉時期や東晉初期は紙という新たな書寫材料に對する注目は高まりつつも、まだ充分には普及しておらず、晉末宋初の所謂「晉宋之際」にその利用が一般的になったことを指摘した。

第五章では、「三都賦」に同時代人による注釋が施されている點に着目し、このような賦作品に對する注釋、所謂「賦注」が確立していった經過を、後漢から兩晉時期に成立した賦注を分析することで辿っていった。具體的には、後漢初期に最初の賦注として成立した曹大家による班固「幽通賦」に對する注釋の分析を行うことで、その最初期の形式的特徵を字義の説明と句意の通釋として定めた。この分析結果に基づき、三國から東晉時期に複數種類の文獻に注釋を行った三國吳の韋昭と東晉の郭璞を對象として、彼らの賦注と他の注釋の違いを分析したが、およそ曹大家注の形式を踏襲したものであることを確認し、「三都賦」の諸注釋もこれら賦注が確立していく過程の一つとして認識されるべきであることを指摘した。

ついで中篇では、「「三都賦」と西晉武帝期の政治・學術」と題し、「三都賦」の著述について、從來は見過ごされがちであった、同時代に施された諸注釋やその著述が行われた場など、その著述の背景を幅廣く、西晉武帝期の政治と學術との關わりから考察を試みた。

第六章は、「三都賦」が著された當時に外在した種々の要因について考察した。具體的には、左思自身の序文及び張華、劉逵、衞權、皇甫謐ら同時代人による「三都賦」評價の分析から、文獻資料や史實などの現實世界に對應する作品世界の構築、すなわち實證主義的寫實性の重視が確認された。その背景として、地方志編纂の流行や、「三都賦」が著された泰始八年（二七二）から太康三年（二八二）が西晉王朝にとって孫吳の平定を志向、推進、達成した重要な一時期であった點を考察した。併せて、張華『博物志』編纂もかかる社會政治情勢の影響を受けたことを指摘した。

第七章は、「三都賦」の完成と同時期に施された諸注釋のうち、「蜀都賦」と「吳都賦」に施された劉逵注の分析を行い、その特徵及び注釋成立の背景を考察した。劉逵注の最大の特徵は博引旁證であるが、これは實證主義的寫實性の根據となるものであり、注釋史における畫期に位置附けられる。そして、劉逵が博引旁證をなしえた背景として、彼が王朝の收藏する文獻を保管維持する職務を擔い、同時に左思が「三都賦」の著述時期に祕書郎として所屬した中書省に、劉逵自身も所屬していたことを指摘した。劉逵の注釋活動が、左思と極めて近しい關係性の中で實施されたこと、そして注釋史においても特筆すべき活動であったことを明らかにした。

第八章は、「三都賦」のうち「魏都賦」に施された同時代人である張載による注釋を分析し、第七章で論じた劉逵注とも關連して、當時において中書省に所屬した文人による著述活動が展開されたであろうことを論じた。張載注は主に賦本文の內容に對する史實考證を特徵とするが、これも劉逵注と同樣に實證主義的寫實性の根據となるものである。そして、張載も劉逵と同じく、「三都賦」の著述當時に中書省で著作郎に任官しており、これが彼の注釋內容に影響したことを指摘した。更に、「三都賦」の著述と時を同じくして陳壽の『三國志』も中書省で編纂されており、ここに從來西晉時期の文人集團として擧げられる賈謐の「二十四友」や石崇の「金谷の集い」とは異なる、中書省に在籍する文人集團による著述活動の場があったことを想定した。

第九章は、「三都賦」をめぐる著述活動が中書省を基點に展開された事實、そして「三都賦」について從來指摘される實證主義的寫實性、類書的性質、西晉王朝の正統性の主張などの特徵、これらすべてを包括する背景に、西晉武帝期（泰始元年〔二六五〕～太熙元年〔二九〇〕）に特有の社會政治狀況、とりわけ武帝司馬炎の影響が介在することについて論じた。「三都賦」に見える西晉王朝の正統化が、陳壽の『三國志』や杜預の『春秋左氏經傳集解』にも同樣に見出せることから、これらは西晉王朝の意向に同調して廣く展開されたものであったことを指摘した。左思の「三都賦」は今日的理解での純文學的思考に基づく著述ではなく、當時の政治社會狀況、西晉王朝の來たるべき文教政策に對する左思自身の政治的態度の表明であった。左思、陳壽、杜預の著述は當時の所謂「文學」に限らない著述活動全般を特徵附けるものであり、「三都賦」もその一環に位置附けられる現象であることを明らかにした。

最後に下篇として、『文選集注』を底本とした「三都賦」の通釋とその內容に關する解說を施した。

以上が本書の概要であるが、そのねらいは次の點にある。すなわち、一つには西晉文學全體の中での「三都賦」の價値を明確にすることを目指すとともに、西晉文學そのものについても新たな視座を獲得することを目指した。これは主に共時的側面からの考察である。そして、二つには從來とかく等閑視されがちであった三國時代以降の辭賦文學について、どのように展開したかを「三都賦」を基點として通時的に見ることで、辭賦文學史研究にも新たな展望をもたらさんことを目標とした。これらを通して、從來は自明のこととされる「洛陽の紙價をして貴からしむ」る背景についても、より明瞭になるのではないかと期待する。

附節　辭賦よりみる「三國志」――「三都賦」の概要

「三都賦」は極めて長編の賦作品である。このことは『文選』の巻四から巻六と計三巻にわたって收められ、これが收錄作品中で最大の文章量を占めることからも知られる。本節では「三都賦」の概要を示すことで、本論の一助としたい。なお、「三都賦」の通釋については、本書の下篇に『文選集注』を底本としたものを附しているので、併せて參照されたい。

そもそも「三都賦」はその題目が示すとおり、「三」つの王朝の「都」を中心に、その地理や風俗、或いは歷史を描き出した「賦」である。ここで言う「三つの王朝」とは、該賦の完成より先立つことおよそ百年、後漢末の黄巾の亂に端を發した動亂の中より興った、曹魏・孫呉・蜀漢の所謂「三國」を指す。つまり「三都賦」とは、換言すれば、「辭賦」という文體によって著された「三國志」なのである。

この「三國」のそれぞれの都は、曹魏は鄴都（王朝建國後は洛陽であるが、「三都賦」では鄴都を直接の敍述對象とする。鄴都は現在の河南省安陽縣の北）、孫呉は建業（現在の江蘇省南京市）、蜀漢は成都（現在の四川省成都市）である。これらの都市を中心に、各地の特徵的な山川・產出物・著名人・風俗などを描寫するのである。

さて、「三都賦」の構成については本論で詳述するが、これに先行する漢代の都邑賦である班固「兩都賦」（『文選』卷一）や張衡「二京賦」（『文選』卷二・三）、更に遡れば司馬相如「子虛・上林賦」（『文選』卷七・八）などの構成を踏襲したものである。その構成は「蜀都賦」「呉都賦」「魏都賦」の三篇によって形作られる。全體を俯瞰すれば、各篇にはそれぞれ「語り手」としての架空の人物が設定され、彼らの主張と他者への反駁を行うことで展開される。「蜀都賦」には「西蜀公子」が、「呉都賦」には「東呉王孫」が、「魏都賦」には「魏國先生」が現れるのがそれである。「三都賦」は「蜀都賦」より始められる。ここで西蜀公子による蜀の地勢が盛んに主張され、あたかも三國の頂點に立つべき存在であるかのように、その優位性が顯示される。その後に「呉都賦」が續き、東呉王孫が登場する。西蜀公子によって展開された蜀の地域的優位に對する反論が行われる。そして、呉獨自の優位性として、舜が東巡して以來の歷史性を主張する。このような互いに讓らぬ主張が行われた後に、「三都賦」の終篇として「魏都賦」が配される。ここでようやく魏國先生が登場するが、彼はこれまでの二篇の中で述べられてきた各領域の地勢風俗及びその優位性を完全に否定する。その上で、後漢王朝からの禪讓を受けた唯一無二の正統性を繼承した王朝としての曹魏を宣揚する。ここに來て、西蜀公子と東呉王孫は自らの過ちを悔悟し、魏國先生が述べる曹魏王朝（西晉王朝を含む）の正統性を承認することで、「三都賦」は幕を閉じる。

では、各篇で敍述される內容について、その概要を示そうと思う。參考までに、各篇の句數を示せば、「蜀都賦」は四一四句、「吳都賦」は七七四句、「魏都賦」は七九九句となる。この概要を通讀するだけでも、大凡の「三都賦」の內容が理解できるよう配慮したつもりである。また、可能な限り換韻箇所を意味段落の區切りと捉え、概要に反映させた。まずは「三都賦」序文の意圖するところを以下にまとめる。

本來、『詩經』とは中央に居ながらにして各地の事情を把握するのに役立つものであった。しかし、その流れを汲む「賦」、とりわけ都邑賦においては漢代以降、作品內に盛んに虛飾を設け、現實に存在しないものを詠み込むことしばしばであった。そのため、私、左思は作品世界を描き出すに際して、必ずよるべきもの、すなわち地圖や地方志、風俗や史實に則って事物や現象の本質及び事實をそのままに描き出すことを宣言し、これを「三都賦」著述の基本方針とする。

次に「蜀都賦」の概要を示す（括弧內の數字は各篇の句數を示す。以下同じ）。

第一段　西蜀公子の登場と前口上

西蜀公子が登場し、蜀が上古の時代より始まることと、岷江や蛾眉山などの豊かな自然環境に由來した多種多樣な天然資源の保有を特徵とすることを述べる（第1～20句）。

第二段　成都の南側の地理狀況と天然資源の說明

成都の南側には越南にも跨がる領域や地下を伏流する河川などが廣がり（第21～36句）、ここには南方地域に固有の動物や植物、鑛物資源が生息および產出する（第37～57句）。

第三段　成都の北側の地理狀況と天然資源の說明

成都の北側には崑崙山や劍閣、漢水などが見え（第58～65句）、ここには水棲生物が潛み（第66～70句）、そして様々な樹木が生育し（第71～82句）、この樹林のうちには數多くの動物が確認できる（第83～90句）。

第四段　成都の東側の地理狀況と天然資源の說明

成都の東側には異民族である百濮が獨自の生活を營み（第91～98句）、ここには鳥獸や鑛物資源、果ては神仙までもが存在する（第99～106句）。このような地に暮らす蜀人の性情は剛毅こそを誇りとする（第107～112句）。

第五段　成都の西側の地理狀況と天然資源の說明

成都の西側にも異民族である白狼が存在し（第113～116句）、藥材となるあらゆる植物が生育し（第117～124句）、これらの具體的植物名やその藥效が說明される（第125～138句）。

第六段　蜀郡內の「人里・園圃・濕地帶」と天然資源の說明

蜀郡內には肥沃な土地が廣がり（第139～150句）、この地に生活を營む人々の住まいには井戸や果樹園が備わり（第151～156句）、果樹園には數多の果物が實り、これらは四時を通じて續々と熟し（第157～174句）、さらには芋や生姜などがなる野菜畑（第175～182句）や、眞菰や蓮のなる沼澤地（第183～190句）もあり、この沼澤地には多種多樣な鳥類（第191～198句）と水棲生物（第199～206句）が暮らしている。

第七段　成都の宮殿内外の描寫

成都の城は十八の門に圍まれ空高くそびえる樓閣と物見臺とを持ち（第207～218句）、その宮殿には華やかな樓閣や小門が設けられ（第219～226句）、その外側には數え切れないほどの家屋が建ち並び、諸葛亮や姜維のごとき權貴が住まう（第227～238句）。

第八段　成都城内の市場と陳列品、及びその活況の描寫

成都の宮殿の西側にある小城に設けられた市場（第239～246句）では、蜀の西南地域を中心とした各地の名產品が揃い（第247～256句）、ここではあらゆる階層の人々が一堂に會して非常な賑わいを見せている（第257～262句）。

第九段　成都城内に住む職人・貨殖・任俠の描寫

成都城内には、絹織物に長けた職工（第263～270句）や、卓王孫と程鄭に代表される貨殖（第271～278句）、蜀の地に跋扈する任俠（第279～286句）といった異なる性格の人々がともに暮らしを營んでいる。

第十段　蜀の古くからの習俗

このような蜀人の舊習として、春には宴席が設けられ（第287～294句）、これに併せて歌舞音曲が奏でられ、その樂しさは何ヶ月も餘韻に浸れるほど（第295～306句）。

第十一段　蜀で展開される狩獵

卓王孫や郤公といった豪族たちは馬車や武具など狩獵の準備を整え出發しては（第307～318句）、禽獸をどこまでも追い求めて狩獵を行い（第319～330句）、その對象は邊境地に棲む稀少な動物たちにまで及ぶほど（第331～346句）。

第十二段　蜀で行われる漁及び慰勞の宴

狩獵を終えると、魚釣りや舟歌を唄うといった川遊びに興じ（第347～364句）、その後は狩人たちに對する慰勞の宴席が催され、最後にはそれぞれの居住地へと三々五々解散する（第365～374句）。

第十三段　蜀に地縁を持つ神仙及び仙人の明示

蜀の地に暮らす人々は皆何らかの非凡さを備え（第375～382句）、それは例えば萇弘や杜宇といった神仙（第383～390句）や、司馬相如・嚴君平・王褒・揚雄といった蜀出身の文人偉人の存在からも看て取れる（第391～402句）。

第十四段　總括としての蜀の優位性の主張

蜀が呉に對して最も誇れる點として、嚴しい自然環境を基盤とした天然の要害によって立つことであり、これは公孫述や劉備の例からも明白であり、孫呉に對する蜀の優位性は確實なものである（第402～414句）。

ついで、「呉都賦」の概要を以下に示す。

第一段　東呉王孫の登場と前口上

東呉王孫が登場し、前口上を述べ（第1～14句）、天然資源の豐富さを主張する蜀を批難する（第15～26句）とともに、自然の要害にしか頼むべき點がないことを卽座に批判する（第27～38句）。

第二段　呉の來歴と領有する地域の明示

泰伯や季子を初めとした呉國の來歴を傳える（第39～50句）とともに、楚と趙に跨がる呉の支配領域を明示する（第

51～60句)。

第三段　呉が領有する山川及び海の説明

呉に存在する山は皆險しく、川も急流であり、これら山川が呉の土地の大部分を占有し(第61～70句)、川の流れはやがて海へと注ぎ、その先には大荒國や東極國といった東方世界が廣がり(第71～82句)、その大海原は果てしなく廣く、そしてどこまでも深い(第83～94句)。

第四段　海に棲む生物に關する說明

この大海原には鯨や魚介類といった多くの海洋生物が生息し(第95～106句)、併せて海上には多様な鳥類も生活している(第107～120句)。このように呉の領域では多くの種類の生物が生を受けてきたのである(第121～138句)。

第五段　海中の島々と神仙世界の說明

この大海原には多くの島々が浮かんでおり(第139～150句)、ここには神仙たちの住まう世界が存在しているとされる(第151～160句)。

第六段　呉の地勢とここに產出する天然資源　其一

呉の起伏に富んだ地勢は草木の生育に最適であり(第161～168句)、水中と陸上とを問わず多くの草が育まれ(第169～172句)、それぞれ様々な海草(第173～180句)や、陸上に生える各種の草が存在している(第181～188句)。

第七段　呉に產出する天然資源　其二

呉の地に生育する樹木の多く（第189〜196句）は、丘陵地帯に密生して育っている（第197〜214句）。これらの樹上には大猿などの獣が棲み（第215〜222句）、その樹下には象や犀などの動物が暮らしている（第223〜232句）。

第八段　呉に産出する天然資源　其三

呉にはそれぞれ他の地域では目にすることのできないものがあり、それは例えば、呉に固有の竹類（第233〜248句）や、丹橘や荔枝などの果樹類（第249〜264句）、或いは石英や水晶などの鑛物資源（第265〜280句）などである。

第九段　呉に産出する天然資源　其四

呉の地には、南半球での南中する方角の逆轉現象といった北半球とは異なる自然環境があり（第281〜292句）、またこの地で豊富な収穫量を誇る作物資源なども擧げることができる（第293〜304句）。

第十段　建業の城郭の建築基準と宮殿内の説明

建業城は泰伯や闔閭と關係があり、天上世界と呼應するかたちで城郭及び宮殿が造營され（第305〜320句）、樓臺からは海や長江の砂洲があたかも池や庭のごとく眺められ（第321〜326句）。これらの宮殿は闔閭や夫差の建築法を採用した上で築かれたものである（第327〜334句）。

第十一段　建業の宮殿内外の描寫

宮殿を取り圍むかたちで數多くの宮門が設けられ、宮殿には煌びやかな數々の装飾が施される（第335〜350句）。宮門の內部には陸路と水路とが張り巡らされ（第351〜358句）、さらにその外部には軍隊の駐屯地や倉庫、或いは民衆の居住地などが設けられている（第359〜366句）。

第十二段　建業城內に生活する民衆の描寫

代々呉の領域內に暮らす貴族層や豪族層は、人も車も途切れることなく活發に往來し（第367～378句）、その傍らには道端で酒宴や博打に明け暮れ、氣性も荒い任俠たちが生活を營んでいる（第379～390句）。

第十三段　建業城內の市場と陳列品、及びその活況の描寫

呉の市場では、水路と陸路とに關係なく四方より人々が參集して活氣ある市場が形成され（第391～410句）、邊境より屆けられた樣々な陳列品が並べられて市場は盛況し（第411～422句）、こうしてこの地では豪商や豪農と呼ばれる人々も形成されるようになる（第423～428句）。

第十四段　呉で展開される狩獵　其一

狩獵に參加する屈强な人々は自らの武具と防具とを身につけ、狩りを開始するに相應しい時を待ち、いざ開始の時が近づくや、四方の異民族がその先導として集まってくる（第429～462句）。

第十五段　呉で展開される狩獵　其二

狩獵に臨むに際して、呉王は雕琢の施された戰裝束に身を包み、華麗な裝飾が施された馬車に乘り、幾重にも罠を仕掛けて獲物を追いつめてゆく（第463～486句）。

第十六段　呉で展開される狩獵　其三

狩獵に從軍する者の中には、我先にと驅け出す勇猛な荒くれ者（第487～494句）や、整然として統率のとれた兵卒など（第495～502句）、兩極端な人々が揃っている。

第十七段　呉で展開される狩獵　其四

銅鑼を鳴らし松明を掲げて獲物を追い回し（第503～510句）、あらゆる方法を用いては多くの獸が手當たり次第に亂獲されてゆく（第511～518句）。それでも飽き足らず、更なる奥地へと進んでは狩りを繰り廣げる（第519～526句）。

第十八段　呉で展開される狩獵　其五

これまでに繰り廣げてきた狩りを一段落し、更なる狩り場を設定するも、思いがけず鳥獸からの反撃を受けてしまう（第527～544句）。しかし、これをものともせず狩人たちは獲物を壓倒し（第545～556句）、結果として、地上から遙かに隔った天上世界をも含めたあらゆる獸たちが徹底的に狩り盡くされてしまう（第557～574句）。

第十九段　鄱陽湖で展開される漁　其一

狩獵を終えた後に、呉王は鄱陽湖に集結した大船團を目の當たりにしたが（第575～582句）、これらの大船團は規格外の大きさを誇り、船員たちは巨大な船艦を巧みに操っている（第583～600句）。

第二十段　鄱陽湖で展開される漁　其二

漁に先立って水邊を飛翔する鳥を打ち落とし、その上で詹公や任父に比肩されるほどの釣りの技術を發揮し（第601～612句）、多様な水棲生物を捕り盡くし（第613～624句）、更に瑞祥や靈妙なるものに分類されるものをもかまわず捕らえようとする（第625～632句）。

第二十一段　鄱陽湖で展開される漁　其三

身體中に入れ墨を施した貴族や兵士たちは血氣にはやる様子で（第633～638句）、我先にと海中より稀少品を持ち歸ってくる（第639～644句）。彼らの漁の様子は澹臺子羽や晉の賈大夫のそれに倣ったものであり（第645～652句）、漁を終えると洞庭湖のほとりに集結し、これまでの狩獵の結果を報告しては慰勞の宴が設けられる（第653～666句）。

第二十二段　狩獵及び漁の後に開かれた宴席の敍述

宴席に併せて樂團を取りそろえ（第667～674句）、ここでは東夷や南蠻を含めた各地の歌曲が演奏され（第675～682句）、その演奏には自然も感化されるほど（第683～694句）。こうして宴も酣になっても時間を卷き戻していつまでも愉しみたいと思ってしまう（第695～702句）。

第二十三段　吳の歷史性と吳人の中原に對する意識

禹の巡狩より始まる吳の歷史性は、闔閭や夫差らの時代を經て（第703～710句）、徐々に强國としての吳が確立されてゆく（第711～716句）。吳は嚴しい自然環境と勇猛な民族性を持ち（第717～724句）、常に中原を窺う氣概を胸に懷き（第725～730句）、こうした氣風に引き寄せられるように神仙も自ずと集まってくるとされる（第731～736句）。

第二十四段　總括としての中原及び蜀と比較した吳の優位性の主張

中原の人々が吳の產物を繪畫に殘したことと、禹が東巡したことで、中原に對する吳の優勢を意識させる（第737～744句）。西蜀公子の主張は到底首肯され得るものではなく（第745～762句）、吳の語り盡くせぬ豐かさを誇示することで主張を終える（第762～774句）。

最後に「魏都賦」の概要を示す。

第一段　魏國先生の登場と前口上

西蜀公子と東呉王孫の議論を耳にし、魏國先生は彼ら二人の主張の無意味さを明らかにするために、自らの考えを二人に披露し始める（第1～14句）。

第二段　蜀と呉が優位性を主張することへの論駁

前提としての中原の優位性として、中原に國家を置くことと道徳による政治があり（第15～34句）、蜀と呉がそれぞれ劍閣や洞庭湖などの嚴しい自然環境を持つ山川に依存することは無意味なことであり（第35～56句）、改めて魏の優位を主張することを宣言する（第57～64句）。

第三段　後漢王朝の混亂と曹魏の來歷の説明

後漢王朝の混亂により長安や洛陽をはじめとした各都邑が荒廢したが、この時こそが曹魏が興る直接の契機となった（第65～86句）。そもそも魏の地方は晉の卜偃や呉の季札によって繁榮が約束された土地であった（第87～98句）。

第四段　魏の領有する地域とその繁榮の予想

中原を中心とした所謂華北地域こそが魏の領有範圍であり（第99～112句）、鄴都が置かれた冀州は地質も優れており、ここは太古の昔より繁榮が確約されていた（第113～130句）。

第五段　鄴都造營の經緯の説明

曹操は鄴都を造營するに際して吉凶を占い、結果はすべて吉であった（第131～138句）。そこで造營を開始したが、それは古の聖王の舊例に倣って行われ（第139～144句）、質素と華美のどちらにも流れることなく（第145～154句）、職工が意匠を凝らした装飾や宗廟が建てられた（第155～162句）。

第六段　鄴都の正殿である文昌殿の説明

文昌殿の外觀と內裝はいずれも華麗にして莊嚴な様子を保ち（第163～178句）、文昌殿の周圍には前庭や宮門が設けられ、ここでは諸侯や四方より來訪した賓客らと面會が行われる（第179～194句）。

第七段　文昌殿東側の宮城の說明

文昌殿の東側には政務を取り仕切る內朝として聽政殿が造營され（第195～202句）、その前方には宮門と珍しい草木が植えられ（第203～210句）、更に丞相が控える禁臺や書物の收藏所（第211～218句）、他の官僚が待機する官署がある（第219～226句）。聽政殿の後方には、後宮や掖庭が配置され（第227～234句）、特に歷代の聖賢や天地萬物が描かれた壁畫のある溫室殿は必見の價値がある（第235～242句）。

第八段　文昌殿西側の宮城の說明

文昌殿の西側には菜園や池などの自然が廣がり（第243～250句）、その間を閣道が渡され、その先には金虎臺・銅雀臺・冰井臺の三臺が鎭座する（第251～258句）。これらの樓臺を天子は自由に步き回り世界を一望する（第259～270句）。その他には牟首池の周圍を巡る小道と禁兵や衞兵らの宿直所が設けられている（第271～278句）。

第九段　鄴都の城郭とその周圍　其一

鄴都は高い城壁と深い水濠に覆われ、四方に高らかに開かれた城門は遙か遠くからも目にすることができるほど（第279～292句）。鄴都の西側には玄武苑があり、ここでは數限りない鳥獸草木を見ることができ、古の聖王に倣ってこれらが亂獲されることはない（第293～318句）。

第十段　鄴都の周圍　其二

鄴都の周圍には肥沃な田畑が廣がり、これは過去に行われた西門豹や史起による灌漑事業の恩惠による（第319～326句）。この水流によって様々な植物が豊かに育まれ（第327～332句）、ここに暮らす人々も自ずと安寧を得ることができる（第333～340句）。

第十一段　鄴都の內部の説明

鄴都城內には、街路と水溝が街全體に張り巡らされ、人々も德に則った行動をとり、官舍や貴顯層の居住區域が設けられている（第341～356句）。官舍には、王朝を補佐する樣々な官職が設けられ（第357～366句）、貴顯たちの住むところは鄴都城內の東側に置かれ、ここからは多くの人物が輩出された（第367～376句）。さらには、客人を招く豪奢な迎賓館や工人の住む荒廢した家屋もある（第377～386句）。

第十二段　鄴都城內の市場と陳列品、及びその活況と魏が持つ國庫の説明

鄴都では、朝・晝・夕刻の三種の市が開かれ（第387～394句）、ここには古今東西より廣く商品が集中するが、これらはすべて專門の官吏によって適正に管理され（第395～402句）、生活に必要でかつ役立つものしか流通することはない（第403～410句）。そのため、曹魏の國庫も適切に徵收されたもので溢れかえっている（第411～420句）。

第十三段　曹魏王朝の歴史　其一

ここで話は變わり、後漢王朝の混亂に乘じた董卓の臺頭を契機として、武帝曹操は亂世に名乘りを揚げる（第421～

432句）。その軍勢は見事で、あらゆる戰略策略を驅使し、それは連戰連勝を收めるほど（第433〜442句）。

第十四段　曹魏王朝の歴史　其二

曹操は、董卓や袁紹袁術兄弟、呂布や劉表らの群雄を撃破し、安寧の世を取り戻す（第443〜456句）。武力を通した戰亂の時代が過ぎ、今度は過去の規則や典範に則った政治が展開される（第457〜470句）。

第十五段　曹魏王朝の歴史　其三

中原に平安が訪れると、四方の異民族が獻上品を攜えて來朝し（第471〜478句）、異民族は各々の蠻服を身にまとい歡待の宴が催される（第479〜490句）。ここではあらゆる酒肴が專門の料理人によって振る舞われる（第491〜498句）。

第十六段　曹魏王朝の歴史　其四

宴席に供される樂曲には、古代より傳わるものから（第499〜508句）、この世に存在する樂器すべてを驅使したもの（第509〜514句）、あるいは四方の異民族の住む地域で奏でられる音樂など（第515〜520句）、あらゆる樂曲が幅廣く演奏される。

第十七段　曹魏王朝の歴史　其五

天子と同等の權力を手中に收め、樣々な祭祀儀禮をこなすと（第521〜528句）、これに呼應するかのように、各地から曹魏の繁榮を豫兆するような瑞祥が數多く發現する（第529〜548句）。

第十八段　曹魏王朝の歴史　其六

曹魏によって中國に安寧がもたらされ、更に河圖洛書や黃鳥といった瑞祥が現れることで、後漢王朝も曹魏への禪讓を遂に決意し、ここにようやく曹魏王朝が建國される（第549〜570句）。

第十九段　曹魏王朝の歴史　其七

王朝建國に伴い、正朔や服色の改變を實施し、文帝曹丕は仁明の德に基づく政治を行い、優秀な人材を廣く求めた（第571〜584句）。曹氏一族の中には、武では曹彰、文では曹植といった優れた兄弟がおり（第585〜590句）、その他にも多くの將軍や大臣の補佐によって、曹魏王朝による天下太平が實現された（第591〜598句）。

第二十段　曹魏王朝の歴史　其八

しかしながら、曹魏王朝による支配も終焉の時を迎え、曹氏より司馬氏へ帝位が讓られ、ここに西晉王朝が建國される。併せて帝業を繼承することは困難を伴うものであり（第599〜616句）、國家運營に關しては議論が何度も行われたが、これらは蜀や吳では到底不可能なことである（第617〜624句）。

第二十一段　魏の領域に存在する奇異な山川及び物産

魏の領域には奇異なことで知られる山川や物產があり（第625〜630句）、特筆すべきは、これら不可思議な自然環境に暮らす多くの神仙たちであり（第631〜648句）、或いは各地の人々の特徴的な人相や動作、そして各地より產出する特產品である（第649〜664句）。しかし、これらは全體のほんの一部を述べたに過ぎない（第665〜668句）。

第二十二段　魏に地縁のある人物の明示

魏に地緣のある人物を辿ることで、魏の本質を示すことを宣言し（第669〜676句）、順に魏絳（第677〜684句）、段干木

（第685～692句）、信陵君（第693～700句）、張儀と張祿（第701～708句）が誇るべき人物として存在することを示す。

第二十三段　蜀と呉が優位性を主張することへの再度の論駁

山川・歴史・風俗といったあらゆる方面からの分析を通して、蜀と呉がそれぞれの國を誇ることへの論駁を行い、現實の歴史事實に鑑みて、蜀の滅亡と呉のまもなくの併合を、滅亡を詠う民謠の存在によって豫期する（第709～754句）。なお、ここまでが魏國先生による議論部分となる。

第二十四段　總括としての西蜀公子と東呉王孫による魏國先生への謝意

魏國先生の議論を聞いた西蜀公子と東呉王孫は、茫然自失として慚愧に堪えない面持ちで、魏國先生に謝意を示し（第755～762句）、自分たちの主張があまりに一面的なものであったことを自覺するとともに（第763～768句）、魏國先生の教訓により晴れやかな氣持ちになったことを感謝する（第769～784句）。魏國先生の議論に納得することで、世界に二人の皇帝が並び立つことの不條理を認め、曹魏及びこれを繼承した西晉王朝の正統性を承認する（第785～799句）。

〔終〕

注

（1）葉日光『左思生平及其詩之析論』（文史哲學集成、文史哲出版社、一九七九年）の生沒年比定に從う。

（2）『晉書』卷九十二左思傳に殘される彼の傳記については、興膳宏『六朝詩人傳』（大修館書店、二〇〇〇年）を參照。該書の左思傳の翻譯は西岡淳氏が擔當。

（3）『詩品』に見える「三張二陸兩潘一左」の説明については、高木正一『鍾嶸詩品』（東海大學古典叢書、東海大學出版會、一九七八年）を參照。

（4）『詩品』序に「爾後陵遲衰微、迄于有晉。太康中、三張二陸兩潘一左、勃爾復興、踵武前王。風流未沫、亦文章之中興也（爾の後 陵遲衰微して、有晉に迄る。太康中、三張 二陸 兩潘 一左、勃爾として復た興り、武《あと》を前王に踵ぐ。風流 未だ沫せず、亦た文章の中興なり）」とある。

（5）左思の現存作品については、嚴可均輯『全上古三代秦漢三國六朝文』（中華書局、一九五八年）、逯欽立輯『先秦漢魏晉南北朝詩』（中華書局、一九八三年）を參照。なお本書において實際に檢討を加える際には、各資料が示す出典に基づいている。

（6）なお、南朝齊の謝朓「始出尚書省」（『文選』卷三十）の「十載朝雲陛」句の李善注に「左思『七牧』曰『開甲第之廣袤、建雲陛之嵯峨』（左思『七牧』に曰く『甲第の廣袤たるに開き、雲陛の嵯峨たるに建つ』）」とあり、南朝梁の沈約「齊故安陸昭王碑文」（『文選』卷五十九）の「慟興雲陛」句の李善注に「左思『七略』曰『闓甲第之廣袤、建雲陛之嵳峩』（左思『七略』に曰く『甲第の廣袤たるに闓き、雲陛の嵳峩たるに建つ』）」とある。嚴可均は『全晉文』の考證の中で、これらをすべて「七諷」の佚文であると判斷し、本書もこれに從った。

（7）『影弘仁本 文館詞林』（古典研究會、一九六九年）を使用。

（8）左思の家族構成については、近年發掘された左思の妹の左棻の墓誌銘に確認でき、ここに「嬌女詩」に描かれる左思の二人の娘も記され、その實在が確認できる。左棻の墓誌銘については趙超『漢魏南北朝墓誌彙編』（天津古籍出版社、一九九二年）を參照。また、福原啓郎『魏晉政治社會史研究』（京都大學學術出版會、二〇一二年）第十一章「西晉の墓誌の意義」（初出、礪波護編『中國中世の文物』、京都大學人文科學研究所、一九九三年）を參照。本書では、左棻墓誌の記載に基づき「左芬」ではなく「左棻」と表記する。

（9）葉氏前揭注（1）著第一章第二節「左思作品年代之推測」では、「三都賦」の完成前後、左思の三十歳から四十歳にかけての作品であると推定する。

（10）『晉書』卷四十五劉毅傳に「毅以魏立九品、權時之制、未見得人、而有八損、乃上疏曰『……是以上品無寒門、下品無勢族……』（〔劉〕毅 魏の以て九品を立て、權時の制、未だ人を得られずして、八損有り、乃ち上疏して曰く『……是を以て上品に寒門無く、下品に勢族無し……』と)」とある。
(11) 龔斌校釋『世説新語校釋』(上海古籍出版社、二〇一一年)を參照。
(12) 賈謐の「二十四友」については、徐公持『浮華人生 徐公持講西晉二十四友』(天津古籍出版社、二〇一〇年)、及び福原氏前掲注(8)著第七章「賈謐の二十四友をめぐる二三の問題」(初出、六朝學術學會、『六朝學術學會報』第十集、二〇〇九年)を參照。
(13) 高橋和巳「陸機の傳記とその文學」(『高橋和巳全集』第十五卷、河出書房新社、一九七八年。初出、「陸機の傳記とその文學(上下)」『中國文學報』第十一・十二册、一九五九・一九六〇年)。
(14) 高橋和巳「潘岳論」(『高橋和巳全集』第十五卷、河出書房新社、一九七八年。初出、同題『中國文學報』第七册、一九五七年)。
(15) 興膳宏『潘岳 陸機』(中國詩文選、筑摩書房、一九七三年)。
(16) 佐藤利行『西晉文學研究――陸機を中心として――』(白帝社、一九九五年)。
(17) 佐藤氏は、西晉文學について數多くの文學集團の存在の比定から論を展開する。具體的には張華、愍懷太子、賈謐、陸機、成都王穎、陸雲らを中心とした文學集團を擧げる。しかし、これには幾つかの點で疑問が生じる。
まず佐藤氏は「文學集團」と「文人集團」とを同一概念を示すものとして使用するが、これらは嚴密には區別されるべき用語であると考えられる。すなわち、「文學集團」とは所謂「文學」に屬する創作活動に從事した文人による集團とされるべきであり、「文人集團」とは所謂「文學」に限られないあらゆる學問分野文體を包括した總合的な著述活動を行った集團と理解すべきであろう。佐藤氏の「文學」に對する理解については、例えば賈謐集團を評して「純粹に文學を愛好する仲間を集ったという性格のものではない」と述べており、ここからは「文學」を所謂「文學」に限定して理解していることがわかる。このような意味で「文學集團」を理解した場合、張華集團などは必ずしも張華を中心とした文學作品の應酬が盛んに認められるようなことはなく、また陳壽などの所謂「文學」の創作者に該當しない文人も含まれており、「文學集團」の呼稱によってこれらを統合して理解することは困難であろう。また、集團の認定方法についても問題がある。同一の場において一時を共有したという一點によって集團の認定が行われるが、これによって創作活動が行われた根據とはなり得ず、したがって、この一點によってのみ集團認定することは難しい。また、その後の交流についても、そのような交流が一時期を共有した際に形成された文學集團の所産であると認識することは到底考えにくい。むしろ、時と場所の共有を契機として文人間の個別的交流が形成されたと理解するのが穩當であり、敢えてそのすべてを「文學集團」に當てはめる必要はないように思われる。

もっとも、佐藤氏が論じる當時の南方文人と北方文人との間の對立關係、そしてこれら二つの異なる文學風土の接觸によって、六朝文學へとつながる西晉文學が生み出されたであろうことは、確かに西晉文學の特徴の一つとして認められよう。

(18) 試みに、「三張二陸兩潘一左」における、嚴可均『全上古三代秦漢三國六朝文』及び逯欽立『先秦漢魏晉南北朝詩』に収められる作品を擧げると以下の通りとなる。張載、文十三篇、詩二十一首。張協、文十五篇、詩十五首。張亢、文無し、詩一首。陸機、文百三十三篇、詩百十三首。陸雲、文九十八篇、詩三十四首。潘岳、文五十八篇、詩二十三首。潘尼、文二十六篇、詩三十首。左思、文六篇、詩十五首。なお、例えば左思「詠史詩」八首のような複數篇或いは複數首で構成される作品は、實際に作品を構成する篇數或いは首數で計算を行った。

(19) 佐竹保子『西晉文學論――玄學の影と形似の曙――』(汲古書院、二〇〇二年)。

(20) 矢田博士「西晉期における《四言詩》盛行の要因について――「應詔・應令」及び「贈答」の詩を中心に――」(早稲田大學、中國詩文研究會、『中國詩文論叢』第十四集、一九九五年)、同「愍懷太子の東宮における詩歌創作の新たなる展開」(六朝學術學會、『六朝學術學會報』第九集、二〇〇八年)、同「西晉武帝期の侍宴詩について」(早稲田大學、中國詩文研究會、『中國詩文論叢』第二十九集、二〇一〇年)。

(21) 興膳宏『亂世を生きる詩人たち 六朝詩人論』(研文出版、二〇〇一年)三「左思と詠史詩」(初出、京都大學、中國文學會、『中國文學報』第二十一册、一九六六年)。

(22) 林田愼之助『中國中世文學評論史』(創文社、一九七九年)第三章第四節「左思の文學」。

(23) 孫明君『兩晉士族文學研究』(中華書局、二〇一〇年)。

(24) 兪士玲『西晉文學考論』(南京大學出版社、二〇〇八年)。

(25) 鈴木虎雄『賦史大要』(冨山房、一九三六年)、中島千秋『賦の成立と展開』(關洋紙店印刷所、一九六三年)、馬積高『賦史』(上海古籍出版社、一九八七年)、程章燦『魏晉南北朝賦史』(江蘇古籍出版社、二〇〇一年。初版、一九九二年)、廖國棟『魏晉詠物賦研究』(文史哲出版社、一九九〇年)と辭賦文學史を學ぶ際の學術書は比較的古いものが多い。なお、近年では高橋庸一郎『中國文化史上における漢賦の役割――付樂府詩論』(阪南大學叢書、晃洋書房、二〇一一年)などもあるが、何れにせよ日本の辭賦文學研究が他の中國文學の分野と比較して停滞していることに變わりはない。

(26) 小尾郊一『眞實と虛構――六朝文學』(汲古書院、一九九四年)「魏晉の賦における寫實精神」(初出、「左思の賦觀――魏晉の賦に於ける寫實精神」〔『廣島大學文學部紀要』第十五集、一九五九年〕。『中國文學に現われた自然と自然觀』〔岩波書店、一九六二年〕にも收錄)を參照。

(27) 戶髙留美子「「三都賦」小考――都城賦制作意義の變容とその背景について――」(『お茶の水女子大學中國文學會報』第二十三集、二〇〇四年)を參照。

(28) 皋于厚『漢魏六朝文學論稿』(東南大學出版社、二〇〇七年)「試論左思及其詩賦創作」を參照。

(29) 顧農『文選論叢』(廣陵書社、二〇〇七年)「左思「三都賦」及其序注綜考」を參照。

(30) 程氏前揭注(25)著第五章第三節「「三都賦」騁辭大賦最後的輝煌」を參照。

(31) 近年の『文選集注』に關する考察としては、陳翀「曹憲籍貫行歷新證及其《文選》佚注彙考――《集注文選》成書前史研究」(程章燦・徐興無編『《文選》與中國文學傳統――第九屆《文選》學國際學術研討會論文集』、中華書局、二〇一四年)、同「《文選集注》李善表卷之復原及作者問題再考――以慶應義塾大學圖書館藏舊鈔本《文選表注》爲中心」(王立羣編『第十屆文選學國際學術研討會論文集』、河南大學出版社、二〇一四年)がある。陳氏は『文選集注』の作者について、唐人によるものではなく、平安時代の文人である大江匡衡が一條天皇の奉敕により編纂したものであるとする學說を提示している。

附録①【左思及び「三都賦」關係年譜】

※　葉日光『左思生平及其詩之析論』（文史哲學集成、文史哲出版社、一九七九年）及び福原啓郎『西晉の武帝 司馬炎』（白帝社、一九九五年）、陸侃如『中古文學繫年』（人民文學出版社、一九八五年）、曹道衡・沈玉成編『中國文學家大辭典 先秦漢魏晉南北朝巻』（中華書局、一九九六年）、その他諸書を參考に作成。

なお、年譜を作成するに際しては、「三都賦」をめぐる著述活動に關する事項のほか、以下の點を補足した。

・葉日光『左思生平及其詩之析論』の生卒年比定に基づき、左思の年齢を記載した。
・本書中に取り上げた歴代都邑賦について、著者の生卒年とともに記載した。
・左思以外の西晉時代の著名な文人についても、參考としてその沒年時に生年とともに記載した。

前漢	司馬相如（?～前一一八）、「子虛賦」「上林賦」。 揚雄（前五三～一八）、「蜀都賦」。
後漢	班固（三二～九二）、「兩都賦」。同じ頃、傅毅「洛都賦」「反都賦」、崔駰「反都賦」、杜篤「論都賦」が相次いで發表される。
和帝元興元年（一〇五）	蔡倫によって「蔡侯紙」が發明される。
安帝永初年間（一〇七～一一三）	張衡（七八～一三九）、「二京賦」「南都賦」。
獻帝建安年間（一九六～二一九）	曹操父子及び建安七子を中心とした文學活動が行われる（五言詩の盛行）。 徐幹（一七〇～二一七）、「齊都賦」。劉楨（一七〇?～二一七）、「魯都賦」。

曹魏文帝黄初元年（二二〇）	後漢獻帝からの禪讓を受けて曹魏王朝が建國される。三國鼎立時代が開始する。
明帝時期（二二七～二三九）	劉劭（?～?）、「趙都賦」「許都賦」「洛都賦」。
廢帝正始十年（二四九）	司馬懿が曹爽に對して叛亂を起こし、曹爽を殺害する（洛陽）。
齊王芳嘉平三年（二五一）	司馬懿が王凌の叛亂を鎮壓する。
嘉平五年（二五三）	一歳。左思が誕生する。
嘉平六年（二五四）	二歳。司馬師が夏侯玄らを殺害し、齊王曹芳を廢位する（洛陽）。
後廢帝正元二年（二五五）	三歳。司馬師が毌丘儉と文欽の叛亂を鎮壓する。
高貴鄕公髦甘露三年（二五八）	六歳。司馬昭が諸葛誕の叛亂を鎮壓する。
甘露五年（二六〇）	八歳。司馬昭が高貴鄕公曹髦を弑殺する（洛陽）。
元帝景元四年（二六三）	十一歳。蜀主劉禪が曹魏王朝へ降伏し、蜀漢王朝が滅亡する。
西晉武帝泰始元年（二六五）	十三歳。曹魏陳留王曹奐による禪讓を受けて西晉王朝が建國される。
泰始三年（二六七）	十五歳。司馬衷が皇太子に擁立される。司馬衷不慧疑惑が發生する。
泰始八年（二七二）	二十歳。左思の妹である左棻が武帝司馬炎の後宮へ入内する。左思も洛陽へ移住する。この時、「三都賦」の著述が開始される。
泰始九年（二七三）	二十一歳。武帝司馬炎が「采女」策を斷行する。
咸寧三年（二七七）	二十五歳。太子司馬衷の親弟の封王を行う（第一回）。
太康元年（二八〇）	二十八歳。吳主孫晧が西晉王朝へ降伏し、孫吳王朝が滅亡する。西晉王朝による三國統一が達成される。 この頃、陳壽と杜預が、それぞれ『三國志』と『春秋左氏經傳集解』の著述を開始する。
太康二年（二八一）	二十九歳。汲郡から大量の竹簡（「汲冢書」…『竹書紀年』『穆天子傳』等）が出土する。
太康三年（二八二）	三十歳。この頃までに「三都賦」が完成する。 皇甫謐（二一五～）沒、「三都賦序」。
太康五年（二八四）	三十二歳。杜預（二二二～）沒、この時までに『春秋左氏經傳集解』が完成する。
太康十年（二八九）	三十七歳。太子司馬衷の親弟の封王が行われる（第二回）。
太熙元年（二九〇）	三十八歳。武帝司馬炎崩御。
惠帝元康元年（二九一）	三十九歳。楊駿が賈皇后に誅殺され、賈皇后の專權が始まる（廣義の八王の亂の勃發）。

元康二年（二九二）	四十歳。この頃までに劉逵、張載、衞權の「三都賦」に對する注釋が完成する。
元康四年（二九四）	四十二歳。傅咸（二三九～）沒、「正都賦」。
元康七年（二九七）	陳壽（二三三～）沒。この年までに『三國志』が完成する。
永康元年（三〇〇）	四十八歳。張華（二三二～）、潘岳（二四七～）、石崇（二四九～）沒。 賈皇后が誅殺される（狹義の八王の亂の勃發）。
太安二年（三〇三）	五十一歳。陸機（二六一～）、陸雲（二六二～）沒。
懷帝永嘉元年（三〇七）	五十五歳。左思沒。
建興五年（三一七）	愍帝司馬鄴が殺害され、西晉王朝が滅亡する。
東晉元帝太興元年（三一八）	建康において司馬睿が皇帝に即位し、東晉王朝が成立する。 庾闡（?～?）、「揚都賦」。
劉宋武帝永初元年（四二〇）	東晉恭帝からの禪讓を受けて劉宋王朝が建國される。東晉王朝が滅亡する。 夏侯弼（?～?）、「吳都賦」。
北魏太武帝眞君十一年（四五〇）	漢族出身の宰相であった崔浩が誅殺される。
文成帝時期（四五二～四六五）	高允（三九〇～四八七）、「代都賦」。梁祚（四〇二～四八八）、「代都賦」。
劉宋明帝泰始二年（四六六）	鮑照（四一四?～）沒、「蕪城賦」。
蕭齊武帝建元元年（四七九）	劉宋順帝からの禪讓を受けて蕭齊王朝が建國される。劉宋王朝が滅亡する。 孔逭（?～四九四?）、「東都賦」。
宣武帝時期（四九九～五一四）	陽固（四六七～五二三）、「南都賦」「北都賦」。
梁武帝天監元年（五〇二）	蕭齊和帝からの禪讓を受けて梁王朝が建國される。蕭齊王朝が滅亡する。 吳均（四六九～五二〇）、「吳城賦」。
東魏孝靜帝天平元年（五三四）	北魏王朝が分裂し、東魏王朝が成立する。この時、洛陽から鄴都へと遷都を行う。裴伯茂（四九九?～五三七?）、「遷都賦」。 裴景融（四九四～五四六）、「鄴都賦」「晉都賦」。
隋文帝開皇元年（五八一）	庾信（五一三～）沒、「哀江南賦」。

附錄②【三國時代から西晉時代の各王朝の領土の變遷に關する地圖】

（1）黄初元年（二二〇）～景元三年（二六三）

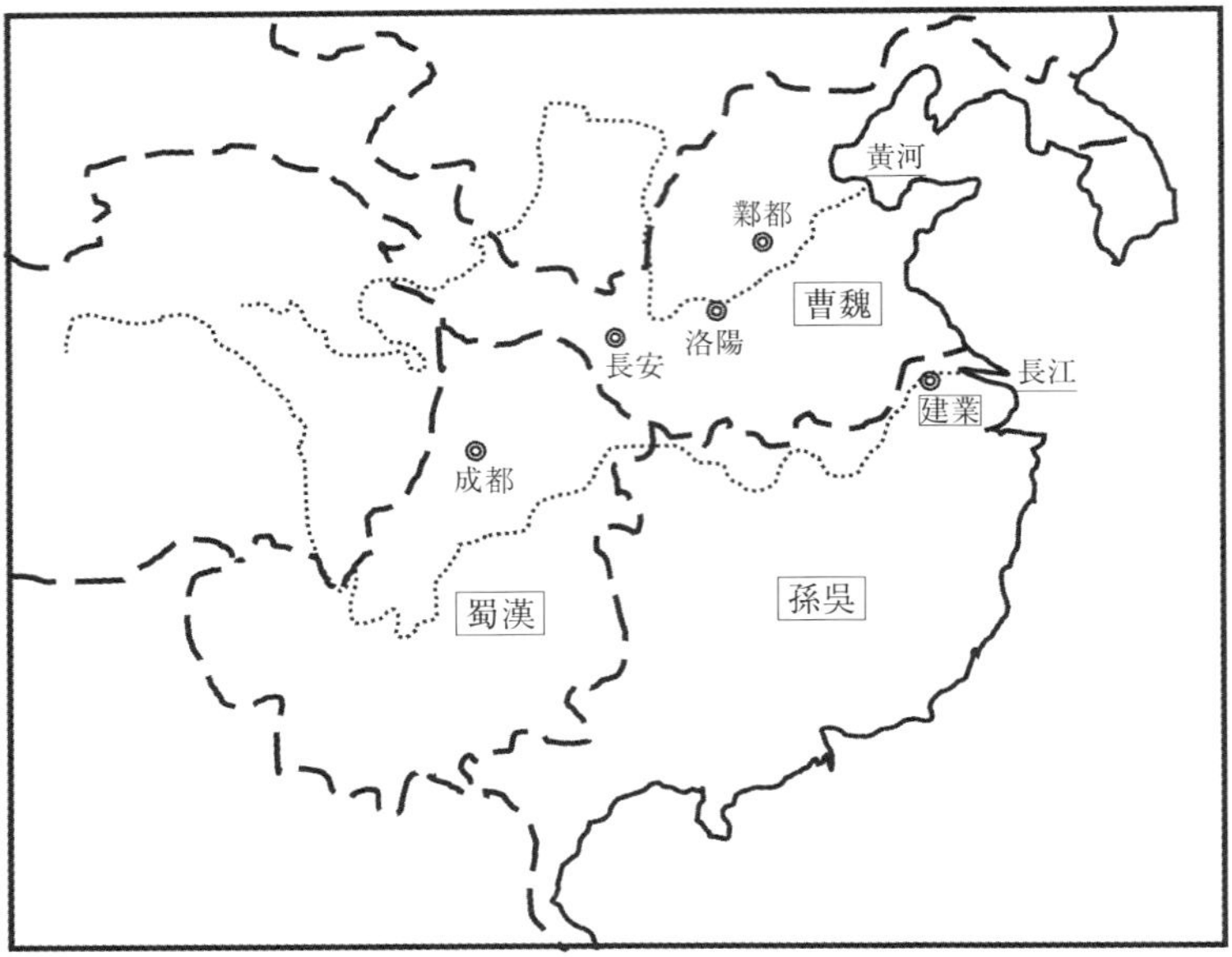

（2）景元四年（二六三）～咸熙元年（二六四）

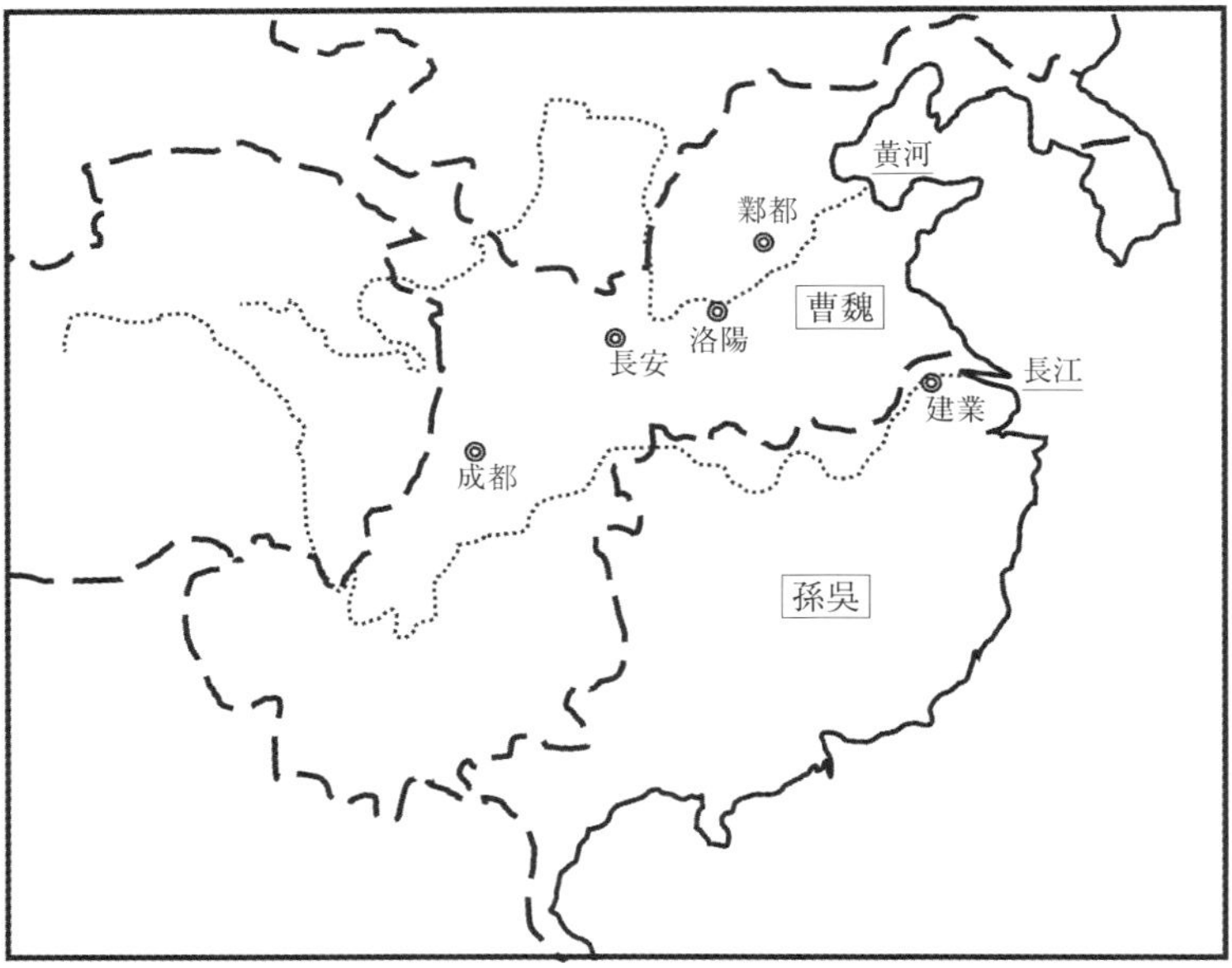

附錄②【三國時代から西晉時代の各王朝の領土の變遷に關する地圖】

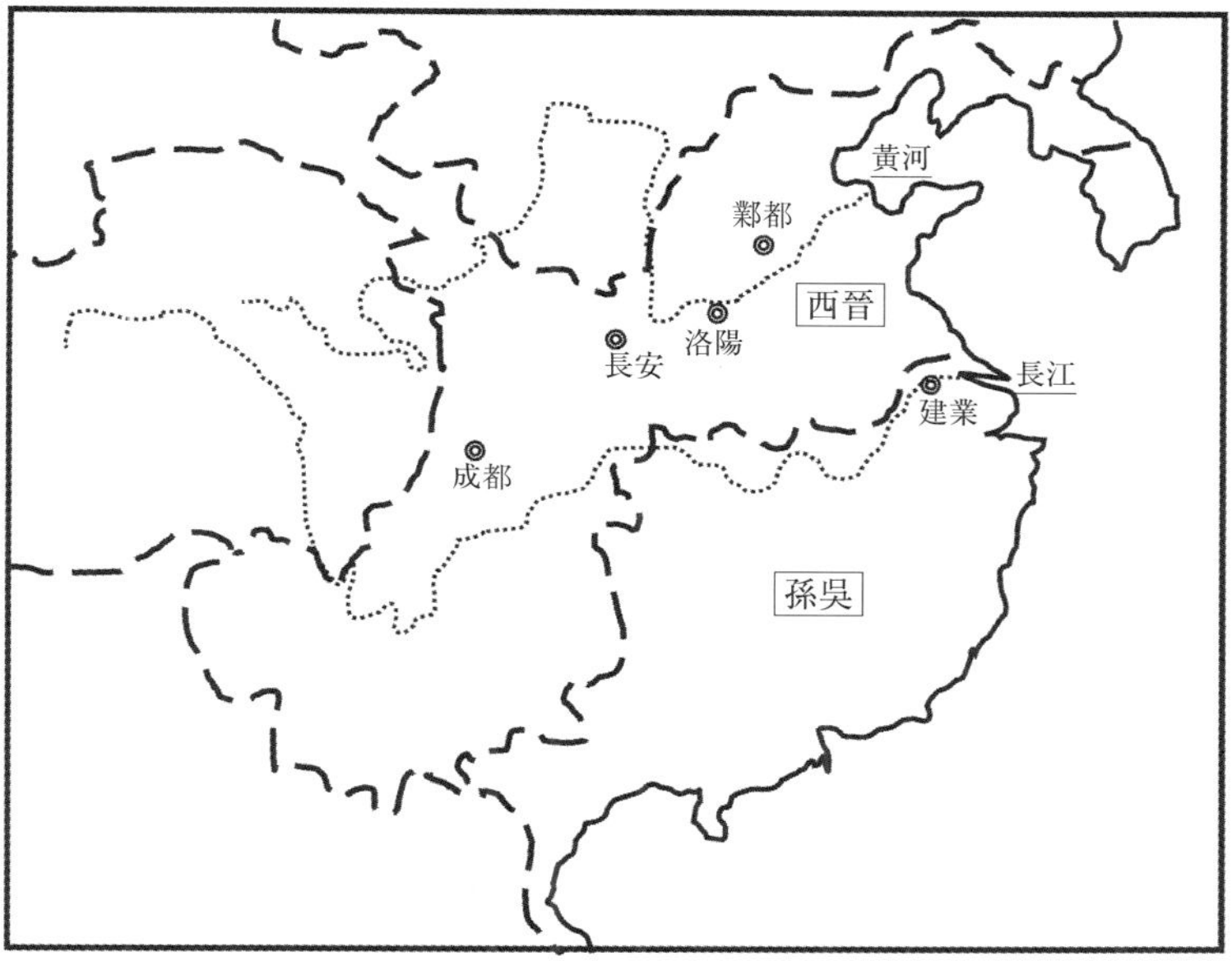

（3）泰始元年（二六五）～咸寧五年（二七九）

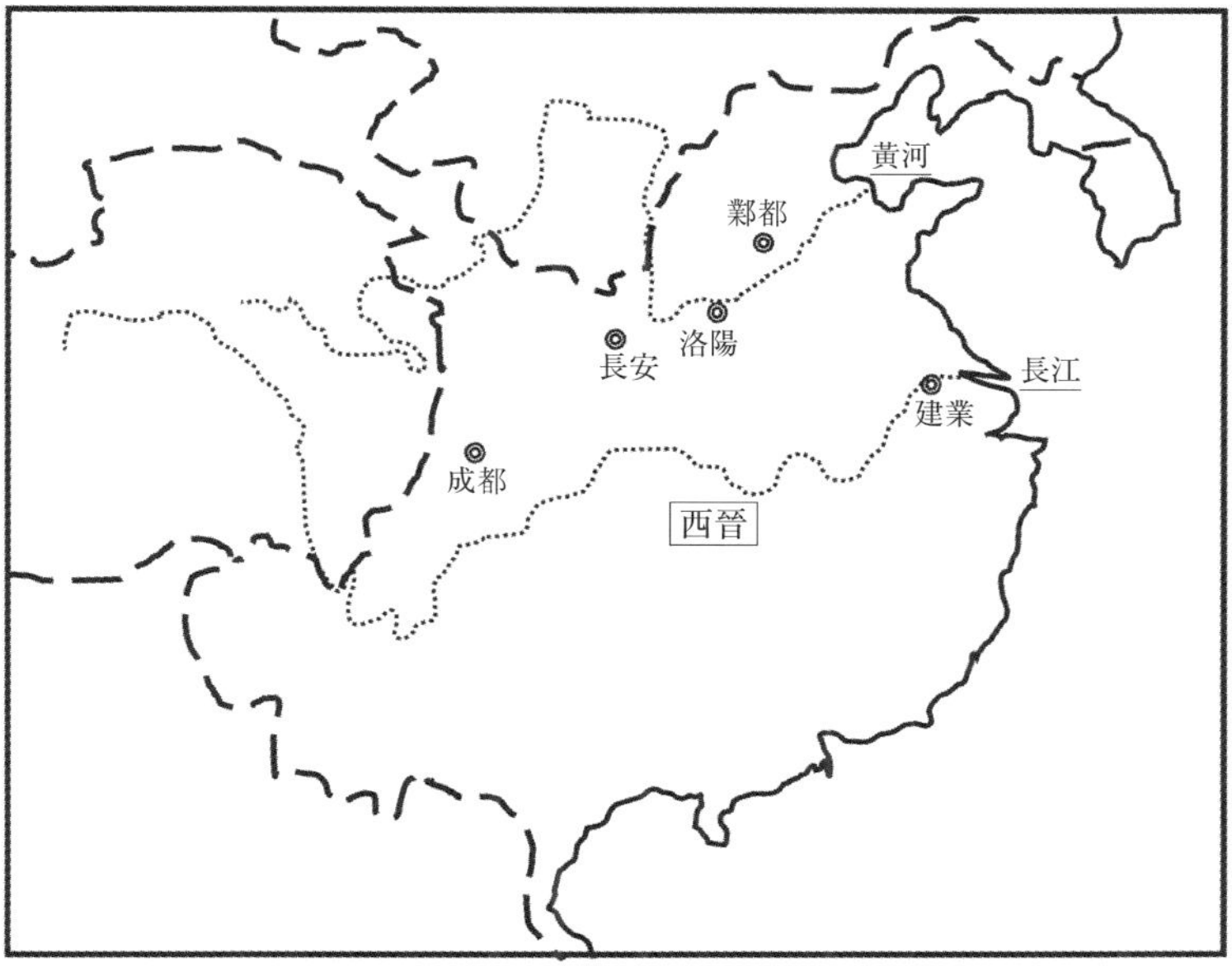

（4）太康元年（二八〇）～建興四年（三一六）

上篇　「三都賦」前後の賦作とその周縁

第一章　漢賦からの繼承と發展

「三都賦」が分類される「都邑」という主題は、左思が新たに創出したものではない。むしろ賦の歴史に鑑みたとき、これは比較的古い主題に含まれると言ってもよいものである。なお、本書における「都邑」を描いた賦、すなわち「都邑賦」は、專ら「ある都城を中心としてその內外の自然・風俗・資源・歴史を描き出した賦作品」として理解する。この都邑賦の淵源は、序章附節の中でも述べた通り、近くは後漢の班固「兩都賦」や張衡「二京賦」があるし、より古くに遡れば、前漢の司馬相如「子虛上林賦」や揚雄「蜀都賦」などもおよそこの流れの中に含むことができる。このことは『文選』の「京都」部の收錄作品として、「三都賦」に先立ち「兩都賦」「二京賦」兩作品が收められることからも明らかである。つまり、「三都賦」の完成に至るまでには、類題の先行作品が數多く存在するのである。「三都賦」を含む六朝期の都邑賦全體の流れについては第三章に讓るとして、ここでは「三都賦」の著述に最も關係が深いと思しき作品、すなわち班固「兩都賦」と張衡「二京賦」について檢討したい(1)。

左思は「三都賦」序文の中で、次のような言葉を殘している。

余既思摹二京、而賦三都。

余　既に二京を思摹《しぼ》して、三都を賦せんとす。

（〔西晉〕左思「三都賦序」『文選』卷四）

ここで左思が模擬對象として擧げる「二京」とは、後漢の文人である張衡「二京賦」を指す。この「二京賦」についても、實は以下に示すように模擬對象となった先行都邑賦が存在する。

衡乃擬班固兩都、作二京賦、因以諷諫。

（張）衡乃ち班固の兩都に擬し、二京賦を作りて、因りて以て諷諫す。

（『後漢書』巻五十九張衡傳）

張衡は、直接には班固「兩都賦」に範を取って「二京賦」を創作したのである。ここから、「二京賦」を媒介として、「兩都賦」と「三都賦」の三作品の繼承關係が確認できる。となれば、やはりこの三作品、とりわけ西晉時代に作られた「三都賦」と、後漢時期に完成した二作品との間には何らかの共有や相違があると思われ、これを分析する必要が生じる。程章燦氏が指摘するように、都邑賦は本來的に前代の辭賦作品を凌駕せんとする意識の作用する主題であるため、これらの作品間にも必ずや繼承部分と發展部分とが見えてくるはずである(2)。

本章は、これら三作品の間で確認できる繼承及び發展部分についての分析を通じて、本文の内容より判斷される「三都賦」に固有の特徴の所在を明らかにすることを目的とする。

第一節　漢賦からの繼承

「三都賦」及び先行都邑賦二篇には、構成上の共通點が認められる。作品内で架空の人物を設定し、彼らを通した論の應酬を行う「主客問答體」がそれである。「兩都賦」「二京賦」では、それぞれ「西都賓、東都主人」「憑虛公子、安處先生」の二者の對話で構成され、「三都賦」では「西蜀公子、東吳王孫、魏國先生」の三者による對話で成立する。(3)そして、彼らの對話によって描かれる對象に着目すれば、以下の共通點が認められる。

まず第一に、作品內で各王朝の都城及び領有範圍もしくは描寫範圍が明示されること。これにより、それぞれの作者が作品內で何處を中心に描き出そうとしたかが確認できる。第二に、宮殿及び市街地といった都城內部の描寫が存在すること。第三に、狩獵及び狩獵後の宴會の情景が描かれること。「兩都賦」「二京賦」では、主に上林苑での天子遊獵のさまが描き出される。また、「蜀都賦」「吳都賦」では各地方の風俗に根ざした狩獵描寫が展開される。「魏都賦」についても後述のように敍述內容に變化がある。以上「三都賦」は、先行都邑賦內で描き出された描寫對象をおおむね踏襲した上で作られた作品であると理解してよかろう。

その描寫內容にも共通性を見出すことができる。例えば、作品內で物質的豊かさを盛んに主張する內容がそうである。「西都賦」や「西京賦」では前漢の都長安一帶を對象とし、前漢王朝の宮殿や庭園の豪奢なさまを述べるが、その際に物質面での豊富さを描き出すことで奢侈の樣子を形容する。また「蜀都賦」「吳都賦」では、左思が西晉人士にとって未開拓の地域の風俗を明示しようとしたがために、各地に存在する動植物の描寫において盛んにその物質的側面が强調される筆致となっている。

次に、作者が作品創作時の支配王朝を稱讚する點も繼承されている。班固と張衡にとっての後漢王朝、左思にとっての西晉王朝である。「兩都賦」「二京賦」では、光武帝及び明帝ら後漢王朝最初期の皇帝の治世を描き出し、後漢王朝の治世が讚美される。一方「三都賦」では、一見すると曹魏王朝が作品內部での主要な地位を占めるため、西晉王朝に對する直接の稱讚は見られないようにも感じる。しかし實際には、後に詳述するように魏晉革命の敍述を經由することで西晉の正統性を主張し、間接的に西晉王朝の稱揚を企圖しているのである。この點について、左思は意識的に先行都邑賦の描寫內容を繼承したと推察される。「兩都賦」「二京賦」では作品內で描かれる王朝と作者の所屬する王朝は、一致して後漢王朝である。一方、「三都賦」は作品內で蜀漢・孫吳・曹魏の各王朝を直接の描寫對象とし、左思自身は西晉王朝に仕えるために一致しない。もし、左思が直接に描寫對象とする王朝のみの稱讚を目指したのであれば、「魏都賦」で漢魏革命の敍述のみに留めればよく、敢えて魏晉革命までを描き出す必然性は存在しない。しかし、左思が殊更に魏晉革命をも述べることから、作者が活動した王朝を作品世界內で稱讚するという先行都邑賦の特徵を、左思が強く意識したであろうことが讀み取れるのである。

以上、「三都賦」著述に際して、當然のことではあろうが「兩都賦」「二京賦」から數多くの要素を受け繼ぎ、先行都邑賦の系譜に連なる作品を作り出そうとした左思の姿勢を、ここに確かに認めることができる。

第二節　漢賦からの發展

（1）作品內の描寫範圍の場合

前節で「三都賦」の先行作品からの繼承點について論じたが、實際にはこれらの作品は描寫對象となる王朝がそれぞれ後漢と三國と異なるため、その描寫に差違が生じるのは當然の歸結である。第一に、描き出される領域において先行作品と「三都賦」では大きな變化が見られる。實際に各作品內に描き出される領域について、その外緣を描き出し、かつ具體的地名が擧がる部分を中心に拔粹する。まずは、班固「兩都賦」と張衡「二京賦」より擧げる。

漢之西都在於雍州　寔曰長安　漢の西都は雍州に在り、寔《これ》を長安と曰ふ。

左據函谷二崤之阻　表以太華終南之山
右界褒斜隴首之險　帶以洪河涇渭之川
……
其陽則崇山隱天　幽林穹谷
……
其陰則冠以九嵕　陪以甘泉

遂超大河　跨北嶽
立號高邑　建都河洛

漢氏初都　在渭之涘
秦里其朔　寔爲咸陽
左有崤函重險　桃林之塞
　綴以二華　巨靈贔屓
　高掌遠蹠　以流河曲
　　厥跡猶存
右有隴坻之隘　隔閡華戎

左《ひがし》は函谷 二崤の阻に據り、表するに太華 終南の山を以てす。
右《にし》は褒斜 隴首の險を界《さかひ》とし、帶《めぐら》すに洪河 涇渭の川を以てす。
……
其の陽《みなみ》は則ち崇山 天を隱し、幽林 穹谷あり。
……
其の陰《きた》は則ち冠するに九嵕を以てし、陪するに甘泉を以てす。
（〔後漢〕班固「西都賦」『文選』巻一）

遂に大河を超え、北嶽に跨《またが》り、
號を高邑に立て、都を河洛に建つ。
（〔後漢〕班固「東都賦」『文選』巻一）

漢氏の初め都するや、渭の涘《ほとり》に在り、
秦 其の朔に里《を》り、寔《これ》を咸陽と爲す。
左《ひだり》には崤函の重險、桃林の塞有り。
綴《てい》するに二華を以てし、巨靈 贔屓《ひいき》し、
掌《たなごころ》を高くし蹠《あし》を遠くし、以て河曲を流す。
厥《そ》の跡 猶ほ存す。
右《にし》には隴坻の隘、華戎を隔て閡《かぎ》り、

岐梁汧雍　陳寶鳴鷄在焉
於前則終南太一　隆崛崔崒
　隱嶙鬱律　連岡乎嶓冢
　抱杜含鄠　欱灃吐鎬
……
於後則高陵平原　據渭踞涇
……
其遠則九嵕甘泉　涸陰沍寒

總風雨之所交　然後以建王城
審曲面勢　泝洛背河
左伊右瀍　西阻九阿
東門于旋
盟津達其後　太谷通其前
迴行通乎伊闕　邪徑捷乎轘轅
大室作鎮　揭以熊耳
底柱輟流　鐔以大伾

岐 梁 汧 雍有り、陳寶 鳴鷄 焉れに在り。
前に於けるや則ち終南 太一あり、隆崛 崔崒、
隱嶙 鬱律として、岡を嶓冢に連ね、
杜を抱き鄠を含み、灃を欱《す》ひ鎬を吐く。
……
後に於けるや則ち高陵 平原、渭に據り涇に踞《うづくま》る。
……
其の遠くは則ち九嵕 甘泉の、涸陰 沍寒たるあり。
（〔後漢〕張衡「西京賦」『文選』巻二）

風雨の交はる所を總べ、然る後に以て王城を建つ。
面勢を審曲し、洛を泝《さかのぼ》り河に背き、
伊を左にし瀍を右にし、西のかた九阿を阻《へだ》て、
東のかた于旋に門す。
盟津 其の後に達し、太谷 其の前に通ず。
迴行して伊闕に通じ、邪徑して轘轅に捷《ちか》し。
大室を鎮と作《な》し、揭《かか》ぐるに熊耳を以てす。
底柱 流れを輟《とど》め、鐔《つば》するに大伾を以てす。

（〔後漢〕張衡「東京賦」『文選』巻三）

まず、「兩都賦」及び「二京賦」に擧がる地名や山川名を確認すれば、「西都賦」「西京賦」のいずれもが長安を中心に四方の地理を描き出していることがわかる。東に位置する函谷關や崤山は現在の河南省の西にあり、西に擴がる褒谷・斜谷や隴山はいずれも秦嶺山脈に屬し、現在の陝西省の西に位置する。ここから陝西省一帯がその描寫範圍であったことが窺える。また南北に關しては終南山がそびえ渭水や涇水が流れることが示されるが、その領域はやはり現在の陝西省一帯を大きく越えるものではない。一方、洛陽を中心に描き出した「東都賦」では具體的な領域把握が殆どなされておらず、「東京賦」の描寫に基づけば、洛陽は「洛、河、伊、瀍」の各河川に圍まれ、その南北に盟津と太谷が構えている。また、洛陽の周りにそびえる「伊闕、轘轅、大室、熊耳、底柱、大伾」の各山嶽は、「底柱」が山西省に位置するほかはすべて河南省に屬している。ここから、現在の河南省一帯が作品の描寫範圍として捉えられていたことがわかる。つまり、班固及び張衡は所謂「中原」一帯を作品世界の限界點として設定していたことが看て取れ、その他の地域は兩者の興味の外にあったことが知られるのである。

　一方「三都賦」であるが、まずは「蜀都賦」より該當箇所を擧げる。

11 夫蜀都者蓋兆基於上世　開國於中古　　夫れ蜀都は蓋し基《もとい》を上世に兆し、國を中古に開けり。

　廓靈關而爲門　包玉壘而爲宇　　靈關を廓《ひら》きて門と爲し、玉壘を包《か》ねて宇と爲す。

　帶二江之雙流　抗峩眉之重阻　　二江の雙流を帶び、峩眉の重阻に抗《むか》ふ。

……　　……

21 於前則跨躡犍牂　枕輢交趾　　前に於けるや則ち犍牂を跨り躡み、交趾に枕み輢る。

經塗所亙　五千餘里
經途の亙る所、五千餘里なり。

……

33龍池滈瀑濆其隈　漏江伏流潰其阿
龍池 滈瀑として其の隈《くま》に濆《わ》き、漏江 伏流して其の阿《くま》に潰《も》る。

……

58於後則却背華容　北指崐崘
後ろに於けるや則ち華容を却背し、北のかた崐崘を指す。
縁以劒閣　阻以石門
縁《めぐ》らすに劍閣を以てし、阻《へだ》つるに石門を以てす。

……

91於東則左綿巴中　百濮所充
東に於けるや則ち左には巴中を綿《へ》て、百濮の充つる所。
外負銅梁宕渠　内函要害膏腴
外には銅梁を宕渠に負ひ、内には要害を膏腴に函《ふく》む。

……

113於西則右挾岷山　涌瀆發川
西に於けるや則ち右には岷山を挾《さしはさ》み、瀆を涌して川を發す。

……

「蜀都賦」においては成都を中心として東西南北に位置する地名を列擧することで支配領域を描き出している。「犍牂」は現在の四川省及び貴州省一帯を示し、「交趾」は越南を指したものである。また「劍閣、石門」は成都の北方、現在の陝西省と四川省の境界に位置し、「岷山」は成都の西北にある山嶽である。したがって、現在の四川省や貴州省といった中國西南部に越南を含む廣大な領域が作品の對象であったことがわかる。ついで、「吳都賦」を擧げる。

51固其經略　上當星紀
固より其の經略、上は星紀に當たり、
拓土畫疆　卓犖兼幷
土を拓《ひら》き疆《さかひ》を畫《えが》き、卓犖として兼幷す。

包括于越　跨躡蠻荊　　于越を包括し、蠻荊に跨躡す。

……　……

59指衡嶽以鎭野　目龍川而帶坰　　衡嶽を指して以て野を鎭《おさ》め、龍川を目して而して坰を帶ぶ。

……　……

79出乎大荒之中　行乎東極之外　　大荒の中より出で、東極の外に行く。

經扶桑之中林　包湯谷之滂沛　　扶桑の中林を經て、湯谷の滂沛を包《か》ぬ。

ここでは「星紀・于越・蠻荊」が擧げられ、これはそれぞれ呉、越、楚を示す。ここから、現在の江蘇以南の海岸沿いの各省から、内陸部は湖北・湖南省までが描かれ、これらが孫呉の支配領域であったことが讀み取れる。更には「大荒の中より出で、東極の外に行く」とあることから、孫呉の東方に廣がる大海原までもがその領域として認識されていたことが看て取れる。或いは、その目線の先には日本をも捉えていたかもしれない。最後に「魏都賦」を擧げる。

99爾其疆域則旁極齊秦　結湊冀道　　爾して其の疆域は則ち旁《かたはら》に齊秦を極め、冀道を結び湊《あつ》む。

開胷殷衞　跨躡燕趙　　胸を殷衞に開き、燕趙に跨躡す。

山林幽映　川澤迴繚　　山林 幽映《ゆうおう》として、川澤 迴繚《かいりょう》す。

恆碣碪碍於靑霄　河汾浩涆而皓溔　　恆碣 靑霄に碪碍《がんがく》として、河汾 浩涆《こうかん》として皓溔《こうよう》たり。

「魏都賦」ではこれまでとは異なり、具體的な地名の列擧はなされず、「齊、秦、殷、衞、燕、趙」と古代の國名を擧げることで、現在の華北地域一帯をその領域として捉えていたことが示される。このような敢えて具體的な河川や山嶽の名稱を擧げることがない敍述方法からは、「蜀都賦」「吳都賦」それぞれがよって立つ地勢に執着することを、否定的に捉える「魏都賦」の主題の所在とも關係すると考えることができる。

以上、各作品の描寫範圍を確認したが、「兩都賦」や「二京賦」などの先行都邑賦に比べ、「三都賦」の描寫範圍は驚くほどに擴大した。このような差違が生じた原因は、各文人が著述活動を行った當時の社會政治狀況に求めることができる。すなわち、班固は長安への遷都をめぐる議論が盛んであった事實に觸發され、張衡は當時の王侯や權力層の奢侈に對する諷諫として、それぞれ作品を創作した[4]。兩者は、いわば國內問題に對する自身の政治態度を表明する意圖で著述を行ったのである。これに對して、左思の場合はその視點が自分の屬する王朝の領域內にとどまらない。西晉王朝內での孫吳平定に關する議論、或いは西晉人士にとって身近な地域とは必ずしも言い難い蜀や吳に對する興味關心の高まり、これらを強く意識して著述を行ったのであった。

だからこそ、作品世界の大幅な擴大に伴う作品內の事物描寫にも、當然のこととして增加傾向が認められる。以下に、「三都賦」內の事物描寫のうち、とりわけ事物の名稱が連ねられる部分を列擧する。

①53其間則有虎魄丹靑　江珠瑕英　　其の間に虎魄　丹靑、江珠　瑕英、
金沙銀礫　　金沙　銀礫有り。

②72其樹則有木蘭梫桂　杞櫹椅桐　　其の樹は則ち木蘭　梫桂《しんけい》、杞《き》　櫹《しょう》　椅桐、
欀枒楔樅　　欀枒《そうや》　楔《かつ》　樅有り。

③95其中則有巴叔巴戟　靈壽桃枝　其の中は則ち巴叔 巴戟、靈壽 桃枝有り。

④125其中則有靑珠黃環　碧砮芒消　其の中は則ち靑珠 黃環、碧砮 芒消《ぼうしょう》有り。

⑤157其園則有林檎枇杷　橙柿梬楟　其の園は則ち林檎 枇杷、橙 柿《し》 梬《へい》 楟《てい》有り。

⑥175其圃則有蒟蒻茱萸　瓜疇芋區　其の圃は則ち蒟蒻《くじやく》 茱萸《しゆゆ》、瓜疇《かちゆう》 芋區《うく》有り。

⑦183其沃瀛則有攢蔣叢蒲　綠菱紅蓮　其の沃瀛は則ち攢蔣《さんしよう》 叢蒲、綠菱 紅蓮有り。

⑧191其中則有鴻疇鵠侶　振鷺鵜鶘　其の中は則ち鴻疇 鵠侶、振鷺《しんろ》 鵜鶘《ていこ》有り。

⑨198其深則有白黿命鼈　玄獺上祭　其の深きは則ち白黿《はくげん》 鼈《べつ》を命《よ》び、玄獺《げんだつ》 上祭する有り。

　鱣鮪鱒魴　鮷鱧魦鱨　鱣《てん》 鮪《い》 鱒《そん》 魴《ほう》、鮷《てい》 鱧《れい》 魦《さ》 鱨《しよう》あり。

「蜀都賦」では①、④のような鑛物資源、或いは②、③、⑤、⑥、⑦のような果樹や栽培作物及び樹木が列擧される。更には⑧の鳥類や⑨の爬蟲類や魚類といった動物が擧げられ、蜀の豐富な自然環境が多くの具體的名稱の羅列によって示される。ついで、「吳都賦」の事物を列擧した部分を示す。

⑩95於是乎長鯨呑航(5)　修鯢吐浪　是に於て長鯨 航を呑み、修鯢 浪を吐く。

　躍龍騰蛇　鮫鯔琵琶　躍龍 騰蛇、鮫 鯔 琵琶あり。

　王鮪侯鮐　鯽龜鱕鯌　王鮪《おうゆう》 侯鮐《こうたい》、鯽龜《いんき》 鱕鯌《はんさく》、

烏賊擁劒　句鼊鯖鰐

⑪107鵾鶏鸀鳿　鸘鵠鷺鴻
鶢鶋避風　候鴈造江
鸂鶒鷛鸈　鶄鶴鶖鶬
鸛鷗鷁鸕　氾濫乎其上

⑫169草則藿蒳豆蔻　薑彙非一
江離之屬　海苔之類
綸組紫絳　食葛香茅
石帆水松　東風扶留

⑬189木則楓柙豫章　栟閭句根
綿杬杶櫨　文欀楨橿
平仲君遷　松梓古度
楠榴之木　相思之樹

⑭223其下則梟羊麡狼　猰貐貙象
烏塗之族　犀兕之黨

烏賊 擁劍、句鼊《こうへき》 鯖 鰐あり。

鳥は則ち鵾鶏《こんけい》 鸀鳿《しょくぎょく》、鸘《そう》 鵠 鷺 鴻、
鶢鶋《えんきょ》 風を避け、候鴈 江に造《いた》る。
溪《けい》鶒《ちょく》 鷛鸈《ようきょ》、鶄 鶴 鶖鶬、
鸛《かん》 鷗《おう》 鷁《げき》 鸕《ろ》、其の上に氾濫す。

草は則ち藿蒳《かくとう》 豆蔻《とうこう》あり、薑《きょう》の彙《たぐひ》は一に非ず。
江離の屬、海苔の類あり。
綸組 紫絳、食葛 香茅あり。
石帆 水松、東風 扶留あり。

木は則ち楓柙《こう》 豫章、栟閭《へいりょ》 句根《こうろう》あり。
綿 杬《げん》 杶《ちゅん》 櫨、文 欀 楨 橿あり。
平仲 君遷、松 梓 古度あり。
楠榴の木、相思の樹あり。

其の下は則ち梟羊《きょうよう》 麡狼《せいろう》、猰貐《あつゆ》 貙《ちゅ》 象、
烏塗《うと》の族、犀兕《さいじ》の黨あり。

⑮233其竹則篔當林於　桂箭射筒
由梧有篁　篻簩有叢
其の竹は則ち篔當《うんとう》 林於《りんよ》、桂箭 射筒あり。
由梧《ゆうご》 篁《たかむら》有り、篻簩《びょうろう》 叢《くさむら》有り。

⑯249其果則丹橘餘甘　荔枝之林
檳榔無柯　椰葉無蔭
龍眼橄欖　棎劉禦霜
其の果は則ち丹橘 餘甘、荔枝の林あり。
檳榔に柯《えだ》無く、椰葉に蔭《かげ》無し。
龍眼 橄欖、棎 劉 霜を禦《ふせ》ぐ。

⑰265其琛賂則琨瑤之阜　銅鍇之垠
火齊之寶　駭鷄之珍
頳丹明璣　金華銀朴
紫貝流黃　縹碧素玉
其の琛賂は則ち琨瑤の阜《おか》、銅鍇の垠《きし》、
火齊の寶、駭鷄の珍あり。
頳丹 明璣、金華 銀朴、
紫貝 流黃、縹碧 素玉あり。

「呉都賦」では「蜀都賦」の自然描寫を凌駕する描寫が行われ、一見して物質的豊かさが强調されていることが明らかであろう。これは「三都賦」の著述當時、孫呉がいまだ西晉王朝の領土ではなく、西晉人士の孫呉に對する興味關心が蜀に比べて强かったことが背景にある。⑩に擧げる魚介類の描寫はかかる狀況を端的に示していよう。「呉都賦」は「三都賦」内で唯一、西晉の人々にとって身近でない海洋地域を描寫範圍に含めた作品であり、そのために⑩のような豊富な魚介類までもが列擧されたのである。他にも⑪の鳥類は⑧よりも數多くの種類が示され、⑬の樹木も②よりも數に富んでいる。また同じ樹木でも、呉の特產は⑮の竹類のように細分化されている。このことから「呉都賦」に込められた情報量の多さが知られよう。一方で「魏都賦」については、以下の一例のみを示すにとどまる。

⑱653 眞定之棃　胡安之栗　　眞定の梨、胡安の栗あり。
醇酎中山　流湎千日　　醇酎は中山、流湎《りゅうめん》すること千日。
淇洹之筍　信都之棗　　淇洹の筍、信都の棗、
雍丘之粱　清流之稻　　雍丘の粱、清流の稻あり。
錦繡襄邑　羅綺朝歌　　錦繡は襄邑、羅綺は朝歌、
緜纊房子　縑緫清河　　緜纊は房子、縑緫《けんそう》は清河なり。

ここに擧げられるのは、鄴都で盛んに開かれる市場において賣買される品物である。これは「蜀都賦」や「吳都賦」における事物の記述の多くが自然の中に存在するものとして行われるのと比較すると、極めて異例である。ここで擧げられる品物の殆どが「（地名）（品物名）」或いは「（地名）之（品物名）」、もしくは「（品物名）（地名）」で示されており、これは各地の特產、或いは獻上品を示したものである。「魏都賦」における事物列擧がこれほどに單純なのは、「蜀都賦」「吳都賦」とは異なり、元來からの領土が持つ地理的情報を殊更に詳述する必要が「魏都賦」にはなかったためであろう。

このようにそれぞれの篇内での差こそあれ、「三都賦」の事物描寫はいずれも詳細なものであったと言えるが、これに比して「兩都賦」「二京賦」では、その具體的な動植鑛物の列擧部分は非常に少ない。「西都賦」に二例、「西京賦」に四例が僅かに見出せるのみであり、「東都賦」「東京賦」では一例も確認できない。以下に具體例を示す。

其中乃有九眞之麟　大宛之馬　　其の中は乃ち九眞の麟、大宛の馬、
黄支之犀　條支之鳥　　黄支の犀、條支の鳥有り。

玄鶴白鷺　黃鵠鵁鸛
鶬鴰鴇鶂　鳧鷖鴻鴈
朝發河海　夕宿江漢
沈浮往來　雲集霧散

玄鶴 白鷺、黃鵠 鵁鸛《こうかん》、
鶬鴰《そうかつ》 鴇鶂《ほうげき》、鳧鷖《ふえい》 鴻鴈あり。
朝《あした》に河海を發し、夕《ゆうべ》に江漢に宿る。
沈浮 往來、雲のごとく集まり霧のごとく散ず。

（以上、〔後漢〕班固「西都賦」『文選』巻一）

木則樅栝椶柟　梓棫楩楓
木は則ち樅《しょう》 栝《かつ》 椶《そう》 柟、梓 棫《よく》 楩 楓あり。

（薛綜注）樅、松葉柏身也。栝、柏葉松身。梓、如栗而小。棫、白蕤也。楓、香木也。
樅は松葉柏身なり。栝は柏葉松身なり。梓は栗の如くして小さし。棫は白蕤なり。楓は香木なり。

草則葴莎菅蒯　薇蕨荔艽
草は則ち葴 莎 菅 蒯《かい》、薇 蕨 荔 艽、
王芻茵臺　戎葵懷羊
王芻 茵 臺、戎葵 懷羊あり。

其中則有黿鼉巨鼈　鱣鯉鱮鮦
其の中は則ち黿《げん》 鼉《た》 巨鼈《きょべつ》、鱣 鯉 鱮 鮦、
鮪鯇鱨魦　脩額短項
鮪 鯇 鱨 魦あり。脩額 短項、
大口折鼻　詭類殊種
大口 折鼻、詭類 殊種あり。

（薛綜注）自鱨魦以上、皆魚名也。脩額至折鼻、皆魚形也。詭類殊種、多雜物也。
鱨魦自《よ》り以上、皆な魚名なり。修額より折鼻に至るまでは、皆な魚の形なり。詭類 殊種は、多く物を雜《まじ》ふる

なり。

鳥則鷫鷞鴰鴇　鴐鵞鴻鶤　　鳥は則ち鷫 鷞 鴰《かつ》 鴇《ほう》、鴐 鵞 鴻 鶤あり。

（以上、〔後漢〕張衡「西京賦」『文選』巻二）

「西都賦」では、まず長安西部の林苑に生息する動物が列擧されるが、これらは「（地名）之（動物名）」と記され、いずれも遠國からの獻上品であり長安に元來生息したものではないことが示される。[6] このような表記方法は、「魏都賦」で市場に陳列された品物の描き方と酷似する。また昆明池に棲む鳥類の列擧についても、「朝發河海、夕宿江漢。沈浮往來、雲集霧散（朝に河海を發し、夕べに江漢に宿る。沈浮往來、雲のごとく集ひ霧のごとく散ず）」とあり、常に昆明池に生息するとは限らないものが描かれていることが確認できる。[7] 所掲の例のほかにも動植物の描寫は存在するが、いずれも抽象的であり具體的名稱のみを列擧する部分は見られない。續く「二京賦」であるが、一見すると「三都賦」と同様に、様々な動植物が描き出されているように感じられる。しかし、實際には上林苑という限られた範圍内での描寫であり、「兩都賦」に描かれる内容と近似する。ここに「三都賦」で見られたような作品世界の擴がりを見出すことはできない。

作品内で描かれる事物と場所の關係が、現實世界と對應するか否かという點においても、先行都邑賦と「三都賦」では方針を異にする。左思は序文において、地方志などの文獻に依據した上での作品づくりを宣言したが、先行作品に見える作品世界と現實世界との乖離を批判の對象とする。その直接の批判對象には「兩都賦」「二京賦」も含まれている。事實、先に示した動植物に關する「西京賦」の薛綜注からも描寫内容の現實との乖離が窺われよう。例えば、薛綜は樹木に關して、「樅、松葉柏身也（樅は松葉柏身なり）」と卑近な例に置き換えて説明するのみであるし、魚介類に對しては「自鰽魦以上、皆魚名也（鰽魦自り以上は皆な魚の名なり）」、或いは「鯈額至折鼻、皆魚形也（修額より折鼻に至るまでは皆な魚の形なり）」と、本文に列擧される字句が魚の名稱と形狀であることを指示するのみである。薛綜が孫吳の碩學であることを考慮すれば(8)、單純に賦本文に對する知識を持ち合わせていなかったとは到底考えられまい。賦本文との間に齟齬をきたさないよう苦心した結果として、このような具體性を缺いた注釋を施したと理解するのが實際に卽しているのではなかろうか。

以上、先行都邑賦と「三都賦」との間では、作品世界の擴大という大きな變化を見出すことができた。併せて「三都賦」では、作品世界內に描かれる事物も現實世界により對應したものへと變貌を遂げたことが確認できた。「兩都賦」や「二京賦」は、どちらが帝都に相應しいかを論議した作品であり、必ずしも現實に卽した描寫の必要がなかったのであろう。しかしながら、「三都賦」においては、第六章にて詳述するように、西晉王朝による平吳に伴う、西晉人士の南方に對する知的關心の高揚や地方志編纂の盛行という背景が明確に存在した。かかる「三都賦」本文の特徵は、このような當時の政治社會狀況との關わりの中で、初めて充分な說明が可能となるのである。

（2）　宮殿描寫の場合

宮殿描寫は、都邑賦の重要な構成要素の一つであり、多くの都邑賦で描寫される內容である。しかし、それぞれの作品は異なる都城を描き出すため、各宮殿の名稱やその具體的描寫には幾つかの差違が確認できる。これらの差違があらわれるのは當然のことであり、ここで特に注目したいのは各宮殿の位置關係に關する描寫方法である。結論から言えば、「兩都賦」「二京賦」ではそれぞれの配置は曖昧なままに描かれ、「三都賦」では一見して位置關係が明瞭に把握できるように描かれている。

まずは「西都賦」より例を擧げる。「西都賦」では未央宮を中心に宮殿描寫が展開されるが、例えば「後宮則有掖庭椒房、后妃之室（後宮は則ち掖庭 椒房有り、后妃の室なり）」と書かれるように、それぞれの場所を個別に描き出す場合が多い。また、その位置關係もはっきりとしない場合が散見される。

左右庭中　朝堂百寮之位　　庭中に左右して、朝堂 百寮の位あり。
……又有天祿石渠　典籍之府　　又た天祿 石渠有り、典籍の府なり。
……又有承明金馬　著作之庭　　又た承明 金馬有り、著作の庭なり。

（〔後漢〕班固「西都賦」『文選』巻一）

これは未央宮の庭にある朝堂について述べた部分である。その後に「又有」と二箇所の場所が明示されるが、この表現ではそれぞれが何處に位置したかが明確ではない。このように、位置關係が明らかではない表現は各宮殿を結ぶ閣道の部分において顯著である。

自未央而連桂宮　北彌明光而亙長樂　　未央自り桂宮に連なり、北のかた明光を彌《わた》りて長樂に亙《わた》る。
凌隥道而超西墉　掍建章而連外屬　　隥道を凌ぎて西墉を超え、建章に掍《おなじ》くして外屬へ連なる。

（同右）

ここで擧がる「未央、桂宮、明光、長樂、建章」はそれぞれ宮殿の名稱である。これらの宮殿をめぐる閣道の順路が示されるが、方角を示すのは「北」及び「西墉」のみである。そもそも各宮殿の位置が明示されておらず、そのため位置關係を把握することは、その配置をすでに知っている者を除いては殆ど不可能である。

一方、「二京賦」は「兩都賦」に比べ、徐々に位置關係に關する描寫も確認できるようになる。しかし、多くは「兩都賦」と同樣の傾向を備えたままである。ここでは「西京賦」の建章宮に關する描寫部分を例として擧げる。


馺娑駘盪　燾奡桔桀　馺娑 駘盪、燾奡《とうごう》 桔桀《きつけつ》たり。

枍詣承光　睽罛庨豁　枍詣 承光、睽罛《けいこ》 庨豁《こうかつ》たり。

（薛綜注）馺娑・駘盪・枍詣・承光、皆臺名。燾奡・桔桀・睽罛・庨豁、皆形貌。

馺娑・駘盪・枍詣・承光は皆な臺の名なり。燾奡・桔桀・睽罛・庨豁は皆な形の貌なり。

（李善注）燾、徒到切。奡、五告切。桔、音吉。睽、呼圭切。罛、計狐切。庨、呼交切。

燾、徒到の切。奡、五告の切。桔、音吉。睽、呼圭の切。罛、計狐の切。庨、呼交の切。

（〔後漢〕張衡「西京賦」『文選』巻二）


ここで擧げられる「馺娑、駘盪、枍詣、承光」は、すべて建章宮内の臺榭の名稱である。ところが、建章宮内での具體的配置は明示されず、「燾奡、桔桀、睽罛、庨豁」という雙聲語や疊韻語によって形容されるのみである。該句に對する薛綜注は、臺榭の名稱とその形容であることを示すのみであり、李善注もただ音注が施されるばかりである。つまり、臺榭の具體的形狀は殆ど說明不可能なのである。このような難解な字句での表現からは、張衡が臺榭の位置關係を明示することよりも、これらを如何に形容するかに注意を拂っていたことが讀み取れよう。

このような作品内での位置把握が困難であるという傾向は、班固や張衡の著述意識に起因すると推察される。つまり、彼らにとって描き出す對象が何處にあるかは問題ではなく、その宮殿を如何に描出すれば最も彼らの著述意圖に合致するかという點に意識が注がれたのであろう。彼らは宮殿描寫を通して、當該王朝に對する稱讚もしくは諷諫を意圖したために、その位置關係を作品内で明示することよりも、作品内に描き出される宮殿群が如何なるものであるかを、修辭を盡くして表現することの方が重要視されたと考えられるのである。或いは、このような位置關係の輕視と宮殿の形容の重視という著述態度からは、班固や張衡が想定する筆頭讀者として、時の皇帝が念頭に浮かんでいたと考えることもできよう。

一方「三都賦」、とりわけ「魏都賦」において作品内に擧げられる宮殿や場所は、これを讀む者が一見して直ちにそれぞれの位置關係が把握できるように愼重に配慮されている。例えば「魏都賦」では、「造文昌之廣殿、極棟宇之弘規（文昌の廣殿を造りて、棟宇の弘規を極む）」と建築物の基點として文昌殿が明示される。それぞれの描寫は、この文昌殿を中心に四方へと展開される。以下に具體例を擧げる。

195 左則中朝有赩　聽政作寢　　左には則ち中朝の赩《きょく》たる有り、聽政 寢を作す。

……　　……

202 於前則宣明顯陽　順德崇禮　　前に於けるや則ち宣明 顯陽、順德 崇禮あり。

……　　……

227 於後則椒鶴文石　永巷壺術　　後に於けるや則ち椒鶴 文石、永巷 壺術あり。

楸梓木蘭　次舍甲乙　　楸梓 木蘭、次舍もて甲乙す。

西南其戶　成之匪日　　其の戶を西南にして、之を成すに日匪ず。

丹青煥炳　特有溫室　　丹青 煥炳《かんへい》として、特に溫室有り。

儀形宇宙　歷像賢聖　　宇宙に儀形し、賢聖を歷像す。

（張載注）文昌殿東有聽政殿、内朝所在也。……聽政殿聽政殿門。聽政門前升賢門、升賢門左崇禮門、崇禮門右順德門、三門並南向。升賢門前宣明門、宣明門前顯陽門、顯陽門前有司馬門。……近世王者後宮以椒房爲通稱。聽政殿後、有鳴鶴堂楸梓坊木蘭坊文石室、後宮所止也。壼、宮中巷也。術、道也。鳴鶴堂之前、次聽政殿之後。東西二坊之中央有溫室、中有畫像讚。

文昌殿の東に聽政殿有り、内朝の在る所なり。……聽政殿　聽政殿門あり。聽政門の前は升賢門、升賢門の左は崇禮門、崇禮門の右は順德門あり、三門並びに南向す。升賢門の前は宣明門、宣明門の前は顯陽門、顯陽門の前は司馬門有り。……近世の王者の後宮は椒房を以て通稱と爲す。聽政殿の後、鳴鶴堂　楸梓坊　木蘭坊　文石室有り、後宮の止まる所なり。壼、宮中の巷なり。術、道なり。鳴鶴堂の前、聽政殿の後に次ぐ。東西二坊の中央に溫室有り、中に畫像讚有り。

243 右則踈圃曲池　下畹高堂　　右は則ち踈圃　曲池、下畹　高堂あり。

……　……

251 馳道周屈於果下　延閣胤宇以經營　　馳道　果下に周屈し、延閣　宇に胤《つ》ぎて以て經營す。

飛陛方輦而徑西　三臺列峙以崢嶸　　飛陛　輦を方《なら》べて西へ徑《こみち》し、三臺　列なり峙ちて以て崢嶸《そうこう》たり。

（張載注）文昌殿西有銅爵園。園中有魚池堂皇。……銅爵園西有三臺。中央有銅爵臺、南則金虎臺、北則冰井臺。……三臺與法殿皆閣道相通。

文昌殿の西に銅爵園有り。園中に魚池　堂皇有り。……銅爵園の西に三臺有り。中央に銅爵臺有り、南は則ち金虎臺、北は則ち冰井臺あり。……三臺　法殿と皆な閣道もて相ひ通ず。

文昌殿の東側に聽政殿が位置し、南側に「宣明、顯陽、順德、崇禮」の各門が配置される。北側には「椒鶴、文石、楸梓、木蘭」の建築物が列擧される。續く文昌殿の西側には、園池や畑、樓臺が示され、これらを皇帝專用の閣道が繋いでいる。更にその西側には銅雀臺で有名な三臺が鎭座する。このように「魏都賦」では、基點となる建築物を設定した上で、東西に擴がる建築群や園池が如何に配置されるかを「左・於前・於後・右」という字句によって明示する。結果として、それぞれの位置關係が容易に理解できるよう構成されている。以上の賦本文の內容でも配置關係を讀み取ることは充分に可能であるが、これに對する張載注を讀み合わせることでより具體的な把握が可能となる。例えば張載は聽政殿の南側に配置される各門に對して、その順序を逐次說明している。同樣に、「三臺」も北から冰井臺・銅爵（雀）臺・金虎臺と位置することが示される。かかる張載注の內容は、「魏都賦」が洛陽ではなく鄴都を曹魏の都城として描寫したことと無關係ではあるまい。漢魏革命により曹魏王朝が建國したのが黃初元年（二二〇）であり、洛陽遷都もこの年のことである。つまり、「三都賦」が著述される半世紀以上も前に鄴都は王都としての地位を失っており、洛陽に生活する西晉の人々にとって、鄴都は直ちにどのような都城であったかを想起できるようなものではなかったのではなかろうか。だからこそ、かくも詳細な注釋を施す必要があったと考えることには一定の說得力を見出し得るように思われる。因みに、現在も鄴都のあった場所は訪問可能であるが、宮殿跡には一面に畑が廣がり、三臺も僅かに金虎臺の基礎と思しきを殘すのみである。

では、左思は何故にこのような一見して位置の把握を可能とする描寫ができたのか。これは、左思の序文に見える「其山川城邑、則稽之地圖（其れ山川城邑、則ち之を地圖に稽む）」によって理解される。すなわち、山川といった自然環境、或いは城邑等の都市については、地圖を參照しつつ賦本文を創作することで、俯瞰的視點を手に入れることができたのである。また、張載と左思の兩者が宮中の藏書を閲覽できる中書省に在籍したことに鑑みれば、張載も左思の利用した地圖をそのままに參照した可能性も指摘できる。何れにせよ、左思が「三都賦」本文内で俯瞰的視野を獲得してみせたことは、先行都邑賦には見出すことのできない獨自の特徴であると言える。

（3）　狩獵描寫の場合

第三の變化として、「魏都賦」内の狩獵描寫が曹操の擧兵に始まり、後漢から曹魏への禪讓、更に西晉への禪讓の描寫へと代替されている點が指摘できる。「兩都賦」「二京賦」では、描寫內容に差違はあるものの、狩獵を描き出す點では共通する。また、「蜀都賦」「吳都賦」にも各風俗の特殊性に應じた狩獵の記述が存在する。例えば、「蜀都賦」では蜀のみに生息する動物が狩獵對象として描かれ、「吳都賦」では狩獵描寫後に王族による漁の様子が追加される。ところが、「魏都賦」の狩獵に關する描寫は「旣苗旣狩（旣に苗し旣に狩し）」句に春と秋の巻狩が述べられるのみで、具體的な描寫はない。その上で具體的な變更內容について、曹操の擧兵から禪讓への過程に關する部分を中心に、「魏都賦」の該當箇所を行論の都合上、五段に分けて以下に示しつつ確認する。

421 至乎勍敵糾紛　庶土罔寧　　勍《つよ》き敵　糾紛《きゅうふん》として、庶土　寧《やす》きこと罔《な》きに至りて、
聖武興言　將曜威靈　　聖武　言を興《おこ》して、將に威靈を曜《かがや》かさんとす。
……　　……
439 推鋒積紀　鋩氣彌銳　　鋒を推して紀を積み、鋩氣　彌《いよい》よ銳し。
三接三捷　旣晝亦月　　三たび接し三たび捷《か》ち、旣に晝にして亦た月なり。
……　　……

457喪亂既弭而能宴　武人歸獸而去戰　　喪亂　既に弭《や》みて能く宴く、武人　獸を歸して戰を去《す》つ。
蕭斧戢柯以柙刃　虹旍攝麾以就卷　　蕭斧　柯を戢《おさ》めて以て刃を柙《さしはさ》み、虹旍　麾《はた》を攝《おさ》めて以て卷くに就く。

まず後漢末の動亂により各地に群雄が割據するようになり、「聖武」曹操が威德を天下に示そうと擧兵し、晝夜を問わず戰爭を繰り廣げ、連戰連勝していく樣子が描かれる。その後、軍隊が戰時中に徵用した動物を野に放ち、斧から刃を除き旗を收めることで、後漢末から續いた戰亂の終結を象徵的に表現する。

471於時東鯷卽序　西傾順軌　　時に東鯷　序に卽き、西傾　軌《あと》に順ふ。
荊南懷憓　朔北思韙　　荊南　憓はんことを懷ひ、朔北　韙きことを思ふ。
繇繇迥塗　驟山驟水　　繇繇たる迥塗、山に驟《しばしば》し水に驟《しばしば》す。
襁負賮贄　重譯貢篚　　賮贄《じんし》を襁負《きょうふ》し、譯を重ねて篚を貢とす。
髽首之豪　鐻耳之傑　　髽首の豪、鐻耳の傑あり。
服其荒服　斂衽魏闕　　其の荒服を服し、衽《じん》もて魏闕に斂《おさ》む。

「東鯷、西傾、荊南、朔北」は四方の蠻族國家を指す。これらが曹魏の威德を慕い、獻上品を捧げ持ち多くの通譯を介して來訪するさま、そして「髽首、鐻耳」という邊境民族が朝貢を行う樣子が描かれる。幾多の困難をも顧みず遠方から自國に朝貢を求めるという構成は先行都邑賦にも確認でき、當該王朝の威德があまねく天下に行き渡ることを象徵した一般的な表現であると言える。[9]

533德連木理　仁挺芝草　　德は木理を連ね、仁は芝草を挺《ぬ》く。

皓獸爲之育藪　丹魚爲之生沼　　皓獸 之が爲に藪に育ち、丹魚 之が爲に沼に生ず。

喬雲翔龍　澤馬亍阜　　喬雲 翔龍、澤馬 阜《おか》に亍《たたず》む。

山圖其石　川形其寶　　山は其の石を圖し、川は其の寶を形《あらは》す。

莫黑匪烏三趾而來儀　　黑きとして烏に匪ざる莫く三趾ありて來儀す。

莫赤匪狐九尾而自擾　　赤きとして狐に匪ざる莫く九尾ありて自ら擾れたり。

嘉頴離合以蕁蕁　醴泉涌流而浩浩　　嘉頴 離合して以て蕁蕁として、醴泉 涌き流れて浩浩たり。

……　　……

555 河洛開奧　符命用出　　河洛 奧を開き、符命 用て出づ。

翩翩黃鳥　銜書來訊　　翩翩たる黃鳥、書を銜《くは》へて來たり訊《たづ》ぬ。

後漢からの禪讓に先立ち、數多く發現する瑞祥が列擧される。具體的には「皓獸、丹魚、翔龍、澤馬、嘉頴、醴泉」や三足の烏、九尾の狐などの各地での出現である。これらは張載注に基づけば、延康元年（二二〇）、黃初元年（二二〇）、二年（二二一）に現れた瑞祥であり、史實に基づく敍述と判斷してよかろう。(10) また所謂「河圖洛書」に關する張載注も、同樣の記述が『宋書』符瑞志上に確認でき、ここでは黃初元年のものとされる。(11) これらは曹魏王朝建國直前の史實を參考として敍述されたものと判斷してよい。

561 劉宗委馭　巽其神器　　劉宗 馭《ぎよ》を委《ゆだ》ね、其の神器を巽《ゆず》る。

闚玉策於金縢　案圖籙於石室　　玉策を金縢に闚ひ、圖籙を石室に案ず。

考曆數之所在　察五德之所莅　　曆數の在る所を考へ、五德の莅《のぞ》む所を察る。

量寸旬　涓吉日
陟中壇　卽帝位

寸旬を量り、吉日を涓《えら》び、
中壇に陟《のぼ》り、帝位に卽く。

ここに至って、遂に後漢から帝位を禪讓される様子が順を追って描出される。しかし、曹魏王朝が建國されて以後の描寫は極めて簡潔であり、すぐに次に示す西晉王朝への禪讓描寫が續く。

599 筭祀有紀　天祿有終
傳業禪祚　高謝萬邦
皇恩綽矣　帝德沖矣
讓其天下　臣至公矣
榮操行之獨得　超百王之庸庸
追亙卷領與結繩　睠留重華而比蹤

筭祀に紀有り、天祿に終はり有り。
業を傳へ祚を禪《ゆづ》り、高く萬邦に謝す。
皇恩　綽《ゆた》かにして、帝德　沖《むな》し。
其の天下を讓れる、臣たる至公なるかな。
操行の獨り得たるを榮えとし、百王の庸庸たるを超ゆ。
追ひて卷領と結繩とに亙《わた》り、重華を睠《かへり》み留めて蹤《あと》を比《なら》ぶ。

曹魏王朝の命數にも限界があり、最終的に司馬氏に帝位を讓り、西晉王朝が成立することが示唆される。但し、ここで注意すべきは描寫の主體が常に曹魏にあることである。帝位を讓り渡した曹魏に對して、「讓其天下、臣至公矣（其の天下を讓れる、臣たる至公なるかな）」と、その道德に則った態度がひたすらに稱讚される。ここで「睠留重華而比蹤（重華を睠み留めて蹤を比ぶ）」とあるのは、曹魏王朝を示したものであるが、この「重華」とは舜の字を指す。つまり、ここは曹魏を舜に準え、舜が禹に帝位を讓ったように、曹魏が西晉へと帝位を讓り渡したことを描寫したものと理解できる。瑞祥の發現及び魏を舜の後裔にみなすことは、『三國志』でも曹魏の正統理論として利用され

ており、かかる描寫によって、左思における曹魏王朝及び西晉王朝を正統化する態度が窺い知れるのである。(12)

第三節　「三都賦」著述における左思の苦心

前節までに見たように、「兩都賦」や「二京賦」などの漢代都邑賦の構成そのものは繼承しつつも、「三都賦」の中で描かれる作品世界には大幅な擴大や變化を確認することができた。これはひとえに「三都賦」が對象としたのが、曹魏、孫吳、蜀漢の三國であるためであり、とりわけ「吳都賦」については、當時がまさに孫吳と西晉王朝が對峙していたこともあり、極めて詳細な情報が盛り込まれたのである。

ところで、「三都賦」における漢代都邑賦との最大の變化は、果たしてどの部分に求められようか。それは漢代都邑賦における狩獵描寫を、「魏都賦」において曹魏の史實の回顧へと置き換えた部分であると言える。それでは何故、左思は敍述内容に變更を加える必要があったのであろうか。これには、やはり漢代都邑賦との關係に注意せねばならない。漢代都邑賦は統一王朝下で著された作品であるため、作品中で作者自身が歸屬する王朝に對する政治的態度を表明することが多かった。(13) これは例えば班固「兩都賦」では長安と洛陽の比較論を通して、後漢王朝に對する讚美を展開したこと、張衡「二京賦」もまた「兩都賦」と同樣の體裁を保ちつつ、後漢王朝に對する諷諫を行ったことから明らかである。このような都邑賦の著述狀況に鑑みた際、「魏都賦」において曹魏の史實への回顧へと敍述内容が變更されたことは重大な意味を持つのである。

「魏都賦」における曹魏の史實の回顧は、前節に見たとおり曹魏王朝から西晉司馬氏への禪讓、すなわち魏晉革命によって終着點を迎える。ここにこそ、かかる内容への置き換えの眞意を認めることができるのではなかろうか。

「三都賦」に表明された左思の政治的態度は自身が歸屬する西晉王朝の正統性を強く主張するものであった。これは左思個人の意識の問題というよりは、彼が西晉王朝に屬したことに起因する周圍の環境の影響によるものと理解すべきであろう。だからこそ、「三都賦」の中に西晉王朝の存在を描き出す必要が生じたのである。しかし、「三都賦」と題する以上、作品内に描かれるのは曹魏、蜀漢、孫呉の三國であって西晉王朝を直接に描くことは非常な困難を伴うものであった。そこで左思が採用した方法が、狩獵部分を曹魏王朝建國の過程に置き換え、最終的に西晉への禪讓を描き出すことであった。王朝の交替を描き出すことで、曹魏王朝を主體に据えるという作品の均衡を崩すことなく、西晉王朝を稱讃するという左思の政治態度を同時に主張することに成功したのである。

併せて、これが單純に西晉王朝の正統性を主張するためだけの敍述内容の變更ではないことにも留意したい。「三都賦」の著述が進められた當時は、西晉王朝による天下統一がまさに推し進められた一時期であった。そのため西晉の人々による孫呉への興味關心が擴大したが、この孫呉王朝に對する西晉王朝の正統性の主張も左思は企圖していた。このことは以下に示す「魏都賦」の一節より明らかである。

794 亮曰　日不雙麗　世不兩帝　　亮《まこと》に曰く、日は雙《ふた》つながら麗ならず、世は兩つながら帝あらず。

天經地緯　理有大歸　　天は經し地は緯し、理　大歸に有り。

安得齊給守其小辯也哉　　安んぞ齊給にして其の小辨を守るを得んやと。

ここで「世は兩つながら帝あらず」とあるのは、曹魏と蜀漢、孫呉の對比が第一義としてあるが、第二義としては西晉と孫呉の兩王朝における正統性の表明、すなわち西晉王朝の正統性の主張が含まれるのである。そうすることで、前節で述べた後漢末の動亂に際しての曹操の旗揚げから、「魏都賦」における史實の回顧が始まることにも意味が見出せよう。すなわち、後漢末の動亂を收めて王として君臨し、次代の曹丕の時に後漢王朝から禪讓を受け、そして最終的に魏晉革命によって西晉王朝へとその正統が受け繼がれることを作品中に描き出すことによって、西晉王朝に後漢王朝以來の唯一の正統性が承認されたことになるのである。

左思は、「三都賦」の中で先行する漢代都邑賦の構成を繼承した上で、新たな內容を組み込むことに心血を注いだ。とりわけその內容は曹魏王朝、さらにはこれより禪讓を受けた西晉王朝の正統性を展開することを主眼としたものであった。ここにこそ、左思が「三都賦」を著すに際しての最大の苦心の跡を見出すことができると言えるのではなかろうか。

注

（1）「三都賦」と「兩都賦」「二京賦」との比較については、戶髙留美子「「三都賦」における「兩都賦」、「二京賦」の踏襲と發展について」（『學藝國語國文學』三十五號、二〇〇三年）に指摘がある。戶髙氏は、宮殿描寫の類似性、地理的感覺の擴大、「二京賦」に對する模倣のあり方から考察する。但し、宮殿描寫について、「西都賦」「西京賦」と「魏都賦」を並列に比較するのは、これらが奢侈と儉約の點で志向を異にするため、その比較方法には必ずしも妥當ではないように思われる點も見受けられる。

（2）程章燦『魏晉南北朝賦史』（江蘇古籍出版社、二〇〇一年版）第五章第三節「「三都賦」騁辭大賦最後的輝煌」を參照。

（3）都邑賦の對話部分については、CHARLES VERNON「京都賦の對話部分について」（廣島大學文學部中國中世文學研究會、『中國中世文學研究』第十二號、一九七七年）を參照。

（4）岡村繁「班固と張衡――その創作態度の異質性――」（『小尾博士退休記念中國文學論集』第一學習社、一九七六年）を參照。

（5）『文選集注』は「航」字を「杭」字に作る。「杭」字では意味が通じないため、ここでは尤本に従った。

（6）該句に對する李善注はいずれも班固『漢書』より引用される。「兩都賦」及び『漢書』が同一作者により創作されていることから、ここは賦本文内において、例外的に當時實際に存在した動物が描き出された部分であると判斷される。

（7）當該箇所は『文選』では「鳥則玄鶴白鷺」とし、『後漢書』では「鳥則」二字が存在しない。胡氏考異は何焯の言を引用し『後漢書』が正しいとする。『文選』においても「兩都賦」では當該箇所以外に「（事物）則某某」の形式による敍述が存在しないことから、何焯の説は正しいと推測される。ここでは『後漢書』に從う。

（8）薛綜については、『三國志』呉書巻五十三に立傳される。本傳によれば、薛綜は幼い頃に後漢の經學家である劉熙から學問を教えられており、そのため幼少期より經學に明るく文章も巧みであったようである。また、本傳には彼の著作として詩賦雜論數萬言を收めた『私載』や『五宗圖述』及び『二京解』が殘される。かかる狀況に鑑みれば、彼が單純に知識に乏しかったとは考えにくい。

（9）「東都賦」に「殊方別區、界絕而不鄰。自孝武之所不征、孝宣之所未臣、莫不陸讋水慄、奔走而來賓。遂綏哀牢、開永昌。春王三朝、會同漢京（殊方 區を別かち、界絕えて鄰からず。孝武の征せざりし所、孝宣の未だ臣とせざりし所より、陸に讋き水を慄れ、奔走して來賓せざるは莫し。遂に哀牢を綏んじて、永昌を開く。春王三朝、漢京に會同す）」とあり、「東京賦」に「惠風廣被、澤洎幽荒。北燮丁令、南諧越裳。西包大秦、東過樂浪。重舌之人九譯、僉稽首而來王（惠風廣く被り、澤 幽荒に洎ぶ。北のかた丁令を燮げ、南のかた越裳を諧ぐ。西のかた大秦を包ね、東のかた樂浪を過ぐ。重舌の人九譯し、僉な稽首して來王す）」とある。

（10）「魏都賦」張載注に「延康元年、木連理芝草生於樂平郡。白鹿白麞見於郡國。赤魚見於太原郡。黃初元年十一月、黃龍、高四五丈、出雲中、張口、正赤。……黃初二年、醴泉出河内郡、玉璧一枚。延康元年、三足烏・九尾狐見於郡國、嘉禾生醴泉出（延康元年、木連理 芝草 樂平郡に生ず。白鹿 白麞 郡國に見る。赤魚 太原郡に見る。黃初元年十一月、黃龍、高さ四五丈、雲中より出で、口を張《ひら》けば、正に赤し。……黃初二年、醴泉 河内郡に出で、玉璧一枚あり。延康元年、三足烏・九尾狐 郡國に見れ、嘉禾生じ醴泉出づ）」と見える。

（11）張載注の特徴については、本書第八章を參照。

（12）小林春樹「三國時代の正統理論について」（『東洋研究』第一百三十九號、二〇〇一年）を參照。

（13）中島千秋『文選（賦篇）上』（新釋漢文大系、明治書院、一九七七年）の「東都賦」及び「東京賦」の「餘說」において、「兩都賦」と「二京賦」はともに贊歌の形式を採りつつ實際には諷刺の意圖を込めた作品であると理解する。班固や張衡による政治的態度の表明という點では一致する。また「兩都賦」に政治的意圖が確認できる點は、鈴木修次『漢魏詩の研究』（大修館書店、一九六七年）第三章第二項「建安詩の題材と賦」の中で、「これらはいずれも、揚雄の「蜀都賦」の系列に、政治への關心を加味させて、さらに展開させるものと考えられよう」と指摘される。

第二章　「齊都賦」著述から見る「三都賦」の構想

第一節　「齊都賦」の著述とその散逸

左思の著した數少ない賦作品の中に「齊都賦」と題される作品がある。これはその題名からも明らかなように、齊の都である臨淄（現在の山東省臨淄縣）一帶を詠じた賦であり、今日では「三都賦」と同じく都邑賦に分類される作品である。同一文人による同一主題に基づく作品であるからには、「齊都賦」と「三都賦」との關係性については當然に考察されて然るべきである。しかし、現在に至るまで兩作品の關係性は殆ど顧慮されていない。と言うよりは、むしろ「齊都賦」に對して、「三都賦」を著述するための準備としての位置附けが安易に與えられるのみであった。(1)『晉書』卷九十二左思傳によれば、左思は「齊都賦」を一年間かけて完成させた後、新たに三都を對象とした賦作品の著述を目指したとされる。このように「齊都賦」と「三都賦」との直接の關係が史書の中に一應は認められるため、それ以上の關係性の考察に踏み込まれなかったのであろう。

ところで、この「齊都賦」の具體的な著述狀況は次のように傳えられる。

左思父雍、起卑吏。晉武以爲能擢爲殿中侍御史。思少學鍾繇書・鼓琴、皆不成。雍曰「思不及我少時也。」思乃發憤造「齊都賦」、一年不出戶牖。

左思の父雍は、卑吏より起つ。晉武 以爲へらく能もて擢《ぬきんで》て殿中侍御史と爲す。思 少きより鍾繇の書・鼓琴を學ぶも、皆な成らず。雍曰く「思 我が少時に及ばざるなり」と。思乃ち發憤して「齊都賦」を造り、一年戶牖を出ず。

（『北堂書鈔』巻一百二藝文部賦所引王隱『晉書』）

ここでは「齊都賦」著述の契機として、父である左雍による左思の書や鼓琴に關する學問の未熟さへの叱責を擧げ、左思はこれに一念發起して該賦を著述したことになっている。したがって、この「齊都賦」は『史記』程ではないにせよ、「發憤」に基づく創作と看做すことができる。

『晉書』巻九十二左思傳及び王隱『晉書』がいずれも「齊都賦」の著述期間を一年間に設定することから、「齊都賦」完成までの過程は、次のような推定が一應は可能である。すなわち、左思は幼い頃に鍾繇の書及び鼓琴の修練に努めたが、いずれも滿足な結果を得るまでには至らなかった。左雍はこのような息子の學問水準に對して自身の幼かった頃に及ばないと酷評したが、これに左思は發憤して一年の期間を外出することなくひたすら專心して「齊都賦」の著述に沒頭した。その後「齊都賦」が完成すると、曹魏、孫吳、蜀漢の三都を對象とした賦作を新たに目指した、というものである。

以上のように、「齊都賦」と「三都賦」との間には直接の關係性は事實として認められるものの、これまで「齊都賦」の本文そのものを考察對象としたものは、管見の限りでは徐傳武氏と郭麗氏の論考が僅かに確認できるのみである[2]。これらはともに齊、すなわち現在の山東省に地緣を持つ研究者による考察であり、「齊都賦」は彼らのような地元の研究者を除けば、殆ど注目されることのなかった作品であった。このような「齊都賦」の研究状況は、「齊都賦」

がすでに散逸してしまい、その全文を確認できないことが大きな要因として存在する。

そもそも「齊都賦」は「三都賦」とは異なり、『文選』に收錄されることもなく、他の辭賦作品とまとめられた狀態で一時期までは流通したが、結果として南宋の頃にはすでに散逸していたようである。「齊都賦」の流傳狀況を目錄類に求めれば、『隋書』卷三十五經籍志に「雜都賦十一卷」の一部として「齊都賦二卷幷音左思撰」と見え、『舊唐書』卷四十七經籍志に「齊都賦一卷左太沖撰」と單獨で收められ、『新唐書』卷六十藝文志に「左太沖齊都賦一卷」と見える。したがって、北宋の頃までは少なくとも流通していたと推察される。

ところで、「齊都賦」と「三都賦」とはいずれも都邑賦に屬しているにもかかわらず、一方は南宋時代を境に散逸してしまい、一方は現在に至るまで傳わることになった。兩作品存亡の分岐點は容易に想像できることではあるが、『文選』に收められたか否かという一點に集約されるといって間違いなかろう。言うまでもなく、『文選』は中國文學を代表する詞華集であり、唐代以降には科擧の必讀書となったものでもある。だからこそ、これに收められた「三都賦」が現在に至るまでその全文を目にすることができるのは、謂わば當然のことと言える。一方、「齊都賦」はこのような總集に採錄されることがなかったがために、南宋以降には散逸したのであろう。そもそも「三都賦」が收められる京都賦としては、班固「兩都賦」や張衡「二京賦」「南都賦」が收められるが、これらはいずれも長安、洛陽、南陽と、帝都或いは帝都に準ずる位置附けにあった都市が描寫の對象となっている。「三都賦」についても同樣である。その描寫對象は各王朝の王都或いは帝都であり、したがって『文選』京都賦には地方都市を詠んだ都邑賦は一篇も採られていないのである。このような『文選』京都賦の採錄傾向から判斷しても、「齊都賦」が採られないのは必然であったと推察されるが、これによって、内容の比較を通して兩作品の相違を明確にする必要性がなくなることはない。

以上を踏まえ、本章ではまず「齊都賦」と「三都賦」との關係性、より具體的には「齊都賦」に見える「三都賦」の構想の萌芽について考察を行う。兩作品の具體的比較を通してその相違點が明らかになるとともに、ここから「三都賦」の特徴を改めて確認することができると考える。併せて、左思に殘された賦作品の大半が都邑賦によって占められることに着目し、彼が「都邑」を主題とした賦を著したことの意味についても私見を述べてみたい。

第二節　左思「齊都賦」の構成及び內容

「齊都賦」は現在、嚴可均輯『全晉文』が收めるものと、程章燦氏及び徐傳武氏が新たに收集したものとに確認できる(3)。まず『全晉文』に所收される分を嚴可均の配列に従って引用する。但し、『全晉文』と出典との間に異同がある場合には出典となった文獻の字句に從った。

①峌嶺鎮其左　　峌嶺　其の左に鎮す。（『水經注』巻二十六巨洋水注）(4)

②四扈推移　　四扈　推移す。（『太平御覽』巻九二三羽族部扈）(5)

③其草則有杜若蘅菊　石蘭芷蕙
紫莖丹穎　湘葉縹蔕　　其れ草は則ち杜若　蘅菊、石蘭　芷蕙、紫莖　丹穎、湘葉　縹蔕有り。（『初學記』巻二十七草部蘭）(6)

④勝火之木　衡水之草

勝火の木、衡水の草あり。

（『太平御覽』巻九六〇木部勝火）

⑤露桃霜李

露桃　霜李あり。

（『太平御覽』巻九六八果部李）

ついで、程章燦氏が『魏晉南北朝賦史』の中で新たに収集したものを載せる。

⑥連衽有雲覆之陰　揮汗有雨洒之濡

衽を連ねて雲覆の陰《うるほひ》有り、汗を揮ひて雨洒の濡《うるほひ》有り。

（「齊都賦序」『太平御覽』巻三八七人事部汗）

⑦牛嶺鎭其南

牛嶺　其の南に鎭す。

（『水經注』巻二十六淄水注）

⑧五家之兵　動猶風雨　戰若雷霆

五家の兵、動くこと猶ほ風雨のごとく、戰ふこと雷霆の若し。

（『北堂書鈔』巻一一七武功部兵勢）[7]

⑨精逸擊電　奔越驚風

精逸にして電のごとく擊ち、奔越として風のごとく驚かす。

（同右）

⑩則有神嶽造天

則ち神岳　造天有り。

（『太平寰宇記』巻一八河南道靑州）[8]

⑪其東則有滄溟巨壑　洪浩汗漫

其の東は則ち滄溟　巨壑の、洪浩　汗漫たる有り。

（『初學記』巻六地部海）

⑫菓則昫山之梨
菓は則ち昫山の梨あり。
（『太平御覧』巻九六九果部梨）

⑬海旁出爲勃　名曰勃海郡
海旁の出づるを勃と爲し、名づけて勃海郡と曰ふ。
（『史記』巻八高祖本紀司馬貞索隠）

⑭海傍曰勃　斷水曰澥
海傍を勃と曰ひ、斷水を澥と曰ふ。
（『史記』巻一一七司馬相如列傳司馬貞索隠）

⑮梈柰榇熟
梈柰　榇　熟す。
（『史記』巻一一七司馬相如列傳司馬貞索隠）

⑯申池、海宾齊藪也
申池、海濱齊藪なり。
（『史記』巻三十二齊太公世家裴駰集解所引「齊都賦」注）

⑰齊小城北門也
齊の小城の北門なり。
（『史記』巻四十六田敬仲完世家裴駰集解所引「齊都賦」注）

⑱言其多智難盡、如炙膏過之有潤澤也
言ふこころは其の智多くして盡き難きこと、膏を炙りて之を過ぐれば潤澤有るが如し。
（『史記』巻七十四孟子荀卿列傳裴駰集解）

⑲東武太山、皆齊之土風、
絃歌謳吟之曲名也
東武　太山、皆な齊の土風、
絃歌　謳吟の曲名なり。
（〔南朝宋〕鮑照「東武吟」『文選』巻二十八李善注）

⑳天齊之池、因名國也
天齊の池あれば、因りて國に名づく。
（『太平寰宇記』巻十八河南道青州）

最後に、徐傳武氏が加えたものを示す。

㉑轉鮒朝舞、奇觀可説
轉鮒　朝舞、奇觀なれば説くべし。
（『太平寰宇記』巻二十河南道萊州）

㉒濟濟稷下
濟濟たる稷下。
（『北堂書鈔』巻八十三禮儀部學校）

㉓南抵艾陵　北窮溟渤
東盡芝罘　西竟亢父
柏寢廻鑣　情移海外
稷丘炙轂　神馳九州

南のかた艾陵に抵《いた》り、北のかた溟渤を窮《きは》め、
東のかた芝罘を盡《つく》し、西のかた亢父を竟《きは》む。
柏寢　鑣《くつは》を廻《めぐ》らし、情は海外に移り、
稷丘　轂を炙り、神は九州を馳す。
（〔清〕于際飛「古齊城賦」『民國臨淄縣志』巻三古蹟志）(9)

以上が現在「齊都賦」の佚文として擧げられるものの一覧となる。徐氏と郭氏の論考を參照しつつ「齊都賦」の内容を分類すれば、およそ以下のようになる。(10)

（一）序文に相當する部分　…⑥
（二）齊の由來を述べた部分　…⑳

（三）齊の山川を描寫した部分…①、⑦、⑩、⑪、⑬、⑭、㉑及び㉓
（四）動植物を述べた部分…②、③、④、⑤、⑫、⑮
（五）都城描寫部分…⑯、⑰
（六）軍隊を描いた部分…⑧、⑨
（七）民歌の列擧…⑲
（八）齊の先人の列擧…⑱、㉒及び㉓

以上の分類は、序章附節に示した「三都賦」の概要からも讀み取れるが、歴代都邑賦の敍述對象である王朝の領有範圍及び宮殿や市街地といった都城内部の記述、狩獵及び狩獵後の宴會描寫などに鑑みた場合、細かい差違はあるものの殆どが一致する。(11)

ところで、徐傳武氏が擧げる資料に對する疑問をここに提起したい。徐氏は、㉓に擧げた于際飛「古齊城賦」に見える内容を、左思の「齊都賦」の佚文であるとほぼ斷定するが、これは句讀の誤りによる誤解であり訂正の必要がある。そもそも㉓は清代の齊出身の文人である于際飛の「古齊城賦」に引用されるかたちで示される。以下に、徐傳武氏が左思「齊都賦」と判斷した部分の前後を引用した上で筆者が誤解と判斷する理由を述べる（傍線は筆者による、以下同じ）。

邑治之北畔、曰古齊城。環匝五十餘里。首善五都、巖鎭六郡。蓋不知幾十百代矣。余生長於茲。童少釣遊、今於秋暮、載歩西郊、陟彼高丘。挹千林之斜暉、感羣動之搖落。成雁翔空、曉鍾送殉、嗒若喪、循若思。欲屬箇而賦、意三日弗、就倦而假寐、若有異客、雪骨豐髯、玉麈鶴裳、趨余而言曰、「若非欲賦古齊城乎。」余曰、「頗願茲而弗克也。」曰、「昔者、太沖研精、偉長覃思、賦齊都者盛已。子非其鄉人耶。當彊爲績之。」余亂以和、余避席而跪曰、「前之賦都者、『南抵艾陵、北窮溟渤、東盡芝罘、西竟亢父。柏寢廻鑣、情移海外、稷丘炙轂、神馳九州。』博矣賾矣。余病未能也。余之所見、郊圻内爾。遂援筆而進、其詞曰、……」

邑治の北畔、古齊城と曰ふ。環《めぐ》り匝《めぐ》ること五十餘里。首《はじ》めは五都を善とし、巖として六郡を鎮す。蓋し幾十百代なるを知らず。余 茲《ここ》に生長し、童少より釣遊す。今 秋暮に於ける、西郊を載歩し、彼の高丘へ陟《わた》る。千林の斜暉を挹《く》み、群動の搖落せるに感ず。成雁 空を翔け、曉鍾 殉を送り、嗒たること喪ふが若く、循なること思ふが若し。箇に屬して賦せんと欲するも、意《おも》ふこと三日なるもならず、就に倦みて假寐すれば、異客の、雪骨 豐髯、玉麈 鶴裳有るが若き、余に趨《はし》りて言ひて曰く、「若《なんぢ》 古齊城を賦せんことを欲するに非ざるか」と。余曰く、「頗《しき》りに茲を願へども克たず」と。曰く「昔者、太沖 研精し、偉長 覃思す、齊都を賦する者盛んなるのみ。子は其の鄉人に非ざるか。當に強いて爲に之を績ぐべし」と。余 亂れ以て和し、余 席を避けて跪《ひざまづ》きて曰く「前の都を賦する者、『南のかた艾陵に抵《いた》り、北のかた溟渤を窮《きは》め、東のかた芝罘を盡《つく》し、西のかた亢父を竟《きは》む。柏寢 鑣《くつは》を廻《めぐ》らし、情は海外に移り、稷丘 轂を炙り、神は九州を馳す』と。博なるかな賾なるかな。余の病 未だ能はず。余の見し所は郊圻の内なるのみ。遂に筆を援りて進む、其の詞に曰く、……」

（〔清〕于際飛「古齊城賦」『民國臨淄縣志』巻三古蹟志）

この「古齊城賦」は、漢代都邑賦や「三都賦」に見られる複數篇での架空の人物による主客問答體の傍流とも言うべき、一篇の作品の中で架空の人物と于際飛自身の對話が用いられた辭賦作品である。于際飛の夢中に仙界の住人と思しき「異客」が現れ、于際飛に「古齊城賦」を著したいかと尋ねる。これに對して、著述への希望とともにその困難さから躊躇する于際飛の胸中が吐露される。問題は續く「異客」の言葉である。この言葉について徐氏は、「昔者太沖、研精偉、長覃思、賦齊都者盛已。子非其鄕人耶。當强爲續（績の誤りか）之」と句讀を施している。結果として、徐氏は「齊都賦」を著した先人として左思（字は太沖）のみを擧げ、これに基づき㉓が左思の「齊都賦」の內容であろうと判斷する。しかし、當該句は以下のように讀むべきである。

昔者、太沖 研精し、偉長 覃思す、齊都を賦する者盛んなるのみ。子は其の鄕人に非ざるか。當に强いて爲に之を績ぐべし。

傍線部に示すように訓讀すれば、ここには左思だけでなく更なる文人の名を確認できる。建安七子の一人にも數えられる徐幹（字は偉長）である。したがって、徐氏が左思「齊都賦」佚文として擧げる「南抵艾陵、北窮溟渤、東盡芝罘、西竟亢父。柏寢廻鑣、情移海外、稷丘炙轂、神馳九州（南のかた艾陵に抵り、北のかた溟渤を窮め、東のかた芝罘を盡し、西のかた亢父を竟む。柏寢 鑣を廻らし、情は海外に移り、稷丘 轂を炙り、神は九州を馳す）」句についても、直ちに左思のものと斷定する根據は消滅することになる。當該句は先の分類の際に指摘した通り、前半部分は（三）齊の山川を示した部分に該當し、後半部分は（八）齊の先人を擧げた部分に該當する。（三）は歷代の都邑賦にも類似した敍述を見出すことができ、（八）についても、例えば「魏都賦」に先人を擧げた部分が確認できる。そのため「三都賦」との類似性に鑑みれば、一概に根據のない敍述であるとも看做せない。しかし、左思の「齊都賦」にも、後述のように徐幹の「齊都賦」にも當該句と同樣の敍述は見出せず、また同樣の字句が「古齊城賦」に初出であることから、恐らくは先行「齊都賦」に假託した于際飛自身による創作であるか、もしくは于際飛以前に「齊都賦」を著した文人がおり、これによったと推測するのが穩當であろう。何れにせよ、左思の「齊都賦」であるという確證が得られない以上、㉓を左思「齊都賦」の佚文と看做すことはできず、本書では採用しない。

ついで、㉒にも疑問が生じる。これについて徐氏は、徐幹「齊都賦」に次のような敍述があることに基づき、左思「齊都賦」佚文であると判斷する。

宗屬大同　鄕黨集聚　宗屬 大同し、鄕黨 集聚す。
濟濟盈堂　爵位以齒　濟濟として堂に盈《み》ち、爵位以て齒《つら》ぬ。
（〔三國魏〕徐幹「齊都賦」『韻補』巻三）

ここに擧げられる「濟濟」二字に注目し、同一作品内で字句が重複することを根據として、「濟濟たる稷下」句は左思「齊都賦」の佚文と認める。しかし、徐幹「齊都賦」を確認すれば、例えば、「紛翩翻其輕迅（紛翩翻として其れ輕迅たり）」（『藝文類聚』巻六十一居處部總載居處所引）句及び「翕習翩翻（翕習 翩翻たり）」（同上）とあり、「翩翻」二字が重複して用いられており、同一作品内での字句の重複は散見される。そもそも賦における字句の重複はまま見られる現象であり、これによって左思のものではないと斷定するのは安易に過ぎるように思われる。したがって、この一事でもって㉒が左思「齊都賦」の佚文であると確定することは不可能である。

以上の考察に基づき、本書では①から㉑を左思「齊都賦」の佚文と判斷し、以下に論述を進めることにする。

第三節　徐幹「齊都賦」との比較

前節の于際飛「古齊城賦」の內容から、「齊都賦」は左思だけでなく徐幹にも殘されていたことが確認できた。左思は「三都賦」を著す際に先行都邑賦を參考としていたが、このような創作態度が彼の常態であれば、「齊都賦」を著す際に徐幹「齊都賦」を參照した可能性も浮上する。ところが、これまでに徐幹「齊都賦」に對する本文內容の分析は殆どなされていないため、本節では左思「齊都賦」に先立ち、徐幹「齊都賦」の分析を行うことにする。

徐幹は建安七子の一人として有名ではあるものの、その作品數が少ないことから、文人としての考察はさほど充實していない。むしろ、後述のように『中論』の著者として名を馳せており、文人よりも思想家として評價される傾向にある。[12] 徐幹が「齊都賦」を著した理由は、『三國志』魏書卷二十一王粲傳の記述から推測できる。

始文帝爲五官將、及平原侯植皆好文學。粲與北海徐幹字偉長、廣陵陳琳字孔璋、陳留阮瑀字元瑜、汝南應瑒字德璉、東平劉楨字公幹並見友善。

始め文帝 五官將と爲り、平原侯植と皆な文學を好む。(王)粲 北海の徐幹 字は偉長、廣陵の陳琳 字は孔璋、陳留の阮瑀 字は元瑜、汝南の應瑒 字は德璉、東平の劉楨 字は公幹と並びに友善せらる。

ここで徐幹は北海の出身とされるが、この北海は現在の山東省壽光縣の東南、臨淄縣の東方に位置する土地である。つまり、徐幹が「齊都賦」で描き出した齊の地は彼にとっての鄉里ということになり、彼は自身の鄉里を「齊都賦」として著したものと判斷できる。

ところで、彼の著述や文風に關しては曹丕による評價が與えられている。まずは曹丕「與吳質書」を擧げる。

而偉長獨懷文抱質、恬惔寡欲、有箕山之志、可謂彬彬君子矣。著『中論』二十餘篇、成一家之言。辭義典雅、足傳于後、此子爲不朽矣。

而して偉長 獨り文を懷き質を抱き、恬惔として寡欲なるも、箕山の志有り、彬彬たる君子と謂ふべし。『中論』二十餘篇を著し、一家の言を成す。辭義 典雅なれば、後に傳ふるに足れり、此の子 不朽と爲せり。

（〔三國魏〕曹丕「與吳質書」『文選』卷四十二）

曹丕は徐幹を代表する作品として『中論』を擧げ、一家の言を成した書物であると高く評價する。そして、『論語』雍也篇に見える「文質彬彬」に基づき、徐幹の性格を君子たるに相應しいとする。また、曹丕「典論論文」には次のような評價も見える。

王粲長於辭賦、徐幹時有齊氣、然粲之匹也。如粲之初征登樓槐賦征思、幹之玄猿漏巵圓扇橘賦、雖張蔡不過也。

王粲 辭賦に長じ、徐幹 時に齊氣有り、然るに粲の匹《たぐひ》なり。粲の初征 登樓 槐賦 征思、幹の玄猿 漏巵 圓扇 橘賦の如きは、張（衡）蔡（邕）と雖も過ぎざるなり。

（〔三國魏〕曹丕「典論論文」『文選』卷五十二）

ここで徐幹は、王粲とともに擧げられ、辭賦に優れた才能を發揮したことが述べられる。そして、彼らの作品は後漢を代表する文人である張衡や蔡邕であっても及ばないと高く評價されている。ここに擧げられる徐幹の辭賦作品の多くはすでに散逸しており、現在はその全文を確認することはできないが、「典論論文」の評價に從えば、徐幹は專ら辭賦を得意とした文人であった。つまり徐幹の「齊都賦」は、彼の鄕里である齊の地に對する思いが、辭賦という彼の得意な文體によって遺憾なく發揮された作品であったと定義できる。

徐幹「齊都賦」は現在、嚴可均『全後漢文』卷九十三に收められるものと程章燦氏が收集したものとに確認できる。

但し、左思「齊都賦」に比べて殘された本文が多いため、前節で確認した左思「齊都賦」本文の分類を基礎とし、これとの關係性の有無や相違點を確認する。

まず（一）について、徐幹「齊都賦」には序文と目される文章は殘されていない。彼がどのような態度で「齊都賦」を著したかは明らかではないが、先行及び同時代人による類題作品からの推定は可能である。第三章にて詳述するが、都邑賦はその內容と構成から三種類に分類できる。まず、複數篇かつ作品中で政治的態度を表明するもの。これは司馬相如「子虛上林賦」に始まり、班固「兩都賦」や張衡「二京賦」、左思「三都賦」など『文選』京都部に採錄される作品が殆どを占めている。一方、單篇は政治的態度の表明の有無で更に細分化でき、表明しないのが揚雄「蜀都賦」や張衡「南都賦」などであり、するものが後漢の杜篤「論都賦」などである。表明しない作品群を見れば、揚雄「蜀都賦」は彼の出身地である蜀の風土や物產を盛んに喧傳したものであるし、張衡「南都賦」は後漢の光武帝の出身地である南陽を稱揚したものであるが、南陽は張衡の出身地でもあった。このように單篇の都邑賦は、その多くが文人自身の出身地を描き出したものであり、その土地の素晴らしさを多方面から褒め稱える、所謂お國自慢の要素が強く含まれるものが中心であった[13]。自己の出身地を作品の題目に据えた徐幹「齊都賦」も、これら單篇で政治的態度を表明しない作品群に屬した作品であろうことが推測される。因みに三國時代には、徐幹以外にも劉楨「魯都賦」と劉劭「趙都賦」といった單篇都邑賦が殘されている。劉楨は魯國の東平の出身であり[14]、劉劭も趙國の廣平邯鄲の出身であることから[15]、いずれも彼らの出身地を喧傳したものと推察される[16]。ここから、三國時代の都邑賦は作者自身の出身地を顯彰することを目的としたものが多數を占めたと推斷できよう。

（二）について、徐幹「齊都賦」には齊國の由來を述べた部分が確認できないため比較はできない。（三）については、都邑賦は支配領域の山川描寫を備えることが一般的であり、左思と徐幹の「齊都賦」もこれに關する敍述を持つ。

他の都邑賦と比較的異なる特質としては、兩作品がともに海に關する描寫を持つことが指摘できる。(17) 左思「齊都賦」では⑪、⑬、⑭などに海に關する敍述が確認でき、徐幹「齊都賦」には、

其川瀆則洪河洋洋　發現崑崙　其の川瀆は則ち洪河　洋洋として、崑崙より發現す。
九流分逝　北朝滄淵　九流　分かれ逝き、北のかた滄淵に朝《あつ》む。
驚波沛厲　浮沫揚奔　驚波　沛厲として、浮沫　揚奔たり。

（〔三國魏〕徐幹「齊都賦」『水經注』卷一河水注）

ここでは齊を流れる河川について、その具體名は示さないものの崑崙から流れが始まり、最終的に「滄淵」すなわち大海へと注ぎ込み、そこへ打ち寄せる波濤やその飛沫が描かれる。左思「齊都賦」と異なり直接に海を形容したものではないが、海の存在を明確に意識した敍述である。併せて、その注ぎ込む方角までもが示されることから、鄉里である齊の地理感覺に詳しい徐幹ならではの表現であると言えよう。但し、その地形描寫については、左思「齊都賦」が①、⑦、㉑のように具體的名稱でもって敍述を行うのに對して、徐幹「齊都賦」は具體的名稱を殆ど擧げない點で違いがある。

（四）動植物については、兩作品にともに確認できる。後述のように、左思「齊都賦」は③、④、⑫において齊の地方に實在する動植物を描き出そうとする意識が比較的はっきりと確認できるが、徐幹「齊都賦」にはその意識が希薄であるように見受けられる。

南望無垠　北顧無鄂　南を望みて垠《はて》無く、北を顧みて鄂《はて》無し。

蒹葭蒼蒼　莞菰沃若　　蒹葭 蒼蒼として、莞菰 沃若たり。
瑰禽異鳥　羣萃乎其間　　瑰禽 異鳥、其の間に群萃す。

（〔三國魏〕徐幹「齊都賦」『藝文類聚』巻六十一居處部總載居處）

ここでは齊の地が南北に果てしなく廣がるさまとともに、そこに棲息する動植物が描かれる。「瑰禽、異鳥」は怪異な鳥獣を意味するのみで、具體的な名稱ではない。具體名を用いた「蒹葭」についても、『詩經』秦風「蒹葭」に「蒹葭蒼蒼（蒹葭 蒼蒼たり）」とあるのを踏襲した表現であり、必ずしも實景を描き出したとは言い難い。このように具體名を交えての表現が少ないことは、次の例からも確認できる。

戴華蹈縹　披紫垂丹　　華を戴き縹を蹈《ふ》み、紫を披《ひら》き丹を垂る。
應節往來　翕習翩翻　　節に應じて往來し、翕習 翩翻たり。
靈芝生乎丹石　發翠華之煌煌　　靈芝は丹石に生じ、翠華の煌煌たるを發す。

（同右）

ここでも具體的な植物の名稱は擧げられず、ただ時節に應じて種々の花が色鮮やかに花開くことを「紫、丹、翠」といった色彩を用いて表現するのみである。表現が抽象的であることは、ここで擧げられる固有名詞が「靈芝」のみであることからも明らかであろう。但し、具體的な名稱が擧げられる場合もある。

其寶玩則玄蛤抱璣　駮蚌含璫　　其の寶玩は則ち玄蛤 璣を抱き、駮蚌 璫を含む。

（同右）

ここでは「寶玩」、希少價値の高いものとして玄蛤が抱く璣と駮蚌が含む瑠とが擧げられる。これらはいずれも海産物であり、齊の特産であったために具體名を用いて説明し、齊の他國に對する優位性を誇示したのであろう。

（五）については、そもそも左思「齊都賦」にも⑯、⑰と僅か二例しか殘されておらず、その内容も恐らくは本文ではなく注釋である。そのため、左思「齊都賦」にも都城描寫があったであろうことしか確認できず、具體的比較は困難である。但し、徐幹「齊都賦」に特徴的な點が確認できるので、以下に指摘する。

其後宮內庭　嬪妾之館　　其の後宮 內庭、嬪妾の館あり。
衆偉所施　極巧窮變　　衆偉の施す所にして、巧を極め變を窮む。
然後脩龍榜　遊洪池　　然る後に龍榜を脩め、洪池に遊び、
折珊瑚　破琉璃　　珊瑚を折り、琉璃を破る。
（同右）

後宮の內部について、建築物が贅を盡くしたものとなっていることを述べた後、その具體的描寫へと移行する。ここで三字句を用いた動作の敍述に變化し、「龍榜、洪池、珊瑚、琉璃」と固有名詞を多用することで、一轉して具體性を備えることに成功している。ついで、

歡幸在側　便嬖侍隅　　歡幸 側《かたはら》に在り、便嬖 隅《かたはら》に侍る。
含淸歌以詠志　流玄眸而微眄　　淸歌を含みて以て志を詠じ、玄眸を流して微眄す。
竦長袖以合節　紛翩翻其輕迅　　長袖を竦《あ》げて以て節を合し、紛 翩翻として其れ輕迅たり。

（同右）

と宴席の様子が描かれるが、これまでは四字句を中心に構成されていたが、ここでは一轉して「三字＋（以、而、其）＋二字」で構成される六字句が中心となっている。句型の變化もさることながら、その形容も歌妓の詠う様子、聽衆へと向けられた視線、舞い踊る際の衣服の袖や輕やかな足取りなど、その描寫が極めて微細である點は特筆してよかろう。これほどに緻密な情景描寫が可能となった背景は定かではないが、徐幹が建安七子として、曹丕の主催する宴席に頻繁に參加していたことも影響したのかもしれない(18)。

（六）について、軍隊描寫は徐幹「齊都賦」にも同様に見られる。以下に該當箇所を示す。

王乃乘華玉之路　駕玄駮之駿
翠幄浮游　金光皓旰
戎車雲布　武騎星散
鉦鼓雷動　旌旗虹亂

王 乃ち華玉の路に乘り、玄駮の駿を駕す。
翠幄 浮游として、金光 皓旰たり。
戎車 雲のごとく布《し》き、武騎 星のごとく散じ、
鉦鼓 雷のごとく動き、旌旗 虹のごとく亂れ、

（〔三國魏〕徐幹「齊都賦」『太平御覽』卷三三八兵部金鼓）

於是羽族咸興　毛羣盡起
上蔽穹庭　下被皐藪

是に於けるや羽族 咸《み》な興き、毛群 盡く起《た》つ。
上は穹庭を蔽《おほ》ひ、下は皐藪を被《おほ》ふ。

（〔三國魏〕徐幹「齊都賦」『藝文類聚』卷六十一居處部總載居處）

軍隊描寫については、左思「齊都賦」と類似した内容を見出すことができる。例えば、戰車や騎馬、戰鼓や戰旗な

どが動く様子を形容するのに自然現象でもって表現する部分などがそうである。ここは『孫子』などに典故を求められるかもしれないが、より直接的には曹植「七啓」に基づいたものと思われる。

獠徒雲布　武騎霧散　　獠徒　雲のごとく布き、武騎　霧のごとく散ず。
丹旗燿野　戈殳晧旰　　丹旗　野を燿《かがや》かし、戈殳　晧旰たり。

（〔三國魏〕曹植「七啓」『文選』巻三十四）

徐幹「齊都賦」に見える「戎車雲布、武騎星散（戎車　雲のごとく布き、武騎　星のごとく散ず）」と、「七啓」の「獠徒雲布、武騎霧散（獠徒　雲のごとく布き、武騎　霧のごとく散ず）」とは、その構成及び使用字句の多くが共通しており、これほどに類似した對句表現は他に確認できない。彼が「七啓」を實見したことを證明することは難しい。しかし、建安時期には同一題目による競作が一般的に行われていたこと、「七啓」の序文には王粲に同作を命じたことしか書かれないが、徐幹にも「七喩」と題された「七」に屬する作品が殘されていること[19]、そして徐幹が臨淄侯文學として曹植のもとに仕えていたこと[20]、これらの客觀的事實に鑑みれば、徐幹が「七啓」を實見し、これを摸倣した可能性も充分に想定できる。或いは曹植が徐幹の表現を自身の作品内に用いたのかもしれない。何れにせよ、兩作品の間に深い繫がりを想起することは充分に可能である。また他にも、「羽族」と「毛羣」を用いた對句は左思「齊都賦」には確認できないものの、「蜀都賦」と「吳都賦」に一例ずつ見出すことができる。ここから、左思が徐幹「齊都賦」を實見した上で、この對句を自身の作品中に活用したとも考えられる[21]。

（七）については、徐幹「齊都賦」の中に民歌と思われる字句は確認されない。しかし、例えば「吳都賦」では、

667 飲烽起　醻鼓震
士遺倦　衆懷欣
幸乎館娃之宮　張女樂而娛羣臣
羅金石與絲竹　若鈞天之下陳
登東歌　操南音
胤陽阿　詠韎任
荊艷楚舞　吳愉越吟
翕習容裔　靡靡愔愔

飲みしときは烽の起ち、醻せしときは鼓《こ》の震ふ。
士は倦むを遺《わす》れ、衆は欣《よろこ》びを懷く。
館娃の宮に幸し、女樂を張りて群臣を娛《たのし》ましむ。
金石と絲竹とを羅《つら》ぬれば、鈞天の下陳せるが若し。
東歌を登《すす》め、南音を操る。
陽阿を胤《つ》ぎ、韎任《ばいじん》を詠む。
荊艷　楚舞、吳愉　越吟のごときは、
翕習　容裔として、靡靡《びび》　愔愔《いんいん》たり。

とあるように、宴席の中で歌舞音曲に關する敍述が見られる。（五）に示したように、徐幹「齊都賦」にも詳細な宴席描寫が見えることに鑑みれば、或いは歌曲に關する表現もあったのかもしれないが、推測の域を出るものではない。（八）の齊の先人に關する描寫は、徐幹「齊都賦」には確認できない。

以上、左思「齊都賦」との比較から徐幹「齊都賦」を確認したが、徐幹「齊都賦」では（二）由來に關する敍述と（八）先人に關する敍述が確認できないものの、左思「齊都賦」と構成上の大きな差違は認められなかった。これは兩者の「齊都賦」が、歷代都邑賦の敍述對象を踏襲した上で著されたためであると考えてよい。しかし、徐幹「齊都賦」は左思「齊都賦」に比して具體性が乏しい。その表現の多くも經書や先行する作品などに依據したものであり、作品全體を通しての新奇さは窺われない。その題目からも推定したが、徐幹「齊都賦」は揚雄「蜀都賦」などの單篇かつ政治的主張がなされない、所謂お國自慢を行う都邑賦の系譜に忠實に連なる作品であったと言える。なお、左思の作品との關わりに着目すれば、兩者の「齊都賦」の間には直接に敍述を踏襲した部分を見出すことはできない。しかし「三都賦」の中に、徐幹「齊都賦」と類似した表現を見出すことができることから、左思が徐幹「齊都賦」を實見した可能性は極めて高いと考えてよいのではなかろうか。

第四節　左思「三都賦」との比較

左思「齊都賦」と「三都賦」との間にはどれほどの相關關係が確認できるのか。これらがともに左思の作品であり、かつ都邑賦であることから、當然これら二篇の作品には關係性が想定される。本節では、先に見た左思「齊都賦」の分類に從い、兩作品の相違點を分析したい。その詳細は中篇以降での論述に讓るが、「三都賦」本文の特徴は實證主義的寫實性、類書的性格、西晉王朝の正統化の三點に求めることができる。

まず（一）序文について。序章附節で概要を示したように、「三都賦」序文では漢代都邑賦に對する批判的見解及び實在する事象へ依據した敍述の實踐が宣言される。一方「齊都賦」では、⑥「連衽有雲覆之陰、揮汗有雨洒之濡（衽を連ねて雲覆の陰有り、汗を揮ひて雨洒の濡有り）」とその著述動機が述べられる。これは『戰國策』齊策に次のように見えるのに基づく。

臨淄之途、車轂撃、人肩摩。連衽成帷、擧袂成幕、揮汗成雨。家敦而富、志高而揚。

臨淄の途《みち》、車轂 撃ち、人肩 摩す。衽《えり》を連ねて帷を成し、袂《そで》を擧げて幕を成し、汗を揮《ふる》ひて雨を成す。家は敦くして富み、志高くして揚ぐ。

ここでは、齊の都である臨淄の路が車や人で溢れかえる様子を述べ、併せて人々の活氣に滿ちたさまを示すことで、彼らの富裕や志向の高潔さが述べられる。かかる『戰國策』の内容に鑑みれば、「三都賦」が先行都邑賦に見える虚構の排除を目的としたのとは異なり、直接には父の左雍による叱責が背景にあったであろうが、左思は自らの鄕里である齊國臨淄に住む人々の意氣軒昂な様子に觸發されて著述を志したと推測され、齊という土地そのものに密着した作品づくりを目指したことが動機として想定できよう。

（二）について、「齊都賦」は⑳「天齊之池、因名國也（天齊の池あれば、因りて國に名づく）」と、齊の名稱の由來を述べている。したがって、この二句に基づく限りでは、この「齊都賦」に左思が「三都賦」で述べたような政治的態度は表明されなかったと推測される。なお、この⑳は恐らくは注釋であろうと判斷される。一方「三都賦」は、魏吳蜀の名稱の由來と呼べる敍述は確認できないものの、それぞれの王朝の來歷が述べられる。例えば「蜀都賦」では、

11夫蜀都者蓋兆基於上世　開國於中古　　夫れ蜀都は蓋し基を上世に兆し、國を中古に開けり。
廓靈關而爲門　包玉壘而爲宇　　靈關を廓《ひら》きて門と爲し、玉壘を包《か》ねて宇と爲す。
帶二江之雙流　抗峩眉之重阻　　二江の雙流を帶び、峩眉の重阻に抗《むか》ふ。

とあり、上世にその礎が築かれ、中古の世に國を開くに至ったという曖昧な歷史認識が展開される。ついで「吳都賦」では、

39獨未聞大吳之巨麗乎　且有吳之開國也　　獨り未だ大吳の巨麗を聞かずや。且つ有吳の開國せるや、

造於泰伯　宣於延陵　　泰伯より造《いた》り、延陵に宣《の》ぶ。
蓋端委之所彰　高節之所興　　蓋し端委の彰《あきら》かなる所、高節の興る所なり。
建至德以創洪業　世無得而顯稱　　至德を建てて以て洪業を創《はじ》め、世よ得て顯稱する無し。
由尅讓以立風俗　輕脫躧於千乘　　尅讓に由りて以て風俗を立て、脫躧を千乘のごとく輕んず。

と述べられ、周の太王の長子である泰伯による吳の創始と、これが延陵の季子に受け繼がれることを述べて、吳の明確な來歷とする。「蜀都賦」と「吳都賦」を比較した際に、蜀の來歷が極めて曖昧な敍述に終始することに注目したい。すなわち「三都賦」において、蜀漢は明確な歷史を備えない王朝として敍述され、孫吳は泰伯以來の歷史を備えた王朝として敍述することで、兩王朝の差別化を圖り、かつ孫吳に優位性を與えていると推察されるのである。國と王朝との差違はあるが、作品內における描寫對象の來歷を述べる點では同じであり、ここに「三都賦」と「齊都賦」の類似性が認められる。

（三）については、例えば①「峴嶺鎮其左（峴嶺　其の左に鎮す）」や⑦「牛嶺鎮其南（牛嶺　其の南に鎮す）」に見える「峴嶺」や「牛嶺」はいずれも『水經注』に實在が確認できる山嶽名であり、⑪「其東則有滄溟巨壑、洪浩汗漫（其の東は則ち滄溟　巨壑の、洪浩　汗漫たる有り）」と齊の東方に廣がる海原が示されており、具體的な敍述を左思が心がけていたことが看て取れる。また、その方角までもが明示されることから、ここには左思の現實世界における地理感覺が率直に反映されていると考えてよい。

（四）に示した動植物の描寫について、「三都賦」は極力虛構を排除した敍述を心がけている。「齊都賦」では主に植物に關する描寫が多數確認されるので、ここから「三都賦」と同樣の特徵が確認できるかが判別できる。まず③を擧げる。

其草則有杜若蘅菊　石蘭芷蕙　紫莖丹穎　湘葉縹帶
其れ草は則ち杜若　蘅菊、石蘭　芷蕙、紫莖　丹穎、湘葉　縹帶有り。

（〔西晉〕左思「齊都賦」『初學記』巻二十七草部蘭）

ここに擧げられる植物の多くは、『楚辭』の中に用例が確認できるものである。[22] ここに一應の文獻的根據を認めることはできる。しかし、これらの植物が當時の齊に實在したかどうかは疑問が残る所である。齊の南方は楚に接しており、その植物分布圏が一致するとすれば、『楚辭』を文獻的根據として當時の齊に實在した植物を描き出したと判斷でき、「三都賦」と同樣の目的意識を持っていたと理解することができる。一方、『楚辭』に描かれる楚の植物分布が齊と一致しなかった場合には、必ずしも齊に實在するとは限らない植物を描き出しているとも理解できるため、これのみでの卽斷は難しい。そこで、④の例を次に確認する。

勝火之木　衡水之草
勝火の木、衡水の草あり。

（〔西晉〕左思「齊都賦」『太平御覽』巻九六〇木部勝火）

ここに見える「勝火」は、『太平御覽』巻九六〇木部勝火が引用する伏琛『齊地記』の中に、次のように確認できる。

東武城東南有勝火木。方俗音曰挺子。其木經野火燒炭不滅、故東方謂爲不灰之木。

東武城の東南に勝火木有り。方俗音に挺子と曰ふ。其の木　野の火焼せるを經るも炭滅せず、故に東方　謂ひて不灰の木と爲す。

（伏琛『齊地記』『太平御覽』巻九六〇木部勝火）

『齊地記』は、その書名からも明らかなように、齊の地方に關する情報を記載した書物である。『隋書』經籍志には採録されないが、地方志に類する文獻と判斷して問題なかろう。地方志の中で明確に「勝火」の説明がなされていることから、「齊都賦」の當該箇所は文獻に基づく實在が證明される記述であると判斷でき、「三都賦」に見える左思の目的意識と同様であることが認められる。他の⑤、⑫、⑮については具體的名稱である點は認められるものの、明確に文獻的根據が確認できるものはない。したがって、虚構を排除して現實に存在する事物を描き出す場合は見受けられるものの、これが左思の確實な意識に基づいたものかは判斷が難しい。恐らくは「三都賦」著述時ほどには強く意識されなかったのではなかろうか。

（五）については前節でも述べた通り、⑯、⑰と僅か二例しか殘されておらず、その内容も恐らくは本文ではなく注釋であるため、具體的な比較は難しい。但し、⑯に擧がる「申池」は、次に示す『春秋左氏傳』文公十八年及びその杜預注に文獻的根據が求められる。

夏五月、公游于申池。

夏五月、公　申池に游ぶ。

（杜預注）齊南城西門名申門。齊城無池、唯此門左右有池、疑此則是。

齊の南城西門を申門と名づく。齊城　池無く、唯だ此の門の左右に池有らば、疑ふらくは此れ則ち是なり。

ここで杜預は、齊の城郭の西門を申門と呼び、その左右に池があり、これが申池であろうと比定する。嚴密にその存在を實證したわけではないが、『春秋左氏傳』の記述及び左思と同時代人である杜預の注釋により、當時に「申池」の實在が認識されていたであろうことが讀み取れる。

（六）の軍隊に關する描寫については、「三都賦」と比較しての明確な特徵は見出しがたい。前節で分析した徐幹「齊都賦」とともに、軍隊の動きを自然に準える點が指摘できるに過ぎない。（七）の民歌については、その使用の場が宴席であったことは前節で述べた通りであり、左思「齊都賦」も同樣に宴席の場で詠われた歌曲として擧げられたであろうことが推測できるのみである。因みに、⑲で擧げられる「東武」及び「太山」はいずれも、『樂府詩集』卷四十一相和歌辭に陸機の作品として採錄される「東武吟行」及び「泰山吟」であると推測され、左思が「齊都賦」を著した西晉時期には同題の樂府或いは歌曲が存在していたことがわかる。(23)

（八）の先人については、「齊都賦」では⑱に示すように、齊の出身者として淳于髡が擧げられる。「魏都賦」にも次に示すように、魏の先人を擧げた部分が確認できる。

677 其軍容弗犯　信其果毅　　其れ軍容は犯さず、其の果毅を信《の》ぶ。
糾華綏戎　以戴公室　　華を糾して戎を綏《やす》んじ、以て公室を戴《いただ》く。
元勳配管敬之績　歌鍾析邦君之肆　　元勳 管敬の績に配し、歌鍾 邦君の肆を析《わか》つるは、
則魏絳之賢　有令聞也　　則ち魏絳の賢にして、令聞有り。
閑居隘巷　室邇心遐　　隘巷に閑居し、室は邇《ちか》く心は遐《はる》かなり。
富仁寵義　職競弗羅　　仁に富み義に寵し、競ふを職として羅ならず。

千乘爲之軾廬　諸侯爲之止戈
則干木之德　自解紛也
貴非吾尊　重士踰山
親御監門　嗛嗛同軒
搦秦起趙　威振八蕃
則信陵之名　若蘭芬也
英辯榮枯　能濟其厄
位加將相　窒隙之策
四海齊鋒　一口所敵
張儀張祿　亦足云也

千乘 之が爲に廬に軾し、諸侯 之が爲に戈を止むるは、
則ち干木の德にして、自《おのづ》から紛を解けり。
貴ぶは吾が尊に非ず、士を重んずること山を踰《こ》ゆ。
親ら監門に御となり、嗛嗛として軒を同じくす。
秦を搦《おさ》へ趙を起こし、威を八蕃を振るはすは、
則ち信陵の名にして、蘭芬の若し。
英辯 枯れたるを榮《はなひら》かせ、能く其の厄《わざはひ》を濟《すく》ふ。
位は將相を加へ、隙を窒《ふさ》ぐの策あり。
四海に鋒を齊《ひと》しくし、一口もて敵する所なるは、
張儀 張祿にして、亦た云ふに足れり。

ここでは、魏の先人として魏降、段干木、信陵君、張儀、張祿が擧げられるが、彼らは「魏都賦」の後半部分に配置される。敍述對象とした地域に實在した先人を賦本文に引用するという點においては、左思「齊都賦」と「三都賦」は共通する。

以上の分析を通して、「三都賦」で見られる虛構を廢して現實に卽した描寫を行うという實證主義的寫實性の萌芽は、左思の意識的か否かにかかわらず「齊都賦」の中にも認めてよいように思われる。「三都賦」の他の特徴である類書的性質は「齊都賦」の佚文狀況にも左右されるが、必ずしも現存する內容からは明確には見出せなかった。また、齊の地を敍述對象としているため、西晉王朝の正統性は當然ながら確認できない。

從來、「齊都賦」と「三都賦」とは同一人物による著述であることから、當然のように關係性が指摘されてきた。しかし、その構成及び內容から分析した場合、これまでに指摘があるように、「齊都賦」が「三都賦」の準備段階であると言えるほどの強い關係性は必ずしも認められなかった。實證主義的寫實性についても、「齊都賦」は「三都賦」ほどには徹底されていない。これは、實證主義的寫實性が「三都賦」著述の際に初めて徹底されるようになったこと、そしてこれが左思の個人的意識によるものではなく、左思が洛陽へ出向いて以降に身を以て體驗した當時の社會政治狀況への反應によるものであったことを示唆していると理解できよう。

第五節　左思における都邑賦の位置附け

「三都賦」は左思にとって十年の歲月をかけた渾身の大作であった。「三都賦」のような長篇都邑賦を著すことは、彼にとって果たしてどのような意味を持ったのであろうか。先に見た「齊都賦」もそうであるが、左思の數少ない作品の中で同じ主題の作品が殘ることには、彼がこの主題を敢えて選擇した理由を想定してもいいように思われる。本節では、左思の作風を足がかりとして、彼の中での都邑賦の位置附けについて考えてみたい。

左思の作風に對する評價としては、鍾嶸『詩品』に殘るものが最も端的かつ的確である。

其源出於公幹。文典以怨、頗爲淸切、得諷諭之致。雖淺於陸機、而深於潘岳。謝康樂常言「左太沖詩、潘安仁詩、古今難比。」

其の源は公幹より出づ。文は典にして以て怨、頗る淸切爲り、諷諭の致を得たり。陸機より淺しと雖も、潘岳より深し。謝康樂 常《かつ》て言ふ「左太沖の詩、潘安仁の詩、古今に比《なら》び難し」と。

鍾嶸は左思を上品に置き、劉楨の詩風を繼承した文人として位置附ける。そして「文典以怨（文は典にして以て怨）」と評するが、「典」とは古典的教養に優れることを意味し、具體的には儒教に習熟することを言う。(24) これはあくまで左思の詩に對する評價であるが、恐らくは賦においても同様の性格を持っていたのであろう。衛權の「三都賦」略解の序文にも類似した評價を見ることができる。

余觀三都之賦、言不苟華、必經典要。

余 三都の賦を觀るに、言は苟《いやし》くも華ならずも、必ず典要を經たり。

（『晉書』巻九十二左思傳）

ここで衛權は「三都賦」を評して、文辭表現は華美ではないけれども、必ず古典的教養に基づいた敍述が行われていると評價する。つまり、「典」或いは「典要」とは、左思の詩のみに對する評價ではなく、彼の著述を包括した特徴の一つであると判斷できるのである。左思が儒教に基づく古典的教養を持ったであろうことは、『晉書』巻九十二左思傳に「家世儒學（家世 儒學たり）」とあることからも充分に認められよう。そして衛權が述べるように、左思の文辭が華美でなかったことは、先に示した『詩品』の評からも窺われる。『詩品』に見える「雖淺於陸機、而深於潘岳（陸機より淺しと雖も、潘岳より深し）」に對しては「雖野於陸機、而深於潘岳（陸機より野なると雖も、潘岳より深し）」という異同が存在する。(25) ここでは「淺」と「野」の當否を問題にはしない。問題の所在は、左思の文學を評して「野」という評語が加えられているという點にある。「野」とは『論語』雍也篇の次の一節に基づくものである。

子曰、質勝文則野、文勝質則史。文質彬彬、然後君子。

子曰く、質 文に勝れば則ち野、文 質に勝れば則ち史。文質 彬彬、然る後に君子たり。

ここでの「野」とは、「質」が「文」に勝った結果として生じるものであり、野暮で田舎びたといった意味で理解される。『詩品』において、左思は古典的教養に優れているものの、野暮で田舎びた作風であったと評されるのである。興膳宏氏も左思を「野暮な詩人」であったと理解する。(26) このように述べられる左思の作品は、確かに當時にあっては少數派に屬するものであったようである。魏晉期には對象を精緻に描き出す詠物賦が流行するが、これはまさしく左思の作風の對極に位置するものであった。この詠物賦は、建安末年以後に主に宴席の場を中心として創作が行われたが、それらは「形似」を採用して展開されるものであった。(27) 佐竹保子氏は「形似」について、『文心雕龍』物色篇の記述をもとに「對象をそのままに、具體的に細やかに畫く手法」であると規定するが、(28) これは「野」にして「華」ではない左思の作風には望むべくもない手法であったと言えよう。

以上のごとく、當時において決して主流に屬したとは言えない左思であるが、これは彼の辭賦に對する意識においても同様に現れている。左思は「三都賦」の序文において、

余既思摹二京、而賦三都、其山川城邑、則稽之地圖、其鳥獸草木、則驗之方志、風謠歌舞、各附其俗、魁梧長者、莫非其舊。何則發言爲詩者、詠其所志也、升高能賦者、頌其所見也、美物者、貴依其本、贊事者、宜准其實。非本非實、覽者奚信。

余既に二京を思摹して、三都を賦さんとし、其れ山川城邑は、則ち之を地圖に稽《かんが》み、其れ鳥獸草木は、則ち之を方志に驗《かんが》み、風謠歌舞は、各《おのおの》其の俗に附き、魁梧長者は、其の舊に非ざる莫し。何となれば則ち言に發して詩を爲る者は、其の志す所を詠じ、高きに升りて能く賦する者は、其の見し所を頌し、物を美する者は、其の本に依るを貴び、事を贊する者は、宜しく其の實に准ずるべし。本に非ず實に非ざれば、覽る者奚《なん》ぞ信とせん。

（〔西晉〕左思「三都賦序」『文選』巻四）

と述べるように、漢賦以來の作品世界に虚構性を求める風潮に反發し、辭賦に對して事實や本質を描き出し、その際には「地圖、方志、其舊、其俗」といった客觀的資料を重視することを主張した。このような意識は當時に珍しく、その主流ともいえる辭賦意識は、陸機が「文賦」で述べる次の一節に集約されるものであった。

詩緣情而綺靡、賦體物而瀏亮　詩は情に緣りて綺靡にして、賦は物を體して瀏亮たり。

（〔西晉〕陸機「文賦」『文選』巻十七）

辭賦とは、「體物」すなわち事物をそのままに映し出すことであり、「瀏亮」すなわち文辭表現に意を注ぐことである、と陸機は理解する。程章燦氏はこのような二人の辭賦に對する意識の違いについて、陸機を「體物瀏亮派」に位置附け、左思を「諷諫征實派」に位置附ける。そして、「體物瀏亮派」は辭賦の題材や表現空間の擴大を求め、辭賦が持つ主觀的な感情の表出や藝術性の高い表現に價値を見出したとする。一方、「諷諫征實派」は辭賦の社會に對する道德や效能を重視するために、描き出す對象に對して眞實や客觀性を求めたと述べる。[29]これを先に述べた左思の作風に關連づけると、左思が都邑賦を自身の著述の中心に据えた理由もおのずと明らかになるように思われる。すなわち、興膳氏の言葉を借りれば、「練り上げられた彫琢の美、複雑な對句構成」とは、まさに陸機が主張する「體物瀏亮派」の辭賦創作において重視される特徴にほかならず、左思にとっては不得手であるどころか到底踏み込むことのできない領域と言えるのである。このような當時の主流派に所屬できなかったからこそ、左思は「諷諫征實派」と評される辭賦意識を持つに至ったのであろう。

併せて、ここで彼が「諷諫征實派」と評された背景についても附言しておきたい。彼の作風は「野暮」であり、「形似」を重んずる當時の文壇の風潮には馴染むことができなかったが、これは左思の外見や性格に起因するものでもあったと推察される。左思は「齊都賦」の著述に一年間、「三都賦」の著述に十年間を費やしたことからも、遲筆であったことは恐らく間違いない。これは當時にあっては明らかな短所であった。先にも述べた詠物賦の創作などは、主に宴席にて行われていたが、このような短時間での創作は、左思の辭賦創作に費やす時間に鑑みるに、彼にとって極めて不得手な分野ではなかったか。更に宴席の場そのものも、左思にとっては苦手であったようである。

貌寢、口訥、而辭藻壯麗。不好交遊、惟以閑居爲事。
貌《かたち》は寢《みに》くく、口は訥にして、而るに辭藻は壯麗なり。交遊するを好まず、惟だ閑居するを以て事と爲す。
（『晉書』巻九十二左思傳）

左思は、生まれつき容姿が醜く、また吃音の傾向があった。そして、人々との交遊を好まず、自分の居宅に閉じこもっていたとされる。このような人附き合いを苦手とする左思の性格からは、宴席のような場への參加が不得手であったであろうこと、當時の門閥貴族制度が確立されつつある西晉王朝の政界において、左思が確乎たる地位を築くことが殆ど不可能であることが讀み取れる。[30]これらに鑑みれば、左思が「體物瀏亮派」ではなく「諷諌征實派」と評されるような著述を行ったのも、彼の先天的な條件によるところも大きかったと言ってよいのではなかろうか。

漢代都邑賦は、虚構の世界の構築が中心ではあったが、あらゆる事物を作品の中に詰め込んでいくという點では他の辭賦作品の主題、とりわけ詠物賦のような細やかな表現技巧を必要とするものとは異なると言える。この點において、「野」と評されるものの古典的教養や知識に優れた左思にとっては比較的取り組みやすい主題であったのであろう。だからこそ、揚雄「蜀都賦」に代表される自身の出身地の情報を描き出す都邑賦として、左思は「齊都賦」を著したのではなかったか。その後は、洛陽へと赴き「三都賦」を著すようになったが、これも『詩品』に評されるような左思の作風を土臺として、當時の社會政治狀況に對して敏感に反應したがために、その作品の中には虚構を排除した正確な情報が大量に附與されることになったのである。このように、左思の人となりやこれに起因する彼の作風に鑑みた場合、「都邑賦」とは彼が自らの文才を全力で傾けるに足る最も適した主題であったと判斷されるのである。

注

（1）程章燦『魏晉南北朝賦史』（江蘇古籍出版社、二〇〇一年版）第五章第三節「「三都賦」騁辭大賦最後的輝煌」を參照。

（2）徐傳武『左思左棻研究』（中國文聯出版社、一九九九年）「左思「齊都賦」探微」（初出、『文獻』總第七十五期、一九九八年）、郭麗「左思「齊都賦」佚文考」（『第九屆國際辭賦學學術研討會予稿集』、二〇一一年）を參照。兩者はいずれも論文執筆時において、徐氏は山東大學、郭氏は山東理工大學齊文化研究院に在籍している。

（3）徐氏前掲注（2）著、程氏前掲注（1）著「附錄（一）先唐賦輯補」を參照。

（4）陳橋驛校證『水經注校證』（中華書局、二〇〇七年）を使用。

（5）『太平御覽』（國學基本叢書、新興書局、一九五九年。靜嘉堂文庫藏宋刊珍本）を使用。

（6）『初學記』（中華書局、一九六二年。清古香齋袖珍本を底本とする）を使用。
（7）『北堂書鈔』（中國書店、一九八九年。清光緒十四年南海孔氏三十有三萬卷堂校注重刊影宋本）を使用。
（8）王文楚等校點『太平寰宇記』（中國古代地理總志叢刊、中華書局、二〇〇七年）を使用。
（9）于際飛「古齊城賦」の本文は、『民國臨淄縣志』（中國地方志集成、山東府縣志輯八、鳳凰出版社、二〇〇四年）によった。
（10）徐傳武氏は左思「齊都賦」を次の九種類に分類する。（1）齊都臨淄の繁榮、（2）齊都の山川、（3）都城描寫、（4）樹木草花、（5）鳥獸、（6）軍事武略、（7）歌曲禮樂、（8）歷史人物、歷史故事、（9）齊に關する由來。また、郭麗氏は大きくは（1）齊都の地理、（2）齊都の風物、（3）齊都の果木（4）齊都の都城及びその繁榮、（5）戰爭描寫の五種類に分類し、それぞれに細目を設けるが、およそ徐氏の分類と類似したものと言える。
（11）「三都賦」と歷代都邑賦の共通點及び相違點については、本書第一章を參照。
（12）徐幹の詩や辭賦に對する考察としては、鈴木修次『漢魏詩の研究』（大修館書店、一九六七年）第三章第三項四「陳琳・徐幹・阮瑀・應瑒論」や吉川幸次郎「三國志實錄　曹植兄弟」（『吉川幸次郎全集』第七卷、筑摩書房、一九六八年）を參照。
（13）單篇の作品の區別は、題目からも可能である。所謂お國自慢の場合には、題目に自身の出身地を含む場合が殆どであり、他は政治的態度が表明される場合が多い。例えば、本書第三章で述べる庾闡「揚都賦」は單篇ではあるが、作品内には問答體のような敍述が見え、東晉王朝を宣揚した痕跡が見られる。また、劉劭にも「許都賦」及び「洛都賦」と單篇の作品が殘されるが、これは「趙都賦」とは異なった内容が述べられていたようである。このことについて、『三國志』魏書卷二十一劉劭傳に次のように見える。

劭嘗作「趙都賦」、明帝美之、詔劭作許都、洛都賦。時外興軍旅、內營宮室、劭作二賦、皆諷諫焉。

劭嘗て「趙都賦」を作り、明帝之を美す、詔して劭をして許都、洛都賦を作らしむ。時に外は軍旅を興し、內は宮室を營む、劭二賦を作る、皆な諷諫す。

「許都賦」と「洛都賦」とは明帝の詔敕によって著した作品であるが、それは當時の外征及び大規模な宮室造營に對する諷諫の内容を持ったものであったとされる。題目に擧がる「許」と「洛」は、それぞれ曹氏の本來の根據地である許都と曹魏王朝の帝都である洛陽であり、いずれも地方都市ではなく、王朝の中心とも言える都市である。このように題目に當時の主要都市を想起させる字句が使用される際には、文人自身の出身地の稱揚ではない、政治的課題への文人の態度の表明がなされる場合が多い。

(14)『三國志』魏書巻二十一王粲傳に「東平劉楨字公幹（東平の劉楨 字は公幹）」とある。

(15)『三國志』魏書巻二十一劉劭傳に「劉劭字孔才、廣平邯鄲人也（劉劭 字は孔才、廣平邯鄲の人なり）」とある。

(16) 徐幹「齊都賦」、劉楨「魯都賦」及び劉劭「趙都賦」はいずれも『藝文類聚』巻六十一居處部總載居處に收められている。本章で擧げる徐幹「齊都賦」も多くはこれによった。

(17) 海を對象とした辭賦作品には、曹操と曹丕にも「滄海賦」（『全三國文』巻一、四）と題する作品が殘される。また、左思と同時代人の作品として木華「海賦」（『文選』巻十二）がある。

(18) 鈴木氏前揭注（12）著第三章第一項「建安詩の概觀」を參照。

(19)「七喩」は『藝文類聚』巻五十七雜文部七に見える。

(20)『晉書』巻四十四鄭袤傳に「魏武帝初封諸子爲侯、精選賓友、袤與徐幹倶爲臨淄侯文學、轉司隸功曹從事（魏武帝 初め諸子を封じて侯と爲し、賓友を精選し、袤は徐幹と倶に臨淄侯文學と爲り、司隸功曹從事に轉ず）」とある。

(21)「蜀都賦」の第323・324句に「毛羣陸離、羽族紛泊（毛群 陸離し、羽族 紛泊す）」とあり、「吳都賦」の第533・534句に「羽族以觜距爲刀鈹、毛羣以齒角爲矛鋏（羽族 觜距を以て刀鈹と爲し、毛群 齒角を以て矛鋏と爲す）」とある。

(22) 例えば「杜若」は『楚辭』九歌「湘君」に「采芳洲兮杜若、將以遺兮下女（芳洲に杜若を采りて、將に以て下女に遺らんとす）」とあり、「石蘭」は同じく『楚辭』九歌「山鬼」に「被石蘭兮帶杜衡、折芳馨兮遺所思（石蘭を被り杜衡を帶び、芳香を折りて思ふ所に遺らんとす）」とあり、「紫莖」も『楚辭』九歌「少司命」に「秋蘭兮靑靑、綠葉兮紫莖（秋蘭 靑靑として、綠葉 紫莖あり）」とある。上述の例以外にも數多くの用例を『楚辭』中に見出すことができ、少なくとも植物描寫については『楚辭』に基づく敍述を行っていたと推測される。

(23) 但し、左思が「齊都賦」内で擧げる「東武」及び「太山」がそのまま陸機の「東武吟行」と「泰山行」を指すとは考えにくい。この「齊都賦」の完成が左思の入洛前のことであり、この時に孫吳はまだ滅亡しておらず、陸機もまだ孫吳で活動していた。そのため、この時點での兩者の接點は見出せず、恐らくは『樂府詩集』に殘らない同題の樂府があったかと思われる。或いは、『樂府詩集』卷四十一相和歌辭には曹植による「泰山梁甫吟」と題した作品があり、また泰山の麓にあるという梁甫を題材とした「梁甫吟」が諸葛亮から遺されていることから、左思はこれらの作品のいずれかを指していたのかもしれない。

（24）『詩品』に見える文學評論用語の理解については、高木正一『鍾嶸詩品』（東海大學古典叢書、東海大學出版會、一九七八年）に多くよった。

（25）曹旭『詩品集注』（上海古籍出版社、二〇一一年版）は、『詩品』において「野」は「文」との對比で使用されること、「深、淺」が潘岳、陸機、左思の三者に對する評語として使用されることから「淺」が適切と判斷する。「野」が「文」の對比として用いられることから、やはり文辭に優れないことを指すと理解できよう。

（26）興膳宏『亂世を生きる詩人たち　六朝詩人論』（研文出版、二〇〇一年）三「左思と詠史詩」（初出、京都大學、中國文學會、『中國文學報』第二十一册、一九六六年）を參照。

（27）廖國棟『魏晉詠物賦研究』（文史哲學集成、文史哲出版社、一九九〇年）第二章第一節「魏晉詠物賦鼎盛之因素」を參照。

（28）佐竹保子『西晉文學論――玄學の影と形似の曙――』（汲古書院、二〇〇二年）「はじめに――小著の目的・對象・方法・概略――」を參照。

（29）程氏前揭注（1）著第五章第一節「理論批評雙峰並峙」を參照。

（30）葉日光『左思生平及其詩之析論』（文史哲學集成、文史哲出版社、一九七九年）第三章第二節「人格與個性」を參照。

第三章　「三都賦」以後の都邑賦の展開とその變容

「三都賦」が分類される都邑賦は、漢代より六朝期に至るまで脈々と受け繼がれてきた賦の主題の一つである。そのため、これに屬する作品は一定數を數えることができるが、しかしそのすべてが同じような特徵を持っていた譯ではない。このことは第一章において「三都賦」と後漢の班固「兩都賦」及び張衡「二京賦」の關係を論じたことからも明らかである。となれば、「都邑」を主題とした賦の創作の歴史にもその變遷過程があって然るべきであり、そこから「三都賦」の位置附けを照射できるのではないかと考えられる。そこで本章では、主に「三都賦」前後の都邑賦を通覽することで「都邑」という主題の展開と變容狀況を確認する。また、「三都賦」以後の賦作品に見える「三都賦」の影響の分析を通じて、「三都賦」に與えられた位置附けを明確にしたい。

第一節　「三都賦」以前の都邑賦

「三都賦」以後の都邑賦の展開を考察するに先立ち、「三都賦」に至るまでの都邑賦の系譜をここで概括する。

まず前漢において、司馬相如「子虚上林賦」があらわれる。これは純粹な都邑賦ではないが、複數篇からの構成、かつ架空の人物の對話、そして作品內での事物の列擧が認められる點で、後世の班固「兩都賦」や張衡「二京賦」、左思「三都賦」との類似性が高い作品として位置附けることができる。そして揚雄の「蜀都賦」がある。これは蜀の出身である揚雄が故鄕の風俗や物產を喧傳した作品であり、所謂都邑賦と呼ばれる作品の嚆矢である。(1) 後漢の頃になると、班固「兩都賦」が作られ、これと前後して傅毅「洛都賦」「反都賦」、崔駰「反都賦」、杜篤「論都賦」が相次いで世に送り出され、その後は張衡「二京賦」「南都賦」が作られる。三國時代になると、第二章で論じた徐幹「齊都賦」があらわれ、また劉楨「魯都賦」、劉劭「趙都賦」「許都賦」「洛都賦」などが陸續と作られるにいたる。その後は、西晉になって傅玄「正都賦」と左思「齊都賦」「三都賦」が著されることになる。(2)

このように見た場合、作品の構成と內容によって三種類に類別が可能である。構成は單篇或いは複數篇で區別でき、內容は都邑賦の性質上、都城描寫や風俗物產を描き出すのは當然であるが、そこに王朝に向けた稱讚或いは諷諫といった政治的態度が表明されたか否かで區別できる。この基準に照らした際、複數篇で政治的態度の表れない作品は殘っていないため、これは除外する。複數篇で政治的態度が表明されるものとしては、司馬相如「子虛上林賦」、班固「兩都賦」、張衡「二京賦」、左思「三都賦」が該當する。これらがすべて『文選』に採錄されることには、その選擇の方針が透けて見えるようで興味深い。また單篇で政治的態度が表明されるのは、傅毅「洛都賦」「反都賦」、崔駰「反都賦」、杜篤「論都賦」、劉劭「許都賦」「洛都賦」、傅玄「正都賦」が當てはまる。(3) 最後に單篇かつ政治的態度が表明されないものとして、揚雄「蜀都賦」、張衡「南都賦」、徐幹「齊都賦」、劉楨「魯都賦」、劉劭「趙都賦」、左思「齊都賦」が該當し、これらは所謂「お國自慢」を目的としたものとなる。

以上の分類に基づけば、漢代は主に單篇と複數篇の別にかかわらず、政治的態度の表明を伴った作品が著される傾向が強く、三國以降になると徐々に揚雄「蜀都賦」に倣った單篇かつ政治的態度の表明がみられない作品が增加するようになる。三國時期以降の作品はいずれも文人自身の出身地を作品中に詠み込むことを特徴とし、その題目も「(作者の出身國) ＋都賦」とされるのが殆どである。この時期にも政治的態度を表明する作品が幾つか殘されてはいるが、當時の都邑賦の主流を構成していたとは言えない。

　このような狀況にあって、西晉時期に再び後漢の頃に回歸するような複數篇かつ政治的態度を表明した「三都賦」が出現したことは畫期的とも異端的とも評せるように思われる。併せて、「兩都賦」や「二京賦」が主に中原一帶を主な描寫範圍にしたのに對して、「三都賦」は揚雄「蜀都賦」にも描かれるような、當時にあっては地方或いは邊境ともいうべき領域をも作品の對象とした點も特記すべきである。更には、「三都賦」は歷代の都邑賦で唯一、漢魏革命と魏晉革命を作品中に持ち出すことで王朝間の交替劇を描き出した作品でもあった。これらの點において、「三都賦」はそれ以前の都邑賦の要素を兼備し、そして發展させた作品として位置附けてよい。

第二節　「三都賦」以後の都邑賦

　「三都賦」の完成により「洛陽の紙價をして貴からしむ」るほどの流行現象が現れて以降、都邑賦はどのような展開を見せたのであろうか。「三都賦」以後の著述狀況は、程章燦氏にすでに論究がある。程氏は「三都賦」を京都宮殿大賦の系譜に位置附け、東晉以後の同系譜に連なる作品を列擧している。まず東晉では、曹毗「魏都賦」「冶城賦」「揚都賦」（以上、『全晉文』卷一百七）、庾闡「揚都賦」（『全晉文』卷三十八）を、劉宋では夏侯弼「吳都賦」（『全宋文』卷二十九）、齊では孔逭「東都賦」（『南史』卷七十二孔逭傳）、梁では吳均「吳城賦」（『全梁文』卷六十）を擧げる。一方、北方の北魏では梁祚「代都賦」（『魏書』卷八十四梁祚傳）、裴景融「鄴都賦」「晉都賦」（以上、『魏書』六十九裴延儁傳附裴景融傳）、高允「代都賦」（『魏書』卷四十八高允傳）、裴伯茂「遷都賦」（『北史』卷三十八裴延儁傳附裴伯茂傳）、陽固「北都賦」「南都賦」（以上、『魏書』卷七十二陽固傳）を擧げている。(4) これらの作品數から判斷するに、各時代各王朝間で都邑賦を集中的に創作している時期がないことから、都邑賦は決して當時に盛んに選擇された主題ではなかったと推斷される。程氏は、元來類書的性質を備えていた都邑賦が類書編纂の流行により、辭賦作品の主題としては徐々に淘汰されていったこと、東晉以降は都城や宮殿を稱讚できるほどの安定した王朝が出現しなかったこと、そして常に過去の作品を凌駕する必要に迫られるという大賦そのものが持つ性格の三點から、東晉以後に都邑賦が創作されなくなった背景を説明する(5)。

程氏の指摘した要因が存在したであろうことは、その作品の殘存狀況から確かに窺えることではある。しかしその一方で、類書編纂が流行した時期にあって、なお一定の作品數を保持し續けたとも言えるのである。ここで前節にみた分類に照らせば、「三都賦」や「二京賦」のような複數篇で構成され、かつ政治的態度が表明された作品が、東晉以後の作品では現在確認できるものとして陽固（四六七～五二三）「南都賦」「北都賦」二篇のみである點は特徴的である。

尙書令高肇以外戚權寵、專決朝事。又咸陽王禧等並有釁故、宗室大臣、相見疏薄。而王畿民庶、勞弊益甚。固乃作南北二都賦、稱恆代田漁聲樂侈靡之事、節以中京禮儀之式、因以諷諫。

尙書令高肇外戚たるを以て權寵せられ、專ら朝事を決す。又た咸陽王禧等並びに釁故有り、宗室大臣、相ひ疏薄せらる。而るに王畿民庶、勞弊益す甚だし。（陽）固乃ち南北二都賦を作り、恆代の田漁聲樂侈靡の事を稱し、節すに中京の禮儀の式を以てし、因りて以て諷諫す。

（『魏書』卷七十二陽固傳）

現在、この「南都賦」「北都賦」は散逸しており本文を確認することはできない。しかし、『魏書』の記述から外戚の專橫や王侯の反目による人民の疲弊を憂い、諷諫の意を込めて陽固が著したことは間違いない。そして、これが北魏の孝文帝による洛陽遷都以後、宣武帝の頃に作られたことに鑑みれば、「南都賦」は洛陽を對象とし、「北都賦」は平城を對象とした作品であると推測される。その內容は、北魏前半の都である平城を基點に、北方異民族の風習としての狩獵や歌舞音曲、奢侈のさまを批判對象とし、これに對してその後半の都である洛陽を中心に、漢族文化としての禮儀を述べたものであろうと推察される。この點において、班固「兩都賦」や張衡「二京賦」に類似した作品であったと判斷してよい。一方で、單篇の作品が大多數を占めることに氣附かされるが、その多くは政治的態度を作品中に表明したものであったろうと推測される。以下に具體例を示しつつ檢討する。まずは庾闡（生卒年未詳）の「揚都賦」を擧げる。

子未聞楊都之巨偉也　　子　未だ楊都の巨偉なるを聞かずや。
左滄海　右岷山　　左《ひがし》に滄海、右《にし》に岷山あり。
龜鳥津其落　江漢演其源　　龜鳥　其の落に津《あつ》まり、江漢　其の源に演す。
碣金摽乎象浦　注桐柏乎玄川　　金摽を象浦に碣し、桐柏を玄川に注ぐ。
昔句呉端委　延州儷臧　　昔　句呉　端委あれば、延州　儷《とも》に臧《よ》し。
高讓殆於庶幾　英風亞乎穎陽　　高讓　庶幾に殆《ちか》く、英風　穎陽に亞《つ》ぐ。
土映黃旗之景　巒吐紫蓋之祥　　土は黃旗の景に映え、巒は紫蓋の祥を吐く。
巖栖赤松之館　岫啓縉雲之堂　　赤松の館に巖栖し、縉雲の堂に岫啓す。
龍符渙而夏德興　羣神萃而玉帛昌也　　龍符　渙かにして夏德　興り、群神　萃《あつ》まりて玉帛　昌かなり。

天包龍軫　地奄衡霍　　天は龍軫を包み、地は衡霍を奄《おほ》ふ。
玄聖所遊　陟方所託　　玄聖の遊ぶ所にして、陟方の託す所なり。
我皇晉之中興　而駿命是廓　　我が皇晉の中興、駿命 是れ廓なり。
靈運啓於中宗　天網振其絶絡　　靈運 中宗を啓《ひら》き、天網 其の絶絡を振るふ。
（〔東晉〕庾闡「揚都賦」『藝文類聚』巻六十一居處部總載居處）

その題目が示す通り、この賦は「都城を稱揚した賦」であることは疑いようもない。その上で具體的な都城を想定するのであれば、それは庾闡自身も仕えた東晉王朝の都建康ということになろう。「左に滄海、右に岷山」と述べることから、都の東側に大海原が廣がり、西側には岷山山脈が横たわることになるが、岷山山脈は現在の甘肅省から四川省にかけて續くものであり、いずれも中國の南方に關連する自然環境が擧げられているのである。したがって、「揚都賦」は建康を基點として東晉王朝を稱讚することを目的とした作品であったと思われる。このことは「左」と「右」が總じて皇帝の視點に基づく方角認識であることからも推察される。更には引用部分の末四句からは西晉王朝が滅び去って後、新たに東晉王朝が興り、天命によって「中宗」司馬睿（在位三一八〜三二三）が即位したことが詠われる。ここから庾闡の中に自らが仕える東晉王朝を宣揚せんとする政治意識があったことは明らかである。併せて、その宣揚の中には東晉王朝の正統性を主張せんとする意識もあったかもしれない。「龍符渙かにして夏德興り」と言うのは、西晉王朝を直接に繼ぐことを述べたものであろうし、「群神萃まりて玉帛昌かなり」と言うのも、瑞祥が多く發現したことを表したものであろう。何れにせよ、この作品内での庾闡の政治態度は明瞭に看て取れる。この「揚都賦」と題する作品は曹毗（生卒年未詳）にも殘されており、又著「揚都賦」、亞於庾闡。

又た「揚都賦」を著し、庾闡に亞《つ》ぐ。

（『晉書』卷九十二曹毗傳）

とあり、恐らくは庾闡「揚都賦」に類似した内容であった。庾闡の作品から判断するに、これらはいずれも東晉王朝の稱讃というかたちで、自身の政治的態度を表明したものであると言えよう。

ついで、北魏の頃に活躍した漢族文人である高允（三九〇～四八七）の「代都賦」についても、その著述の經緯が確認できる。

允上「代都賦」、因以規諷、亦二京之流也。

允「代都賦」を上り、因りて以て規諷す、亦た二京の流れなり。

（『魏書』卷四十八高允傳）

これによる限り、何が直接の著述原因か詳らかでないものの、高允は諷諫を目的として「代都賦」を著し奏上したとある。ここで作品の題目に擧げられる「代都」とは、孝文帝が洛陽遷都を行う前の帝都であった平城を指す。具體的内容は明らかではないが、皇帝に對して奏上したものであり、かつ諷諫の意を込めており、その上張衡「二京賦」の流れを汲むと表明することからは、この作品には當然のこととして政治的態度が込められていると判断してよい。同題の「代都賦」は梁祚（四〇二～四八八）にも殘されており、彼に關しては著述の經緯が明らかではないが、高允とほぼ同時代に活動したことから[6]、高允「代都賦」とその内容を同じくしたのではなかったかと推測される。

他に著述の經緯が比較的明らかなものとして、裴伯茂（四九九？～五三七？）の「遷都賦」があるので確認する。

伯茂好飲酒、頗渉疏傲。久不徙官、曾爲「豁情賦」。天平初遷鄴、又爲「遷都賦」。

伯茂　飲酒するを好み、頗る疏傲に渉る。久しく官を徙《うつ》らず、曾《すなは》ち「豁情賦」を爲る。天平の初めに鄴に遷れば、又た「遷都賦」を爲る。

（『北史』巻三十八裴延儁傳附裴伯茂傳）

これは、北魏が東魏と西魏とに分裂した際のことであり、直接には天平年間（五三四～五三七）の初めに王朝の分裂に伴い行われた東魏王朝による洛陽から鄴都への遷都を指す。班固「兩都賦」もそうであったように、遷都に際してはその是非を巡って様々な議論がなされることが多く、裴伯茂が「遷都」を題目に創作したことからは、ここには遷都に對する彼の政治態度が表明されていると考えてよい。以上、東晉以後の都邑賦を見てきたが、その殆どは單篇であり、かつ作品中に文人自身の政治的態度が表明されている點を指摘することができる。

ところで、程氏が述べる類書の增加が都邑賦衰退の最大の要因と認める點については、疑問がないではない。事實、類書的性質は「三都賦」や「二京賦」などにも認められ、都邑賦と類書との間に一定の關係性が存在することは間違いない。しかし一方で、類書の編纂と都邑賦の著述とを關連させた場合、程氏の指摘が必ずしも該當しないと思われる事例を見出すこともできる。後漢末の建安年間（一九六～二二〇）においてがそうである。建安年間は三曹七子を中心とした建安文學が行われた時期であるが、この時に最初の後世の所謂類書にあたる『典論』が曹丕によって編まれている。この時期に都邑賦も一定數創作されたことは先に指摘した通りであり、例えば徐幹「齊都賦」や劉楨「魯都賦」があり、明帝の頃には劉劭「趙都賦」などが殘る。とりわけ、徐幹と劉楨は建安七子に數えられ、曹丕と極めて近しい關係にあった。(7) これらの状況に鑑みるに、類書編纂の流行が都邑賦創作の衰退へと卽座に結び附かない場合も存在することに留意する必要があるのである。

以上のごとく考えた場合、程氏が都邑賦を區別することなく一括りに京都宮殿大賦として扱うことには、愼重を要する必要があるのではなかろうか。かかる理解に基づけば、東晉南北朝期の都邑賦創作の衰退、或いは變化には類書編纂の流行とは異なる別の要因が介在するのではないかと推察されるのである。

第三節　都邑賦の傳統への回歸

東晉以後の都邑賦の多くが單篇かつ政治的態度の表明を伴う作品であったことは前節に確認した通りである。これに極めて類似した時期は他にも見出せる。後漢の頃、班固が「兩都賦」を著し、これと相前後して傅毅や崔駰、杜篤らによる諸作品が陸續と發表された時期である。東晉以後の都邑賦は、複數篇で政治意識が確認できる左思の「三都賦」が作られた西晉時期や、徐幹「齊都賦」や劉楨「魯都賦」といった單篇かつ政治態度が表明されない作品が大部分を占めた建安年間ではなく、都邑賦の系譜においては初期とも言える段階へと回歸しているのである。

では、何故このような現象が生じたのであろうか。「三都賦」は、西晉王朝の建國まもなく、いまだその權力基盤が確立されていなかった泰始八年（二七二）から太康三年（二八二）にかけて、左思の不斷の努力によって完成を迎えたが、この時期はまさしく西晉王朝がみずからの權力確立に邁進していた時期であった。太康元年（二八〇）に達成された平吳はこれを象徵する事件であるが、左思はこの一大事件に對して機敏な反應を見せ、かつ自身の態度をも表明してみせる。平吳について、「魏都賦」において左思は次のように述べている。

745揆既往之前迹　卽將來之後轍
成都迄已傾覆　建業則亦顚沛
顧非累卵於疊棊　焉至觀形而懷怛
權假日以餘榮　比朝華而菴藹
覽麥秀與黍離　可作謠於呉會

既往の前迹に揆《はか》りて、將來の後轍に卽く。
成都は迄《つひ》に已に傾覆し、建業も則ち亦た顚沛せん。
顧《おもん》みるに卵を疊棊に累《かさ》ぬるに非ず、焉んぞ形を觀て怛を懷くに至らん。
權《かりそめ》に日を假りて以て餘榮あり、朝華に比べて菴藹たり。
「麥秀」と「黍離」とを覽れば、謠《うた》を呉會に作るべし。

ここで左思は、魏國先生の口を借りて蜀漢の滅亡とまもなく實現するであろう孫呉の平定とを詠うが、これはまさしく左思が西晉王朝の正統性を主張せんとする意識の所産であった。そしてこのような正統性の主張は、西晉王朝がその權力基盤の確立を目指し平呉へと邁進していたという時代背景があって初めて備えることのできた特徴でもある。この點については第六章で詳述するが、「三都賦」をめぐる著述活動は當時の社會政治狀況を強く反映して行われたものであった。これは班固や張衡においても同樣である。つまり、作品の中で政治的態度を明らかにするものについては、作者自身が賦の創作時に置かれた政治社會狀況が多く關與するのである。このことを踏まえ、東晉以後の都邑賦に作者の政治態度が表明されることが殆どである狀況に鑑みれば、各時代で彼らが置かれた社會政治狀況を注視する必要が生じてこよう。東晉以後における文學創作は、南北の地域差、具體的には北朝政權下と南朝政權下の影響差が重大であるため、これを區別して論じる必要がある。まずは東晉南朝期の都邑賦創作の背景を考察する。

太熙元年（二九〇）に武帝司馬炎が崩御して以降、西晉王朝は徐々に滅亡への兆しを見せ始める。武帝の息子である司馬衷が帝位を繼ぐと、直ちに外戚である楊駿による專權が開始されるが、翌永平元年（二九一）には惠帝の后である賈皇后による肅清が行われる。その後は徐々に司馬氏の宗室による衝突が繰り返され、八王の亂が勃發する。惠帝司馬衷崩御の後は懷帝、愍帝と續くが、北方の非漢民族による侵入を許し、永嘉五年（三一一）の洛陽の陷落、建興四年（三一六）の長安の陷落により西晉王朝は滅亡する。そして、太興元年（三一八）に建康において司馬睿が卽位し、東晉王朝が建國される。その後は元熙二年（四二〇）に劉裕へと禪讓を行い劉宋王朝が建國されていく。(8)

以上、西晉王朝の滅亡から東晉王朝の建國、そして劉宋王朝の建國の過程で、領有する土地は大きく變化することになった。西晉王朝が八王の亂やこれに伴う北方異民族の侵入により滅亡を迎えた際、西晉王朝に屬した多くの人士は長江を渡り、江南の建康へと移り住んだ。そして東晉王朝が建國されたが、その最大の目標は中原の回復にあった。このことは桓溫が幾度となく北伐を行い、一度は洛陽を回復していることからも明らかである。しかし南渡以降、元來は北方出身であった人士たちの多くが二世三世と徐々に世代交代するにつれ、避難民であった北方人士の土着化が進むようになる。その結果として、天下の中心を中原ではなく、現王朝が位置する江南と認識するようになったとされる。これは東晉に續く劉宋時代である元嘉二十七年（四五〇）に、北伐に失敗して中原回復の可能性が極めて低くなった時期に顯著なものとなる。(9)つまり東晉時期に限れば、いまだ中原回復の可能性が存在したために洛陽を本來の帝都と認識する文人も多かったのであろう。先に見た庾闡「揚都賦」では「子未聞楊都之巨偉也（子未だ楊都の巨偉なるを聞かずや）」と、あたかも建康の偉大なさまを理解しない人物がいたかのような口ぶりがあらわれるが、これはこの當時に洛陽こそを本來の都と認識する人士がいたことを傍證するものと言えよう。庾闡はこのような人々の説得を目的として該賦を著したのであろう。しかし、このような狀況も、士大夫層の土着化が進むにつれて徐々に變質するようになる。中原の回復を王朝全體が戴く使命として認識されなくなる劉宋時代以後は、北方を殊更に注視する必要性が消え、南北の對比を意識した都邑賦を著す必要もなくなったのではなかったか。つまり、文人の意識が自王朝の領土の内へと向けられるようになったと推測されるのである。更に、南朝と北朝との差違として、王朝が交替しても基本的には建康が一貫して王都としての地位を保持し續けた點を擧げることができ、そのため後漢の頃に見られた王朝内における長安と洛陽との間で繰り廣げられた都市の優劣論を展開する必要性もなかったのであろう。だからこそ、劉宋時代以後の都邑賦は夏侯弼「吳都賦」や孔逭「東都賦」と、その數を減らしていくことになったように思われる。この點においては程章燦氏の述べる衰退という理解も一理あると言えよう。

一方、北魏の頃に著された諸作品は、先に確認したように高允の「代都賦」を筆頭に、張衡「二京賦」と同じく政治的態度の表明を中心とするものであった。更にその著者に着目してみた場合、ある事實に注目される。すなわち、北朝における都邑賦の作者の殆どが漢族出身士大夫なのである。(10)

北魏の太武帝による華北統一直後の頃は、漢族士大夫は胡族政權である北魏王朝の正統性を認めておらず、そのため政治へも積極的に關與することはなかった。ところが、漢族出身で時の宰相であった崔浩が太武帝の太平眞君十一年（四五〇）に誅殺されるのを境に、徐々に北魏王朝に正統性を認める意識が芽生え始めたとされる。(11)北魏時代に著された都邑賦は、殆どが漢族士大夫によるものであり、かつ崔浩の誅殺以後、漢族士大夫の意識に變容が生じるようになってからの作品である。これらの狀況に鑑みれば、北魏王朝の正統性を容認するようになった漢族士大夫が積極的に政治に關與するようになった結果として、漢賦が持つ諷諫の精神に注目し、漢代都邑賦に倣ってこれらの都邑賦を著したと推測することには一定の道理が認められよう。彼らが江南に位置する南朝の漢族政權を都邑賦の對象としないのも、北魏に積極的に仕えようとする漢族士大夫の意識のあらわれであると理解すればよいのではなかろうか。

以上を要するに、「三都賦」以後の都邑賦は徐々に「三都賦」が備えていた自王朝の領土外への意識を失い、自王朝の内側へとその視線が向けられるようになったと言える。南朝では建康が繼續して王都であったこともあり、敢えて都邑賦を創作する積極的理由は消滅し、衰退と言ってもよい狀況となった。しかしながら、北朝においては盛んに王都の遷移が行われたことや、北朝政權への積極的仕官や正統性の承認といった漢族士大夫の意識の變容があったことで、南朝に比べると多く創作される狀況を迎えた。結果として、彼らの作品の殆どにおいて文人自身の政治態度が表明されていた。このように見た場合、程氏の述べる衰退という認識は一面的なものに過ぎないと言え、とりわけ北朝においてはこの認識は當たらない。むしろ、三國西晉時代を超え、班固らがこぞって著述活動を展開した後漢の頃に立ち戻ったと捉えることも可能であり、言うなれば傳統的漢代都邑賦へと回歸したと考えるべきではなかろうか。また、このような理解に基づくことで、都邑賦の系譜の中での「三都賦」の異質性が、おのずと浮かび上がる結果になったとも言えるのではないかと思われる。

第四節　鮑照「蕪城賦」に見る「三都賦」

これまでにも見てきた通り、都邑賦は最終的に東晉以後の文人にとっての主要な賦作品の題材にはならなかった。しかし「三都賦」は、東晉南北朝期の文人によって確かに讀み繼がれていた。このことは本節と次節に見る鮑照と庾信の作品から確認することができる。

南朝宋の文人である鮑照（四一四？～四六六）は、間違いなく「三都賦」を讀んだ文人の一人である。「蜀四賢詠」（『鮑參軍詩注』卷三）[12]は蜀出身の四人の賢人を詠じた作品であり、直接には司馬相如、嚴君平、王褒、揚雄の四人をその對象とするが、ここに擧がる四人を最初に並記したのが左思「三都賦」中の一篇である「蜀都賦」の次の一段なのである。[13]

391近則江漢炳靈　世載其英
蔚若相如　皭若君平
王褒韡曄而秀發　楊雄含章而挺生
幽思絢道德　摛藻掞天庭
考四海而爲儁　當中葉而擅名
是故遊談者以爲譽　造作者以爲程也

近くは則ち江漢の炳靈、世よ其の英を載《う》む。
蔚若たる相如、皭若たる君平。
王褒 韡曄《いよう》として秀發し、楊雄 章を含みて挺生す。
幽思 道德を絢《あきら》かにし、藻を摛べて天庭に掞《かがや》けり。
四海に考へて儁と爲し、中葉に當たりて名を擅《ほしいまま》にす。
是の故に遊談する者は以て譽《ほまれ》と爲し、造作する者は以て程と爲せり。

ここで左思は近い過去の蜀出身の偉人として、司馬相如、嚴君平、王褒、揚雄の四人を擧げている。まさに鮑照「蜀四君詠」の四者と合致するが、左思と鮑照の作品に見える一致は決して偶然ではない。鮑照が「三都賦」を實際に讀んだ結果としてこの一致を理解すべきであろう。何故ならば、左思と鮑照には數多くの共通點が見出せるためである。兩者がともに門閥が重視された時期において低い家格に生まれたこと、左思には左棻、鮑照には鮑令暉と文才を備えた妹があったこと、自身の才能に大きな自信を有していたこと、家格が低かったこともあり政治の上では常に不滿を抱かざるを得ない境遇を強いられたことがそうである。これほどに似通った兩者が、先に見たように作品内での影響關係を持つのは容易に想像ができるし、ここから鮑照の左思に對する親近感の程が窺われよう[14]。

「三都賦」が後世の作品中に受け入れられた事實は「蜀四賢詠」の一例からも明らかであり、ここではもはや辭賦という文體をも超越し、詩にまでも影響を與えていたことがわかる。これによってすでに、「三都賦」が後世の作品の中で變容した一端を垣間見ることができるが、鮑照の他の辭賦作品中における「三都賦」の影響について考えた際、「三都賦」と同じく都城を詠じた作品であり、かつ『文選』巻十一に採錄された「蕪城賦」との間には何らかの關係性が認められるのではないかと疑われる。

「蕪城賦」は都城の荒廢した様子、廢墟を詠じた作品であるため、「三都賦」での都邑の描かれ方とはその方向性を異にする。そのためか、「三都賦」との措辭上の類似點は決して多くはない。しかし、明らかに「三都賦」を意識したであろう痕跡もあり、具體例を示せば、「蕪城賦」の次の一節を擧げることができる。

當昔全盛之時　昔 全盛の時に當たりて、
車挂轊　人駕肩　車は轊を挂《か》け、人は肩に駕《よ》る。
廛閈撲地　歌吹沸天　廛閈 地を撲《つく》し、歌吹 天に沸く。
孳貨鹽田　鏟利銅山　貨を鹽田に孳《しげ》くし、利を銅山に鏟《けづ》る。
才力雄富　士馬精妍　才力 雄富にして、士馬 精妍なり。
故能奓秦法　佚周令　故に能く秦法より奓《おご》り、周令を佚し、
劃崇墉　刳濬洫　崇墉《しゆうよう》を劃し、濬洫《しゆんきよく》を刳《ほ》り、
圖脩世以休命　世を脩《なが》くして以て休命ならんことを圖《はか》る。

（〔南朝宋〕鮑照「蕪城賦」『文選』巻十一）

ここでは、江南の地がかつて全盛であった頃の述懷として、市街地が盛んに賑わう様子などが描かれる。その奢侈の度を超えたさまは、秦や周の法令を逸脱するほどであり、高い城壁と深い池濠を造ることで國家を永遠に持續させようとしたことが述べられる。この國家繁榮の様子、とりわけ後半三句「劃崇墉、刳濬洫、圖脩世以休命（崇墉を劃し、濬洫を刳り、世を脩くして以て休命ならんことを圖る）」とあるのは、次に見える「魏都賦」の一節を模した表

現として興味深い。

279於是崇墉濬洫　嬰堞帶涘
四門轕轕　隆廈重起
憑太清以混成　越埃壒而資始
藐藐標危　亭亭峻趾
臨焦原而不怳　誰勁捷而无猲
與岡岑而永固　非有期乎世祀
陽靈停曜於其表　陰祇濛霧於其裏

是に於て崇き墉 濬き洫あり、堞《ちょう》を嬰《めぐ》らせ涘《し》を帶《めぐ》らす。
四門 轕轕《けつけつ》として、隆廈 重なり起これり。
太清に憑《よ》りて以て混成し、埃壒を越えて資《と》り始む。
藐藐《ばくばく》たる標危、亭亭たる峻趾あり。
焦原に臨みて怳れざるも、誰か勁捷にして猲《おそ》るること无からん。
岡岑と與に永く固く、世祀を期すること有るに非ず。
陽靈 曜を其の表に停め、陰祇 霧を其の裏に濛《くら》くす。

ここで描かれるのは、文昌殿を起點とした鄴都の宮殿群の總括である。ここに「蕪城賦」では對句として使用される「崇墉、濬洫」が一句内に配置される。左思はここで、「崇墉、濬洫」に代表される堅固な城郭を持つことを根據に「與岡岑永固、非有期乎世祀（岡岑と與に永く固く、世祀を期すること有るに非ず）」と述べ、曹魏の永續性を主張する。これはまさに、先に「蕪城賦」に示した後半三句が意圖するところと一致する。『文選』において、「崇墉」は「魏都賦」と「蕪城賦」の二例、「濬洫」は「魏都賦」と「蕪城賦」、加えて王延壽「魯靈光殿賦」の三例のみに確認できる。このように極端に用例が少ない状況にあって、「魏都賦」と「蕪城賦」に同じ字句が確認できること、そしてそれがともに國家の永續性を述べる部分で使用されることから、「蕪城賦」の該當部分が「魏都賦」に範を取った表現であることは明らかである。

以上のように、「蕪城賦」の前半部分では「魏都賦」に基づく敍述を見出すことができるが、その後半部分、すなわち都城の荒廢を詠う部分においては、「三都賦」を表現上の下敷きとして用いた部分は確認できない。しかし、後半部分で描かれるのが都城の荒廢もしくは廢墟であるという一點に着目すれば、そこには僅かではあるが、やはり「三都賦」との關連性が疑われるように思われる。そもそも、蜀漢と孫吳の都城である成都と建業を荒廢した都市という捉え方をするものとして皇甫謐「三都賦序」（『文選』巻四十五）を認めることができ、「言吳蜀以擒滅比亡國、而魏以交禪比唐虞（言ふこころは吳蜀は擒滅せらるるを以て亡國に比へ、而して魏は交禪せしを以て唐虞に比ふなり）」とあり、左思が「三都賦」を描くに際して、曹魏に正統性を認め、蜀漢と孫吳を亡國に準えることで、この三都を儼然と區別したと、皇甫謐は理解する。蜀漢と孫吳を亡國に比定することは、前節に引用した「魏都賦」の中で、魏國先生の口を借りる形で「成都迄已傾覆、建業則亦顚沛（成都は迄に已に傾覆し、建業も則ち亦た顚沛せん）」と、成都を都とする蜀漢が滅亡したことと、建業を都とする孫吳がまもなく平定されるであろうことを述べることにもあらわれている。更には、「覽麥秀與黍離、可作謠於吳會（麥秀と黍離を覽て、謠を吳會に作るべし）」と、「麥秀」と「黍離」のような歌謠を孫吳の地においても作曲できそうであることが「魏都賦」で述べられ、これら民謠こそが以下に述べるように王朝の滅亡や衰退を想起させるものとなっているのである。まずは「麥秀」に關する故事を確認する。

其後箕子朝周、過故殷虛、感宮室毀壞、生禾黍。箕子傷之、欲哭則不可、欲泣爲其近婦人、乃作麥秀之詩以歌詠之。其詩曰「麥秀漸漸兮、禾黍油油。彼狡僮兮、不與我好兮」所謂狡童者、紂也。殷民聞之、皆爲流涕。

其の後 箕子 周に朝し、故の殷虛を過ぎり、宮室の毀壞し、禾黍の生ずるに感ず。箕子 之を傷み、哭せんと欲すれば則ち可ならず、泣かんと欲すれば其れ婦人に近きと爲せば、乃ち麥秀の詩を作りて以て之を歌詠す。

其の詩に曰く「麥秀でて漸漸たり、禾黍 油油たり。彼の狡僮、我と好からざりき」と。所謂狡童は、紂なり。殷の民 之を聞きて、皆な爲に流涕す。

（『史記』巻三十八宋微子世家）

周建國より前に殷へと仕えていた箕子は、自身の封地より周都へと赴く際、殷の都であった殷墟を過ぎり、その荒んださまを目の當たりにする。宮室は崩壞し黍が一面を覆い盡くしていることに哀しさを覺えたが、これを率直に吐露することが憚られたため、「麥秀」の歌を詠んで自らの悲哀を表現したとされる。その內容は、かつての榮華を誇った殷墟が麥や黍に覆われ荒廢するのを悲嘆するとともに、最後の王であった殷の紂王とは良好な關係が築けなかったと述懷したものである。つまり「麥秀」とは、麥や黍の無秩序な繁茂によって國家が滅亡したことを比喩的に歎いたものと理解できる。また「黍離」は『詩經』王風に採られる。

彼黍離離　彼稷之苗　　彼の黍 離離たり、彼の稷の苗あり。
行邁靡靡　中心搖搖　　行邁すること靡靡として、中心 搖搖たり。
知我者　謂我心憂　　我を知る者、我を心憂ふと謂ふ。
不知我者　謂我何求　　我を知らざる者、我を何をか求むと謂ふ。
悠悠蒼天　此何人哉　　悠悠たる蒼天、此れ何人ぞや。

（『詩經』王風「黍離」）

その小序には、

黍離、閔宗周也。周大夫行役、至于宗周。過故宗廟宮室、盡爲禾黍。閔周室之顚覆、彷徨不忍去、而作是詩也。

黍離、宗周を閔《いた》むなり。周の大夫 役に行きて、宗周に至る。故の宗廟宮室を過ぐれば、盡く禾黍と爲る。周室の顚覆せるを閔み、彷徨するも去るに忍びず、而して是の詩を作るなり。（同右）

とある。東周の大夫が洛陽遷都以前の王都である鎬京を訪れ、その宗廟や宮室を過ぎったところ、一面黍で埋め盡くされており、王朝が衰退した事實を痛感し、この「黍離」を詠ったとされる。つまり、「麥秀」と「黍離」はいずれも廢墟、或いは亡國を描き出した作品として理解されるのである。

これを「魏都賦」の文脈で理解した場合、これらに準じた歌謠を孫呉の地において作ることができそうだと述べることは、孫呉のまもなくの平定を強く想起させるとともに、その荒廢の様子をもおのずと讀者の腦裏に投影させる效果が豫想されるのである。「三都賦」は、全篇を通して廢墟や荒廢のさまを描き出すことはない。しかし、左思が「三都賦」を著した時には、すでに曹魏と蜀漢は滅んでおり、孫呉もまさに著述が行われた十年の間に滅亡を迎えている。つまり、「三都賦」本文では曹魏、孫呉、蜀漢の誇るべき風土や物産が盛んに詠われるものの、左思の腦裏には常に「麥秀」や「黍離」のごとき亡國や廢墟の世界が浮かんでいたのである。先に示した「魏都賦」の一節は、魏國先生による最後の臺詞であり、この言葉を聞いた西蜀公子と東呉王孫は自身の過ちを認めることになる。三國の繁榮を描き出した「三都賦」の裏には、すでに滅亡した、或いはまもなく滅び去ろうとする都城の衰退するさま、そして徐々に荒廢し廢墟と化していく様子が暗示されているのである。この點において、「三都賦」も廢墟、亡國を描き出した文學の系譜の一端に位置附けてよかろう。

一方「蕪城賦」もまた、都城を描き出すという點において、都邑賦の系譜に例外的に位置附けることのできる作品であり、兩作品の間には相關性が見出される。そして、兩作品が作られた環境にも共通點が確認できる。「三都賦」は、左思が中書省に所屬する官僚としての立場から、西晉王朝が抱えた政治的課題、具體的には平吳や太子不慧疑惑への對處を目的として、武帝司馬炎の意向を反映させるかたちで著された作品であった。[15]一方、「蕪城賦」も鮑照が仕えた劉義慶が置かれた政治的立場について、劉義慶の保身意識を鮑照が作品内に表現したものとされる。[16]「三都賦」の描寫内容及び措辭という點では、「蕪城賦」への影響は必ずしも大きくない。しかし「三都賦」と「蕪城賦」は、兩者の政治的立場やそれに起因する課題への對處という點で共通性が確認できる作品である。これほどに著述態度の共通性が確認できるのは、左思と鮑照との間に見える多くの類似點によるものであり、これも後世における「三都賦」の變容の一つのかたちであると言えよう。

第五節　庾信「哀江南賦」に見る「三都賦」

庾信（五一三〜五八一）もまた、「三都賦」に觸れる機會のあった文人の一人である。[17]彼が「三都賦」の存在を認識していたであろうことは、彼を代表する「哀江南賦」の中に見出すことができる。

陸士衡聞而撫掌　是所甘心　陸士衡（「三都賦」を）聞きて掌《てのひら》を撫すは、是れ甘心する所、
張平子見而陋之　固其宜矣　張平子（「兩都賦」を）見て之を陋《いやし》むは、固より其れ宜し。

（〔南朝梁〕庾信「哀江南賦」『庾子山集注』巻二）

ここで庾信は陸機（字は士衡）と張衡（字は平子）を列擧するが、陸機が掌を打ち叩いて嘲笑したのがまさに「三都賦」なのである。[18]因みに張衡が卑しんだのは班固「兩都賦」であり、[19]どちらも都邑賦に關する逸話が引用されたことは注目される。この記述でもって、庾信が「三都賦」を實見したとする確たる證據にはなり得ないが、少なくとも「三都賦」の存在を認識していたであろうことは明らかである。

ところで、庾信がその前半生において仕えた梁王朝では、『文選』及び『玉臺新詠』といった一大總集が編纂されており、『文選』は昭明太子蕭統によるものであり、『玉臺新詠』は昭明太子の實弟である簡文帝蕭綱によるものである。このように文學に多大な功績を殘した王朝下において、庾信はその十五歳の頃に昭明太子の侍講に任じられている。「三都賦」を收める『文選』の編纂者である昭明太子の侍講に任命されたことからは、庾信が昭明太子の收藏する典籍を閱覽する機會を得て、その中に「三都賦」も含まれたであろうことは想像に難くない。そもそも、梁朝において「三都賦」は讀まれる機會の極めて多かった作品の一つであった。

蕭大圜、字仁顯、梁簡文帝第二十子也。幼而聰敏、年四歲、能誦「三都賦」及『孝經』『論語』、七歲居母喪、便有成人性。

蕭大圜、字は仁顯、梁の簡文帝の第二十子なり。幼きより聰敏なれば、年四歲にして、能く「三都賦」及び『孝經』『論語』を誦し、七歲にして母の喪に居り、便ち成人の性有り。

（『北史』卷二十九蕭大圜傳）

簡文帝の息子である蕭大圜は才氣煥發な少年であり、そのため四歲ですでに「三都賦」や『論語』『孝經』を諳んじることができたという。更に例を擧げる。

梁宣修容本姓石、揚州會稽上虞人。……以昇明元年丁巳六月十一日生、生而紫胞、朝請府君以爲靈異。年數歲、能誦「三都賦」、『五經指歸』、過目便解。

梁宣修容　本姓は石、揚州會稽上虞の人なり。……昇明元年丁巳六月十一日を以て生まる、生まるるに紫胞たれば、朝《あした》に府君に請ひて以て靈異と爲す。年數歲にして、能く「三都賦」、『五經指歸』を誦す、目を過ぐれば便ち解す。

（『金樓子』巻二后妃篇[20]）

梁の武帝蕭衍の后である阮修容を指すが、彼女も數歲にして「三都賦」及び『五經指歸』を諳んずることができ、一度目を通せばただちに理解できたという。梁王朝の皇族を中心に、「三都賦」が間違いなく讀まれていたことがわかる。庾信は宮廷文人として活躍しており、このような狀況を當然理解していたであろうし、彼自身も實際に讀んでみようという氣になったとしても何ら不思議なことではない。

事實、庾信の「哀江南賦」には、「三都賦」に基づくと思われる敍述が散見される。清の倪璠『庾子山集注』によりつつ、以下に倪璠がその注釋に「三都賦」を引用している箇所を擧げた上で分析する[21]。

①連茂苑於海陵　跨横塘於江浦　茂苑を海陵に連ね、横塘を江浦に跨ぐ。

（倪璠注）「吳都賦」云「佩長洲之茂苑。」……又「魏《ママ》都賦」云「横塘查下。」劉逵曰「横塘在淮水南、緣江築堤、謂之横塘。查下在横塘西、隔江自山頭南上十里、至查浦。」

「吳都賦」に云ふ「長洲の茂苑を佩ぶ」と。……又た「魏都賦（吳都賦の誤り）」に云ふ「横塘　查下あり」と。劉逵曰く「横塘は淮水の南に在り、江に緣りて堤を築く、之を横塘と謂ふ。查下は横塘の西に在り、江を隔て山頭の南自り十里を上れば、査浦に至る」と。

②吳歈越吟　荊艶楚舞　　吳歈 越吟、荊艶 楚舞あり。

（倪璠注）「吳都賦」云「荊艶楚舞、吳歈越吟。」

「吳都賦」に云ふ「荊艶 楚舞、吳歈 越吟あり」と。

③於是桂林顚覆　長洲麋鹿　　是に於て桂林 顚覆し、長洲 麋鹿す。

（倪璠注）「吳都賦」曰「數軍實於桂林之苑。」劉逵注云「吳有桂林苑也。」又曰「佩長洲之茂苑。」

「吳都賦」に曰く「軍實を桂林の苑に數ふ」と。劉逵注に云ふ「吳に桂林苑有り」と。又た曰く「長洲の茂苑を佩ぶ」と。

④吹落葉之扁舟　飄長風於上游　　落葉の扁舟を吹きて、長風に飄りて上游す。

（倪璠注）「吳都賦」云「習御長風。」

「吳都賦」に云ふ「長風に習御す」と。

⑤彼鋸牙而鉤爪　又循江而習流　　彼の鋸牙と鉤爪と、又た江に循ひて習流す。

（倪璠注）「吳都賦」云「鋸牙鉤爪、自成鋒穎。」

「吳都賦」に云ふ「鋸牙 鉤爪、自《おのづ》から鋒穎を成す」と。

⑥海潮迎艦　江萍送王　　海潮は艦を迎へ、江萍は王を送る。

（倪璠注）「呉都賦」曰「迎海潮而振緡、想萍實之復形。」
「呉都賦」に曰く「海潮を迎へて緡を振るひ、萍實の復た形れんことを想ふ」と。

⑦戎車屯於石城　戈船掩於淮泗　　戎車は石城に屯し、戈船は淮泗を掩ふ。
（倪璠注）「呉都賦」曰「戎車盈於石城、戈船掩於江湖。」劉逵注云「石城、石頭塢也。在建鄴西、臨江、中有庫藏軍儲。」
「呉都賦」に曰く「戎車は石城に盈《み》ち、戈船は江湖を掩《おほ》ふ。」劉逵注に云ふ「石城、石頭塢なり。建鄴の西に在り、江を臨みて、中に庫藏 軍儲有り」と。

⑧剖巣燻穴　奔魑走魅　　巣を剖き穴を燻し、魑を奔らせ魅を走らす。
（倪璠注）「呉都賦」曰「顚覆巣居、剖破窟宅。」
「呉都賦」に曰く「巣居を顚覆し、窟宅を剖破す」と。

⑨況背闕而懷楚　異端委而開呉　　況《ここ》に闕に背きて楚に懷れ、端委を異にして呉を開く。
（倪璠注）「呉都賦」云「有呉之開國也、肇自泰伯。」
「呉都賦」に云ふ「有呉の國を開けるや、泰伯自り肇《はぢ》む」と。

（以上、〔南朝梁〕庾信「哀江南賦」『庾子山集注』巻二）

ところで、庾信の「哀江南賦」はその題目からも、「江南を哀しむ賦」であることは明らかであるが、この江南とは梁王朝を指す。庾信は梁朝の使節として西魏へと赴いたが、その途上で梁朝が滅亡し、そのまま西魏に留まらざるを得なくなってしまう。庾信は北朝に身を置いた狀況の中で「哀江南賦」を著したが、これはそれまでに自身が仕えた梁朝の滅亡に至るまでの歴史敍述と、その中で庾信自身が果たした役割を述懷したものであった。倪璠の注釋では「吳都賦」の引用が數多く確認されるが、これは南朝政權である梁王朝を對象とした作品であるためと捉えれば自然である。以下で、「哀江南賦」における「吳都賦」の利用傾向を分析することで、「三都賦」がどのような作品として理解されるようになったかを確認する。

先に示した例の中で、間違いなく「吳都賦」に基づいたであろうと判斷されるのは、②及び⑦の二例である。②は殆ど異同がなく、ただ句の倒置がなされるのみである。また⑦についても、對句の型式や使用される字句の殆どが「吳都賦」と一致する。ついで、江南の具體的地名や場所を擧げた際に「吳都賦」と一致する字句が見られるものとして、①と③を擧げることができる。例えば①の「橫塘」は、劉逵注によれば淮水の南側に築かれた堤であるし、③の「桂林」は、劉逵注によれば孫吳の領域內に存在する桂林苑という名稱の園林である。次に、さほど嚴密な共通點であるとは言い難いが、戰亂に關する敍述の中で使用される場合が指摘できる。⑤に示す「鋸牙、鉤爪」は「吳都賦」のほかに『淮南子』にも見られる表現である。[22] 但し、江南の地とこれらの字句を關連づけたのは、「哀江南賦」以前には「吳都賦」のみである。そのため當該句を作るに際して、庾信が「吳都賦」を參照した可能性は極めて高い。④と⑧と⑨は熟語での類似がさほど確認できない句であるが、④は船に關する描寫の中で「長風」を用いる點で共通する。⑧は「剖、巢」と同じ字が使用され、「剖巢熏穴（巢を剖き穴を熏す）」句の表現する內容が「顚覆巢居、剖破窟宅（巢居を顚覆し、窟宅を剖破す）」句の意味するところと似通っている。更に、⑨は「開吳」に對する解說として「吳都賦」の「有吳之開國也、肇自泰伯（有吳の國を開くや、泰伯自り肇む）」句を引用していることから、恐らく倪璠は庾信が「三都賦」を參考にしたものと判斷したのであろう。なお⑥については、倪璠による誤った引用がある。

『文選』諸本は總じて「海潮」を「潮水」に作る。また、對句としても倪璠の引用は間違いがある。その内容には關連を認めてよいが、字句の類似のみに着目した結果として理解される。

　このように、「哀江南賦」の中に間違いなく「三都賦」は取り込まれていると言える。では、どのような文脈で「三都賦」が利用されているのか。「哀江南賦」の構成については、加藤國安氏が押韻に基づき分析を加えているので、ここでは加藤氏の分析によりつつ検討を加える。まず、①と②は同一節中の内容であるので、以下に抜粋する。(23)

於時朝野歡娯　池臺鐘鼓　　時に於けるや朝野　歡娯し、池臺　鐘鼓あり。
里爲冠蓋　門成鄒魯　　里を冠蓋と爲し、門を鄒魯と成す。
連茂苑於海陵　跨横塘於江浦　　茂苑を海陵に連ね、横塘を江浦に跨《また》ぐ。
東門則鞭石成橋　南極則鑄銅爲柱　　東門は則ち鞭石もて橋と成し、南極は則ち鑄銅もて柱と爲す。
橘則園植萬株　竹則家封千戸　　橘は則ち園　萬株を植へ、竹は則ち家　千戸を封ず。
西賮浮玉　南琛沒羽　　西のかた浮玉を賮《たから》とし、南のかた沒羽を琛《たから》とす。
呉歈越吟　荊艷楚舞　　呉歈　越吟、荊艷　楚舞あり。
草木之遇陽春　魚龍之遇風雨　　草木の陽春に遇ふがごとく、魚龍の風雨に遇ふがごとし。

（同右）

　これらは加藤氏の分析によれば、庾信の三十から三十三、四歳の頃、彼にとって榮光の時代を描いた部分であるとされる。この頃は、いまだ梁朝も滅亡の兆しを見せておらず、庾信自身も宮廷文人として華やかな世界に身を置いていた頃であった。かかる文脈で使用される「呉都賦」の該當箇所は以下の通りである。

321造姑蘇之高臺　臨四遠而特建　　姑蘇の高臺を造れば、四遠を臨みて特《ひと》り建てり。
帶朝夕之濬池　佩長洲之茂苑　　朝夕の濬池を帶び、長洲の茂苑を佩ぶ。
窺東山之府則瓌寶溢目　　東山の府を窺へば則ち瓌寶 目に溢れ、
覵海陵之倉則紅粟流衍　　海陵の倉を覵《み》れば則ち紅粟 流衍す。
363横塘査下　邑屋隆夸　　横塘 査下あり、邑屋 隆夸たり。
長干延屬　飛甍舛互　　長干 延屬して、飛甍 舛互す。
675登東歌　操南音　　東歌を登《あ》げ、南音を操《と》り、
胤陽阿　詠韎任　　陽阿を胤《つ》ぎ、韎任《ばいじん》を詠ず。
荊艷楚舞　吳愉越吟　　荊艷 楚舞、吳愉 越吟のごときは、
翕習容裔　靡靡愔愔　　翕習 容裔として、靡靡《びび》 愔愔《いんいん》たり。

第321句から326句にかけてと第363句から366句にかけては、いずれも孫呉の宮殿や市街地の素晴らしさが強調された部分である。また第675句から682句にかけては、孫呉の貴顯層が狩獵を行った後の慰勞の宴席で奏でられた歌舞音曲を表現した部分である。これらはすべて、孫呉の繁華な様子を描き出した部分であり、「哀江南賦」で描かれる庾信の宮廷文人としての暮らしぶりとも符合している。また、③は次のような文脈で描かれている。

於是桂林顚覆　長洲麋鹿　　是に於いて桂林 顚覆し、長洲 麋鹿あり。

潰潰沸騰　茫茫墋黷　潰潰《かいかい》として沸騰し、茫茫《ぼうぼう》として墋黷《しんとく》す。
天地離阻　神人慘酷　天地 離れ阻み、神人 慘酷たり。
（南朝梁）庾信「哀江南賦」『庾子山集注』巻二

ここでは侯景による攻撃を受け、建康が瓦解していくさまが描き出される。これに對して倪璠が注釋として引用する「呉都賦」は、

659指包山而爲期　集洞庭而淹留　包山を指して期と爲し、洞庭に集ひて淹留す。
數軍實乎桂林之苑　饗戎旅乎落星之樓　軍實を桂林の苑に數へ、戎旅を落星の樓に饗す。

であり、これは狩獵の參加者が慰勞の宴席に集う樣子を描いた部分である。そのため、必ずしも「哀江南賦」の場面には符合せず、ここでは「桂林」が江南の地に實在することの根據として示したに過ぎない。ついで④と⑤であるが、

吹落葉之扁舟　飄長風於上游　落葉の扁舟を吹き、長風に飄《ひるがへ》りて上游す。
彼鋸牙而鉤爪　又循江而習流　彼の鋸牙と鉤爪と、又た江に循ひて習流す。
排青龍之戰艦　鬬飛燕之船樓　青龍の戰艦を排し、飛燕の船樓に鬬ふ。
（南朝梁）庾信「哀江南賦」『庾子山集注』巻二

と、侯景軍の船團が郢へと向かう途上の樣子が描かれ、ここでの「長風」は吹きつける風を、「鋸牙、鉤爪」は侯景軍が所持する武器を指す。一方、當該箇所の倪璠注に擧げられる「呉都賦」は以下の通り。

595 篙工檝師　選自閩禺　　篙工 檝師、閩禺自り選ばる。
習御長風　狎翫靈胥　　長風に習御し、靈胥に狎れ翫ぶ。
責千里於寸陰　聊先期而須臾　　千里を寸陰に責め、聊か期に先だちて須臾なり。

223 其下則梟羊麢狼　猰㺄貙象　　其の下は則ち梟羊《きようよう》 麢狼《せいろう》、猰㺄《あつゆ》 貙《ちゆ》 象あり。
烏塗之族　犀兕之黨　　烏塗《うと》の族、犀兕《さいじ》の黨あり。
句爪鋸牙　自成鋒穎　　句爪 鋸牙、自《おのづ》から鋒穎を成す。

第595句から600句にかけては、船を巧みに操る文脈の中で「長風」が使用され、これは「哀江南賦」の場面とも一致する。また第223句から228句にかけては、孫呉の地に棲息する主に獰猛な動物を擧げて、これらの爪や牙が強力な武器となることが述べられる。いずれも相手を攻撃する際に使用するものである點は共通するが、「三都賦」では専ら動物の爪や牙を直接に表現したものであるが、「哀江南賦」では戰亂時の武器へと比喩的に代替している。ついで、⑥と⑦と⑧が含まれる節を引用する。

海潮迎艦　江萍送王　　海潮は艦を迎へ、江萍は王を送る。
戎車屯於石城　弋船掩於淮泗　　戎車は石城に屯し、弋船は淮泗を掩《おほ》ふ。
諸侯則鄭伯前驅　盟主則荀罃暮至　　諸侯は則ち鄭伯 前驅し、盟主は則ち荀罃 暮に至る。
剖巣熏穴　奔魑走魅　　巣を剖《さ》き穴を熏《いぶ》し、魑を奔らせ魅を走らす。
埋長狄於駒門　斬蚩尤於中冀　　長狄を駒門に埋め、蚩尤を中冀に斬る。

（〔南朝梁〕庾信「哀江南賦」『庾子山集注』巻二）

侯景の叛亂に對して元帝による討伐軍が向けられ、侯景が掃滅される樣子が描かれるとされる。注釋に引用される「吳都賦」は次の通りである。

625 結輕舟而競逐　迎潮水而振緡　　輕舟を結びて競ひ逐ひ、潮水を迎へて緡を振るふ。
想萍實之復形　訪靈夔於鮫人　　萍實の復た形れんことを想ひ、靈夔を鮫人に訪ねんとす。

441 軍容蓄用　器械兼儲　　軍容 用を蓄へ、器械 儲《たくはへ》を兼ぬ。
吳鉤越棘　純鈞湛盧　　吳鉤 越棘、純鈞 湛盧あり。
戎車盈於石城　戈船掩於江湖　　戎車は石城に盈《み》ち、戈船は江湖を掩《おほ》ふ。

545 顚覆巣居　剖破窟宅　　巣居を顚覆し、窟宅を剖破す。
仰攀鵕鸃　俯蹴豺獏　　仰ぎては鵕《しゆん》鸃《ぎ》を攀《よ》じ、俯きては豺獏を蹴る。
刲剒熊羆之室　剽掠虎豹之落　　熊羆の室を刲《ひよう》剒《き》し、虎豹の落を剽《ひよう》掠《りやく》す。

第625句から628句にかけては、漁に關する描寫の中で類似表現が用いられる。第441句から446句にかけては主に孫吳の豪族が保持する武具や防具が描かれる中で、戰車や戰艦が豊富であることが述べられる。また第545句から550句にかけては、豪族による狩獵の様子として描かれている。「三都賦」ではあくまで狩獵の場面として描かれ戰亂時の情景ではないが、「哀江南賦」では侯景を討伐する場面に置き換えられている。⑤と⑥と⑦と⑧はいずれも、「三都賦」ではすべて孫呉の地に棲む獸やこれらに對する狩獵や漁が描寫されるが、これが「哀江南賦」ではすべて侯景との戰亂描寫に代替されている點に注意したい。このような狩獵を戰爭へと代替させる手法は、左思自身も「魏都賦」の中に採用しており、庾信も或いはこのような手法に倣ったのかもしれない。最後に⑨を擧げる。

　　況背關而懷楚　異端委而開呉　　況《ここ》に關に背きて楚に懷れ、端委を異にして呉を開く。
　　驅綠林之散卒　拒驪山之叛徒　　綠林の散卒を驅り、驪山の叛徒を拒《こば》む。
　　營軍梁溠　蒐乘巴渝　　軍もて梁溠に營み、乘もて巴渝を蒐む。
　　問諸淫昏之鬼　求諸厭劾之符　　諸《これ》を淫昏の鬼に問ひ、諸《これ》を厭劾の符に求む。
（〔南朝梁〕庾信「哀江南賦」『庾子山集注』巻二）

ここでは、侯景の叛亂鎭壓以降、元帝による江陵府での政權體制が確立され、その後元帝兄弟の間に起こる骨肉の爭いが描かれる。倪璠注は「呉都賦」の、

39獨未聞大呉之巨麗乎　且有呉之開國也　　獨り未だ大呉の巨麗なるを聞かざるか。且つ有呉の國を開けるや、
　　造於泰伯　宣於延陵　　泰伯より造まり、延陵に宣《の》ぶ。
　　蓋端委之所彰　高節之所興　　蓋し端委の彰《あきら》かなる所にして、高節の興りし所なり。

を注釋として引用する。「呉都賦」は呉の來歷を敍述した部分であり、必ずしも「哀江南賦」とは對應しない。
　以上、「三都賦」の「哀江南賦」における利用例からは以下の特徴が確認できる。①及び②が主に宮廷文人として活躍した庾信自身の繁榮の時代を描き出したのを除けば、主に戰亂に關する敍述の中で「三都賦」は利用される。

「哀江南賦」で利用される「三都賦」、とりわけ「呉都賦」本文の内容が必ずしも戰亂時の情景描寫ではないことから判斷すれば、庾信の意識的な敍述場面の置換が行われたのではないかと推測される。この背景には、戰亂により滅亡に至った梁王朝に對する庾信の意識の投射があったのではなかろうか。先に擧げた「於是桂林顚覆、長洲麋鹿（是に於いて桂林　顚覆し、長洲　麋鹿あり）」句は侯景の叛亂による建康の荒廢の様子を描いたものであるが、その建康は庾信の最も長きに亙って生活した場所であった。ここで、敢えて該句に見える「顚覆、麋鹿」に注目してみたい。これらの字句は「三都賦」でも使用され、「顚覆」は先に擧げた「呉都賦」の第551句「巣居を顚覆す」句、及び次の「呉都賦」の一節に見える。

27何則土壤不足以攝生　山川不足以周衛　　何となれば則ち土壤は以て攝生に足らず、山川は以て周衛に足らず。
公孫國之而破　諸葛家之而滅　　公孫（述）は之に國して破れ、諸葛（亮）は之に家して滅べり。
茲乃喪亂之丘墟　顚覆之軌轍　　茲《こ》れ乃ち喪亂の丘墟にして、顚覆の軌轍なれば、
安可以麗王公　而著風烈也　　安んぞ以て王公に麗《つ》き、而して風烈を著すべけんや。

東呉王孫が西蜀公子を批難して、蜀の地は公孫述が王を唱え、諸葛亮が宰相として統治しても、結局は滅亡を迎えた土地であると述べ、かかる文脈の中で「顚覆」を用いるのである。これに類似した表現としては、「魏都賦」に「成都迄已傾覆、建業則亦顚沛（成都は迄に已に傾覆し、建業も則ち亦た顚沛せん）」がある。また、前節に擧げた『詩經』王風「黍離」の小序にも見える語句でもある。そして、「麋鹿」については、「魏都賦」に見えるので以下に引用する。

74殷殷寰內　繩繩八區　　殷殷たる寰內、繩繩たる八區、
鋒鏑縱橫　化爲戰場　　鋒鏑 縱橫し、化して戰場と爲る。
故麋鹿寓城也　　　　　故に麋鹿 城に寓せり。

ここでは、後漢王朝の領域全土が戰場と化した結果、「麋鹿」がはびこるようになってしまったことを述べる。黃巾の亂を契機に後漢王朝は徐々に滅亡へと步みを進めていくことになるが、當該句はまさにこのような滅亡へと向かう絕望的狀況を表したものである。

以上のように確認すれば、「顚覆」も「麋鹿」もただに荒廢の樣子を表現した字句でないことは明らかであろう。これらは王朝の滅亡を暗示する字句であると言えるのである。このように見た場合、建康の陷落を描く中でこれらの字句を使用することは、庾信自身が過去を振り返った際に、この時點が梁王朝滅亡の分水嶺であったと自覺していたことを示すかもしれない。

「哀江南賦」の中で使用される「三都賦」は多く戰亂時の敍述の際に使用されていた。そして、「吳都賦」本文の文脈から乖離した利用が多かったことは、梁王朝の滅亡という史實に對する庾信の意識の投影がその背景にあったと言えよう。或いは、江南を描寫する際には「吳都賦」を利用することが、その文脈如何にかかわらず一般的なものとなっていたのではなかったか。

「三都賦」以後、「三都賦」のような複數篇かつ長篇の都邑賦は殆ど作られることはなくなった。しかし、それは都邑賦という主題の消滅を意味するのではなかった。「三都賦」に關して見れば、典故として「三都賦」の措辭が利用されるのみならず、「三都賦」が持つ思想性までもが繼承されたのであった。具體的には、「三都賦」に見える王朝の

交替、そして王朝の滅亡である。これらは「三都賦」以前の都邑賦では決して描かれることのなかった題材であり、この點が鮑照や庾信の琴線に觸れたのではなかったか。東晉以後の都邑賦は、基本的に諷諫の精神を重視する漢代の作風へと回歸していったが、「三都賦」はこれまでの都邑賦が持ち得なかった王朝交替に伴う興廢、滅亡といった要素を獲得することで、後世に極めて強い影響力を持った作品へと最終的に昇華していったのである。

注

（1）揚雄「蜀都賦」の内容分析及び文學史上の位置附けについては、嘉瀬達男「楊雄「蜀都賦」と都邑賦」（『小樽商科大學人文研究』第百二十六輯、二〇一三年）を參照。

（2）『藝文類聚』巻六十一居處部總載居處には、揚雄「蜀都賦」、班固「兩都賦」、張衡「二京賦」「南都賦」、杜篤「論都賦」、崔駰「反都賦」、傅毅「洛都賦」、徐幹「齊都賦」、劉楨「魯都賦」、劉劭「趙都賦」、左思「三都賦」、傅玄「正都賦」（以上、掲載順）と、西晉時期までの都邑賦の主要な作品を採錄する。一方、東晉以後の作品としては庾闡「揚都賦」を収めるのみである。

（3）杜篤「論都賦」が長安側の意見を代表したものであったことは岡村繁「班固と張衡――その創作態度の異質性――」（『小尾博士退休記念中國文學論集』、第一學習社、一九七六年）を參照。また、傅毅や崔駰の「反都賦」が「兩都賦」への反論であったことは鈴木修次『漢魏詩の研究』（大修館書店、一九六七年）第三章第二項「建安詩の題材と賦」を參照。

（4）程章燦『魏晉南北朝賦史』（江蘇古籍出版社、二〇〇一年版）第五章第三節「「三都賦」騁辭大賦最後的輝煌」を參照。程氏はここで宮殿賦も含み、東晉以後の宮殿賦を總計十二篇擧げるが、都邑賦とはその構成や内容において異なるため、本章では具體的考察對象とはしない。また、吳均「吳城賦」は都邑賦ではあるものの、都市の荒廢に關する描寫が中心となり、「三都賦」との直接の關係性よりも鮑照「蕪城賦」との關係性が強い作品であると判斷され、本章では考察對象から除外する。

（5）程氏前揭注（4）著を參照。

（6）『魏書』巻四十八高允傳に「時中書博士索敞與侍郎傅默、梁祚論名字貴賤、著議紛紜。允遂著名字論以釋其惑、甚有典證（時に中書博士索敞 侍郎傅默、梁祚と名字の貴賤を論じ、著議 紛紜たり。允遂に名字論を著し以て其の惑を釋し、甚だ典證有り）」とあり、兩者の交流が確認される。

（7）劉楨と曹丕との關係については、吉川幸次郎「三國志實錄 曹植兄弟」（『吉川幸次郎全集』第七卷、筑摩書房、一九六七年）、伊藤正文『建安詩人とその傳統』（創文社、二〇〇二年）第Ⅰ篇第四章「劉楨傳論」に詳しい。徐幹と曹丕との關係については鈴木氏前揭注（3）著を參照。

（8）福原啓郎『西晉の武帝司馬炎』（白帝社、一九九五年）第六章「惠帝（上）」、第七章「惠帝（下）」、第八章「懷帝と愍帝」を參照。

（9）戸川貴行『東晉南朝における傳統の創造』（汲古書院、二〇一五年）第二篇第一章「東晉南朝における天下觀について――王畿、神州の理解をめぐって――」（初出、六朝學術學會、『六朝學術學會報』第十集、二〇〇九年）、第二篇第四章「東晉南朝における傳統の創造について――樂曲編成を中心としてみた――」（初出、東方學會、『東方學』第百二十二輯、二〇一一年）を參照。この中で戸川氏は、東晉南朝時期の人士によって江南の地を天下の中心とする新たな天下觀が創造されたこと、そしてこのような天下觀の釀成に伴い祭祀儀禮を中心とした新たな傳統が創造されたことを論じるが、このような意識の變化が文章創作の場にも影響を及ぼしたと考えても何ら不思議ではない。

（10）北朝期における都邑賦の著者の出身を『魏書』に基づき示せば以下の通り。梁祚、北地泥陽人。裴景融、河東聞喜人。高允、勃海人。陽固、北平無終人。裴伯茂は『魏書』に傳記が殘らないが、『北史』では裴景融の一族として記載があるため、河東聞喜人であると判斷される。

（11）川本芳昭『魏晉南北朝時代の民族問題』（汲古書院、一九九八年）第一篇第一章「五胡十六國・北朝時代における華夷觀の變遷」（初出、「五胡十六國・北朝時代における胡漢融合と華夷觀」、『佐賀大學教養部研究紀要』第十六卷、一九八四年）を參照。

（12）錢仲聯『鮑參軍詩注』（上海古籍出版社、二〇〇五年）を使用。

（13）鮑照「蜀四賢詠」に擧げられる人物がいずれも左思の「蜀都賦」に見られることは、葉日光『左思生平及其詩之析論』第五章「左思詩的影響」に指摘がある。また、左思と鮑照との共通點についても葉氏に詳細な論證があり、左思と最も共通點の多い文人であると位置附けている。

（14）左思と鮑照との作品間に共通性が認められることについては、斯波六郎『中國文學における孤獨感』（岩波書店、一九五八年）一〇「左思」、一一「鮑照」、及び興膳宏『亂世を生きる詩人たち 六朝詩人論』（研文出版、二〇〇一年）三「左思と詠史詩」（初出、京都大學、中國文學會、『中國文學報』第二十一冊、一九六六年）を參照。

（15）「三都賦」と當時の社會政治狀況との關わり、とりわけ政治的課題への對處や武帝司馬炎の配慮については、本書第九章を參照。

（16）土屋聰『六朝寒門文人鮑照の研究』（汲古書院、二〇一三年）上篇第二章「鮑照「蕪城賦」編年考」（初出、九州大學文學部、『文學研究』第百四輯、二〇〇七年）を參照。

（17）庾信の文學及びその生涯については、安藤信廣『庾信と六朝文學』（創文社、二〇〇八年）、加藤國安『越境する庾信――その軌跡と詩的表象』（研文出版、二〇〇四年）を參照。

（18）『晉書』卷九十二左思傳に「初、陸機入洛、欲爲此賦、聞思作之、撫掌而笑、與弟雲書曰、『此間有傖父、欲作三都賦、須其成、當以覆酒甕耳。』及思賦出、機絶歎伏、以爲不能加也、遂輟筆焉（初め、陸機 入洛するに、此の賦を爲らんと欲して、思の之を作るを聞き、掌を撫して笑ひ、弟雲に書を與えて曰く、『此の間に傖父有り、三都賦を作らんと欲せば、其の成るを須ち、以て酒甕を覆ふに當つるのみ』と。思が賦の出づるに及びて、機 絶えて歎伏し、以爲へらく加ふる能はざると、遂に筆を輟む）」とある。

（19）『藝文類聚』卷六十一居處部總載居處に「昔班固覩世祖遷都于洛邑、懼將必踰溢制度、不能遵先聖之正法也。故假西都賓盛稱長安舊制、有陋洛邑之議。而爲東都主人折禮衷以答之。張平子薄而陋之（昔 班固 世祖の洛邑に遷都するを覩、將に必ずや制度を踰溢し、先聖の正法に遵ふ能はざらんことを懼るるなり。故に西都賓に假りて盛んに長安の舊制を稱し、洛邑を陋すの議有り。而るに爲に東都主人 禮衷を折き以て之に答ふ。張平子 薄《かろ》んじて之を陋す）」とある。

(20) 許逸民校箋『金樓子校箋』(中華書局、二〇一一年) を使用。
(21) 倪璠注、許逸民校點『庾子山集注』(中國古典文學基本叢書、中華書局、一九八〇年) を使用。
(22)『淮南子』本經訓に「鳳凰不下、句爪鋸牙、戴角出距之獸、於是鷙焉 (鳳凰下りずして、句爪 鋸牙もて、角を戴き距を出だすの獸、是に於いて鷙す)」とある。
(23) 加藤氏前揭注 (17) 著第四章「「哀江南賦」論――その主題・構成および制作年代」に、押韻で區切った「哀江南賦」の構成表が見られる。本章の「哀江南賦」理解も多くはこれによった。

第四章　兩晉時期の文章創作における「紙」

上篇ではこれまで、「三都賦」前後に創作された賦作品の考察を中心にしてきた。以下では、しばし賦作品そのものへの考察を止め、賦の創作の周縁部を取り上げることにしたい。一つは六朝期以前の文學創作がどのように行われたかを、書寫材料を切り口に考えてみる。いま一つは、創作された作品がどのように讀まれたかを、作品に施された注釋を基點に考えることにする。

まず本章では、後漢から六朝初期までに、文章創作においてどのような書寫材料がその媒體として機能していたかについて、主に簡牘から紙への書寫材料の代替に着目した上で考察を行うことにしたい。

第一節　書寫材料の交替に關する從來の理解

後漢の和帝期（八八～一〇五）に蔡倫が改良して以後、徐々に書寫材料として用いられるようになった紙は、東晉の頃にはいよいよ簡牘からその地位を奪取したとされる[1]。このように判斷される根據は次の二點に求められる。

一つは出土文物である。例えば、敦煌より出土した泰始年間（二六五～二七四）の年號が記された疏紙を根據として、三世紀頃には紙が書寫材料として中國全土に廣く流通していたと考えられている。このことは、前秦の建元二年（三六六）に開かれた敦煌千佛洞内から、竹簡や木簡、すなわち簡牘が一片も發見されないこととも一致し、紙の使用が如何に廣範圍に浸透していたかを示すものとして理解される。

もう一つは傳世文獻の記述によるものである。例えば、東晉の桓玄專權時期（四〇三～四〇四）に公文書に用いる書寫材料の交替が行われたとされ、これは次に擧げる『桓玄僞事』を根據とする。

古无帋、故用簡。非主於敬也。今諸用簡者、皆以黄紙代之。

古には帋《かみ》無ければ、故に簡を用ふ。敬ふを主《とうと》ぶには非ざるなり。今諸《もろもろ》の簡を用ゐる者、皆な黄紙を以て之に代ふ。

（『桓玄僞事』『初學記』巻二十一文部紙）

ここでは、古代は「帋（紙）」が無かったために「簡」が用いられたとあり、公文書における「簡」から「黄紙」への書寫材料の代替が指示される。この背景としては、東晉王朝の後半期にあたるこの時期には、紙がそれ以前と比べて大量に生產されていたであろうことが想定される。

これらの諸資料に基づく限り、東晉期に簡牘から紙への書寫材料の交替が完了したとする說は充分な說得力を持つ。しかし、これらによって紙への交替があらゆる書寫活動に該當したと斷定することはできまい。例えば、出土文物における紙の利用は日常的な書簡や佛典に偏向しており、桓玄が直接に指示したのは行政上の公文書での紙利用であった。ここには詩歌や辭賦といった所謂「文學」作品は含まれていない。つまり、書寫材料の交替が「文學」作品にも同様に該當するかについて、確證を得るには至っていないのである。

そこで本章は、紙が改良された後漢から六朝期における簡牘から紙への代替現象と當時の創作活動との關係性について、とりわけ兩晉時期の狀況を中心に考察したい。詩歌や辭賦などの「文學」創作の中で紙が普遍的に用いられたのは、果たして公文書や佛典への利用時期と同様なのか。このことを可能な限り明らかにすることは、西晉から東晉時期にかけての文學研究、ひいては六朝文學研究にとって重要であると考えられる。

第二節　「書籍」「書簡」への限定的利用――後漢から三國時期

紙が文章創作に果たした役割はどの程度であったのか。これを突き詰めれば、紙が作品の創作されたそれぞれの時期にどれほど普及していたのかという問題へと歸結する。この問題は、各時代及び地域によって様相を異にすることから、容易に結論を導き出すことは難しい。しかし、各時代ごとに區切った上で段階的に紙の普及過程を追跡することにより、その變遷を確認することはひとまず可能である。本章では、主に文人自身による紙の使用を直接的に示唆する言及に着目したい。彼らの文章中に見える紙或いは簡牘に關連した表現を分析することで、その時期の紙の利用狀況を相對的に明らかにできると考えられるためである[2]。

まずは後漢から三國時期の狀況を確認する。蔡倫が所謂「蔡侯紙」を改良して以降の後漢期における紙の使用狀況は、すでに考察がある。例えば清水茂氏は、後漢期には「紙は、少なくとも書簡材料として急速に普及していった」とし、「蔡倫の獻上から約百年で、書籍の書寫材料として、紙は確乎たる地位を占めていた」と述べる[3]。ここでは紙の利用對象として、「書簡」と「書籍」が想定されている。「書簡」については、蜀漢の李嚴の書簡に對する雍闓の返書があり[4]、「書籍」についても孫吳の闞澤が筆耕の際に紙筆を供給されていた例が見出され[5]、紙の使用が確かに認められる。大量の筆寫を必要とする「書籍」では簡牘より紙が斷然便利であったであろうし、遠方に送らねばならない「書簡」でも紙の方が送附に伴う煩雜さを輕減させられたであろう[6]。つまり、書籍の編纂と書簡の贈答という、謂わば文章の集約や流通を意識した書寫活動の際に紙が積極的に利用されたと判斷されるのである。

一方で、このような集約や流通を企圖しない文章創作において、その書寫材料は何が用いられたのか。このことについて、三國魏の楊修（一七五～二一九）の「答臨淄侯牋」に次のような記述がある。

又嘗親見執事、握牘持筆、有所造作。

又た嘗て執事の、牘を握り筆を持ち、造作する所有るを親《みづか》ら見たり。

（〔三國魏〕楊修「答臨淄侯牋」『文選』巻四十）

楊修は曹植（一九二～二三二）の創作行爲に對して、「牘を握る」と表現する。極めて具體的な記述と言える。曹植の時代の日常的な文章創作の場面では、いまだ簡牘が用いられていたのである。そもそも「牘を手に取る」ことを意味する「持・援・握＋牘」といった語彙は當時には殆ど見られない(7)。また、「簡・牘」字を用いる場合も明確な出典に基づく場合が殆どである(8)。このような状況にあっては、書寫材料としての紙を「牘」字によって表現し得るような土壤はいまだ成り立っていないのではなかったか。また楊修が「親ら見たり」と述べることから、彼がその目に映した動作そのものを、實際に卽して敍述したものと思われる。楊修の記述に基づくならば、曹植は机上に紙を敷き筆を持ち創作したのではなく、簡牘と筆を手にして執筆していたと想像される。また、楊修は少し後に續けて次のように述べる。

是以對鶡而辭、作暑賦、彌日而不獻。見西施之容、歸憎其貌者也。

是を以て鶡に對《むか》ひて辭し、暑賦を作るに、日を彌《わた》りて獻ぜず。西施の容《おもて》を見て、歸りて其の貌《かたち》を憎《にく》む者なり。

(同右)

曹植が「鶡鳥賦」「大暑賦」を作った際に、楊修にも同作を命じたものの、楊修はその命に應えられず、辨明を行っている。これは直接には曹植の賦に對する贊辭であるが、楊修が曹植の賦作品に言及した點は重要である。書籍でも書簡でもなく、賦とは所謂「文學」作品である。楊修が眼にした曹植の簡牘を手にした姿は、賦を創作していた際のことであったと推察される。曹操の息子として當時の權力の中心にあった曹植も、賦の創作の際には紙を使用してはいなかった。このことは、當時において紙の用いられる範圍がいまだ限定的であったことを示していようし、少なくとも自身の作品を他者へと送り屆けるといった廣範圍への流布を企圖しない性格の文章創作においては、いまだ紙よりも簡牘の利用が主流であった可能性が高いと判斷されよう。このことは翻って、作品の當時における流通範圍の狹さをも示唆していると考えることもできよう。

このように、後漢から三國の頃の紙は、書籍と書簡という、完成した文章を編纂或いは他者へと贈る場合に限定的に利用されていた。しかし、曹植の例からも推測できるように、ただ文章を創作する際の書寫材料としては、簡牘が利用される場合も存在した。つまり、この時期の文章創作における紙は、いまだ一般的な書寫材料としての地位を獲得してはいなかったのである。

第三節　文人による「紙」への注目——西晉時代

西晉時代(二六五~三一七)の書寫材料の選擇狀況は、基本的には後漢から三國時期に連續している。例えばこの時期の行政文書は、その用途に應じて紙と簡牘の併用が行われていたとされる(9)。當時の紙に對する認識は西晉の傅咸（二三九～二九四）の「紙賦」より窺われる。「紙賦」は種々の類書に斷片的に收錄され(10)、現存するのは計二十六句、一百二十一字と比較的短編である。全文を以下に擧げる（『全晉文』卷五十一による。句の冒頭に施した數字は句數番號を示す）。

1蓋世有質文　則治有損益
3故禮隨時變　而器與事易
5既作契以代繩兮　又造紙以當策
7猶純儉之從宜　亦惟變而是適」
9夫其爲物　厥美可珍
11廉方有則　體絜性貞
13含章蘊藻　實好斯文
15取彼之弊　以爲此新」
17攬之則舒　舍之則卷
19可屈可伸　能幽能顯」
21若乃六親乖方　離羣索居
23　鱗鴻附便　援筆飛書
25　寫情于萬里　精思于一隅」

蓋し世に質文有れば、則ち治に損益有り。
故に禮は時に隨ひて變じ、而して器は事と與《とも》に易《か》はる。
既にして契を作りて以て繩に代へ、又た紙を造りて以て策に當つ。
猶ほ純　儉の宜しきに從ふがごとく、亦た惟《た》だ變じて是に適《かな》ふのみ。
夫れ其の物爲るや、厥《そ》れ美にして珍とすべし。
廉《かど》は方にして則有り、體は絜にして性は貞たり。
章を含み藻を蘊《ふく》み、實に斯の文に好し。
彼の弊《ふる》きを取りて、以て此の新を爲す。
之を攬《と》れば則ち舒《の》ばし、之を舍《お》けば則ち卷き、
屈すべく伸ぶべく、能く幽《かく》れ能く顯《あら》はる。
若《も》し乃ち六親　方を乖《たが》へ、群を離れ索《ひと》り居らば、
鱗鴻もて便を附し、筆を援りて書を飛ばし、
情を萬里に寫し、思ひを一隅に精《こ》らす。

（〔西晉〕傅咸「紙賦」『全晉文』巻五十一）

該賦は換韻箇所から四段に分類できる。第一段は1～8句目、第二段は9～16句目、第三段は17～20句目、第四段は21～26句目となる。(11)紙の特質に着目すれば、第二段と第四段が重要であるが、ひとまず以下にその通釋を示す。

・第一段

そもそも世の中に實質と文飾との違いが生じれば、政治においても損益に相違があらわれるようになる。さればこそ、儀禮は時の流れとともにその姿を變えるし、制度も事柄に基づき形を變えるのである。すでに書契を編み出し結繩に替え、紙を造り出し簡牘に當てた。これは純粋かつ儉約という善き性質へと向かうようなもので、ただその姿を改めてより相應しいものへと變質させただけなのだ。

・第二段

さて紙という物の特質は、美麗にして珍重すべき點にある。綺麗な方形に切り揃えられて一定の法則を保ち、表面は潔白で本性は眞正を寫し出す特性を持つ。美を内包して綾を蓄え、實に文章を書き記すのに相應しい。(12)（後漢の頃に蔡倫が）あの破れた布などを採用して、この新しい紙を作り出したのである。

・第三段

これを見るために手に取れば直ちに廣げ、これを書架に戻すときにはすぐさま巻き取る。折りたたむことも引き伸ばすこともでき、私たちの眼前で文章を顯わにしたり隱したりできるのである。

・第四段

もし近親者が四方に分散し、家族を離れて一人寂しく暮らすことになっても、鯉魚や雁書のような書簡で便りを附し、筆を手に取り手紙を送って、心情を萬里の彼方にまで書き記し、思いを四方の片隅にまで表明する。

第二段は紙そのものが持つ物質的特質についてである。紙の外見とそこから導き出された性質として、當時に珍重されるべきものである黠と、文章を書寫するのに最適である黠が指摘される。第四段は紙の實用法についてである。書簡に利用する際の高い利便性が述べられるが、實際の用途として書簡が想定されることは、當時における紙の利用法に思いを巡らした際に、これが最も一般的であったことを示していると考えられよう。

傅咸は該賦の中で、珍重すべきもの、そして利便性の高いものとして紙を認識する。そもそも傅咸が紙を題材として、すでに紙が珍重されるべき存在であったことを窺わせる。[13] 何故なら、傅咸は詠物賦を創作する際の題材としたことが、珍しいものや目新しいものを積極的に選擇していたためであり、このことは「羽扇賦序」に端的に看て取れる。

呉人截鳥翼而搖風。既勝於方圓二扇、而中國莫有生意。滅呉之後、翕然貴之。其辭曰。

呉人は鳥翼を截《き》りて風を搖らす。既に方圓の二扇に勝れるも、而るに中國に意を生ずること有る莫し。呉を滅ぼししの後、翕然として之を貴ぶ。其の辭に曰ふ。

（西晉）傅咸「羽扇賦序」『藝文類聚』巻六十九服飾部上扇）

孫呉では鳥の羽根を用いた羽扇が使用されており、その效果は方扇や團扇よりも十分に勝っていたにもかかわらず、中原では殆ど興味が示されなかった。しかし、孫呉が滅亡するや、中原の人士が注目してこれを珍重するようになったと、傅咸は作賦の背景を述べる。つまり、傅咸は中原人士によって新たに脚光を浴びるようになったものを自身が創作する詠物賦の題材に選擇したのである。紙を題材とした作品が同時代に見られないことからすると、この「羽扇賦」と同じような作賦態度を「紙賦」に見出しても差し支えないのではなかろうか。

以上を要するに、傅咸「紙賦」に描出される內容からは、書寫材料としての紙は西晉期にはいまだ一般的ではなかった點が認められる。その利用の中心は遠方の他者へ贈ることを目的とする書簡の形態であり、文人による紙への注目はその珍重すべき點と利便性の高さに向けられていたのである。

一方、作者自身の文章創作活動を紙面上で行うという例も徐々にではあるが見られるようになる。例えば、潘岳（二四七～三〇〇）の「秋興賦序」に、

於是染翰操紙、慨然而賦。于時秋也。故以秋興命篇。其辭曰。

是に於いて翰を染め紙を操り、慨然として賦す。時に秋なり。故に秋興を以て篇に命ず。其の辭に曰ふ。

（〔西晉〕潘岳「秋興賦序」『文選』巻十三）

と、賦の創作に紙を用いたことを述べる例があり、石崇（二四九～三〇〇）も「王明君詞序」に、

其送明君、亦必爾也。其造新曲、多哀怨之聲。故敍之於紙云爾。

其れ明君を送るに、亦た必ず爾り。其れ新曲を造りて、哀怨の聲多し。故に之を紙に敍して爾云ふ。

（〔西晉〕石崇「王明君詞序」『文選』巻二十七）

と、樂府詞の創作を紙面上で行っている。自序とは本來、不特定或いは後世の讀者を想定して書かれるものであるが、[14]

石崇の「故に之を紙に敍して爾云ふ」という記述からは、敢えて紙に書いたことを讀者に告知しようとする意識が看て取れる。また、潘岳も自身の「慨然」たる思いを彼以外の誰かに表明したかったようにも思われる。ここからは、自身の作品が不特定の他者の目に觸れることを想定していたことが讀み取れるが、それが廣く流傳することを意識していた可能性をも指摘できる。無論、彼らが紙に記した作品がそのまま傳わるとは考えられない。しかし、紙を作品創作に利用する點において、それ以前の簡牘を用いて創作された作品と比較して、作品が容易に廣範圍に流通する可能性が意識されていたことは認めてもよいのではなかろうか。この背景には、西晉司馬政權による統一を經て、それまでの戰亂の時代から文治の時代へと轉換したことが考えられよう。(15)またこの頃には、少しずつ紙の生產量が増加してきたことも要因の一つに數えてよいように思われる。(16)

因みに、この時期には詩語の運用にも變化が見られ、詩文中での「紙」字の使用がようやく確認できる。例えば、歐陽建（二六五～三〇〇）の「臨終詩」の末二句に「紙」字が用いられている。

執紙五情塞　揮筆涕汍瀾　　紙を執れば五情　塞がり、筆を揮《ふる》へば涕汍　瀾たり。

（〔西晉〕歐陽建「臨終詩」『文選』巻二十三）

該句の李善注に引く孫盛『晉陽秋』によれば「建字堅石、臨刑作（建　字は堅石、刑に臨みて作る）」とあり、歐陽建の辭世の句ということになる。該詩には歐陽建自身の刑死に臨んでの心中が吐露され、その結句において紙の利用が詠われる。(17)彼は自らの心情を詩歌として紙に綴っており、現存する詩文中で紙の利用を明言する最初の例として注目される。

第四節　文章創作における「紙」利用の一般化――「晉宋之際」

西晉王朝が八王の亂により混亂を極めた末に崩壞を迎えると、東晉王朝が江南の地に建國（三一七）した。東晉初期の文章創作における紙の利用狀況は、文人による言及が見えないため明らかではない。この間の事情は、書籍の編纂事業を通じて確認することができる。結論を先に示せば、東晉初期には紙の生產量こそ大きく增加したものの、王朝による嚴格な管理體制が敷かれたため、その流通範圍は限定されていたのである。(18) 例えば、三世紀末から四世紀中葉に活動した虞預の「請祕府紙表」に當時の狀況の一端が看て取れる。

祕府中有布紙三萬餘枚、不任寫御書、而无所給。愚欲請四百枚、付著作吏、書寫起居注。

祕府中に布紙三萬餘枚有り、御書を寫すに任《た》へざるも、給する所無し。愚　四百枚を請ひて、著作の吏に付し、起居注を書寫せしめんと欲す。

（〔東晉〕虞預「請祕府紙表」『初學記』卷二十一文部紙）

皇帝の言動を逐次書き記す「起居注」の書寫に用いる紙ですら、その下賜に上奏を必要としたのである。このような狀況にあって、市井への紙の普及が見込めないことは容易に想像でき、恐らく東晉末期になってようやく一般的に使用されるものとなったと思われる。陶淵明（三六五～四二七）の「責子詩」を擧げる。

白髮被兩鬢　肌膚不復實

白髮　兩鬢に被り、肌膚　復たは實ならず。

雖有五男兒　總不好紙筆　　五男兒有りと雖も、總じて紙筆を好まず。

（〔東晉〕陶淵明「責子詩」『陶淵明集箋注』卷三）[19]

陶淵明は自分の息子たちを總評して「紙筆を好まず」と嘆息する。ここでの「紙筆」とは、「學習に用いるもの」の意である。[20]およそこの時期には書籍と書簡以外に、兒童の學習用にも利用されたのである。西晉の頃とは異なり、紙の利用において、謂わば「使い捨て」が可能となる程に紙が普及したのである。該詩は東晉の隆安五年（四〇一）の作とされるが、[21]このような背景があってようやく、本章冒頭に示したような公文書における書寫材料の交替に關する桓玄の下命も實現できたのであろう。市井における紙の普及は、劉宋期の「讀曲歌八十九首」其五十三にも確認できる。

君行負憐事　那得厚相於　　君が行　憐事を負へば、那《なん》ぞ厚く相於するを得ん。

麻紙語三葛　我薄汝粗疏　　麻紙は三葛を語り、我れ汝が粗疏を薄くす。

（『樂府詩集』卷四十六清商曲辭）

ここでは「三葛」、すなわち諸葛亮・瑾・誕三兄弟の故事が、當時に最も一般に使用された「麻紙」に記錄されたことが記される。紙に固有名が與えられること自體はこれ以前にも確認される。[22]しかし、これが詩歌中に反映されることからは、紙の生產量の增加を背景として、創作活動に利用される紙が多樣化していく狀況が認められよう。この「讀曲歌」については、

讀曲哥者、民間爲彭城王義康所作也。其哥云「死罪劉領軍、誤殺劉第四」是也。

讀曲歌なる者は、民間の彭城王（劉）義康の爲に作りし所なり。其の歌に云ふ「死罪　劉領軍、誤りて劉第四を殺す」は是なり。

（『宋書』卷十九樂志）

とあり、市井の者たちによって劉義康への哀悼として歌われたとされる。「讀曲歌」其五十三との直接の關係は定かではないが、元來は一般民衆に歌われる性格を持つ「讀曲歌」に紙が用いられることから、その普及範圍の擴大を想定してもよかろう。

このような市井への紙の普及を背景として、ようやく文人の創作活動にも紙が廣く利用されるようになる。鮑照（四一四～四六六）の「春羈詩」を擧げる。

暄妍正在茲　摧抑多嗟思　　暄妍として正に茲《これ》に在り、摧抑して嗟思すること多し。
斷聲召邊堅　豈我箱中紙　　斷聲は邊の堅きを召し、豈《こひねが》はくは我が箱中の紙、
染翰餉君琴　新聲憶解子　　翰を染めて君が琴に餉《おく》り、新聲の子を解くを憶はん。

（〔劉宋〕鮑照「春羈詩」『古詩紀』卷六十二）

鮑照は自身の所有にかかる箱の中より取り出した紙を用い、相手へと贈るべき作品を書き表したが、それは琴の音色に合わせて歌われる「新聲」、すなわち「樂府」に類した作品であった。(23) ここからは鮑照の生きた劉宋時期、少なくとも鮑照においては「樂府」は紙に記されたということが讀み取れる。

このような紙に記される文體の擴大現象において、謝靈運（三八五～四三三）の「山居賦」は極めて重要である。以

下にその一部を擧げる。

伊昔齠齓　實愛斯文
援紙握管　會性通神
詩以言志　賦以敷陳
箴銘誄頌　咸各有倫

伊《こ》れ昔 齠齓し、實に斯文を愛す。
紙を援りて管を握り、性に會し神に通づ。
詩は以て志を言ひ、賦は以て敷陳す。
箴 銘 誄 頌、咸《み》な各《おのお》の倫《ともがら》有り。

（『宋書』卷六十七謝靈運傳）

この中で「紙を援りて管を握り」と紙筆を用いることから、謝靈運が文章を著す際の書寫材料として紙を選擇したことは明白である。ここで重要なのは、彼が著した文體が「詩・賦・箴・銘・誄・頌」などの所謂「文學」に屬する幅廣い作品群へと擴がりを見せている點であろう。紙利用の明言自體は、先に見た西晉の潘岳や石崇にもあった。しかし、當時に主要な文體の多くを紙に書き記すことを宣言する點で、謝靈運のこの主張は、潘岳や石崇のそれと意味を全く異にする。潘岳や石崇の自序は、自らの作品が廣く他者の目に觸れる可能性に對する意識の表れであり、作品の流通を意識した現象として理解され、後漢から三國時期にかけて「書簡」に對して紙が用いられたこととその性格は類似する。一方、鮑照や謝靈運は作品の中で、自らの創作の大部分を紙面上で行うことを明言するが、これは紙が書寫材料として廣く普及してこその現象として理解すべきであろう。東晉末から劉宋初期の所謂「晉宋之際」を一つの畫期として、文章創作における紙の利用が、ようやく一般的なものとなったと考えてよいのではなかろうか(24)。

第五節　文章創作と「紙」の關係

これまでの考察結果を踏まえれば、紙の利用狀況は次の三期に分類される。すなわち、書籍や書簡を中心に限定的に利用された後漢三國時代。徐々に紙の生產量が增加し、文人によって書寫材料としての紙が認知され始めた西晉時代。文人の生活空間に浸透することで、文章創作全般で一般的な書寫材料となった「晉宋之際」である。

このような分類が導き出された背景には、この時期の社會要因や環境要因が多大な影響を及ぼしたと考えられる。そもそも後漢の初期に蔡倫が「蔡侯紙」を改良發明して以後、直ちに紙の總量が爆發的に增加するとは考えにくく、だからこそ利用法も書籍と書簡とに限定的であったのであろう。しかし、これが西晉の頃になると、西晉武帝の「文教」政策の重視の影響もあってか、書物の量が三國以前に比べて膨大なものとなり、これに從い紙の重要度も增したのではなかったか。だからこそ、左思は自身の「三都賦」執筆を「紙筆」でもって行ったし、潘岳や石崇も自らの作品の序文に紙の利用を明言するなど、徐々に文人の耳目を集めるところになったのであろう。その後、東晉末から劉宋初期にかけて紙が一般化していくのは、江南にあるという地の利を活かした紙の生產量の增加に基づくものとして理解できるのではなかろうか。

ところで、この簡牘から紙への書寫材料の代替現象を通時的に眺めたとき、「晉宋之際」以前の文章創作を考える上で重要なある事實が眼前に提示される。すなわち、書寫材料の代替期にあっては、それ自體が作品全體の價値の幾分かを擔っていたという事實である。これは例えば、曹丕の『典論』に關する故事より明瞭に看て取れる。

帝以素書所著『典論』及詩賦餉孫權、又以紙寫一通與張昭。

（文）帝　素書もて著す所の『典論』及び詩賦を以て孫權に餉《おく》り、又た紙もて寫せし一通を以て張昭に與ふ。

（胡沖『吳曆』『三國志』魏書卷二文帝紀裴松之注）

文帝曹丕は、自らが創作した『典論』と詩賦を贈る際、孫吳皇帝の孫權には「素書（帛書）」を用い、その配下である張昭には紙を用いたという。作品そのものが持つ價値に差はない以上、書寫材料の區別は必ずしも必要ないにもかかわらず、文帝には「帛」を、張昭には「紙」を利用したのである。ここからは、當時に作品そのものが持つ價値とは別に、書寫材料が具えた價値の存在が認められる。身分の上下による書寫材料の區別が、書寫材料ごとの價値の違いを端的に示している。僅かとは言え、作品全體が持つ價値の合計値に書寫材料の違いによる差が生じた事實は認識せねばなるまい。

また、紙の普及と創作された作品の傳播流通との間に、何らかの關係性を見出し得ることにも注意が必要である。先に見た曹植などは、その創作活動を主に「建安七子」を中心とした狹い集團內で行っており、彼らはある程度特定の他者を想定した創作をしたと推測され、曹植による「牘」の利用はこのことを反映したものと思われる。その一方で、西晉の潘岳や石崇などは、作品に自序をつけたことに端的に表れるように、自身の作品が他者に讀まれるであろうことを明確に意識しており、このような意識下で紙の利用を明言するのである。ここにはやはり、自身の作品がどれほどの範圍に流通するかという點で、それぞれの作者が持った認識に差を見出さずにはおれない。

漢魏六朝期における書寫材料と文章との關係性については、やはりいま一度考えてみる必要があると言えよう。

注

（1）從來の書寫材料の代替現象に對する理解については、潘吉星『中國造紙史』（上海人民出版社、二〇〇九年）第三章第一節「麻紙在社會上的普及推廣」及び、冨谷至『木簡・竹簡の語る中國古代　書記の文化史』（増補新版、岩波書店、二〇一四年）を參照。

（2）史書等に散見される「紙」の利用に關する記述も注目すべきであるが、これらは後世の傳聞資料であるため、紙の利用狀況についても想像が含まれる可能性があり、その利用には注意を要する。

（3）清水茂『中國目錄學』（筑摩書房、一九九一年）「紙の發明と後漢の學風」（初出、東方學會、『東方學』第七十九輯、一九九〇年）を參照。

（4）『三國志』蜀書卷四十三呂凱傳に「時雍闓等聞先主薨於永安、驕黠滋甚。都護李嚴與闓書六紙、解喩利害、闓但答一紙曰……（時に雍闓等 先主の永安に薨ずるを聞き、驕黠すること滋よ甚し。都護李嚴 闓に書六紙を與へ、利害を解喩するも、闓但だ一紙もて答へて曰く……）」とある。

（5）『三國志』吳書卷五十三闞澤傳に「闞澤字德潤、會稽山陰人也。家世農夫、至澤好學、居貧無資、常爲人傭書、以供紙筆、所寫既畢、誦讀亦遍（闞澤 字は德潤、會稽山陰人なり。家世農夫にして、澤の學を好むに至る、貧に居り資無く、常に人の爲に傭書し、以て紙筆を供し、寫す所既に畢らば、誦讀すること亦た遍し）」とある。

（6）この當時の行政文書は「囊」に入れられて郵送されたと、冨谷氏前掲注（1）著、第4章「簡牘が語る書記の世界」に指摘があり、書簡についても類似した手法が採用される場合もあったと推察される。

（7）例えば、潘岳「爲賈謐作贈陸機」（『文選』卷二十四）の「優遊省闥、珥筆華軒」句の李善注に引く後漢の崔駰（三〇？～九二）の「奏記竇憲」に「珥筆持牘、拜謁曹下（筆を珥みて牘を持ち、曹下に拜謁す）」と見え、また『文心雕龍』神思篇に「子建援牘如口誦（子建 牘を援れば口誦するが如し）」とある。後者は楊修の箋に基づく可能性が高い。劉宋の謝莊「月賦」（『文選』卷十三）にも「抽毫進牘、以命仲宣（毫を抽きて牘を進め、以て仲宣に命ず）」とあるが、これは李善注に「此假王仲宣也（此れ王〔粲〕仲宣に假るなり）」とあるように、王粲を述べる文脈で用いられる。或いは、謝莊は三國時期の文章創作では「牘」を利用していたと認識していたのかもしれない。

（8）例えば、西晉の潘岳「在懷縣作二首」其二（『文選』巻二十六）に「願言旋舊鄉、畏此簡書忌（願ひて言に舊鄕に旋らんとするも、此の簡書の忌を畏る）」とあるのは、『詩經』小雅「出車」による。また、同じく潘岳「楊荊州誄」（『文選』巻五十六）に「草隸兼善、尺牘必珍（草隸 兼ねて善く、尺牘 必ず珍とせらる）」とあるのは、『漢書』巻九十二陳遵傳に基づく。「簡・牘」字を用いて「紙」を指す用例は、三國から西晉時期にかけては殆ど見られない。

（9）冨谷氏前揭注（1）著、第5章「樓蘭出土の文字資料より」を參照。冨谷氏はここで、書寫材料としての紙が三〜四世紀には「決して貴重な、稀少價値のある材料ではなく、廣範圍に使われ量的にも十分に浸透していた」と述べるが、このことによって、樓蘭以外の地域での文章創作が紙面で行われたと斷じることには愼重を要する。

（10）『初學記』巻二十一文部紙や『藝文類聚』巻五十八雜文部紙、『太平御覽』巻六百五文部紙、『漢魏六朝百三名家集』所收『傅中丞集』、『御定淵鑑類函』巻二百五文學部紙などに收められる。なお、該賦の第21〜26句は明代以降に編纂された諸本に見えるため、その內容の信憑性には注意が必要である。但し、三國時期までの「書簡」としての利用方法が直ちに衰退したとは考え難く、西晉期も繼續して行われたとしても疑問はないと判斷し、本稿では考察の對象とした。

（11）「紙賦」の解釋については、廖國棟『魏晉詠物賦研究』（文史哲學集成、文史哲出版社、一九九〇年）第七章一「詠日常用品」や潘氏前揭注（1）著、王連科「傅咸與「紙賦」」（『黑龍江造紙』二〇〇五年第一期）などがある。

（12）14「斯文」は『論語』に見える禮制を意味するものとは異なり、王羲之「蘭亭集序」（『晉書』巻八十王羲之傳）に「後之覽者、亦將有感於斯文（後の覽ん者、亦た將に斯の文に感有らんとす）」と見える、「文章」の意で理解したい。或いはここでは「紙賦」を指し、該賦が「紙」に書かれたことを述べたものかもしれない。

（13）「紙賦」を含めた傅咸による詠物賦の創作狀況については別に考察する必要がある。

（14）文學作品に自序がつけられること、とりわけ後漢期の「賦」につけられることの文學史的意義は谷口洋「賦に自序をつけること——兩漢の交における「作者」のめざめ」（東方學會、『東方學』第百十九輯、二〇一〇年）に詳しい。

（15）冨谷氏前揭注（1）著、第6章「漢から晉へ」に、行政構造と書寫材料との間の關係性が指摘される。

（16）潘氏前揭注（1）著、第三章第二節「新原料的開拓和紙用途的擴大」を參照。

（17）歐陽建による「臨終詩」は石崇に連座して潘岳らとともに處刑される際に詠まれたものである。『晉書』卷三十三石崇傳によれば、歐陽建は石崇の甥とされ、兩者は親族關係にあり、常日頃から行動をともにしていたと考えられる。「紙」字の使用例が奢侈で聞こえた石崇と、彼らと昵懇の間柄にあった潘岳と歐陽建に限定されることは、當時の紙利用が廣範圍ではなかったことを示す狀況證據となり得よう。

（18）干寶（二七六？～三三六）の『搜神記』編纂を例としたこの當時の紙利用の實情については、李劍國『新輯搜神記 新輯搜神後記』（中華書局、二〇〇七年）前言、三「『搜神記』著作過程考」を參照。

（19）袁行霈『陶淵明集箋注』（中華書局、二〇〇三年）を使用。

（20）從來、「責子詩」の「紙筆」字に對する理解としては、袁氏前揭注（19）著は「總不好紙筆、意謂都不愛學習也（「總不好紙筆」句は、皆な學習を好まなかったという意である）」とあり、斯波六郎『陶淵明詩譯注』（北九州中國書店、一九八一年版。初版、一九五一年）に「讀み書き、學問」と見え、一海知義・興膳宏譯『陶淵明 文心雕龍』（『世界古典文學全集』第二十五卷、筑摩書房、一九八三年）に「勉强道具」とある。

（21）袁氏前揭注（19）著による。

（22）潘氏前揭注（1）著第三章第二節「新原料的開拓和紙用途的擴大」を參照。

（23）鮑照は擬古樂府の創作を得意としたが、該詩で述べられるように自身が得意とした樂府作品を、自分の所有する紙を利用して創作したと述べることからは、鮑照が活動した時期には文章創作において紙が廣く普及していたことを窺わせる。鮑照の擬古樂府創作については、佐藤大志『六朝樂府文學史研究』（溪水社、二〇〇三年）第一章「六朝樂府詩の展開と樂府題――東晉樂府斷絕後の樂府文學」を參照。

（24）これ以外にも南北朝時期を通じて「紙」字を用いた詩歌は散見される。文章創作に紙が廣く利用されるようになることと、詩語としての紙が成熟することは、決して無關係とは言いきれないであろう。この點については更なる檢討が必要である。

第五章　後漢から兩晉時期における賦注の確立について

「三都賦」には、左思による作品の完成とほぼ同時期に開始された劉逵、張載、衞權による注釋が遺されている。これらの具體的考察は本書第七章、第八章に讓り、本章では後漢から兩晉時期までの賦作品への注釋、すなわち「賦注」を通時的に眺めることで見えてくるものを明らかにしたい。

第一節　兩晉時期以前の賦注の發生と展開

文獻を讀解してゆく際、これらに施された注釋を參照することは極めて有效である。このことは古代中國においても同樣であり、賦に限らず、經書や子書を始めとして數多くの書物に注釋が施され、これら書物の本文と注釋とは密接不可分とも言うべき關係性を保持してきたのである。「賦注」は近年注目を浴びつつあり、賦文學研究における一つの分野を形成している。これまでに行われた賦注に關する研究としては、その多くが六朝期の賦注に對するそれぞれの注釋を通覽しての概説や個別的分析が中心であった(1)。そのため、賦注間の差違やその注釋方式の展開過程など、賦注という現象に對する通時的側面からの把握はなされず、これを段階的乃至重層的に捉えようとする視點に缺けてきたように思われる。

この賦注について、現在は題目のみ殘る場合も含め、目錄や史書、總集に確認される賦注を擧げれば以下の通りである。(2) なお、本稿では例えば『史記』や『漢書』に收められる賦作品に對する注釋を直接の考察對象とはしていない。それは、これらはあくまで史書に對する注釋の延長線上に位置附けられるべきものであり、賦作品そのものへの注釋を目的とした單行の賦注とは、その成立過程や注釋態度に相違があると看做す筆者の立場に基づくためである。

・李軌、綦毋邃「二京賦音」二卷
・左思「齊都賦幷音」二卷
・「雜賦注本」三卷
・郭璞「子虛上林賦注」一卷
・薛綜「二京賦注」二卷
・晁矯「二京賦注」一卷
・傅巽「二京賦注」二卷
・張載・劉逵・衞權「三都賦注」三卷
・綦毋邃「三都賦注」三卷
・項氏「幽通賦注」
・蕭廣濟「海賦注」一卷
・徐爰「射雉賦注」一卷
・孫壑「洛神賦注」一卷
・李軌「二都賦音」一卷

・褚詮之「百賦音」十卷
（以上、『隋書』卷三十經籍志）
・郭徵之「賦音」二卷
・張載「魯靈光殿賦注」、曹大家「幽通賦注」、無名氏「思玄賦注」
（『文選』卷十一・十四・十五所收）
・曹毗「魏都賦注」、無名氏「藉田賦注」
（『文選』卷四「南都賦」及び卷七「藉田賦」李善注）
・庾闡「揚都賦注」、郭璞「蜜蜂賦注」「西征賦注」
（『全晉文』卷三十八・卷一百二十）
・謝靈運「山居賦自注」
（『宋書』卷六十七謝靈運傳）
・王儉「書賦注」
（『南史』卷二十二王曇首傳附王僧虔傳）
・周捨、周興嗣『歷代賦注』、劉杳「徂歸賦注」
（『梁書』卷四十九文學上周興嗣傳・卷五十劉杳傳）
・張淵「觀象賦自注」
（『魏書』卷七十九張淵傳）
・司馬膺之「（揚雄）蜀都賦注」、顏之推「觀我生賦自注」
（『北齊書』卷十八司馬子如傳附司馬膺之傳・卷四十五顏之推傳）
・蔡大寶「玄覽賦注」
（『周書』卷四十八蔡大寶傳）

これらを總合すれば、現在確認される賦注は總計三十二種二十八名が數えられる。これを經歷未詳の者（綦毋邃・晁矯・項氏・孫壑(3)）と無名氏を除き時代ごとに配列すると、次のようになる。

後漢から三國時期、三種三名（曹大家・傅巽・薛綜(4)）
兩晉時期、十種九名（西晉…左思・張載・劉逵・衞權、東晉…郭璞・蕭廣濟・曹毗・庾闡・李軌）
南北朝時期、十一種十二名（北魏…張淵、北齊…司馬膺之・顏之推、北周…蔡大寶、劉宋…謝靈運・徐爰、南齊…王儉、

以上の分類に基づけば、後漢初期に曹大家による「幽通賦注」が成立して以後、三國時期に傅巽や薛綜による「二京賦注」が作られ、西晉時期には劉逵や張載らによる「三都賦注」が、東晉時期になると郭璞「子虛上林賦注」や蕭廣濟「海賦注」などが生み出され、兩晉時期における賦に對する注釋活動がにわかに活況を呈する樣子が窺われる。併せて、兩晉時期に到るまでの賦注を總覽するに、その多くが『文選』京都部に收められる作品、とりわけ「二京賦」と「三都賦」に集中していることに氣附かされる。郭璞が注釋を施した「子虛上林賦」もまた、作品の描寫對象において京都賦所收賦作品と類似した性格を持つ。このような兩晉時期までの賦注に關する諸現象は當時の賦文學の位置附けを考える上で極めて重要であると考えられる。

因みに、このような賦注は四部分類に照らした時に比較的遲い發生であると言え、これは『隋書』經籍志からも當時の注釋狀況を確認することができる。經書についてはすでに前漢の頃より注釋が遺されているし、後漢末には鄭玄による諸注釋が成立している。史書についても『漢書』に對する注釋が後漢から三國時期にかけて非常な充實を見せている。また子書についても、少しく時期は遲れるものの、三國時期には比較的廣く注釋活動が行われるようになっている。翻って集部に對する注釋を通覽すれば、最後發であると言わざるを得ない。後漢期に先に見たとおり曹大家「幽通賦注」が成立し、同じく後漢の頃に王逸『楚辭章句』も完成するが、それ以降は三國期に薛綜と傅巽の「二京賦注」が見られるに過ぎず、その注釋狀況は芳しくない。詩については更に遲く、西晉の應貞による應璩「百一詩」への注が『隋書』經籍志に見える最古のものである。つまり、所謂「文學」への注釋は、注釋史の流れに當てはめて眺めた際、最初はその對象として看做されていなかったと言えるのである。

梁…周捨・周興嗣・劉杳・郭徵之)

そこで本章では、後漢から兩晉時期の賦注の形式に關する分析を通して、各時代の賦注がその通時的な流れの中でどのように位置附けられるのかを考察し、今後の如上の問題點の解明に向けた足がかりとしたい。

第二節　曹大家「幽通賦注」より始まる後漢三國時期の賦注

現在確認することのできる最も早い單行の賦注は、曹大家（四九～一二〇）による班固「幽通賦」への注釋である。その殆どを『文選』巻十四の李善注に認めることができるが、賦注の發生と展開とを考える上で、この曹大家による注釋活動の意味は充分に注意せねばならない。(5) 近年、この曹大家注に對して、史書に收錄された賦作品への注釋を含めた、後漢時期の賦注活動或いは注釋學における重要性を指摘する說が散見される。(6) その中で、曹大家注の體例を「解釋字詞（字義の說明）―疏通句意（句の通釋）―徵引文獻（引用による實證）」であると定義するが、この中でも「徵引文獻」を曹大家注の特徵の一つと斷言することには少しく疑問がある。これは『文選』李善注の引用方法とも關係するため、以下に幾つか例を擧げることで、疑問の根據と筆者の考えを提示したい。

そもそも、『文選』所收「幽通賦」に施された曹大家注は、左思「三都賦」の劉逵注や張載注或いは潘岳「射雉賦」の徐爰注のような「舊注」として、李善注と明確に區別されて引用される注釋とは異なり、李善注の中に含まれて引用される形式で殘されている。そのため、どこまでが曹大家に含まれるかは愼重な考察が必要となる。ところで、先に提示した「幽通賦注」に見える「徵引」が果たして特徵と看做せるのかという問題は、胡克家がその考異の中で重要な指摘をしている。「幽通賦」本文の冒頭の注釋である「家語孔子曰」に對して、胡克家は次のように指摘する。

袁本、「家」上有「善曰」二字、是也。茶陵本移毎節注首、尤删去、皆非。下注「漢書曰班氏之先」上、「淮南子曰蟬」上……「莊子曰可以保身」上、同。又篇中毎節首、凡非舊注者亦同。不具出。

袁本、「家」の上に「善曰」二字有り、是なり。茶陵本　毎節の注首に移し、尤　删去するは、皆な非なり。下注の「漢書曰班氏之先」の上、「淮南子曰蟬」の上……「莊子曰可以保身」の上は、同じ。又た篇中の毎節の首、凡そ舊注に非ざる者も亦た同じ。具さには出さず。(7)

ここで胡克家は、袁本が「家語孔子曰」の上に「善曰」二字があることを述べ、これが正しいことを指摘する。(8) その上で、胡刻本「幽通賦注」で「善曰」が省略されている箇所を列擧する。合計で四十五箇所を指摘しており、その内「曹大家曰」と連續するかたちで引用されるものは二十六箇所にのぼり、その殆どが先行研究が述べるところの「徵引」に該當するものとなっている。先行研究が指摘する「解釋字詞―疎通句意」は筆者も同意するところであるが、胡克家の判斷を顧慮した上で、改めてその注釋の傾向を確認する必要があろう。例を擧げる。

懿前烈之純淑兮　窮與達其必濟　　前烈の純淑を懿《よみ》し、窮と達と其れ必ず濟ふ。

（曹大家注）懿、美也。前烈、先祖也。言己先祖、窮遭王莽、達則必富貴。濟渡民人、惠利之風、有令名於後世也。

懿は美なり。前烈は先祖なり。言ふこころは、己の先祖、窮すれば王莽に遭ひ、達すれば則ち必ず富貴あり。民人を濟渡して、惠利の風、後世に令名有るなり。

まず、本文に示される字の釋義が示され、「言」以下で句意が解説されている。まさしく「解釋字詞―疎通句意」

に該當する注釋である。更に例を擧げる。

終保己而貽則兮　里上仁之所廬　　終に己を保ちて則を貽《のこ》し、上仁の廬る所を里とす。

（曹大家注）貽、遺也。里廬、皆居處名也。言我父早終、遺我善法則也。何謂善法則乎、言爲我擇居處也。孔子曰、里仁爲美。

貽は遺なり。里廬は皆な居處の名なり。言ふこころは我が父 早に終へ、我に善法則を遺す。何をか善法則と謂はんや、我が爲に居處を擇べるを言ふなり。孔子曰く、仁に里るを美と爲す。

これも先の例と同じく、「解釋字詞—疎通句意」の體例に則っている。唯一、變化を見出せるとすれば、注釋末尾の「孔子曰く、仁に里るを美と爲す」の部分であろう。これは『論語』里仁篇の一節である。これが曹大家注と判斷される理由には、李善注が直接に「人名＋曰」の形式で引用することはなく、「書名＋人名＋曰」の形式で引用することが殆どであるためであろう。[9] ところで、このような書名ではなく人名によって言説を引用する方法はこれ以外にも散見される。

周賈盪而貢憤兮　齊死生與禍福　　周賈　盪として貢憤し、死生と禍福とを齊しくす。

（曹大家注）周、莊周、賈、賈誼也。貢、潰也。憤、亂也。盪、盪不知所守也。莊周・賈誼有好智之才、而不以聖人爲法、潰亂於善惡、遂爲放盪之辭。莊周曰、生爲徭役、死爲休息。賈誼曰、忽然爲人、何足控揣。化爲異物、又何足患。

周は莊周、賈は賈誼なり。貢は潰なり。憤は亂なり。盪は盪として守る所を知らざるなり。莊周・賈誼は好智の才有るも、聖人を以て法と爲さず、善悪を潰亂し、遂に放盪の辭を爲せり。莊周曰く、生きては徭役を爲し、死しては休息を爲す。賈誼曰く、忽然として人と爲り、何ぞ控揣するに足らん。化して異物と爲るも、又た何ぞ患ふるに足らん。

ここでは莊周と賈誼とを例に取り、その死生觀を述べるが、その際に、注釋内に「莊周」と「賈誼」の言説としての引用が見られるのである。莊周の言葉は現行『莊子』には見られない。しかし、種々の注釋書に彼の言葉として引用されることから、曹大家も莊周の言葉として引用したのであろう。賈誼の言葉は「鵩鳥賦」からの引用である。このような人名のみに基づく引用は何を意味するのであろうか。或いは曹大家の記憶の優先順位を示したものとしても理解されようか。すなわち、彼女にとって最も重要なものは、ある人物が遺した言説そのものであり、それが記された書物の把握は重視されなかったのかと。或いは彼女が注釋を施す際に、文獻資料を逐一は確認していなかった可能性も指摘できよう。(10) それはともかく、ここで彼らの言説を敢えて引用したのは、本文との關係性が極めて密であったことにその理由を求めることができる。賦本文において莊周と賈誼の存在を明示した上で彼らの死生觀を述べ、注釋においてその根據となる彼らの言説を直接には引用するのである。

このように曹大家においては、實際に文獻資料或いは文獻資料に見られる古人の言説を引用することは、賦本文に古人或いは文獻名乃至篇名が記される場合に限定されるようである。このことに關連して次のような例がある。

葛緜緜於樛木兮　詠南風以爲綏　　葛は樛木に緜緜とし、南風を詠じて以て綏ぎを爲す。

（曹大家注）『詩』周南國風曰、南有樛木、葛藟纍之。樂只君子、福履綏之。此是安樂之象也。

『詩』周南國風に曰く、南のかた樛木有り、葛藟は之を纍ぬ。樂しきかな只の君子、福履之を綏ず。此れ是れ安樂の象なり。

蓋惴惴之臨深兮　乃二雅之所祇　　蓋し惴惴たるの深きに臨むは、乃ち二雅の祇する所。

（曹大家注）祇、敬也。「大雅」曰、人亦有言、進退維谷。「小雅」曰、惴惴小心、如臨于谷。此皆敬愼之戒也。

祇は敬なり。「大雅」に曰く、人亦た言有り、進退　維れ谷まる。「小雅」に曰く、惴惴たる小心、谷に臨むが如し。此れ皆な敬愼するの戒なり。

以上の二例はいずれも『詩經』の引用である。前半の「葛緜緜於樛木兮、詠南風以爲綏（葛は樛木に緜緜とし、南風を詠じて以て綏ぎを爲す）」句に對しては、賦本文に使用される「樛木」「南風」「綏」等に導き出されるかたちで、『詩經』が引用されている。また、「蓋惴惴之臨深兮、乃二雅之所祇（蓋し惴惴たるの深きに臨むは、乃ち二雅の祇する所）」句に對しては、「二雅」に基づき、『詩經』の大雅「桑柔」及び小雅「小宛」が引用され、賦本文に呼應して、どちらも「谷」の形容が描かれた箇所が引用されている。併せて、この二例に共通する點として、『詩經』の引用後に、注釋者である曹大家による解釋が示されている點がある。前者は「此是安樂之象也（此れ是れ安樂の象なり）」と、安らぎ愉しむさまを形容したものと解説し、後者は「此皆敬愼之戒也（此れ皆な敬愼するの戒なり）」と、愼むことの必要性を戒めとして理解するように、彼女自身の解釋が加えられている。

このように見てきた場合、曹大家による書物或いは古人の言説の引用は、その書物乃至言説そのものが、主に賦本文と直接に結び附き得る場合に限定されると理解できよう。しかも、その引用は注釋者の曹大家が手元にある文獻を逐次參照しながらといった性格のものではなく、恐らくは彼女の腦内に蓄積された古人の言説に關する情報の中から適宜選擇していったという性格のものではなかったか。彼女の引用方法が書物名ではなく人名に依據することはその傍證となろう。何れにせよ、曹大家による「幽通賦」への注釋において、「徵引」は體例と言えるほどのものではないことは間違いない。このことは「幽通賦注」以降に成立した後漢から三國時期の賦注の注釋傾向からも類推が可能である。例えば、三國吳の薛綜による「二京賦注」は『文選』に舊注として採用されており、當時のままの賦注の體裁を保持していると思われる。「西京賦」（『文選』卷二）冒頭の「有憑虛公子者」句に對する薛綜注を舉げる。

（薛綜注）憑、依託也。虛、無也。言無有此公子也。
憑は依託なり。虛は無なり。此の公子有る無きを言ふなり。

これは先述した曹大家の「幽通賦注」の體例に當てはめれば、「解釋字詞―疎通句意」に合致しよう。更に一例を舉げる。

其遠則九嵕甘泉　涸陰冱寒
其れ遠きは則ち九嵕 甘泉、涸陰 冱寒にして、
日北至而含凍　此焉清暑
日の北に至るも凍を含み、此れ焉に清暑たり。
（薛綜注）九嵕甘泉、其處常陰寒。日北至、謂夏至時、猶冱寒而有凍。帝或避暑於甘泉宮、故云清暑。
九嵕 甘泉は其の處常に陰にして寒し。日北に至るは、夏至の時を謂ひ、猶ほ冱寒にして凍り有り。帝或は暑を甘泉宮に避く、故に清暑と云ふ。

これは主に句意の解說を中心に行った部分と理解されるが、賦本文に卽して「九嵕・甘泉」や「清暑」といった字句がどのような意味を持っているかについて說明を行っており、曹大家注の體例に沿ったものと考えてよい。また、薛綜注においても文獻を引用しての注釋は確認されるが、それは作品全篇にわたってと言えるほどではなく、薛綜注

においても、「徵引」は注釋全體を通じての體例と看做し得るほどではない[11]。このことは、後漢から三國時期にかけての史書所收の賦作品への賦注を含めても同樣である[12]。もし、曹大家注が「徵引」を主な特徵として持ち、かつ後世の賦注への影響が大きかったのであれば、後世の賦注にも「徵引」が散見されて然るべきである。ところが、後漢から三國時期にかけての賦注において、この特徵を體例と言えるほどに備えたものは見られない。ここから翻って、曹大家注においても「徵引」がその注釋全體に占める部分はむしろ小さかったと推斷されるのである。

以上、曹大家「幽通賦注」を中心として、後漢から三國時期にかけての賦注を確認したが、この時期の賦注は多く字義の説明と句の通釋が中心であった。因みに、このような注釋方式は王逸『楚辭章句』にも同樣に見ることができる[13]。「辭」と「賦」とは、「辭賦」と併稱されることからも明らかなように、極めて親和性の高い文體である。「幽通賦注」の影響力は定かでは無いが、これらがともに、字義の説明と句の通釋をその注釋方式の中心とすることからは、多少の影響關係を認めてもよかろうし、後漢以降の賦注の先鞭を付けたという點においては、賦文學史上の價値を有するものと言える。

第三節　韋昭や郭璞の注釋活動に見る賦注形式の確立

後漢から三國時期にかけて施されてきた賦注であるが、その形式は保持され續けたのであろうか。或いはある時期において別の形式が採用されるようになったのであろうか。このことを確認するためには、數多くの文獻に注釋を施しており、かつ賦にも注釋を施した文人を對象とする必要があろう。何故なら、彼らの賦に對する注釋形式に見える三國時期までの賦注との類似性、或いはそれぞれの文人の注釋活動の中での賦注と他の注釋との關係性を確認することで、當時の文人から見た賦注に對する認識が探れると考えられるためである。

そこで、本節では三國呉の韋昭（二〇〇?～二七三）と東晉の郭璞（二七六～三二四）による注釋活動を取り上げたい。彼らはいずれも複數の文獻に注釋を施しており、韋昭は『漢書音義』の中で賦に對する注釋を、郭璞は「子虛上林賦」に對する單行の注釋がある。兩者はいずれも博學の士であり、例えば韋昭は「今曜（※筆者注…韋昭を指す）在呉、亦漢之史遷也（今曜は呉に在り、亦た漢の史遷なり）」（『三國志』呉書巻六十五韋曜傳）と、前漢の司馬遷に比せられ、郭璞についても「璞好經術、博學有高才、而訥於言論、詞賦爲中興之冠（璞 經術を好み、博學にして高才なるも、言論に訥にして、詞賦もて中興の冠と爲る）」（『晉書』巻七十二郭璞傳）と、經術を好むこと、博學であったこと、詞賦に長じたことなどが述べられる。とりわけ、郭璞の注釋活動は特筆すべきであり、彼の本傳には次のように見える。

注釋『爾雅』、別爲『音義』『圖譜』。又注『三蒼』『方言』『穆天子傳』『山海經』及び『楚辭』「子虛上林賦」數十萬言、皆傳於世。

『爾雅』に注釋し、別に『音義』『圖譜』を爲る。又た『三蒼』『方言』『穆天子傳』『山海經』及び『楚辭』「子虛上林賦」數十萬言に注し、皆な世に傳ふ。

（『晉書』巻七十二郭璞傳）

郭璞は『爾雅』を始めとして、『三蒼』『方言』『穆天子傳』『山海經』『楚辭』「子虛上林賦」と、數多くの文獻乃至作品に注釋を行っているのである。それでは以下、具體的に分析を行うことにする。

まず韋昭注であるが、彼の注釋として『國語』に對する注釋を擧げることができる。『國語注』については、池田秀三氏による論考があり、その基本的性格は「出てくる文字・事物に逐一注釋を施す、すなわち名物訓詁の注」と理解する。その上で、初學者向けの注釋であり、人名の注解や史實の説明、さらには文意の疎通を重視しており、また『爾雅』や『説文』に基づく訓詁や『春秋左氏傳』を基準とした本文理解など、文獻資料に依據した注釋が見られることを述べ、この『國語注』が「架空の禮教國家を希求する鄭玄の經學的注釋とは對局にある「史」的注釋」であると定義する。(14) この『國語注』について、本章との關わりで特に注意したいのは、文獻に依據した注釋が多く見られるという點である。とりわけ『春秋左氏傳』を基準とした『國語』本文の理解について、池田氏は「『國語』を『左傳』に則って再編する」ことと理解するが、ここからは本文理解のための文獻利用を重視する韋昭の注釋態度を認めることができる。このような態度は果たして彼の賦注が含まれたであろう『漢書音義』の中にも同樣に認めることができるのであろうか。以下に揚雄「羽獵賦」（『文選』巻八）及び「長楊賦」（『文選』巻九）の李善注に引用される韋昭注より例を擧げる。

〔前漢〕揚雄「羽獵賦」

立歷天之旂　曳捎星之旃　　歷天の旂を立て、捎星の旃を曳く。

（韋昭注）歷、干也。捎、拂也。

歷は干なり。捎は拂なり。

これは、本文に見える字義の説明を行ったものであり、韋昭の賦に對する注釋形式としてはこのかたちが中心となっていることが確認される。同樣の例を擧げる。

故藉翰林以爲主人　　故に翰林に藉《か》りて以て主人と爲す。

（韋昭注）翰、筆也。

翰は筆なり。

（〔前漢〕揚雄「長楊賦序」）

ここでは「翰は筆なり」と注するが、これは本文の「翰林」を分解して注釋を施したものである。このような本來は熟語として注すべきところを、個別に分解して注することの當否はともかく、先の例と同樣の注釋形式が採用されている點に注意されたい。また、「翰」自體は必ずしも注釋を必要としないようにも思われ、或いは『國語注』と同じく初學者を對象とした注釋であったのかもしれない。

鴻濛沆茫　揭以崇山　　鴻濛　沆茫として、揭ぐるに崇山を以てす。

（韋昭注）鴻濛沆茫、水草廣大貌也。

鴻濛沆茫は、水草の廣大なる貌なり。

（〔前漢〕揚雄「羽獵賦」）

これは「鴻濛沆茫」が意味するところの解說を施した部分であり、句意の通釋に通じているようにも思われる。この句意の通釋に該當すると言える「言（謂）」で始まる注釋は、『文選』のこの兩作品に引用される韋昭注には確認できない。ところで、賦に對する韋昭注を見ていくと、次のような注釋が多いことに氣附かされる。

木擁槍纍　以爲儲胥　　木擁　槍纍ありて、以て儲胥と爲せり。

（韋昭注）儲胥、蕃落之類也。槍、七羊切。纍、力委切。

儲胥は蕃落の類なり。槍、七羊切。纍、力委切。

使農不輟耰　工不下機　農をして耰を輟めず、工をして機を下らざらしむ。

（韋昭注）耰、所以覆種。音憂。

耰は種を覆ふ所以なり。音憂。

（以上、〔前漢〕揚雄「長楊賦」）

これらを一見すれば、音注が多く附されていることが明らかであろう。その音注方式は直音法、反切法と様々であるが、このような音注は李善注の引用する韋昭注において散見する。ところが、この音注は『國語注』では殆どと言っていいほどに採用されていないとされる。(15) このように、『國語注』と李善が引用する韋昭注はその注釋形式を異にするのである。李善が引用する韋昭注の殆どは元來は『漢書音義』として成立した注釋であると推察される。となれば、當然のことながら音注と釋義が中心となってくる。先述の韋昭注の多くがこれらの範疇に含まれるのも、『漢書音義』という文獻の體裁によったものと判斷されよう。

以上を要するに、注釋とは、その個人の思想や態度に完全に依據するものではなく、それが施される文獻の影響を多分に受けていると考えられるのである。そのように考えた場合、前節に見た曹大家注や薛綜注などの單行の賦注が字義の說明と句の通釋を中心とするのに對して、この韋昭注が音注と釋義とを主な注釋の形式とするという、注釋形式の違いが見出せるのも當然のことであろう。韋昭が注釋を施したのは、あくまで『漢書』に對してであり、『漢書』に收められる諸賦作品を直接の對象としていないのである。ここに筆者が單行の賦注と史書に收められた賦作品に對する注釋とを區別する最大の理由がある。何れにせよ、文獻によって注釋の形式に違いがあることは間違いのない事實として認められよう。

それでは、同様に複數の文獻に注釋を施し、かつ單行の賦注である「子虛上林賦注」を行った郭璞の場合はどのようであろうか。以下に、司馬相如「子虛賦」（『文選』巻七）及び「上林賦」（『文選』巻八）に舊注として引用される郭璞注より、例を擧げつつ確認を行いたい(16)。

列卒滿澤　罘網彌山　　列卒　澤に滿ち、罘網　山を彌ふ。

（郭璞注）彌、覆也。

彌は覆ふなり。

眇眇忽忽　若神仙之髣髴　　眇眇　忽忽として、神仙の髣髴とするが若し。

（郭璞注）言其容飾奇艶、非世所見也。

言ふこころは其の容飾は奇艶にして、世の見る所に非ざるなり。

（以上、〔前漢〕司馬相如「子虛賦」）

以上の二例を確認する限り、字義の説明と句の通釋という、後漢から三國時期に見られた單行の賦注の形式を踏襲していることが明らかである。しかし、これだけでは郭璞がかかる注釋形式を自覺的、或いは無自覺に踏襲したか定かではないため、更なる例を確認したい。

邪與肅愼爲鄰　　邪《しゃ》に肅愼と鄰を爲す。

（郭璞注）肅愼、國名也。在海外、北接之。

肅愼は國名なり。海外に在りて、北のかた之に接す。　（同右）

今齊列爲東藩　而外私肅愼　　今齊は列して東藩と爲し、外に肅愼に私す。

（郭璞注）無し　　（前漢）司馬相如「上林賦」

ここに共通して擧げられる「肅愼」について、郭璞は「子虛賦」では國名であることとおおよその位置を明示するのみであり、「上林賦」では注釋を遺していない。ところが、この「肅愼」は『山海經』大荒北經にその名が見え、ここに郭璞が注釋を施しているのである。その一部を拔粹する。(17)

今肅愼國去遼東三千餘里、穴居、無衣、衣豬皮、冬以膏塗體、厚數分、用卻風寒。其人皆工射、弓長四尺、勁彊。箭以楛爲之、長尺五寸、靑石爲鏑、此春秋時隼集陳侯之庭所得矢也。……

今　肅愼國は遼東を去ること三千餘里にして、穴居、無衣にして、豬皮を衣とし、冬は膏を以て體に塗り、厚さ數分なれば、用て風寒を卻く。其の人は皆な射に工にして、弓は長さ四尺、勁彊なり。箭は楛を以て之を爲り、長さは尺五寸、靑石もて鏑と爲す、此れ春秋の時　隼の陳侯の庭に集まりて得し所の矢なり。……

ここでは賦注の時とは異なり、極めて詳細な注釋が施されていることが一目瞭然であろう。肅愼國に關する生活環境、風習、民族等、多岐にわたる情報が説明されているのである。このような、同一字句に對する注釋の有無については、更に例を擧げることができる。

乘遺風　射游騏　　　遺風に乘りて、游騏を射る。

（李善注）『爾雅』曰、嶲如馬一角、不角者騏。

『爾雅』に曰く、嶲は馬の如くして一角あり、不角なるは騏なり。

（郭璞注）無し

〔前漢〕司馬相如「子虛賦」

ここでは、李善が「騏」について『爾雅』を引用して注釋しているが、郭璞は『爾雅』にも注釋を殘しており、この「騏」についても説明するのである。

驨、如馬、一角、無角者騏。　　驨は、馬の如し、一角あり、角無き者は騏なり。

（郭璞注）元康八年、九眞郡獵得一獸。大如馬、一角。角如鹿茸、此卽驨也。今深山中人、時或見之、亦有無角者。

元康八年、九眞郡に獵して一獸を得。大なること馬の如く、一角あり。角は鹿茸の如し、此れ卽ち驨なり。今深山中の人、時に或は之を見る、亦た無角の者有り。

（『爾雅』釋獸）

ここでも、「子虛賦」の注釋には見られない詳細な情報が記載されていることが確認できる。つまり、「子虛上林賦注」における郭璞の注釋は、賦本文に對する情報を保有していなかったことによる無注ではなく、意識的に施すことをしなかったと考えるべきであり、その背景にはそれ以前の賦注の體例に則ろうとする郭璞の注釋態度があったと想定されるのである。彼の注釋もまた全篇を通じて三國以前の單行した賦注の形式の範疇を大きく逸脱するものではなく、ここにはやはり郭璞による意識的な注釋形式の選擇が確認されるのである。

以上、單行する賦注についての分析を行ってきたが、結果として後漢から三國時期、そして兩晉時期にいたるまで、注釋家によって意識的にその注釋形式が踏襲されていたことが明らかになった。このような踏襲を經て賦注が確立されていったのである。無論、西晉時期には「三都賦」の劉逵注に見える「博引旁證」や張載注の史實の重視といった、從來の注釋形式からの逸脱も見られるが(18)、これもまた本章で論じた賦の注釋形式という基礎が存在してのことであり、賦注の形式の發展期にあっての現象と考えるべきであろう。

本章は、主に形式面からの考察にとどまったが、冒頭で述べた注釋が施された主題の集中や、兩晉時期における賦注の充實といった諸問題については、當時の思想的乃至社會的背景を踏まえる必要があるため、更に分析を進めていく必要があろう。

注

（1）賦注については、程章燦『魏晉南北朝賦史』（江蘇古籍出版社、二〇〇一年版）第五章第二節（五）「賦注 形態與意義」、許結「論賦注批評及其章句學意義」（『中國韻文學刊』二〇一一年第四期）を參照。程氏はそれぞれの賦注の時代差を意識しておらず、許氏は特に『文選』の賦注に着目するものの、すべて舊注と括ることで個別の分析は行っていない。なお、賦注と經書注との關連は許氏も指摘している。

（2）賦圖もまた賦注に含められるが、文字資料として現存しないこと、他の注釋方式との關連が明確には認められないことから、本章では考察對象とはしなかった。

（3）晁矯について、蹤凡「三國賦注家及其賦注略考」（『中國文選學研究會第十二屆年會暨先唐文學國際學術研討會論文集【第

一組】』廈門大學、二〇一六年）は、『隋書』經籍志において彼を薛綜の後、傅巽・張載の前に配置することを根據として、後漢末から三國時期に活動したと推測する。

（4）當該時期の史書所收の賦作品に對して注釋を施した者として、蹤凡「東漢賦注考」（『文學遺產』二〇一五年第二期）及び蹤氏前揭注（3）論文に依れば、後漢期には胡廣・服虔・應劭・伏儼・劉德・鄭氏・李奇・鄧展・文穎を、三國時期には張揖・蘇林・張晏・如淳・孟康・韋昭・薛綜・晁矯・傅巽を擧げることができる。彼らを含む『漢書』に對する注釋については、洲脇武志『漢書注釋書研究』（游學社、二〇一七年）を參照。

（5）但し、この曹大家注がどれほどに流通し得たかも考慮する必要がある。この曹大家注は『隋書』經籍志には現れず、新舊『唐書』に初めて目錄上の確認ができる資料である。唐代に編纂の『隋書』には見えず、一方で宋代に編纂の新舊『唐書』に收められているという事實からは、この「幽通賦」が六朝時期にはそれほど流通していなかったという可能性が看取される。また、このことは李善による『文選』注の引用方法からも推察される。すなわち、李善が舊注として明示する薛綜「二京賦注」、張載・劉逵「三都賦注」、郭璞「子虛上林賦注」、徐爰「射雉賦注」などは、そのまま『隋書』經籍志に確認される一方で、『隋書』に採られない曹大家注については、舊注としての獨立性はなく、あくまで李善注の中に集注が存在するものとして引用されているのである。このような狀況に鑑みれば、曹大家「幽通賦注」の六朝期以前の流通狀況は極めて曖昧であり、これが間違いなく曹大家による注釋であると判斷することには愼重を要するが、本書ではひとまず李善は曹大家が注釋を施した「幽通賦」を實見したと判斷し、李善注に引く曹大家注は、彼女自身によるものと判斷した。この曹大家注の位置附けについては、更に考察を深める必要がある。李善注の特質については、富永一登『文選李善注の研究』（研文出版、一九九九年）を參照。

（6）曹大家注の分析については、蹤氏前揭注（4）論文及び、李艷紅・蹤凡「曹大家「幽通賦注」及其注釋學意義」（『中國文選學研究會第十二屆年會暨先唐文學國際學術研討會論文集【第一組】』廈門大學、二〇一六年）、王立羣『『文選』版本注釋綜合研究』（大象出版社、二〇一四年）を參照。因みに、王氏は袁本に基づき、曹大家注に「徵引」を認めてはいない。

（7）胡克家本『文選』（中華書局、一九七七年版）、『胡氏考異』巻三を參照。

（8）袁本『文選』の該當箇所を參考として示しておく。
濟曰、系、連、冑、緒也。高項謂帝顓頊、高陽氏。班氏顓頊之後、故云系也。玄、北方水色。高陽氏水德、故云。曹大家曰、系、連、冑、緒也。高、高陽氏也。頊、帝顓頊也。言己與楚同祖俱帝顓頊之子孫也。水北方黑行、故稱玄也。善曰、『家語』孔子曰、顓頊者、黃帝之孫、昌意之子也。曰、高陽配水也。

濟曰く、系は連、冑は緒なり。高項は帝顓頊、高陽氏を謂ふ。班氏は顓頊の後なれば、故に系と云ふなり。玄は北方の水色。高陽氏は水德なれば、故に云ふ。曹大家曰く、系は連、冑は緒なり。高、高陽氏なり。頊は帝顓頊なり。言ふこころは己は楚と祖を同じくして俱に顓頊の子孫なり。水は北方は黑行す、故に玄と稱す。善曰く、『家語』孔子曰く、顓頊なる者は、黃帝の孫にして、昌意の子なり。曰く、高陽は水を配す。

これから判斷するに、『家語』以下が李善注であることは明白であり、これを曹大家注と看做すことは殆ど不可能である。

（9）「幽通賦」の李善注からもこのことは判斷可能である。以下に一例として、作品冒頭の「系高項之玄冑兮」句に對する李善注を擧げる。
『家語』孔子曰、顓頊者、黃帝之孫、昌意之子也。曰、高陽配水也。

『家語』に孔子曰く、顓頊は、黃帝の孫、昌意の子なり。曰く、高陽は水を配す。

人名を單獨で引用することは、少なくとも「孔子」に對しては殆ど見ることができず、書名を擧げていないものについては、李善注の體例を外れたものと判斷してよいように思われる。

（10）無論、これは曹大家が文獻を參照できなかったことを意味するのではない。班氏は代々多くの藏書を蓄えており、恐らくは曹大家自身もこれら大量の家藏書の恩惠を被ったと推察されるが、ここでの問題はその記憶の仕方であり、曹大家においては記憶の優先順位として人物の方がより上位にあったと思われるのである。但し、この問題は早急に解決できる問題ではなく、更に考えを深める必要があろう。

（11）但し、「西京賦」と「東京賦」との間では、その注釋の形式に違いを認めることができ、「西京賦」は文獻の引用が極めて少ないのに對して、「東京賦」では文獻を引用して注釋を施す割合が高くなっている。三國時期の賦注は、字義の說明と句の通釋を基本としながら、徐々に文獻を引用するかたちも現れ始めた、注釋形式の移行發展期と看做すことができる。

（12）李・蹤兩氏前揭注（6）論文參照。

（13）王逸『楚辭章句』の注釋方式については、小南一郞『楚辭とその注釋者たち』（朋友書店、二〇〇三年）第四章「王逸「楚辭章句」と楚辭文藝の傳承」を參照。

（14）池田秀三『中國古典學のかたち』（研文出版、二〇一四年）「『國語』韋昭注への覺え書」を參照。

（15）池田氏前揭注（14）著では、『國語注』における直音と反切による音注は韋昭が用いたものではないと判斷する。

（16）但し、『文選』が引用する郭璞注がその原初の姿をそのままに殘しているとは考えがたい。しかしながら、「子虛賦」「上林賦」の全篇を通して郭璞注が引用されることから、これらは本來の郭璞注が備えたであろう特質を一定程度保持していると判斷し、考察の對象とした。

（17）袁珂校注『山海經校注』（上海古籍出版社、一九八〇年）を使用。

（18）劉逵注及び張載注の特徵については、本書第七章及び第八章を參照。

中篇　「三都賦」と西晉武帝期の政治・學術

第六章　左思「三都賦」は何故洛陽の紙價を貴めたか

第一節　「三都賦」に對する同時代評價

ある作品が一時期に特別に流行した場合、その流行の要因として作品そのものが持つ價値だけではなく、作品を取り巻く社會政治情勢が介在するであろうことは容易に想像できることである。このことは「三都賦」の場合も決して例外ではない。「三都賦」が「洛陽の紙價をして貴からしむ」る程に大規模な流行現象を生み出した背景には、やはり當時の社會情勢をまずは顧慮する必要があろう。本章では、「三都賦」本文の分析に先立ち、西晉武帝期において「三都賦」のどのような點が評價されていたのか、そしてその評價はどのような社會政治情勢に起因するものであったのかについて考察することで、次章以下の考察の導入としたい。

「三都賦」は、そもそも作品の受容という點において他の辭賦作品と大きく異なっている。すなわち幸いなことに同時代人による享受のもと、該賦に對する數多くの評價が殘されているのである。以下で、これら同時代人による評價を分析し、どのような點が當時の文人に歡迎されたかを確認する。「三都賦」に對して文章によって評價した人物として、張華、劉逵、衞權、皇甫謐の四名を擧げることができる。まずは、西晉時期の文人を多數評價し、自身も當時に優れた文人である張華による「三都賦」評價を擧げる。

自是之後、盛重於時、文多不載。司空張華見而歎曰、「班張之流也。使讀之者盡而有餘、久而更新。」於是豪貴之家競相傳寫、洛陽爲之紙貴。

是れよりの後（「三都賦」が完成し、注釋が施されて以後）、盛んに時に重んぜらる、文多ければ載せず。司空張華見て歎じて曰く「班（固）張（衡）の流れなり。之を讀む者をして盡きて餘り有り、久しくして更に新たならしむ」と。是に於て豪貴の家 競ひて相ひ傳寫し、洛陽 之が爲に紙貴し。

（『晉書』卷九十二左思傳）

張華は「三都賦」を、班固「兩都賦」や張衡「二京賦」、すなわち漢代都邑賦の系譜に位置附け、讀後の餘情感と時間を置いて再度讀み返した際に新たに感じる點があるところを高く評價する。「三都賦」本文に見える具體的内容への批評は見られないが、ともかく張華によるこの評價が直接の契機となり、洛陽の紙價が高騰するほどの流行を生み出したことが讀み取れる。

ついで、「三都賦」に注釋を施した同時代の文人である劉逵、張載、衞權のうち、劉逵と衞權には彼ら自身による「三都賦」への批評が序文として殘されている。劉逵の序文を確認する。

観中古以來爲賦者多矣、相如子虛擅名於前、班固兩都理勝其辭、張衡二京文過其意。至若此賦、擬議數家、傅辭會義、抑多精致。非夫研覈者不能練其旨、非夫博物者不能統其異。世咸貴遠而賤近、莫肯用心於明物。斯文吾有異焉、故聊以餘思爲其引詁、亦猶胡廣之於官箴、蔡邕之於典引也。

観るらく中古以來 賦を爲《つく》る者多し、相如の「子虛」は名を前に擅《ほしいまま》にし、班固の「兩都」は理 其の辭に勝り、張衡の「二京」は文 其の意に過ぐ。此の賦（「三都賦」）の若きに至りては、數家を擬議し、辭を傅し義を會し、抑《そもそ》も精致多し。夫《か》の研覈する者に非ざれば其の旨を練ること能はず、夫《か》の博物なる者に非ざれば其の異を統ぶること能はざるなり。世は咸《み》な遠きを貴び近きを賤しみ、心を明物に用ゐるを肯《がへん》ずる莫し。斯文 吾 焉れを異とする有り、故に聊か餘思を以て其の引詁を爲るに、亦た猶ほ胡廣の「官箴」に於ける、蔡邕の「典引」に於けるがごときなり。

（『晉書』巻九十二左思傳）

劉逵はここで、漢代以降の辭賦作家として司馬相如や張衡、班固らを列擧する。その上で司馬相如「子虛賦」には當時の文壇での流行を認めるものの、班固「兩都賦」では作品が描き出す內容に對する措辭の未熟さ、張衡「二京賦」ではむしろ文彩が作品內の意趣と一致しないといった短所を指摘する。これは文章の修辭と描寫の內容とを兼備することが重要であることを示すとともに、このことが實際には極めて困難であったことを意味する。そのような中で「三都賦」への批評は、左思が實踐した先行作品に對する詳細な分析に基づく著述、文章の表現と內容との調和、細部にまで拂われた注意などを高く評價する。更に劉逵は、辭賦を作ることの前提條件として、様々な事物を精査した上での幅廣い知識の習得の必要性を指摘する。これは班固や張衡ら多くの辭賦作家が賦の中で充分に實踐できなかったところであるが、左思こそがこれらの條件を見事に備えているという點を盛んに稱讚する。

衞權も同様に、彼の略解の序文で次のような批評を加えている。

余觀三都之賦、言不苟華、必經典要。品物殊類、稟之圖籍、辭義瓌瑋、良可貴也。有晉徵士故太子中庶子安定皇甫謐、西州之逸士、耽籍樂道、高尚其事。覽斯文而慷慨、爲之都序。中書著作郎安平張載、中書郎濟南劉逵、並以經學洽博、才章美茂、咸皆悅玩、爲之訓詁。其山川土域、草木鳥獸、奇怪珍異、僉皆研精所由、紛散其義矣。

余嘉其文、不能默已。聊藉二子之遺忘、又爲之略解、祇增煩重、覽者闕焉。

余 三都の賦を觀るに、言は苟《いやし》くも華ならざるも、必ず典要を經たり。品物の殊類、之を圖籍に稟《う》け、辭義 瓌瑋なれば、良《まこと》に貴ぶべし。有晉の徵士 故太子中庶子 安定の皇甫謐、西州の逸士にして、籍に耽《ふけ》り道に樂しみ、其の事を高尚にす。斯文を覽て慷慨し、之が都の序を爲れり。中書著作郎 安平の張載、中書郎 濟南の劉逵は、並びに經學の洽博、才章の美茂なるを以て、咸皆《みな》悅玩し、之が訓詁を爲る。其の山川土域、草木鳥獸、奇怪珍異、僉皆《みな》な由る所を研精し、其の義を紛散せしむ。余 其の文を嘉《よみ》し、默する能はざるのみ。聊《いささ》か二子の遺忘に藉《か》り、又た之が略解を爲るも、祇《た》だ煩重を增すのみなれば、覽る者 焉れを闕《のぞ》かんことを。

（『晉書』巻九十二左思傳）

劉逵や張載による注釋と皇甫謐による序文に關する言及が見られることから、衞權の略解が彼らより後發であること、劉逵と張載の注釋と皇甫謐の序文を實見した上で略解を著したことは間違いない。「三都賦」を通覽した衞權は、措辭が華麗でないことを少しく該賦の缺點と見なしつつも、古典的教養が隨所に發揮され、作品內に現れる種々の事物がいずれも文獻資料に基づくこと、そして文辭と表現とが卓越することを高く評價する。更に山川や風土、動植物、奇異な事物については、左思自身の精査により、最も相應しい場所に配置されたことで、作品構成の調和が保たれていることを稱讚する。

最後に、衞權による略解の序文にも記される皇甫謐の「三都賦序」を確認する。皇甫謐は序文の中で、歷代の辭賦觀を總括した上で、前代の辭賦作品を比較對象に擧げつつ次のように批評する。

其中高者、至如相如上林、揚雄甘泉、班固兩都、張衡二京、馬融廣成、王生靈光、初極宏侈之辭、終以約簡之制、煥乎有文、蔚爾鱗集、皆近代辭賦之偉也。若夫土有常產、俗有舊風、方以類聚、物以羣分。而長卿之儔、過以非方之物、寄以中域、虛張異類、託有於無。祖構之士、雷同影附、流宕忘反、非一時也。

其の中の高き者、相如の上林、楊雄の甘泉、班固の兩都、張衡の二京、馬融の廣成、王生の靈光の如きに至りては、初め宏侈の辭を極め、終《つひ》に約簡の制を以てし、煥乎《かんこ》として文有り、蔚爾《うつじ》として鱗集す、皆な近代辭賦の偉なり。若し夫れ土に常產有り、俗に舊風有るは、方は類を以て聚《つど》り、物は群を以て分かる。而るに長卿の儔《ともがら》は、過《あやま》つに方に非ざるの物を以てし、寄するに中域を以てし、異類を虛しく張り、有を無に託す。祖構の士、雷同影附し、流宕し反るを忘るること、一時に非ざるなり。

（〔西晉〕皇甫謐「三都賦序」『文選』卷四十五）

皇甫謐は、漢賦の優れた作品として司馬相如「上林賦」、揚雄「甘泉賦」、班固「兩都賦」、張衡「二京賦」、馬融「廣成頌」、王延壽「魯靈光殿賦」を擧げ、これらを西晉時代以前の辭賦作品の傑作に位置附ける。その上で、各地方の產出物や習俗はそれぞれ相應しいかたちに分類されるべきことを主張する。これは序文の中に列擧した前代の辭賦作家に對する批難として述べたものである。例えば、司馬相如の「子虛上林賦」は中原を詠じた作品であるが、その中で中原には實在しない地方の產物が無闇に描き出されており、前代の辭賦作家たちはこのような現實世界では到底あり得べくもない虛構の作品世界を構築していたのである。そして、後世の文人もこれに無批判に追從したため、かかる惡弊が一時的な現象ではなく普遍的に繼續したと歎くのである。司馬相如ら漢代の辭賦作家に對する贊辭と批難の兩面が述べられることは、一見すると矛盾したことのようにも感じられる。しかし、これは決して矛盾はしていない。これら前代の辭賦に對する評價は、その作品に描かれる内容に基づくものであり、具體的には「初極宏侈之辭、終以約簡之制（初め宏侈の辭を極め、終に約簡の制を以てし）」とあるように、奢侈を倹約によって誡めるという點に求められている。これこそはまさしく諷諫であり、結局のところ『詩經』以來の精神に則って評價されている。その上で皇甫謐は作品世界での虚構の構築こそを糾彈するのである。皇甫謐が糾彈した點はまさに「三都賦」において克服された點であり、「三都賦」の評價點を際立たせるための敢えての敍述だと理解されるべきなのである。つまり、皇甫謐の意識は、「三都賦」が如何に前代の作品を乘り越え、異質性を獲得したかを主張することにあったと言える。「三都賦」に對しては次のように具體的批評を加える。

曩者漢室内潰、四海圮裂。孫劉二氏、割有交益、魏武撥亂、擁據函夏。故作者先爲呉蜀二客、盛稱其本土険阻瓌琦、可以偏王。而却爲魏主。述其都畿、弘敞豐麗、奄有諸華之意。言呉蜀以擒滅比亡國、而魏以交禪比唐虞。既已著逆順、且以爲鑒戒。蓋蜀包梁岷之資、呉割荊南之富、魏跨中區之衍。考分次之多少、計殖物之衆寡、比風俗之清濁、課士人之優劣、亦不可同年而語矣。二國之士、各沐浴所聞、家自以爲我土樂、人自以爲我民良、皆非通方之論也。作者又因客主之辭、正之以魏都、折之以王道。其物土所出、可得披圖而校。體國經制、可得按記而驗。豈誣也哉。

曩者《むかし》 漢室 内に潰《つぶ》れ、四海 圮《やぶ》れ裂く。孫劉 二氏、割《さ》きて交益を有《たも》ち、魏武 亂を撥《おさ》め、函夏に擁據す。故に作者 先づ呉蜀の二客の爲、盛んに其の本土の険阻 瓌琦にして、以て偏《ひと》へに王たるべきを稱す。而して却りて魏主の爲、其の都畿の、弘敞 豐麗にして、奄《ここ》に諸華を有《たも》つの意を述ぶ。言ふこころは呉蜀は擒滅せらるるを以て亡國に比《なぞら》へ、而して魏は交禪せしを以て唐虞に比ふなり。既已《すで》にして逆順を著し、且つ以て鑒戒と爲す。蓋し蜀は梁岷の資を包《か》ね、呉は荊南の富を割き、魏は中區の衍に跨《また》がる。分次の多少を考へ、殖物の衆寡を計り、風俗の清濁を比べ、士人の優劣を課せば、亦た年を同じくして語るべからず。二國の士、各《おのお》の聞く所に沐浴し、家 自《みづか》ら以て我が土は樂しと爲し、人 自《みづか》ら以て我が民は良しと爲すは、皆な通方の論に非ざるなり。作者は又た客主の辭に因り、之を正すに魏都を以てし、之を折《さだ》むに王道を以てす。其の物土を出だす所、圖を披《ひら》きて校《くら》ぶるを得べし。體國經制、記を按じて驗するを得べし。豈に誣《いつはり》ならんや。

（同右）

まず皇甫謐は、後漢末の王朝の混亂と天下の騷亂、及びこれに伴う蜀漢と孫吳による交益二州の分割と曹魏の中原での建國という史實を踏まえる。その上で「三都賦」では、蜀漢と孫吳の險阻な地勢や珍奇な風物を描くことで彼らが王たるに相應しいことを主張する。それと同時に曹魏の都城を褒め稱えることにより、曹魏が中國を統一し得ることを述べる。更に、吳蜀を亡國に準え、曹魏を舜に準えることで、三國間の正統性の所在が曹魏にあることを明白にする。そして、「分次、殖物、風物、士人」のいずれにおいても蜀漢と孫吳とは曹魏の比較對象にはなり得ないと斷じる。本文に描かれる內容が文獻記錄に確認できることを明記するのは、衞權の略解序に記されることと同樣であり、當時に共通する「三都賦」の評價點であったのであろう。

以上、同時代人による「三都賦」評價からは次のような點が指摘できる。彼らはいずれも「三都賦」を漢代都邑賦の系譜に位置附ける。張華による「班（固）張（衡）の流れなり」という評價がこのことを端的に示している。ついで、「三都賦」に描かれる事象が實際の文獻資料によることができる點を評價する。これは漢代都邑賦の虛構性に對する否定的見解の提示とともに主張される點である。最後に三國の正統論と結び附け、曹魏を正統とする意識が「三都賦」に認められる點を示す點も重要である。今はひとまず、同時代人によるこれらの評價が與えられたことにのみ注意したい。これらの評價に對する具體的考察、すなわち「三都賦」が漢代都邑賦の系譜に連なる理由、「三都賦」に描かれる事象に對して文獻的根據を必要とせねばならなかった理由、「三都賦」において蜀漢、孫吳、曹魏の三國の優劣、とりわけ曹魏に正統性を認めた理由については、次章以降で詳述していくことにする。

第二節　左思「三都賦序」に見る著述動機

前節において「三都賦」が同時代人によってどのように評價されたかを確認したが、翻って、左思自身はどのような意識のもとでこれを著したのであろうか。「三都賦」著述の經緯は次のようにまとめられている。

造「齊都賦」、一年乃成。復欲賦三都、會妹芬入宮、移家京師、乃詣著作郎張載訪岷邛之事。遂構思十年、門庭藩溷皆著筆紙、遇得一句、卽便疏之。自以所見不博、求爲祕書郎。

（左思）「齊都賦」を造りて、一年にして乃ち成る。復た三都を賦せんと欲し、會《たま》ま妹芬の宮に入るに、家を京師に移し、乃ち著作郎張載を詣《いた》りて岷邛の事を訪《たづ》ぬ。遂に構思すること十年、門庭藩溷 皆な筆紙を著し、遇《たまた》ま一句を得れば、卽《すなは》便ち之に疏す。自ら見し所の博からざるを以て、求めて祕書郎と爲る。

（『晉書』卷九十二左思傳）

第二章ですでに論じたように、鄉里で「齊都賦」を完成させた左思は、曹魏、孫吳、蜀漢の三國の王都を對象とした辭賦の著述を目指す。この頃、妹の左棻が武帝司馬炎の後宮に入内するのに伴い、左思も京都洛陽へと居を移すことになる。以降、左思は訪蜀經驗のある張載のもとで蜀に關する情報を入手し[1]、十年の歲月をかけて「門庭藩溷」に筆や紙を備え、一たび句が思い浮かべばすぐさま紙に書き寫したという。この過程において、左思は自らの淺學を憂慮し祕書郎を求職するが、ここからは左思の「三都賦」著述にかける強い意氣込みが窺われる。

このような經緯で完成を迎えた「三都賦」には、左思自身による序文が附され、ここから彼の著述態度が看て取れる。行論の都合上、以下四段に分けて確認する。(2)

> 蓋詩有六義焉。其二曰賦。楊雄曰、詩人之賦、麗以則。班固曰、賦者、古詩之流也。先王采焉、以觀土風。見「綠竹猗猗」、則知衞地淇澳之產、見「在其版屋」、則知秦野西戎之宅。故能居然而辯八方。
>
> 蓋し詩に六義有り。其の二を賦と曰ふ。楊雄曰く、詩人の賦、麗にして以て則と。班固曰く、賦は、古詩の流と。先王焉を采りて、以て土風を觀る。「綠竹の猗猗たる」(『詩經』衞風「淇澳」)を見れば、則ち衞地淇澳の產を知り、「其の版屋に在る」(『詩經』秦風「小戎」)を見れば、則ち秦野西戎の宅を知る。故に能く居然として八方を辯ず。
>
> (〔西晉〕左思「三都賦序」『文選』巻四)

第一段で左思は、歷代の賦に對する解釋として、『詩經』の六義、揚雄による「詩人の賦」說、班固による「古詩の流」への位置附けを引用する。揚雄及び班固ともに『詩經』に基づく辭賦觀であり、左思のそれも『詩經』に淵源を求めることができる。併せて、『詩經』の「采詩」說を取り上げ、先代の諸王が「詩」によって中央に居ながらにして、支配領域をすべて把握できたことを述べる。第二段は次のように續けられる。

> 然相如賦上林、而引盧橘夏熟、楊雄賦甘泉、而陳玉樹青葱、班固賦西都、而歎以出比目、張衡賦西京、而述以遊

海若。假稱珍怪、以爲潤色。若斯之類、匪啻于茲。

然るに相如は上林を賦して、盧橘の夏に熟すを引き、楊雄は甘泉を賦して、玉樹の青葱たるを陳《の》べ、班固は西都を賦して、歎ずるに比目を出だすを以てし、張衡は西京を賦して、述ぶるに海若を遊ばすを以てす。假稱珍怪、以て潤色と爲す。斯《か》くの若きの類、啻《ただ》に茲《これ》のみに匪ず。

（同右）

第二段では、前代の辭賦作品を見渡すに、『詩經』の「采詩」説を充たすような著述がなされないことを、具體的に作品を列擧することで批判する。直接には、司馬相如「上林賦」、揚雄「甘泉賦」、班固「西都賦」、張衡「西京賦」に見られる「盧橘、玉樹、比目、海若」などの賦本文中への登場に對してである。これらはすべて、現實世界とは一致しない作品世界を構築するものであり、このような虚構に基づく表現を使用することで「潤色」、すなわち表現に過度な華美が附與されたとする。そしてこのような「潤色」が、漢代を通じて文人の間で普遍的に共有された現象であったことを指摘する。左思はかかる現象を批判的に捉えて次のように述べる。

考之果木、則生非其壤、校之神物、則出非其所。於辭則易爲藻飾、於義則虚而無徵。且夫玉卮無當、雖寶非用。侈言無驗、雖麗非經。而論者莫不詆訐其研精、作者大底擧爲憲章。積習生常、有自來矣。

之を果木に考ふれば、則ち生ずるに其の壤《つち》に非ず、之を神物に校《くら》ぶれば、則ち出だすに其の所に非ず。辭に於けるや則ち藻飾を爲し易きも、義に於けるや則ち虚にして徵《しるし》無し。且つ夫れ玉卮も當無くんば、寶と雖も用に非ず。侈言も驗《しるし》無くんば、麗なりと雖も經に非ず。而るに論者 其の研精を詆訐せざる莫きも、作者 大底 擧げて憲章と爲す。積習 常を生ずること、自りて來たる有るなり。

（同右）

第三段では、第二段で列擧した作品群に對する批評を試みている。漢賦に現れる植物の類や不可思議な事物を検討すると、元來存在した場所の事物ではないにもかかわらず、作品中に擧げられている場合がまま見られると批難する。そのため、作品の表現にも容易に粉飾が施され、その意圖も空虚なものとなると批評する。結果、左思は素晴らしい表現であっても基づくべき根據がなければ、華麗であっても典雅とは言えないと論斷する。ここに、左思の漢賦に見える虚構表現に對する否定的立場が表明される。

余既思摹二京、而賦三都、其山川城邑、則稽之地圖、其鳥獸草木、則驗之方志、風謠歌舞、各附其俗、魁梧長者、莫非其舊。何則發言爲詩者、詠其所志也、升高能賦者、頌其所見也、美物者、貴依其本、贊事者、宜准其實。非本非實、覽者奚信。且夫任土作貢、虞書所著、辯物居方、周易所愼。聊擧其一隅、攝其體統、歸諸詁訓焉。

余 既に二京を思摹《しぼ》して、三都を賦さんとし、其れ山川 城邑は、則ち之を地圖に稽《かんが》み、其れ鳥獸 草木は、則ち之を方志に驗《かんが》み、風謠 歌舞は、各《おのおの》其の俗に附き、魁梧 長者は、其の舊に非ざる莫し。何となれば則ち言に發して詩を爲る者は、其の志す所を詠じ、高きに升りて能く賦する者は、其の見し所を頌し、物を美《ほ》むる者は、其の本に依るを貴び、事を贊する者は、宜しく其の實に准ずるべし。本に非ず實に非ざれば、覽る者奚《なん》ぞ信とせん。且つ夫れ土に任じ貢を作すは、虞書の著す所、物を辯じ方に居るは、周易の愼む所なり。聊《いささ》か其の一隅を擧げ、其の體統を攝《す》べしめんと、諸《これ》を詁訓に歸す。

（同右）

第四段では、第三段までに述べた自身の態度の表明に伴い、「三都賦」著述に際しての準據事項を列擧する。すなわち、山川城邑については地圖を參照し、鳥獸草木については地方志を閱覽し、歌舞音曲についてはその地域の風俗を參考にし、偉人賢人についてはその地方の舊聞に依據することである。これにより、現實世界に可能な限り一致させた作品世界を構築することを宣言する。そして「本」と「實」、すなわち「本質」と「事實」の二つを作品中に明示することで、讀者を初めて納得させることができると主張するのである。

以上のように「三都賦」序文を分析したが、およそ次の點が指摘できよう。すなわち、左思自身の中に充滿する漢賦の虛構に對する不滿と、その不滿解消を目指した「三都賦」本文における地圖や地方志、習俗や舊聞などの事實に卽した敍述の實踐である。本書では、事實に基づく寫實描寫の實踐を、特に實證主義的寫實性と呼稱することにする。「三都賦」に見える寫實性については、序論でも擧げたように小尾郊一氏の指摘がある。(3)小尾氏は、左思以前の文人が抱いていた虛構性に對する反發を左思も繼承したため、このような寫實性が成立したと理解する。文人の內在要因に着目しての理解と言えよう。しかし、彼に內在する意識のみでの說明では不充分であるように思われてならない。內在する意識のみによって彼の寫實性が獲得できるのであれば、第二章に論じた「齊都賦」にはより明確な寫實性が確認されて然るべきである。それが難しいのは、やはり外在する要因が左思の「三都賦」著述に影響したと考えるべきであろう。左思が著述活動を展開した西晉武帝期の社會政治狀況を考慮することで、この實證主義的寫實性の成立背景もより明確なものになると推察される。

第三節　地方志編纂の流行

左思は漢賦との差別化を圖るに際して、漢賦に見える虛構性を排除した實證主義的寫實性を「三都賦」に備えることを主張した。同時にその具體的な方法として、「三都賦」の序文で地圖や地方志に依據することを明言したことは先に確認した通りである。「三都賦」の完成とほぼ同時期に施された劉逵注の中には、實際に地方志を引用したものが確認できる。(4) まずは「吳都賦」より賦本文と當該箇所の劉逵注を引用する。

169 草則藿蒳豆蔻　薑彙非一　草は則ち藿《かく》蒳《とう》豆蔻あり、薑《きょう》の彙《たぐひ》は一に非ず。
江蘺之屬　海苔之類　江蘺の屬《たぐひ》、海苔の類あり。

（劉逵注）『異物志』曰、藿香、交阯有之。豆蔻、生交阯。其根似薑而大、從根中生。形似益智、皮殼小厚、核如安石留、味辛且香。蒳、草樹也。葉如栟櫚而小。三月採其葉、細破乾之、味近苦而有甘、幷雞舌香食之、益善。薑彙、廉薑一類、累大、如氣猛近於臭。南土人擣之、以爲齏。葰、一名廉薑、生沙石中、薑類也。其累大辛而香。削皮以黑梅幷鹽汁漬之、則成也。始安有之。彙、類也。『易』曰、拔茅連茹、以其彙、征吉。所謂「薑彙非一」也。江蘺、香草也。『楚詞』曰、扈江離。海苔、生海水中、正靑、狀如亂髮。干之、亦鹽藏有汁、名曰濡苔。臨海出之。

『異物志』に曰く、藿香は交阯に之れ有り。豆蔻は交阯に生ず。其の根は薑に似て大、根中從り生ず。形は益智に似て、皮殼は小《や》や厚く、核は安石留《ざくろ》の如く、味は辛く且つ香あり。蒳《とう》は草樹なり。葉は栟櫚《しゅろ》の如くして小さし。三月 其の葉を採りて、細く破り之を乾さば、味は苦きに近くも甘み有り、鷄舌香と幷《あは》せて之を食はば、益《ますま》す善し。薑彙、廉薑は一類にして、累大なり、氣は猛にして臭きに近きが如し。南土の人は之を擣《つ》きて、以て齏《あつもの》と爲す。葰《すい》は一名 廉薑、沙石の中に生ず、薑の類なり。其の累大いに辛く香あり。皮を削りて黑梅幷びに鹽汁を以て之を漬ければ、則ち成れり。始安に之れ有り。彙は類なり。『易』に曰く、茅を拔き茹に連ね、其の彙を以てし、征くに吉なりと。所謂「藚彙非一」なり。江逡は香草なり。『楚詞』に曰く、江離に扈ると。海苔は海水の中に生じ、正靑なり、狀は亂髮の如し。之を干し、亦た鹽もて藏すれば汁有り、名づけて濡苔と曰ふ、臨海 之れを出だす。[5]

これは孫吳の領域に生育する植物について、その具體名や類目を明示した部分である。劉逵は『異物志』という地方志に屬する文獻を引用した上で、「吳都賦」の本文に述べられるすべての植物に對して産出地や外見的特徵、使用法など極めて詳細な注釋を施している。例えば、ここで擧げられる「海苔」は劉逵注によれば、現在の所謂海苔とほぼ同樣であると推測でき、このような記述を通して當時の食生活をも窺うことができる。また、その産出地は「交阯（越南北部）、始安（廣西省桂林縣）、臨海（浙江省臨海縣）」と、いずれも孫吳に屬した領域であり、作品中に現れる植物の産出域と實際の孫吳の支配領域とが、地方志を媒介として一致することが確認される。

ところで、劉逵注に擧げられる『異物志』が「三都賦」序文で指摘するところの「方志」、すなわち地方志であることにここで改めて注目したい。『異物志』は後漢の楊孚によって編纂された書物を直接には示すものであるが、[6]この「異物志」を書名に冠した地方志が數多く編纂される狀況を迎えたのが、まさに三國から西晉時期にかけてであった。[7]そのためか、劉逵も彼と同時代人によって編纂されたであろう地方志を注釋内で積極的に活用している。「蜀都賦」より例を擧げる。

339 戟食鐵之獸　射噬毒之鹿　　食鐵の獸を戟ち、噬毒の鹿を射る。

（劉逵注）貊獸毛黑、白臆、似熊而小。以舌舐鐵、須臾盡數十斤。出建寧郡也。神鹿、兩頭、主食毒草。名之食毒鹿、出雲南郡。此二事、魏宏『南中志』所記也。

貊獸　毛黑く、白臆にして、熊に似て小さし。舌以て鐵を舐め、須臾にして數十斤を盡くす。建寧郡に出づ。神鹿、兩頭にして、主に毒草を食す。之を食毒鹿と名づく、雲南郡に出づ。此の二事、魏宏の『南中志』の記す所なり。

ここに擧げられる動物は、それぞれ鐵を食べる獸や毒を食べる鹿であり、一見すると現實には存在しないのではないかとさえ疑われるものである。これに對して劉逵は、建寧郡に生息する「貊」、雲南郡に生息する「食毒鹿」であると判斷し、これらが魏宏の『南中志』に文獻的根據が求められることを示す[8]。

以上の例からも確認できるように、「蜀都賦」や「吳都賦」の劉逵注には多くの地方志が引用されており、賦本文の內容と現實世界とが對應することが證明される。この賦本文と注釋との間に見える緊密な關係性について、『世說新語』文學篇の劉孝標注が引用する『左思別傳』に次のような逸話が殘されている[9]。

劉淵林・衞伯輿並蚤終、皆不爲思賦序注也。凡諸注解、皆思自爲、欲重其文、故假時人名姓也。

劉淵林（劉逵）・衞伯輿（衞權）並びに蚤《つと》に終《みまか》り、皆な思の賦の序注を爲さざるなり。凡そ諸注解、皆な思自《みづか》ら爲し、其の文を重んぜられんことを欲し、故に時人の名姓を假るなり。

『左思別傳』によれば、劉逵及び衞權の兩者は早くに亡くなったために「三都賦」に注釋を施してはおらず、これらの注釋は左思本人が二人の名に假託して施したものであると述べられる。左思が自ら注釋を施したかどうかは定かではない。しかし、『左思別傳』の資料的信憑性が低いことや、『晉書』の中で劉逵や衞權が注釋を施したと明記されることから、本書では左思は注釋を施していないという立場を採る[10]。何れにせよ、當時にこのような見解が存在していたことから、「三都賦」に描き出された内容と劉逵注が擧げる書物の内容とが、著者本人によるものと誤解される程には一致していたと看做されていたことがわかる。

ところで、當時に陸續と編纂された地方志が、「三都賦」本文に利用されたのは何故であろうか。そもそも地方志とは、書物内で解説される土地に地緣を持つ文人が編纂に從事して成立した書物であり、當時の權力者層の要請に應えてのものであった[11]。つまり、これらの地方志は後漢末から西晉時代にかけての社會狀況との接點の中から成立した書物なのである。このような書物が「三都賦」、とりわけ「蜀都賦」と「吳都賦」の劉逵注に引用されたのも、「三都賦」をめぐる著述活動が西晉武帝期の社會政治狀況と密接に關わった結果として考えるべきであるように思われる。

第四節　西晉王朝の平吳政策

「三都賦」と當時の社會政治狀況との間に一定の關係性が認められるであろうことは、前節までに述べてきたことからも窺われよう。併せて、「三都賦」の著述時期を確定することは、これらのより具體的な關係性を考察する際の一つの指標となるように思われる。

「三都賦」著述の開始時期は、『晉書』卷九十二左思傳の記述に基づけば、妹の左棻が武帝司馬炎の後宮に入内した際に洛陽へと居を移して以降のことである。左棻の入内時期は以下の記述に見られる。

芬少好學、善綴文、名亞于思、武帝聞而納之。泰始八年、拜修儀。

芬 少きより學を好み、善く文を綴り、名は思に亞《つ》ぐ、武帝 聞きて之を納る。泰始八年、修儀を拜す。

（『晉書』巻三十一左貴嬪傳）

これによれば、妹の左棻は泰始八年（二七二）に修儀を拜しており、この時には確實に武帝の後宮への入内を果したものと考えられる。これ以降、左思は洛陽へと轉居して「三都賦」の著述に邁進していくが、その期間は『晉書』巻九十二左思傳に「構思すること十年」とあるように十年間であったとされ、これに從えば太康三年（二八二）以前には一應の完成を迎えていたであろうことが推測される。太康三年にすでに「三都賦」が完成していたことを傍證するものに、皇甫謐の沒年を指摘することができる。

皇甫謐字士安、幼名靜、安定朝那人、漢大尉嵩之曾孫也。……太康三年卒、時年六十八。

皇甫謐 字は士安、幼名は靜、安定 朝那人、漢大尉 嵩の曾孫なり。……太康三年 卒す、時に年六十八。

（『晉書』巻五十一皇甫謐傳）

皇甫謐の本傳の記述に從えば、彼は太康三年に逝去したことになる。彼が「三都賦序」を執筆したことに鑑みれば、この時までには「三都賦」は完成していなければならない。したがって、皇甫謐による序文の存在と十年間の著述期間とを勘案すれば、「三都賦」の著述期間は泰始八年（二七二）から太康三年（二八二）のおよそ十年間であるとみなすことができ、本書ではこれをもって「三都賦」の著述期間として設定する。(12)

それでは、左思が「三都賦」著述に沒頭した十年間は、西晉王朝の特に武帝期において、どのような時期に位置附けられるのか。端的に示せば、三國の統一へと邁進し、そして統一を實現した時期に該當する。西晉王朝はこの時、孫吳の平定を目指した對外政策を積極的に展開していたのである。「三都賦」の著述期間に關連してこの一時期をまとめると、以下のように略述できる。

まず、泰始元年（二六五）、曹魏王朝からの禪讓を經て西晉王朝が建國される。泰始八年（二七二）、左思の妹である左棻が武帝の後宮に入內し、修儀を拜す。この時に左思も洛陽に居を移しており、「三都賦」の著述を開始する。この頃、左思は祕書郎の職を授けられる。咸寧五年（二七九）、張華が度支尙書の職を授けられる。翌太康元年（二八〇）、孫吳の最後の皇帝孫皓が降伏し、西晉王朝による天下統一が達成される。太康三年（二八二）、皇甫謐が亡くなる。彼による「三都賦序」が殘されることから、この頃までに「三都賦」は完成したと見てよい。太熙元年（二九〇）、武帝司馬炎が崩御する。

以上に述べた「三都賦」の著述が進められた時期に、孫吳の平定が完遂され天下が統一された事實は極めて重要である。左思が中書省に在籍し、「三都賦」の著述を進めていた當時、西晉王朝內では開戰時期をめぐる對立が表面化していた。早期開戰派には武帝司馬炎や張華、羊祜や杜預が屬し、これに對立する一派には賈謐や荀勗が屬していた。このうち、武帝と張華、及び左思の間には地方志或いは地理的情報の把握を媒介とした共通性を認めることができる。地方志とは各地方の地理的情報を集めた書物であり、武帝にも當時の地理情報を把握しようとしていた痕跡が窺える。その例を次に示す。

又以職在地官、以禹貢山川地名、從來久遠、多有變易。後世說者或强牽引、漸以闇昧。於是甄擿舊文、疑者則闕、古有名而今無者、皆隨事注列。作『禹貢地域圖』十八篇、奏之、藏於祕府。其序曰、「……大晉龍興、混一六合、以淸宇宙。始於庸蜀、冞入其岨。文皇帝乃命有司、撰訪吳蜀地圖。蜀土旣定、六軍所經、地域遠近、山川險易、征路迂直、校驗圖記、罔或有差。今上考禹貢山海川流、原隰陂澤、古之九州、及今之十六州、郡國縣邑、疆界鄉陬、及古國盟會舊名、水陸徑路、爲地圖十八篇。……」

（裴秀）又た以て職は地官に在り、以《おも》へらく禹貢の山川地名の、從《よ》りて來たること久遠にして、多く變易する有らん。後世の說く者或は强ひて牽引すれば、漸く以て闇昧たり。是に於て舊文を甄擿し、疑ひある者は則ち闕《のぞ》き、古に名有りて今は無き者、皆な事に隨ひて列に注ぐ。『禹貢地域圖』十八篇を作りて、之を奏して、祕府に藏す。其の序に曰く、「……大晉　龍興し、六合を混一し、以て宇宙を淸む。始め庸蜀に於けるや、采《ことごと》く其の岨に入る。文皇帝（司馬昭）乃ち有司に命じて、吳蜀の地圖を撰訪せしむ。蜀土既に定まり、六軍の經る所、地域の遠近、山川の險易、征路の迂直は、圖記に校驗し、或ひは差《たが》うること有る罔《な》し。今上（武帝司馬炎）禹貢の山海川流、原隰陂澤、古の九州、及び今の十六州、郡國縣邑、疆界鄉陬、及び古國盟會の舊名、水陸の徑路を考して、地圖十八篇を爲る。……」と。

（『晉書』卷三十五裴秀傳）

『禹貢地域圖』の序には、文帝司馬昭の命により吳蜀の地圖を撰したことが述べられる。文帝の時點ではいまだ蜀は平定されておらず、吳や蜀の地理情報の把握のために地圖を求めたであろうことが推測される。また、司馬昭の時に實際に蜀漢の平定がなされることから、軍事目的での地理把握であった可能性も指摘できよう。この序文には蜀漢の滅亡が明記されており、かつ「今上」とあることから、これは蜀漢が平定され、西晉王朝が建國されて以後に奏上されたものであり、その直接の對象者が武帝司馬炎であったことが讀み取れる。現在は亡佚しているが、この『禹貢地域圖』は建國當初の西晉の地理狀況を把握する上で必要な書物であったのであろう。

このような現實世界に對應した正確な情報を求める態度は、武帝司馬炎に一貫したものであったようである。張華の『博物志』に關する逸話からも、武帝による同樣の態度が讀み取れる(13)。

自書契之始、考驗神恠及世間閭里所說、造『博物志』四百卷、奏於武帝。帝詔詰問、「卿才綜萬代、博識無倫、遠冠羲皇、近次夫子。然記事採言、亦多浮妄。宜更删翦、無以冗長成文。昔仲尼删詩書、不及鬼神幽昧之事、以言恠力亂神。今卿『博物志』、驚所未聞、異所未見、將恐惑亂於後生、繁蕪於耳目。可更芟截浮疑、分爲十卷。……」帝常以『博物志』十卷、置於函中、暇日覽焉。

書契の始め自り、神怪及び世間閭里の說く所を考驗し、『博物志』四百卷を造り、武帝に奏す。帝　詔して詰問す、「卿の才　萬代を綜《す》べ、博識なること倫無く、遠きは羲皇に冠し、近きは夫子に次ぐ。然るに事を記し言を採るに、亦た浮妄なること多し。宜しく更に删翦して、冗長なるを以て文を成すこと無かれ。昔仲尼　詩書を删し、鬼神幽昧の事に及びて、以て怪力亂神を言はず。今卿の『博物志』は、未だ聞かざる所に驚き、未だ見ざる所を異とするも、將に後生を惑亂し、耳目を繁蕪せんことを恐る。更に浮疑を芟截《さんせつ》し、分けて十卷と爲すべし。……」と。帝　常に『博物志』十卷を以て、函中に置き、暇日　焉れを覽る。

（『拾遺記』卷九）

當初四百卷で編纂された張華の『博物志』に對して、武帝は彼の博識を高く評價するものの、その中に「浮妄」なものが多く採られることを述べる。孔子が「怪力亂神」に言及しなかったことに鑑み、「未聞」「未見」のものに驚異の感を懷きつつも、これら「浮疑」なるものを排除した上で十卷に再編するように命じたのである。ここからは武帝による現實に卽した地理的情報の把握を重視する態度が視認できよう。

以上、武帝司馬炎が地理的情報の把握に腐心したこと、及び當時に地方志が盛んに編纂されたことから窺えば、そこにはこのような地理的情報を重視しようとする時代的風潮が醸成されていたであろうことが讀み取れる。その上で、左思がこの地方志を數多く利用することを宣言して「三都賦」を著したことには、彼の著述活動も當時の時代的風潮の影響を受けてのものであったと理解できるのである。

第五節　張華による『博物志』編纂と左思

張華の『博物志』編纂と左思の「三都賦」著述とが、當時の正確な地理情報を求めようとする風潮の中にあったであろうことは、先に述べた通りである。ところで、ここに擧げた張華と左思とは、これまで「三都賦」の評價者と被評價者という關係でのみ指摘されてきた。しかし第七章第三節に詳述するが、實は張華は中書令として、左思は祕書郎として、同一時期に中書省に在籍していた。また、地理的情報の重視という點でも兩者には共通性を見出すことができ、ここにより一層の關係性が推察されるのである。

張華『博物志』については先の『拾遺記』に見える通り、武帝の命令により「怪力亂神」、或いは「未見・未聞」で「浮疑」なる事象を削除することで、四百卷から十卷へと再編されたとされる。ここで問題となるのは、果たして張華が一人で『博物志』四百卷を編纂し、更には十卷に再編し直し得たのであろうかという點にある。三百九十卷もの卷數の削減は、その作業量は膨大であり、張華一人で行うことが到底困難であろうことは想像に難くない。ここで張華のもとに實質的作業從事者を想定することは、必ずしも不可能なことではなかろう。例えば、『世說新語』や『文選』など、六朝時代の大部な書物の場合、その編纂には現在編纂者として擧げられる人物のほかに、實質的編纂

作業従事者が存在したことはしばしば指摘されるところである。(14)

このような可能性を想定した時、「三都賦」の諸注釋における『博物志』の引用状況は極めて示唆的である。以下に、『文選』及び『文選集注』所引『文選鈔』に引用される『博物志』の一覧を、誰の注釋に採られるかを明示しつつ列擧する。

1有西蜀公子者　言於東呉王孫曰　　西蜀公子なる者有り、東呉王孫に言ひて曰く、
（李善注）『博物志』曰、王孫公子、皆相推敬之辭。
『博物志』に曰く、王孫 公子、皆な相ひ推敬するの辭なり。

53其間則有虎魄丹青　江珠瑕英　　其の間には則ち虎魄 丹青、江珠 瑕英、
金沙銀礫　符采彪炳　　金沙 銀礫有り。符采 彪炳として、
煇麗灼爍　　煇麗《きれい》 灼爍《しやくしやく》たり。
（李善注）『博物志』曰、虎魄、一名江珠。
『博物志』に曰く、虎魄、一名は江珠。

341畠貙呡於葽草、彈言鳥於森木　　貙呡《ちゆぼう》を葽草《ようそう》に畠《う》ち、言鳥を森木に彈《う》つ。
（李善注）『博物志』曰、江漢有貙人、能化爲虎。
『博物志』曰く、江漢に貙《ちゆ》人有り、能く化して虎と爲る。

（以上、「蜀都賦」）

285雙則比目　片則王餘　　雙なれば則ち比目、片なれば則ち王餘たり。
窮陸飲木　極沈水居　　窮陸に木を飲み、極沈して水に居る。
泉室潛織而卷綃　淵客慷慨而泣珠　　泉室に潛《ひそ》み織りて綃を卷き、淵客 慷慨して珠を泣《なみだ》す。

（李善注）王餘、見『博物志』。……淵客、見『博物志』。
王餘は『博物志』に見ゆ。……淵客は『博物志』に見ゆ。

（『文選集注』所引『文選鈔』）『博物志』云、蛟人婦女與岸上男子爲淫。好食宍、能織綃。夫行不在、食其二子、夫還捶之、泣珠一盤。涙下皆成珠也。
『博物志』に云ふ、蛟人の婦女は岸上の男子と淫を爲す。宍《しし》を食ふを好み、能く綃を織る。夫の行きて在らざれば、其の二子を食ひ、夫の還《かへ》りて之に捶《むち》うてば、珠を泣すること一盤たり。涙下れば皆な珠と成れり。（「吳都賦」）

477襁負賫贄　重譯貢篚　　賫贄を襁負し、譯を重ねて篚を貢とす。

（李善注）『博物志』曰、織縷爲之、以約小兒於背上。
『博物志』に曰く、縷を織りて之を爲り、以て小兒を背上に約す。（「魏都賦」）

以上が『博物志』を引用する注釋のすべてである。注意すべきに、劉逵注に一例も『博物志』が引用されていないという點である。劉逵注は注釋を施した際に、第七章第二節で詳述するように、地方志を中心とした當時の最新資料を利用しており、中には「汲冢書」といった宮中に收藏される貴重資料も含まれていた。かかる引用傾向に鑑みるに、もし劉逵が「三都賦」に注した時にすでに『博物志』が完成していたのであれば、彼は當然これを利用していたであろうことが容易に推測される。にもかかわらず、劉逵注の中に一例も引用がないことからは、この時にはまだ『博物志』が完成していなかったという可能性を強く指摘できるのである。

この『博物志』の成書年代については、姜亮夫氏が『張華年譜』の中で、根據は不明ながら咸寧三年（二七七）に比定している[15]。この頃に地方志が盛んに編纂されたこと、『禹貢地域圖』が奏上されたことなどに鑑みるに、當時は地理情報に對する關心が高まっていたことは間違いなく、そのため恐らく『博物志』もこの時期に一度は編纂されたのであろう。但し、これは恐らくは四百巻本の『博物志』であり後修の十巻本ではないと推察される。このことは、劉逵注において『博物志』の引用が一度も見られないことからも充分に首肯されよう。

ところで、咸寧年間（二七五―二八〇）には本格的に西晉王朝による平呉政策が展開されるが、この過程で張華は度支尙書の職を授けられている。

初、帝潛與羊祜謀伐呉、而羣臣多以爲不可、唯華贊成其計。……及將大擧、以華爲度支尙書、乃量計運漕、決定廟算。

初め、（武）帝潛《ひそ》かに羊祜と與に呉を伐たんことを謀る、而るに群臣多く以爲《おも》えらく不可なりと、唯だ（張）華のみ其の計に贊成す。……將に大擧せんとするに及び、華を以て度支尙書と爲し、乃ち運漕《うんそう》を量計し、廟《びょう》算《さん》を決定せしむ。

（『晉書』巻三十六張華傳）

ここで張華が任ぜられた度支尙書とは、租賦物産を調査し、國家の收支を計る官職である。平呉に關連しての任命であるからには、直接には孫呉の領土に對する調査も念頭に置かれていたと推測される[16]。この時期に張華が度支尚書を拜命した背景には、彼が博物であったこと、そして『博物志』四百卷の編纂に從事したことが關係したと考えられよう。

『博物志』四百卷に對して十卷へと再編せよという武帝からの下命は、『拾遺記』に見える通りであるが、この平呉を目指した時期の張華の置かれた立場に鑑みるに、多忙を極めたであろう彼が一人で再編作業を成し遂げたとは到底考えられまい。このように考えた場合、『博物志』の實質的再編作業從事者を想定することは必ずしも不可能ではないことのように思われる。もう一歩踏み込めば、その適任者の筆頭に左思が想起されるのである。まず張華が中書令として中書省にあった時期に、左思は一貫して彼の部下であった。また他ならぬ左思自身、「三都賦」の著述に對して當時の地方志的情報を希求していたであろうことが容易に想像できる。これらから判斷するに、左思が「三都賦」を著す一方、『博物志』の再編にも關與していたと考えることには一定の道理があるように思われる。

以上、本章では「三都賦」の同時代的評價と左思の序文に基づき、該賦が實證主義的寫實性を特徵としたことを改めて確認した。その上で地方志を切り口として、「三都賦」と西晉初期の社會政治狀況との關係を考察した。つまり、「三都賦」に描かれる世界に對して、西晉による平呉政策とそれと殆ど軌を一にして盛行していた地方志の編纂とを顧慮することで、左思が序文の中で實在の情報を重視することを何故に宣言したかがようやく説明できるのである。

注

（1）『晉書』卷五十五張載傳に「張載字孟陽、安平人也。父收、蜀郡太守。載性閑雅、博學有文章。太康初、至蜀省父、道經劔閣。載以蜀人恃險好亂、因著銘以作誡曰、（張載 字は孟陽、安平人なり。父收、蜀郡太守なり。載 性は閑雅、博學にして文章有り。太康初め、蜀に至りて父を省ね、道きて劍閣を經たり。載　蜀人の險に恃みて亂を好むを以て、因りて銘を著し以て誡を作りて曰く）」とあり、太康年間（二八〇〜二八九）の初期に張載が蜀の地を訪れていることがわかる。

（2）胡大雷『中古賦學研究』（廣西師範大學出版社、二〇一一年）第一章「論賦紀實與賦家對賦中事件的參與」において、本章と同じく左思「三都賦」序文を四段に分けた上で考察を行い、第四段を左思の辭賦理解の到達點であると理解する。

（3）小尾郊一『眞實と虚構――六朝文學』（汲古書院、一九九四年）「魏晉の賦における寫實精神」（初出、「左思の賦觀――魏晉の賦における寫實精神」〔『廣島大學文學部紀要』第十五集、一九五九年〕。『中國文學に現われた自然と自然觀』〔岩波書店、一九六二年〕にも收錄）を參照。

（4）本章に述べる地方志とは、「吳都賦」第167・168句「方志所辨、中州所羨」句に對する『文選集注』所引『文選鈔』に、「方志、南方異物志之類也。（方志は、南方の異物志の類なり）」とあるように、南方諸地域の地理・風土・物產を記した書物を指し、明清時代に大量に出版された、後世の所謂「地方志」とは異なる書物を指す。

（5）「其根似薑而大」六字を『文選集注』は「北母如薑而大」に作るが、意味が通じないためここでは尤本に從う。因みに、森野繁夫『文選雜識』第三冊（第一學習社、一九八四年）は、「北母」二字を「苗」字に疑う。また「藿葠」二字を『文選集注』は「廱傯」二字に作るが、同じく意味が通じないため、尤本に從う。また、『周易』として引用される「以其彙征吉」五字は『文選集注』が「吉」字を缺く。但し、現行の『周易』及び他の『文選』諸版本がいずれも「吉」字を加えるため、ここでは尤本に從う。

（6）『隋書』經籍志に「異物志一卷後漢議郎楊孚撰」とあり、これを端緒として以後陸續と「異物志」を冠する地方志が編纂されている。

（7）內田吟風「『異物志』考――その成立と遺文――」（『森鹿三博士頌壽記念論文集』、同朋舍出版、一九七七年）を參照。

（8）魏宏『南中志』は『隋書』經籍志にも記載されておらず、そのため早い時期に散逸したものと推測される。また、魏宏についても事跡は不明である。しかし、劉逵注が他の地方志と類似した形式で引用すること、動物の具體的な生態や生息地を記載していたと推測されることから、『南中志』を當時に編纂された地方志の一つとして考えて差し支えないと判斷した。また、『三國志』蜀書巻三十三後主傳に「三年春三月、丞相亮南征四郡、四郡皆平。改益州郡爲建寧郡。分建寧・永昌郡爲雲南郡。又分建寧・牂牁郡爲興古郡（〔建興〕三年〔二二五〕春三月、丞相亮 四郡に南征し、四郡皆な平ぐ。益州郡を改めて建寧郡と爲す。建寧・永昌郡を分けて雲南郡と爲す。又た建寧・牂牁郡を分けて興古郡と爲す）」とあることから、建寧及び雲南兩郡が蜀漢の領土であることは明らかである。

（9）龔斌校釋『世説新語校釋』（上海古籍出版社、二〇一一年）を使用。

（10）『左思別傳』に見える左思の傳記について、嚴可均が闕名『左思別傳』（『全晉文』巻一百四十六）の案語において「別傳失實。晉書所棄、其可節取者僅耳（別傳は實を失す。晉書の棄つる所なれば、其れ節の取るべき者は僅かなるのみ）」と考證する。また、狩野充德氏も『文選音決の研究』（溪水社、二〇〇〇年）1序論篇3・10「左思「三都賦」諸家注について」（初出、「左思三都賦諸家注考證」〔廣島大學文學部中國中世文學研究會、『中國中世文學研究』第十一號、一九七六年〕）の中で、『左思別傳』の内容が依據するに足りないことを論證する。

（11）青山定雄「六朝時代の地方誌について――撰者とその内容――」（東方文化學院東京研究所、『東方學報』（東京）第十二冊第三號、一九四二年）を參照。

（12）葉日光『左思生平及其詩之析論』（文史哲學集成、文史哲出版社、一九七九年）、第一章第二節「左思作品年代之推測」では、「三都賦」の著述時期を「起草於泰始六年（西元二七〇年）以後、泰始八年（西元二七二年）以前。完成於太康元年（西元二八〇年）以後、太康三年（西元二八二年）以前、寫作年代前後長達十年之久」と推定する。葉氏は「三都賦」本文の記述及び皇甫謐による「三都賦序」の存在を根據に完成時期を推定し、その著述期間が十年であることから、逆算してその開始時期の推定を行っている。但し、葉氏は「魏都賦」の第759・760句「成都迄已傾覆、建業則亦顚沛（成都 迄に已に傾覆し、建業則ち亦た顚沛せん）」を根據として已に蜀漢も孫吳も滅亡しているために太康元年（二八〇）以降に完成したのであろうと推測するが、これには問題があろう。この記述のあとには孫吳もまもなく滅亡するであろうことが描かれるのであり、これでもって太康元年以降の完成であると看做すことは難しい。これら「三都賦」著述期間をめぐる情報の中で信憑性の高いものは、左棻の入内時期が泰始八年（二七二）以降ではありえないこと、皇甫謐が太康三年（二八二）に死去したことの二例であり、これらが「三都賦」の著述期間とされる十年間にほぼ一致することからも、このおよそ十年間を「三都賦」の著述期間に設定することには一定の整合性が認められよう。

(13)　張華の『博物志』は、『隋書』經籍志では子部・雜家に分類され、『舊唐書』經籍志や『新唐書』藝文志では小説家に分類され、地理書としては扱われていない。したがって、地方志とすることは困難であるが、『文選』に引用される李善注の記述や、武帝の再編命令から判斷すると、地方志が有する地理や風土などの説明を行なうという要素を兼ね備えていたと考えられる。

(14)　例えば『文選』について、その實質の編纂者として劉孝綽が中心であったことは、淸水凱夫『新文選學　『文選』の新研究』（研文出版、一九九九年）第三章「『文選』の實質的撰者」や岡村繁『文選の研究』（岩波書店、一九九九年）第一章「『文選』編纂の實態と編纂當初の『文選』評價」に指摘される。また、『世説新語』の實質的編纂從事者に關する研究狀況を總括した上で、その有力な候補の一人として鮑照がいたことが、土屋聰「『世説』の編纂と劉宋貴族社會」（九州大學中國文學會、『中國文學論集』第三十三號、二〇〇四年）に指摘される。

(15)　姜亮夫『張華年譜』（古典文學出版社、一九五七年）を參照。

(16)　『晉起居注』（『太平御覽』卷二二七職官部度支尙書）に、「咸寧五年、詔曰、『……其以散騎常侍・中書令張華爲度支尙書』（咸寧五年〔二七九〕、詔して曰く、『……其れ散騎常侍・中書令張華を以て度支尙書と爲す』と）」とあり、ここからは張華が地理狀況の正確な把握と書物の編纂作業に堪え得る資質を持っていたことが讀み取れる。だからこそ、彼による『博物志』の編纂の主導が可能であったのであろう。

第七章　「三都賦」劉逵注の注釋態度

現在『文選』に收められる「三都賦」の舊注としては、「蜀都賦」「吳都賦」の劉逵注及び「魏都賦」の張載注が確認できる。また『文選集注』所收「吳都賦」では、『文選鈔』の中に衞權注が確認される。これらはいずれも「三都賦」の完成とほぼ時を同じくした、西晉武帝期に行われたものである。從來「三都賦」は、左思の描き出した三國が如何に當時の實情と合致するものかという、寫實性の面ばかりが注目される傾向にあり、上記の注釋すべてについての總合的な検討は行われてこなかった。これまでの「三都賦」の著述背景に言及した研究においても、「三都賦」本文の検討のみに偏っており、注釋を含めた考察はなされていない。そのため、「三都賦」舊注の具體的検討を行った上で、その成立背景を明らかにする必要がある。本章と次章では、「三都賦」に施された同時代人の注釋のうち、とりわけ『文選』李善注にも舊注として採られる劉逵と張載による注釋について分析を行い、その特徵及びその成立背景について考察する。

第一節　劉逵注の特異性

西晉の武帝期に發表された左思「三都賦」には、張載、劉逵、衞權などの同時代人による注釋が存在する。(1) これら舊注のうち、劉逵注は「蜀都賦」「吳都賦」に確認することができるが、これを晉代以前に行われていた經書への注釋、或いは後漢以降に徐々に開始された賦注と比較すると、一致する部分は當然認められるものの、多くの特異な點を見出すことができる。このことを端的に示す例を「吳都賦」より擧げる。

223 其下則梟羊麡狼　猰㺄貙象　　其の下には則ち梟羊《きようよう》 麡狼《さいろう》、猰㺄《あつゆ》 貙《ちゆ》 象あり。
　烏塗之族　犀兕之黨　　烏塗《うと》の族、犀兕《さいじ》の黨あり。

（劉逵注）『爾雅』曰、梟羊、一曰萬萬。如人、面長脣黑、身有毛及踵、見人則笑。亦『海南經』所云也。『異物志』曰、麡狼、大如麋。角前有岐下出、反向上。長者四五尺。廣州有之。常居平地、不得入山林。『山海經』曰、南海之外有猰㺄、狀如貙、龍首、食人也。貙、虎屬也。或曰、能化爲人也。象、生九眞・日南山中。大者其牙鼻長一丈、墮牙。烏塗、虎也。江淮間謂虎爲烏塗。犀、狀如水牛、頭似猪、四足類象。倉黑色。一角當額前刺、鼻上角亦墮也。又有小角、長五六寸、獨不墮。性好食棘、口常灑血。武陵以南山中有之。兕、獸也。似牛。

『爾雅』に曰く、梟羊《きようよう》、一に萬萬《ひひ》と曰ふ。人の如く、面長く脣黑く、身は毛の踵《かかと》に及ぶ有り、人を見れば則ち笑ふ。亦た『海南經』の云ふ所なり。『異物志』に曰く、麡狼《せいろう》は大きさ麋《び》の如し。角の前に岐の下に出づる有りて、反《かへ》りて上に向く。長さは四五尺なり。廣州に之れ有り。常に平地に居り、山林に入るを得ず。『山海經』に曰く、南海の外に猰㺄《あつゆ》有り、狀は貙《ちゆ》の如く、龍首にして、人を食ふ。貙《ちゆ》は虎の屬なり。或ひは曰く、能く化して人と爲れり。象は九眞・日南の山中に生ず。大なるは其の牙鼻長さ一丈にして、牙墮つ。烏塗は虎なり。江淮の間　虎を謂ひて烏塗と爲す。犀《さい》は狀は水牛の如く、頭は猪の似く、四足たるは象に類す。倉黑色なり。一角　當に額前に刺し、鼻上の角も亦た墮つ。又た小角有りて、長さ五六寸、獨り墮ちず。性は棘を食ふを好み、口は常に血を灑《そそ》ぐ。武陵以南の山中に之れ有り。兕《じ》は獸なり。牛に似たり。

賦本文には、孫呉に生息する動物が擧がる。ここで劉逵は、『爾雅』『異物志』『山海經』を引用することで、その外見的特徴や習性など、賦本文からは得ることのできない具體的情報を明示する。[2] 唯一、「梟羊」はその生息地域が示されず、『爾雅』を用いてその習性が説明されるのみであるが、これが「海南經」に見えることを述べることで、間接的に孫呉の位置する南方の動物であることが證明される。ここに擧げられる「廣州、南海、九眞（越南北部）、日南（越南南部）、武陵（湖北省竹山縣）」は當時の孫呉に屬した地域であり、[3] 賦本文と現實世界との一致が文獻資料を通して保證されている。賦本文の事物が實際にその領域に存在することを實證しようとする劉逵の態度は明らかであろう。

ところで、西晉以前の賦注については、第五章で論じたところであるが、今一度確認しておく。賦注の嚆矢は後漢の曹大家による、彼女の兄である班固の「幽通賦」への注釋である。その形式的特徴は、字義の説明と句意の通釋であり、これは王逸『楚辭章句』ともほぼ重なるものであった。[4] そして、これは三國から東晉時期にかけて注釋方式として確立されるようになる。以下にその例として、薛綜「二京賦注」や郭璞「子虚上林賦注」を擧げる。

於是孟春元日　羣后旁戾　　是に於て孟春元日、群后 旁《あまね》く戾る。

百僚師師　于斯胥洎　　百僚 師師として、斯に胥《あ》ひ洎《およぼ》す。

（薛綜注）『尙書』曰、正月元日、舜格于文祖。孟春、正月也。元日、正日也。羣后、公卿之徒也。旁、四方也。戾、至也。言諸侯正月一日從四方而至、各來朝享天子也。『尙書』曰、百僚師師。百僚、謂百官也。師師、謂相師法也。胥、相也。洎、及也。言元日百官於此相連及而來朝賀也。

『尙書』に曰く、正月元日、舜 文祖に格《いた》る。孟春は正月なり。元日は正日なり。群后は公卿の徒なり。旁は四方なり。戾は至なり。言ふこころは諸侯の正月一日四方從り至り、各《おのお》の來朝して天子に享するなり。『尙書』に曰く、百僚師師たり。百僚は百官を謂ふ。師師は相ひ師法とするを謂ふ。胥は相なり。洎は及なり。言ふこころは元日に百官の此に於いて相ひ連及し來朝して賀するなり。

（（後漢）張衡「東京賦」『文選』卷三）

正月元日の朝廷の樣子を描寫した部分である。薛綜注には前二句と後二句に對して、それぞれ『尙書』が引用される。ここで本文が經書に基づく敍述であることを確認する。殘りは字義の說明と二句全體の通釋であり、これは曹大家「幽通賦注」及び王逸『楚辭章句』の注釋方式と同樣である。三國時期になると曹大家注とは異なり、徐々にではあるが文獻の引用が確認できるようにはなる。しかし、その殆どは『史記』『漢書』及び經書であり、後述するような劉逵注に引用される文獻の多樣性とはその性質を大きく異にする。

續いて、劉逵より時代の降る「子虛賦」に對する東晉の郭璞注を擧げる。

其上則有鵷鶵孔鸞、騰遠射干　其の上には則ち鵷鶵《えんすう》孔《こう》鸞《らん》、騰遠《とうえん》射干《やかん》有り。
其下則有白虎玄豹、蟃蜒貙犴　其の下には則ち白虎玄豹、蟃蜒《まんえん》貙《ちゅ》犴《かん》有り。
（郭璞注）蟃蜒、大獸、似貍、長百尋。貙、似貍而大。犴、胡地野犬也。似狐而小。蟃、音萬。
蟃蜒は大獸、貍に似て、長さ百尋。貙は貍に似て大なり。犴は胡地の野犬なり。狐に似て小さし。蟃は音萬。

（（前漢）司馬相如「子虛賦」『文選』卷七）

先に擧げた「吳都賦」劉逵注と同樣、動物を列擧する部分である。上述の劉逵注と比較すれば、その違いは歷然である。郭璞は前二句には何も注釋を施さず、後二句も本文中の動物に對して「貙、似貍而大（貙は貍に似て大なり）」と、想像可能な動物との大小比較により簡潔に説明するのみである。このような薛綜や郭璞の注釋方式は、曹大家「幽通賦注」や王逸『楚辭章句』を繼承したものであり、字義の説明と本文の通釋のみを目的としたものと判斷される。(5)

では、他の賦注と劉逵注との間で、注釋に何故これほどの差違が見られるのか。文獻を數多く引用する劉逵の注釋方式は、後世の李善注に影響を與えたものとして張伯偉氏にすでに指摘があるが、(6)その特徴がどのようにして成立し得たかについてはいまだ充分に解明されていない。そこで、劉逵注をより仔細に分析し、當時の社會政治狀況との關わりや劉逵が置かれた環境を踏まえ、彼の注釋が成立した背景を考察することにする。

第二節　劉逵注の引用書の傾向

劉逵注が多くの文獻資料を引用することは先に述べたが、本節では更に具體例の檢討を通じて、彼が引用した資料の傾向について分析する。「蜀都賦」より擧げる。

37 於是乎邛竹緣嶺　菌桂臨崖　　是に於て邛竹《きようちく》嶺に緣り、菌桂《きんけい》崖に臨む。
旁挺龍目　側生荔支　　旁《かたは》らに龍目《りようもく》を挺《ぬきん》で、側《かたは》らに荔支《れいし》を生ず。

（劉逵注）邛竹出興古盤江以南。竹實中而高節可以作杖。『神農本草經』曰、菌桂出交阯、員如竹爲衆藥通使。一曰菌薫也。葉曰蕙、根曰薫。『南裔志』曰、龍眼荔支、荔支生朱提南廣縣、犍爲僰道縣。從僰道隨江東至巴郡江州縣、往往有荔支。荔支樹、高五六丈。常以夏至其實變赤可食。龍眼似荔支、其實赤可食。邛竹・菌桂・龍眼・荔支、皆冬生不枯、鬱茂於山林也。

邛竹は興古 盤江以南に出づ。竹の中實ちて節高ければ以て杖を作るべし。『神農本草經』に曰く、菌桂は交阯に出で、員《まる》きこと竹の如くして衆藥の通使と爲せり。一に曰く菌薫。葉を蕙と曰ひ、根を薫と曰ふ。『南裔志』に曰く、龍眼荔支、荔支は朱提 南廣縣、犍爲 僰道縣に生ず。僰道從り江に隨ひ東して巴郡 江州縣に至れば、往往に荔支有り。荔支樹は高さ五六丈。常に夏至を以て其の實赤に變じて食ふべし。龍眼は荔支に似て、其の實赤ければ食ふべし。邛竹・菌桂・龍眼・荔支は皆な冬生して枯れず、山林に鬱茂するなり。

蜀に產出する植物を列擧した部分である。劉逵は本文中に擧がる「邛竹、菌桂、龍目、荔支」などの四種の植物に對し、「菌桂」については『神農本草經』を、「龍目（龍眼）」「荔支」については『南裔志』を引用し、前節に示した「吳都賦」に描かれる動物に對する注釋と同樣、生育地域やその用途などを具體的に説明している。

劉逵注に見える積極的に既存の文獻資料を引用するという注釋方式は、これまでにはさほど見られることのなかった比較的新しい特徵である。その引用文獻も他の注釋書とは異なっており、地方志や地理書に類するものが多く引用される點は特に注目される。本章でこれまでに分析した劉逵注では、『山海經』『異物志』『南裔志』がこれに該當する。他に「蜀都賦」の劉逵注の中に地方志が引用される例を擧げる。

99 蟞蛦山栖　元龜水處　　蟞蛦《へつい》は山に栖み、元龜は水に處る。

（劉逵注）蟞蛦、鳥名也。如今之所謂山鷄。其雄色斑、雌色黑、出巴東。元龜、大龜也。譙周『異物志』曰、涪淩多大龜、其甲可以卜。其緣中叉似蝳瑁、俗名曰靈叉。

蟼蛦は鳥名なり。如今の所謂山鶏なり。其の雄は色斑にして、雌は色黒く、巴東に出づ。元龜は大龜なり。譙周『異物志』に曰く、涪淩に大龜多く、其の甲は以てトすべし。其の緣中の叉は蝳瑁《たいまい》に似たり、俗に名づけて靈叉と曰ふ。

山や海に生息する動物を擧げた部分である。劉逵は「元龜」を「大龜」と自身の知識に基づき注した上で、譙周『異物志』を引用して「大龜」の具體的説明を行っている。つまり、本文中の字句に對して、注釋者自身による字義の説明を行った上で、更に文獻資料を用いて「元龜」に對する説明を行っているのである。このような二段階の説明は、極めて入念な解釋方式である。ついで「吳都賦」より例を擧げる。

249 其果則丹橘餘甘　荔枝之林　其の果は則ち丹橘　餘甘、荔枝の林あり。

（劉逵注）薛瑩『荊楊以南異物志』曰、餘甘、如升李、核有刺。初食之味苦、後口中更甘。高涼建安郡皆有之。荔枝樹、生山中。葉綠色、實正赤、肉正白、味甘。

薛瑩『荊楊以南異物志』に曰く、餘甘は升李の如し、核に刺《とげ》有り。初め之を食へば味苦く、後に口中更に甘し。高涼　建安郡皆な之れ有り。荔枝樹は山中に生ず。葉は綠色、實は正赤、肉は正白にして、味甘し。

吳域に產出する果物を擧げた部分である。劉逵は薛瑩『荊楊以南異物志』を引用し、餘甘についての食感や生育地を具體的に示す。劉逵がこれほどに地方志を數多く引用する原因として、「三都賦」著述時に地方志の編纂が盛行した點は前章に述べた所であるが、再度ここで確認しておきたい。

地方志の編纂そのものは楊孚『異物志』があることから明らかなように、後漢末期からすでに見られる現象であるが、その數量が急速に增加するのは三國の動亂期から西晉王朝による三國統一以降のことである。[7] 西晉王朝に喫緊の政治課題として、三國統一を果たすために呉蜀二國の實狀を把握する必要性があったためであり、[8] 統一後に西晉人士の關心が邊境地域にまで擴大したためである。

先に擧げた譙周『異物志』や薛瑩『荊楊以南異物志』は、まさに西晉王朝が三國を統一しようとする時期に編纂されたものである。譙周は蜀主劉禪に魏への降伏を進言した人物であり、彼による『異物志』は蜀漢滅亡の炎興二年（二六三）、もしくは彼が沒した泰始六年（二七〇）までには編纂されていたと推測される。また、薛瑩は張衡「二京賦」に注釋を施した薛綜の子であり、孫呉滅亡後の太康三年（二八二）に沒したが、太康元年（二八〇）にはすでに洛陽に居を移していたため、[9]『荊楊以南異物志』もこの時期までには完成していたと考えてよい。いずれも太康三年（二八二）に完成した「三都賦」と編纂時期が非常に近く、これらの文獻が當時に最新の資料であったことが知られよう。

では、劉逵はこれらの地方志を如何なる經緯で入手し參照したのか。西晉時代には、張華や皇甫謐のように文獻を大量に保有した人物がまま見られるようにはなる。これは後漢以前に比べれば確かに增加したと言えるが、なお彼らのような存在は少數に過ぎず、個人的な文獻の所藏は殆どの場合に極めて困難であった。[10] となれば、劉逵が使用したのも彼個人が所藏した資料ではなかった可能性が高い。事實、彼は個人藏の文獻は保有していなかった。次に示す「呉都賦」の一節がその證左となる。

349 思比屋於傾宮　畢結瑤而搆瓊　　屋を傾宮に比せんことを思ひ、畢《ことごと》く瑤を結び瓊を搆ふ。

（劉逵注）「汲郡地中古文冊書」曰、桀築傾宮、飾瑤臺。紂作瓊室、立玉門。言其夸麗也。

「汲郡地中古文冊書」に曰く、桀は傾宮を築き、瑤臺を飾る。紂は瓊室を作り、玉門を立つ。其の夸麗なるを言ふ[11]。

孫呉の宮殿の華麗さを比喩を用いつつ詠った部分である。劉逵は本文に見える「傾宮」「瑤」「瓊」の三語に對して、「汲郡地中古文冊書」を引用し、夏の桀王及び殷の紂王による豪奢な宮殿の造營と結び附ける。この「汲群地中古文冊書」とは、所謂「汲冢書」のことであり、劉逵注に引用されたのはその中でも『竹書紀年』であった。當該箇所で注された字句は、『文選集注』所引『文選鈔』が擧げる揚雄「甘泉賦」や『淮南子』にも見え、その先行例は乏しくない[12]。にもかかわらず、劉逵が敢えてこの『竹書紀年』を引用したという事實から、彼が注釋中に引用する文獻が何處に保管されたものであるかが明らかになるのである。

ここで劉逵が引用した「汲冢書」の發掘經緯を確認する。

初太康二年、汲郡人不準盜發魏襄王墓、或言安釐王冢、得竹書數十車。……初發冢者燒策照取寶物、及官收之、多燼簡斷札、文既殘缺。不復詮次。武帝以其書付祕書校綴次第、尋考指歸、而以今文寫之。晳在著作、得觀竹書、隨疑分釋、皆有義證。

初め太康二年、汲郡の人 不準 魏の襄王墓、或は安釐王冢と言ふを盜發し、竹書數十車を得。……初め發冢者策を燒きて照らして寶物を取れば、官の之を收むるに及び、燼簡斷札せしもの多く、文は既に殘缺す。復た詮次《せんじ》せず。武帝 其の書を以て祕書に付し次第を校綴して、指歸を尋考し、而して今文を以て之を寫さしむ。（束）晳 著作に在りて、竹書を觀るを得れば、疑に隨ひて分釋するに、皆な義證有り。

（『晉書』卷五十一束晳傳）

太康二年（二八一）、汲郡の不準が魏の襄王墓、或いは安釐王冢より竹書を數十車分盜掘した。ここで得られた「竹書」こそ、劉逵が注釋中に引用した「汲冢書」である。ところが、これは不準が盜掘の際に灯り取りに使用したために損傷が激しかったと説明される。武帝は「汲冢書」を祕書に預け、簡牘の順次を整理した上で本文の判讀に努め、今文による書寫を命じたという。つまり、西晉王朝による整理校訂作業が行われたのである。具體的な作業内容については、荀勗（?～二八九）の『穆天子傳』序文に以下のように記されている。

古文穆天子傳者、太康二年、汲縣民不准盜發古塚所得書也。皆竹簡素絲編。以臣勗前所考定古尺度其簡、長二尺四寸。以墨書、一簡四十字。……汲郡收書不謹、多毀落殘缺。雖其言不典、皆是古書、頗可觀覽。謹以二尺黄紙寫上。請事平、以本簡書及所新寫、並附祕書繕寫、藏之中經、副在三閣。謹序。

『古文穆天子傳』は、太康二年、汲縣の民 不准（準）古塚を盜發して得し所の書なり。皆な竹簡にして素絲もて編めり。臣勗 前《さき》に考定せし所の古尺を以て其の簡を度《はか》れば、長さ二尺四寸。墨以て書し、一簡四十字なり。……汲郡 書を收むれども謹ならざれば、多く毀落殘缺す。其の言は典ならずと雖も、皆な是れ古《いにしへ》の書なれば、頗る觀覽すべし。謹みて二尺の黄紙以て寫し上《たてまつ》る。事の平らかにして、本の簡書及び新たに寫す所を以て、並びに祕書に附して繕寫せしめ、之を中經に藏し、副は三閣に在らしめんことを請ふ。謹みて序す。

ここで説明されるのはあくまで『穆天子傳』の整理状況である。しかしその序文から判斷する限り、『穆天子傳』も『竹書紀年』と同様、「汲冢書」に屬する文獻資料であり、その出土經緯は先の束晳傳に見える内容と同じである。となれば、整理の方法もおよそ似通っていたと推測される。『穆天子傳』は、竹簡が絹絲で綴じられた状態で發見され、一簡の長さは二尺四寸（約五五・四センチメートル）、一簡につき四十字が記されていた。これらの竹簡は黄紙に書寫された上で武帝に上呈され、西晉王朝の祕書に收藏され、副本が三閣に藏されたとされる。つまり、「汲冢書」は當時に西晉王朝の主導のもとに整理校訂が行われ、後に中書省管轄の祕書に收められたのである。

束晳は元康六年（二九六）以降、佐著作郎の職にあった時に「汲冢書」を參照する機會を得たとされるが、佐著作郎は中書省に屬する官職であり、だからこそ閱覽できたと推測される。(13) 當時「汲冢書」の參照が困難であったことは容易に想像されるが、(14) 劉逵はまさにその「汲冢書」を注釋中に引用したのであって、これらは西晉王朝の宮中に收藏された文獻資料だったと斷言できる資料なのである。

劉逵は注釋中に大量の文獻を引用する「博引旁證」こそを最大の特徵とした。しかも、その引用文獻も地方志などの當時の最新資料が中心であった。また、「三都賦」の著述と同時期に發見された「汲冢書」の引用からは、劉逵が西晉王朝による蒐集整理事業を經た文獻を閱覽可能であった點が指摘できる。つまり、彼が基づいた文獻資料は西晉王朝所藏の文獻であったのである。これらは他の賦注には見出せない、劉逵注獨自の特徵として認められる。

第三節　劉逵の官歴

前節に述べたように、劉逵は祕書に收められた文獻資料を參照した上で、これを注釋に利用していた。しかし、彼が何故これらの資料を利用可能であったのかという點はまだ說明が難しい。そこで現存する資料から、劉逵の事跡を可能な限り抽出した上で分析し、この問題について考察する。

今雖列其異同、且依臧爲定。劉逵自尙書郎爲陽翟令、與傅威《ママ》・陸機・杜育同時。

今其の異同を列ぬと雖も、且《しばら》く臧（榮緒）に依りて定と爲す。劉逵は尙書郎自り陽翟令と爲り、傅咸（咸の誤り）・陸機・杜育と時を同じくす。

（『文選集注』卷八集注編者案語）

ここには尙書郎であった劉逵が陽翟令に任ぜられたとある。この時期の尙書郎は、起家官である場合が散見され、或いは尙書郎が劉逵の起家官であったとも考えられる。[15] 因みに、陽翟（現在の河南省禹縣）は八王の亂の際に頻繁に諸王の據點とされた土地であり、西晉時代には軍事的な要衝の一つとしての位置附けを備えていた。[16]

或謂秀曰、「散騎常侍楊準・黄門侍郎劉逵欲奉梁王肜以誅倫。」會有星變、乃徙肜爲丞相、居司徒府、轉準・逵爲外官。

或るひと（孫）秀に謂ひて曰く、「散騎常侍楊準・黄門侍郎劉逵は梁王肜を奉じて以て（趙王）倫を誅せんと欲す」と。會《とき》に星變有り、乃ち肜を徙《うつ》して丞相と爲し、司徒府に居らしめ、準・逵を轉じて外官と爲せり。

（『晉書』卷五十九趙王倫傳）

梁王肜が丞相に任ぜられたのは永康元年（三〇〇）九月である。この時に劉逵は梁王肜を奉じて趙王倫に對して爭亂を企てた嫌疑で、黄門侍郎から地方官へと左遷されている。

倫簒、又爲右光祿・開府、加侍中。惠帝還宮、祗以經受僞職請退、不許。初倫之簒也、孫秀與義陽王威等十餘人預撰儀式禪文。及倫敗、齊王冏收侍中劉逵、常侍騶捷・杜育、黄門郎陸機、右丞周導・王尊等付廷尉。

（趙王）倫 簒《うば》ひて、又右光祿・開府と爲り、侍中を加へらる。惠帝 宮に還りて、（傅）祗 僞職を經受せるを以て退かんことを請ふも、許されず。初め倫の簒ふや、孫秀 義陽王威等十餘人と儀式禪文を撰するに預る。倫の敗るるに及び、齊王冏 侍中劉逵、常侍騶捷・杜育、黄門郎陸機、右丞周導・王尊等を收め廷尉に付せり。

（『晉書』卷四十七傅祇傳）

ここで述べられる趙王倫による帝位簒奪は永寧元年（三〇一）正月のことである。その後、同年四月に趙王倫は誅殺されている。劉逵は當時は侍中在職中であり、趙王倫の帝位簒奪に關與した嫌疑により獄に下されている。

更に衞權の「三都賦」略解の序文に見える劉逵の官職は、劉逵注成立の背景を探る上で看過できないものである。

中書著作郎安平張載、中書郎濟南劉逵、並以經學洽博、才章美茂、咸皆悅玩、爲之訓詁。

中書著作郎 安平の張載、中書郎 濟南の劉逵、並びに經學の洽博、才章の美茂なるを以て、咸皆《み》な悅玩し、之が訓詁を爲る。

（『晉書』卷九十二左思傳）

衞權の序文には、衞權が注釋を施した際に劉逵は中書郎に就いていたとされる。

以上、劉逵の事跡を確認すれば、およそ次のように繫年することが可能である。まず尙書郎で起家した後に一時的に地方官に任じられ、中書郎を經て黄門侍郎、外官を歷任し、最終的には侍中であった際に下獄し、その官僚生活を終えたと推定される。永康元年（三〇〇）から永寧元年（三〇一）の一年間に黄門侍郎、外官、侍中を歷任した點については、短期間であることに疑問は殘るものの、永寧元年（三〇一）に下獄された事實は動かせない。以上の官歷で最も注視すべきは、劉逵が注釋を施した際に就いていた中書郎である。中書郎は、西晉の武帝期には祕書省の職を兼務しており、宮中の藏書を自由に閲覽できる立場にあった[17]。更に劉逵が注釋を施したと推測される時期の中書省には、『中經新簿』や『穆天子傳』の編纂で知られる荀勗が中書監として在籍していた[18]。彼の部下であったからこそ、劉逵は「三都賦」の注釋に「汲郡地中古文册書」を引用できたのであろう。因みに、衞權の略解序文に見える中書著作郎も中書郎と同樣、中書省に所屬した官職である。

ここで、これらの注釋の成立時期についても私見を述べておきたい。注釋の開始時期が「三都賦」完成前であるとは考えづらいため、その開始は皇甫謐による「三都賦序」が書かれる太康三年（二八二）と設定できる[19]。また、衞權による略解の序文に劉逵と張載による注釋へも言及があることから、略解が最も後發であったことが讀み取れる。そして、その完成時期であるが、略解の序文に中書著作郎の官職名が使用されることから[20]、元康二年（二九二）の段階で劉逵と張載の注釋は完成していたと推測される。衞權の略解もこれとさほど時期を異にすることはなかったであろう。つまり、「三都賦」に施されたこれらの注釋は、作品の完成からおよそ十年の間に行われたのであり、これは當時において極めて異例であった。從來、これら諸注釋の成立時期は特に考慮されなかったが、その成立が「三都賦」の完成から十年以内という短期間であることから、西晉人士の「三都賦」への關心が非常に高かったことが明瞭に看取される。

劉逵は注釋を施す際に、注釋中に引用した文獻の書名を逐次明記した。これら當時最新の資料を大量且つ確實に引用できたのも、注釋を施した當時に彼が中書郎に就いていたことを確認することで初めて説明が可能となるのである。宮中の藏書閲覽、利用の可否こそが、劉逵注の特徴を形成し得た最も重要な要因の一つと捉えてよかろう。

第四節　圖書蒐集事業と知的欲求の向上

左思が「三都賦」を著した西晉の武帝期は、摯虞の「文章流別志論」や荀勗の『中經新簿』に代表されるように、文體論が盛んに唱えられ、或いは四部分類が開始されるなど、文學の形式や書物の在り方に大きな意識改革が行われた時代であった。例えば『中經新簿』の分類において、史部が經部より獨立した點は看過できない現象である。(21)

かかる時代狀況の中、西晉王朝による大規模な圖書蒐集整理事業が展開された。泰始年間末に荀勗は張華と共に、劉向『別錄』に基づき宮中の藏書を整理している。(22) また、『中經新簿』の丁部に「汲冢書」が含まれることから、藏書の蒐集整理は「汲冢書」が發見された太康二年（二八一）以降まで繼續したと判斷される。當時中書省に屬してい た劉逵にとって、このような書物の急激な增加は忽視できない事態であったに違いない。西晉武帝期は地方志や別傳の編纂が盛行するとともに、「汲冢書」といった新資料が發見されるなど、後漢末の動亂期に比べて書物量が急激に增大した時期であった。これもまた、劉逵注成立の要因とするに足る現象であると言えよう。

西晉時代は、樣々な點で變革の時代であったと言える。後漢末の動亂からおよそ半世紀が經った泰始元年（二六五）に西晉王朝が建國され、十五年後の太康元年（二八〇）に孫吳を滅ぼして三國を統一したが、この過程でそれまでの武斷から文治へと政治方針が大きく轉換した。この時代の潮流の中に劉逵注も置くことができる。劉逵は「三都賦」注の序文で、注釋を施した經緯を次のように說明している。

觀中古以來爲賦者多矣、相如子虛擅名於前、班固兩都理勝其辭、張衡二京文過其意。至若此賦、擬議數家、傅辭會義、抑多精致。非夫研覈者不能練其旨、非夫博物者不能統其異。世咸貴遠而賤近、莫肯用心於明物。斯文吾有異焉、故聊以餘思爲其引詁、亦猶胡廣之於官箴、蔡邕之於典引也。

観るらく中古以來 賦を爲る者多し、相如の「子虚」は名を前に擅《ほしいまま》にし、班固の「兩都」は理 其の辭に勝り、張衡の「二京」は文 其の意に過ぐ。此の賦（「三都賦」）の若きに至りては、數家を擬議し、辭を傅し義を會し、抑《そもそ》も精致多し。夫《か》の研覈する者に非ざれば其の旨を練ること能はず、夫《か》の博物なる者に非ざれば其の異を統ぶること能はざるなり。世は咸《み》な遠きを貴び近きを賤しみ、心を明物に用うるを肯《がへん》ずる莫し。斯文 吾 焉れを異とする有り、故に聊《いささ》か餘思を以て其の引詁を爲り、亦た猶ほ胡廣の「官箴」に於ける、蔡邕の「典引」に於けるがごときなり。

（『晉書』巻九十二左思傳）

漢代に創作された先行賦作品について、劉逵は批判的主張を展開し、その上で左思の「三都賦」がこれら先行都邑賦の缺點を克服したことを評價する。この缺點こそは作品世界での虚構の充滿であり、左思による克服は實證主義的寫實性の實踐なのである。その上で劉逵は、「三都賦」への激賞の要因を左思が「研覈」及び「博物」であった點に求めるが、これが評價對象となる背景には、やはり西晉武帝期という、一種變革とも言える時代性が影響を及ぼしているのである。

三國鼎立時には到底知り得なかった邊境地域までの情報が、三國統一によりようやく入手できる狀況へと變化するに伴い、西晉の人々による博識であることに對する意識や志向は急激に向上したであろう。(23) この時期に盛んに編纂された各地の地方志はもとより、張華による『博物志』の編纂は何よりの證左となる。そもそも『博物志』は武帝も閲覽しており、(24)西晉が占める廣大な領域に實在する事象について、幅廣く知識を獲得しようとする風潮が醸成されたとしても何ら不自然ではない。次章で詳述するが、陳壽の『三國志』における「魏志倭人傳」に代表される東夷傳の立傳も、西晉人士の知識欲の擴大に起因するものとして位置づけられよう。(25)かかる風潮があったからこそ、劉逵は三國の多種多様な事象に對して、地方志などを最大限に利用して考證する注釋方式を新たに採用できたし、實際に劉逵自身も採用したのである。劉逵注以前の注釋は、本文の字句を如何に解釋すべきかを検討することに重點が置かれ、あくまで本文解釋の一資料に過ぎなかった。しかし劉逵注では、本文中に描かれる事象が如何なるものかを把握することに最大の注意が拂われたため、注釋中に含まれる情報が詳細なものとなり、結果として注釋自體にも價値を見出し得るようになった。注釋方式ばかりか內容においても變容を遂げる結果となったのである。

このような圖書蒐集整理事業や西晉人士の知的欲求の向上の背景として、當時に書寫媒體が簡牘から紙へと轉換しつつあったことも考慮せねばならない。書寫媒體の變化が學問形態や文學形式の發展に影響を及ぼしたことは、これまでに論及されるところであり、(26)その一端は第四章ですでに考察したところである。そもそも左思自身、「三都賦」の著述に紙を利用しており、同時期の文人である傅咸も紙自體に着目し「紙賦」を著している。このような書寫媒體の變化も、西晉時代における書物の編纂や整理に強く影響したものとして、古典のみならず當時最新の資料を大量に引用した劉逵注の成立と無關係とは言い切れない。

以上のように、劉逵注成立の背景には、西晉王朝に固有の社會的要因が數多く存在したのである。從來、劉逵注は「三都賦」解釋の一資料としてのみ看過されてきた。しかしながら、西晉の社會政治狀況を顧慮するとき、劉逵による「三都賦」への注釋は、ただに注釋であることに留まらず、西晉という變革の時代を象徵する現象の一つとして位置附けることができるのである。

注

（1）「魏都賦」（『文選』巻六）の注は、尤本・胡刻本は張載注とする。しかし六家注（袁本）・六臣注（茶陵本）本及び九條本は注の冒頭にいずれも「劉曰」と表記し、劉逵注とする。本章は「蜀都賦」及び「吳都賦」の舊注を主な考察對象とする。何故なら、「魏都賦」の舊注とその注釋方式が大きく異なるためである。例として、その第61句から第64句「故將語子以神州之略、赤縣之畿、魏都之卓犖、六合之樞機（故に將に子に語るに神州の略、赤縣の畿、魏都の卓犖、六合の樞機を以てせん）」句に對する注釋を擧げる。

①鄒衍以爲儒者所謂中國者、於天下八十一分居一耳。中國名赤縣・神州。赤縣・神州內自有九州。禹之所敍九州也。是以不得爲州數、中國外若赤縣・神州者九、所謂九州者也。②范雎說秦王曰、魏韓、中國處而天下之樞也。

鄒衍以爲らく儒者の所謂中國は、天下の八十一分に於て一に居るのみ。中國を赤縣・神州と名づく。赤縣・神州の內自《おのづ》から九州有り。禹の敍する所の九州なり。是を以て州數と爲すを得ず、中國の外 赤縣・神州の若き者九あり、所謂九州なり。范雎 秦王に說きて曰く、魏韓、中國の處にして天下の樞なり。

①の鄒衍の說は『史記』孟子荀卿列傳に、②の范雎の言說は『戰國策』秦策に出典を求められるが、いずれも書名が明記されない。かかる注釋方式は劉逵注には殆ど存在せず、「魏都賦」の注は劉逵とは別人による可能性が高いと判斷される。本書は次章で詳論する通り、「魏都賦」の注釋は張載によるものとする立場を採る。「三都賦」舊注の考察は、狩野充德『文選音決の研究』（溪水社、二〇〇〇年）1序論篇3・10「左思「三都賦」諸家注について」（初出、「左思三都賦諸家注考證」（廣島大學文學部中國中世文學研究會、『中國中世文學研究』第十一號、一九七六年））を參照。

（2）『山海經』という書物の性格を特定することは難しく、それは『漢書』巻三十藝文志が刑法家に擧げ、『隋書』巻三十三經籍志二、『舊唐書』巻四十六經籍志上、『新唐書』巻五十八藝文志二がそれぞれ地理類に、『四庫全書』が小說家類に入れることからも窺われる。例えば前野直彬『山海經・列仙傳』（全釋漢文大系、集英社、一九七五年）の解說では、『山海經』に「地理書」或いは「異物志」としての性格を認めている。事實、劉逵注での『山海經』の引用方法は他の地方志と同樣であり、劉逵は『山海經』を地方志に類する書物と理解していたことがわかる。『山海經』の性格については、松田稔『『山海經』の基礎的研究』（笠間書院、一九九五年）を參照。また、郭璞は『山海經』序の中で「世之所謂異、未知其所以異。世之所謂不異、未知其所以不異、何者。物不自異、待我而後異、異果在我、非物異也（世の所謂異なるは、未だ其の異なる所以を知らざればなり。世の所謂異ならざるは、未だ其の異ならざる所以を知らざればなり、何ぞや。物は自から異ならずして、我に待して而して後に異なる、異なる果は我に在りて、物の異なるに非ざるなり）」と述べており、『山海經』にあらわれる現象や事物が怪力亂神ではないことを示唆している。

（3）『晉書』巻十五地理志下に「吳黃武五年、割南海・蒼梧・鬱林三郡立廣州、交阯・日南・九眞・合浦四郡爲交州（吳の黃武五年〔二二六〕、南海・蒼梧・鬱林三郡を割きて廣州を立て、交阯・日南・九眞・合浦四郡もて交州と爲す）」とあることから、孫吳の領域であることがわかる。

（4）小南一郎『楚辭とその注釋者たち』（朋友書店、二〇〇三年）第四章「王逸「楚辭章句」と楚辭文藝の傳承」を參照。小南氏は、王逸の注釋方式を王逸獨自のものではなく、後漢期には一般的な注釋方式であったと指摘する。このことは本書第五章に論じたように、曹大家「幽通賦注」とその注釋方式をほぼ同じくすることからも明らかである。

（5）郭璞の注釋方式については、闞淸孝「郭璞の注釋學――『爾雅注』の方法――」（東方學會、『東方學』第百九輯、二〇〇五年）があり、『爾雅』の郭璞注が經書に留まらない多種多様な書物を注釋中に引用していたことを論證する。郭璞による辭賦作品に對する注釋とはその形式と內容を大きく異にしており、文體或いは文獻の差によって注釋方法を變えていたとも推測される。

（6）李善注と劉逵注の注釋方式の類似性については、張伯偉『中國古代文學批評方法研究』（中華書局、二〇〇二年）內篇第一章第三節「二、從經典解釋看文學解釋」を參照。また、左思が文獻を重視したことは、戸高留美子「「三都賦」の「實證」――引用資料の傾向について――」（六朝學術學會、『六朝學術學會報』第七集、二〇〇六年）にも指摘があり、建業の描寫が實際の建業ではなく、『越絕書』に基づくものであることから證明する。但し、劉逵はあくまで注釋者でしかなく、彼が注釋し得た背景については言及がない。

（7）六朝期における地方志の編纂については、青山定雄「六朝時代に於ける地方誌編纂の沿革」（『池內博士還曆記念東洋史論叢』、座右寶刊行會、一九四〇年）及び同「六朝時代の地方誌について――撰者とその内容――」（東方文化學院東京研究所、『東方學報』〔東京〕第十二冊第三號、一九四二年）を參照。

（8）「三都賦」著述の背景に、平呉に伴う地理情報の把握の必要性があったことは、本書第六章を參照。

（9）『三國志』呉書巻五十三薛瑩傳に「天紀四年、晉軍征晧、晧奉書於司馬伷・王渾・王濬請降、其文、瑩所造也。瑩既至洛陽、特先見敍、爲散騎常侍、答問處當、皆有條理。太康三年卒（天紀四年〔二八〇〕、晉軍 晧を征ち、晧 書を司馬伷・王渾・王濬に奉じて降らんことを請ふ、其の文、瑩の造りし所なり。瑩 既に洛陽に至りて、特に先んじて敍せられ、散騎常侍と爲り、問に答ふれば當に處り、皆な條理有り。太康三年〔二八二〕卒す）」とある。

（10）范鳳書『中國私家藏書史』（大象出版社、二〇〇九年版）第一編第二章「魏晉南北朝時期的私家藏書」、劉大軍・喩爽爽『中國私家藏書』（貴州人民出版社、二〇〇九年）第二章第一節「魏晉私家藏書」を參照。

（11）當該箇所において『文選集注』は「飾瑤臺」を「飾瓊臺」に作るが注釋として意味が通じないため、ここでは尤本に從った。なお、「汲冢書」に關しては吉川忠夫「汲冢書發見前後」（京都大學人文科學研究所、『東方學報』〔京都〕第七十一冊、一九九九年）及び唐明元『魏晉南北朝目錄學研究』（巴蜀書社、二〇〇九年）第二章第三節「三、汲冢書出土、開始整理時間及其在『中經新簿』中的分類」を參照。なお吉川氏は劉逵注所引の「汲郡地中古文册書」を汲冢書の早い時期の引用例とする。

（12）當該箇所の『文選集注』所引『文選鈔』に「楊雄『甘泉賦』曰『襲瓊室之傾宮』。『淮南子』曰『崑崙之上有傾宮琁室』（楊雄『甘泉賦』に曰く『瓊室の傾宮を襲ぬ』と。『淮南子』に曰く『崑崙の上 傾宮 琁室有り』と）」とある。「甘泉賦」は『文選』巻七に「襲琁室與傾宮兮、若登高眇遠、亡國肅乎臨淵（琁室と傾宮とを襲ね、若し高きに登りて眇遠せば、亡國 肅として淵に臨む）」とあり、『淮南子』については現在同様の字句を確認することはできない。何れにせよ、劉逵が「汲冢書」を利用したことは注目に値する。

（13）『晉書』巻五十一束晳傳に「華爲司空、復以爲賊曹屬。……轉佐著作郎（華 司空爲り、復た以て賊曹の屬と爲る。……〔束晳〕佐著作郎に轉ず）」とあり、張華が元康六年（二九六）に司空に就いた後に、束晳は佐著作郎に就いている。

(14) 杜預の『春秋左氏經傳集解』後序に「汲冢書」に關して「始者藏在祕府、余晚得見之（始めは藏されて祕府に在り、余晚《おく》れて之を見るを得たり）」とあり、「汲冢書」が宮中の祕府に收藏されて以降、杜預も束晳同樣に參照できたことがわかる。「晚れて」と後序に見えることから、少なくとも「汲冢書」の發見當初の閲覽は困難であったと思われる。

(15) 宮崎市定『九品官人法の研究 科擧前史』（中央公論社、一九九七年版）第二編第二章「魏晉の九品官人法」によれば、魏晉期には尙書郎で起家する場合が散見される。

(16)『晉書』卷四惠帝紀に「三月、平東將軍・齊王冏起兵以討倫、傳檄州郡、屯于陽翟（〔永寧元年〈三〇一〉〕三月、平東將軍・齊王冏 兵を起こし以て倫を討たんとし、檄を州郡に傳へ、陽翟に屯す）」とある。

(17)『晉書』卷二十四職官志に「及晉受命、武帝以祕書幷中書省、其祕書著作之局不廢（晉の受命するに及びて、武帝 祕書を以て中書省に幷せ、其の祕書著作の局は廢せず）」とある。

(18) 荀勗については、『晉書』卷十六律曆志上に「泰始十年、中書監荀勗・中書令張華出御府銅竹律二十五具（泰始十年〔二七四〕、中書監荀勗・中書令張華 御府の銅竹律二十五具を出だす）」とあることから、泰始十年には中書監に就いていたと思われる。また、『晉書』卷三武帝紀に「十一月丙辰、守尙書令・左光祿大夫荀勗卒（〔太康十年〕十一月丙辰、守尙書令・左光祿大夫荀勗卒す）」とあり、太康十年（二八九）に尙書令の職で沒しているが、その晩年まで中書監の職に就いていたようである。

(19) 衞權の略解の序文（『晉書』卷九十二左思傳）に「有晉徵士故太子中庶子安定皇甫謐、西州之逸士、耽籍樂道、高尙其事、覽斯文而慷慨、爲之都序（有晉の徵士 故太子中庶子 安定の皇甫謐、西州の逸士にして、籍に耽り道に樂しみ、其の事を高尙にす、斯文を覽て慷慨し、之が都の序を爲れり）」とある。

(20)『晉書』卷二十四職官志に「及晉受命、武帝以繆徵爲中書著作郎。元康二年、詔曰、『著作舊屬中書、而祕書旣典文籍、今改中書著作爲祕書著作』（晉の受命するに及び、武帝 繆徵を以て中書著作郞と爲す。元康二年〔二九二〕、詔して曰く、『著作 舊くは中書に屬し、而るに祕書旣に文籍を典れば、今 中書著作を改めて祕書著作と爲す』）」とある。

(21)『中經新簿』において史部が獨立した背景については、渡邉義浩『三國政權の構造と「名士」』（汲古書院、二〇〇四年）第一章第二節「「史」の自立」（初出、「「史」の自立――魏晉期における別傳の盛行を中心として――」『史學雜誌』第百十二編四號、史學會、二〇〇三年）を參照。

(22)『晉書』卷三十九荀勗傳に「俄領祕書監、與中書令張華依劉向『別錄』、整理記籍（俄に祕書監を領け、中書令張華と劉向『別錄』に依りて、記籍を整理す）」とある。

(23)王運熙・楊明『魏晉南北朝文學批評史』（上海古籍出版社、一九八九年）第一編第三章第一節二「左思與皇甫謐」によれば、政治的問題の影響から皇帝權力が博識であることを重視したために、西晉人士の間でも同様に博識を好む風潮が存在したと指摘する。

(24)晉の王嘉『拾遺記』卷九に「帝常以『博物志』十卷、置於函中、暇日覽焉（〔武〕帝 常に『博物志』十卷を以て、函中に置き、暇日 焉れを覽る）」とある。

(25)西晉人士の邊境地域に對する關心の擴大については、靜永健著、陳翀譯「漢籍初傳日本與「馬」之淵源關係考」（『浙江大學學報 人文社會科學版』第五期、二〇一〇年）を參照。

(26)淸水茂『中國目錄學』（筑摩書房、一九九一年）「紙の發明と後漢の學風」（初出、東方學會、『東方學』第七十九輯、一九九〇年）は、紙の發明が鄭玄による訓詁學の大成をもたらしたと指摘する。また、査屛球『從游士到儒士』（復旦大學出版社、二〇〇五年）第一章「紙簡替代與漢魏晉初文風」は、紙の普及が後漢から三國時代にかけての文學の發展に影響を及ぼしたと指摘する。また、紙の總合的研究として、潘吉星『中國造紙史』（上海人民出版社、二〇〇九年）第三章第一節「麻紙在社會上的普及與推廣」を參照。

第八章　「三都賦」と中書省下の文人集團——張載注の分析を中心に

前章に續き、本章では「三都賦」に施された同時代人による注釋のうち、「魏都賦」の張載注に對する分析を進める。ところで陳壽の『三國志』は、「三都賦」と複數の類似點を持ち、かつほぼ同時期に編纂された書物であるにもかかわらず、これら二つの資料の關係性は忽視されてきたと言ってよい。しかし、「三都賦」著述の背景は、『三國志』編纂の狀況と合わせて讀み解くことで、より一層明確なものになると思われる。

本章は「三都賦」の張載注の分析を行い、その特徴及び成立背景を考察する。そして、前章の考察結果も踏まえた上で、これら同時代人による注釋が何故成立し得たかについて考えることにする。併せて、同時期に編纂された『三國志』との比較も踏まえ、西晉における著述活動の一端について私見を述べることにしたい。

第一節　「魏都賦」張載注の特徴

「三都賦」は、序論附節にもその俯瞰圖を示したとおり、「蜀都賦」「吳都賦」「魏都賦」の三篇で構成され、「蜀都賦」「吳都賦」は各領域の產出物を可能な限り述べ盡くすこと、「魏都賦」は曹魏及び西晉王朝の正統性を示すことにそれぞれ主眼が置かれている。これに伴い、その注釋もおのずとその方向性を異にしているが、「蜀都賦」「吳都賦」の劉逵注は、大量の文獻を引用する博引旁證をその最大の特徴とするものであった。文獻を引用する注釋方法は劉逵注以前にも確認できるものの、劉逵注が地方志を中心とした當時の最新資料を數多く利用する點、その多くが西晉王朝の宮中に收藏された文獻資料であった點で、それ以前の注釋とはその形式と内容を異にするものであった。では「魏都賦」に施された張載注には、果たしてどのような特徵が認められるのか。(1) そもそも張載注は、土地の產物に對する說明方法が劉逵注とは大きく異なる。劉逵注については、第七章第二節で論じたように、可能な限り文獻を利用した上で、左思が「三都賦」本文で描き出した事物が實際に存在することを逐次說明する。一方、「魏都賦」に施された張載注は以下の通りである。

653 眞定之棃　胡安之栗　　眞定の梨、胡安の栗あり。
醇酎中山　流湎千日　　醇酎は中山、流湎すること千日。
淇洹之筍　信都之棗　　淇洹の筍《たけのこ》、信都の棗《なつめ》、
雍丘之粱　清流之稻　　雍丘の粱、清流の稻あり。

（張載注）眞定屬中山郡、出御棃。故安屬范陽、出御栗。……故安今見屬中山郡、中山出好酎酒。……信都屬安平、出御棗。雍丘屬陳留也。……桓斌曰、雍丘之糧。清流鄴西、出御稻。

眞定は中山郡に屬し、御梨を出す。故安は范陽に屬し、御栗を出す。……故安は今の中山郡に屬せられ、中山は好《よ》き酎酒を出す。……信都は安平に屬し、御棗を出す。雍丘は陳留に屬す。……桓斌曰く、雍丘の糧あり。清流は鄴の西にして、御稻を出す。

魏の名產品を列擧した部分である。「魏都賦」の中では殆ど唯一の產出物に關する部分であるが、當該箇所の張載注は先述の劉逵注と比べて非常に簡略である。產出物そのものの詳細な注釋は施されず、「魏都賦」本文中に描寫さ

れる產地と產出物の組み合わせが正しいことを說明するのみである。注釋方式に着目すれば、「本文に擧がる地名＋屬＋場所＋出御＋本文に擧がる產出物」という形式が多用されることが確認できる。「御」字が用いられることから、これらの產出物が皇帝への獻上物であったことが知られよう。[2] 產出物に關する記述が殆ど上述の部分に限られることからもわかるように、「魏都賦」は「蜀都賦」「吳都賦」とは異なり、產出物の描寫に重點が置かれていない。これと て、假に劉逵による注釋が施されていたならば、實在を證明する何らかの資料が用いられたのではないかと疑われる。やはりこれは張載注である蓋然性が高いと言えよう。無論、西晉の人々にとって、魏の物產はとりたてて目を惹くものではなく、左思自身も北方出身であるために說明の必要性を感じなかったであろう可能性も考えられる。張載注において產出物の詳細な說明が施されていない以上、「三都賦」の讀者層として北方人士が想定されていたと考えるのが自然である。もし蜀や吳といった中國の南方に暮らす人々が「三都賦」の讀者として想定されていたならば、魏の產出物に對しても彼らのような南方人士に理解できるような注釋が施されたのではなかったか。產出物に對する注釋という點では、張載注は明らかに劉逵注よりも簡略である。これは「魏都賦」に擧げられる產出物が極めて少ないことも原因の一つであり、この一例でもって張載注の特徵は決定づけられない。但し、ここから「蜀都賦」「吳都賦」と「魏都賦」における產出物描寫の重要性の差違を讀み取ることはできよう。

では、劉逵注には見られない張載注の特徵の一つとしては、注釋中における後漢もしくは曹魏の元號の使用が擧げられる。具體的には、後漢の元號である「光熹」二例、「初平」二例、「建安」十三例、「延康」一例、及び曹魏の元號として「黃初」三例の合計二十一例を數えることができる。[3]「蜀都賦」「吳都賦」に施された劉逵注には、元號の使用は一例も確認できず、この點からも「蜀都賦」「吳都賦」と「魏都賦」の注釋方式が異なることは明らかであり、やはりこれらの注釋は張載によるものと推斷される。以下に具體例を擧げて確認する。

357 其府寺則位副三事　官踰六卿　其れ府寺は則ち位は三事に副《かな》ひ、官は六卿を踰《こ》ゆ。
奉常之號　大理之名　奉常の號、大理の名あり。

（張載注）魏武帝爲魏王時、太常號奉常、廷尉號大理。建安十八年始置侍中・尚書・御史符節謁者・老中令・太僕・大理・大農・少府・中尉。二十一年大理鍾繇爲相國、始置太常・宗正。二十二年、以軍師華歆爲御史大夫、初置衛尉。時武帝爲魏王、置相國・御史大夫、故云「位副三事」。置卿近九、故曰「官踰六卿」。
魏武帝　魏王爲りし時、太常は奉常と號し、廷尉は大理と號す。建安十八年始めて侍中・尚書・御史符節謁者・老中令・太僕・大理・大農・少府・中尉を置く。二十一年大理鍾繇を相國と爲し、始めて太常・宗正を置く。二十二年、軍師華歆を以て御史大夫と爲し、初めて衛尉を置く。時に武帝　魏王と爲り、相國・御史大夫を置く、故に「位副三事」と云ふ。卿を置くこと九に近し、故に「官踰六卿」と曰ふ。

鄴都の城郭内の官舍に侍する官僚組織を述べた部分である。當該箇所の前後では、鄴都の城郭内の市街地の様子や人民の居住地、更には遠方からの使者をもてなす宿舍などが描かれており、總じて都城内部が如何に豪華絢爛であるかが詳細に述べられている。張載注は「魏都賦」本文に擧がる名稱の裏付けとして、曹操が魏王となった際に、太常を「奉常」、廷尉を「大理」と改名したことを述べ、建安十八年（二一三）に多くの官職を新たに設置したことを解説する。續いて建安二十一年（二一六）に大理の鍾繇を相國に任じ、太常宗正の官を設置したこと、同二十二年（二一七）には軍師の華歆を御史大夫に任じ、衛尉の官を置いたことを述べる。最後に、「位副三事」「官踰六卿」と表現した理由を解説する。ここで張載は、本文の字句を曹魏の史實と結び附けた上で、曹操による官僚組織の整備過程を詳述しているのである。このように史實と結び附ける點からは、注釋を施すに際しての張載の意圖を見出し得る。更に例を擧げる。

421至乎勍敵糾紛　庶土罔寧　　勍《つよ》き敵 糾紛《きゆうふん》として、庶土 寧《やす》きこと罔《な》きに至りて、
聖武興言　將曜威靈　　聖武 言を興《おこ》して、將に威靈を曜《かがや》かさんとす。
介冑重襲　旍旗躍莖　　介冑 重ね襲《かさ》ね、旍旗 莖を躍らす。

（張載注）建安十九年五月、立魏公、位諸侯王上、赤紱、遠遊冠。二十一年、進爵爲王。二十二年、得設天子旍旗、出警、入蹕。賜朱冠、冕十二旒、金根車、駕六馬、建太常、設五時副車。

建安十九年五月、魏公に立つ、諸侯王の上に位し、赤紱、遠遊冠たり。二十一年、爵を進めて王と爲る。二十二年、天子の旍旗を設くるを得、出づるに警、入るに蹕たり。朱冠を賜ふに、冕は十二旒たり、金根車は、六馬を駕し、太常を建て、五時の副車を設く。

曹操が後漢末の動亂の中で擧兵したことを述べた部分である。當該箇所の張載注と「魏都賦」本文とで一致する字句は僅かに「旍旗」二字のみであるにもかかわらず、先の例と同樣に張載は殊更に曹魏の史實と關連附けようとしており、建安十九年（二一四）から同二十二年（二一七）にかけて、曹操が爵位を進める過程が說明される。更に、張載注における「二十二年」以降の記述に列擧されるのは、例えば、「冕十二旒」は冠の前後に垂れる玉飾りを指すが、これは天子のみが着用を許可されたものである。また「金根車」も天子が乘車するものであり、「駕六馬」も天子の車に對して備わるものである。つまり、これらはすべて天子の御物なのである。このような注釋は一見すれば、「魏都賦」本文とは必ずしも關係しないように思われるが、これによって「魏都賦」本文の表現が曹魏の史實と結びつくことが示されるとともに、曹操が如何にして天子と同等の權力を手に入れたかが、張載なりに補足說明されているこ

とが看て取れる。張載は注釋中における元號の使用を通して、「三都賦」と曹魏の史實を結び附けようとしたのである。

さて、張載注における元號を使用した箇所に着目すれば、陳壽の『三國志』とその殆どにおいて記述が一致する點に目が止まる。今、先に擧げた張載注に對應する敍述部分を擧げれば、以下の通りである（「魏都賦」の張載注と記述に一致が見られる部分に傍線を附す。以下同じ）。

・十一月、初置尚書侍中六卿。……八月、以大理鍾繇爲相國。……六月、以軍師華歆爲御史大夫。

（建安十八年）十一月、初めて尚書 侍中 六卿を置く。……（二十一年）八月、大理鍾繇を以て相國と爲す。……（二十二年）六月、軍師華歆を以て御史大夫と爲す。

・三月、天子使魏公位在諸侯王上、改授玉璽、赤紱、遠遊冠。……夏五月、天子進公爵爲魏王。……夏四月、天子命王設天子旌旗、出入稱警蹕。……冬十月、天子命王冕十有二旒、乘金根車、駕六馬、設五時副車。

（建安十九年）三月、天子 魏公をして位は諸侯王の上に在らしめ、改めて玉璽、赤紱、遠遊冠を授く。……（二十一年）夏五月、天子 公爵を進めて魏王と爲す。……（二十二年）夏四月、天子 王に命じて天子の旌旗を設け、出入するに警蹕を稱せしむ。……冬十月、天子 王に命じて冕は十有二旒にして、金根車に乘り、六馬を駕し、五時の副車を設けしむ。

（以上、『三國志』魏書卷一武帝紀）

先に擧げた張載注と比較すれば、その相關性は一目瞭然である。では、張載は『三國志』を參照した上で、このような注釋を施したのであろうか。『三國志』の完成時期ははっきりせず、參照の可否は論じ難い。しかし、恐らくは直接には參照していなかったであろう。(4) 實際には王沈の『魏書』を參照した可能性が極めて高い。(5) その理由を以下に述べる。

『三國志』魏書巻一武帝紀の「八月、以大理鍾繇爲相國」及び「六月、以軍師華歆爲御史大夫」の兩記述には、直後に裴松之注があり、ここに王沈『魏書』が引用されている。王沈『魏書』の内容は次の通りである。

・始置奉常宗正官。

　始めて奉常宗正の官を置く。

・始置衞尉官。

　始めて衞尉の官を置く。

（以上、『三國志』魏書巻一武帝紀所引裴松之注）

これらの記述をそれぞれ『三國志』巻一武帝紀の本文と併せれば、まさしく「魏都賦」に施された張載注の記述と一致するのである。王沈『魏書』は、陳壽が『三國志』を編纂する際に直接參照した史料であるが、張載注と一致する例を見出せることから、張載も陳壽と同じく、王沈『魏書』を參照した可能性が高いと考えてよかろう。

元號を使用する注釋は、先述した都邑内の街並みや曹操の擧兵に關連させたものだけでなく、以下に示す瑞祥を述べる箇所にも散見される。

535 皓獸爲之育藪　丹魚爲之生沼　　皓獸 之が爲に藪に育ち、丹魚 之が爲に沼に生ず。

翕雲翔龍　澤馬亍阜　　　翕雲　翔龍あり、澤馬は阜に亍《とどま》る。

（張載注）黄初元年十一月、黄龍高四五丈、出雲中、張口、正赤。

黄初元年十一月、黄龍　高さ四五丈、雲中より出で、口を張《ひら》けば、正に赤し。

曹操の徳があまねく行き渡ったがために、瑞祥がこの地に現れたことを描く場面である。張載は「魏都賦」本文の「翕雲翔龍」句に對して、黄初元年（二二〇）に黄龍が雲中より出現したことを述べるが、ここでもやはり元號を使用し、曹魏の史實と敢えて關連させている。更に例を擧げる。

555河洛開奧　符命用出　　河洛　奧を開き、符命　用て出づ。

翩翩黄鳥　銜書來訊　　翩翩たる黄鳥、書を銜《くは》へて來たり訊ぬ。

（張載注）「河洛開奧」、河出圖、洛出書。黄初元年、黄鳥銜丹書、晝見河尙臺。

「河洛開奧」、河は圖を出し、洛は書を出す。黄初元年、黄鳥　丹書を銜《くは》へ、晝に河尙臺に見《あら》はる。

後漢から曹魏への王朝交替が決定的になり、次々と瑞祥が發現する場面である。ここで注目すべきは「黄初元年」以下の内容である。「黄鳥銜丹書、晝見河尙臺（黄鳥丹書を銜へ、晝に河尙臺に見はる）」という記述は、『宋書』卷二十七符瑞志上にも「於是魏王受漢禪、柴於繁陽、有黄鳥銜丹書、集于尙書臺、於是改元爲黄初（是に於いて魏王漢の禪を受け、繁陽に柴し、黄鳥の丹書を銜へ、尙書臺に集ふ有り、是に於いて改元し黄初と爲す）」と近似した記述が確認でき、ここでは黄鳥の出現と漢魏革命とが直接に結びつけられている。「魏都賦」本文でも漢魏革命にいたる過程として黄鳥の出現が描かれるが、張載は更に史實としての漢魏革命と關連づけているのである。

では、張載は「魏都賦」に注釋を施すに際して、何故元號を使用することで曹魏の史實と關係づけているのか。そもそも複數の王朝が存在する場合、その内の特定の王朝の元號のみを使用することは、その王朝に正統性を認めたことを意味する。(6) つまり、張載はその注釋中で後漢及び曹魏の元號を頻繁に使用することによって、曹魏の正統性を承認する態度を表明しているのである。曹魏から禪讓を受けた西晉王朝に籍を置く張載が、前代の曹魏に正統性を認めるのは當然のことと思われる。しかし「魏都賦」の注釋において、殊更に後漢及び曹魏の元號を使用することの背景には、西晉王朝が喫緊の政治課題として三國統一を目指していたことが窺われるし、左思や張載が西晉王朝に屬していたため、自身の王朝の權威を稱揚する必要があったとも推察されるのである。

さて、ここまでは張載注において曹魏の元號が使用され、更に瑞祥の出現を述べることで曹魏の正統性を示す意圖があったであろうことを述べてきた。かかる特徴は、武帝司馬炎が泰始元年（二六五）冬十二月丙寅に天子に即位した際に上奏した告代祭天文にも見出すことができる。

昔者唐堯、熙隆大道、禪位虞舜、舜又以禪禹。邁德垂訓、多歷年載。曁漢德既衰、太祖武皇帝撥亂濟時、扶翼劉氏、又用受命于漢。粵在魏室、仍世多故、幾於顚墜、實賴有晉匡拯之德、用獲保厥肆祀、弘濟于艱難、此則晉之有大造于魏也。……八紘同軌、祥瑞屢臻、天人協應、無思不服。

昔者《むかし》唐堯、大道を熙隆し、虞舜に位を禪《ゆづ》り、舜又た以て禹に禪る。德を邁《ひろ》め訓を垂れ、年載を歷《へ》ること多し。漢德の既に衰ふるに曁《およ》び、太祖武皇帝 亂を撥《おさ》め時を濟《すく》ひ、劉氏を扶翼し、又た用て命を漢より受く。粵《ああ》 魏室に在りて、仍《な》ほ世に故多く、顚墜するに幾《ちか》きも、實《まこと》に有晉の匡拯の德に賴りて、用《もつ》て厥《そ》の肆祀を獲保し、弘く艱難を濟《すく》ふは、此れ則ち晉の魏に大造有ればなり。……八紘 軌を同じくし、祥瑞 屢《しばしば》臻《いた》り、天人 協應すれば、

思ひて服せざる無し。（『晉書』巻三武帝紀）

ここで司馬炎は、漢から魏、魏から晉への禪讓を、堯から舜、舜から禹への禪讓に準え、また瑞祥の出現を根據に据えることで魏晉革命の正當性を主張する。(7) 張載が直接にこの告代祭天文を目にしたかどうかは定かではない。しかし、告代祭天文に見える魏晉革命の正當性を唱える根據が、「魏都賦」の張載注でも同様に確認できることからは、「魏都賦」本文の表現に對して、注釋中において漢魏革命の正當性を暗に主張し、更には西晉王朝を稱揚しようとする張載の態度をも窺い知ることができよう。

以上、張載注の特徴を確認してきた結果、その特徴は、後漢や曹魏の元號を使用することで、曹魏の史實と「魏都賦」本文の表現とを結び附けようとした點にあることが明らかとなった。張載は「魏都賦」本文に描かれる内容が史實に符合することを注釋によって示してみせたのである。この點は劉逵注の注釋方式にも通じるものである。すなわち、「蜀都賦」「呉都賦」はそれぞれの地域の產出物を述べ盡くすことに主眼が置かれたために、劉逵は作品中に擧げられる事物が實際に存在することを、可能な限り文獻に基づいて確認している。また張載も同様に、「魏都賦」に描かれる内容が曹魏の史實と結びつくことを、後漢や曹魏の元號を使用した注釋を施すことで說明している。つまり、左思の「三都賦」に描かれる表現が如何に事實に正確であるかを、劉逵や張載の注釋は多様な文獻や史實と結び附けることで實證してみせたのである。

第二節　「三都賦」の著述と中書省

張載注の特徴は、後漢及び曹魏の元號を使用することで曹魏の史實と結び附ける點であった。しかし、そのままでは彼が「魏都賦」本文と史實との關連性に執着した理由は明らかにはならない。そこで前章の劉逵の際と同じく、張載の事跡を確認することにより、かかる疑問を解決する絲口とする。彼の事跡は次の記事にまとめられる。

張載字孟陽、安平人也。父收、蜀郡太守。載性閑雅、博學有文章。太康初、至蜀省父、道經劍閣。……載又爲「濛汜賦」、司隸校尉傅玄見而嗟歎、以車迎之、言談盡日、爲之延譽、遂知名。起家佐著作郎、出補肥鄕令。復爲著作郎、轉太子中舍人、遷樂安相弘農太守。長沙王乂請爲記室督。拜中書侍郎、復領著作。載見世方亂、無復進仕意、遂稱疾篤告歸、卒於家。

張載　字は孟陽、安平の人なり。父收、蜀郡太守たり。載は性　閑雅、博學にして文章有り。太康の初め、蜀に至りて父を省するに、道に劍閣を經たり。……載　又た「濛汜賦」を爲り、司隸校尉傅玄　見て嗟歎すれば、車を以て之を迎へ、言談して日を盡くし、之が爲に延譽すれば、遂に名を知らる。佐著作郎より起家し、出でて肥鄕令に補せらる。復た著作郎と爲り、太子中舍人に轉じ、樂安相　弘農太守に遷る。長沙王乂請ひて記室督と爲す。中書侍郎を拜し、復た著作を領す。載　世の方に亂るるを見、復た進仕の意無く、遂に疾篤《やまひ》しと稱して歸らんことを告げ、家に卒す。

（『晉書』卷五十五張載傳）

『晉書』本傳によれば、張載は太康年間（二八〇～二八九）の初めに父の張收に隨い蜀の地を訪れている。ここから、左思が彼に蜀の情報を尋ねた理由もおのずと明らかになる。張載は傅玄に「濛汜賦」を評價され、世の名聲を獲得したが、佐著作郎での起家も傅玄の推薦によるものであろう。その後、諸官を歷任し、八王の亂勃發に伴い任官を避け、鄕里でその生涯を閉じている。傅玄が司隸校尉であったのは泰始五年（二六九）以降であるため、張載が起家したのもこの年以降のこととなる。併せて、『晉書』卷九十二左思傳に見える「三都賦」注釋者の一人である衞權が施した略解の序文も、張載注の成立を考察する上で重要である。

中書著作郎安平張載、中書郎濟南劉逵、並以經學洽博、才章美茂、咸皆悅玩、爲之訓詁。

中書著作郎安平の張載、中書郎濟南の劉逵、並びに經學の洽博、才章の美茂なるを以て、咸《み》皆な悅玩し、之が訓詁を爲る。

衞權の序文によれば、衞權が注釋を施した際、張載は中書著作郎に就いていたとされる。先に擧げた『晉書』卷五十五張載傳によれば、張載は生涯の內に佐著作郎、著作郎、中書侍郎と三度、中書省內の官職に就いており、衞權の記述は史實とも符合する。なおこの中書著作郎は直接には著作郎を指し[8]、元康二年（二九二）以前に使用された官職名である。晉代の著作郎は宮中の藏書を掌る中書省に屬し、主に史書編纂を掌る任にあった[9]。つまり、張載は著作郎としての立場にあったために、「魏都賦」本文と曹魏の史實とを結び附ける注釋が施せたのである。張載が王沈『魏書』を閱覽できたのも、彼が著作郎であったためであると考えれば自然である。

更に、張載が著作郎として籍を置いた中書省に着目すれば、何故に彼が「魏都賦」に注釋を施すことになったかも明らかになるように思われる。そもそも左思は、妹の左棻が泰始八年（二七二）に入內するに伴い洛陽に轉居し、その上で「三都賦」著述を企圖し祕書郎を求めているが、この祕書郎こそは中書省に屬する官職なのである。左思がどの時點まで祕書郎の職にあったかは明らかではない。しかし、左思自身による「三都賦」序文には地圖や地方志の使用が明言されており、また劉逵が地方志を引用した注釋を施したことから、「三都賦」本文に描かれる事物が實際に存在することが確かめられる。左思も實際に地方志を利用しつつ著述活動を展開したと考えてよい。もし、祕書郎でない時期に「三都賦」を著したのであれば、左思が地方志などの宮中の藏書を利用することは難しかったであろう。したがって、「三都賦」を完成させた太康三年（二八二）までは祕書郎であったと考えるのが實際に卽していよう。張載は元康二年（二九二）以前にはすでに著作郎として中書省に在籍しており、左思も「三都賦」の著述に際して彼に蜀に關する事柄を取材していた。[10] 左思が張載に蜀の情報を尋ねることができたのも、兩者が中書官僚であったためではなかったか。張載が佐著作郎で起家したのは泰始五年（二六九）以降であり、左思が入洛し祕書郎の職に就いたのは泰始八年（二七二）以降のことである。或いは、張載は起家のほかに二度中書官僚となっており、この時に左思と關係を持ったのかもしれない。何れにせよ、兩者が同一時期に中書省にいた可能性は極めて高い。

このように、「三都賦」の著者である左思と注釋者である張載は、中書省において同僚であったが、中書省に在籍したことは兩者のみに當てはまるものではない。「三都賦」に關わる文人の多くも、同樣に中書省に籍を置いていたのである。「三都賦」に關わる文人は、左思を筆頭に注釋者である張載や劉逵、更には「三都賦」に高い評價を與えた人物として張華を擧げることができる。また、當時に中書監として在籍し圖書の蒐集整理を行った荀勗も宮中の藏書の管理者という點で關係者に位置附けられる。そこで「三都賦」著述前後の時期を中心に、先述した左思と張載を除く關係者の事跡を確認すれば以下の通りである。

まず、兩作品を評價した張華については、彼は平吳以前より中書令の職にあったが、[11] 咸寧五年（二七九）に度支尚書に任ぜられ、その後、中書監荀勗との軋轢により太康三年（二八二）に幽州諸軍事となり洛陽を離れている。張華が「三都賦」を高く評價したことは、張華が司空に就いた後のこととして、『晉書』本傳にも書かれている。張華が司空となるのは元康六年（二九六）である。注釋の完成は元康二年（二九二）以前のことであるので、[12] 張華による評價を受けたのはやはり注釋を含む「三都賦」と考えるべきであろう。次に荀勗であるが、彼の詳細な事跡は不明であるものの、少なくとも泰始六年（二七〇）には中書省に籍を置いている。また、太康十年（二八九）に沒するが、直前の太康八年（二八七）まで中書監の職にあったようである。したがって、咸寧五年（二七九）に張華が中書令を離れているが、それ以前は張華と荀勗の二人は中書省に屬しており、左思の直接の上司として「三都賦」に關與したと考えられる。

彼らが中書省に屬したと思われる期間を示せば、張載（二六九？〜二八〇？、？〜二九二）、張華（二七〇〜二七九、二九一〜二九六）、荀勗（二七〇？〜二八七）となり、多少の期間の前後は認められるものの、「三都賦」の著述時期（二七二〜二八二）にそのすべてが當てはまる。

また「蜀都賦」「吳都賦」の注釋者である劉逵については、前章で確認した通り、尙書郎で起家した後に樣々な官職を歷任しており、永寧元年（三〇一）の侍中在任時には趙王倫の帝位簒奪に關與したとして獄に下され、その官僚生活を終えている。先に擧げた衞權による略解の序文にある通り、劉逵の官歷の中には中書郎の職も含まれている。劉逵の中書郎としての任官時期は不明であるが、「三都賦」に關わる文人がいずれもその著述時期の前後に中書省に屬していることから、彼も同時期に中書省に在籍したと思われる。劉逵は注釋を施すに際して、地方志などの宮中の藏書を利用し、「蜀都賦」「吳都賦」中に擧がる產出物や描かれる內容に對して非常に詳細な說明を加えており、これも左思と無關係であったならば困難であったであろう。「三都賦」舊注については、左思自身が施したとする異說も存在するが、(13)舊注はかかる異説が生じる程に本文の內容に正確な注釋であった。ここからは、劉逵自身が左思の「三都賦」を著した過程を逐次把握していたことが推測され、更に言えば、左思が著述の際に利用した資料を熟知していたとも考えられるのではなかろうか。劉逵も、張載と同樣に「三都賦」の著述時期には中書省に在籍していたと見るべきであろう。

このように、彼らはいずれも「三都賦」の著述當時に中書省に在籍していたのである。從來、「三都賦」はそれ以前の漢賦とは異なり、實際に存在する事物を正確に詠み込んだ寫實的作品であるとされてきた。事實、「三都賦」では地方志や史實に基づく描寫がなされており、そのような側面が存することは間違いない。このような特徵を持つ「三都賦」が評價された理由としては、もちろん作品自體の完成度が優れて高かったこともあろう。但し、作品の出來不出來のほかに、中書省において著述活動が展開されたこともまた、「三都賦」評價を考察する上で非常に重要である。このことは、張華が注釋を含めて「三都賦」を評價したであろうことからも窺える。しかし、それは張華個人の意向に沿う形で「三都賦」が著されたために評價されたのではない。張華自身は、咸寧五年（二七九）に度支尙書に任ぜられて中書省を離れており、かつ當時の中書監である荀勗とは不仲であった。もし「三都賦」が張華個人の意向を受けて制作されたものであるならば、張華が中書省を離れた時點で、その著述活動には荀勗による何らかの關與があったはずである。また、著述活動が滯りなく行われたとしても、續く劉逵や張載による注釋が施されるまでには至らなかったであろう。しかし、張華が中書省を離れてもなお、作品が繼續して作られ、かつ中書省に屬した文人により注釋が施されているのである。「三都賦」は、張華や荀勗の個人的意向により著述されたというよりも、西晉王朝が目指す方向性に敏感に反應した上で、中書省を據點として著されたと看做すのが、その實際に近いと言えるのではなかろうか。

左思が「三都賦」において、蜀や吳に關する產出物を正確に描き出し、また劉逵や張載が文獻や史實に基づき、賦本文が事實に正確であることを示すことができたのも、彼らが中書省に所屬したために初めて可能になった現象であったと言える。張華による「三都賦」評價も、このような一連の「三都賦」に關わる著述活動全般に對してなされたものと看做せるのではなかろうか。

第三節　中書省を據點とした著述活動

これまで、「三都賦」及びその注釋の成立背景と中書省との關係を主に考察したが、ここで『三國志』との關係にも言及したい。實は、「三都賦」が制作されたほぼ同時期に、陳壽も中書省に在籍していたことが『華陽國志』陳壽傳によって明らかとなる。

再爲著作郎。吳平後、壽乃鳩合三國史、著魏・吳・蜀三書六十五篇、號『三國志』、又著『古國志』五十篇、品藻典雅、中書監荀勗、令張華深愛之、以班固史遷不足方也。

再び著作郎と爲る。吳平ぐるの後、壽乃ち三國の史を鳩合し、魏・吳・蜀三書六十五篇を著し、『三國志』と號す、又た『古國志』五十篇を著す、品藻典雅なれば、中書監荀勗、令張華深く之を愛し、以て班固史遷も方《なら》ぶるに足らざるなりとす。

陳壽は平吳に先立ち、すでに著作郎の職に就いている。その後、『三國志』及び『古國志』を編纂し、これは荀勗と張華により班固『漢書』や司馬遷『史記』を凌ぐほどの高い評價を與えられている。西晉王朝が孫吳を平定し三國を統一するのが太康元年（二八〇）であるので、陳壽も「三都賦」に關わる文人たちと同時期に中書省に籍を置いていたことになる。陳壽は王沈の『魏書』を引用しており、また張載も同書を利用したであろうことは先に述べた。彼らがいずれも中書省に在籍し、かつ同一官職に就いていたことを考慮すれば、同一資料の利用は充分に考えられる現象である。

そもそも、「三都賦」と『三國志』には多くの類似點が認められる。すなわち、第一に曹魏と孫呉と蜀漢の三國を對象とする點、第二に主に曹魏に正統性を認める點である(14)。また第三として西晉の人々にとって未開の地域を述べる點も擧げられる。「蜀都賦」「呉都賦」では、左思が様々な産出物を描き出し、劉逵が地方志などの文獻を引用した上で賦本文に描かれる事物の實在を示した。これらの背景には、當時に西晉王朝内で盛んに唱えられていた平呉に關する議論に伴う、三國の地理把握が存在する(15)。『三國志』にも、このような背景に基づき記述されたと思しき部分が見出せる。所謂「魏志倭人傳」に代表される東夷傳の立傳である。東夷傳の立傳に際して、陳壽は『三國志』魏書巻三十東夷傳で以下のように述べる。

> 魏興、西域雖不能盡至、其大國龜茲・于窴・康居・烏孫・疎勒・月氏・鄯善・車師之屬、無歲不奉朝貢、略如漢氏故事。而公孫淵仍父祖三世有遼東、天子爲其絶域、委以海外之事、遂隔斷東夷、不得通於諸夏。……故撰次其國、列其同異、以接前史之所未備焉。
>
> 魏興り、西域盡《ことごと》く至ること能はずと雖も、其れ大國龜茲・于窴・康居・烏孫・疎勒・月氏・鄯善・車師の屬、歲ごとに朝貢を奉ぜざる無きは、略《ほ》ぼ漢氏の故事の如し。而るに公孫淵仍《な》ほ父祖三世遼東を有し、天子其の絶域たるが爲に、委《ゆだ》ぬるに海外の事を以てし、遂に東夷と隔斷すれば、諸夏に通ずるを得ず。……故に其の國

を撰次し、其の同異を列ね、以て前史の未だ備はざる所を接《つ》げり。

曹魏王朝が建國された後も西域諸國は朝貢を續けたが、東夷は公孫淵が父祖三代にわたって遼東を支配しており、天子が海外に關する諸事を委任したために隔絶した。そのため、東夷諸國に關する事柄を列記し、前代の史書が遺漏するところを補ったと述べる。孫吳と東夷はそれぞれ異なる領域ではあるが、西晉王朝が三國を統一する過程で新たに獲得した土地という點では共通する。

これまで、「三都賦」と『三國志』とは同時期に著されたものの、四部分類に當てはめれば、一方は集部に分類される辭賦作品であり、もう一方は史部に分類される歷史書であるため、殊更には關連づけられなかった。しかし、これらは同一時期に同一省内で著述活動が展開され、更には同様の特徴を備えた作品であった。これほどに相關性を持つのも、やはり中書省の存在が大きいと言えよう。當時の中書省において、張華が中書令として在籍したことは先に述べた。張華は左思や陳壽のみならず、平吳の後に洛陽に到った陸機、陸雲兄弟を評價したこともあり、西晉文學史上で重視される人物である[16]。「三都賦」と『三國志』が張華から好評價を受けたことは疑いようのない事實である。しかし、中書省に在籍していなければ、そもそも左思や陳壽、劉逵や張載は當時盛んに編纂された地方志や先行する史書といった宮中の收藏文獻を利用できず、それぞれの著述も成し得なかったのではなかろうか。この點からも、やはり中書省の存在は大きいもののように思われるのである。

これまで、西晉司馬政權下の文學集團としては、賈謐の「二十四友」や石崇の「金谷の集い」などが取り上げられてきた[17]。賈謐の「二十四友」は、當時に權勢を誇った賈謐のもとに潘岳や石崇、陸機や左思などの西晉を代表する文人が集って詩文の創作を行った集團である。また石崇の「金谷の集い」は、「二十四友」の一人でもある石崇を中心に「金谷」において詩文を詠じた集團である。これらの集團は主に詩文を媒介とした文學集團として位置附けることができる。一方、本章で論じた中書省を中心とした著述活動の主體は、當時の中書省に屬した文人たちである。しかもその作品は「三都賦」や『三國志』といった辭賦作品や歴史書と多岐にわたっており、その共通性は思想の面にこそ求められるものである。この點において、「二十四友」や「金谷の集い」とは趣を異とする。彼らの活動は三國の實際を敍述する點において一貫しており、その活動は中書省を據點として行われたものであった。西晉司馬政權下の創作活動の場として、改めて中書省という場所の存在を注目する必要があると言えよう。

注

（1）「魏都賦」に施された注釋が張載によるものであるかという點については、なお議論の餘地が残されている。例えば、六臣注（袁本）・六家注（茶陵本）本及び九條本『文選』では、「魏都賦」舊注の冒頭に「劉曰」二字を冠し、劉逵による注釋であると判斷している。但し、『文選集注』巻八の「蜀都賦」冒頭に擧がる「劉淵林注」に對する注釋には、

李善曰、臧榮緒『晉書』曰、「三都賦」成、張載爲注魏都、劉逵爲注呉蜀。自是之後漸行於代。阮孝緒『七錄』曰、劉逵、字渕《ママ》林、濟南人、晉侍中。

陸善經曰、臧榮緒『晉書』云、劉逵注呉蜀、張載注魏都。綦毋邃序注本及集題云、張載注蜀都、劉逵注呉魏。

今雖列其異同、且依臧（榮緒）爲定。

李善曰く、臧榮緒『晉書』に曰く、「三都賦」成りて、張載爲に魏都に注し、劉逵爲に呉蜀に注す。是自りの後漸く代に行はる。阮孝緒『七錄』に曰く、劉逵字は淵林、濟南の人、晉の侍中なり。

陸善經曰く、臧榮緒『晉書』に云ふ、劉逵は呉蜀に注し、張載は魏都に注す。綦毋邃序注本及び集題に云ふ、張載は蜀都に注し、劉逵は呉魏に注す。

今其の異同を列ぬると雖も、且《しばら》く臧（榮緒）に依りて定と爲す。

とあり、李善及び陸善經注が引用する臧榮緒『晉書』では、劉逵が「蜀都賦」「吳都賦」に、張載が「魏都賦」に對して注釋を施したとする。一方、綦毋邃が注釋及び序文を施した「三都賦」と左思の別集では、劉逵が「吳都賦」「魏都賦」に、張載が「蜀都賦」に注釋を施したとする。最後に『文選集注』編者の案語として、ひとまず臧榮緒『晉書』に從うと判斷している。また、「三都賦」注釋者については、狩野充德『文選音決の研究』（溪水社、二〇〇〇年）1序論篇3・10「左思「三都賦」諸家注について」（初出、「左思三都賦諸家注考證」〈廣島大學文學部中國中世文學研究會、『中國中世文學研究』第十一號、一九七六年〉）に詳しく、狩野氏は李善注『文選』について、「魏都賦」の注釋者は張載であるとする。本章で述べる通り、「蜀都賦」「吳都賦」と「魏都賦」との注釋方式が異なることから、「魏都賦」の注釋は張載によるものと判斷する。

（2）蔡邕『獨斷』上に「所進曰御。御者、進也。凡衣服加於身、飲食入於口、妃妾接於寢、皆曰御（漢の天子の）進めらるる所をば御と曰ふ。御は、進なり。凡そ衣服の身に加へらる、飲食の口に入れらる、妃妾の寢に接せらる、皆な御と曰ふ）」とある。張載注に使用される「御」字も皇帝に獻上されることを意味するものとみてよかろう。

（3）「魏都賦」張載注の元號使用例の算出方法について、元號を省略し年月のみを記すものも一例に數えた。

（4）『三國志』の成立時期については、『華陽國志』陳壽傳によれば、平吳（二八〇）の後に完成し、中書令の張華に評價されたとある。しかし、張華が中書令であったのは咸寧五年（二七九）以前であり、そのため『華陽國志』の記述には矛盾が生じる。恐らくは張華が評價したのは『三國志』の草稿であり、平吳の後に正式に完成したと考えるべきであろう。したがって、ほぼ同一時期に「魏都賦」の注釋を施していた張載には、『三國志』の參照は困難であったと推測される。津田資久「陳壽傳の研究」（『北大史學』第四十一號、二〇〇一年）を參照。

（5）王沈は『晉書』卷三十九に本傳があり、曹魏の正元年間（二五四〜二五五）に荀顗や阮籍と共に『魏書』を編纂したとある。王沈は西晉王朝建國當初の功臣であり、羊祜や荀勗、賈充ら西晉王朝の重臣が教えを乞うた程の人物である。『魏書』が何處に保管されたかは定かではないが、當時の重臣に信頼されたこと、またその中でも荀勗は中書監の職にあり長く宮中の藏書を掌っていたこと、更には著作郎であった陳壽や張載が參照していたと思われることから、宮中の藏書として保管されていたのであろう。

（6）正統論に關する議論については、饒宗頤『中國史學上之正統論—中國史學觀念探討之一』（龍門書店、一九七七年）を參照。

（7）渡邉義浩『西晉「儒教國家」と貴族制』（汲古書院、二〇一〇年）、第二章第一節「西晉「儒教國家」の形成」（初出、『大東文化大學漢學會誌』第四十七號、二〇〇八年）を參照。なお、渡邉氏は瑞祥が現れる點については、その頻度が少ないことを述べており、これが西晉の正統性の特徵であると定義されている。その多寡の如何にかかわらず、告代祭天文の中での瑞祥の出現が正統性の主張の根據となっており、この特徵が張載注にも同様に現れることは間違いのない事實である。

（8）著作郎及び中書著作郎の名稱及び職責については、船木勝馬「晉朝における史官・修史をめぐって」（『論集中國社會・制度・文化史の諸問題　日野開三郎博士頌壽記念』、中國書店、一九八七年）を參照。

（9）『晉書』卷二十四職官志に「著作郎一人、謂之大著作郎、專掌史任、又置佐著作郎八人。著作郎始到職、必撰名臣傳一人（著作郎一人、之を大著作郎と謂ひ、專《もっぱ》ら史任を掌り、又た佐著作郎八人を置く。著作郎始めて職に到るや、必ず名臣傳一人を撰す）」とある。

（10）『晉書』卷九十二左思傳に「造齊都賦、一年乃成。復欲賦三都、會妹芬入宮、移家京師、乃詣著作郎張載訪岷卭之事（「齊都賦」を造りて、一年にして乃ち成る。復た三都を賦さんと欲し、會《たま》ま妹芬の宮に入れば、家を京師に移し、乃ち著作郎張載に詣りて岷卭の事を訪ぬ）」とあり、妹の左棻が入内するのは泰始八年（二七二）のことである。張載が佐著作郎で起家したのは泰始五年（二六九）以降であり、左思の洛陽轉居とほぼ同時期であるため、左思が張載から蜀に關する事柄を取材するのは可能であったと推察される。

（11）姜亮夫『張華年譜』（古典文學出版社、一九五七年）によれば、張華が中書令になるのは泰始六年（二七〇）のことである。また姜氏によれば、この時に荀勗もすでに中書省に在籍している。

（12）『晉書』卷四惠帝紀に「六年春正月、大赦。司空・下邳王晃薨。以中書監張華爲司空（〔元康〕六年春正月、大赦す。司空・下邳王晃薨ず。中書監張華を以て司空と爲す）」とある。また、中書監に就くのは楚王瑋が賈后によって誅された時のことであるので、元康元年（二九一）である。「三都賦」舊注の成立が元康二年（二九二）以前と考えられるので、僅かではあるが注釋の成立に張華が關與した可能性をも指摘できる。

(13)『世説新語』文學篇の劉孝標注が引用する『左思別傳』に「劉淵林・衞伯輿並蚤終、皆不爲思賦序注也。凡諸注解、皆思自爲、欲重其文、故假時人名姓也（劉淵林〔劉逵〕・衞伯輿〔衞權〕並びに蚤《つと》に終《みまか》り、皆な思の賦の序注を爲さざるなり。凡そ諸注解、皆な思自《みづか》ら爲し、其の文を重んぜられんことを欲し、故に時人の名姓を假るなり）」とある。

(14) 陳壽の『三國志』に現れる正統觀については、本田濟『東洋思想研究』（創文社、一九八七年）第三部第三章「陳壽の『三國志』」を參照。

(15)「三都賦」の著述の背景に、平呉に伴う地理情報の把握の必要性があったことは、本書第六章を參照。

(16) 張華を中心とした文學集團については、佐藤利行『西晉文學研究——陸機を中心として——』（白帝社、一九九五年）第一章「西晉の文學集團」ですでに言及されている。但し、その詳細については充分に明らかにはなっていない。また、張華の文學史上の位置附けについては、林田愼之助『中國中世文學評論史』（創文社、一九七九年）第三章第三節「魏晉南朝文學に占める張華の座標」（初出、日本中國學會、『日本中國學會報』第十七集、一九六五年）を參照。

(17) 森野繁夫『六朝詩の研究——「集團の文學」と「個人の文學」』（第一學習社、一九七六年）第一章第二節「西晉における文學集團」の中で、西晉の文學集團として、賈謐の「二十四友」及び石崇の「金谷の集い」を一項目に擧げて論じている。また、賈謐の「二十四友」については、福原啓郎「賈謐の「二十四友」に所屬する文人に關するデータ」（京都外國語大學、『研究論叢』第七十號、二〇〇七年）に、所屬する文人に關する資料が仔細に擧げられ、具體的な檢討が同『魏晉政治社會史研究』（京都大學學術出版會、二〇一二年）第二部第七章「賈謐の二十四友をめぐる二三の問題」（初出、六朝學術學會、『六朝學術學會報』第十集、二〇〇九年）で加えられている。

第九章　左思「三都賦」と西晉武帝司馬炎

第一節　「三都賦」の多面的特徴

西晉の左思が著し、『文選』巻四から巻六に收録される「三都賦」の敍述内容には、およそ三つの特徴を擧げることができる。まず「三都賦」の序文には、

美物者、貴依其本、贊事者、宜准其實。非本非實、覽者奚信。

物を美する者は、其の本に依るを貴び、事を贊する者は、宜しく其の實に准ずるべし。本に非ず實に非ざれば、覽る者奚《なん》ぞ信とせん。

とあり、左思は事象の「本」と「實」、すなわち本質と事實を本文に反映させることで、初めて讀者が信用するであろうことを主張する。そしてその實踐について、序文は次のように述べる。

其山川城邑、則稽之地圖、其鳥獸草木、則驗之方志、風謠歌舞、各附其俗、魁梧長者、莫非其舊。

其れ山川 城邑は、則ち之を地圖に稽《かんが》み、其れ鳥獸 草木は、則ち之を方志に驗《かんが》み、風謠 歌舞は、各《おのお》の其の俗に附き、魁梧 長者は、其の舊に非ざる莫し。

實際に「地圖」「方志」「其俗（習俗）」「其舊（舊聞）」に依據することで、左思は賦の本文に事象の本質と事實を描き出そうとしたのである。これは「三都賦」の完成直後に施された劉逵や張載の注釋が、賦の内容に對して地方志や史實によって引證することからも明らかである。この實在する事象のみを描くことによって獲得される寫實性、すなわち實證主義的寫實性が左思自身の主張する「三都賦」の第一の特徴である[1]。

また「三都賦」の特徴については、これまでにも先人による様々な言及がなされている。例えば、袁枚は『隨園詩話』巻一で次のように述べる。

古無類書、無志書、又無字匯、故「三都」「兩京」賦、言木則若干、言鳥則若干、必待搜輯羣書、廣采風土、然後成文。果能才藻富艷、便傾動一時。洛陽所以紙貴者、直是家置一本、當類書・郡志讀耳。

古《いにしへ》は類書無く、志書無く、又た字匯無し、故に「三都」「兩京」賦は、木を言ふは則ち若干、鳥を言ふは則ち若干、必ず群書を搜輯し、廣く風土に采るを待ちて、然る後に文を成す。果たして能く才藻富艷なれば、便ち一時に傾動す。洛陽の紙貴き所以の者は、直《た》だ是れ家に一本を置きて、類書・郡志に當てて讀めるのみ。

古代は類書などがなかったために、都邑賦は文獻や實際の風俗に取材した上で著述された。その結果、都邑賦じたいが類書的性質を帯びることに袁枚は注目し、「洛陽紙貴」の理由も「三都賦」が類書として讀まれたためであろうと指摘する。この類書的性質が第二の特徴である[2]。

更に「三都賦」が著された時期との關わりからは、王鳴盛が『十七史商榷』巻五十一「三江揚都」で、「三都賦」において魏都を稱揚する理由を次のように説明する。

左思於西晉初呉蜀始平之後、作「三都賦」、抑呉都・蜀都而申魏都、以晉承魏統耳。

左思 西晉の初めに呉蜀の始めて平ぐるの後、「三都賦」を作り、呉都・蜀都を抑へて魏都を申《の》ぶるは、晉の魏統を承《う》くるを以てするのみ。

西晉王朝が曹魏の正統を繼承したために、「三都賦」では蜀漢と孫呉を曹魏の下位に配し、曹魏を稱揚したと指摘する。この西晉の正統性の主張が第三の特徴である[3]。

これらの特徴のうち、第二の特徴である類書的性質が漢代都邑賦にも認められるほかは、すべて「三都賦」に特有のものである。從來の「三都賦」研究では、これらの特徴を指摘するのみであり、全體に共通する背景は充分に考察されていない。第一の特徴である寫實性については小尾郊一氏が、漢賦に見える虛構に反發した魏晉期の文人に、自然をありのままに表現しようとする寫實精神が見出せ、左思もこれを共有したために生じたものであると指摘する[4]。

ところで、「三都賦」が漢代の都邑賦には見出せない新たな特徴を持ち得た背景の考察には、著述當時に左思が置かれていた環境を注視することが必要である。そうすることで初めて、特徴の成立背景を包括的に理解できると考えられる。本章は、左思が「三都賦」を著述した西晉武帝期（泰始元年〔二六五〕～太熙元年〔二九〇〕）に主に着目することで、何故「三都賦」がこのような多面的特徴を備えることができたかという問題について、本書のこれまでの考察結果も踏まえ、總合的に考察を行うものである。

第二節　寫實性及び類書的性質の成立背景

「三都賦」の特徴の一つである實證主義的寫實性は、「蜀都賦」「吳都賦」の風俗物産の描寫、そして「魏都賦」の歴史敍述に對して主に發揮される。まず「蜀都賦」より例を擧げる。

45孔翠羣翔　犀象競馳　　孔翠は群れ翔け、犀象は競《きそ》ひ馳す。
白雉朝雊　猩猩夜啼　　白雉は朝《あした》に雊《な》き、猩猩は夜に啼く。

蜀の領域にあらわれる生物を生態描寫とともに列擧した箇所であり、これに對して劉逵は以下の注釋を施す。

孔、孔雀也。翠、翠鳥也。孔雀、特出永昌・南涪縣。翡翠、常以二月九月羣翔興古。十餘日復去焉。白雉、出永昌。猩猩、生交阯・封谿。似猨、人面、能言語。夜聞其聲、如小兒啼。

孔は孔雀なり。翠は翠鳥なり。孔雀は特に永昌・南涪縣に出づ。翡翠は常に二月九月を以て興古に群翔す。十餘日にして復た焉れを去る。白雉は永昌に出づ。猩猩は交阯・封谿に生ず。猨に似て、人面、言語を能くす。夜に其の聲を聞かば、小兒の啼けるが如し。

劉逵は直接には地方志などの文獻資料を引用しないが、賦本文に擧がる殆どの生物に對する、生息地や生態などの可能な限りの詳細な情報を提示する。「猩猩夜啼（猩猩　夜に啼く）」句は、實際の生態を表現に反映した好例である。このように作品世界に登場する生物の實在を明示することで、その寫實性を保證するのである。[5] 一方、「魏都賦」では曹魏の歷史に關する敍述に重點が置かれる。

69翼翼京室　眈眈帝宇　　翼翼たる京室、眈眈たる帝宇、
巣焚原燎　變爲煨燼　　巣焚《や》け原燎《も》ゆるがごとく、變じて煨燼《かいじん》と爲る、
故荊棘旅庭也　　故に荊棘　庭に旅《つら》なれり。
殷殷寰内　繩繩八區　　殷殷たる寰内、繩繩たる八區、
鋒鏑縱横　化爲戰場　　鋒鏑　縱横し、化して戰場と爲る、
故麋鹿寓城也　　故に麋鹿《びろく》　城に寓せり。

後漢王朝の帝室が荒廢するさまや、中國全土が動亂により戰場となった様子が描かれる。これに對して、張載は以下の注釋を施す。

光熹元年四月、靈帝崩。八月、大將軍何進入省見太后、黄門張讓・郭進等斬進。進部曲將兵突入尙書閤、閤閉。虎賁中郎將袁術等攻閤、日暮、術等起火焼閤。初平元年十二月、董卓遷都長安、其夜焼洛陽南北宮。

光熹元年（一八九）四月、靈帝崩ず。八月、大將軍何進　省に入りて太后に見《まみ》ゆるに、黄門張讓・郭進等　進を斬る。進の部曲將兵　尙書閤に突入して、閤閉づ。虎賁中郎將袁術等　閤を攻めんとし、日暮、術等　火を起こして閤を焼けり。初平元年（一九〇）十二月、董卓　長安に遷都し、其の夜　洛陽の南北宮を焼けり。

張載は、何進誅殺に伴う袁術らの蜂起と董卓の長安遷都に伴う洛陽の炎上、これらの史實を賦本文に關連づける。(6)
このような實證主義的寫實性の重視は、實は「三都賦」のみに該當するものではなく、『拾遺記』卷九に見える張

華の『博物志』に關する記事にも確認できる。

今卿『博物志』、驚所未聞、異所未見、將恐惑亂於後生、繁蕪於耳目。可更芟截浮疑、分爲十卷。……帝常以『博物志』十卷、置於函中、暇日覽焉。

今卿の『博物志』は、未だ聞かざる所に驚き、未だ見ざる所を異とするも、將に後生を惑亂し、耳目を繁蕪せんことを恐る。更に浮疑を芟截《さんせつ》し、分けて十卷と爲すべし。……帝 常に『博物志』十卷を以て、函中に置き、暇日 焉れを覽る。

武帝司馬炎は、張華の『博物志』が記す「未見」「未聞」な事象に感心しつつも、そこにはなお「浮疑」なるものがあり、讀み手を惑わすものとして削除を求めたという。このような時代にあって、左思もまた「三都賦」において、彼自身が「三都賦」の序文で宣言した「本」や「實」、すなわち實在する事象の重視を強く求められていたのであろう。

ところで、風俗や物產などの描寫部分に注目すると、歷史敍述に重點を置く「魏都賦」では風俗や物產は殆ど描かれず[7]、「蜀都賦」も「吳都賦」と比較すれば少ない。そして、最も多くかつ仔細に描かれるのは「吳都賦」となっていることに気附かされる。このことは、當時に孫吳の平定が西晉王朝内で企圖されたことと深く關係する。すなわち、元來の領土であった曹魏の風俗や物產を殊更に詳述する必要はなく、「三都賦」著述時にすでに西晉に歸屬していた蜀漢の領域もさほど重要ではなかった。一方、これから領土となるであろう孫吳の領域に對しては、領域そのものに對する關心の高さも相俟って、より詳細な描き方になったのではなかったか。これは「蜀都賦」が計四一四句であるのに對し、「吳都賦」が計七七四句とおよそ倍の分量から構成されることからも看て取れよう。左思が重視したのが實證主義的寫實性であるからには、當然そこに盛り込まれる情報は實在のものでなくてはならず、そのため廣範圍かつ詳細な情報源を必要としたであろうことは推測に難くない。これらの過程を通して、袁枚の指摘する類書的性質も自然と附與されたのではなかろうか。

第三節　西晉王朝の正統性の主張の背景

「三都賦」では、それぞれの作品間で重視される點が異なっている。例えば「蜀都賦」は、

403至乎臨谷爲塞　因山爲鄣　　谷に臨みて塞と爲し、山に因りて鄣と爲すに至りては、

峻岨塍埒長城　豁險呑若巨防　　峻岨《しゅんそ》の塍きこと長城に埒しく、豁險《かつけん》にして呑むこと巨防の若し。

と述べるように、蜀の險阻な地勢を誇る。一方「呉都賦」は、

703昔者夏后氏朝羣臣於茲土　而執玉帛者以萬國　　昔者《むかし》夏后氏 群臣を茲《こ》の土に朝せしめ、玉帛を執る者以て萬國なり。

蓋亦先王之所高會　而四方之所軌則　　蓋し亦た先王の高會せし所にして、四方の軌則とせる所なり。

と述べ、禹の巡狩以來の歴史を强調する。しかし「魏都賦」は、

29正位居體者　以中夏爲喉　　位を正して體に居る者は、中夏を以て喉《のど》と爲し、

不以邊垂爲襟也　　邊垂を以て襟《えり》と爲さざるなり。
長世字甿者　以道德爲藩　　世に長たりて甿《たみ》を字《やしな》ふ者は、道德を以て藩《まがき》と爲し、
不以襲險爲屏也　　襲險を以て屏と爲さざるなり。

と述べ、邊境や險阻な地勢を恃んで割據する吳蜀に對して、中央に位置して儒教道德をよりどころとする曹魏の優位が宣言される。王鳴盛は「抑吳都・蜀都而申魏都（吳都・蜀都を抑へて魏都を申ぶる）」と述べたが、その理由は彼が指摘するように、西晉王朝が曹魏を繼いだためであろう。事實、曹魏王朝による司馬氏への禪讓の様子は、「魏都賦」の次の一段に確認できる。

599 筭祀有紀　天祿有終　　筭祀に紀有り、天祿に終はり有り。
傳業禪祚　高謝萬邦　　業を傳へ祚を禪《ゆず》り、高く萬邦に謝す。
皇恩綽矣　帝德沖矣　　皇恩　綽《ゆた》かにして、帝德　沖《むな》し。
讓其天下　臣至公矣　　其の天下を讓れる、臣たる至公なるかな。
榮操行之獨得　超百王之庸庸　　操行の獨り得たるを榮えとし、百王の庸庸たるを超ゆ。
追亙卷領與結繩　睠留重華而比蹤　　追ひて卷領と結繩とに亙《わた》り、重華を睠《かへり》み留めて蹤《あと》を比《くら》ぶ。

ここでは王朝の命數の限界と天祿の終焉のため、曹魏王朝が司馬氏へと天下を讓り渡したことが述べられ、魏晉革命を曹魏の歷史の終着點とする。「魏都賦」は曹魏が主な敍述對象であるため、その恩德や西晉王朝の臣下となることを許諾する態度が稱讚され、併せて曹魏皇帝の德行が前代の諸王を凌駕することが讚美される。ここで左思は、曹

魏を「重華」、すなわち舜に準えることで魏晉革命を表現するが、ここから禪讓を受けた司馬氏を間接的に禹に準えていると推測される。ここに禪讓革命に基づく西晉王朝の正統性を主張する左思の政治態度が看て取れる。

そして、この西晉王朝の正統性の主張は、西晉武帝期の他の著述活動にも同様に見出すことができる。

十二月壬戌、天祿永終、曆數在晉。詔羣公卿士具儀設壇于南郊、使使者奉皇帝璽綬册、禪位于晉嗣王、如漢魏故事。

（咸熙二年（二六五））十二月壬戌、天祿 永《とこし》えに終《つひ》へ、曆數 晉に在り。詔して群公卿士をして儀を具へ壇を南郊に設けしめ、使者をして皇帝の璽綬册を奉ぜしめ、位を晉の嗣王に禪ること、漢魏の故事の如し。

（『三國志』魏書卷四三少帝紀）

ここは『三國志』の中で魏晉革命を述べたところであるが、天祿の終わりと曆數が司馬氏に歸することを王朝交替の契機とするのは、「魏都賦」と同様の論理である。「漢魏故事」とは、禪讓形式による後漢から曹魏への王朝交替を指す[8]。後漢の正統を繼いだ曹魏より禪讓を受けたことを述べることから、西晉王朝を正統化しようとする陳壽の意圖は明らかであろう[9]。陳壽の西晉王朝に對する意識のあらわれについては次のような指摘もある。

蓋壽修書在晉時、故於魏晉革易之處、不得不多所迴護。而魏之承漢、與晉之承魏、一也。既欲爲晉迴護、不得不先爲魏迴護。……正統在魏、則晉之承魏爲正統、自不待言。此陳壽仕於晉、不得不尊晉也。

蓋し壽の修書するは晉の時に在り、故に魏晉革易の處に於ける、迴護する所の多からざるを得ず。而して魏の漢を承くると、晉の魏を承くるとは一なり。既にして晉の爲に迴護せんことを欲すれば、先んじて魏の爲に迴護せざるを得ず。……正統は魏に在れば、則ち晉の魏を承くるを正統と爲すこと、自《おのづ》から言を待たず。此れ陳壽の晉に仕ふれば、晉を尊ばざるを得ざるなり。

（〔清〕趙翼『廿二史劄記』巻六「三國志書法」）

趙翼は、陳壽が『三國志』を著したのは西晉王朝建國以降であるために魏晉革命を正當化する必要があったこと、そして陳壽が西晉に仕える官僚であるために西晉王朝の正統性を殊更に主張せざるを得なかったことを指摘する。更には、羊祜の後任として平呉の際に最前線で指揮した杜預の著した『春秋左氏經傳集解』にも、この西晉王朝の正統性の主張を見出せる。杜預は『經傳集解』の中で、經文を根據とした上で司馬昭による高貴鄕公髦の弑殺を正當化し、西晉王朝の正統性を明らかにしたとされる(10)。『春秋左氏經傳集解』の後序では、該書の著述時期について次のように記す。

太康元年三月、吳寇始平。余自江陵還襄陽、解甲休兵。乃申抒舊意、修成『春秋釋例』及『經傳集解』。

太康元年（二八〇）三月、吳寇始めて平ぐ。余 江陵より襄陽へ還り、甲を解き兵を休ましむ。乃ち舊意を申抒し、『春秋釋例』及び『（春秋左氏）經傳集解』を修成す。

（〔西晉〕杜預『春秋左氏經傳集解』後序）

ここで杜預は、太康元年（二八〇）の平呉の達成を契機として、彼の宿願であった『春秋左氏經傳集解』を著述したことを述べる。これはまさしく、「三都賦」が泰始八年（二七二）から太康三年（二八二）にかけて、『三國志』が平吳達成の太康元年（二八〇）以降にそれぞれ著述されたのと同時期のことである。

ところで、彼らが一様に正統性を主張した西晉王朝は、その建國の泰始元年（二六五）から平吳達成の太康元年（二八〇）前後の一時期、內憂外患とも言える喫緊の政治課題を抱えた狀況にあった。

內政上の問題は、泰始三年（二六七）に立太子した司馬衷の不慧疑惑と、それに伴う武帝司馬炎と同母弟司馬攸の間に生じた軋轢である。司馬炎は「政略結婚」とも言える積極的な婚姻政策によってこれに對處した。[11] 泰始九年（二七三）に司馬炎は世間の通婚を一時的に禁止し、後宮への大規模な「采女」策を斷行する。併せて咸寧三年（二七七）及び太康十年（二八九）には、太子衷の親弟に對する二度にわたる封王を行っている。これらは太子衷の藩屛としての親弟の獲得、及び外戚の擴張を目的とした政策であった。この間、司馬攸は太康四年（二八三）に歸藩を命じられ憤死している。因みに、左思の妹である左棻は「采女」策斷行を遡る泰始八年（二七二）に入內したが、[12] これも太子衷不慧疑惑に對する西晉王朝の諸政策の枠內に位置附けてよかろう。

外交上の問題は、平吳、すなわち孫吳の平定に關する問題である。當時は開戰時期をめぐり、司馬炎を筆頭に羊祜や杜預、張華で構成された咸寧五年（二七九）の早期開戰を主張する一派と、いまだ時期尙早であるとして太康元年（二八〇）の秋冬期の開戰を主張した賈充を中心に荀勗らで構成された一派との對立があった。[13] 武帝は羊祜との論議で平吳の構想を固め、羊祜沒後には後任として杜預を最前線に配置し、中央には張華を置くことで平吳に備えた。咸寧五年（二七九）、賈充の强い反對を斥け出兵の命を下し、[14] 翌太康元年（二八〇）、時の孫吳皇帝であった孫皓の降伏を受け、後漢末の動亂以來およそ七十年ぶりの統一を果たすことになる。

これほどに武帝が內政外交に積極的であった背景には、この當時には西晉王朝の權力基盤がいまだ確立されていなかったことが考えられる。このことは、『晉書』卷三十四羊祜傳に見える咸寧四年（二七八）の羊祜の臨終間際に張華に託された遺言からも窺える。

今主上有禪代之美、而功德未著。吳人虐政已甚、可不戰而克。混一六合、以興文教、則主齊堯舜、臣同稷契、爲百代之盛軌。

今主上　禪代の美有るも、功德未だ著れず。吳人の虐政已に甚だしければ、戰はずして克《か》つべし。六合を混一し、以て文教を興さば、則ち主は堯舜に齊《ひと》しく、臣は稷契に同じく、百代の盛軌と爲らん。

羊祜は、武帝が魏晉革命を果たしたことは評價するが、彼に明確な功績がないこと、そしてその德がいまだはっきりとは著れていないことを危惧する。そして、平吳を達成し天下を統一することを權力基盤確立の契機とし、「文教」政策を通じて堯舜に匹敵する治世を築くよう進言する。

以上を要するに、左思や陳壽、杜預が著述活動を展開した當時は、西晉王朝の權力基盤が確立されておらず、王朝も平吳やその後の「文教」政策を通じてその確立を目指した時期であった。左思らの西晉王朝を正統化せんとする著述活動と、當時の狀況下における司馬氏一族の目指したものとは、その志向を同じくしていたと考えられるのである。

第四節　「三都賦」に見える司馬氏一族への配慮

これまでに見た「三都賦」の敍述からは、司馬氏一族との志向の一致が見出せる。このことは、何故「魏都賦」の魏都が曹魏王朝の帝都である洛陽ではなく魏王國の王都である鄴都であるのか、という問題とも關わるように思われる。この問題は王德華氏にすでに論考があり、洛陽が統一王朝にとって政治及び地理的な重點であったこと、鄴都は曹操の功業を稱讚するのに適していたこと、曹魏は三國の統一を果たしておらず、洛陽を都としたものの實質はその資格がないこと、「三都賦」の著述が曹魏王朝及び西晉王朝の正統性を主張するためであったこと、これらが鄴都選擇の要因であったとする。[15] 併せて、洛陽が西晉時代に如何なる都城と認識されていたかが大きく關係するのではないかと疑われる。

まず西晉時代の洛陽は、王朝の帝都として認識されていた。これは陸機の「爲顧彦先贈婦二首」其一に、

辭家遠行遊　悠悠三千里　家を辭して遠く行遊すれば、悠悠として三千里。
京洛多風塵　素衣化爲緇　京洛は風塵多ければ、素衣は化して緇《くろ》く爲らん。

（（西晉）陸機「爲顧彦先贈婦二首」其一『文選』巻二十四）

とあり、孫呉から遠方の地である洛陽が「京洛」と表現されることからもわかる。

だが洛陽は、それと同時に曹氏と司馬氏の間に起きた凄惨な權力抗争の場でもあった。兩者の權力抗争は、正始十年（二四九）の司馬懿による曹爽に對する叛亂及び殺害に始まり、ついで嘉平三年（二五一）には彼の專權に對する王凌の叛亂が鎭壓される。司馬師は、嘉平六年（二五四）に夏侯玄らの殺害と齊王芳の廢位を行い、正元二年（二五五）に毋丘儉と文欽の亂を鎭壓する。司馬昭が跡を繼いでからは、甘露三年（二五八）に諸葛誕の叛亂を鎭壓し、彼を殺害する。そして甘露五年（二六〇）には高貴郷公髦を弑殺したが、ここで司馬氏と曹氏の權力關係は逆轉する。結果として、泰始元年（二六五）に魏晉革命を經て西晉王朝が建國される。[16] 曹爽に對する叛亂と殺害、夏侯玄の殺害及び齊王芳の廢位、高貴郷公髦の弑殺は洛陽城内或いは近郊で行われ、[17] 就中、高貴郷公髦の弑殺は王朝建國の僅か五年前の出來事であった。これは王朝初期において記憶に新しい事件と見え、『晉書』巻五十庾純傳にも次のような記事が殘る。

純因發怒曰「賈充、天下兇兇、由爾一人。」充曰「充輔佐二世、蕩平巴蜀、有何罪而天下爲之兇兇。」純曰「高貴鄕公何在。」衆坐因罷。

純因りて怒を發して曰く「賈充、天下の兇兇たるは、爾《なんぢ》一人に由れり」と。充曰く「充 二世を輔佐し、巴蜀を蕩平す、何の罪有りて天下 之が爲に兇兇たらん」と。純曰く「高貴鄕公何くにか在る」と。衆坐して因りて罷《や》む。

司馬昭と炎の二代に仕え、蜀漢平定の功績を誇示する賈充に對して、庾純は高貴鄕公髦の所在を問うことで、魏晉革命の際に高貴鄕公髦の弑殺に深く關わった賈充を痛烈に批難する。酒宴の席ではあるが、あまりに直截的な物言いであり、結果として庾純は免官される。曹氏と司馬氏の權力抗爭、とりわけ洛陽城下で起きた兩者の直接衝突の當事者が健在であったこと、そして西晉初期にはこれらの抗爭を想起させる言動が歡迎されなかったことがこの一事からも讀み取れよう。事實、「魏都賦」における洛陽在都時は次の僅か十四句に集約されるのである。

本枝別幹　蕃屛皇家　　本枝 幹を別ち、皇家に蕃屛す。
勇若任城　才若東阿　　勇たるは任城（曹彰）の若く、才あるは東阿（曹植）の若し。
抗旍則威噞秋霜　摛翰則華縱春葩　　旍《はた》を抗《あ》ぐれば則ち威 秋霜より噞《けは》しく、翰《ふで》を摛《の》ぶれば則ち華 春葩を縱にす。
英喆雄豪　佐命帝室　　英喆《えいてつ》 雄豪、命を帝室に佐く。
相兼二八　將猛四七　　相は二八を兼ね、將は四七より猛し。
赫赫震震　開務有謐　　赫赫 震震として、開務 謐《しづ》かなること有り。

故令斯民覩泰階之平　可比屋而爲一　故に斯民をして泰階の平らかなるを覩、屋を比《なら》べて一と爲すべからしむ。

曹氏の宗室として、任城王曹彰と東阿王曹植が擧げられ、彼らが藩屛としてその豐かな才能を發揮したことを述べる。そして、八元八凱や光武帝の二十八將にも匹敵する有能な文官武官が曹魏王朝を支えたことにより、太平の世を享受できるようになったことを詠う。この敍述内容は、王朝建國までの歷史敍述がおよそ百三十句をかけて仔細に展開されるのと比べて非常に簡素である(18)。

ここからは、當時における司馬氏と曹氏との權力抗爭に關する生々しい記憶に敏感に反應し、洛陽という場を强調しないよう細心の注意を拂う左思の配慮が窺われる。

以上、「魏都賦」における曹魏王朝時期を主體とした敍述からは、左思の西晉司馬政權への配慮が垣間見えた。曹魏の帝都である洛陽ではなく鄴都が選擇されたことや、賦本文で魏晉革命までが敍述されたことも、やはり左思の配慮によるものと理解できる。

第五節　西晉武帝期における中書省の役割

先に述べた左思や陳壽、杜預による著述活動のうち、左思と陳壽のそれが、彼らの中書省に在籍した時期になされた事實は看過してはならない。左思について言えば、彼は「三都賦」を著述するに際して、張載に蜀の情報を求め、一句浮かぶごとに「門庭藩溷」に備えた紙に書き附け、自身の淺學を憂慮し祕書郎の職を求めている。ここからは、左思の「三都賦」著述に沒頭するさまが窺える。この中書省の關與については前章で論じたところであるが、ここで改めてその分析範圍を廣げ、それが果たした役割を考察する。

ところで、左思が求職した祕書郎とは宮中の藏書を閲覽できる官職である。そのためか、從來は「三都賦」の著述と左思の祕書郎拜命とを直接に結びつけ、著述活動を圓滑に進めるための就官と捉えられてきた。事實そうであったと推測されるが、やはり祕書郎就官の背景を確認する必要があろう。祕書郎が左思の起家官であるかについては、祕書郎は六品官であるため鄕品二品の起家官となる。したがって、左思の家格からのみ判斷すれば、六品官での起家は困難であり、從來は左思自身の才能による起家であるとされる。[19]もっとも、祕書郎が左思の起家官でない可能性も充分に考え得る。但し、妹の左棻が入内しており武帝とは近しい關係にあったこと、そして『晉書』左思傳に「求爲祕書郎（求めて祕書郎と爲る）」とあることから、その祕書郎就官には左思の家格以外の要因が働いたと考えてよかろう。何れにせよ、左思の「三都賦」著述において、この中書省に屬する祕書郎への就官が重要な意味を持つことは間違いない。

當時の中書省の狀況を確認すれば、中書監には王朝の機密を建國以來預かり續け、宮中の藏書を管理した荀勗が就き、中書令は張華であった。そして、劉逵が中書郎、張載が著作郎として在籍し、彼らの注釋活動は「三都賦」發表後に直ちに開始された。更には、陳壽も著作郎として『三國志』の著述に取り組んでいた。[20]

當時の中書省の職掌は詔敕の起草や史書の編纂、祕書の管理であり、武帝期には、中書監として荀勗と華廙、何劭の三名、中書令として庾純と張華、和嶠の三名が任官していた。彼らの事跡を『晉書』本傳より確認することで、どのような人材が中書省に集められたかを分析する。まず中書監に就いた荀勗と華廙と何劭について、荀勗は『晉書』卷三十九荀勗傳に、

荀勗字公曾、潁川潁陰人、……岐嶷夙成、年十餘歳能屬文。……拜中書監、加侍中、領著作、與賈充共定律令。……勗久管機密、有才思、探得人主微旨、不犯顏迕爭、故得始終全其寵祿。

荀勗 字は公曾、潁川潁陰の人なり、……岐嶷《きぎょく》にして夙成《しゅくせい》なれば、年十餘歳にして能く文を屬す。……中書監を拜し、侍中を加へられ、著作を領し、賈充と共に律令を定む。……勗 久しく機密を管《つかさど》り、才思有れば、人主の微旨を探し得て、顏を犯し爭ひに迕《あ》はざれば、故に始終 其の寵祿を全くするを得たり。

とあり、華廙は『晉書』卷四十四華廙傳に、

廙字長駿、弘敏有才義。……廙棲遲家巷垂十載、教誨子孫、講誦經典。集經書要事、名曰「善文」、行于世。……數年、以爲中書監。

（華）廙 字は長駿、弘敏にして才義有り。……廙 家巷に棲遲すること十載に垂《なんな》んとし、子孫に教誨し、經典を講誦せしむ。經書の要事を集め、名づけて「善文」と曰ひ、世に行はる。……數年にして、以て中書監と爲れり。

と見える。何劭については『晉書』卷三十三何劭傳に、

劭字敬祖、少與武帝同年、有總角之好。……劭博學、善屬文、陳說近代事、若指諸掌。

（何）劭 字は敬祖、少くして武帝と同年なれば、總角の好有り。……劭 博學にして、善く文を屬し、近代の事を陳說するに、諸《これ》を掌《たなごころ》に指すが若し。

と記される。彼が中書監に就いたことは『晉書』巻四惠帝紀に、

秋八月壬午、立廣陵王遹爲皇太子、以中書監何劭爲太子太師。

（永熙元年〔二九〇〕）秋八月壬午、廣陵王遹を立てて皇太子と爲し、中書監何劭を以て太子太師と爲す。

とあることから、武帝期の最末期には中書監であったと推定される。ついで中書令の庾純と張華、和嶠について、庾純は『晉書』巻五十庾純傳に、

庾純字謀甫、博學有才思、爲世儒宗。……歴中書令・河南尹。

庾純　字は謀甫、博學にして才思有り、爲に世に儒宗たり。……中書令・河南尹を歴たり。

とあり、張華は『晉書』巻三十六張華傳に、

張華字茂先、范陽方城人也。……華學業優博、辭藻溫麗、朗瞻多通、圖緯方伎之書莫不詳覽。……華强記默識、四海之內、若指諸掌。……數歲、拜中書令、後加散騎常侍。

張華　字は茂先、范陽方城の人なり。……華　學業優博、辭藻溫麗、朗瞻にして多通し、圖緯方伎の書の詳覽せざるもの莫し。……華　强記默識、四海の內、諸を掌に指すが若し。……數歲にして、中書令を拜し、後に散騎常侍を加へらる。

と見える。和嶠は『晉書』巻四十五和嶠傳に、

和嶠字長輿、汝南西平人也。……賈充亦重之、稱於武帝、入爲給事黄門侍郎、遷中書令、帝深器遇之。

和嶠 字は長輿、汝南西平の人なり。……賈充亦た之を重んじ、武帝に稱し、入りて給事黄門侍郎と爲り、中書令に遷るも、帝深く之を器遇す。

と記される。ここに擧げた武帝期の中書監及び中書令任官者は、その經歴や才質によって次の特色が指摘できる。まず（一）儒教に習熟していること。「善文」を著した華廙、「儒宗」と稱された庾純が該當する。（二）博識或いは文才を有したこと。荀勗、庾純、張華、何劭が擧げられる。（三）武帝司馬炎による信頼が篤く、武帝との關係が密であったこと。開國の功臣である荀勗、平呉政策で武帝の信頼を獲得した張華、賈充の推擧により武帝に好遇された和嶠、武帝の竹馬の友であった何劭が該當する。これらの特色のうち、儒教は司馬氏の家學であるし、博識及び文才は中書官僚が本來的に備えるべき資質であり、かつ武帝の評價するところでもあった[21]。このように見た場合、司馬氏の志向に合致し武帝の信任篤い人物が、こと中書省において多く任官していた事實を認めることができるのである。

左思は、代々儒學を修めた家系であり[22]、「齊都賦」著述の事實からも祕書郎就官時にはその文才を認めることができ、妹左棻の入内により武帝とは近しい關係にあり、如上の特色をすべて備えていた。中書官僚ではないが、杜預もその特色を完備しており[23]、武帝の意圖が反映され得る環境にあったと考えてよい。

皇帝の意思を公示する中書省には、當然のこととして皇帝が人事に關與するが、こと「三都賦」に關連して考えた場合、中書省に在籍する官僚によって「三都賦」本文及びその注釋が著されたことには、武帝の存在とその意圖とが反映されたのではないかと推測されるのである。先に論じた「三都賦」に確認される左思の司馬氏一族に對する配慮も、彼の中書官僚として置かれた環境によるものと考えてよい。

但し、左思や陳壽、杜預の著述活動のすべてを武帝司馬炎の存在へと收斂させる必要はなかろう。當時は平吳を通して三國統一への機運が大きく高まった時期であった。このような狀況に鑑みれば、これらの著述活動は、統一を果たした西晉王朝の來たるべき「文教」政治に對して各自が自發的に對應した結果とも考えられる。中書官僚ではない杜預による著述が左思や陳壽のそれと同じ志向を持ち、平吳を終えた後に行われたことは、このことを傍證しよう。

第六節　左思「三都賦」と西晉武帝司馬炎

「三都賦」の著述活動は、左思が祕書郎として中書省に在籍したこともあり、武帝司馬炎の存在や意圖が反映され得る環境にあった。このことを實際に「三都賦」本文の內容から確認したい。

一つめは、本章第四節で擧げた「魏都賦」に見える洛陽在都時の敍述である。その第587・588句には「勇若任城、才若東阿〈勇たるは任城〔曹彰〕の若く、才あるは東阿〔曹植〕の若し〉」とあり、文帝曹丕を支える藩屛として、親弟であり武勇に秀でた任城王曹彰と、同じく親弟であり文才に優れた東阿王曹植の二人の同母弟が擧げられる。文帝曹丕とその同母弟である曹彰や曹植との關係は、武帝司馬炎と同母弟司馬攸との關係性と同じである。陳壽は『三國志』の著述を通して、曹丕と曹植との關係性に司馬炎と司馬攸のそれを投影し、帝室衰亡に繫がる後嗣爭いと文帝曹丕による至親諸王への冷遇とを强調して敍述することで、却って長子相續の原則と至親諸王を用いた輔政體制の確立を武帝司馬炎に對して言外に訴えたとされる(24)。「魏都賦」において、左思が司馬炎と司馬攸の關係に投影される曹丕と曹植を擧げたのは恐らくは偶然ではなかろう。左思は親弟による補佐を曹魏王朝の稱讚すべき點として描くが、ここからは武帝司馬炎と同母弟司馬攸の軋轢の解消を期待する左思自身の政治態度を讀み取ることができよう。ここに漢賦が本來的に持つ諷諫の精神を僅かではあるが見出してもよいように思われる。

二つめは、「吳都賦」より孫吳の領域を述べた部分を擧げる。

161爾乃地勢坱圠　卉木䟴蔓　爾して乃ち地勢は坱圠《おういつ》し、卉木は䟴蔓《おうまん》たり。
　遭藪爲圃　値林爲苑　藪に遭へば圃と爲し、林に値へば苑と爲す。
　異荂蓲蘛　夏曄冬蒨　異しき荂《はな》は蓲蘛《ふいく》し、夏に曄《かがや》き冬に蒨《さかん》なるは、
　方志所辨　中州所羨(25)　方志の辨ずる所にして、中州の羨《ねが》ふ所なり。

孫吳の領域について、起伏に富み草木が繁茂し、自然そのままを莊園とし、珍奇な華が夏冬問わず咲き亂れるという、中原では見られない孫吳特有の氣候風土を描き出す。後半二句で、このような孫吳特有の風土が、地方志に說明があり、中州が羨望するものであることを述べる。この「中州」は孫吳に對する中央、すなわち中原を意味しており、直接には鄴都を王都とする曹魏を指したものと理解できる。しかし、「中州」が後漢から東晉にかけて洛陽を意味する場合があること(26)、當時に西晉王朝が平吳を推進していたことを考え併せれば、洛陽を帝都とする西晉の人々の關心を反映したものとも理解できよう(27)。更には、地方志に見える實在を評價し、孫吳への關心が最も强かったのは武帝司馬炎であり、ここに彼の存在を見出してもよかろう。

最後は「魏都賦」の結末部、つまり「三都賦」全篇を締めくくる次の部分である。

794亮曰　日不雙麗　世不兩帝　亮《まこと》に曰く、日は雙《ふた》つながら麗ならず、世は兩《ふた》つながら帝あらず。
　天經地緯　理有大歸　天は經し地は緯し、理　大歸に有り。

安得齊給守其小辯也哉　　安んぞ齊給にして其の小辯を守ることを得んやと。

魏國先生が盛んに曹魏の優位を主張した結果、西蜀公子と東吳王孫は自分たちの議論の卑小さを恥じ、「日は雙つながら麗ならず、世は兩つながら帝あらず」と述べる。これは『禮記』坊記に、

天無二日、土無二王。

天に二日無く、土に二王無し。

とあるのに基づくが、「魏都賦」では曹魏に正統を認め、吳蜀の覇權を認めないことを直接には意味する。一方で、左思は賦本文で魏晉革命に關する敍述を通して、西晉王朝の正統性を強く主張することを目指すが、その敍述はまさしく平吳政策が進められた時期に行われたものであった。このことに鑑みれば、西晉と孫吳という兩王朝において皇帝が並び立っている狀態を批難し、西晉の武帝司馬炎こそが唯一の皇帝たるに相應しいとする左思の政治意識を見ることができ、併せて平吳の實施を是認する態度をも讀み取ることができるのではなかろうか。

以上を要するに、「三都賦」に見える實證主義的寫實性、類書的性質、西晉王朝の正統化といった特徵は、魏晉革命を果たし、平吳へと邁進し、三國統一が達成された、西晉武帝期という動から靜へと移り變わってゆく時代性によってもたらされたものであった。とりわけ西晉王朝の正統性を主張することは、陳壽の『三國志』や杜預の『春秋左氏經傳集解』にも同樣に見出せる特徵であった。彼らの著述活動は武帝司馬炎の意圖を斟酌し、そして三國統一を迎えた狀況において、來たるべき「文教」政治へ向けて各自が對應した結果であるとも見なせよう。これこそは西晉武帝期の著述活動全般の特徵であり、左思「三都賦」もその中の一環として位置附けられる。本章で論じた「三都賦」に

ついての著述活動をめぐる實際によって、西晉武帝期の著述活動、ひいては西晉時代の著述活動の一つの典型が解明できたのではなかろうか。

注

（1）「三都賦」が實證主義的寫實性を特徴とすることは、小尾郊一『眞實と虛構――六朝文學』（汲古書院、一九九四年）「魏晉の賦における寫實精神」（初出、「左思の賦觀――魏晉の賦における寫實精神」（『廣島大學文學部紀要』第十五集、一九五九年）。『中國文學に現われた自然と自然觀』（岩波書店、一九六二年）にも收錄）、藤原尙「「三都の賦」の表現の特長について」（廣島大學文學部中國中世文學研究會、『中國中世文學研究』第七號、一九六八年）、戶髙留美子「「三都賦」小考――都城賦制作意義の變容とその背景について――」（『お茶の水女子大學中國文學會報』第二十三集、二〇〇四年）を參照。

（2）「三都賦」に見える類書的性格については、程章燦『魏晉南北朝賦史』（江蘇古籍出版社、二〇〇一年版）第五章第三節「「三都賦」騁辭大賦最後的輝煌」を參照。

（3）「三都賦」に西晉の正統性が主張されることについては、王德華「左思「三都賦」鄴都的選擇與描寫――兼論〝洛陽紙貴〞的歷史與政治背景」（『浙江大學學報 人文社會科學版』第四期、二〇一三年）を參照。

（4）小尾氏前揭注（1）著を參照。

（5）劉逵が注釋中に地方志や當時の最新資料を引用し、「三都賦」に見える實證主義的寫實性を證明することは、本書第七章を參照。

（6）張載が史實を注釋中に引用し、「魏都賦」の敍述內容と史實との關連性を證明することは、本書第八章を參照。

（7）「魏都賦」に見える風俗物產描寫は、その第625句から第668句「至於山川之倬詭、物產之魁殊、……非可單究、是以抑而未罄也（山川の倬詭、物產の魁殊に至るや、……單に究むべきに非ず、是を以て抑へて未だ罄さざるなり）」である。ここには袁枚が指摘し、「吳都賦」「蜀都賦」に實際に確認できる「木を言ふは則ち若干、鳥を言ふは則ち若干」という形式は用いられない。このような事物を列擧する形式は、「魏都賦」では都城描寫部分のみに用いられる。ここからも「魏都賦」の重點が他の二篇と異なることが看て取れる。

（8）『三國志』魏書巻二文帝紀に「漢帝以衆望在魏、乃召羣公卿士、告祠高廟。使兼御史大夫張音持節奉璽綬禪位、册曰、……乃爲壇於繁陽（漢帝 衆望の魏に在るを以て、乃ち群公卿士を召し、高廟に告祠す。御史大夫張音をして持節を兼ね璽綬を奉ぜしめ位を禪れば、册に曰く、……乃ち壇を繁陽に爲る）」とあり、魏晉革命が漢魏の禪讓の形式に倣ったことがわかる。

（9）陳壽が『三國志』の中で西晉王朝を意識したことは、津田資久「『魏志』の帝室衰亡敍述に見える陳壽の政治意識」（東洋文庫、『東洋學報』第八十四巻第四號、二〇〇三年）及び田中靖彦「陳壽の處世と『三國志』」（駒澤史學會、『駒澤史學』七十六號、二〇一一年）を參照。

（10）渡邉義浩『西晉「儒教國家」と貴族制』（汲古書院、二〇一〇年）第二章第五節「杜預の左傳癖と西晉の正統性」（初出、六朝學術學會、『六朝學術學會報』第六集、二〇〇五年）を參照。

（11）安田二郎『六朝政治史の研究』（京都大學學術出版會、二〇〇三年）第Ⅰ編第二章「西晉武帝好色攷」（初出、『東北大學東洋史論集』第七輯、一九九八年）を參照。

（12）『晉書』巻三十一左貴嬪傳に「芬少好學、善綴文、名亞于思、武帝聞而納之。泰始八年、拜修儀（芬 少きより學を好み、文を綴るを善くし、名は思に亞げば、武帝聞きて之を納る。泰始八年〔二七二〕、修儀を拜す）」とある。

（13）兩黨の對立が開戰時期をめぐるものであったことは、安田氏前揭注（11）著第Ⅰ編第一章「西晉朝初期政治史試論」（初出、『東北大學東洋史論集』第六輯、一九九五年）を參照。

（14）武帝の平呉に對する強い意志は、『晉書』巻四十賈充傳に「充慮大功不捷、表陳『西有昆夷之患、北有幽幷之戍、天下勞擾、年穀不登、興軍致討、懼非其時。又臣老邁、非所克堪。』詔曰『君不行、吾便自出』（充 大功の捷ならざるを慮り、表陳して『西に昆夷の患有り、北に幽幷の戍有り、天下 勞擾し、年穀 登らず、軍を興し討を致すも、其の時に非ざるを懼る。又た臣老邁なれば、克堪する所に非ず』と。〔武帝〕詔して曰く『君 行かざれば、吾れ便ち自ら出づ』と）」と見えることからも窺える。

(15) 王氏前揭注(3)論文を參照。

(16) 曹氏と司馬氏の間の權力抗争については、福原啓郎『西晉の武帝司馬炎』(白帝社、一九九五年)第二章「司馬懿」、第三章「司馬師と司馬昭」を參照。

(17) 曹爽に對する叛亂と殺害については、『晉書』卷一宣帝紀に「嘉平元年春正月甲午、天子謁高平陵、爽兄弟皆從。是日、太白襲月。帝于是奏永寧太后廢爽兄弟。時景帝爲中護軍、將兵屯司馬門。……帝親帥太尉蔣濟等勒兵出迎天子、屯于洛水浮橋、……乃收爽兄弟及其黨與何晏・丁謐・鄧颺・畢軌・李勝・桓範等誅之(嘉平元年〔二四九〕春正月甲午、天子 高平陵に謁し、爽兄弟皆な從ふ。是の日、太白 月を襲ぬ。帝 是に于ひて永寧太后に爽兄弟を廢せんことを奏す。時に景帝 中護軍爲り、兵を將ひて司馬門に屯す。……帝 親ら太尉蔣濟等勒兵を帥ひて出でて天子を迎へ、洛水の浮橋に屯す、……乃ち爽兄弟及び其黨與の何晏・丁謐・鄧颺・畢軌・李勝・桓範等を收め之を誅す)」とあり、これが洛陽近郊の事件であることがわかる。夏侯玄らの殺害は『三國志』魏書卷九夏侯玄傳に「玄格量弘濟、臨斬東市、顏色不變、擧動自若、時年四十六(玄 格量 弘濟、東市に斬らるるに臨みて、顏色 變はらず、擧動 自若たり、時に年四十六)」とあり、洛陽城内で處刑され、齊王芳の廢位は『晉書』卷二景帝紀に「天子以玄・緝之誅、深不自安。而帝亦慮難作、潛謀廢立、乃密諷魏永寧太后。……奏可、於是有司以太牢策告宗廟、王就乘輿副車、羣臣從至西掖門(天子 玄・緝の誅せらるるを以て、深く自ら安んぜず。帝 亦た作し難しを慮り、潛かに廢立を謀り、乃ち密かに魏の永寧太后に諷す。……奏可なれば、是に於て有司太牢を以て宗廟に策告し、王就ち輿副車に乘り、群臣從ひて西掖門に至る)」とある。高貴鄕公曹髦の弑殺については『三國志』魏書卷四三少帝紀に「五月己丑、高貴鄕公卒、年二十。皇太后令曰『……事已覺露、直欲因際會擧兵入西宮殺吾、出取大將軍、呼侍中王沈・散騎常侍王業・尙書王經、出懷中黃素詔示之、言今日便當施行。……賴宗廟之靈、沈・業卽馳語大將軍、得先嚴警、而此兒便將左右出雲龍門、雷戰鼓、躬自拔刃、與左右雜衞共入兵陳間、爲前鋒所害』(〔甘露五年〈二六〇〉〕五月己丑、高貴鄕公卒す、年二十。皇太后の令に曰く『……事已に覺露せば、直ちに際會に因りて擧兵し西宮に入りて吾を殺し、出でて大將軍を取らんとし、侍中王沈・散騎常侍王業・尙書王經を呼びて、懷中より黃素の詔を出して之に示し、今日便ち當に施行すべきを言ふ。……宗廟の靈に賴み、沈・業卽ち馳せて大將軍に語り、先づ警を嚴しくするを得、而るに此の兒便ち左右を將ひて雲龍門より出で、雷のごとく戰鼓し、躬自ら刃を拔き、左右の雜衞と共に兵陳の間に入り、前鋒の害せし所と爲る』）」とあり、高貴鄕公髦が司馬昭を肅正せんとするのに乘じて、司馬昭によって洛陽城で弑殺されている。

なお高貴鄕公髦の弑殺については、裴松之が引用する東晉の習鑿齒『漢晉春秋』に「帝見威權日去、不勝其忿。乃召侍中王沈・尚書王經・散騎常侍王業、謂曰『司馬昭之心、路人所知也。吾不能坐受廢辱、今日當與卿等自出討之。』……於是入白太后、沈・業奔走告文王、文王爲之備。……中護軍賈充又逆帝戰於南闕下、帝自用劍。衆欲退、太子舍人成濟問充曰『事急矣、當云何。』充曰『畜養汝等、正謂今日。今日之事、無所問也。』濟卽前刺帝、刃出於背（帝 威權の日びに去るを見、其の忿に勝へず。乃ち侍中王沈・尚書王經・散騎常侍王業を召して、謂ひて曰く『司馬昭の心、路人の知る所なり。吾 坐して廢辱を受く能はざれば、今日 當に卿等と自ら出でて之を討たん』と。……是に於て入りて太后に白し、沈・業奔走して文王に告ぐれば、文王 之が爲に備ふ。……中護軍賈充又た帝に逆らひて南闕の下に戰ひ、帝自ら劍を用ゆ。衆 退かんと欲し、太子舍人成濟 充に問ひて曰く『事急なれば、當に何をか云ふべき』と。充曰く『汝等を畜養せしは、正に今日を謂ふ。今日の事、問ふ所無し』と。濟卽ち前より帝を刺し、刃 背より出づ）」とあり、『三國志』の敍述内容に比べて司馬昭による弑殺の樣子が具體化される。『三國志』の簡潔な敍述は、趙翼の指摘するように陳壽が司馬氏を辯護した結果であり、ここに彼の司馬氏一族への配慮が見出せる。

（18）「魏都賦」の該當箇所は、その第421句から第548句「至乎勍敵糾紛、庶土罔寧、……蓋亦明靈之所酬酢、休徵之所偉兆（勍き敵 糾紛として、庶土 寧きこと罔きに至りて、……蓋し亦た明靈の酬酢する所、休徵の偉兆する所なり）」までである。

（19）宮崎市定『九品官人法の研究 科擧前史』（中央公論社、一九九七年版）第二編第二章「魏晉の九品官人法」では、六品官である祕書郎で起家できるのは鄕品二品であったとされる。左思の父左雍は、『晉書』卷九十二左思傳に基づけば、地方官吏であったが拔擢され七品官の殿中侍御史となったとあり、左思が鄕品二品を得るのは殆ど不可能である。但し、注（23）に示す杜預の記事に「預尙帝妹高陸公主、起家拜尙書郎（〔杜〕預 帝妹の高陸公主を尙り、起家して尙書郎を拜す）」と見え、杜預は司馬昭の妹である高陸公主を娶り司馬氏との姻戚關係を結んだ結果として、六品官である尙書郎での起家が果たせたことがわかる。ここから、司馬氏と姻戚となることが直接に起家官に影響した可能性は充分に考えられる。また、矢野主稅

「起家の制について──南朝を中心として──」（『長崎大學教育學部社會科學論叢』第二十四號、一九七五年）は、西晉時期の起家は、家格ではなく個人の才能に基づいたことを述べ、祕書郎起家の例として左思を擧げる。また、才能を見込まれた嵇紹が武帝の意向により祕書郎ではなく祕書丞で起家した事例を擧げるが、ここからは當時の起家における武帝の關與が看て取れる。

(20) 陳壽の傳記については、津田資久「陳壽傳の研究」（『北大史學』第四十一號、二〇〇一年）を參照。

(21) 司馬氏が儒教を家學としたことは『晉書』卷一宣帝紀に「少有奇節、聰朗多大略、博學洽聞、伏膺儒教（少きより奇節有り、聰朗なれば大略多く、博學洽聞にして、儒教を伏膺す）」と見え、武帝が幅廣い知識の所有を評價したことは『晉書』卷三十六張華傳に「武帝嘗問漢宮室制度及建章千門萬戶、華應對如流、聽者忘倦、畫地成圖、左右屬目。帝甚異之、時人比之子產（武帝 嘗て漢の宮室制度及び建章千門萬戶を問ひ、〔張〕華 應對すること流るるが如く、聽く者 倦むを忘れ、地に書き圖を成せば、左右 屬目す。帝 甚だ之を異とし、時人 之を子產に比ぶ）」とある。

(22) 左思が儒教を家學としたことは、『晉書』卷九十二左思傳に「家世儒學（家世儒學たり）」とある。

(23) 『晉書』卷三十四杜預傳に「預博學多通、明於興廢之道、……文帝嗣立、預尙帝妹高陸公主、起家拜尙書郎、襲祖爵豐樂亭侯（〔杜〕預 博學多通にして、興廢の道に明らかなり、……文帝 嗣立し、預 帝妹の高陸公主を尙り、起家して尙書郎を拜し、祖の爵の豐樂亭侯を襲ぬ）」とあり、杜預が博識であり、武帝と姻戚關係であることがわかる。彼が儒教に通じたことは『經傳集解』の著述より明らかである。

(24) 津田氏前揭注（9）論文を參照。

(25) 本來、「羑」字と「羨」字とは別字であり、「羨」字に作るのが正しい。但し、九條本『文選』が「羑」字に作り「ネガフ」と訓ずることから、「羑」字と「羨」字とは字形が類似するために混同されやすかったものと推測される。本章では、「羑」字をもって「羨」字の意味で記したと理解し、『文選集注』に從う。

(26) 後漢の王充『論衡』談天に「雒陽、九州之中也（雒陽は九州の中なり）」とあり、『世說新語』賞譽篇劉孝標注に引用される東晉の桓溫「平洛表」に「今中州既平、宜時綏定。……宜進據洛陽、撫寧黎庶（今 中州既に平ぐ、宜時 綏定たり。……

宜しく洛陽に進據し、黎庶を撫寧すべし）」とあることから、後漢から東晉にかけて「中州」をもって洛陽を指す場合があることがわかる。なお、『三國志』呉書巻六十全綜傳に「是時中州士人避亂而南、依綜居者以百數、綜傾家給濟、與共有無、遂顯名遠近（是の時 中州の士人亂を南に避け、綜の居に據る者 百を以て數ふ、綜 家を傾けて給濟し、與に有無を共にすれば、遂に遠近に名を顯す）」とあり、ただ中原を意味する場合も確認できる。當時は中原を指す場合と洛陽を指す場合とがいずれも通用していたと考えられる。

(27)「三都賦」のうち、中原に位置する曹魏を對象とした「魏都賦」を除く「蜀都賦」「呉都賦」について、中原を示す事例は次の通りである。「蜀都賦」には、その第7・8句「崤函有帝皇之宅、河洛爲帝王之里（崤函に帝皇の宅有り、河洛を帝王の里と爲せり）」、第377・378句「焉獨三川、爲世朝市（焉ぞ獨り三川の、世に朝市爲らん）」、第413・414句「故雖兼諸夏之富有、猶未若茲都之無量也（故に諸夏の富有を兼ぬると雖も、猶ほ未だ茲の都の量ること無きに若かざるなり）」の三箇所に見え、「呉都賦」は本文所揭箇所及び第737・738句「中夏比焉、畢世而罕見（中夏を焉に比ぶれば、世を畢《お》へて見ること罕《まれ》なり）」の二箇所に見える。本文所揭箇所を除いて、これらはいずれも中原の性格を示すもの、或いは蜀漢と孫呉との比較對象として擧げられる。中原からの意識が示されるのは本文所揭の事例のみであり、このような事例が「呉都賦」においてのみ確認できるのは、やはり當時の西晉王朝の關心が平呉及び孫呉の領域そのものに向けられていたことと無關係ではなかろう。

結　論

第一節　本書の總括――洛陽の紙價をして貴からしめたもの

「三都賦」が著されてから洛陽の紙價をして貴からしめるまでの過程は、『晉書』卷九十二左思傳の記述から明瞭に理解できる。「齊都賦」を完成させた左思が妹左棻の入内に併せて入洛し、「三都賦」の著述を目指して以後、自宅のあらゆる場所に紙と筆を備え、僅かに一句が浮かび上がれば直ちに書き寫し、自身の知識の限界を感じては祕書郎の職を求め、十年の歲月を涙ぐましい努力によってようやく「三都賦」を完成させた。完成してからは、皇甫謐に序文を依賴し、劉逵や張載、衞權による注釋が施され、最後は張華による評價を直接の契機にして、洛陽の紙價を高騰させたというものである。

「三都賦」を語る際に必ず言及されるこれらのことは、いわば自明のこととしてこれまでは片附けられてきた。皇甫謐の「三都賦序」が「三都賦」と同樣に『文選』卷四十五に收められ、劉逵や張載の注釋も「三都賦」の舊注として『文選』に殘されており、これらが事實として確認されることから、自明とされるのもやむを得ないことである。しかし、これだけを額面どおりに受け取るだけでは到底、「三都賦」が洛陽の紙價を貴めた本當の背景を明らかにすることはできないのである。

左思は「三都賦」の中で地方志や地圖、或いは習俗や舊聞に基づくことで、作品世界と現實世界とを結びつけようとし、それは皇甫謐や劉逵、衞權によって高く評價された。これは當時に地方志が盛んに編纂されていた時期であったこと、そして、平呉政策とも關連して西晉の人士にこれら正確な情報を希求する風潮が釀成されていたことがその背景にあった。

また、劉逵や張載が「三都賦」に施した注釋についても、劉逵は地方志などの當時に最新の資料を引用し、張載は史實に基づくという特徴を示した。これらは彼らが中書省に在籍したという事實でもって初めて理解できる。宮中の藏書を管理する中書省に屬したために、劉逵は注釋中に文獻資料を多用できたのであるし、史官である著作郎であったために、張載は作品世界と史實とを結び附けられたのである。これら注釋を含めた「三都賦」の著述が張華に評價されたのも、左思、劉逵、張載の三者がすべて中書省に在籍し、そのときの中書令が張華であったという事實を踏まえることで、初めて整合性を持った説明が可能となるのである。また、これらの賦に對する注釋も、彼らによって突然誕生したものではなく、それ以前の注釋の歴史の中に位置附けられるべき現象であることを意識しなければならない。

そもそも西晉時代の紙の利用狀況についても、あらゆる書寫行爲に對してではなく、所謂「文學」創作の際に限定して考えるべきであり、この當時にはいまだ廣く普及してはおらず、「三都賦」の著述における紙利用も特異な例として理解されるべきなのである。

このように自明のこととされる現象の一つ一つを仔細に觀察し、その裏側にあるものを探し出すことで、初めて本當の意味で自明になるのである。そして、最後にもう一度、何故「三都賦」が洛陽の紙價を貴からしめたのかという質問に對する答えを提示するならば、それは西晉武帝期が備えた時代的風潮によるものであると答えることができる。陳壽『三國志』や杜預『春秋左氏經傳集解』がともに、「三都賦」と同樣に西晉王朝の正統性を主張していたという事實や、これらの活動が武帝司馬炎の意向が反映され得る状況下で行われていたという事實、これらに鑑みるに、「三都賦」の著述が開始された段階で、すでに洛陽の紙價の高騰を引き起こす素地が形成されていたのである。都邑賦の系譜に「三都賦」を位置附ければ、この點がより一層明確なものとなる。

例えば、「三都賦」に先がけて著された「齊都賦」は、實證主義的寫實性の萌芽は見出せるものの、いまだ「三都賦」ほどには徹底されてはおらず、西晉王朝の正統化は微塵も見出すことはできなかった。つまり、「三都賦」が備えた種々の特徴とは、左思が洛陽に居を移して以後に初めて意識的に備えられたものであり、それは洛陽を中心に醸成された西晉武帝期の政治や學術に影響されてのものと言えるのである。これは班固「兩都賦」や張衡「二京賦」との比較からも窺われる。「魏都賦」では、漢代都邑賦で狩獵描寫とされる部分を後漢末の動亂期の曹操の擧兵から漢魏革命へ、そして魏晉革命の描寫へと置き換えるが、このような描寫への變更も西晉武帝期という時代がなさしめたのである。このような時代性の所産であったからこそ、「三都賦」以後の都邑賦には「三都賦」が備えたような多様な特徴は見られず、「三都賦」以前の漢代都邑賦に近い形式へと回歸したのである。

但し、このような都邑賦の系譜に照らしての「三都賦」の特殊性、すなわち中國全土を包括した敍述内容は後世の文人に廣く讀まれる機會を與えることになった。鮑照「蕪城賦」は、「三都賦」に直接に描かれる繁榮の様子とその裏に横たわる蜀漢と孫呉の荒廢、或いは亡國となるであろうとする意識の兩面を繼承した作品であった。そして庾信「哀江南賦」は、「呉都賦」の内容如何にかかわらず、これを戰亂描寫の中で主に利用することで、「呉都賦」に描かれる作品世界に庾信自身の滅亡した梁王朝への意識を重ね合わせた作品であった。彼らが「三都賦」に基づく敍述を行ったのは、ただに典故として利用したかったからではない。「三都賦」以前の都邑賦が持ち得なかった題材、すなわち王朝交替とそれに附隨する王朝の興廢や滅亡といった種々の要素に着目したからであった。「三都賦」に込められた思想こそが、鮑照や庾信に繼承されたのである。

以上を要するに、「三都賦」こそは、西晉武帝期という一時期に生じた政治や學術の中に身を置いた左思が、果敢にこれに對應していった結果として位置づけられる。だからこそ、洛陽の紙價を貴からしめる程の爆發的な流行現象が生み出されたのであり、この流行があったがために後世に讀み繼がれる作品へと變容し得たと結論づけることができるのである。

第二節 「三都賦」の汎用性

本書で述べたように、「三都賦」は後世の文人に間違いなく讀み繼がれたであろうことが確認できる作品であった。ここで注目すべきは、『文選』編纂以前において、すでにその流傳の樣子が確認できる點にある。鮑照は「三都賦」の完成から百年ほど後の文人であるが、間違いなく「三都賦」を讀んでいたし、庾信も同樣に「三都賦」を讀んだ上で「哀江南賦」を著していた。更に「三都賦」は、『文選』が編纂された梁朝では極めて廣範圍に流布したと思われ、多くの皇族や文人に讀まれた作品でもあった。このような作品單獨での流布は他の都邑賦、班固「兩都賦」や張衡「二京賦」にもなかなか見出せない。從來の六朝文學研究は『文選』を最も基礎的な資料に位置附け、これ以前については資料上の制約も大きく、作品が讀み繼がれた狀況を解明することは困難であった。所謂「文學」作品としての流傳の過程が、「三都賦」ほどにはっきりする作品は決して多くはない。この點においても「三都賦」は一定の價値を有していると言えよう。洛陽の紙價を責めるほどに流行して以後、「三都賦」は徐々に汎用性を獲得していったのである。

『文選』編纂以前における個別作品の流傳狀況の解明は、『文選』編纂時の作品選擇についても幾らかの推測を可能にする。左思が著した「三都賦」序文で「三都賦」に先行する辭賦作品として擧げる、司馬相如「上林賦」、揚雄「甘泉賦」、班固「西都賦」、張衡「西京賦」などはいずれも『文選』に採錄されている。すなわち、司馬相如「上林賦」は「子虛賦」とともに畋獵賦として卷七、八に、揚雄「甘泉賦」が郊祀賦として卷七に、班固「兩都賦」及び張衡「二京賦」が「三都賦」と同じく京都賦として卷一から三にそれぞれ收められるのである。因みに、皇甫謐「三都賦序」は上述の諸作品に加えて馬融「廣成頌」及び王延壽「魯靈光殿賦」を擧げるが、「魯靈光殿賦」も宮殿賦として卷十一に收められている。このように左思「三都賦序」や皇甫謐「三都賦序」に言及される作品の殆どが『文選』に實際に採錄されたことについて、そのすべてを「三都賦」が讀み繼がれていたという事實に歸結させることには限界があろう。それでもなお、決して無關係であるとは言えないほどに「三都賦」が影響したことは間違いなかろう。『文選』編纂以前において、すでに一定の汎用性を有していた「三都賦」であったが、『文選』に收められたことによってそれはより強くなっていった(1)。これも根源を辿れば、洛陽の紙價を貴めるほどの爆發的な流行があってこその現象であると言えよう。

第三節　六朝辭賦文學の再評價

本書が主に對象としたのは左思の「三都賦」であった。序論で述べたように、從來の西晉文學研究は、主に陸機や潘岳を中心として展開され、近年ようやく他の文人や思想といった方面から研究がなされるようになってきた。このような研究狀況において、本書は幾らかの價値を見出せるように思われる。すなわち、陸機や潘岳に對して周緣に位置する左思を考察對象としたこと、そして當時において主流としての地位を保持していた辭賦によって著された「三都賦」を考察對象としたことの二點によってである。本書は決して西晉文學全體を研究したものとは言い切れず、個別事例研究としての側面が強い。しかし、これまでさほど正面からは取り組まれてこなかった左思「三都賦」の考察を通して、西晉文學研究における一つの側面を明らかにできたことは間違いのないことのように思われる。

また、從來は自明とされることについて、再度確認作業を行っていくという本書の研究手法は、六朝文學研究において有益であると言える。洛陽の紙價を貴からしめた裏側に肉迫することで、「三都賦」の著述活動が展開された場としての中書省に着目することができ、結果として「三都賦」と陳壽『三國志』との關係性を見出すことができた。或いは「三都賦」に認められる西晉王朝の正統化という特徴に着目することで、杜預『春秋左氏經傳集解』との關係性をも認めることができた。これらは「三都賦」が完成して洛陽の紙價が貴められる過程のみの把握では到底辿り着けない事實である。

荀勗の『中經新簿』によって四部分類が開始され、或いは摯虞の「文章流別志論」において文體論が展開されるようになるなど、西晉時代は學問形態の一大轉換期ともいえる一時期であった。學問分野が細分化された結果、これまでの研究は各學問分野ごとに個別的に論じられる傾向にあった。しかし、本書で明らかになったように、文學に屬する「三都賦」、史學に屬する『三國志』、哲學に屬する『春秋左氏經傳集解』と、異なる學問分野においても共通性を見出すことができるのである。學問領域が個別化、細分化されていく時代にあって、學問領域を橫斷する共通性が見出せたことは極めて重要であった。

六朝文學に限らず、これまでの文學研究は文人が放つ個性を如何に捉えるかということに重きが置かれてきた。西晉文學について言えば、高橋和巳氏や興膳宏氏の陸機や潘岳に對する考察がそうである。かかる手法は、作家と作品との關係性を考察する上で、極めて高い效果を發揮する。しかし、これは同時に當時の社會や政治、學術といった幅廣く時代という枠組みの中で文人及びその作品を捉えるという視野を見失うことにも繫がりかねない。近年は出土文物を始めとして、これまでに利用できなかった資料が出現し、これに伴い史學分野も多くの研究成果が上がっている。これにより、六朝時代が持つ時代性も、以前に比べて遙かに明らかになっている。これらを踏まえて再度六朝文學を研究し直すことは大きな意味のあることであるし、本書もかかる意識のもとで考察を行ったつもりである。

また六朝文學の中でも、とりわけ辭賦という文體に着目した場合、これは近年その研究が停滯している分野であると言える。しかし、辭賦は六朝時代全體を通して常に作り續けられてきた文體であり、建安年間以後、徐々に五言詩を始めとする詩が流行するようになるものの、常に文人による重視を集めてきた文體なのである。(2) これは六朝時代を代表する詞華集である『文選』の冒頭に、賦が收められることからも明らかである。本書は中でも、その冒頭である「京都賦」に收められる作品群を主な研究對象としてきた。これにより、六朝文學の一端が解明できたとともに、改めて六朝辭賦文學を問い直す契機となるように思われる。更に述べるならば、辭賦は間違いなく中國文學史の中で最も重要な文體の一つであった。これは六朝時代に限定してのことを指すのではない。唐代以降、科學制度が確立されるようになるが、この科擧試驗の重要な科目の一つに辭賦が選ばれているのである。「律賦」としての地位を與えられた辭賦は、科擧制度の繼續にも支えられ、清代の科擧制度の廢止まで常に一定の位置附けを保ち續けた。(3) 更に言うならば、この辭賦と言う文體は何も中國の文學のみに限定されるものではないことも附け加えてよいように思われる。例えば、十五世紀の頃、李氏朝鮮王朝下で編纂された『東文選』という詞華集がある。これはその書名からも容易に想像できるが、『文選』を始めとした中國の總集に範を取ったものである。總卷數一百三十卷の大部な書であり、その中の卷一から卷三において辭賦が採錄されるのである。その收錄の割合は『文選』には比すべくもないが、この中には本書が論じた左思「三都賦」を模した崔溶「三都賦」や、陶淵明「歸去來辭」に和した李仁老「和歸去來辭」が遺されるなど、六朝の頃の辭賦文學の影をここに確かに認めることができるのである。(4) また、日本においても辭賦の受容は見出せ、後朱雀天皇の頃、藤原明衡によって編纂されたと考えられている『本朝文粋』には、一定數の辭賦作品が錄されている。これなどは『文選』の影響をそのままに受け繼ぎ編まれたものとされ、これも『東文選』が辭賦を巻頭に置いたのと同じく、その巻頭を賦が占めているのである。(5) これらはいずれも後世の辭賦作品であり、その中には唐宋以後の科擧に課された律賦の影響も認められるものの、朝鮮と日本においてともに『文選』に倣った詞華總集が編まれ、その冒頭に辭や賦が配されているのである。ここからは當然のこととして、辭賦が最も脚光を浴びた六朝以前の辭賦文學に對する、より一層の研究の充實が圖られねばならないのである。

最後に、本書は「西晉朝辭賦文學研究」と題して考察を進めたものであるが、西晉文學研究と辭賦文學研究の兩側面から、左思という西晉を生きた文人と彼が著した「三都賦」という辭賦作品を見定めてきた。本書の考察を通して、その西晉文學と辭賦文學研究における位置附けが明らかになったように思う。また、およそ西晉王朝という六朝時代唯一の統一王朝が備えた時代的風潮、そしてこの時代における政治と文學との關係性についても、これまでより更に具體的に捉えられるようになったのではないかと考えている。

注

(1) 例えば、松原朗「六朝期における離別詩の形成(下)の三——盛唐期の臺閣詩人と送別詩の確立」(早稲田大學、中國詩文研究會、『中國詩文論叢』第十四集、一九九五年)では、王維が蜀へ赴く友人を送別する際に「蜀都賦」からの引用が多いことを述べるが、このことについて、松原氏は「あえて周知せられた古典「蜀都賦」を詩の隨所に踏まえることで、蜀への送別詩の敍景に、誰もが納得する安定感と普遍性を與えるべく企圖していたのではないか」と指摘する。「蜀都賦」に描かれる景觀が、送別詩という主題や文體の異なる文學作品に影響を及ぼしていることから、「三都賦」が持つ汎用性の一端が窺われる。

（2）網祐次『中國中世文學研究　南齊永明時代を中心として』（新樹社、一九六〇年）補篇第一章「文體の變遷」を參照。

（3）吉川幸次郎「「歷代賦彙」影印本解說」（『吉川幸次郎全集　第二十一卷』、筑摩書房、一九七五年）を參照。

（4）『東文選』に收められる辭賦作品については、栗山雅央「『東文選』所收の辭賦類作品について」（九州大學中國文學會、『中國文學論集』第四十六號、二〇一七年）を參照。

（5）『本朝文粹』所收の賦作品については、松浦友久『日本上代漢詩文論考』（松浦友久著作選Ⅲ、研文出版、二〇〇四年）第二章「『文選』と『本朝文粹』における賦の地位」及び「上代日本漢文學における賦の系列——『經國集』『本朝文粹』を中心に——」を參照。

下篇　譯　篇

『文選集注』を底本とした「三都賦」通釋及び解説

凡　例

一、本文は、『文選集注』（『京都帝國大學文學部景印舊鈔本』京都帝國大學文學部、一九三五年）を底本とし、現在確認できる『文選集注』に見えない第467句「吳王乃巾玉輅」以降は、中國國家圖書館藏宋淳熙八年池陽郡齋刻本『文選』（中華書局影印、一九七四年）に從い、諸本を參照した。

一、異同については、そのすべてを明記することはしない。但し、底本の文字を改めた箇所、及び『胡氏考異』が附されており特に重要と思われた箇所については、これを解説の中に示し、その判斷の根據も記しておいた。森野繁夫『文選雜識』第一册（第一學習社、一九八一年）「文選集注（正文）校勘記」を參照。

一、注については、『文選』李善注・五臣注・舊注（劉逵注・張載注・衞權注）をすべて明記することはしない。但し、舊注については、その特徵を把握する上で有益と思われるものは注釋者名を明示した上で解説の中に適宜引用した。

一、先行する「三都賦」の通釋は、小尾郊一『文選（文章篇）一』（全釋漢文大系二十六、集英社、一九七四年）及び中島千秋『文選（賦篇）上』（新釋漢文大系七十九、明治書院、一九七七年）、高橋忠彥『文選（賦篇）中』（新釋漢文大系八十、明治書院、一九九四年）に全譯がある。また、『文選集注』が存在する部分については、森野繁夫『文選雜識』第三・四册（第一學習社、一九八四・一九八五年）に譯文がある。

一、押韻については、『校正宋本廣韻　附索引』（藝文印書館、二〇〇七年版）に準據した。また、當時の押韻狀況については、于安瀾『漢魏六朝韻譜』（汲古書院、一九七〇年）を參照。なお、傍線が附されたものは協韻による押韻箇所を示す。

「三都賦序」

蓋詩有六義焉。
其二曰、賦。
楊雄曰、詩人之賦、麗以則。
班固曰、賦者、古詩之流也。
先王采焉、以觀土風。
見「綠竹猗猗」、則知衞地淇澳之產、
見「在其版屋」、則知秦野西戎之宅。
故能居然而辯八方。
然相如賦上林、而引盧橘夏熟、
　楊雄賦甘泉、而陳玉樹青葱、
　班固賦西都、而歎以出比目、
　張衡賦西京、而述以遊海若。
假稱珍怪、以爲潤色。
若斯之類、匪啻于茲。
考之菓木、則生非其壤、

蓋し詩に六義有り。
其二を賦と曰ふ。
楊雄曰く、詩人の賦、麗にして以て則と。
班固曰く、賦は、古詩の流と。
先王焉を采りて、以て土風を觀る。
「綠竹猗猗」を見れば、則ち衞地淇澳の產を知り、
「在其版屋」を見れば、則ち秦野西戎の宅を知る。
故に能く居然として八方を辯ず。
然るに相如は上林を賦して、盧橘《ろきつ》の夏に熟すを引き、
楊雄は甘泉を賦して、玉樹《ぎょくじゅ》の青葱《せいそう》たるを陳べ、
班固は西都を賦して、歎ずるに比目《ひもく》を出だすを以てし、
張衡は西京を賦して、述ぶるに海若《かいじゃく》を遊ばすを以てす。
假稱 珍怪、以て潤色と爲す。
斯《か》くの若《ごと》くの類、啻《ただ》に茲《これ》のみに匪《あら》ず。
之を菓木に考ふれば、則ち生ずるに其の壤に非ず、

校之神物、則出非其所。
於辭則易爲藻飾、
於義則虛而無徵。
且夫玉卮無當、雖寶非用。
　侈言無驗、雖麗非經。
而論者莫不詆訐其研精、
　作者大底舉爲憲章。
積習生常、有自來矣。
余既思摹二京、而賦三都、
其山川城邑、則稽之地圖、
其鳥獸草木、則驗之方志、
　風謠歌舞、各附其俗、
　魁梧長者、莫非其舊。
何則發言爲詩者、詠其所志也、
　升高能賦者、頌其所見也、
　美物者、貴依其本、
　贊事者、宜准其實。
　非本非實、覽者奚信。

之を神物に校《くら》ぶれば、則ち出だすに其の所に非ず。
辭に於けるや則ち藻飾を爲し易きも、
義に於けるや則ち虛にして徵無し。
且つ夫れ玉卮《ぎよくし》も當《そこ》無くんば、寶と雖も用に非ず。
侈言《しげん》も驗《しるし》無くんば、麗なりと雖も經に非ず。
而るに論者 其の研精を詆訐《ていけつ》せざる莫きも、
作者 大氏《おほむね》 舉げて憲章と爲す。
積習 常を生ずること、自《よ》りて來たる有るなり。
余 既に二京を思摹《しぼ》して、而して三都を賦さんとし、
其れ山川 城邑は、則ち之を地圖に稽《かんが》み、
其れ鳥獸 草木は、則ち之を方志に驗《かんが》み、
風謠 歌舞は、各の其の俗に附き、
魁梧 長者は、其の舊に非ざる莫し。
何となれば則ち言を發して詩を爲る者は、其の志す所を詠じ、
高きに升りて能く賦する者は、其の見し所を頌し、
物を美する者は、其の本に依るを貴び、
事を贊する者は、宜しく其の實に准ずるべし。
本に非ず實に非ざれば、覽る者奚《なん》ぞ信とせん。

且夫任土作貢、虞書所著、
辯物居方、周易所愼。
聊擧其一隅、
攝其體統、
歸諸詁訓焉。

且つ夫れ土に任じ貢を作すは、虞書の著す所、
物を辯じ方に居るは、周易の愼む所なり。
聊《いささ》か其の一隅を擧げ、
其の體統を攝《す》べしめんと、
諸《これ》を詁訓に歸す。

【通釋】 そもそも、『詩經』には六義というものがあり、その二つ目を賦という。前漢末の揚雄は、「詩經の精神に基づく詩人の賦は、美麗でありながら、文の法則にも適っている」といい、後漢初の班固は「賦は古詩、すなわち『詩經』から派生したものだ」という。古の天子は、詩を集めては、それによってそれぞれの土地の様子を観察していた。「綠竹猗猗」の句を見れば、衞の國の淇水の隈の産物がわかり、「在其版屋」の句を見れば、秦の西戎の住む地方の住居の様子がわかる。このようであるから、天子は直接出向くことなく居ながらにして、各地の事情をきちんと把握できたのである。

しかし、司馬相如は上林苑を賦に詠みながらも、「盧橘は夏に熟す」と引き、揚雄は甘泉宮を賦に詠みながらも、「玉樹が青々と茂っている」と述べ、班固は西都を賦に詠みながらも、「比目の魚を釣り上げた」と感嘆を込めていい、張衡は西京を賦に詠みながらも、その賦の中で「海若を游ばせ」ているなど、珍しく、現實にいそうにない不思議なものを持ち出しては、文章に彩りを與えるものとして用いている。そういったものは、ここに擧げたものばかりでなく、果物や樹木について考えてみれば、それはその土地に生えているものではなく、神怪のものについて考えてみても、それは實際にそこにあらわれるものではない。言葉だけならば、文飾として用いることはたやすいが、意味の上

では虚構であり、現象としてあらわれるものは無い。

思うに、玉杯も底がなければ、寶であっても役には立たない。立派な言葉も論據を持たねば、美麗であっても軌範とはならない。世の論者に、右の漢賦に詠まれた事物の正確さについて、その過ちを指摘しない者はいないのであるが、作者の多くは、なお、これを創作の手本としている。惰性が積み重なって常道となること、實に久しいものがある。

私は張衡の「二京賦」に倣って、三都を賦に詠もうと思い立ってからは、その山河や、街、村については、地圖に形勢を確かめ、動植物については、地方志に生態を探り、土地の歌や踊りについては、それぞれの風俗のまま、ご當地の偉人については、史實に忠實に表現した。

何故ならば、言葉を發して詩を作るものは、その志をそのままに詠じ、高所に登って賦を作るものは、眺望するところをあるがままに譽めあげるものであり、物を譽めるものは、その本質に據るべきことを大切にし、事柄を稱えるものは、その事實に基づくことを筋にかなうとするからである。本質を突かず、事實でないのであれば、讀む者はどうしてこれに信を置くことがあろう。

そもそも、土地の特徴にしたがって年貢を納めさせることは、『尙書』に明示されるところであり、事物を辨別して最適の所に處置するのは、『周易』の重んじるところである。僅かばかりであるが、創作に當たって基本に据えた考えの一端を示し、「三都賦」の體裁と方針を包括し、古人が述べた言葉に基づきここに表明したのである。

「蜀都賦」

有西蜀公子者　　西蜀公子なる者有り、
言於東吳王孫曰　　東吳王孫に言ひて曰く、
蓋聞天以日月爲綱　　蓋《けだ》し聞く 天は日月を以て綱と爲し、
地以四海爲紀　上聲6止　地は四海を以て紀と爲す。
九土星分　　九土の星分に、
萬國錯跱　上聲6止　萬國 錯《まじは》り跱《た》つ。
崤函有帝皇之宅　　崤函《こうかん》に帝皇の宅有り、
河洛爲王者之里　上聲6止　河洛《からく》を王者の里と爲せり。
吾子豈亦曾聞蜀都之事與　　吾子《ごし》 豈に亦た曾《かつ》て蜀都の事を聞かんや。
請爲左右揚擢而陳之　上聲7之」　左右の爲に揚擢《ようかく》して之を陳べんことを請ふ。
夫蜀都者蓋兆基於上世　　夫れ蜀都は蓋し基《もとい》を上世に兆し、
開國於中古　上聲10姥　國を中古に開けり。
廓靈關而爲門　　靈關《れいかん》を廓《ひら》きて門と爲し、
包玉壘而爲宇　上聲9麌　玉壘《ぎょくるい》を包《か》ねて宇と爲す。
帶二江之雙流　　二江の雙流を帶び、

抗峩眉之重阻　上聲8語」　峩眉《がび》の重阻に抗《むか》ふ、
水陸所湊　水陸の湊《あつ》まる所、
兼六合而交會焉　去聲14泰　六合《りくごう》を兼ねて交會す。
豐蔚所盛　豐蔚の盛んなる所、
茂八區而菴藹焉　去聲14泰」　八區を茂《さかん》にして菴藹《あんあい》たり。

【通釋】西蜀公子という者がおり、東呉王孫に對して語りかけた。次のようなことを耳にしたことがある。すなわち、天文は太陽や月の動きを基準とし、地理は周圍の海を定めることで成り立つと。九州には天上の星に對應した領土區分が存在し、そこではそれぞれに諸侯が乱立していたと言う。崤山や函谷關の邊りには帝王の宮殿が置かれる都があり、黄河や洛水のあたりには王者の住まいとなる都もある。さて、私の尊敬するそなた様はこれまでに我が蜀の國のことをどのように聞き及んでおられようか。僭越ながら、そなた様のためにその大凡のところをお聞かせいたそうと思う。

そもそも蜀の都というは、その基礎を上古の時代に求めることができ、國家としての機能を戰國の世に確立したものである。靈關の山が門のように開いており、玉壘山は回廊が圍むようにそびえておる。岷江の流れは二筋に分かれて蜀都を巡っており、幾重にも嚴しくそびえる峨眉山に面している。流れる水と険しい山とがそこここに密集しているところであって、それは天地四方が一同に會したかのよう。動植物など山水の恵みが豊かなところであるので、至る所にそれらが群生しているのだ。

【解説】「蜀都賦」冒頭である。西蜀公子による蜀の顯彰が始まるが、その對象には東呉王孫しか認識されておらず、この時に魏國先生の存在は出てこない。これは西蜀公子の視野の狹さを暗示したものであり、呉蜀の上位に魏があるという三國の位置關係をも暗示させる。また蜀都の來歷を示す際の言葉にも注意したい。ここでは「上古・中世」とのみ記され、具體的な歷史上の人物が擧げられることはない。これは逆接的に蜀の歷史の不在を强調することになり、續く「呉都賦」「魏都賦」で描かれる具體的な歷史敍述との對比を鮮明にする。結局のところ、蜀の誇るべきは「水陸の湊まる所」であり、「豐蔚の盛んなる所」でしかなかったと西蜀公子は作品の冒頭で認めているのである。

於前則跨躡犍牂　　前に於けるや則ち犍牂《けんそう》を跨《また》がり躡《ふ》み、
枕輢交趾　上聲6止　交趾《こうし》に枕《のぞ》み輢《よ》る。
經塗所亙　　經塗の亙る所、
五千餘里　上聲6止」　五千餘里なり。
山阜相屬　入聲3燭　山阜相ひ屬《つら》なり、
含谿懷谷　入聲3燭」　谿《たに》を含み谷を懷く。
崗巒糺紛　上平20文　崗巒《こうらん》糺紛《きゆうふん》して、
觸石吐雲　上平20文」　石に觸れ雲を吐く。
鬱葐蒕以翠微　　鬱 葐蒕《ふんうん》として以て翠微《すゐび》にして、
崫巍巍以峩峩　下平7歌　崫 巍巍《ぎぎ》として以て峩峩《がが》たり。
干靑霄而秀出　　靑霄《せいそう》を干《おか》して秀出し、

41

舒丹氣而爲霞 下平8戈
龍池滈瀑潰其隈
漏江伏流潰其阿 下平7歌
汨若湯谷之揚濤
沛若蒙汜之涌波 下平8戈」
於是乎邛竹緣嶺
菌桂臨崖 上平5支
旁挺龍目
側生荔支 上平5支
布綠葉之萋萋
結朱實之離離 上平5支
迎隆冬而不彫
常曅曅以猗猗 上平5支
孔翠羣翔
犀象競馳 上平5支
白雉朝雊
猩猩夜啼 上平12齋
金馬騁光而絕影

丹氣《たんき》を舒《の》べて霞と爲す。
龍池 滈瀑《かくばく》として其の隈《くま》に潰《わ》き、
漏江 伏流として其の阿《くま》に潰《も》る。
汨《いつ》として湯谷《とうこく》の濤《なみ》を揚ぐるが若く、
沛として蒙汜《もうし》の波を涌かすが若し。
是に於けるや邛竹《きようちく》 嶺に緣り、
菌桂《きんけい》 崖に臨む。
旁《かたは》らに龍目《りゆうもく》を挺《ぬきん》で、
側《かたは》らに荔支《れいし》を生ず。
綠葉の萋萋《せいせい》たるを布き、
朱實の離離《りり》たるを結ぶ。
隆冬を迎ふるも彫《しぼ》まず、
常に曅曅《ようよう》として以て猗猗《いい》たり。
孔翠《こうすい》は群れ翔け、
犀象《さいぞう》は競ひ馳す。
白雉《はくち》は朝に雊《な》き、
猩 猩《しようじよう》は夜に啼く。
金馬《きんば》 光を騁せて影を絕ち、

51

碧雞倐忽而曜儀　上平5支
火井沈熒於幽泉
高爓飛煽於天垂　上平5支」
其間則有虎魄丹青　下平15青
江珠瑕英　下平12庚」
金沙銀礫　入聲23錫
符采彪炳
煇麗灼爍　入聲18藥」

碧鶏《へきけい》倐忽《しゆくこつ》として儀を曜かす。
火井《かせい》熒《ひかり》を幽泉に沈め、
高爓《こうえん》煽《せん》を天垂に飛ばす。
其の間には則ち虎魄《こはく》丹靑《たんせい》、
江珠《こうしゆ》瑕英《かえい》、
金沙《きんさ》銀《ぎん》礫有り。
符采《ふさい》彪炳《ひようへい》として、
煇麗《きれい》灼爍《しやくしやく》たり。

【通釋】南の方角に目を向ければ、犍爲郡と牂牁郡を足下に従え、交趾郡とその境界を接している。蜀都から南の國境線までの道程は、およそ五千里餘りの距離である。大小の山々が連なってそびえ、幾つもの溪谷をその中に抱え込んでいる。延々と細く長く續く峰が大小に入り亂れ、ここでは精氣が岩に觸れては雲が巻き起こる。山々の氣はもうもうと立ちこめ微かに綠に色づき、どこまでも高くたかく浮かぶ。そうして青空に屆かんばかりに抜きんで、丹の氣を吐いて空を赤く染めていくのだ。龍泉が音を立てて山裾を曲がりくねり、漏江が地下を流れて山肌より湧き出てくる。そうした流れは太陽が昇るという湯谷の波濤のようで、また太陽が沈むという蒙汜の波浪のよう。この山嶽地帯では、邛竹が山肌に沿って群生し、菌桂が崖の邊りに生い茂っている。そのそばでは龍目がまっすぐに伸びており、また荔枝もその姿を見せている。これらの植物は、深綠の葉が鬱蒼と茂り、枝をしならすほどに眞っ赤な果實が下へしたへと實を結ぶ。嚴しい冬を迎えても葉を枯らすことはなく、いつも鮮やかにその葉を盛んに輝やかせている。孔雀や翡翠は群を成して飛び立ち、犀や象は先を争って驅け回り、白雉は朝方に鳴き聲を發し、猩猩は夕方に叫び聲を擧げる。金馬は光のような速さでその姿を隱し、碧鷄はたちまちにその姿を鮮明にあらわす。火井はその炎の光を地中深くに沈めるが、一度、高らかに噴き上げれば、それは天の隅々まで屆かすほどの勢い。その間には、琥珀、丹靑、江珠、瑕英、金や銀の粒が採れ、これらの鑛石はその文様もきらびやかで、彩色も鮮やかに光り輝いている。

【解説】蜀都の南方を描き出す。ここに擧げられる犍爲・牂牁郡は現在の四川省及び貴州省一帶を、交趾郡は現在の越南を指す。「三都賦」が書かれた當時、この交趾郡は蜀と吳とが互いに領土としており、そのため、「吳都賦」でも交趾郡に由來する事物が擧げられている。これは、當時の領土認識を綿密に反映したものとして興味深い。これ以降、頻繁に天然資源の具體名が擧げられるが、劉逵注ではその殆どに對して生息地あるいは產出地を明示しており、ここに本書の述べる實證主義的寫實性の一端が窺われる。いま本段よりいくつか例示すれば、龍眼・茘枝は朱提郡、孔雀は永昌郡、金馬・碧鷄は越嶲郡より出るとされ、これらはいずれも蜀の領土内にある。併せて、興味深いのは「火井」であり、これは劉逵注に「火井、鹽井也。欲出其火、先以家火投之。須臾許隆隆如雷聲。爓出通天、光耀十里。以竹筩盛之、接其光而無炭也（火井は鹽井なり。其の火を出さんと欲すれば、先ず家火を以て之に投ず。須臾にして許より隆隆として雷聲の如し。爓出づれば天に通じ、光十里を耀かす。竹筩を以て之を盛んにするに、其の光に接するも炭無し）」とあるように、これは現在の天然ガスに似たものとして理解され、當時の自然環境を知る上でも有用であると言える。

58 於後則却背華容　　後ろに於けるや則ち華容《かよう》を却背し、
北指崐崙　上平23魂　　北のかた崑崙《こんろん》を指す。
緣以劍閣　　緣《めぐ》らすに劍閣《けんかく》を以てし、

61 阻以石門 上平23魂 阻《へだ》つるに石門《せきもん》を以てす。
流漢湯湯 上平23魂 流漢 湯湯《しょうしょう》として、
驚浪雷奔 上平23魂 驚波 雷のごとく奔《はし》る。
望之天回 上平23魂 之を望めば天の回《めぐ》るがごとく、
卽之雲昬 上平23魂」 之に卽けば雲の昬《くら》きがごとし。
水物殊品 水物 品を殊《こと》にし、
鱗介異族 入聲1屋 鱗介 族を異《こと》にす。
或藏蛟螭 或は蛟螭《こうち》を藏し、
或隱碧玉 入聲3燭 或は碧玉《へきぎょく》を隱す。
嘉魚出於丙穴 嘉魚《かぎょ》 丙穴《へいけつ》より出で、
71 良木攢於褒谷 入聲1屋」 良木 褒谷《ほうこく》に攢《あつ》まる。
其樹則有木蘭梫桂 其の樹は則ち木蘭《もくらん》 梫桂《しんけい》、
杞櫹椅桐 上平1東 杞《き》 櫹《しょう》 椅桐《いどう》、
椶枒楔樅 上平3鍾 椶枒《そうや》 楔《かつ》 樅《しょう》有り。
楩柟幽藹於谷底 楩柟《べんなん》 谷底に幽藹《ゆうあい》として、
松柏蓊鬱於山峯 上平3鍾」 松柏《しょうはく》 山峯に蓊鬱《おううつ》たり。
擢修幹 修幹を擢《ぬきん》で、
竦長條 下平3蕭 長條を竦《あ》ぐ。

扇飛雲　　飛雲を扇とし、
拂輕霄　下平4宵　輕霄を拂ふ。
81 羲和假道於峻岐　　羲和《ぎか》 道を峻岐に假り、
陽烏迴翼乎高標　下平4宵」　陽烏《ようう》 翼を高標に迴らす。
櫟居栖翔　　櫟居 栖み翔け、
聿兼鄧林　下平21侵　聿《ここ》に鄧林を兼ぬ。
穴宅奇獸　　穴には奇獸を宅《を》らしめ、
窠宿異禽　下平21侵　窠には異禽を宿《す》ましむ。
熊羆咆其陽　　熊羆《ゆうひ》は其の陽《みなみ》に咆《さけ》び、
鵰鶚鴆其陰　下平21侵　鵰鶚《ちょうがく》は其の陰《きた》に鴆《と》ぶ。
猨狖騰希而競捷　　猨狖《えんゆう》は騰《のぼ》ること希《まれ》にして競ふこと捷《と》く、
虎豹長嘯而永吟　下平21侵」　虎豹《こひょう》は長嘯して永く吟ず。

【通釋】北の方角では、華容水の流れを背負い、その更に北に崑崙山を指し望むことができる。劍閣の絶険に棧道を巡らせ、石門の険隘が蜀の都への侵入を拒んでいる。漢水は水流を激しくし、荒波は雷のような音を立て奔流を見せつける。漢水の流れを遠くに眺めやれば天が巡っているかのようで、漢水の流れに近くより臨めばもやが暗くたちこめるよう。この川に生息する生き物は品種が珍しく、魚や龜の類いもその種族が異質である。水神と崇められる蛟螭が深くに潜んでいたり、碧玉を隠し持った龍がいたりするのだ。嘉魚が漢中の北の丙穴より出てきたり、立派な材木が褒水の南の褒谷に群生したりもする。その樹木には、夏冬問わず葉をつける木蘭や木桂、梓に似た杞や櫹、椅や桐、蜀に産出して樹皮を用いて縄をよれる椶や枒、松に似て棘のある楔、松の幹と柏の葉を持つ樅といったものがある。大木で知られる梗や柟は谷底が薄暗くなるほどに生い茂り、松や柏は山の峰々に鬱蒼と枝葉を伸ばす。これらの木々はまっすぐと幹を天に向かって伸ばし、長い枝を大きく廣げ、空を進む雲をもたなびかせ、薄くたなびく霄を拂いのけるほど。義和は高く伸びた枝に道を借りて日輪を御し、太陽の中に棲むという烏は高く伸びた梢を避けて飛ぶ。樹上では獸も居を構え、鳥も巣を作り飛び回る。この森林の大きさはかの鄧林の倍ほどもあろうか。うろには奇妙な動物が身を寄せ、巣には珍しい鳥がねぐらを構えている。熊と羆は山の南側で咆哮をあげ、鵰と鶚は山の北側で飛翔する。手長猿と尾長猿は樹上に登ることは殆どなく樹々の間を競うように早く跳び回り、虎や豹はうなり聲を低く長く出しては遠吠えのように吼えるのだ。

【解説】蜀都の北方を描き出す。ここに擧げられる「劍閣・石門」は蜀と漢中を隔てる天然の要害であるが、これは當時においても充分に認識されていたようであり、劉逵注にも「劍閣、谷名。自蜀通漢中道、一由此、皆閣道、在梓潼郡東北。石門在漢中之西、褒中之北。此二處蜀之險隘（劍閣は谷の名。蜀自り漢中に通ずる道、一に此に由り、皆な閣道、梓潼郡の東北に在り。石門は漢中の西、褒中の北に在り。此れ二處は蜀の險隘なり）」と見える。ここに擧げられる樹木は、左思にしては珍しく文獻上の根據に乏しい部分であり、劉逵注においても蜀に由來することが明記されるのは「木蘭・椶・枒」の三種類のみである。この傾向は本段の動物に對する注釋においても同樣である。また、ここに示される「殊・異・奇」といった事物の珍しさを示す字句は、作品内では西蜀公子から東吳王孫への自慢として示されるが、その一方で作者である左思からの視點であるとも讀み取れよう。本段からは、作品世界での蜀から吳に對する自慢と、中原に暮らす北方人士を代表した左思から見た蜀の天然資源に對する羨望との、二方向からの視點を認めることができる。

91於東則左綿巴中　上平1東　東に於けるや則ち左には巴中《はちゆう》を綿《へ》て、
百濮所充　上平1東」　百濮《ひやくぼく》の充つる所なり。
外負銅梁宕渠　上平9魚　外には銅梁《どうりよう》を宕渠《とうきよ》に負ひ、
內函要害膏腴　上平10虞」　內には要害を膏腴《こうゆ》に函《ふく》む。
其中則有巴叔巴戟　其の中は則ち巴叔《はしゆく》巴戟《はげき》、
靈壽桃枝　上平5支　靈壽《れいじゆ》桃枝《とうし》有り。
樊以葅圃　樊《はん》するに葅圃を以てし、
濵以鹽池　上平5支」　濵《ひん》するに鹽池を以てす。
蟞蛦山栖　蟞蛦《へつい》は山に栖み、
元龜水處　上聲8語　元龜《げんき》は水に處る。

101潛龍蟠於沮澤　潛める龍は沮澤に蟠《わだかま》り、
應鳴鼓而興雨　上聲9麌」　鳴鼓に應じて雨を興す。
丹沙赩熾出其阪　丹沙《たんさ》は赩熾《きよくし》にして其の阪より出で、
蜜房郁毓被其阜　上聲44有　蜜房《みつぼう》は郁毓《いくいく》として其の阜に被る。
山圖采而得道　山圖《さんと》は采りて道を得、
赤斧服而不朽　上聲44有」　赤斧《せきふ》も服して朽ちず。
若乃剛悍生其方　若し乃ち剛悍《がうかん》は其の方に生じ、
風謠尙其武　上聲9麌　風謠は其の武を尙ぶに、

奮之則賨旅　之を奮《ふる》へば則ち賨旅《ひんりょ》し、
翫之則渝舞　上聲9虞　之を翫《もてあそ》べば則ち渝舞《ゆぶ》す。
111 銳氣飄於中葉　銳氣は中葉に飄《ひるがえ》り、
蹻容世於樂府　上聲9虞」　蹻容《きょうよう》は樂府に世よにす。

【通釋】東の方角では、巴中に點在し、異民族である百濮が數多く住む場所がある。外側では銅梁山が宕渠縣を背後から押し守るように座し、內側では肥沃な土地の中に險阻な場所がその境を接している。これらの土地には、巴豆や巴戟天といった藥草や、靈壽や桃枝といった杖に用いる樹や竹がある。集落の周邊にはどくだみの畑が自生し、鹽池の周邊には自然と集落が形成されている。山鷄は山中に棲息し、大龜が沼中に居住する。龍は沼澤でとぐろを巻きながら隱れ住み、太鼓の音が鳴ればそれに應じて雨雲を興す。丹沙が赤々と山肌に露出し、蜜蜂の巢が豐潤に丘を覆っている。そのため、古の仙人である山圖は藥草を採って仙道を得て、また赤斧は丹藥を服用して不老を手に入れたのだ。剛毅の人はこの地方に生まれ、この地の民謠も同じく勇ましさこそを重視している。氣持ちを奮い立たせれば賨人による軍隊を組織遠征し、これを樂しみへと振れば渝水のほとりで舞樂に興じるのだ。彼らの銳敏な氣性は漢の高祖の頃から受け繼いだものであり、その激しく舞い踊る姿は樂府の中に代々傳えられてきたものである。

【解說】蜀都の東側を描き出す。ここは比較的劉逵注が充實している。例えば、「靈壽・桃枝」に對して「靈壽、木名、出涪陵縣。桃枝、竹屬也。出墊江縣。二者可以爲杖（靈壽は木の名、涪陵縣より出づ。桃枝は竹の屬。墊江縣より出づ。二者は以て杖を爲るべし）」と產出地やその用途の說明があるし、また「蟞蛦」についても「鳥名也。如今之所謂山鷄（鳥の名。如今の所謂山鷄）」と劉逵自身の言葉で説明し、「元龜」も譙周『異物志』を引用して解説している。併せて、當時の理解として神仙についても、現在のような假構として捉えるのではなく、實在のものとして捉えていたであろうことが、劉逵注に見える「山圖、隴西人……赤斧、巴人（山圖は、隴西の人……赤斧は、巴人）」と、その出身を明示することより窺われる。

113 於西則右挾岷山　上平28山　西に於けるや則ち右は岷山《びんざん》を挾《さしはさ》み

涌濆發川　下平2仙」　濆《ほり》を涌《わか》して川を發す。

陪以白狼　上平11唐　陪《ま》すに白狼《はくろう》を以てし、

夷歌成章　下平10陽」　夷歌《いか》 章を成せり。

埛野草昧　埛《けい》野《や》 草昧《そうまい》、

林麓黝儵　入聲1屋　林麓 黝儵《ゆうしゅく》、

交讓所植　交讓《こうじよう》の植うる所にして、

蹲鴟所伏　入聲1屋　蹲鴟《そんし》の伏せる所なり。

121 百藥灌叢　百藥 灌叢《かんそう》し、

寒卉冬馥　入聲1屋　寒卉《かんき》 冬に馥《かんば》し。

異類衆夥　異類は衆夥にして

于何不育　入聲1屋」　何に于いてか育せざらん。

其中則有青珠黃環　其の中は則ち青珠《せいしゅ》 黃環《こうかん》、

碧砮芒消　下平4宵　碧砮《へきど》 芒消《ぼうしょう》有り。

131

或豐綠荑　下平4宵　或ひは綠荑《りょくてい》の豐かにして、
或蕃丹椒　或ひは丹椒《たんしょう》の蕃《しげ》きことあり。
蘼蕪布濩於中阿　下平4宵　蘼蕪《びぶ》は中阿に布濩《ふこ》し、
風連莚蔓於蘭皐　下平6豪　風連《ふうれん》は蘭皐に莚蔓《えんまん》す。
紅葩紫飾　紅葩　紫飾し、
柯葉漸苞　下平5肴　柯葉　漸苞す。
敷蘂葳蕤　敷蘂《ふずい》　葳蕤《いずい》として、
落英飄颻　下平4宵　落英《らくえい》　飄颻たり。
神農是嘗　神農《しんのう》は是れ嘗《な》め、
盧附是料　下平3蕭　盧附《ろふ》も是れ料《はか》る。
芳追氣邪　芳りは氣の邪《よこしま》なるを追ひ、
味蠲癘痟　下平4宵」　味は癘痟《れいしょう》を蠲《のぞ》く。

【通釋】西の方角では、岷山を抱えており、ここから水が湧き出し川を形成する。さらに白狼と呼ばれる部族がおり、彼らは夷歌でもって漢を讃える三章からなる歌を作り上げた。郊外の草原では草が茂って視界も薄暗く、林も鬱蒼と生い茂って豪昧とする。そこには二本の樹木が枯れたり茂ったりを繰り返す交讓が植えられ、大きな芋の類の蹲鴟が地中に埋められているのだ。また、藥の材料が多く群生しており、寒い冬ですら芳香を漂わせる。ここでは珍奇なものがこれでもかと溢れ、育たないものは何一つとしてないのだ。その中には、青珠や黄環といった藥草、碧砮や芒消といった鑛物を見ることができる。ある場所ではこぶしの新芽が壯んに芽吹き、ある場所では赤い山椒の實がたわわになっている。香草の虆蕪は小高い山の中腹に密生し、藥草の風連は蘭の生えた澤邊に敷き詰められたように廣がる。眞っ赤な花びらは紫に縁取られ、小枝や葉は密集しつつ伸びている。枝一面についたつぼみは重たく垂れ下がり、落ちた花びらは風に吹かれ舞いあがる。これらはすべて神農がみずから嘗めてその味を確認したものであり、扁鵲や兪跗といった名醫がその用量を規定したものである。その香りを嗅ぐと邪氣を體内より追い拂うことができ、その味を口に含めば疫病や痟病を取り除くことができるのだ。

【解説】蜀都の西側を描き出す。ここでは地理的に重要な情報は殆ど無く、藥材となる天然資源が多く産出することを述べることに主眼が置かれている。劉逵注でも産出地のみが擧げられ、それぞれどのような病に用いられるかまでは説明されていない。但し、それぞれの産出地を説明した後に、「岷山特多藥草、其樹尤好異於天下（岷山特に藥草多く、其の樹尤も好く天下に異なれり）」と藥草が岷山に多く産出することが觸れられるが、これは直接には本文とは關わりの無い情報である。ここからは、當時に各地の現實世界に資する情報が重視されていたであろうこと、そしてこれに注釋者である劉逵が反應したであろうことが讀み取れる。

139 其封域之内則有原隰墳衍　其の封域の内は則ち原濕　墳衍有り、
通望彌博　入聲19鐸　通望は彌《いよい》よ博し。
141 演以潛沫　演ずるに潛《せん》沫《まい》を以てし、
浸以綿絡　入聲19鐸　浸すに綿《めん》絡《らく》を以てす。
溝洫脉散　溝洫《こうきょく》は脉のごとく散じ、

疆里綺錯　入聲19鐸
黍稷油油
粳稲莫莫　入聲19鐸
指渠口以爲雲門
灑滮池而爲淕澤　入聲20陌
雖星畢之滂沲
尚未齊其膏液　入聲22昔」
爾乃邑居隱賑
夾江傍山　下平2仙
棟宇相望
桑梓接連　下平2仙
家有鹽泉之井
戸有橘柚之園　上平22元」
其園則有林檎枇杷
橙柿梬楟　下平15青
榹桃函列
梅李羅生　下平12庚
百果甲宅

疆《きよう》里《り》は綺のごとく錯《まじは》る。
黍稷《しよしよく》 油油《ゆうゆう》として、
粳稲《こうとう》 莫莫《ばくばく》たり。
渠口《きよこう》を指して以て雲門と爲し、
滮池《ひようち》より灑ぎて淕澤と爲す。
星畢の滂沲《ぼうだ》なりと雖も、
尚ほ未だ其の膏液を齊《ひと》しくせず。
爾して乃ち邑居は隱賑として、
江を夾みて山を傍にす。
棟宇 相ひ望みて、
桑梓 接ぎて連なる。
家には鹽泉の井有り、
戸には橘柚の園有り。
其の園は則ち林檎《りんご》 枇杷《びわ》、
橙《とう》 柿《し》 梬《へい》 楟《てい》有り。
榹《し》 桃《とう》は函《ふく》み列《つらな》り、
梅《ばい》 李《り》は羅《つらな》り生ず。
百果 甲宅、

異色同榮　下平12庚
朱櫻春就
素柰夏成　下平14清」
若乃大火流
涼風厲　入聲17薛
白露凝
微霜結　入聲16屑
紫梨津潤
樼栗罅發　入聲10月
171 蒲陶亂潰
若榴競裂　入聲17薛
甘至自零
芬芳酷烈　入聲17薛」
其圃則有蒟蒻茱萸　上平10虞
瓜疇芋區　上平10虞
甘蔗辛薑
陽蓲陰敷　上平10虞
日往菲薇

色を異にし榮を同じくす。
朱櫻《しゆおう》は春に就き、
素柰《そたい》は夏に成る。
若し乃ち大火 流れ、
涼風 厲《はげ》しく、
白露 凝り、
微霜 結べば、
紫梨 津潤し、
樼栗《しんりつ》 罅《え》み發《わ》れ、
蒲陶《ほとう》 亂れ潰《つひ》へ、
若榴《じやくりゆう》 競ひ裂け、
甘の至れば自ら零《こぼ》れ、
芬芳として酷烈なり。
其の圃は則ち蒟蒻《くじやく》 茱萸《しゆゆ》、
瓜疇《かちゆう》 芋區有り。
甘蔗《かんしよ》 辛薑《しんきよう》は、
陽に蓲《あたたま》り陰に敷き、
日往きて菲薇《ひび》にして、

月來扶踈　上平9魚
月來りて扶踈《ふそ》たり。

任土所麗
任土の麗《つ》く所にして、

衆獻而儲　上平9魚」
衆獻じて儲《まう》けり。

其沃瀛則有攢蔣叢蒲
其の沃瀛《よくえい》は則ち攢蔣《さんしょう》 叢蒲《そうほ》、

綠菱紅蓮　下平1先
綠菱　紅蓮有り。

雜以蘊藻
雜《まじ》ふるに蘊藻《うんそう》を以てし、

糅以蘋蘩　上平22元
糅《まじ》ふるに蘋蘩《ひんぱん》を以てす。

揔莖柅柅
揔莖は柅柅《でいでい》として、

裛葉蓁蓁　上平19臻
裛葉《ようよう》は蓁蓁《しんしん》たり。

蕡實時味
蕡實は時に味はひ、

王公羞焉　下平2仙」
王公　焉《これ》を羞《すす》む。

其中則有鴻疇鵠侶
其の中には則ち鴻疇《こうちゅう》 鵠侶《こくりょ》、

振鷺鵜鶘　上平11模
振鷺《しんろ》 鵜鶘《ていこ》有り。

晨鳧旦至
晨鳧《しんぷ》は旦に至り、

候鴈銜蘆　上平9魚
候鴈《こうがん》は蘆《あし》を銜《ふく》む。

木落南翔
木の落つれば南へ翔け、

氷泮北徂　上平11模
氷の泮《と》ければ北へ徂く。

雲飛水宿
雲に飛びて水に宿り、

201

哷吭清渠	上平9魚」	清渠に哷吭《ろうこう》す。
其深則有白黿命鼈	入聲17薛	其の深きには則ち白黿《はくげん》 命鼈《めいべつ》有り、
玄獺上祭	去聲13祭」	玄獺《げんだつ》 上祭す。
鱣鮪鱒魴	下平10陽	鱣《てん》 鮪《い》 鱒《そん》 魴《ほう》、
鮷鱧魦鱨	下平10陽	鮷《てい》 鱧《れい》 魦《さ》 鱨《しょう》あり。
差鱗次色		鱗を差《たが》ひて色を次《たが》ひ
錦質報章	下平10陽	錦質 報章す。
躍濤戲瀨		濤《なみ》に躍りて瀨に戲れ、
中流相忘	下平10陽」	中流にて相ひ忘る。

【通釋】それ蜀の郡内では、高原や濕原、丘陵や沼澤が、どこどこまでも續いている。潛水と沫水は地下を流れ、綿水と絡水は地表を流れて田地を潤す。耕地の水路は血管のように分散し、耕地の境界は綾絹の模様のように交錯する。黍や稷はつややかに生育し、稉や稻はどこまでも繁茂する。用水の注ぎ口を指して雲門とし、ため池より流れて田地を肥沃にする。たとえ畢星が大雨を降らせたとしても、それでもなおこの惠みの水には敵うまい。そのため邑居は盛んに富み、川を挾み山を旁らにすることで發展を續けてきたのだ。家々は互いに望める位置に立ち並び、桑や梓などが連續して植えられている。それぞれの家には鹽水や眞水の涌き出る井戸があり、またそれぞれの戶は柑橘が生る果樹園を持っている。その果樹園には、蜀が原産の林檎や枇杷、橙や柿、棗の一種の梬や山梨の類の楟などが實を結ぶ。山桃は實を連續して附け、梅や李は園のそこかしこになっている。あらゆる果實が花をつけるが、それぞれの色は異

なりながらも一齊にその花を滿開にする。春にはさくらんぼ、夏にはからなしが實をつける。こうして蠍座の赤星が流れ、いよいよ秋の冷たい風が激しく吹き始め、白露が結び、細かな霜が降りる時期を迎えると、紫梨は瑞々しさが一層顯わになり、樼栗は裂けたいがから姿を見せ、蒲陶はその皮がはちきれんばかりに張り、若榴は次々に割れ、これらは熟しきれば自然と枝よりこぼれ落ち、むせかえるほどの甘美な芳りを邊りへまき散らす。その野菜畑には、蒟蒻や茱萸が植えられ、瓜畑に芋畑がある。芋や生姜は、日向と日陰に分かれて育つ。どれも日增しに成長し、月ごとに潤澤な收穫を見せる。土地からの產出物を貢ぎ物とすれば、樣々な獻上品が山のごとく積み上がるほど。その肥沃な沼澤地では、眞菰や群生する蒲、綠葉をつける菱や赤い實を持つ蓮が見える。それらの間から蘊藻や蘋蘩といった食に供される水草が顏を出す。密生する水草の莖は瑞々しく、葉はどれもこれもみな重なり合う。これらは素朴な味ではあるが旬の頃には味わいを醸し、王公に獻上しても何ら差し支えない。この沼澤地の中には、大鴈や白鳥の群れ、鷺や鵜鶘が棲息する。日々野鴨が朝にやって來て、毎年時宜を得た鴈が蘆を銜えて渡っていく。木の葉落ちる秋には南へと翔け飛び、氷のとける春には北へと飛び去っていく。空へと飛びつ水間に憩いつし、淸らかな堀にその身を浮かべては羽毛を繕うのだ。この沼澤地の水中深くには、白く大きな龜とそれに應える小さな龜、魚を並べて祀る川獺がおり、黃魚の類の鱣や鮪、『詩經』にも見える鱒や魴、どじょうに似た鮷、鱧、鮒に類した魦、鱨などの多くの魚が潛んでいる。大小樣々な鱗を並べてとりどりの色合いを放ち、錦のような質感と綾のような模樣を見せつける。波に躍るように淺瀨に遊ぶように、川の流れの眞ん中で各々が無心に泳いでいるのだ。

【解說】蜀郡內の自然環境及びその天然資源について描き出す。ここまでが主に蜀の地に產出する天然資源に關する描寫であるが、これが「蜀都賦」全體の半數近くを占めることから、「蜀都賦」で重視されてきたのが山川及び資源であったことが自ずと知られよう。本段では、天然資源を列擧する部分とそれぞれの動植物を具體的に形容する部分とに分けることができるが、具體的な形容部分には劉逵注はさほど施されていない。これはやはり、劉逵注が博引旁證、とりわけ作品世界に擧げられる事物の説明を重視していることと無關係ではなかろう。併せて、押韻について、第165～174句「若乃大火流……芬芳酷烈（若し乃ち大火流れ……芬芳 酷烈たり）」までは基本的に入聲で押韻するが、唯一第166句「涼風厲（涼風 厲し）」のみが去聲13祭で押韻をする。これについて『文選集注』所引『文選音決』では「厲、協韻、音列」とし、「列」は入聲であるため、入聲で發音すべきことを指示する。このような傾向は、「三都賦」全篇を通して散見される現象であり、左思の押韻の傾向の一つとして指摘できる。

207 於是乎金城石郭　　是に於いてか金城 石郭あり、
兼迊中區　上平10虞　　兼ねて中區を迊《めぐ》る。
既麗且崇　　既に麗にして且つ崇《たか》く、
實號成都　上平11模　　實に成都と號す。
211 闢二九之通門　　二九の通門を闢《ひら》き、
畫方軌之廣塗　上平11模　　方軌の廣塗を畫す。
營新宮於爽塏　　新宮を爽塏に營み、
擬承明而起廬　上平9魚　　承明《しょうめい》に擬して廬を起こす。
結陽成之延閣　　陽成《ようせい》の延閣を結び、
飛觀榭于雲中　上平1東　　觀榭《かんしゃ》を雲中に飛ばす。
開高軒以臨山　　高軒を開きて以て山に臨み、

列綺窓而瞰江　上平4江」　綺窓を列《つら》ねて而して江を瞰《なが》む。
内則議殿爵堂　内には則ち議殿《ぎでん》 爵堂《しやくどう》、
武義虎威　上平8微　武義《ぶぎ》 虎威《こい》あり。
宣化之闥　宣化《せんか》の闥《たつ》、
崇禮之闈　上平8微　崇禮《すうれい》の闈《ゐ》あり。
華闕雙邈　華闕 雙《なら》び邈《はる》かにして、
重門洞開　上平16咍　重門 洞開す。
金鋪交映　金鋪 交《こもご》も映《は》え、
玉題相暉　上平8微」　玉題 相ひ暉《かがや》く。
外則軌躅八達　外には則ち軌躅 八達し、
里閈對出　入聲6術　里閈 對出す。
比屋連甍　屋を比べ甍《いらか》を連ね、
千廡萬室　入聲5質　千廡 萬室あり。
亦有甲第　亦た甲第有り、
當衢向術　入聲6術　衢《ちまた》に當たりて術《みち》に向かふ
壇宇顯敞　壇宇《だんう》 顯敞《けんしよう》にして、
高門納駟　去聲6至　高門 駟《し》を納る。
庭扣鍾磬　庭にて鍾磬《しようけい》を扣《たた》き、

堂撫琴瑟　入聲7櫛　堂にて琴瑟《きんしつ》を撫《ぶ》す。
匪葛匪姜　葛に匪《あら》ず姜に匪ずんば、
疇能是恤　入聲6術」　疇《たれ》か能《よ》く是に恤《を》らん。

【通釋】こうして堅牢な城郭はその內城と外城が、ともにその中核を巡り守り、その樣子はもとより整然として崇高なもので、實に「成都」と號するに相應しい。城郭に備えた十八の門を開けば、宏大な道路にただただ眞っ直ぐに伸びた轍の跡が殘る。眞っ新な宮殿を清々しい高地に建て、漢の承明廬に見立てた宿直所を設けた。陽成門まで續く樓閣が延々と列をなし、物見臺は雲に屆かせるほどに高く築き上げられた。その開かれた高い欄干からは山々を見晴すことができ、並んだ透かし彫りの窓からは眼下に江を見下ろすことができる。成都の宮殿の內側には議殿と爵堂、そして武義門や虎威門がある。また宣化門、そして崇禮門といった小門もある。華やかな樓閣が道を挾んで遙かに並び、幾重にも連なる宮門は開け放たれている。金でできた門環は照り映え、玉が施された垂木は光り輝いている。成都の宮殿の外側には車の轍が八方に伸びており、それぞれの街區の門が向かい合わせになっている。そこでは家屋を並べて屋根の瓦を連ねて、千にも萬にも屆くかのような室家が立ち並ぶ。また一等地には高官の邸宅が建てられるが、これらはすべて大通りに面している。彼らの屋敷は廣々とした敷地に高々と建てられ、その門は四頭立ての馬車でも通過できるほどに大きい。その庭では鍾や磬を輕く鳴らし、堂では琴や瑟が靜かに撫される。諸葛亮や姜維でなくば、誰がこのような立派なところに住めようもの。

【解說】成都の城郭に關する描寫であるが、「吳都賦」「魏都賦」に比べると非常に貧弱なものと言わざるを得ない。それは描寫區分からも明らかであり、「蜀都賦」においては僅かに宮殿の「内・外」の二つに分類されるのみである。これが原因とも思われないが、この城郭に對する劉逵注は、例えば第219～222句「内則議殿爵堂……崇禮之闈（内には則ち議殿 爵堂……崇禮の闈あり）」に對して「議殿爵堂、殿堂名也。武義虎威、二門名也。宣化崇禮、皆闈闥（議殿・爵堂は殿堂の名なり。武義・虎威は二門の名なり。宣化・崇禮は皆な闈闥なり）」と必要最低限の注釋を施すのみで、「魏都賦」で張載が同様に宮殿部分に注釋を施すほどではない。ここに注釋者の注釋態度の差違を見出してもよいように思われる。

239 亟以少城　　亟《つ》ぐに少城を以てし、
接乎其西　下平1先　其の西に接《つ》ぐ。
241 市廛所會　　市廛の會する所にして、
萬商之淵　下平1先　萬商の淵なり。
列隧百重　　隧を列《つら》ぬること百重にして、
羅肆巨千　下平1先　肆を羅《つら》ぬること巨千なり。
賄貨山積　　賄貨《かいか》は山のごとく積もり、
纖麗星繁　上平22元　纖麗《せんれい》は星のごとく繁し。
都人士女　　都人 士女は、
袨服靚粧　下平10陽　袨服《げんふく》 靚粧《せいそう》なり。
賈貿墆鬻　　賈貿《こぼう》 墆鬻《ていいく》し、
舛錯縱横　下平11唐　舛錯《せんさく》して縱横す。

異物譎詭
奇於八方　下平10陽
布有橦華
麪有桄桹　下平11唐
邛杖傳節於大夏之邑
蒟醬流味於番禺之鄉　下平10陽」
輿輦雜沓
冠帶混并　下平14清
累轂疊跡
叛衍相傾　下平14清
諠譁鼎沸則咆聒宇宙
囂塵張天則埃壒曜靈　下平15青」

異物は譎詭《きつき》し、
八方に奇なり。
布には橦《しよう》華《か》有り、
麪には桄桹《こうろう》有り。
邛《きよう》杖《じよう》は節を大夏《たいか》の邑に傳へ、
蒟醬《くしよう》は味を番禺《ばんぐう》の鄕に流す。
輿輦　雜沓、
冠帶　混并す。
轂を累《かさ》ね跡を疊《かさ》ね、
叛衍《はんえん》して相ひ傾く。
諠譁《けんか》は鼎の沸くがごとくして則ち宇宙を咆聒《ほうかつ》し、
囂塵《ごうじん》は天に張るがごとくして則ち曜靈を埃壒《あいあい》す。

【通釋】これら宮殿や成都の大城に續いては新市街ともいうべき小城が、その西側に連接する。ここは市場が開催される場所であり、あまたの商人がうごめくところ。市場を形成する小道は網の目のように張り巡らされ、その至る處で千を越える店舗が軒を連ねている。金銀や布などの貨幣が山々のごとくうずたかく積まれ、美しい裝飾品が綺羅星のごとく溢れかえっている。市場に集まる都の知識人階層の男女は、各々正裝や化粧を施している。ここでは金品によって賣買を行う者もあれば買い占めや轉賣をする者もおり、彼らがあちらこちらでぶつかり合っているのだ。市に並べられた珍品は目も眩むほどに奇想天外なものであり、これらは他のどの地方であっても容易には目にすることができない。布でいえば橦の花で紡いだもの、麵でいえば桄榔の粉で打ったものがそうだ。變わった節を持つ邛竹を用いた杖は大夏の村々に傳わっているし、滋味ある蒟蒻は番禺の地にまで屆いている。様々な馬車やかごが頻繁に往來し、貴族や庶民が一つところにごったがえしている。それらの轂は幾重にも重ねられ、足跡も至る處につけられ、そのために車も人もぶつかりよろめく有様。喧しい騒ぎ聲は鼎の中の湯が沸騰するかのようで、邊り一面を覆い盡くしてしまうし、煩わしい塵埃は天を蔽うほどであり、そのために太陽もかすんでしまう。

【解説】成都城内の市場を描き出す。「呉都賦」「魏都賦」でも同じように市場に關する描寫があるが、人の動きや賣買の様子に着目すると明確な違いが見えて興味深い。ほかの二篇はその段で解説するとして、ここでの蜀人の動きは、極めて無秩序であり一人一人が自分の思うままに振る舞っている點が特徴的である。だからこそ市場は粉塵に覆われ太陽がかすむほどになってしまうのである。また、その賣買の様子についても、無秩序という言葉こそが相應しい。買い占めや轉賣も自らの利益のみを追求することによって生じる現象であるし、總じて、蜀の市場には規律などはなく、人々が私利私欲に從って振る舞っているものと理解できよう。

263 闤闠之裏　　闤闠《かんかい》の裏、
伎巧之家　下平9麻　伎巧の家、
百室離房　　百室 離房し、
機杼相和　下平8戈　機杼《きちょ》 相ひ和す。
貝錦斐成　　貝錦《ばいきん》 斐成りて、

濯色江波
黄閏比筒
嬴金所過
修修隆富
卓鄭埒名
公擅山川
貨殖私庭
藏鏹巨萬
鈲槻兼呈
亦以財雄
翕習邊城
三蜀之豪
時來時往
養交都邑
結疇附黨
劇談戲論
扼捥抵掌
出則連騎

下平8戈
色を江波に濯《あら》ふ。
黄閏《こうじゅん》は筒を比《なら》べ、
下平8戈」
嬴金《えいきん》の過ぐる所なり。
修修と隆《さか》へ富みて
下平14清
卓と鄭と名を埒《ひと》しくす。
公《あらは》に山川を擅《ほしいまま》にし、
下平15青
私庭に貨殖す。
鏹を藏《おさ》むること巨萬にして、
下平14清
鈲槻《へきき》 兼呈す。
亦た財を以て雄たりて、
下平14清」
邊城に翕習《きゅうしゅう》す。
三蜀の豪、
上聲36養
時に來りて時に往く。
交はりを都邑に養ひて、
上聲37蕩
疇《ともがら》を結びて黨に附す。
劇談《げきだん》して戲論《ぎろん》し、
上聲36養
扼捥《やくわん》して掌を抵す。
出づれば則ち騎を連ね、

歸從百兩　上聲36養　歸れば百兩を從ふ。

【通釋】市場の門やその圍いの内側では、巧みな技を持つ職人の家が建ち並び、數多くの家屋は互いに離れているとはいえ、機を織る音が見事に一致する。貝錦は美しい綾模様を紡ぎ出し、蜀の河にさらすことでその色は更に鮮やか。黃潤は筒を芯として巻かれた狀態で並べられ、その價値は籯に盛られた金にも勝る。驕奢な暮らしや莫大な財産で、卓王孫と程鄭は並び稱されたが、彼らは山川の利潤をほしいままに獨占し、屋敷の内に膨大な富を蓄えたのだと言う。その財產は萬をも超えるほどであり、木工や織工の手による製品を都へと出荷した。またその財產でもって權力を手にした者として、蜀全土に跨がってその評判が知れ渡ったと言う。また蜀のあらゆる場所の大富豪たちは、機會があるごとに往來した。彼らは成都の地で交流を持ち、友人となったり徒黨を組んだりしたが、激しく談義することもあればふざけた議論をすることもあり、彼らは自分の腕を握りしめては手のひらを打ち鳴らした。彼らは外出するときには騎馬を連ね、戻ってくるときには百兩の馬車に載せるほどの稼ぎを出して戻ってくるのだ。

【解説】ここでは蜀に暮らす職人や貨殖、任俠を描き出す。彼らの暮らしぶりについてはさほど詳細なものとは言えない。職人については、暮らしよりも彼らの紡ぎ出す織物の描寫が中心であり、貨殖についても、彼らが私利私欲に驅られて財產を獨占してゆく様子を描くのみである。また任俠についても、その徒黨を組み放蕩して暮らす様子が描かれるのみであり、總じて、「吳都賦」に描かれる類似した内容よりも迫力の面では劣るものである。しかし、當時の生活の一端をあらわしたものと理解すれば、蜀に暮らす人々の人間らしさを感じることができて面白い。

原文	韻	訓読
287 若其舊俗終冬始春	上平18諄	若し其の舊俗は冬を終へ始めて春となれば、
吉日良辰	上平17眞	吉日　良辰。
置酒高堂		酒を高堂に置き、
以御嘉賓	上平17眞	以て嘉賓を御す。
291 金罍中坐		金罍《きんらい》は中坐して、
肴槅四陳	上平17眞	肴槅《こうかく》は四に陳なる。
觴以醥清		觴《しよう》するに醥清《ひようせい》を以てし、
鮮以紫鱗	上平17眞」	鮮《なます》とするに紫鱗《しりん》を以てす。
羽爵執競		羽爵は競ひ執り、
絲竹乃發	入聲10月	絲竹は乃ち發す。
巴姫彈絃		巴姫《はき》は絃を彈じ、
漢女擊節	入聲16屑	漢女《かんじょ》は節を擊つ。
起西音於促柱		西音を促柱に起こし、
歌江上之飄厲	入聲17薛	江上の飄厲《りようれい》を歌ふ。
301 紆長袖而屢舞		長袖を紆ひて屢《しばし》ば舞ひ、
翩僊僊以裔裔	入聲17薛	翩ること僊僊《せんせん》として以て裔裔《えいえい》たり。
合樽促席		樽を合せて席を促し、
引滿相罸	入聲10月	滿を引きて相ひ罰す。

樂飲今夕　　今夕に樂しみ飲めば、
一醉累月　入聲10月」　一醉すること月を累《かさ》ぬがごとし。

【通釋】昔ながらの蜀の風習としては冬が終わり春にもなると、良き日取りを定めた上で、高殿に酒宴の支度を調え、來賓や客人をもてなす。金の酒樽を中央に据え、魚肉の鹽漬けや果物を四方に並べる。その酒には清酒を用い、そのなますには光物の魚をあてる。雀の形をした杯で乾杯が始まれば、これを合圖に管弦の音が響きわたる。巴姫のごとき美女が弦をつま彈き、漢女のごとき美姫が節を撃って拍子を取る。琴柱を詰めるも演奏するのは西域の曲、これを激しく吹きすさぶ風の中で歌っている。長い袖をまといつけて途絶えることなく舞い續け、ひらひらとそしてゆらゆらとその舞服を搖らす。樽酒を一つにまとめ更に飲まんことを勸め、滿杯の酒を飲むも殘せば更に罰杯が續く。この夕べに飲みかつ樂しめば、ひたすらに醉いしれてその後何ヶ月もの餘韻に浸るのだ。

【解説】これも「吳都賦」「魏都賦」にあらわれる主題である。しかし、ここでの宴席描寫も客人の應對、宴席に供える酒肴、それに合わせた歌舞音曲と、他の都邑賦の中でも詠われるような一般的な内容に終始しており、さほど蜀における獨自性というものは感じられない。唯一の獨自性は、酒席での罰杯かと思われるが、これも蜀人の無秩序さによるものと理解すべきであろう。

307 若夫王孫之屬　　若し夫れ王孫《おうそん》の屬、
郤公之倫　上平18諄　郤公《げきこう》の倫あり、
從禽于外　　禽を外に從へ、

巷無居人
並乘驥子
倶服魚文
玄黃異校
結駟繽紛
西踰金隄
東越玉津
朔別期晦
匪日匪旬
蹴蹈蒙籠
涉躐寥廓
鷹犬倏眒
罻羅絡幕
毛羣陸離
羽族紛泊
翕響揮霍
中罔林薄
屠麖麋

上平17眞
巷に居人無し。
並びに驥子《きし》に乘り、
上平20文
倶に魚文《ぎよぶん》を服とす。
玄黃は校を異にし、
上平20文
駟を結ぶこと繽紛《ひんぷん》たり。
西のかた金隄《きんてい》を踰え、
上平17眞
東のかた玉津《ぎよくしん》を越ゆ。
朔に別れ期を晦し、
上平18諄」
日に匪ず旬に匪ず。
蒙籠《もうろう》たるを蹴《ふ》み蹈《ふ》みて、
入聲19鐸
寥廓《りようかく》たるを涉《わた》り躐《ふ》む。
鷹犬《ようけん》 倏眒《しゆくしん》として、
入聲19鐸
罻羅《いら》 絡幕《らくばく》たり。
毛群 陸離として、
入聲19鐸
羽族 紛泊たり。
翕響《きゆうきよう》 揮霍《きかく》たるに、
入聲19鐸」
罔《あみ》に林薄に中《あた》る。
麖麋《けいび》を屠《ほふ》り、

翦旄麈	上聲9麌	旄麈《ぼうしゅ》を翦《き》り、
帶文虵		文虵《ぶんじゃ》を帶び、
跨彫虎	上聲10姥」	彫虎《ちょうこ》に跨《またが》る。
志未騁		志の未だ騁せざるに、
時欲晩	上聲20阮	時は晩《く》れなんと欲す。
追輕翼		輕翼を追ひて、
赴絶遠	上聲20阮	絶遠に赴く。
出彭門之闕		彭門《ほうもん》の闕を出で、
馳九折之坂	上聲20阮	九折《きゅうせつ》の坂を馳す。
經三峽之崢嶸		三峽《さんきょう》の崢嶸《そうこう》たるを經、
躡五屼之蹇産	上聲26産」	五屼《ごこつ》の蹇産《けんさん》たるを躡《ふ》む。
戟食鐵之獸		食鐵《しょくてつ》の獸を戟《た》ち、
射噬毒之鹿	入聲1屋	噬毒《ぜいどく》の鹿を射る。
畠貙氓於葽草		貙氓《ちゅぼう》を葽草《ようそう》に畠《う》ち、
彈言鳥於森木	入聲1屋	言鳥《げんちょう》を森木に彈《う》つ。
拔象齒		象齒《ぞうし》を拔き、
戻犀角	入聲4覺	犀角《さいかく》を戻らす。
鳥鎩翮		鳥は翮《つばさ》を鎩《す》て、

獸廢足

「入聲3燭」　獸は足を廢《す》つ。

【通釋】さて卓王孫、あるいは郤公といった豪族たちは、野外に狩獵に出かけて禽獸を追い回し、彼らと關係のある人々はみな附き從い、町中には誰獨りとして殘らない。これらの人々はみな駿馬にまたがり、一樣に魚鱗の狩り裝束を身にまとう。黑や黃色でその馬車を分類し、四頭立ての馬車で我先にと驅け出す。西の方角では金隄を乘り越え、東の方角では玉津までも越えてゆく。月の初めに出發すれば歸還は月末にいたり、一日や十日で濟まされることは到底ありえない。草木の生い茂る薄暗い中を分け入って進み、果てしなく續く狩り場を際限なく步き回る。鷹や犬はすばやく獲物を見つけ出し、鳥を捕らえるための網が張り巡らされる。獸たちは散りぢりに逃げ惑い、鳥たちは高くたかく飛び上がってゆく。しかしそれもほんの束の間のこと、仕掛けられた網にことごとく捕らえられてしまう。巨大な麖や麋はばらばらに解體し、旄や麈はその尾を切り取り、鮮やかな文樣を持つ蛇を身體に卷き附け、縞模樣を持つ獰猛な虎を跨ぐことでみずからの勇猛さを示すのだ。こうしてまだまだ捕り足りないと思う内に、時間は過ぎ去り日も暮れようとする。輕やかに飛び回る鳥を追いかけ、氣づけば最果ての地まで步みを進めてしまった。彭門の闕を過ぎ去り、九折の坂を馳せ驅ける。更には三峽の險しい道を進み行き、五つの峰々の迫り來る道を踏みしめてゆく。鐵を食う貘を矛で突き刺し、毒草を食む鹿を弓で射殺す。人に化ける貙虎を茂みの中で打ち据え、言葉を發す鸚鵡を森の中で彈きしとめる。象は牙を拔き取り、犀は角を折り去る。鳥は飛べぬように翼を切り、獸は走れぬように足を折ってしまう。

【解說】郊外での狩獵を描き出す。狩獵方法そのものに「吳都賦」「魏都賦」との差異は見いだせない。しかし、その動作には僅かではあるが異なる點がある。本段で動物を狩る動作として使用される字句の中でも「屠・剪・鏖・廢」字などは「吳都賦」「魏都賦」では見出せず、これらの字に共通して意味するところは使い物にならなくしてしまうことであり、一種の野蠻さや殘忍さが感じ取れる。これも蜀人の無秩序な性格や蠻勇とも言うべき氣性に合わせての字の選擇であるかもしれない。また不可思議な動物が現れる點も特徴的である。但し、これらがいずれも空想上の動物ではないことに留意すべきである。一見すれば現實世界に存在しないようなものでも、劉逵注において根據が示されている。貘と食毒鹿については魏宏『南中志』が、また貙については『周易』が、鸚鵡については自らの言葉で、それぞれ生息地が明示されており、やはり左思の主張する實證主義的寫實性が保證されているのである。

347 殆而朅來相與第如滇池　殆《つか》れて朅《さ》り來たり相ひ與に第《しばら》く滇池《てんち》に如き、

集乎江州　下平18尤　江州に集《つど》ふ。

誡水客　水客を誡めて、

様輕舟　下平18尤　輕舟を様《よそほ》はしめ、

351 娉江斐　江斐《こうひ》を娉すれば、

與神遊　下平18尤　神と遊ぶがごとし。

罨翡翠　翡翠《ひすい》を罨《あみ》し、

釣鰋鮋　下平18尤　鰋鮋《えんちゆう》を釣り、

下高鵠　高鵠《こうこく》を下し、

出潛虬　下平20幽　潛虬《せんきゆう》を出だす。

吹洞簫　洞簫を吹き、

發櫂謳　下平19侯　櫂謳を發せば、
感鱏魚　鱏魚《たんぎよ》を感ぜしめ、
動陽侯　下平19侯　陽侯《ようこう》を動かしむ。
361 騰波沸涌　騰波 沸涌し、
珠貝汎浮　下平18尤　珠貝《しゆばい》 汎浮す。
若雲漢含星　雲漢の星を含みたるが若く、
而光暉洪流　下平18尤」　洪流に光暉たり。
將饗獠者張帟幕　將に獠を饗さんとして帟幕を張り、
會平原　上平22元　平原に會し、
酌醪酤　醪酤《ろうこ》を酌み、
割芳鮮　下平2仙　芳鮮を割く。
飲御酣　飲御は酣にして、
賓旅旋　下平2仙　賓旅《ひんりよ》は旋《かへ》る。
371 車馬雷駭　車馬の雷のごとく駭せば、
轟轟闐闐　下平1先　轟轟《ごうごう》 闐闐《てんてん》たり。
若風流雨散　風流れて雨の散るが若く、
漫數百里間　下平2仙」　數百里の間に漫《ひろ》し。

【通釋】疲れから狩りを終えると連れ立って滇池へ行き、江州に集まることにする。船頭に頼んで、足の速い舟を支度させ、江婓を誘えば、神女と遊んでいるかのような心地よさ。かわせみを網で捕らえ、なまずやはえを釣り、上空を飛ぶ白鳥を撃ち落とし、水底に潜む虯を釣り上げては悦に入る。洞簫を吹いて、舟歌を唄えば、鱏魚を感じ入らせ、陽侯の心をも揺り動かしてしまうほど。波が激しく沸き立つと、美しい貝があまた水面に浮かび上がってくる。これはあたかも天の河に星がきらめくかのごとくして、大河の中で鮮やかな光を放っている。さて、狩人たちは宴會を催して慰勞しようとしては平幕や天幕を張り巡らし、續々と平原に集まってきては、卽席の酒を酌み交わし、捕らえたばかりの新鮮な鳥獸魚介をさばく。酒宴も酣となると、賓客たちはそれぞれの地へと歸っていく。彼らの車馬の音は雷の轟くかのよう、ごろごろとごうごうと響き渡る。その音は風が吹き荒れ雨の降りしきるかのごとくで、數百里の彼方へも届くのだ。

【解說】川遊びと狩獵後の宴席を描き出す。「三都賦」で三字句を多用する際には一つの特徵を認めることができる。これは必ずしも左思に特有のものではないが、例えば第349～360句「誡水客……動陽侯（水客を誡めて……陽侯を動かしむ）」では、船出から漁の實施、そして演奏へと場面がなめらかに展開し、そして幾らかの速度を保っている。これはここだけに限らず、「三都賦」全體にも認められる。内容面に着目すれば、酒宴が解散されると、狩獵への參加者や賓客が自らの居所へと戻っていくことから、彼ら狩獵を企畫する者と參加する者との關係性が繼續した主從關係ではなく一過性であることを窺わせる。これは「呉都賦」の場合と大きく異なる。

375 斯蓋宅土之所安樂　入聲19鐸　斯れ蓋し宅土の安樂せし所にして、

觀聽之所踊躍也
入聲18藥」
觀聽の踊躍する所なり。

焉獨三川
焉《なん》ぞ獨り三川の、

爲世朝市
上聲6止
世の朝市爲らん。

若乃卓犖奇譎
若し乃ち卓犖　奇譎の、

倜儻罔已
上聲6止
倜儻《てきとう》として已《や》むこと罔《な》きこと、

一經神恡
一に神恡を經とし、

一緯人理
上聲6止」
一に人理を緯とすればなり。

遠則岷山之精
遠きは則ち岷山《びんざん》の精、

上爲井絡
入聲19鐸
上は井絡《せいらく》爲り。

天帝運期而會昌
天帝は期を運《めぐ》らして昌を會し、

景福肸蠁而興作
入聲19鐸
景福は肸蠁《きつきよう》して興作《こうさく》す。

碧出萇弘之血
碧は萇弘《ちようこう》の血より出で、

鳥生杜宇之魄
入聲20陌
鳥は杜宇《とう》の魄より生ず。

妄變化而非常
妄りに變化して常に非ず、

羌見偉於疇昔
入聲22昔」
羌《すなは》ち疇昔《ちゆうせき》に偉とせらる。

近則江漢炳靈
近きは則ち江漢の炳靈《へいれい》、

世載其英
下平12庚
世よ其の英を載《う》む。

蔚若相如
蔚若《うつじやく》たる相如、

嚼若君平　下平12庚　嚼若《しゃくじゃく》たる君平。
王褒韡曄而秀發　王褒は韡曄《いよう》として秀發し、
楊雄含章而挺生　下平12庚　楊雄は章を含みて挺生す。
幽思絢道德　思ひを幽《かく》して道德を絢《あきら》かにし、
摛藻掞天庭　下平15青　藻を摛《の》べて天庭に掞《かがや》けり。
考四海而爲儁　四海に考へて儁と爲り、
當中葉而擅名　下平14清　中葉に當たりて名を擅《ほしいまま》にす。
401　是故遊談者以爲譽　是の故に遊談する者は以て譽《ほまれ》と爲し、
造作者以爲程也　下平14清」　造作する者は以て程《のり》と爲せり。

【通釋】ここまでに述べてきたことは、蜀の地に住まう人々の生活を支える豊かさであり、洛陽でこのことを耳にした人々の心を沸き立たせるような風物である。どうして三川の地たる洛陽のみが、この世の大都市と言うことができよう。また他を超越したすばらしい才能や他に類を見ない異色の才能の、蜀以外の地と比した非凡性は比べるべくもないが、このことは不可思議な世界を縦絲に、人間の世界を横絲に、これらが交差するところに蜀の人々が暮らしているためである。遠い神仙世界において岷山の精氣は、天上にあっては辨宿の星座であった。天帝は時の巡行を動かして慶喜をあらわし、その福德は啓蟄のように沸き上がってきたのであった。碧玉は萇弘の血液から生じ、杜鵑に杜宇の魂魄から生まれた。豫想外に變化して常軌を逸したものであるが、なんと太古の昔から特異な土地柄によるものと認められてきたのだ。

近い人間世界においては長江と漢水の英明なる祖靈が、代々この地の俊英を生み出してきた。文才を遺憾なく發揮した司馬相如や、高潔な志を憚ることなく顯わにした嚴君平がそれだ。あるいは王褒は才覺を光り輝かせて盛んに芽吹かせ、揚雄は文章を懷いたままに選ばれて生を受けたのだ。ある者は思いを胸の内に隱し持ったままに道德を明らかに示し、またある者は文彩を敷き陳べて時の王朝に燦然と輝きを放った。彼らは天下を搜し求めても千人に一人の逸材と稱すべく、漢王朝の中葉にいたってはその名聲をほしいままにしたのである。だからこそ、各地を遊說する者は彼らに自らの理想を重ね、文章を創作する者は彼らに則るべき軌範を求めるのだ。

【解說】蜀人の非凡さを主張する根據として、人間世界と神仙世界との接着點に蜀の地が位置することを明確に指摘する。このような神仙世界との確實な接觸は、「吳都賦」「魏都賦」にはさほど見られない。先に藥材に關する描寫の中で、劉逵注がこれら藥材の產出地として岷山を明示することを指摘したが、ここで神仙世界の所在地として改めて岷山が擧げられるのも、決して無關係ではなかろう。また人間における偉人として擧げられる司馬相如、嚴君平、王褒、揚雄については、その選擇基準が設定されていたようである。劉逵注に從えば、皆が蜀の出身であることはもちろんのこと、思想によって『老子指歸』を著した嚴君平と『太玄經』を著した揚雄が選ばれ、文才によって「子虛上林賦」の司馬相如、「甘泉賦」の王褒、「羽獵賦」の揚雄が選ばれているという。これは、やはり文章を以て事とした左思の基準乃至評價が反映されてのものであろうか。因みに、このような蜀の偉人の選擇方法は、第三章第四節で論じたように後世の鮑照の作品などにも「蜀都賦」の受容を通して繼承されている。

403至乎臨谷爲塞　　　　　　谷に臨みて塞《ふせぎ》と爲し
因山爲鄣　　去聲41漾　　山に因りて鄣《ささへ》と爲すに至りては、
峻岨塍埒長城　　　　　　峻《しゆん》岨《そ》の塍《たか》きこと長城に埒《ひと》しく、

壑險呑若巨防　去聲41漾　壑險《かつけん》の呑むこと巨防の若し。
一人守隘　一人 隘《あい》を守れば、
萬夫莫向　去聲41漾　萬夫の向かふ莫し。
公孫躍馬而偁帝　公孫は馬を躍らせ帝たらんと偁し、
劉宗下輦而自王　去聲41漾　劉宗は輦を下して自ら王たらんとす。
411 由此言之　此に由りて之を言へば、
天下孰尙　去聲41漾　天下は孰《いず》れか尙き。
故雖兼諸夏之富有　故に諸夏の富有を兼ぬると雖も、
414 猶未若茲都之無量也　去聲41漾」　猶ほ未だ茲《こ》の都の量《はか》ること無きに若かざるなり。

【通釋】深く抉られた谷によって自然の要塞となし、高くそそり立つ山によって天然の障壁とするが、その切り立つ崖はかの長城ですら田畑の畦のごとくにし、深く沈み込む谷は全てを呑み込む巨大な堤防のごときもの。一人でその要所の守りに就きさえすれば、萬を数える軍隊でさえも全く相手にならない。だからこそ公孫述が馬を躍動させて皇帝を稱し、劉備が輦より降りて王を自稱することを可能にしたのだ。これまでの私の話から判斷すれば、天下にどの地が最も優れているかは自明であろう。つまり中華のあらゆる富をかき集めたとしても、それでもなおこの蜀の地の限りない資材や人材には到底及びようもないのだ。

【解説】「蜀都賦」の最終段であるが、その總句數が四一四句であることからも明らかなように、これは「吳都賦」及び「魏都賦」

の約半數に過ぎない。これが意味するところは、現實世界での蜀に對する興味がそこまで強くないという社會狀況を反映させてのものと推測される。實際、「三都賦」が著された時には、蜀はすでに西晉の領土であり、喫緊の事情として蜀の地理的情報をさほど必要としなかったのであろう。また、蜀が誇るべき人物として公孫述と劉備とを擧げるが、これらはどちらも亡國の君主であり、このことは當時の人々も一讀して直ちに理解できるところであったろう。事實、「吳都賦」第29・30句「公孫國之而破、諸葛家之而滅（公孫は之に國して破れ、諸葛は之に家して滅べり）」とすぐさま指摘を受けている。このように見てゆけば、「蜀都賦」に描かれる世界觀の脆弱性というものは、作品内でどのように誇張して喧傳されようとも、すぐさま時の讀者に看破される性質を本來的に内包していたと言えるのである。

「呉都賦」

東呉王孫		東呉王孫、
囅然而咍曰		囅然《てんぜん》として咍《わら》ひて曰く、
夫上圖景宿		夫れ上は景宿《けいしゅく》を圖《はか》りて、
辯於天文者也	上聲35馬	天文を辯ずるものなり。
下料物土		下は物土を料りて、
析於地理者也	上聲35馬」	地理を析《わか》つ者なり。
古先帝世		古の先帝の世は、
曾覽八紘之洪緒	上聲8語	曾《かつ》て八紘の洪緒を覽《み》、
壹六合而光宅		六合を一にして光宅し、
翔集遐宇	上聲9麌」	遐宇《かう》に翔集せり。
鳥筴篆素		鳥筴《ちょうさく》 篆素《てんそ》、
玉諜石記	去聲7志	玉諜《ぎょくちょう》 石記《せきき》、
烏聞梁岷有陟方之館		烏《いづく》んぞ梁岷《りょうびん》に陟方《ちょくほう》の館、
行宮之基歟	上平7之」	行宮《あんぐう》の基《もとい》有るを聞かんや。
而吾子言蜀都之富		而るに吾子 蜀都の富、

禺同之有　上聲44有
瑋其區域
美其林藪　上聲45厚
矜巴漢之阻
則以爲襲險之右　上聲44有
殉蹲鴟之沃
則以爲世濟陽九　上聲44有」
握齱而筭
顧亦曲士之所嘆也　去聲28翰
旁魄而論
抑非大人之所壯觀也　去聲29換」
何則土壤不足以攝生
山川不足以周衛　入聲17薛
公孫國之而破
諸葛家之而滅　入聲17薛
茲乃喪亂之丘墟
顛覆之軌轍　入聲17薛
安可以麗王公

禺同《ぐどう》の有を言ふ。
其の區域を瑋とし、
其の林藪を美とす。
巴漢《はかん》の阻なるを矜《ほこ》りては、
則ち以て襲險の右たるを爲し、
蹲鴟《そんし》の沃たるを殉《ほこ》りては、
則ち以て世よ陽九を濟《すく》へりと爲す。
握齱《あくさく》として筭《かぞ》ふるも、
顧《ただ》亦た曲士の嘆づる所なり。
旁魄して論ずれば、
抑《そもそ》も大人の壯觀とする所に非ざるなり。
何となれば則ち土壤は以て攝生《せっせい》に足らず、
山川も以て周衛《しゅうえい》に足らず。
公孫は之に國して破れ、
諸葛は之に家して滅べり。
茲れ乃ち喪亂の丘墟にして、
顛覆《てんぷく》の軌轍なれば、
安《いづく》んぞ以て王公に麗《つ》き、

而著風烈也　入聲17薛」　而して風烈を著すべけんや。
翫其磧礫而不窺玉淵者　其の磧礫《せきれき》に翫《なら》ひて玉淵を窺《のぞ》かざる者は、
未知驪龍之所蟠也　上平26桓　未だ驪龍《りりよう》の蟠《わだかま》る所を知らざるなり。
習其弊邑而不覯上邦者　其の弊邑《へいゆう》に習ひて上邦を覯《み》ざる者は、
未知英雄之所躔也　下平2仙」　未だ英雄の躔《を》る所を知らざるなり。

【通釋】東呉王孫は西蜀公子を馬鹿にしながら大笑いして語り始めた。そもそも上空に目をやり星々の様子を觀察するのは、天上の分野を辨別するためである。地上に目を轉じ土地や作物を測量するのは、地上の分野を區別するためである。古代の帝王である虞・堯・舜は遙か世界の果てまでを一望し、この世界全體を一つの家とし、遙か遠くまでもその支配の下に含めたのである。しかしながら、木簡に彫った鳥書や布に記した篆書、玉に刻み込んだ圖像や石に刻んだ記錄などに、蜀の地に帝舜の巡狩で利用した館があったことや、遊行で立ち寄った跡があったなどと私はついぞ見聞したことがない。にもかかわらず、貴公は蜀の都の豊かな富や、禺同山に現れる金馬や碧鷄などを述べたて、蜀の領域を譽めあげ、蜀の郊外の物產を讃えている。巴郡や漢中が人を拒む嚴しさを持つ事を鼻にかけては、群を抜いて険しい要害が蜀の地を包圍することを誇りとし、蹲鴟が潤澤に收穫されることを自慢しては、永遠に旱魃の被害から救濟され續けると言う。蜀の美點をこせこせと並べたてたところで、それはただつまらない人間が感嘆するに過ぎないこと。廣く天下を視野に入れて都というものを論じるのであれば、蜀は狹隘の地でただ自慢するだけで、やはり私のような立派な人間が見るべきものではないのだ。このように申しあげるのも、蜀の土地は生氣を養うには不向きであり、山も川もこれを護りとするには不充分だからである。事實、公孫述は蜀に國を建てたが破れてしまったし、諸葛亮も蜀に領地を求めたが滅び去ったではないか。こうして見れば、蜀はまさに滅亡と波亂の跡としての廢墟であり、轍も揃わないような國家轉覆の徵候に他ならない。どうしてこの地に王公を住まわせ、その教化を世に明らかにすることなどができようか。淺瀨に慣れ親しんで深い淵をのぞき見ないものは、そこに黑龍がとぐろをまいていることに氣附かないし、鄙びた村のごとき蜀都にどっぷりと浸かって、洗練された國都たる吳都に目を向けないものは、英雄豪傑たちの住まうところを知らないのだ。

【解説】東吳王孫が登場し、蜀が盛んに主張する優位性を明確に否定する。「蜀都賦」の最終段で西蜀公子が誇らしげに語った公孫述と劉備についてであるが、本段では彼らがいずれも亡國の徒となってしまったことを直ちに指摘することで、彼らの主張の根據を覆している。但し「蜀都賦」と同様、ここでもやはり魏國先生は登場しておらず、あくまで蜀と吳の二項對立の中で議論が進められている點には注意したい。やはり左思にとって蜀と吳と魏の三國を全くの同列に扱うことは躊躇があったのであろう。彼が所屬する西晉王朝が曹魏王朝からの禪讓を受けたという嚴然たる事實が存在するため、曹魏に對しては他王朝との差別化を圖る必要がおのずと生じたのではなかろうか。また、ここで擧げられる「鳥策・篆素・玉牒・石記」などの記錄媒體を重視する論調は、左思本人が「三都賦」序文で主張したところとも合致するものであり、彼の思想が比較的強く反映された敍述とも考えられる。

39 獨未聞大吳之巨麗乎　　獨り未だ大吳の巨麗なるを聞かざるか。
且有吳之開國也　　且つ有吳の國を開けるや、
41 造於泰伯　　泰伯《たいはく》より造《はじ》まり、
宣於延陵　下平16蒸　　延陵《えんりょう》に宣ぶ。
蓋端委之所彰　　蓋《けだ》し端委《たんい》の彰《あきら》かなる所にして、

高節之所興　下平16蒸　高節の興りし所なり。
建至德以創洪業　至德を建てて以て洪業を創《はじ》め、
世無得而顯偁　下平16蒸　世よ得て顯偁する無し。
由尅讓以立風俗　尅讓《こくじょう》に由りて以て風俗を立て、
輕脫躧於千乘　下平16蒸　脫躧《だつし》を千乘のごとく輕んず。
若䌳土而論都　䌳土《そつど》に若《したが》ひて都を論ずれば、
則非列國之所觖望也　下平10陽」　則ち列國の觖望《けつぼう》する所に非ざるなり。
51固其經略　固より其の經略は、
上當星紀　上は星紀に當たり、
拓土畫疆　土を拓《ひら》き疆を畫《ひら》き、
卓犖兼幷　下平14清　卓犖として兼幷す。
包括于越　于越《うえつ》を包括し、
跨躡蠻荊　下平12庚　蠻荊《ばんけい》を跨り躡む。
婺女寄其曜　婺女《ぶじょ》は其の曜《かがやき》を寄せ、
翼軫寓其精　下平14清　翼軫《よくしん》は其の精《ひかり》を寓す。
指衡嶽以鎮野　衡岳《こうがく》を指して以て野を鎮め、
目龍川而帶坰　下平16蒸」　龍川《りゅうせん》を目して而して坰《けい》を帶ぶ。

【通釋】そなたは大いなる呉の巨大にして壯麗な姿を聞き及んだことがないのか。さて呉の國が開かれた時を申せば、泰伯より始まり、延陵の季子に及ぶ。そもそも禮裝した泰伯が周の祭祀儀禮を持ち込み、季子が世俗を超越した高潔さでもって王位を退いたのがまさにこの地なのである。泰伯は彼の優れた人徳により大業を始めたが、このことが人々から顯彰されることはなかった。また季子は自らの位を讓ることで美風をたて、天下を擲つことを靴を脱ぎ捨てるかのごとく簡單に成し遂げた。天下というものから都を論じてみれば、並み居る國々が抱くようなつまらない思惑は介在する餘地がないのだ。元來呉の領域は、斗と牽牛の星の分野に當たり、それぞれの土地を開拓し區畫を整備し、他の地域を壓倒してはこれらを自らの領土へと併合することで發展してきた。これは越の國をとりこみ、楚の國にもまたがるほどである。だからこそ越の婺女の星はその輝きを我らのもとに届けてくれ、楚の翼軫の星もその精氣を送ってくれるのだ。衡山を指し示して我が領土の鎭守とし、龍川を見つめては我が國土を巡っていることを知る。

【解說】呉の來歷と領有する範圍を描き出す。「蜀都賦」との最大の違いは、來歷を示す際に具體的な人名を明示するか否かにある。「蜀都賦」ではその第11・12句に「夫蜀都者蓋兆基於上世、開國於中古（夫れ蜀都は蓋し基を上世に兆し、國を中古に開けり）」という漠然とした歷史しか示されていない。一方で、「呉都賦」では泰伯や季子、あるいは別段では闔閭や夫差が擧げられ、呉國の來歷に具體性が備わっている。これこそは「蜀都賦」と「呉都賦」の間で確認できる大きな相違點の一つである。

61爾其山澤則嵬嶷嶢兀　入聲11沒　爾して其の山澤は則ち嵬嶷《かいぎよく》嶢兀《ぎようこつ》として、
巊溟鬱岪　入聲8物」　巊溟《えいめい》鬱岪《うつふつ》とし、
潰渱泮汗　去聲28翰　潰渱《かいこう》泮汗《はんかん》として、

滇㴐淼漫	去聲29換	滇《てん》㴐《べん》淼《びょう》漫《まん》たり。
或涌川而開瀆		或ひは川を涌かし瀆を開き、
或呑江而納漢	去聲29換	或ひは江を呑みて漢を納る。
磈磈䃶䃶		磈磈《かいかい》䃶䃶《らいらい》として、
滮滮汧汧	去聲29換	滮滮《ひゅうひゅう》汧汧《かんかん》たり。
𥗋碒乎數州之間		數州の間に𥗋碒《きんぎん》とし、
灌注乎天下之半	去聲29換」	天下の半ばに灌注《かんちゅう》す。
百川派別		百川は派別するも、
歸海而會	去聲14泰	海に歸して會す。
控清引濁		清を控《みちび》き濁を引き、
混濤并瀨	去聲14泰	濤に混《あ》はせ瀨も并《あ》はす。
濆薄沸騰		濆薄として沸騰し、
寂寥長邁	去聲17夬	寂寥として長邁す。
濞焉洶洶		濞として洶洶《きょうきょう》にして、
隱焉磕磕	去聲14泰	隱として磕磕《かいかい》たり。
出乎大荒之中		大荒《たいこう》の中より出で、
行乎東極之外	去聲14泰	東極《とうきょく》の外に行く。
經扶桑之林		扶桑《ふそう》の中林を經て、

包湯谷之滂沛　去聲14泰」　湯谷《とうこく》の滂沛《ぼうはい》たるを包《か》ぬ。
潮波汨起　上聲6止　潮波は汨《いつ》として起ち、
回復萬里　上聲6止」　萬里を回復す。
歊霧漨浡　入聲11沒　霧を歊《あ》げて漨浡《ほうぼつ》とし、
雲蒸昏昧　入聲13末」　雲蒸して昏昧《こんまい》たり。
泓澄奫潫　泓澄《おうちょう》 奫潫《いんわん》として、
澒溶沆瀁　上聲36養　澒溶《こうよう》 沆瀁《こうよう》たり。
莫測其深　其の深さを測る莫く、
莫究其廣　上聲36養　其の廣さを究むる莫し。
91 澶湉漠而無崖　澶湉《てんてん》 漠として崖無く、
揔有流而爲長　上聲36養　有流を揔《す》べて長爲り。
瓌異之所叢育　瓌異《かいい》の叢育せし所にして、
鱗甲之所集往　上聲36養」　鱗甲《りんこう》の集往せし所なり。

【通釋】さて山や川については、高く険しい岩山もあれば山の氣が鬱々と立ちこめるものもある。さらには川の流れも果てしなく續き、その範圍も限りなく廣い。山からは水が湧き出すことで川をなし、これが果ては長江や漢水へと歸着する。山それ自體がごつごつとした岩肌を見せつけ、川もごうごうと勢いよく流れてゆく。山々は呉のあらゆる州をまたいで連なりそびえ立ち、河川は呉の領土の半ばを占めるほどに激しく流れる。河川のすべてが最初は別々に細い流れを形作るが、ついには海へと流れ込み一つところに集うことになる。淸らかな流れも濁りきった流れも下っていく中で引き合わされ、波濤も急流もぶつかり合うことになる。ある地點ではたちまちに水が沸き立つし、ある地點では靜かにゆっくりと流れゆく。潮の流れは突然に激しい音を立てて滿ちてくるかと思えば、すっと音に合わせて引いてゆくのだ。そして、その潮流は未開の大荒國の中より出で、東の果ての東極國の更に外を進んでゆく。果ては太陽が水浴びをする扶桑の林の中を通って、太陽がのぼる湯谷の豊かな水を含むのである。このように潮流の浪がにわかに起これば、返す波は萬里の彼方までも戻ってゆく。波の飛沫は霧を濛々と立ちこめさせ、雲が湧き起こりあたりは眞っ暗になる。こうした流れはとうとうと奥深くまで續き、ごうごうと廣くひろく行き渡る。その深さは到底測りようもなければ、その廣さも極め盡くすべくもない。その水は果てしなく淸らかにかつ安らかに流れ、多くの潮流を統括してあらゆる流れの長となっている。ここは巨大な玉や珍奇な物が生まれ育つところであり、龍魚や龜の類が集まって身を置くところなのだ。

【解説】自然環境としての山川及び海を描き出す。「蜀都賦」「魏都賦」もともに自然環境は描き出すものの、「呉都賦」において特殊なのは、海に關する描寫を持つ點である。これは蜀では地理的制限から海を描くことは不可能であるし、魏では海を實見することが難しかったこともあるのか殆ど描かれない。そもそも「南船北馬」とも言われるように北方の人々にとっては船での移動が一般的ではなく、それに伴い海への關心も呉ほどには強くなかったのであろう。因みに、左思は「三都賦」に先立って著した「齊都賦」の中で、「其東則有滄溟巨壑、洪浩汗漫（其の東は則ち滄溟 巨壑の、洪浩 汗漫たる有り）」と海に關する描寫があり、齊の出身であることから、海に關する知識は當時の文人の中では豊富な方であったろうと推測され、だからこそ水に關する數多くの形容ができたのであろう。

95 於是乎長鯨呑航	下平11唐	是に於いてか長鯨《ちょうげい》航を呑み、
修鯢吐浪	下平11唐」	修鯢《しゅうげい》浪を吐く。
躍龍騰蛇	下平7歌	躍龍《やくりゅう》騰蛇《とうだ》、
鮫鯔琵琶	下平9麻」	鮫《こう》鯔《し》琵琶《びは》あり。
王鮪鯸鮐		王鮪《おうゆう》鯸鮐《こうい》、
鮣龜鱕䱜	入聲19鐸	鮣《いん》龜《き》鱕䱜《はんさく》あり。
101 烏賊擁劔		烏賊《うぞく》擁劍《ようけん》、
句鼊鯖鰐	入聲19鐸	句鼊《こうへき》鯖《せい》鰐《がく》あり。
涵泳乎其中葺鱗鏤甲		其の中に涵泳するや葺鱗《しゅうりん》鏤甲《ろうこう》、
詭類舛錯	入聲19鐸」	詭類《きるい》舛錯《せんさく》し、
泝洄順流	下平18尤	泝洄《そかい》順流し、
噞喁沈浮	下平18尤」	噞喁《けんぎょう》沈浮す。
鵾鷄鸀鳿		鵾鷄《こんけい》鸀鳿《しょくぎょく》、
鷞鵠鷺鴻	上平1東	鷞《そう》鵠《こく》鷺《ろ》鴻《ろ》あり。
鶢鶋避風		鶢鶋《えんきょ》は風を避け、
候鴈造江	上平4江」	候鴈《こうがん》は江に造る。
111 溪鶒鷛鸈		溪鶒《けいちょく》鷛鸈《ようきょ》、
鶄鶴鵚鶬	下平11唐	鶄鶴《せいかく》鵚《しゅう》鶬《そう》、

鸛鷗鷁鸕		鸛《かん》鷗《おう》鷁《げき》鸕《ろ》、
氾濫乎其上	去聲41漾」	其の上に氾濫す。
湛淡羽儀	上平5支	湛淡たる羽儀、
隨波參差	上平5支」	波に隨ひて參差《しんし》たり。
理翮整翰	去聲28翰	翮《つばさ》を理めて翰《はね》を整へ、
容與自翫	去聲29換	容與として自ら翫ぶ。
彫啄蔓藻		蔓藻を彫啄し、
刷盪猗瀾	去聲28翰」	猗瀾《いらん》に刷盪《さつとう》す。
121 魚鳥聱耴		魚鳥は聱耴《ごうきつ》とし、
萬物蠢生	下平12庚	萬物は蠢生《しゅんせい》す。
芒芒黖黖		芒芒《ぼうぼう》として黖黖《きき》とし、
慌罔奄欻		慌罔《こうもう》 奄欻《えんこつ》たり。
神化翕忽		神化《しんか》 翕忽《きゅうこつ》として、
函幽育明	下平12庚	幽を函れ明を育み、
窮性極形	下平15青」	性を窮め形を極む。
盈虛自然	下平2仙	盈虛《えいきょ》は自然として、
蜯蛤珠胎		蜯蛤《ぼうこう》は珠胎し、
與月虧全	下平2仙	月と與に全きを虧《か》く。

131
巨鼇贔屓
首冠靈山　上平28山
大鵬繽翻
翼若垂天　下平1先
振盪汪流
雷抃重淵　下平1先
殷動宇宙
胡可勝原　上平22元」

巨鼇《きよごう》贔屓《ひいき》し、
首に靈山を冠《いただ》き、
大鵬は繽翻《ひんぱん》し、
翼は垂天の若し。
汪流を振るひ盪《うご》かし、
雷のごとく重淵を抃《う》つ。
殷《さかん》に宇宙を動かして、
胡ぞ勝《あ》げて原《たづ》ぬるべけんや。

【通釋】この東海では、巨大な雄鯨が船を丸呑みにし、雄大な雌鯨が水を吐き出し大波を起こす。躍り上がる龍や沸き立つ蛇、鮫や鯨に似た鯔、琵琶のかたちをした魚なぞが棲息する。あるいは王鮪や候鮐、鱗がなく眞四角の體を持つ鮣や龜、斧に似た姿を持つ鱕鯌などを目にすることができる。腹中に薬を蓄えた烏賊や蟹の屬の擁劍、さらには句髗や鯖、鰐も存在する。その深いふかい水の中を、美しい鱗をまとった魚や凝った模様を甲羅に背負った龜など、世にも珍しい生き物が入り亂れ、流れに逆らうものや身を任せるもの、水面に頭を出すものや深くに身を潜めるもの、これらが泳ぎ回っているのだ。またよく鳴き聲を發する鵾鷄や水鳥の鸀鳿、鸖や白鳥、鷺やひしくいなどが棲息する。鶢鶋は風害を避けるために身を隠し、秋の訪れを知らせる鴈は長江を南下してゆく。さらにはおしどりや小鴨、鷫鶴や鵝に眞鶴、鸛や鷗に鷂やしまつとりが、ぎっしりと密集しては水面を泳いでいる。風になびく翼は堂々とし、波に搖られて幾重にも連なっている。翼や羽根を毛繕いしては、のんびりとそれぞれに樂しんでいる。そして繁茂した海藻をついばんでは、寄せては返す波にその身體を浸からせる。このように魚や鳥が入り亂れて棲息するように、呉の國ではあらゆるものが蠢動するのだ。それはかすむほどに遙か遠くまで廣がり、あちらでもこちらでもその進化の妙は捉えることができない。その眼には現れないものを内包しながら現前するものを育て上げ、そのものの本性や形態をつきつめてゆく。ものの盛衰とは自然の現象であり、だからこそ蛤はその殼の内に寶珠を蓄え、これは月の滿ち缺けに呼應して膨張と收縮を繰り返すのである。巨大なすっぽんは力の限り、首をもたげて蓬萊山を持ち上げ、大きな鵬はけたたましく飛び、その翼は空を覆い盡くすほど。鵬は羽ばたき大海原にうねりをうみだし、すっぽんは雷のごとき音をたてて海底をたたく。彼らの一擧手一投足は太古の昔からあらゆるものを搖るがし動かしてきたが、何故彼らがそのようなことをするのか、その理由は考えるべくもない。

【解説】海洋生物を描き出す。まず本文異同であるが、第95句「於是乎長鯨呑航（是に於いてか長鯨航を呑み）」句の「航」字について、底本は「杭」字に作る。これでは意味が通らないため、本書は尤本に従った。左思はこの中で各種の動物を列擧するが、たとえ海に關する知識を多少なりとも備えていたとしても、これほどに豐富に描き出すことは困難であったろうし、このような際に、「三都賦」序文で述べる地方志などの文獻資料を大いに活用したのであろう。事實、劉逵注において本段の動植物は『異物志』によって詳細に説明され、また劉逵自身の言葉によって解説されている。

139 島嶼綿邈　　　　上平1東　　島嶼《とうしょ》綿邈《めんばく》とし、
洲渚憑隆　　　　　　　　　　洲渚《しゅうしょ》憑隆《ひょうりゅう》たり。
141 曠瞻迢遰　　　　　　　　　曠《ひろ》く瞻《み》れば迢遰《ちょうてい》として、

迥眺冥蒙	上平1東	迥《はる》かに眺むれば冥蒙《めいもう》たり。
珍怪麗		珍怪 麗《つ》き、
奇隟充	上平1東	奇隟《きげき》 充《み》つ。
徑路絶		徑路 絶へ、
風雲通	上平1東	風雲 通づ。
洪桃屈盤		洪桃《こうとう》 屈盤《くつばん》し
丹桂灌叢	上平1東	丹桂《たんけい》 灌叢《かんそう》す。
瓊枝抗莖而敷蘂		瓊枝《けいし》は莖を抗げて蘂を敷き、
珊瑚幽茂而玲瓏	上平1東」	珊瑚《さんご》は幽茂して玲瓏たり。
151 增岡重阻	上聲8語	增《たか》き岡は重なり阻《けは》しく、
列眞之宇	上聲9麌	列眞《れつしん》の宇あり。
玉堂對霤		玉堂《ぎょくどう》 霤《りゅう》を對へ、
石室相距	上聲8語	石室《せきしつ》 相ひ距たる。
藹藹翠幄		藹藹《あいあい》たる翠幄《すいあく》、
嫋嫋素女	上聲8語	嫋 嫋《じょうじょう》たる素女《そじょ》あり。
江婓於是往來		江婓《こうひ》は是に於いて往來し、
海童於是宴語	上聲8語	海童《かいどう》は是に於いて宴語す。
斯寔神妙之響象		斯《こ》れ寔《まこと》に神妙の響象なり。

羌難得而覼縷

上聲9麌」 羌《ああ》得て覼縷《らる》し難し。

【通釋】海中に浮かぶ島々は遙かに遠くまで續き、中洲や渚もまたどこまでも廣がっている。廣く見渡せば綿々と續く様が見え、遠くを見やればもはやぼんやりとかすむようにしか見えない。ここでは不可思議な生物が暮らし、奇怪な洞穴が多く口を開けている。道と言えるようなものは絶えて見ることはできないが、それでも風や雲は流れてゆく。桃の巨木がとぐろを巻くように幹を伸ばしているし、紅い桂は群がるように密生している。瓊樹は枝を高くに伸ばして花をそこここに開かせ、珊瑚は海中に隱れ育ち涼しげな輝きをたたえている。高くそびえる山々は何者かを阻むように幾重にもそびえるが、ここには仙人たちがその居を構えている。その仙人らの住む玉造の堂は雨樋を向かい合わせに配置し、或いは岩壁をくり抜いた住み處が互いに面し合っている。仄暗くかすむ翡翠の帳の奥には、たおやかな神女たちが揃って控えている。そこでは長江の女神は行きつ戻りつしているし、海童は宴で大いに盛り上がっている。これこそ實に神仙世界のことは審らかにできないこと。なんともはや、これ以上のことを述べることは難しくなってしまった。

【解說】海に浮かぶ島々とそこに廣がる神仙世界を描き出す。主に神仙たちの暮らしが描かれるが、ここでの劉逵注は極めて少ない。唯一、第147句「洪桃屈盤（洪桃 屈盤し）」に對して、「海外經（諸本は「水經」に作る、集注に從う）曰、東海中有山焉。名度朔。上有大桃、屈盤三千里（海外經に曰く、東海の中に山有り。度朔と名づく。上に大桃有り、屈盤すること三千里）」と、『山海經』（現在は佚）を引用した上で解說を施す。當時の『山海經』に對する理解は、地方志などと同様、現實に存在するものを說明した書物というものであり、劉逵の「三都賦」に描かれる世界の實在を證明しようとする苦心の跡が窺える。但し、結局のところは、左思自身が本段の終わりで述べるように、このような神仙世界を詳しく描き出すことは、少なくとも左思にとっては困難であったし、これが當時の限界であり、本段の最後の一句は文人としての謙遜ではなく、實感だったのではないかと推測される。

161 爾乃地勢坱圠　　爾して乃ち地勢は坱圠《おういつ》し、
卉木䑃蔓　去聲25願　卉木は䑃蔓《おうまん》たり。
遭藪爲圃　　藪に遭へば圃と爲し、
値林爲苑　去聲25願　林に値へば苑と爲す。
異荂蓲蘛　　異しき荂《はな》は蓲蘛《ふいく》し、
夏曄冬蒨　去聲32霰　夏に曄《かがや》き冬に蒨《さかん》なるは、
方志所辨　去聲32霰　方志の辨ずる所にして、
中州所羨　去聲33線」　中州の羨《ねが》ふ所なり。
草則藿蒳豆蔻　　草は則ち藿《かく》蒳《とう》豆蔻《とうこう》あり、
薑彙非一　入聲5質　薑《きよう》の彙は一に非ず。
171 江離之屬　　江離《こうり》の屬、
海苔之類　入聲6術」　海苔《かいたい》の類あり。
綸組紫絳　　綸組《りんそ》紫絳《しこう》、
食葛香茅　下平19侯　食葛《しよくかつ》香茅《こうぼう》あり。
石帆水松　　石帆《せきはん》水松《すいしよう》、

181

東風扶留　下平18尤　東風《とうふう》 扶留《ふりゅう》あり。
布護皋澤　皋澤《こうたく》に布護《ふご》として、
蟬聯陵丘　下平18尤　陵丘《りょうきゅう》に蟬聯《ぜんれん》たり。
夤緣山嶽之岊　山嶽の岊《くま》に夤緣《いんえん》として、
冪歷江海之流　下平18尤」　江海の流に冪歷《べきれき》たり。
扤白蔕　白き蔕を扤《ゆら》して、
銜朱蕤　上平6脂　朱き蕤を銜《ふく》む。
鬱兮茷茂　鬱として茷茂《えいも》し、
曄兮菲菲　上平8微」　曄として菲菲《ひひ》たり。
光色炫晃　光色 炫晃《げんこう》として、
芬馥肸蠁　上聲36養　芬馥《ふんいく》 肸蠁《きつきょう》す。
職貢納其苞匭　職貢に其の苞匭《ほうき》を納れ、
離騷詠其宿莽　上聲37蕩」　離騷に其の宿莽《しゅくもう》を詠ず。

【通釈】さて、この呉の地は起伏の激しい地勢であるためか、草木は短時間のうちにどんどんと成長してゆく。そのため草むらはすべて菜園となるし、林もすべて庭園となってしまう。ここでは奇異な花が数多く咲き亂れ、これらは夏には滿開に花開き、冬にも鬱蒼と茂っている。これこそ地方志にも記載のあることであり、また中原の人々が羨望のまなざしで見つめるところである。

ここに生える草には、藿香や蒳、豆蔻があり、生姜の仲間も何種類も生育している。それだけに留まらず、水邊に生える江離などの香草の類い、水中に生える海苔などの海藻の類いも見られる。はたまた、綸、組、紫菜、絳草といった水邊や水中の草々、葛根や香茅などの山菜、そして石帆や水松などの海中の草、口にすることのできる東風や扶留までも確認できる。それらは水中にそこここと無く生えており、起伏のある陸上においても滿遍なく密生している。山の隈や高いところまでも餘すことなく蔽い盡くし、さらには川や海の水面までをも覆ってしまっている。白い蔕は搖れ動き、その上に紅い花瓣を載せている。これらは群れるかのように密集して、赤々とした輝きを放っている。花は太陽の光に照らされて鮮やかに、香りは芳しく邊り一面に廣がっている。これら様々な植物は、獻上品として包裝して箱に収められるものであり、屈原の「離騷」の中でも冬でも枯れることのない宿莽が詠われているのである。

【解説】呉の地勢と草木を描き出す。本段で注目すべきは第167・168句「方志所辨、中州所羨（方志の辨ずる所、中州の羨ふ所）」であろう。これは「蜀都賦」でも一度確認されたが、中原に對する意識のあらわれであり、ここからはやはり左思の意識を認めることができる。本來、蜀と呉の對比の中で敢えて中原を擧げる必要はない。そうであるにもかかわらず、左思が「中州」を示すことには、主な讀者となるであろう中原に暮らす人々の眼、極端に言えば武帝司馬炎の眼を意識した記述と看做せるかもしれない。

189 木則楓柙豫章　　木は則ち楓柙《ゆうこう》 豫章《よしょう》、
幷閭句桹　下平11唐　幷閭《へいりよ》 句桹《こうろう》あり。
191 綿杬杶櫨　　綿《めん》 杬《げん》 杶《ちゆん》 櫨《ろ》、
文欀楨橿　下平10陽」　文《ぶん》 欀《じよう》 楨《てい》 橿《きよう》あり。

平仲君遷　　平仲《へいちゆう》君遷《くんせん》、
松梓古度　去聲11暮　松《しよう》梓《し》古度《こど》あり。
楠榴之木　　楠榴《なんりゆう》の木、
相思之樹　去聲10過」　相思《そうし》の樹あり。
宗生高崗　　高崗に宗生し、
族茂幽阜　上聲44有　幽阜に族茂す。
擢本千尋　　本を擢《ぬき》んずること千尋にして、
垂蔭萬畝　上聲45厚」　蔭《かげ》を垂るること萬畝たり。
201 攢柯挐莖　　攢柯《さんか》挐莖《だけい》、
重葩殗葉　入聲29葉　重葩《ちようは》殗葉《えんよう》あり。
輪菌虬蟠　　輪菌《りんきん》たること虬の蟠《わだかま》るがごとく、
插壥鱗接　入聲29葉」　插壥《しゆうちゆう》たること鱗の接するがごとし。
榮色雜糅　去聲49宥　榮色 雜糅《ざつじゆう》し、
綢繆縟繡　去聲49宥」　綢繆《ちゆうびゆう》として縟繡《じよくしゆう》たり。
宵露霮䨴　去聲18隊　宵露《しようろ》霮䨴《たんたい》として、
旭日晻㫲　去聲18隊」　旭日《きよくじつ》晻㫲《あんばい》たり。
與風颻颺　下平10陽　風と與に颻颺《ようよう》して、
䬀瀏颼飀　下平15青」　䬀瀏颼飀《ゆうりゆうしゆうりゆう》たり。

211 鳴條暢律　去聲41漾　條を鳴らしては律暢《の》び、
飛音響亮　去聲41漾　音を飛ばしては響き亮《あきら》かなり。
蓋象琴筑幷奏　蓋し琴筑の幷せ奏し、
笙竽倶唱　去聲41漾」　笙竽の倶に唱するを象《かたど》れり。
其上則猨父哀吟　其の上は則ち猨父《えんふ》 哀吟し、
犴子長嘯　去聲34嘯　犴子《こんし》 長嘯す。
狖鼯果然　狖《ゆう》 鼯《ご》 果然《かぜん》の、
騰趠飛超　去聲34嘯」　騰趠《とうとう》して飛超す。
争接懸垂　上平5支　争ひて懸垂を接ぎ、
競遊遠枝　上平5支」　競ひて遠枝に遊ぶ。
221 驚透沸亂　去聲29換　驚透して沸き亂れ、
牢落翬散　去聲28翰」　牢落して翬《と》び散ず。
其下則梟羊麡狼　其の下は則ち梟羊《きょうよう》 麡狼《さいろう》、
猰貐貙象　上聲36養　猰貐《あつゆ》 貙《ちゅ》 象《ぞう》あり。
烏塗之族　烏塗《うと》の族、
犀兕之黨　上聲37蕩」　犀兕《さいじ》の黨あり。
句爪鋸牙　句爪 鋸牙、
自成鋒穎　上聲41迥　自《おのづ》から鋒穎を成す。

231

晶若燿星　下平15青　晶《あきら》かなること燿星の若く、
聲若震霆　上聲41迴　聲ひびくこと震霆の若し。
名載於山經　下平15青　名は山經に載せらるがごとく、
形鏤於夏鼎　上聲41迴」　形は夏鼎に鏤せらるがごとし。

【通釋】この邊りの樹木としては、香木となる楓や柙、豫章、樹皮でもって縄が作れる幷閭や句桹、綿の取れる木綿樹や大木の杬、或いは杶や櫨、水牛の角のように黑光りする文や樹皮から取れる粉で餅が作れる欀、楨や橿、身が銀色に耀く平仲や君遷、松や梓、ざくろに似た古度、また器物を創作するのに適した楠榴の木や相思の樹などがある。高くそして遠くに見える山々の至るところにこれらの木々は群生し、その幹は根元から遙か見上げるほどに高くまで伸び、その枝葉はどこまでも地面を覆い日陰を作り出してくれる。密生した枝に交錯する幹、重なり合う花々と葉。幹や枝は蛇が絡まり合うようであり、花々や葉は鱗がびっしりと敷き詰められたよう。とりどりの花が混じり合って繚亂するが、それはあたかも手の込んだ刺繡のよう。ここは夜露がしとど振り、朝の陽光も屆かぬ深い森。森の木は風に吹き附けられ、ひゅうひゅうとざわざわとうめく。枝がこすれる音は音律に從い、どこまでもはっきりと音色を屆ける。それはまるで琴筑の弦樂や、あるいは笙や竽の管弦の音色が合奏されるかのようだ。

その木々の上では、年老いた大猿が悲しげに鳴き聲を發し、猨子が聲を長く細く響かせる。尾長猿やむささび、猿の類の果然などが、躍り上がって木々を飛び越えてゆく。次々に垂れ下がった枝をつかみ、我先にと遠くの枝に腕を伸ばしてゆくのだ。それはにわかに狂亂したかと思えば、一目散に高く跳びかけてゆく。そして、その木々の下には、梟羊や麢狼、猰㺄や貙、象といった世にも珍しい動物が暮らし、さらに虎の類いや、犀や牛に似た兕の仲間を見ることができる。これらの獸が持つ鉤のごとく曲がった爪や鋸のごとく尖った牙は、自ずと刀劍の切っ先のごとく銳くなっている。その眼は明星のように光り輝き、その聲は轟雷のように低く重く響いている。これらの動物の名は珍しいとは言うもののやはり『山經』に記載されるようなものであるし、これらの姿かたちは夏王の鑄造した鼎に彫り込まれたものである。

【解說】吳の樹木とその周圍に暮らす動物を描き出す。ここでは樹木と動物の名稱が具體的に列擧される部分と、これらを視覺的にあるいは聽覺的に表現した部分とに分けられるが、後者については劉逵注は殆ど施されない。例えば、第201～214句「攢柯挐莖……筀竿倶譖（攢柯　挐莖……筀竿の倶に譖す）」に對する劉逵注はない。このように、劉逵注の一つの傾向として修辭を意識させる表現に對しての注釋が極めて少ないことが指摘できる。これは劉逵が文獻資料の引用を通じて、作品世界の實在を證明することを意識したことと無關係ではない。また左思についても、該句は頻繁な換韻が用いられるが、これも事物を列擧する部分ではなく修辭にこだわりを見せる部分において多用される傾向にあると判斷される。

233 其竹則篔簹林於
桂箭射筒　　上平1東
由梧有篁
篻簩有叢　　上平1東」
苞筍抽節　　入聲16屑
往往縈結　　入聲16屑

其の竹は則ち篔簹《うんとう》 林於《りんよ》、
桂《けい》 箭《せん》 射筒《しやとう》あり。
由梧《ゆうご》 篁《たかむら》有り、
篻《ひよう》 簩《ろう》 叢《くさむら》有り。
苞筍《ほうじゆん》 節を抽き、
往往に縈《めぐ》り結ぶ。

綠葉翠莖　　　綠葉　翠莖、
冐霜停雪　入聲17薛　霜を冐し雪に停む。
櫹矗森萃　　　櫹矗《しゅくちく》　森萃《しんすい》として、
蓊茸蕭瑟　入聲7櫛」　蓊茸《おうじょう》　蕭瑟《しょうしつ》たり。
檀欒蟬蜎　下平2仙　檀欒《だんらん》　蟬蜎《せんけん》として、
玉潤碧鮮　下平2仙　玉のごとく潤ひ碧のごとく鮮かなり。
梢雲无以踰　　　梢雲《しょううん》　以て踰《こ》ゆること無く、
解谷弗能連　下平2仙　解谷《かいこく》　能く連ぬること弗《な》し。
鸑鷟食其實　　　鸑鷟《がくさく》は其の實を食らひ、
鵷鶵擾其間　下平2仙」　鵷鶵《えんすう》は其の間に擾《な》る。
其果則丹橘餘甘　　　其の果は則ち丹橘《たんきつ》　餘甘《よかん》、
荔枝之林　下平21侵　荔枝《れいし》の林あり。
檳榔無柯　　　檳榔《びんろう》に柯《えだ》無く、
椰葉無蔭　下平21侵」　椰葉《やよう》に蔭無し。
龍眼橄欖　　　龍眼《りゅうがん》　橄欖《かんらん》、
棎劉禦霜　下平1〕陽　棎《せん》　劉《りゅう》　霜を禦《ふせ》ぐ。
結根比景之陰　　　根を比景の陰《きた》に結び、
列挺衡山之陽　下平10陽　衡山《こうざん》の陽《みなみ》に列《つら》なり挺《ぬき》んず。

素華斐
丹秀芳　下平10陽
臨靑壁
係紫房　下平10陽
261
鷓鴣南翥而中留
孔爵綷羽以翺翔　下平10陽
山鷄歸飛而來棲
翡翠迾巢以重行　下平11唐」
其琛賂則琨瑤之阜
銅鍇之垠　上平17眞
火齊之寶
駭鷄之珍　上平17眞」
頳丹明璣
金華銀朴　入聲4覺
271
紫貝流黃
縹碧素玉　入聲3燭
隱賑崴裹
雜插幽屬　入聲3燭

素華《そか》は斐《あや》あり、
丹秀《たんしゅう》は芳し。
靑壁《せいへき》に臨みて、
紫房《しぼう》を係《か》く。
鷓鴣《しゃこ》は南に翥《あ》がりて中ごろ留まり、
孔爵《くしゃく》は羽を綷《まじ》へて以て翺翔《こうしょう》す。
山鷄《さんけい》は歸り飛びて來たり棲み、
翡翠《ひすい》は巢を迾《つら》ねて以て重行す。
其の琛賂《ちんろ》は則ち琨瑤《こんよう》の阜《おか》、
銅鍇《どうかい》の垠《きし》あり。
火齊《かせい》の寶、
駭鷄《がいけい》の珍あり。
頳丹《ていたん》明璣《めいき》、
金華《きんか》銀朴《ぎんぼく》あり。
紫貝《しばい》流黃《りゅうおう》、
縹碧《ひょうへき》素玉《そぎょく》あり。
隱賑《いんしん》崴裹《あいかい》して、
幽屬に雜插す。

精曜潛頴　　精曜 潛頴ありて、
硩陊山谷　入聲1屋　　山谷に硩陊《てっち》す。
碕岸爲之不枯　　碕岸は之が爲に枯れず、
林木爲之潤贖　入聲1屋　　林木は之が爲に潤贖す。
隨侯於是鄙其夜光　　隨侯《ずいこう》 是に於いて其の夜光《やこう》を鄙《いや》しみ、
宋王於是陋其結綠　入聲3燭」　　宋王《そうおう》 是に於いて其の結綠《けつりょく》を陋《いや》しむ。

【通釋】 呉の地に生える竹には、水邊に生える篔簹竹や袁公が越女に與えたとされる林箊竹、あるいは桂竹や矢に供される箭竹、矢筒となる射筒竹がある。由梧竹は廣く生育し、武器として用いることができる篻竹や強い毒を持った篣竹は密集して育っている。筍はその節をすくすくと伸ばしつつ、あちこちに巡り根を結ぶ。竹の綠の葉や翡翠色の竿は、霜を凌ぎながら雪の中に止まっている。ずんずんと伸びてはぞくぞくと群生し、どんどんと繁茂してはさわさわと風にそよぐのだ。このような竹は強く柔らかいしなりを見せ、玉のように艷やかに碧のように鮮やか。空高く浮かぶ雲ですらこの竹を凌ぐことはできず、名笛を産出するというかの解谷の地でさえもここまで全域に竹を産出するものではなかろう。微小な鷦や鷯はその竹の實をついばみ、巨大な鵷や鶵はその竹の間を縱横に飛んでいる。呉の地の果物には、丹橘や餘甘、荔枝の林がある。そして、枝がなくとも檳榔はその實を附けるし、陰がなくとも椰子はその實を結ぶのである。龍眼や橄欖、棎や劉などは嚴しい霜の冷たさを忍んで育つという。これらは太陽が眞上に昇るという比景縣の北側にも根を結ぶし、舜が巡狩したという衡山の南側にも列をなして群生している。これらに目をやれば、眞白い花は鮮やかに、眞紅の花瓣からは芳しい香り。深い綠に染まった切り立つ崖では、濃い紫の果實がたわわになっている。さればこそ、南方へと飛び立つ鷓鴣も途中でこの果樹園に棲み處を構え、鮮やかな羽を身にまとう孔雀も天高くその羽を廣げる。そして、山鶏はこの果樹園のねぐらに戻ってきては羽を休め、翡翠も寝床を幾つもこの枝のそこここに連ねているのだ。その珍かな寶物には石英や水晶の採れる丘や、銅や鍇の産出する崖がある。寶石には火齊の玉があるし、珍物には駭鶏の角もある。赤い丹砂や輝く眞珠の粒、砂金の花や銀の白木などを見ることができれば、紫色の貝や黄色の硫黄、靑白い碧や白色の玉などを目にすることもできる。あまたの寶石が何層にも重なり合い、靜謐な場所に混在して生じている。陸地のまばゆさもあれば水底のかがやきもあり、これらの寶石は山奥や谷底から掘り出されてくる。だからこそ、その沼はいつまでも枯れることなく、森は潤いどこまでも黒々と續くのだ。ここに來たならば、これら寶物の素晴らしさに、隨侯ですらみずからの夜光の珠を卑しみ、宋王でさえみずからの結綠の玉を輕んじるほど。

【解說】呉に產出する竹、果樹、鑛物資源を描き出す。まず、本文異同についてであるが、第272句「雜插幽屬（幽屬に雜插す）」の「屬」字について、諸本は「屛」字に作るが、これでは押韻が符合しない。『文選集注』所引『文選音決』に「屬、之欲反。或作屛、必靜反、非（屬は之欲反。或は屛に作る、必靜反、非なり）」とあり、これが唯一押韻の合うものであるので、本書は「屬」字に從った。ここで擧げられる竹については、單純に樹木に含むことのできない多樣性を持つ植物として認識され、かつ呉に多く生育するために別項を立てられたのであろう。また、荔枝や椰子などの果實は現在でも南方に特有のものとして知られる。このように當時の自然環境を理解する上でも、これらの動物や植物の描寫は有益であるし、これこそが「三都賦」の著述で左思が求めたところであり、注釋も含めて當時に高く評價された所以であろう。

281 其荒陬譎詭則有龍穴內蒸　其れ荒陬《こうすう》の譎詭《けつき》には則ち龍穴有りて內に蒸し、

雲雨所儲　上平9魚
陵鯉若獸
浮石若桴　上平10虞
雙則比目
片則王餘　上平9魚
窮陸飲木
極沈水居　上平9魚
泉室潛織而卷綃
淵客慷慨而泣珠　上平10虞
開北戶以向日
齊南冥於幽都　上平11模」

291

其四野則畛畷無數
膏腴兼倍　上聲15海
原隰殊品
窊隆異等　上聲15海
象耕鳥耘
此之自興　上聲15海
穱秀菰穗

雲雨の儲《たくは》ふる所なり。
陵鯉は獸の若く、
浮石は桴《いかだ》の若し。
雙なれば則ち比目《ひもく》、
片なれば則ち王餘《おうよ》たり。
窮陸《きゆうりく》 木を飲み、
極沈《きよくちん》 水に居る。
泉室 潛み織りて綃《しよう》を卷き、
淵客 慷慨して珠を泣す。
北戶を開きて以て日に向かひ、
南冥を幽都に齊《ひと》しくす。
其の四野は則ち畛畷《しんてつ》は數ふる無く、
膏腴《こうゆ》 兼倍《けんばい》たり。
原隰《げんしゆう》 品を殊にし、
窊隆《わりゆう》 等を異にす。
象 耕《たがや》し 鳥 耘《くさぎ》ること、
此より興る。
穱《むぎ》 秀し 菰《こも》 穗ること、

301

於是乎在　上聲15海」　是に於いてか在る。
煑海爲鹽　海を煑《に》て鹽を爲り、
采山鑄錢　下平2仙　山より采りて錢を鑄す。
國稅再熟之稻　國は再熟の稻を稅とし、
鄕貢八蠶之綿　下平2仙」　鄕は八蠶の綿を貢とす。

【通釋】さて邊境に見える不可思議なものとしては、龍穴がその内部に煮えたぎる熱氣を充満させ、分厚い雨雲を溜め込んでいる。陵魚はあたかも獸のごとき見た目と性格を持ち、輕石はまるで筏のように水面を漂う。半身のからだを對にして泳ぐのは比目の魚、半身のままに進むのは王餘。陸地の奥深くでは巨木から樹液を得るものがいるし、深いふかい水底に暮らすものもいる。仄暗い水の底に棲まう鮫人は水中に潜んで絹を織るというし、別れの際には嘆き悲しんで眞珠の涙を零すという。ここでは北向きの窓を開けてもなお太陽と向き合うことができるし、南北が逆轉して南冥が幽都と同じようなものとなってしまう。その郊外に廣がる土地については、あぜ道が縦横に廣がり、豊かに肥えているがために實りは他國を遙かに凌いでいる。平原と濕地ではそれぞれ收穫できる作物が異なり、低地と高地ではおのおの産物に違いがある。象が耕し鳥が草を取り除くというかの舜や禹の教化による農耕は、ここ呉の地より始まったのである。麥が實り菰が穗を垂れるからこそ、この地に豊かな實りがあるのである。國庫の財源については、海では海水を煮て鹽を作り、山では採掘した銅で貨幣を鑄造することで獲得するのだ。呉の國では二期目の稻のみを租稅として納め、鄕では年に八度目にできた繭より取りだした絹絲を納めるのである。

【解說】中原では目にすることのできない現象及び作物資源を描き出す。ここで擧げられる自然現象について、龍穴は恐らく間缺泉に類するものを指すのであろう。また、第291・292句「開北戶以向日、齊南冥於幽都（北戶を開きて以て日に向かひ、南冥を幽都に齊しくす）」とあるのは、北半球と南半球の正中の方角の違いを示したものである。すなわち、北半球では本來太陽は南の方角に南中するが、南半球ではそれが逆轉し北の方角に北中する。この北側の窓を開いても太陽を見ることができるという表現は、南半球に特有の現象である。このような南北間の天體現象の違いを感覺的であれ認識していたことは興味深い。

305 徒觀其郊隧之內奧　　　　徒《た》だ其の郊隧《こうすい》の內奧、
　都邑之綱紀　　上聲6止　　都邑の綱紀を觀るに、
　霸王之所根柢　　　　　　霸王の根柢とせし所にして、
　開國之所基阯　　上聲6止」　　開國の基阯となりし所なり。
郛郭周迊　　　　　　　　郛郭　周《めぐ》り迊《めぐ》り、
重城結隅　　上平10虞　　城を重ねて隅を結ぶ。
311 通門二八　　　　　　　通門　二八にして、
水道陸衢　　上平10虞」　　水道　陸衢あり。
所以經始　　上聲6止　　經始すれば、
用累千祀也　　上聲6止」　　用て千祀を累《かさ》ぬる所以なり。
憲紫宮以營室　　　　　　紫宮《しきゅう》に憲りて以て室を營み、
廓廣庭之漫漫　　去聲29換　　廣庭を廓《ひら》きて之れ漫漫たり。
寒暑隔閡於邃宇　　　　　寒暑　邃宇《すいう》に隔閡《かくがい》せられ、

虹蜺迴帶於雲館　去聲29換」　虹蜺 雲館に迴帶《かいたい》す。
所以跨跱　上聲6止　跨跱《こじ》して、
煥炳萬里也　上聲6止」　萬里を煥炳《かんへい》する所以なり。
造姑蘇之高臺　　姑蘇《こそ》の高臺を造れば、
臨四遠而特建　去聲25願　四遠に臨みて特《ひと》り建てり。
帶朝夕之濬池　　朝夕の濬池《しゅんち》を帶び、
佩長洲之茂苑　去聲25願　長洲の茂苑《もえん》を佩ぶ。
窺東山之府則瓌寶溢目　　東山の府を窺《うかが》へば則ち瓌寶《かいほう》 目に溢れ、
覯海陵之倉則紅粟流衍　去聲25願」　海陵の倉を覯《み》れば則ち紅粟《こうぞく》 流衍す。
起寢廟於武昌　　寢廟を武昌《ぶしょう》に起て、
作離宮於建業　入聲33業　離宮を建業《けんぎょう》に作る。
闡闔閭之所營　　闔閭《こうりょ》の營みし所を闡《ひら》きて、
采夫差之遺法　入聲34乏　夫差《ふさ》の遺せる法を采《と》れり。
抗神龍之華殿　　神龍の華殿を抗《あ》げ、
施榮楯而捷獵　入聲29葉　榮楯《えいじゅん》を施して捷獵《しょうりょう》たり。
崇臨海之崔巍　　臨海《りんかい》の崔巍《さいぎ》たるを崇くし、
飾赤烏之韡曄　入聲29葉」　赤烏《せきう》の韡曄《いよう》たるを飾とす。

【通釋】そこで城郭の內部や、都市の基準に眼を移せば、ここは霸王闔閭が本據とした土地であり、開國の王である泰伯の遺址が遺る場所であることがわかる。城壁は建業の周圍を取り圍むように築かれ、城外に設けられた廓は二重に整然とそびえている。これらの門は計十六箇所にあり、水路・陸路ともに整備されている。そのため都を置けば千年以上もの長きにわたって保つことができたのだ。天上の紫微宮の配置に基づいて宮城を造營し、その前庭はどこまでも廣がりを見せる。宮殿は奥深くにあるために冬の寒さや夏の暑さの影響を回避でき、虹と蜺とが雲を凌ぐほどの高き樓閣を取り巻いている。だからこそ、この呉都の光輝は呉の全域へと跨り、萬里の彼方までも明々と照らしだせるのだ。城郭内に築き上げた姑蘇の樓臺は、四方を遙かに望んで獨り座している。ここからは朝な夕な滿ち引きを繰り返す大海を池とし、長江河口一面の砂州に廣がる茂みを庭とするかのごとく見渡せる。またかの東山の寶物庫をのぞけば世にも珍しい品々が目に滿ちあふれ、かの海陵の穀物倉をたずね見ると備蓄のままに赤く熟れた穀物が倉中に溢れかえっている。孫氏一族は宗廟を武昌に、そして離宮を建業に造營したが、それは往事の闔閭の造作を現世に再現し、贅を盡くした夫差の建築法をそのままに取り入れたものである。こうして神龍殿という豪華絢爛な正殿を築き上げ、その欄干には玉や黄金をちりばめた棨楯を並べている。臨海殿を堂々と高くそびえさせ、赤烏殿をきらびやかに飾り立てたのだ。

【解說】建業城及び城内の宮殿の外觀説明と具體的な配置場所が明示される。第305～312句にかけて記される建業城の描寫は、劉逵注が引用する『越絕書』に説明される内容と一致する。これが實際の建業城を記錄したかはともかく、描寫内容との一致が見出せることから、左思が文獻資料に基づく敍述を徹底して志していたことは確認できる。また、「蜀都賦」との明確な違いを示せば、都市そのものが持つ歷史性の有無を指摘することができる。建業は孫呉が都を置く以前にも泰伯や闔閭がすでに都としており、併せて宮殿の建築についても闔閭や夫差が採用した手法が踏襲されている點から、この特徵は確認が可能である。併せて、蜀に比べて奢侈の傾向が明らかであるが、これは「魏都賦」において批難される内容として準備されたものであると理解すべきであろう。

335 東西膠葛
南北崢嶸
房櫳對棿
連閣相經
閫闥譎詭
異出奇名
341 左稱彎崎
右號臨硎
雕欒鏤楶
青瑣丹楹
圖以雲氣
畫以仙靈
雖茲宅之夸麗
曾未足以少寧
思比屋於傾宮
畢結瑤而構瓊
351 高闈有閌
洞門方軌
朱闕雙立

東西に膠葛《こうかつ》として、
南北に崢嶸《そうこう》たり。　下平13耕
房櫳《ぼうろう》は棿を對し、
連閣《れんかく》は相ひ經る。　下平15青
閫闥《こんたつ》は譎詭《けつき》にして、
奇名を異出す。　下平14清
左は彎崎《わんき》と稱し、
右は臨硎《りんけい》と號す。　下平13耕
雕れる欒 鏤たる楶、
青き瑣 丹《あか》き楹あり。　下平14清
圖《えが》くに雲氣を以てし、
畫《えが》くに仙靈を以てす。　下平15青
茲《こ》の宅の夸麗なりと雖も、
曾《すなは》ち未だ以て少しく寧《やす》んずるに足らず。　下平15青
屋を傾宮《けいきゅう》に比せんことを思ひ、
畢《ことごと》く瑤《よう》を結び瓊《けい》を構ふ。　下平14清」
高闈 閌《こう》たる有り、
洞門 軌を方ぶ。　上聲5旨
朱闕 雙び立ち、

馳道如砥　上聲4紙　馳道　砥《と》の如し。
樹以青槐　樹《う》うるに青槐を以てし、
亙以綠水　上聲5旨　亙《わた》るに綠水を以てす。
玄蔭眈眈　玄蔭《げんいん》　眈眈《たんたん》として、
清流亹亹　上聲7未」　清流《せいりゅう》　亹亹《びび》たり。
列寺七里　寺を列《なら》ぶること七里にして、
俠棟陽路　去聲11暮　棟を陽路に俠《なら》ぶ。
361 屯營櫛比　屯營　櫛のごとく比び、
解署棊布　去聲11暮　解署　棊のごとく布く。
横塘查下　横塘《おうとう》　查下あり、
邑屋隆夸　去聲11暮　邑屋《ゆうおく》　隆夸《りゅうこ》たり。
長干延屬　長干《ちょうかん》　延屬して、
飛甍舛互　去聲11暮」　飛甍《ひこう》　舛互《せんご》す。

【通釈】これらの宮殿は東西に延々と連なり、南北に遙かに立ち並んでいる。部屋に設けられた窓には美しい幌が整然とかけられ、空中に懸けられた閣道は互いに連結する。その宮門は極めて奇怪な姿を見せ、これらは特に奇抜な名称が附けられている。例えば、西の門は轡崎といい、東の門は臨硎というがごとくである。ここに建てられたそれぞれの宮殿を仔細に眺めてみれば、彫刻が施された肘木に見事な造形の斗形、青く塗られた連鎖模様の窓や鮮やかに丹塗られた柱も美しい。ここには壮大な雲の模様が描かれ、神仙や奇異なものまでもが描かれている。これほどに壮嚴華麗な宮殿に暮らすにもかかわらず、呉王はいまだ全くと言ってよいほどに心を滿たすことができない。かの桀王の壯麗な傾宮に匹敵させんとし、瑤臺にも瓊室にも寶玉を飾り立てたのだ。宮城の內部では高い小門が盛んに設けられ、宮門は馬車がすれ違うことができるほど。朱塗りの樓門は左右對稱に立ち並び、呉王がお通りになる御道は砥石のごとく滑らかに延びている。その傍らには濃い綠を湛えた槐が植えられ、水路には深い靑に染まった淸らかな水が流れている。その並木道は木陰に覆われ、その澄んだ水は途切れることなく豊かな流れを見せている。一方、宮門の外側では官寺が七里にわたって建ち並び、宮門に南面した道路を挾んで連なっている。軍營の駐屯地は櫛の齒のごとく整然と並び、役所の倉庫は碁石のごとくすき間無く置かれている。横塘や査浦のあたりに至るまで、多くの家屋がそこここに建てられている。また長干と呼ばれる居住區もどこまでも續き、山間部に建てられた家屋はあたかも空に浮かんでいるかのように重なり合って見えるのだ。

【解説】宮殿の內外を描き出す。建業の宮殿群は豪華絢爛かつ過度に奢侈の傾向にはしるものとして描かれる。それに對する呉王の評價は、第347・348句「雖茲宅之夸麗、曾未足以少寧（茲の宅の夸麗なると雖も、曾ち未だ以て少しく寧ずるに足らず）」と見えるように、更なる滿足を求めて際限なく贅澤を冀求する姿を映し出す。これこそは歷代都邑賦でしばしば詠われる諷諫の對象となる奢侈の重視である。結局のところ、左思にとっての孫呉王朝とは、左思が所屬する西晉王朝の敵國であって、その存在を本質的に稱讚することはなく、あくまで批難の對象として認識されていたと言える。

367 其居則有高門鼎貴　　其の居には則ち高門　鼎貴、
魁岸豪桀　入聲17薛　　魁岸　豪桀、
虞魏之昆　　虞魏《ぐぎ》の昆、

顧陸之裔	入聲17薛	顧陸《こりく》の裔有り。
岐嶷繼體		岐嶷《きぎょく》 體を繼ぎ、
老成奕世	入聲17薛	老成 世を奕《かさ》ぬ。
躍馬疊跡		躍馬 跡を疊《かさ》ね、
朱輪累轍	入聲17薛	朱輪 轍を累《かさ》ぬ。
陳兵而歸		兵を陳ねて歸り、
蘭錡內設	入聲17薛	蘭錡《らんき》 内に設く。
冠蓋雲蔭		冠蓋《かんがい》 雲蔭《うんいん》し、
閭閻闐噎	入聲16屑」	閭閻《りょえん》 闐噎《てんえつ》す。
其鄰則有任俠之靡		其の鄰には則ち任俠の靡、
輕訬之客	入聲20陌	輕訬《けいしょう》の客有り。
綿交翩翩		綿交 翩翩《へんぺん》として、
儐從奕奕	入聲22昔	儐從《ひんじゅう》 奕奕《えきえき》たり。
出躡珠履		出づるに珠履《しゅり》を躡《ふ》み、
動以千百	入聲20陌	動《やや》もすれば千百を以てす。
里讌巷飲		里に讌《えん》して巷に飲し、
飛觴擧白	入聲20陌	觴《しょう》を飛ばして白を擧ぐ。
翹關扛鼎		翹關《げきかん》 扛鼎《こうてい》し、
卞射壺博	入聲19鐸	卞《べん》射《しゃ》 壺《こ》博《はく》す。

鄱陽暴謔　　鄱陽《はよう》の暴謔《ぼうぎゃく》なる、
中酒而作　入聲19鐸」　中酒にして作《おこ》る。

【通釋】このようなところに住んでいるのは、代々大邸宅を構える貴族、あるいは厳つい體軀の豪傑、はたまた昔からの呉の豪族である虞氏や魏氏の子孫や、顧氏や陸氏の後裔である。才氣溢れる若者が家を繼ぎ、圓熟した老人が代々彼らを後見するのだ。ここでは高らかに躍り上がる馬の足跡が道をみるみるうちに埋めてゆき、朱塗りの車輪の轍がどんどんと深く刻まれてゆく。これらの馬や車が武器を攜えこれから歸ろうとすれば、武器庫が敷地内に續々と設置されてゆく。雲で覆われたかのように冠や車蓋が往來を滿たし、門に向かって人も車も滿ちあふれている。

　ところで官僚が居を構える旁らには、信義に厚い在野の實力者や、輕佻浮薄の食客が生活を營んでいる。こやつらはふらふらと行き交っては寄り合いを行い、堂々と立ち並んでは主人の前後に附き從っている。往來を闊歩するのに珠玉で飾り立てた靴を履き、それは百人や千人になろうかとするほど。袋小路で酒宴をひらき、抜け道で酒をかっくらう。杯を飛ばすように皆で飲み合っては罰杯をも飲み下す。閂を持ち上げたり鼎を抱え上げたりする力比べ、賭事に射的、投壺や博奕といった技比べがいたるところで繰り廣げられる。氣性の荒い鄱陽人による荒事は、酒宴も酣になった頃にようやく始められるのだ。

【解説】呉の貴族豪族層と任俠とを描き出す。貴族層については孫呉を代表する名族である「虞・魏・顧・陸」の四氏が擧げられ、當時の孫呉の實情を反映した敍述が行われている。また任俠に關する敍述は「蜀都賦」のそれを上回る豪快さを具えており、規模も遙かに淩いでいる。力比べや博奕など、具體的な方法はわからずとも、當時の風俗を描き出している點で興味深い。このような人間味のある一種の豪放磊落さは、「魏都賦」の中では認めることができない。

於是樂只衎
是に於けるや只《こ》の衎《たのしみ》を樂しみ、

而歡飫無遺　去聲6至
歡飫《かんよ》の遺《のこ》す無し。

都輦殷
都輦 殷《さかん》にして、

而四奧來暨　去聲6至
四奧來たり暨《いた》る。

水浮陸行
水に浮かびて陸に行き、

方舟結駟　去聲6至
舟を方《なら》べて駟を結ぶ。

唱櫂轉轂
櫂《ふなうた》を唱《とな》へて轂を轉じ、

昧旦永日　入聲5質
昧旦より永日まです。

開市朝而普納
市朝を開きて普《あまね》く納れ、

橫闤闠而流溢　入聲5質
闤闠《かんかい》を橫ぎりて流れ溢る。

混品物而同廛
品物を混じて廛《いちくら》を同じくし、

幷都鄙而爲一　入聲5質
都鄙を並べて一と爲す。

士女佇眙
士女 佇眙して、

工賈駢坒　入聲5質
工賈 駢《なら》び坒《つら》ぬ。

紵衣絺服
紵衣《ちょい》 絺服《ちふく》、

雜沓從萃　去聲6至
雜沓《ざつとう》 從萃《そうすい》す。

輕輿安轡以經隧
輕輿《けいよ》 轡《くつは》を安じて以て隧《みち》を經、

樓舩擧颿而過肆　去聲6至
樓舩 颿《ほ》を擧げ而して肆《みせ》を過ぐ。

果布輻湊而常然　　果布 輻湊《ふくそう》すること常に然り、
致遠流離與珂珬　去聲6至」　流離《りゅうり》と珂《か》珬《しゅつ》とを致遠す。
411 緤貤紛紜　　緤貤《しゅうかい》 紛紜《ふんぷん》として、
器用萬端　上平26桓　器用 萬端たり。
金溢磊砢　　金の溢るること磊砢《らいか》にして、
珠琲蘭干　上平25寒　珠の琲ぬること蘭干《らんかん》たり。
桃笙象簟韜於筒中　　桃笙《とうしょう》 象簟《ぞうてん》は筒中に韜《つつ》まれ、
蕉葛升越弱於羅紈　上平26桓」　蕉葛《しょうかつ》 升越は羅紈より弱《ほそ》し。
儸譶𣡌𤢊　　儸譶《しゅうとう》 𣡌𤢊《こうこう》として、
交貿相競　去聲43映　交貿 相ひ競《せ》る。
讙譁喤呷　　讙譁《けんか》 喤呷《こうごう》として、
芬葩蔭暎　去聲43映　芬葩《ふんは》 蔭暎《いんえい》たり。
421 揮袖風飄則紅塵晝昏　　揮ふ袖の風に飄れば則ち紅塵に晝昏す。
流汗霢霂則中逵泥濘　去聲46徑」　流るる汗の霢霂《ばくばく》とすれば則ち中逵に泥濘す。
富中之甿　　富中の甿、
貨殖之選　去聲33線　貨殖の選、
乘時射利　　時に乘じて利を射て、
財豐巨萬　去聲25願　財の豐かなること巨萬なり。
競其區宇則幷壃兼巷　　其の區宇を競へば則ち壃《さかひ》を幷べ巷を兼ね、

矜其宴居則珠服玉饌　去聲33線」

其の宴居を矜《おご》れば則ち珠服《しゆふく》玉饌《ぎよくせん》あり。

【通釈】ここでこれらを充分に樂しみ盡くしては、歡樂と飲酒とともに遣り殘したことはないほど。呉の都城は大いに盛り上がり、四方の地から人々が足をのばしてくる。水路からも陸路からも、船を並べて馬車を連ねて遠路はるばるやってくるのだ。棹を歌うように棹さし、あるいは車輪の音をきしませ、これが早朝から一日中續くのだ。朝市を開いてはあらゆる品物を備え、それらは市場の道を塞ぐほどに溢れかえっている。値段の高低や價値の有無にかかわらずすべてのものは同じ所に置かれ、都會のものも田舎のものもひとところに集められている。ここに集まる男女はみな立ち往生し、商人や職人の店舗が軒を連ねている。冬には麻服や夏には葛服を身にまとい、人々は押しかけ走り寄ってくる。小さな車を推して市場の小道を通り過ぎ、帆船が帆を揚げて店の前を通過してゆく。中原ではなかなか目にすることができない果物や布がこの地に集まってくることは日常茶飯事であり、さらには流離と珂珬といった貴重な品物が遙か遠方から送り届けられてくるのだ。異民族の地から届けられた物も至る處にあふれ、あらゆる用途に對應できる食器が揃えられている。黄金も充分すぎるほどにあるし、眞珠も山のごとく積み重ねられるほど。上質な桃枝竹や象牙で編まれたむしろは竹筒に收まるほどに薄くしなやかで、蕉葛や升越といった纖細な織り目を持つ布は一般的な薄絹よりさらにたおやか。商談の聲はあちらこちらよりひっきりなしに聞こえ、品物の交換や賣買でその利を競い合うのだ。人々の聲は騷がしくにぎやかで、香をたきしめた色彩豊かな服をまとった人々で道は溢れかえっている。袖を振っては風を起こし、晝間の太陽が隠れてしまうほどの塵で暗くなり、流れ落ちる汗が霖雨のごとくであり、大通りがぬかるむほどの盛況ぶり。肥沃な土地に住む豪農や、商賣の才能に惠まれた豪商は、その時々に應じて利益を獲得し、その財産は豊かに巨萬の富を築きあげてしまう。彼らは田畑や住居の區域を言い爭っては、他人の田地を併合し、居住區をも併せてしまう。自身の暮らしぶりを自慢しあっては、眞珠を縫いつけた衣服や玉のように珍しい食材を話に持ち出すのだ。

【解說】第421・422句「揮袖風飄則紅塵晝昏、流汗霢霂則中逵泥濘（揮ふ袖の風に飄れば則ち紅塵に晝昏す。流るる汗の霢霂とすれば則ち中逵に泥濘す）」の「則」字について、集注本は「而」字に作るが、本書では尤本に従い「則」字に改めた。左思の字句の運用に鑑みれば、「而」字と「則」字とでは違いが見出せるように思われる。これは押韻状況から判斷した場合であるが、七字句以上の比較的長句を用いる際、「而」字の場合は前後を二句に分け、「則」字の場合は一句とする傾向が強い。また第391～340句「於是樂只衎……致遠流離與珂珬（是に於けるや只の衎を樂しみ……流離と珂珬とを致遠す）」の押韻について、『文選集注』所引『文選音決』に「案自此以下至結駟（筆者注…第392・394・396句、以下同じ）、自有三韻、並不須協。下日字（第398句）爲韻（案ずるに此自り以下結駟に至るまで、自ずから三韻有り、並びに協を須ひず。下の日字もて韻と爲す）」とあり、また「案自此以下（第406・408・410句）亦不須協韻（案ずるに此自り以下亦た協韻を須ひず）」とある。ここから、去聲6至韻は左思の押韻の運用の上では入聲と同用であったと判斷される。これは本段以外にも類似した押韻箇所があり、そこにも適用すべきであると思われる。なお、その内容については、「蜀都賦」に描かれる市場の規模を上回る活況の樣が描かれ、「蜀都賦」ほどの亂雜さはなく、混雜の中にも一定の秩序が感じられる。

429 趫材悍壯　　趫材《きょうさい》悍壯《かんそう》は、
此焉比廬　上平9魚　　此《こ》れ焉《ここ》に廬を比《なら》ぶ。
431 捷若慶忌　　捷たること慶忌《けいき》の若く、
勇若專諸　上平9魚　　勇たること專諸《せんしょ》の若し。
危冠而出　　危冠して出で、

竦劒而趨　上平10虞　竦劍して趨《はし》り、
扈帶鮫函　　鮫函《こうかん》を扈帶《こたい》し、
拔揄屬鏤　上平10虞　屬鏤《しよくる》を拔揄《ばつゆ》す。
藏鍦於人　　鍦《ほこ》を人に藏し、
去戟自閭　上平9魚　戟《たて》を閭に去《おさ》む。
家有鶴膝　　家に鶴膝《かくしつ》有り、
戶有犀渠　上平9魚　戶に犀渠《さいきよ》有り。
軍容蓄用　　軍容 蓄へ用い、
器械兼儲　上平9魚　器械 兼ねて儲《たくは》ふ。
吳鉤越棘　　吳鉤《ごこう》 越棘《えつきよく》、
純鈞湛盧　上平11模　純鈞《じゆんきん》 湛盧《たんろ》あり。
戎車盈於石城　　戎車《じゆうしや》は石城《せきじよう》に盈《み》ち、
戈船掩乎江湖　上平11模　戈船《かせん》は江湖を掩《おほ》ふ。
露往霜來　　露往き霜來たりて、
日月其除　上平9魚　日月 其れ除ぬ。
草木節解　　草木 節 解け
鳥獸腯膚　上平10虞　鳥獸 腯《こ》えたる膚《はだへ》あり。
觀鷹隼　　鷹隼《ようじゆん》を觀、

誠征夫　上平10虞　征夫《せいふ》を誠む。
坐組甲　組甲を坐《す》え、
建祀姑　上平11模　祀姑《しこ》を建て、
命官帥而擁鐸　官帥に命じて鐸を擁せしめ、
將校獵乎具區　上平10虞　將に具區に校獵せんとす。
烏滸狼𦞦　烏滸《おこ》狼𦞦《ろうこう》、
夫南西屠　上平11模　夫南《ふなん》西屠《せいと》、
儋耳黑齒之酋　儋耳《せんじ》黑齒《こくし》の酋《おさ》、
金鄰象郡之渠　上平9魚　金鄰《きんりん》象郡《ぞうぐん》の渠《おさ》、
461 驫𦙶飍矞靸霅驚捷　驫𦙶《ふうきつ》飍矞《きゆういつ》靸霅《そうとう》驚捷《きようしよう》して、
先驅前塗　上平11模」　前塗に先驅す。

【通釋】素速い身のこなしの者や勇敢で猛々しい者たちは、ここに並んでその住居を構える。その俊敏さは慶忌のようであり、勇敢さは專諸のようでもある。彼らは高い冠を被り屋敷の外に出て、劍を手に取り道をひた走り、鮫革の鎧を身にまとい、屬鏤の劍を鞘から抜き放つのだ。鍦は武器庫ではなく各々が保管し、楯も同様に村落全體の管理下に置かれる。こうして家々はそれぞれ鶴膝の戟を、戸々はそれぞれ犀渠の楯を所有するのだ。軍の武具は然るべき方法で保管され、また武器の類も併せて所藏されている。吳の鉤や越の棘といった特徴的な武器があれば、純鈞や湛盧といった寶劍の類もある。戰に使用する車は石頭城を埋め盡くすほど、戈を裝備した船は江湖の水面を覆い盡くすほどである。白露降る秋が過ぎ去り冷たく霜振る冬が訪れ、月日は否が應にも過ぎ去ってゆく。草や木は枝が折れ葉が散り、鳥や獸は肥え太り肉附きがよくなる。そこで鷹や隼の動きに目を凝らし、兵たちに命を下す。組紐でこしらえた鎧を身につけ、祀姑神が描かれたのぼりを立て、將帥に命じて號令の鈴を持たせ、具區の沼で狩りを行おうとする。烏滸や狼䀇、夫南や西屠などの蠻族、耳に穴を穿つ儋耳や齒を黒く染め拔く黒齒の酋長、金鄰や象郡の族長が、數多くの馬を驚くべき速度で驅ってきては、呉王を先導して走り拔けてゆくのだ。

【解説】狩獵の準備の樣子を描き出す。狩獵に際しては、陸上での狩りと水上での漁とを想定しており、これ以降も陸上での狩獵と水上での漁の二つの場面が描かれる。ここからは當時において、孫呉が水上での戰鬪を得意としていたと認識されていたであろうことが窺われる。また、第457句以降の敍述は狩獵の際に孫呉の地に暮らす異民族に招集をかけているが、ここからは孫呉の統治が南方異民族との關係においてなされていることを示唆している。

463 兪騎騁路　　兪騎《ゆき》 路に騁せ、
指南司方　下平10陽　　指南 方を司る。
出車轚轚　　出車 轚轚《かんかん》として、
被練鏘鏘　下平10陽　　被練 鏘鏘《しょうしょう》たり。
呉王乃巾玉輅　　呉王乃ち玉輅《ぎょくろ》を巾《かざ》り、
軺驌驦　下平10陽　　驌驦《しゅくそう》を軺《よう》す。
旆魚須　　魚須《ぎょしゅ》を旆《はた》にし、

常重光　下平11唐
攝烏號
佩干將　下平10陽
羽旄揚蕤
雄戟耀芒　下平10陽
貝冑象弭
織文鳥章　下平10陽
六軍袀服
四騏龍驤　下平10陽
峭格周施
罿罻普張　下平10陽
罼罕瑣結
罠虒連網　下平11唐
阹以九疑
禦以沅湘　下平10陽
輶軒蓼擾
轂騎煒煌　下平11唐」

重光《ちょうこう》を常にす。
烏號《うごう》を攝り、
干將《かんしょう》を佩ぶ。
羽旄は蕤を揚げ、
雄戟 芒を耀かす。
貝冑《ばいちゅう》 象弭《ぞうび》、
織文《しぶん》 鳥章《ちょうしょう》あり。
六軍 袀服《きんぷく》し、
四騏 龍驤《りゅうじょう》す。
峭格《そうかく》 周《あまね》く施し、
罿罻《しょうい》 普《あまね》く張る。
罼罕《ひつかん》 瑣結《さけつ》し、
罠虒《びんてい》 連網《れんもう》す。
阹《さへ》ぎるに九疑《きゅうぎ》を以てし、
禦《ふせ》ぐに沅湘《げんしょう》を以てす。
輶軒《ゆうけん》 蓼擾《りょうぞう》として、
轂騎《こうき》 煒煌《いこう》たり。

【通釋】王を先導する僉兒は道を驅けてゆき、指南車は方角をしっかりと指し示す。あまたの戰車がごろごろと轟音を響かせ、武裝した兵が鎧をこすりあわせながら行進してゆく。呉王はそこで玉をちりばめた車に乘り、驌驦に似た名馬に車を引かせる。そして鯨の鬚を旗竿に、日月の文様を描いた旗を掲げる。右手には烏號の弓を、左手には干將の寶劍を身につける。そうして羽で飾った旗はその美しい羽根飾りを翻し、鋭い戟は刃の先端をきらめかせる。貝殼で飾り附けた兜や、象牙を施したゆはずを揃え、のぼり旗には隼の文様を染め抜いている。呉王に從う六軍の兵は、みな色の揃った上下の軍服を身にまとい、車を引く四頭の馬は、あたかも龍が躍り上がるように驅けゆくのだ。獸の行く手を阻む網を張るべく逆木を至る處に設け、鳥を捕らえるための網を餘すところなく張り巡らす。鳥網の結び目は鎖のようにどこまでも續き、鹿網や兎網は連鎖的にいくつも仕掛けられている。九疑山を山鳥を逃さぬための防衛線とし、沅水や湘水でもって平原の獸を圍い込む。輕車は我先にがらがらと進み、弓を裝備した兵は色とりどりの矢をつがえて狩りの準備を怠ることはない。

【解說】第465・466句「出車轚轚、被練鏘鏘（出車 轚轚として、被練 鏘鏘たり）」で、『文選集注』に採録される「三都賦」本文は終了する。「蜀都賦」との差違を示せば、「蜀都賦」は蜀の豪族による雜然とした狩りであったのに對し、「呉都賦」では「呉王」という明確な統率者に率いられた軍隊による狩獵である點に相違を見出すことができよう。つまり、ここでの描寫は單なる動物を狩ることを目的とした狩獵ではなく、軍事演習の側面を持っているものとして描かれる點に留意する必要がある。總じて「呉都賦」では「蜀都賦」には見られない秩序が存在する國家として左思の中で認識されていると考えられる。

487 袒裼徒搏　　袒裼《たんせき》 徒搏《とはく》し、

拔距投石之部　上聲10姥　拔距《ばつきょ》 投石するの部《ともがら》、
猨臂駢脅　入聲33業　猨臂《えんひ》 駢脅《へんきょう》にして、
狂趭獷猤　去聲6至　狂趭《きょうしょう》 獷猤《こうき》す。
491 鷹瞵鶚視　去聲6至　鷹瞵《ようれん》 鶚視《がくし》するものは、
趻踔𤝖獿　入聲28盍　趻踔《さんたん》 𤝖獿《ろうとう》す。
若離若合者　入聲27合　離るるが若く合ふが若き者、
相與騰躍乎莽罝之野　上聲8語」　相ひ與に莽罝《ぼうろう》の野に騰躍《とうやく》す。
干鹵殳鋋　干鹵《かんろ》 殳鋋《しゅせん》、
暘夷勃盧之旅　上聲8語　暘夷《ようい》 勃盧《ぼつろ》の旅《ともがら》、
長殺短兵　下平12庚　長殺《ちょうげき》 短兵にして、
直髮馳騁　上聲40靜　直髮 馳騁す。
儇佻坌並　上聲41迥　儇佻《けんちょう》 坌並《ふんへい》し、
銜枚無聲　下平14清　枚を銜みて聲無し。
501 悠悠旆旌者　下平14清　悠悠たる旆旌《はいせい》の者、
相與聊浪乎昧莫之坰　下平15青」　相ひ與に昧莫《まいばく》の坰《けい》に聊浪《りょうろう》す。

【通釋】上裸のままに素手で猛獸を擊ち取ったり、引き合いや重い石を投げることを得意とする力自慢の輩たちは、手長猿のように長い腕を持ち筋骨隆々で、狂ったように奔走しその姿は猛々しい。鷹や鶚のごとき獲物を狙い澄ます眼力を持つ者は、集團になって獲物を追い求める。分離したり合流したりを繰り返しつつ、ともに果てしない原野を思いのままに驅け馳すのだ。さらには盾や矛を攜えた兵士たち、越王と同じように暘夷のごとき鎧を身につけ勃盧のごとき矛を攜えた將校は、矛を手にして刀劍を帶び、精神を高めては髪を逆立て疾風のごとく驅けゆくのだ。素早く隊列を組み進んでゆき、枚を口に銜えて聲も立てず靜肅に行軍する。部隊のはためかす軍旗が、ともに鬱蒼とした密林に波立つごとく立ち並ぶのだ。

【解說】第489句「猨臂騈脅（猨臂 騈脅にして）」は、底本は「猿臂骿脅」に作る。『胡氏考異』に基づき改めた。ここは狩獵に赴く人々について描き出す。ここで特徴的なのは、「三都賦」全體を通じて唯一と言ってよい押韻の仕方である。本段は、第487～494句と第495～502句までが廣く對句を構成しており、一方では屈強な荒くれ者を描き出し、一方では統率の取れた兵士たちを描き出している。豪族たちの血氣にはやる樣子と、軍隊の落ち着き拂った樣子とが對比的に示されている。この狩獵における豪族と軍隊との併記は、そのまま「蜀都賦」から「呉都賦」へ、そして「呉都賦」から「魏都賦」へと繫がる一連の流れを示したものとして理解されるべきであるように思われる。前段にも述べたが、「蜀都賦」は專ら豪族層による秩序の保たれない狩りが描かれている。一方「魏都賦」では、狩獵描寫は曹魏の歷史へと代替されており、そこに描かれるのは當然のこととして曹魏の軍隊が描かれているのである。つまり、ここでの豪族と軍隊の併記は、孫呉が蜀漢と曹魏の中間に位置するという、左思の認識が反映されたものと考えられる。

503 鉦鼓疊山　　鉦鼓 山に疊《ふる》ひ、
火烈熛林　下平21侵　火烈 林に熛《も》ゆ。
飛爓浮煙　　飛爓 浮煙、

載霞載陰
菈攋雷硠
崩巒弛岑
鳥不擇木
獸不擇音
魊䞩鱅
頟㰅㯢
驀六駮
追飛生
彈鸞鶏
射猱挺
白雉落
黑鴆零
陵絶嶛嶕
聿越巉險
跐踰竹栢
獵猭杞柟
封豨䝐

下平21侵　載ち霞にして載ち陰なり。
下平21侵　菈攋《ろうろう》　雷硠、
巒《をか》を崩し岑《みね》を弛す。
下平21侵」　鳥は木を擇ばず、
獸は音を擇ばず。
䞩鱅《かんしゆく》を魊《てうち》にし、
下平12庚　㰅㯢《びけい》を頟《ほだ》し、
六駮《りくばく》に驀《の》り、
下平12庚　飛生《ひせい》を追ふ。
鸞鶏《らんけい》を彈ち、
下平15青　猱挺《どうてい》を射て、
白雉《はくち》　落ち、
下平15青」　黑鴆《こくちん》　零《お》つ。
嶛　嶕《りようしよう》を陵絶し、
上聲50琰　巉險《ざんけん》を聿越し、
竹栢《ちくはく》を跐踰《ていゆ》し、
上聲50琰　杞柟《きぜん》を獵猭《れんえん》す。
封豨《ほうき》　䝐《な》き、

神螭掩　上聲50琰　神螭《しんち》掩《おほ》はれ、
剛鏃潤　剛鏃《ごうぞく》潤ひ、
霜刃染　上聲50琰」　霜刃《そうじん》染まる。

【通釈】軍を指揮する銅鑼や太鼓が山中に鳴り渡ると、たいまつを掲げた隊列が一斉に林を明るく照らし出す。天高く燃え上がる炎や空に立ちこめる煙は、朝焼けのごとく燃えてかつ空を覆い隠すほど。みしみしと大木が裂け倒れてがらがらと山が崩れ落ち、山も峰も崩落せんばかりの轟音がとどろくのだ。こうなっては鳥も身を休める木を選ぶ暇なく、窮地に追いやられた獣もただただ激しく泣き叫ぶばかり。白虎や黒虎を素手で殴り倒し、馴鹿や大鹿を縛り上げ、駿馬ですら乗りこなし、むささびを追い回してゆく。鸞や五色を身にまとう鵕を弾き弓で撃ち、猿に似た猱や狿を弓で射ては、白い雉は落下し、毒を含んだ黒い鴆も零れ落ちてゆくのだ。高くそびえる山を越えては更に遠くを求め、屹立する山々を早々と越えてゆく。獣は竹や柏の木々の間を踏みしだき、兕は枸杞や梅の木々の下を逃げ惑う。神秘的な大猪は悲鳴を發し、靈妙なる螭も捕らわれ、堅い鏃は血を含んで濡れ、さめざめと輝く刃も血に染められるのである。

【解説】狩獵の様子を描き出す。ここでも前段の内容と同様の流れが描かれる。冒頭に銅鑼や太鼓、あるいはたいまつが掲げられるように、無闇に狩獵を展開するのではなく、軍事演習の側面を保持した統率の取れた狩獵が繰り廣げられる。

527 於是弭節頓轡　是に於いて節を弭《をさ》め轡を頓《ゆる》め、

齊鑣駐蹕　入聲5質　鑣《かつ》を齊《ととの》へ蹕《ひつ》を駐《とど》む。
徘徊倘佯　徘徊 倘佯《しようよう》し、
寓目幽蔚　入聲8物」　目を幽蔚《ゆううつ》に寓す。
覽將帥之拳勇　將帥の拳勇と、
與士卒之抑揚　下平10陽　士卒の抑揚とを覽る。
羽族以觜距爲刀鈹　羽族は觜距《しきよ》を以て刀鈹《とうひ》と爲し、
毛羣以齒角爲矛鋏　毛群は齒角《しかく》を以て矛 鋏《ぼうきよう》と爲す。
皆體著　皆な體に著きて、
而應卒　入聲11沒　而して卒《にはか》に應ず。
所以挂扢而爲創痏　挂扢《けいきつ》して創痏《そうゆう》を爲し、
衝踤而斷筋骨　入聲11沒」　衝踤《しようすい》して筋骨を斷つ所以なり。
莫不衂銳挫芒　下平10陽　銳を衂《くじ》かれ芒を挫《くじ》かれ
拉捭摧藏　下平11唐」　拉捭《ろうはい》 摧藏《さいぞう》せざる莫し。
雖有石林之岝㟧　石林の岝㟧《さくがく》有りと雖も、
請攘臂而靡之　上聲4紙　臂を攘《はら》ひて之を靡《くだ》かんことを請ひ、
雖有雄虺之九首　雄虺《ゆうき》の九首有りと雖も、
將抗足而跐之　上聲4紙」　將に足を抗げて之を跐《ふ》まんとす。
顚覆巢居　巢居を顚覆《てんぷく》し、

剖破窟宅　入聲20陌
仰攀鵔鸃
俯蹴豺獏　入聲20陌
刲剞熊羆之室
剽掠虎豹之落　入聲19鐸
猩猩啼而就禽
𥝋𥝋笑而被格　入聲20陌
屠巴蛇
出象骼　入聲20陌
斬鵬翼
掩廣澤　入聲20陌」
輕禽狡獸　去聲49宥
周章夷猶　去聲49宥
狼跋乎紭中忘其所以睒睗
失其所以去就　去聲49宥
魂褫氣懾
而自踢跌者　去聲49宥
應弦而飲羽

窟宅を剖破《ぼうは》す。
仰ぎては鵔鸃《しゆんぎ》を攀《よ》ぢ、
俯きては豺獏《さいばく》を蹴る。
熊羆《ゆうひ》の室を刲剞《きよき》し、
虎豹《こひよう》の落を剽掠《ひようりよう》す。
猩猩《しようじよう》啼けば禽に就き、
𥝋𥝋《ひひ》笑へば格《ころ》さる。
巴蛇《はだ》を屠れば、
象骼《ぞうかく》を出だし、
鵬翼《ほうよく》を斬れば、
廣澤を掩《おほ》ふ。
輕禽　狡獸、
周章　夷猶す。
紭中《こうちゆう》に狼跋《ろうばつ》して其の睒睗《せんせき》する所以を忘れ、
其の去就する所以を失ふ。
魂　褫《うば》はれ　氣　懾《おそ》れ、
而して自ら踢跌《とうほく》せる者、
弦に應じて羽を飲む。

形儥景僵者　形儥《たほ》れ景僵《たほ》るる者、
累積而增益　累積増益し、
雜襲錯繆　雜襲《ざつしゅう》錯繆《さくびゅう》す。　去聲51幼
傾藪薄　藪薄を傾け、
倒岬岫　岬岫《こうしゅう》を倒《さかしま》にするも、　去聲49宥
巖穴無豣豵　巖穴に豣豵《けんそう》無く、
翳薈無麢鷚　翳薈《えいかい》に麢鷚《しゅりょう》無し。　去聲49宥
571 思假道於豐隆　道を豐隆《ほうりゅう》に假り、
披重霄而高狩　重霄《ちょうしょう》を披きて高狩し、　去聲49宥
籠烏兎於日月　烏兎《うと》を日月に籠し、
窮飛走之栖宿　飛走《ひそう》を栖宿《せいしゅく》に窮《きは》めんことを思ふ。　去聲49宥」

【通釋】ここに至って呉王はようやく手綱を緩めて轡を引き、鐙をととのえ馬車を停めた。邊りを少しばかり歩き回りあちらこちらを見渡すと、そこで草木の茂る狩り場を見定める。ここにきて將帥の勇猛果敢さと士卒の血氣盛んなさまを確認する。鳥は堅い嘴や鋭い爪を自らの刀や劍とし、獸は鋭利な齒や强靱な角を矛や劍のごとく用いてくる。鳥や獸は先制攻撃をしかけ士卒に立ち向かってくる。そのため兵士たちは切り傷をこしらえ、衝突されて骨折や打撲を負うことになる。彼らは鋭い劍も矛も挫かれてしまい、滿身創痍のありさま。それでも切り立った石壁や深い林があれば、腕をまくってこれを切り拔けようとし、九首を持つ毒蛇がいれば、足を振り上げて踏みつけんとするのだ。

鳥が樹上に構えた巣をひっくり返し、獣が棲むあなぐらを徹底的に破壊する。上空では錦鶏を打ち落とし、地上では山犬や貘を取り押さえる。熊や羆の棲む洞穴を掘り返し、虎や豹のねぐらをこっそりと襲撃するのだ。猩猩は子供のような聲を上げて啼いたところを縄につながれ、狒々は人を目にして笑ったところを撃ち殺される。とぐろを巻いた大蛇を切り裂くと、腹中から象の骨が出てくるし、巨大な鵬の翼を切り落とせば、それがそのまま廣大な濕地帯を覆い盡くすのだ。こんな狀況であるから、俊敏な鳥や俊足の獣たちすら茫然自失のありさま。網の中でただただ狼狽えるばかりで、まわりの様子に目をやることもできず、網の中で進退窮まってしまっている。

精根盡き果て正氣を失ってしまい、みずから躓き倒れ込んだ獲物は、弓弦の音とともに矢をその身體の深くまで飲み込みんでしまう。またばたばたと倒れてゆく獲物は、積み重なってますますその數を增やしていき、もはや亂雜で散りぢりのありさま。狩りの徹底ぶりは、茂みや藪を傾けても、山間や洞窟をひっくり返しても、岩窟には子豚の一匹もなく、奥深い山陰には子鹿やひな鳥の姿さえ見えないほど。これほどの狩りにも飽き足らず、雲神である豐隆に道をかり、天に垂れ込める雲を拂いのけては天上高くまで狩りを繰り廣げ、太陽と月に棲むという烏と兎をも籠の中に捕らえ、天上を驅け巡る星座に宿るという鳥獸までも狩り盡くそうとするのだ。

【解說】第563句「應弦而飲羽（弦に應じて羽を飲む）」は、底本は「而」字がない。『胡氏考異』に基づき改めた。狩獵の描寫が引き續き描き出されるが、ここでは獲物による反擊が加えられる。これを契機とするかは定かではないが、結果として、あらゆる獲物が殆ど狩り盡くされてしまうほどの慘狀を迎える。第571〜574句にかけての表現については、劉逵注にも「言欲假道豐隆、非實事也（道を豐隆に假りんと欲すと言ふは、實事に非ざるなり）」とあるが、これは虛構を意味するのではない。續く劉逵注に「然欲窮高極遠究變化備幽明之故、設此云（然して高きを窮め遠きを極め變化を究め幽明の故を備へんと欲して、此を設けて云ふ）」とあるように、際限なく求めていくことの比喩として理解すべきであろう。これは「蜀都賦」に對しては狩獵の規模の差をまざまざと見せつける效果を發揮する。本段と「魏都賦」で曹操によって群雄が次々と撃破されていく過程を描き出す部分とは好對照を見せると言える。「魏都賦」では、それぞれの群雄がどのように追い詰められ滅ぼされたかは問題ではなく、誰が滅ぼされたかが重視される傾向にある。それに比べると本段の狩獵に關する描寫は、獲物を追い詰めて狩っていく様子が極めて仔細に描かれている。

575 嶰澗閴　　嶰澗《かいかん》 閴《げき》とし、
岡岵童　上平1東　岡岵《こうこ》 童たり。
罾罘滿　　罾罘《そうふ》 滿ちて、
效獲衆　上平1東　效獲 衆《おほ》し。
迴靶乎行睨　　靶《たづな》を行睨に迴らし、
觀魚乎三江　上平4江　魚を三江に觀る。
581 汎舟航於彭蠡　　舟航を彭蠡《ほうれい》に汎《うか》べ、
渾萬艘而既同　上平1東」　萬艘を渾ひて既に同じくす。
弘舸連舳　　弘舸 舳を連ね、
巨檻接艫　上平11模　巨檻 艫を接ぐ。
飛雲蓋海　　飛雲《ひうん》 蓋海《がいかい》、
制非常模　上平11模　制 常なる模に非ず。
疊華樓而島峙　　華樓を疊《かさ》ねて島のごとく峙《そばだ》ち、

時髣髴於方壺　上平11模　時に方壺《ほうこ》に髣髴《ほうふつ》たり。
比鷁首而有裕　時に鷁首《げきしゅ》に比べて裕《ゆたか》なること有り、
邁餘皇於往初　上平9魚　餘皇《よこう》に往初に邁《す》ぎたり。
591張組幃　組幃を張り、
構流蘇　上平11模　流蘇を構へ、
開軒幌　軒幌を開きて、
鏡水區　上平10虞　水區を鏡《て》らす。
篙工檝師　篙工《こうこう》檝師《しゅうし》、
選自閩禺　上平10虞　閩禺《びんぐう》より選ばる。
習御長風　長風に習御し、
狎翫靈胥　上平9魚　靈胥《れいしょ》に狎《な》れ翫《もてあそ》ぶ。
責千里於寸陰　千里を寸陰に責め、
聊先期而須臾　上平10虞」　聊《いささ》か期に先だちて須臾《しゅゆ》なり。

【通釋】鳥獸の氣配なくなる谷間には靜寂しかなく、綠豐かであった山の尾根も草一つ残らぬありさま、鳥網も獸網も獲物で滿杯に、狩獵の成果はまさに大獵の一言。呉王はそこで馬首を返して戻る途上でふと横目に、三江で漁を行うのを眺めることにした。そこでは大小様々な船が潘陽湖に浮かべられ、數えきれぬ程の船が一堂に會して一つ波に搖られるさまはまさしく壓卷。幅廣の船が舳先を並べ、巨大な軍船が船尾を接してどこまでも續く。見上げるほどに高い飛雲船や大海を覆い盡くすほどの蓋海船、これらの規格は桁外れ。華麗な樓閣を重ねた船はあたかも島のようにそびえ、それはまさしく高殿を戴くという仙島方壺と見紛うばかり。天子が船遊びで用いる鷁首船よりも装飾が煌びやかで、古の呉王の戰船である餘皇をも淩ぐほどの構造を持つのである。錦の帳を張り巡らし、飾り羽美しい五色の房飾りを施し、入り口の帳を開くと、水面が鏡のごとく照り輝く。棹や櫂を操る名人は、閩越や番禺からの選り抜きの船乘りたち。彼らは强風が激しく吹き付ける中を慣れた手つきで乘りこなし、水神となった伍子胥ともお近づきになれるほど。遠く千里の道程を僅かの間に進んでしまい、當初の豫定をほんの少しの時間だと錯覺してしまうほど。

【解説】第579句「迴靶乎行睨（靶を行睨に迴らす）」は、底本は「行」字の下に「邪」字がある。『胡氏考異』に基づき改めた。第580句「觀魚乎三江（魚を三江に觀る）」の對句であることからも、「邪」字は不要である。また、第595句「篙工檝師（篙工 檝師）」は、底本は「篙」字を「槁」字に作る。『胡氏考異』に基づき改めた。水練の様子を描き出す。本段に限らず、「呉都賦」に描かれる世界觀は「蜀都賦」に比べておおむねその規模が大きいものとなっている。また、その描寫の中には豪華絢爛と形容するのが相應しい過度な装飾が行われる傾向が强く、これにはやはり歴代都邑賦において批判對象として用いられる「奢侈の重視」が影響していると考えられる。ここで描かれる戰船も、その軍備が强調されることはなく、往々にしてその船艦を覆う装飾に對する描寫やその規模を强調する描寫が中心を占めている。この邊りにも、左思の歴代都邑賦を繼承しようとする意識を看て取ることができる。

601 櫂謳唱　　　　　櫂謳《とうおう》 唱へて、
簫籟鳴　下平12庚　簫籟《しょうらい》 鳴れば、
洪流響　　　　　　洪流に響きて、
渚禽驚　下平12庚　渚禽 驚く。

弋磻放		弋磻《よくは》 放たれ、
稽鶬鵬	下平12庚	鶬鵬《しょうべい》を稽《とど》め、
虞機發		虞機《ぐき》 發たれ、
留鵁鶄	下平14清」	鵁鶄《こうせい》を留む。
鉤餌縱横		鉤餌《こうじ》 縱横にして、
網罟接緒	上聲8語	網罟《もうこ》 緒を接す。
術兼詹公		術は詹公《せんこう》を兼ね、
巧傾任父	上聲9麌」	巧は任父《じんほ》を傾く。
筌鮔鱛		鮔鱛《こうぼう》を筌《うけ》にし、
鱺鱛魦	下平8戈	鱛魦《しょうさ》を鱺《つ》り、
罩兩魪		兩魪《りょうかい》を罩《かご》にし、
罼鰝鰕	下平9麻	鰝鰕《こうか》を罼《あみ》にす。
乘鱟黿鼉	下平7歌	乘鱟《じょうこう》 黿鼉《げんだ》、
同罛共羅	下平7歌」	罛《うおあみ》を同じくして羅《あみ》を共にす。
沈虎潛鹿	入聲1屋	沈虎《ちんこ》 潛鹿《せんろく》、
罜䍡僒束	入聲3燭	罜䍡《ちゅうろう》 僒束《きんそく》せらる。
徽鯨輩中於羣犗		徽鯨《きげい》の輩は群犗《ぐんがい》に中《あた》り、
攙搶暴出而相屬	入聲3燭	攙搶《ざんそう》 暴《には》かに出でて相ひ屬《つら》ぬ。

雖復臨河而釣鯉　復た河に臨みて鯉を釣ると雖も、
無異射鮒於井谷　入聲1屋」　鮒を井谷《せいこく》に射するに異なる無し。
結經舟而競逐　輕舟を結びて競ひ逐ひ、
迎潮水而振緡　上平17眞　潮水を迎へて緡《びん》を振るふ。
想萍實之復形　萍實《ひょうじつ》の復た形《あらは》れんことを想ひ、
訪靈夔於鮫人　上平17眞　靈夔《れいき》を鮫人《こうじん》に訪ねんとす。
精衛銜石而遇繳　精衛《せいえい》 石を銜へて繳に遇ひ、
文鰩夜飛而觸綸　上平16諄　文鰩《ぶんよう》 夜に飛びて綸に觸る。
631 北山亡其翔翼　北山に其の翔翼を亡《うしな》ひ、
西海失其遊鱗　上平17眞」　西海に其の遊鱗を失《うしな》ふ。

【通釋】　舟歌が唄われ、笙や籟が吹き鳴らされると、水面を覆うほどに響き渡り、水邊の鳥獸を驚かす。そうしたところでいぐるみの矢を放っては、鶬や鵰を捕らえ、いしゆみの矢を射ては、鵁や鶄を射落とすのだ。餌のついた釣針が至る處にしかけられ、様々な網が間隙なく張り巡らされる。釣りの腕前はかの詹公のそれを兼ね備え、釣果はかの任父のそれに迫らんばかり。鮰や鱒を筌の中に捕らえ、鰼や魦をすくい上げ、兩鮒を籠で押さえ、鰝や鰕を網ですくい取る。淺瀨を泳ぐ蟹に似て雌が雄を背負うという鱟や鼅の一種である鼉鼊は、一つ網の中に甲羅を並べることになる。水中に潛む夔じて虎になるとも言われる虎魚や鹿の角のごとき器官を持つ鹿魚は、投げ入れられた網に拘束されてしまう。巨大な鯨が牛で釣り上げられると、突如として彗星が流れてゆくのだ。たとえ大河に臨んで鯉を釣り上げようとも、呉の人々にとっては谷川で鮒を銛で射るのとなんら變わることはないのだ。輕やかに船を漕ぎ我先にと獲物を追い詰め、潮の滿ち引きに逆らって網を設ける。吉祥である萍實がふたたび現れないかと期待し、靈妙なる夔の居場所を鮫人に尋ねようとする。精衞は石を銜えていぐるみにかかり、文鰩は夜中に飛んで目の細かい網に捕らえられてしまう。こうして、北の山では空高くを翔る翼を失い、西の海では海深くを遊泳する尾びれを失うことになるのだ。

【解說】鄱陽池で繰り廣げられる漁の樣子を描き出す。「呉都賦」の特色として一つ指摘すべきは、川及び海に關する描寫が「蜀都賦」「魏都賦」に比較して充實している點であろう。本段でも池での漁から始まり、最終的には海へと降っての漁が繰り廣げられる。本段では三字句が多用されるが、ここからはその動作そのものの躍動感やそれら動作の連續性が強く意識される。ここでは舟歌と演奏によって水邊の鳥獸を驚かし、鳥が飛び立つやいなや直ちにこれらを捉えるという一連の流れが感じられるし、漁に關する部分でもあらゆる仕掛けに次々と獲物が見つかるという、その釣果の順調さが强調されるように感じられる。

633 雕題之士　　　雕題《ちょうだい》の士、
鏤身之卒　去聲18隊　鏤身《ろうしん》の卒あり。
比飾虯龍　　　飾を虯龍《きゅうりゅう》に比へ、
蛟螭與對　去聲18隊　蛟螭《こうち》 與に對す。
篚其華質則亂費錦繢　去聲18隊　其の華質を篚《えら》れば則ち錦繢《きんかい》を亂費《いひ》し、
料其虓勇則鵰悍狼戾　去聲12霽」　其の虓勇《こうゆう》を料れば則ち鵰悍《ちょうかん》 狼戾《ろうれい》たり。

相與昧潛險
搜瓌奇 上平5支
摸蝳蝐
捫觜蠵 上平5支
剖巨蚌於回淵
濯明月於漣漪 上平5支」
畢天下之至異
訖無索而不臻 上平19臻
谿壑爲之一罄
川瀆爲之中貧 上平17眞
哂澹臺之見謀
聊襲海而徇珍 上平17眞
載漢女於後舟
追晉賈而同塵 上平17眞」
汩乘流以砰宕
翼颸風之飀飀 下平18尤
直衝濤而上瀨
常沛沛以悠悠 下平18尤

相ひ與に潛險を昧《をか》し、
瓌奇を搜し、
蝳蝐《たいまい》を摸《と》り、
觜蠵《しい》を捫《と》る。
巨蚌《きよぼう》を回淵に剖き、
明月を漣漪《れんき》に濯ぐ。
畢《ことごと》く天下の至異にして、
訖《つひ》に索《もと》めて臻《いた》らざる無し。
谿壑《けいがく》 之が爲に一たび罄き、
川瀆 之が爲に貧に中る。
澹臺《たんだい》の謀らるるを哂《わら》ひ、
聊《いささ》か海に襲《い》りて珍を徇《もと》む。
漢女《かんじよ》を後舟に載せ、
晉賈《しんか》の塵を同じくするを追ふ。
汩《いつ》として流れに乘りて以て砰宕《ほうとう》とし、
颸風《しふう》の飀飀《りゆうりゆう》たるに翼す。
直ちに濤を衝ひて瀨に上り、
常に沛沛《はいはい》として以て悠悠たり。

迄可休而凱歸　　迄《すで》に休《いこ》ひて凱歸《がいき》すべく、
揖天呉與陽侯　下平19侯　天呉《てんご》と陽侯《ようこう》とに揖す。
指包山而爲期　　包山《ほうさん》を指して期と爲し、
集洞庭而淹留　下平18尤　洞庭《どうてい》に集ひて淹留《えんりゅう》す。
661 數軍實乎桂林之苑　　軍實を桂林の苑に數へ、
饗戎旅乎落星之樓　下平19侯　戎旅を落星の樓に饗す。
置酒若淮泗　　酒を置くこと淮泗《わいし》の若く、
積肴若山丘　下平18尤　肴を積むこと山丘の若し。
飛輕軒而酌綠酃　　輕軒を飛ばして綠酃《りょくれい》を酌み、
方雙轡而賦珍羞　下平18尤」　雙轡を方べて珍羞を賦す。

【通釋】額を彫って飾り立てた貴族たち、身體に入れ墨を施した士卒たち。彼らの文様は虬龍になぞらえたもので、その勇猛さは蛟螭に對しても遜色なし。鮮やかな錦の織物をふんだんに用いたかのような華やかさ、大鷲や狼のように荒々しく野蠻な勇ましさ。彼らはみな海中深くに危險を冒し、稀少な寶を探し求めては、玳瑁を捕らえ、大龜を捕まえるのだ。大きな蛤を回流の中で開き、滿月のごとく丸く輝く眞珠を流れですすぐのである。天下に奇異とされるものをすべて取り盡くし、とうとう求めて手に入らないものはない。このため谷の生き物はすべていなくなってしまったし、川の生き物も絶滅の危機に瀕している。古の澹臺子羽が河神に謀られて璧を捨てたのを嘲笑し、入るでもなく海に入っては寶物を見つけ出したという。或いは漢水の神女のごとき美貌の宮女を後ろの船に乘せたが、これは晉の賈大夫が美しい妻を伴って狩りをしたのに倣っているのだ。さっと海流に乗るとごうごうと波を渦巻かせ、激しく吹きすさぶ風を受けて更に速度を増してゆく。正面から波に衝突しては流れを乗りこなしつつ、すいすいとどこまでも進んでゆく。ようやく漁を終わり凱旋しようとして、水神の天吳と波神の陽侯に暇乞いをする。包山を目指して集合の時と場所を決定し、洞庭湖に集まってしばし留まる。獲物を桂林苑にて集計し、歸還兵を落星樓にて歡待する。彼らのために淮水や泗水ほどもの大量の酒を用意し、泰山や商丘に匹敵するかのようにうず高く食物を積み上げておく。輕快な車が飛ぶように綠酃酒をついでまわり、四頭立ての馬車が罇を並べて馳走を配ってゆくのだ。

【解説】第649句「洒澹臺之見謀（澹臺の謀らるるを洒ふ）」は、底本は「臺」字を「墓」字に作る。これは澹臺子羽を指すので、諸本に從い改めた。入れ墨を施した人々による漁と狩獵後の宴席が描かれる。ここで描かれる入れ墨を施した人々が行うのは、自らが水中に潛って甲殼類や眞珠を手に入れてくるというものであり、これは現在の海士に類するものである。このような入れ墨を施した素潛り漁は實際に行われており、所謂「魏志倭人傳」の中にも記載がある。この入れ墨はただの裝飾ではなく、海中での獰猛な魚から身を守るために施したものである。宴席の內容も「魏都賦」との差違が認められる。本段では第663～666句「置酒若淮泗……方雙罇而賦珍羞（酒を置くこと淮泗の若く……雙罇を方べて珍羞を賦す）」と描き出すように、酒と肴が想像を絕する程の量で準備され、それを馬車に積んで參加者にふるまうのである。ここからは、洞庭湖のほとりの比較的開けた場所に集まり、狩獵後の姿のままで豪快に宴會が繰り廣げられる樣子が想像される。一方で、「魏都賦」は文昌殿の前に廣がる庭で行われるものであり、ここからも吳人の氣性が窺い知れる。

667 飲烽起　　飲みしときは烽の起こり、
　　釂鼓震　　釂せしときは鼓の震ふ。　（上平17眞）

士遺倦
衆懷欣
幸乎館娃之宮
張女樂而娯羣臣
羅金石與絲竹
若鈞天之下陳
登東歌
操南音
胤陽阿
詠韎任
荊艶楚舞
吳愉越吟
翕習容裔
靡靡愔愔
若此者與夫唱和之隆響
動鍾鼓之鏗耾
有殷坻頽於前
曲度難勝

上平21欣
上平17眞
上平17眞」
下平21侵
下平21侵
下平21侵
下平21侵」
去聲43映
去聲47證

士は倦むを遺《わす》れ、
衆は欣びを懐く。
館娃《かんあ》の宮に幸し、
女樂《じょがく》を張りて群臣を娯ましむ。
金石と絲竹とを羅ぬれば、
鈞天《ちょうてん》の下陳せるが若し。
東歌《とうか》を登《あ》げ、
南音《なんいん》を操り、
陽阿《ようあ》を胤ぎ、
韎任《いじん》を詠ず。
荊艶《けいえん》 楚舞《そぶ》、
吳愉《ごゆ》 越吟《えつぎん》のごときは、
翕習《きゅうしゅう》 容裔《ようえい》として、
靡靡《びび》 愔愔《いんいん》たり。
此《かく》の若きは夫の唱和の隆響と、
鍾鼓の鏗耾《こうこう》とを動かす。
殷《さかん》に前に坻頽《ていたい》し、
曲度の勝え難き有り。

皆與謠俗汁協		皆な謠俗《ようぞく》と汁協《かな》ひ、
律呂相應	去聲47證	律呂《りつりょ》 相ひ應ず。
其奏樂也則木石潤色		其れ樂しみを奏するや則ち木石 潤色し、
其吐哀也則淒風暴興		其れ哀しみを吐けるや則ち淒風 暴興す。
或超延露而駕辯	去聲47證	或は延露《えんろ》と駕辯《がべん》とを超え、
或踰淥水而采菱	下平16蒸	或は淥水《りょくすい》と采菱《さいりょう》とを踰ゆ。
軍馬弭髦而仰秣		軍馬 髦を弭《なび》かせて秣を仰ぎ、
淵魚竦鱗而上升	下平16蒸」	淵魚 鱗を竦《そばだ》てて上升す。
酣湑半		酣湑《かんしょ》 半ばにして
八音并	下平14清	八音 并せれば、
歡情留		歡情 留めて、
良辰征	下平14清	良辰 征く。
魯陽揮戈而高麾		魯陽《ろよう》 戈を揮ひて高く麾き、
迴曜靈於太清	下平14清	曜靈を太清に迴らす。
將轉西日而再中		將に西日を轉じて再び中せしめ、
齊既往之精誠	下平14清」	既往の精誠に齊《ひと》しからんとす。

【通釋】飲み始める時には高く烽火を上げ、飲み盡くす時には盛大に太鼓を打ち鳴らす。將軍は疲れを忘れ、兵卒も

樂しみに浸る。呉王は館娃宮へと行幸し、女樂を設けて群臣を樂しませる。鐘や磬、琴や笛を配置した様子は、あたかも天上の樂團が地上に降りてきたかのよう。ここでは桀が創作した東歌を唄い、南方の音樂を奏で、古の陽阿の音曲を鳴らして、東夷や南蠻の樂曲すらも詠う。さらには荊楚の歌舞や呉越の歌も見られる。これらはそれぞれに盛り上がりや落ち着いた調べを持ち、かと思えば華麗な響きを見せることもある。こうして幾重にも折り重なった音色が高らかに響きわたり、鐘や太鼓も大きな音をたてる。あたかも山が崩れ落ちるかのようで、曲調の變化にも追いつくことができないほど。これらはみな民間歌謠の調子にも適い、音律も一致している。樂しげに演奏すれば木石ですら色づきを見せるし、悲しげに奏するときにはにわかに暴風が巻き起こる。これらはあるいは延露や駕辯といった古い樂曲を凌駕し、あるいは綠水や采菱などの舊來の曲を越えてゆくほどに素晴らしい。歌舞音曲に觸れ、軍馬もたてがみをなびかせて秣に食らいつき、水邊の魚も鱗を躍らせて水面へ顔を出してくる。宴も酣になり、ここで八種類の樂器を一堂に揃えてかき鳴らせば、歡びが胸に滿ちるにつれて、時間の經過も早く感じられるようになってくる。かつて魯陽公は戈をふるって太陽を大空に引っ張り上げ、中天に差し戻したとされる。いままさに夕日を再び中天へと戻そうと思い、古の精靈たちにあやかろうと考えているのである。

【解説】 宴席に供される歌舞音曲を描き出す。その構成と内容は「魏都賦」と大きく異なるものではなく、様々な音曲が奏でられ、それに合わせた歌舞が行われるというものである。但し、その情景に思いを巡らせば、頻繁な轉調やそれぞれの樂器が大音量で鳴らされることなどからは、やはり前段に引き續いての豪快さや一種の慌ただしさのようなものが感じられる。樂しげな様子を描き出すことにおいて「呉都賦」と「魏都賦」とは變わらないが、その樂しさが基づく方向性に大きく違いが認められることは、各篇の差違を意識したときに興味深い。

703 昔者夏后氏朝羣臣於茲土
而執玉帛者以萬國　入聲25德
蓋亦先王之所高會
而四方之所軌則　入聲25德」
春秋之際
要盟之主　上聲9麌
闔閭信其威
夫差窮其武　上聲9麌」
711 内果伍員之謀
外騁孫子之奇　上平5支
勝彊楚於柏擧
棲勁越於會稽　上平5支
闕溝乎商魯
爭長於黄池　上平5支」
徒以江湖嶮陂
物産殷充　上平1東
繞霤未足言其固
鄭白未足語其豐　上平1東

昔者《むかし》 夏后氏 群臣を茲の土に朝せしめ、
玉帛を執る者以て萬國たり。
蓋し亦た先王の高會せし所にして、
四方の軌則とせる所なり。
春秋の際、
要盟の主たり。
闔閭《こうりよ》は其の威を信とし、
夫差《ふさ》は其の武を窮む。
内には伍員《ごうん》の謀を果たし、
外には孫子《そんし》の奇を騁す。
彊楚《きょうそ》に柏擧《はくきょ》に勝ち、
勁越《けいえつ》を會稽《かいけい》に棲まはし、
溝を商魯《しょうろ》に闕り、
長を黄池《こうち》に爭ふ。
徒《た》だに江湖の嶮陂として
物産の殷《さかん》に充つるを以《おも》んみるに、
繞霤《じょうりゅう》 未だ其の固を言ふに足らず、
鄭白《ていはく》 未だ其の豐を語るに足らず。

士有陷堅之鋭

俗有節概之風　上平1東

睚眦則挺劒

喑嗚則彎弓　上平1東」

擁之者龍騰

據之者虎視　去聲6至

麾城若振槁

搴旗若顧指　上聲5旨

雖帶甲一朝

而元功遠致　去聲6至」

雖累葉百疊

而富彊相繼　去聲12霽

樂湑衎其方域

列仙集其土地　去聲12霽

桂父練形而易色

赤須蟬蛻而附麗　去聲12霽」

士には陷堅《かんけん》の鋭なる有り、

俗には節概の風有り。

睚眦《がいせ》せば則ち劍を挺《ぬ》かれ、

喑嗚《いんお》せば則ち弓を彎《ひ》かる。

之を擁する者は龍騰し、

之に據る者は虎視す。

城を麾くこと槁れたるを振るふが若く、

旗を搴ること顧指するが若し。

帶甲　一朝なると雖も、

元功　遠く致す。

累葉《るいよう》　百疊すと雖も、

富彊《ふきょう》　相ひ繼ぐ。

樂湑《らくしょ》して其の方域に衎み、

列仙《れっせん》は其の土地に集ふ。

桂父《けいふ》　形を練り色を易へ、

赤須《せきしゅ》　蟬蛻《せんぜい》して附き麗く。

【通釋】その昔、夏の禹王が諸方の臣下をここ吳の地に集めたところ、玉帛を攜えてやってくる國は萬を數えるほどであった。まさしくこの呉の地は、古の聖王が盛大に會盟を行い、天下の人々にとっての規則が成立した場所なのである。春秋時代には、呉は盟約の主君となり、闔閭は一氣に勢力を伸張し、夫差の代には最大の武力を整えていた。内部からは伍子胥の策謀を入手し、外部からは孫子の奇策を招聘した。そうすることで强國の楚を柏擧の地で打ち破り、强敵の越を會稽山に追い詰め、商と魯の間に運河を開削し、晉と黄池で覇權を争ったのだ。ただ長江と洞庭湖の險阻な地勢と、作物や産物に圍まれた豐穰な土地とを一瞥しさえすれば、あの繞霤などはもとより言うに足らず、鄭渠や白渠の豐かさも取るに足らないことは明白。勇猛な戰士はあらゆる堅固な城郭をも陷落させんとする氣概があるし、一般の民ですら一本氣で無鐵砲な氣風を備えている。もしまなじりを吊り上げて睨みつければ直ちに劍を引き抜かれ、雄叫びをあげればすぐさま弓を引かれてしまう。このような風土だからこそ、この地の兵を從えた者は龍のごとく瞬く間に其の名を擧げ、この地に割據した者は虎のごとく中原を窺う野心を懷くのだ。敵の城を落とすことは枯れ枝を振り落とすようにたやすく、敵の旗を奪うことなど指し示せば直ちに實行されてしまう。士卒が鎧を身にまとい戰場へ赴くのは一代限りではあるが、彼らの輝かしい軍功は幾代までも語り繼がれるのだ。だからこそ、累々と代を重ねた百代の後にも、富と權力は脈々と受け繼がれるのだ。覇王と群臣民衆すべてが宴を催し樂しめば、神仙もこぞってこの地に集ってくる。そうしてこの地には體型や體色を自在に操る桂父や、蟬が脱皮するかのごとく齒や髮を生やす不老不死の赤須子が暮らすのである。

【解説】呉の歴史性と呉人の中原に對する意識を描き出す。舜による東巡以來の呉の歴史と、闔閭や夫差を經ての强國としての地位の確立とを主張する。ここで注意すべきは、呉人による中原を窺おうとする意識であろう。これは「三都賦」の著述時がまさしく西晉と孫呉とが對峙していた時期であることに鑑みれば、當時の世相を反映したものとして理解されよう。また、ここで呉人そのものについては肯定的論調で描かれるが、「三都賦」の著述が平呉の後にも繼續されたことに鑑みるに、これらは或いは陸機らの孫呉出身の人々に對する配慮のあらわれとも理解できるかもしれない。

737 中夏比焉		中夏《ちゅうか》を焉《これ》に比ぶれば、
畢世而罕見		世を畢《お》へて見ること罕《まれ》にして、
丹青圖其珍瑋		丹青《たんせい》もて其の珍瑋《ちんい》を圖《えが》くは、
貴其寶利也	去聲6至」	其の寶利《ほうり》を貴べばなり。
741 舜禹游焉		舜禹《しゅんう》焉《ここ》に游びて、
沒齒而忘歸		齒を沒するまで歸るを忘れ、
精靈留其山阿		精靈《せいれい》其の山阿に留まるは、
翫其奇麗也	去聲12霽」	其の奇麗を翫べばなり。
剖判庶士		庶士《しょし》を剖判《ぼうはん》し、
商搉萬俗	入聲3燭	萬俗を商搉《しょうかく》するに、
國有鬱鞅而顯敞		國に鬱鞅《うつおう》にして顯敞《けんしょう》なるもの有り、
邦有湫阨而踡跼	入聲3燭	邦に湫阨《しゅうあい》にして踡跼《けんきょく》なるもの有り。
伊茲都之函弘		伊《こ》れ茲《こ》の都の函弘たること、
傾神州而韞櫝	入聲1屋	神州《しんしゅう》を傾けて韞櫝《うんとく》し、
751 仰南斗以斟酌		南斗《なんと》を仰ぎて以て斟酌《しんしゃく》し、

兼二儀之優渥　入聲4覺
繇此而揆之
西蜀之於東呉
小大之相絶也
亦猶棘林螢燿
而與夫檮木龍燭也　入聲3燭
否泰之相背也
亦猶帝之懸解
而與夫桎梏踈屬也　入聲3燭
761 庸可共世而論巨細
同年而議豐确乎　入聲4覺」
曁其幽遐獨邃
寥廓閑奥　去聲37號
耳目之所不該
足趾之所不蹈　去聲37號
倜儻之極異　去聲7志
詘詭之殊事　去聲7志
藏理於終古

二儀の優渥《ゆうあく》を兼ぬ。
此に繇《よ》りて之を揆《あく》るに、
西蜀の東呉に於ける、
小大の相ひ絶するや、
亦た猶ほ棘林《きよくりん》　螢燿《けいよう》と、
夫の檮木《じんぼく》　龍　燭《りゆうしよく》のごときなり。
否泰《ひたい》の相ひ背けるや、
亦た猶ほ帝の懸解《けんかい》と、
夫の踈屬《そぞく》に桎梏《しつこく》せられたるのごときなり。
庸《なん》ぞ世を共にして巨細を論じ、
年を同じくして豐确《ほうかく》を議せんや。
其の幽遐《ゆうか》　獨邃《どくすい》、
寥廓《りようかく》　閑奥《かんおう》に曁《およ》びては、
耳目の該《およ》ばざる所にして、
足趾の蹈《ふ》まざる所なり。
倜儻《てきとう》の極異、
詘詭《くつき》の殊事は、
理を終古に藏めて、

而未寤於前覺也　去聲36效　未だ前覺に寤らざるなり。
771 若吾子之所傳　下平2仙　吾子の傳ふる所の若きは、
孟浪之遺言　上平22元　孟浪《もうろう》の遺言にして、
略擧夫梗概　略ぼ夫の梗概を擧げて、
774 而未得其要妙也　去聲35笑」　而るに未だ其の要妙を得ざるなり。

【通釋】中原の地はこの呉の領域と比べ、生涯にわたって呉の產物を實見することができないがために、繪畫でこの地の珍しき寶を描き出したが、これはその貴重さと有益さを重視したためであろう。舜や禹がこの呉の地に巡狩し、命盡きるまでこの地に惹かれ歸るを忘れ、彼らの神靈がこの山奥に留まったが、これは呉の新奇で美麗なさまを愛でたからであろう。この世界を分割し、あらゆる風俗をあまねく眺めてみれば、勢い盛んで高く廣大な土地を詠う都があれば、低地で卑屈になっている地域もあるという。そもそもこの偉大な呉の廣大でゆったりとするさまは、傾いた神州がすっぽりと覆われるほど、上空の南斗六星がそれをくみ上げてしまうほどで、まさしく天と地の恩恵を二つながら享受しているのだ。以上を踏まえれば、西蜀の東呉に對する、國土の面積がかけ離れるのは、棘林に潜みほのかに光る螢と、大木に棲み燦々と輝く龍燭のごときものと言えよう。國土の豊かさが相反するのは、あたかも皇帝の憂慮が寛解するのと、遠族ですら自由を束縛されるようなものである。どうして同じ空間で國土の大小を論じ、同じ時間で國の經濟力を論じることができよう。遠く隔絶された土地や、深遠かつ廣大な土地は、見聞の及ばないところであり、足を踏み入れることのできないところである。特殊なものの究極や、奇異なものの最たるは、永遠にその美を内に溫存し、それは古の賢人すら氣づけないほど。あなたがこれまでに述べてきたようなものは、とりとめのない言葉であって、そのあらましを擧げてきたに過ぎず、その本質までは言い及べていないのだ。

【解說】第760句「而與夫桎梏疏屬也（夫の疏屬に桎梏せられたるのごときなり）」は、底本は「夫」字がない。『胡氏考異』に基づき改めた。第757句「而與夫檮木龍燭也（夫の檮木 龍燭のごときなり）」と對句であるため、「夫」字は必要である。總括としての吳の優位性を主張する。ここでの議論はあくまで蜀と吳との優劣論を基本軸とするが、僅かに中原に對する意識があらわれることもある。それが第737〜740句「中夏比焉……貴其寶利也（中夏を焉に比ぶれば……其の寶利を貴ぶなり）」の一段である。この中原に對する意識は次の「魏都賦」での魏國先生の登場に對する伏線のようにも感じられる。結局のところ、蜀と吳との間には「歷史性の有無」において決定的な差が生じるものの、吳の優位性を主張する根據としては、「蜀都賦」と同じく險阻な自然環境と豊富な天然資源があることに終始しており、本質的にはなんら變わることがない點も作品の構成の對比として理解しておく必要があろう。

「魏都賦」

魏國先生
有睟其容
乃盱衡而誥曰
异乎交益之士
蓋音有楚夏者
　土風之乖也
　情有險易者
　習俗之殊也
雖則生常
固非自得之謂也
昔市南宜僚弄丸
　而兩家之難解
聊爲吾子復翫德音
以釋二客競于辯囿者也

魏國先生、
睟《すい》たる其の容有り、
乃ち盱衡《くこう》して誥げて曰く、
异《い》なるかな交益《こうえき》の士。
蓋し音に楚夏《そか》有るは、
土風の乖《そむ》ければなり。
情に險易《けんい》有るは、
習俗の殊《こと》なればなり。
則ち常を生すと雖も、
固より自得の謂ひに非ざるなり。
昔　市南《しなん》の宜僚《ぎりょう》　丸を弄び、
兩家の難　解けたり。
聊《いささ》か吾子の爲に復た德音《とくおん》を翫び、
以て二客の辯囿《べんゆう》に競ふを釋かん。

【通釋】魏國先生は、德に滿ち溢れた顏つきであったが、西蜀公子と東吳王孫の二人の話を聞くと、眉尻を上げてその眼を見開いて言った。

おかしなことをおっしゃるものだ、交趾と益州に暮らすお二方よ。そもそも言語に南方の楚と中原の夏の違いがあるのは、土地や風習が互いに懸け離れているからである。氣性に激烈なものと溫厚なものとの差違が見えるのは、習慣や風俗が異なるためなのだ。身につけてしまえばそれはおのずと文化や風習となろうが、これらはもともと生まれついてのものではない。遙か昔のことだが、市南の宜僚は玉遊びに興じることで争いに荷擔することなく、白公と子西の二人の間の諍いを解決したという。そこで私も彼に倣い、あなた方のために中華の遺德あふれる言葉を用いて、お二人が無闇やたらと辯舌で國の優劣を競い合うのを調停してあげようではないかと思う。

【解說】「魏都賦」の冒頭である。ここにようやく魏國先生が登場する。彼の第一聲は「异乎交益之士（异なるかな交益の士）」であり、交趾を領土とする吳と益州を領土とする蜀の二國に對して、明確な反論の旨を提示する。これによって該賦の基本的方針が確定される。その上で、彼が第13句で「德音」を用いて、西蜀公子と東吳王孫との間の諍いを解消しようとするが、この「德」の所有こそが二國との根本的かつ決定的差違であり、これに基づき魏の稱讚が展開されていくのである。この一段だけでも、三國の構造、すなわち吳蜀の上に魏が位置するというかたちは明白であり、ここに左思の明らかな意圖を認めることができる。

夫泰極剖判
造化權輿　上平9魚
體兼晝夜

夫れ泰極《たいきょく》剖判《ぼうはん》し、
造化 權輿《けんよ》すれば、
體は晝夜を兼ね、

理包清濁　入聲4覺　理は清濁を包ぬ。
流而爲江海　流れては江海と爲り、
結而爲山嶽　入聲4覺　結びては山嶽と爲る。
列宿分其野　列宿《れっしゅく》は其の野を分かち、
荒裔帶其隅　上平10虞」　荒裔《こうえい》は其の隅を帶ぶ。
巖岡潭淵　巖岡《がんこう》 潭淵《たんえん》は、
限蠻隔夷　蠻を限り夷を隔て、
峻危之竅也　峻危《しゅんき》の竅《つう》づるがごとし。
蠻陬夷落　蠻陬《ばんすう》 夷落《いらく》は、
譯導而通　譯導《やくどう》して通づるも、
鳥獸之氓也　鳥獸《ちょうじゅう》の氓《たみ》なり。
正位居體者　位を正して體に居る者は、
以中夏爲喉　中夏を以て喉《のど》と爲し、
不以邊垂爲襟也　邊垂を以て襟《えり》と爲さざるなり。
長世字甿者　世に長たりて甿《たみ》を字《やしな》ふ者は、
以道德爲藩　道德を以て藩と爲し、
不以襲險爲屏也　襲險を以て屏と爲さざるなり。
而子大夫之賢者尙弗曾庶翼等威　而るに子大夫の賢なる者尙ほ曾《かつ》て等威を翼《ひと》しくせんことを庶《こひねが》ひ、

附麗皇極　入聲24職　皇極《こうきょく》に附き麗《つ》き、
思稟正朔　正朔《せいさく》を稟《う》けんことを思ひ、
樂率貢職　入聲24職　貢職《こうしょく》に率ふを樂しまず。
而徒務於詭隨匪人　而して徒《いたづ》らに匪人に詭隨《きずい》し、
宴安於絕域　入聲24職　絕域に宴安し、
榮其文身　其の文身《ぶんしん》を榮《さかえ》とし、
驕其險棘　入聲24職」　其の險棘《けんきょく》に驕《おご》らんことを務む。
繆默語之常倫　默語《もくご》の常倫《じょうりん》を繆《あやま》り、
牽膠言而踰侈　上聲4紙　膠言《こうげん》の踰侈《ゆし》に牽かる。
飾華離以矜然　華離《かり》を飾りて以て矜然《きょうぜん》とし、
假倔彊而攘臂　去聲5寘　倔彊《くっきょう》に假りて而して臂を攘《かか》ぐ。
非醇粹之方壯　醇粹《じゅんすい》の方壯に非ずして、
謀踳駮於王義　去聲5寘　踳駮《せんばく》を王義に謀らん。
孰愈尋靡萍於中逵　孰《いづ》れか愈《まさ》らん靡萍《びひょう》を中逵《ちゅうき》に尋ね、
造沐猴於棘刺　去聲5寘」　沐猴《ぼくこう》を棘刺《きょくし》に造るを。
劍閣雖嶛　劍閣《けんかく》は嶛《たか》しと雖も、
憑之者蹶　去聲13祭　之に憑《たの》む者は蹶《たほ》れり。
非所以深根固蔕也　去聲12霽」　根を深くし蔕を固くする所以に非ず。

洞庭雖濬　　洞庭《どうてい》は濬《ふか》しと雖も、
負之者北　入聲25德　之に負《お》ふ者は北《やぶ》れん。
非所以愛人治國也　入聲25德」　人を愛《め》で國を治むる所以に非ず。
彼桑榆之末光　　彼の桑榆《そうゆ》の末光すら、
踰長庚之初輝　上平8微　長庚《ちょうこう》の初なる輝《かがや》きを踰《こ》えたり、
況河箕之爽塏　　況んや河箕《かき》の爽塏《そうがい》なると、
與江介之湫湄　上平6脂　江介《こうかい》の湫湄《しゅうび》なるとをや。
61故將語子以神州之略　　故に將に子に語るに神州の略、
赤縣之畿　上平8微　赤縣の畿、
魏都之卓犖　　魏都の卓犖、
六合之樞機　上平8微」　六合の樞機を以てせん。

【通釋】さてもさても、混沌の氣が分かれて天地となり、萬物をはぐくむ自然の働きができあがると、世界のありようは晝と夜とがないまぜに、天地を構成する元素も淸と濁とが混沌と入り混じることになった。そうしてこれらの元素のうち、あるものは流れ出でて川や海となり、またあるものは結びついて山や丘を形作ったのだ。天上の星々はそれぞれ支配する地を分割するが、これに當てはまらない最果ての地はその周りを取り巻いている。地上に目を轉じてみても、嚴しく鎭座する丘陵地帶と深い流れを讃える河川地帶が、南の蠻族との間に境界を設け、そして東の異民族との間を隔絶したが、これはあたかも危險きわまりない要害のごときもの。彼らのごとき南蠻の片田舎や東夷の村落に住み、通譯を介してしか意思の疎通がはかれぬ者どもは、中原の言葉を理解せぬ鳥や獸と同じ。正しい位置にその身を置く者は、中原の地を國家の喉元とも言うべき要所とし、邊境の地なんぞを顧みることなどない。國を治め民を導く者は、道徳こそを國家の垣根とし、劍閣や洞庭といった峻害を外界との障壁とすることなどしないのだ。そうであるのに、賢明であろうはずのお二方は、無謀にもその威儀を魏と齊しくしようとし、天子の定めた公平中正の準則にも從わず、臣民として曆法を享受しようともせず、貢ぎ物の獻上すらも應じようとしない。そうして、ただただ道德を理解しない粗野な人々と馴れ合い、遙かに僻遠の地で享樂をむさぼり、入れ墨を施した身體を自慢し、人を寄せ附けない險しい環境を高らかと誇るばかり。沈默と雄辯という君子のよるべき態度を勘違いし、根據無き妄言にとらわれて無駄におごり高ぶっている。邊境の地でみずからを褒めそやしては尊大に振る舞い、土着民の激しく凶暴な氣性に恃んでは肩肘を張って威張り散らすばかり。あなた方の議論は變わることなく混じりけのない知的行爲に基づくものではないし、支離滅裂な主張で王道を騙っているだけなのだ。これではあろうはずもない水邊にはびこる浮き草を街路の眞ん中で搜し求めるようなもの、荊の棘の先にいたずらに猿を彫り込もうとするようなもので、どちらもなんとも馬鹿げたことであろう。さて魏と蜀とを阻てる劍閣は確かに屹立してはいるものの、これに依存したものは滅亡したではないか。これでは深く根を下ろし蔕を固く保つということにはなるまい。魏と吳を隔てる洞庭湖も深くまで水をたたえるが、これに恃んだものは必ず敗北することになろう。これでは人民を慈しみ國を統治するということにはならないのだ。暮れ方の太陽が放つ最後の光ですら、宵の明星の發する輝きには遙かに勝るのであるからして、なおさら冀州に君臨する曹魏の塵一つない爽快な土地が、長江沿岸の低くじめじめした土地に位置する蜀漢や孫吳に劣るはずがなかろう。だからこそ、あなた方には中原が有する領域、そして中華の主たる魏を中心とする領土、國都である鄴都が、吳蜀を凌駕し天地四方の中心たることを、お話ししてさしあげようではないかと思うのだ。

【解説】ここではこれまでに西蜀公子と東呉王孫が必死に主張してきた蜀と呉のそれぞれの優位性について、眞正面から否定する。例えば第51～56句「劔閣雖嶛……非所以愛人治國也（劍閣は嶛しと雖も……人を愛で國を治むる所以に非ず）」とあるのは、呉蜀二國が誇るものが自然であることを明示するとともに、これらが現實に國家を運營する際に無意味であることを指示する。結局のところ、蜀も呉も中央から隔絶された險阻な自然環境に頼るほかなく、その野蠻とも稱すべき民族性において中原の人々に明らかに劣っているのである。魏國先生が主張する優位性の根據は、中原に位置するという地域性と道德に基づく政治の實施の一點である。確かに、後半の道德に基づく政治の實踐は「蜀都賦」「呉都賦」では描かれることはなかった。一方、「魏都賦」においては曹魏王朝の建國以後、文帝曹丕の治政として描寫される。本段を讀むだけでも、蜀と呉にその優位性が認められないことは明らかであろう。

65 于時運距陽九　　時に運は陽九に距《いた》り、
漢網絶維　上平6脂　漢網は維《つな》を絶つ。
姦回内贔　　姦回《かんかい》 内に贔《いか》りて、
兵纏紫微　上平8微」　兵は紫微《しび》に纏《まつ》はる。
翼翼京室　　翼翼《よくよく》たる京室、
眈眈帝宇　上聲9麌　眈眈《たんたん》たる帝宇、
71 巣焚原燎　　巣焚《や》け原燎《も》ゆるがごとく、
變爲煨燼　　變じて煨燼《わいじん》と爲る、
故荊棘旅庭也　下平15青」　故に荊棘《けいきょく》 庭に旅《つら》なれり。

殷殷寰內
繩繩八區　上平10虞
鋒鏑縱橫
化爲戰場
故麋鹿寓城也　下平14清」
伊洛榛曠
嶠函荒蕪　上平10虞
臨菑牢落
鄢郢丘墟　上平9魚
而是有魏開國之日
　締構之初　上平9魚
萬邑譬焉亦獨犨麋之與子都　上平11模
　培塿之與方壺也　上平11模」
且魏地者畢昴之所應
　虞夏之餘人　上平17眞
　先王之桑梓
　列聖之遺塵　上平17眞
考之四隈則八埏之中

殷殷《いんいん》たる寰內、
繩繩《じょうじょう》たる八區、
鋒鏑《ほうてき》 縱橫し、
化して戰場と爲る、
故に麋鹿《びろく》 城に寓せり。
伊洛《いらく》は榛曠《しんこう》にして、
嶠函《こうかん》は荒蕪なり。
臨菑《りんし》は牢落して、
鄢郢《えんえい》は丘墟たり。
而して是れ有魏の開國の日、
締構の初めにして、
萬邑 焉《これ》を譬ふれば亦た獨り犨麋《しゅうび》の子都《しと》と、
培塿《ばいろう》の方壺《ほうこ》とのごとし。
且つ魏の地は畢昴《ひつぼう》の應ずる所にして、
虞夏の餘人、
先王の桑梓、
列聖の遺塵あり。
之を四隈に考ふれば 則ち八埏の中。

測之寒暑則霜露所均　上平17眞」　之を寒暑に測れば　則ち霜露の均しき所。
卜偃前識而賞其隆　上平1東　卜偃《ぼくえん》は前に識りて其の隆《さかん》なることを賞し、
呉札聽歌而美其風　上平1東」　呉札《ごさつ》は歌を聽きて其の風を美す。
雖則衰世　則ち衰世なると雖も、
而盛德形於管絃　下平1先　而るに盛德　管絃に形れ、
雖踰千祀　千祀を踰ゆと雖も、
而懷舊蘊於遐年　下平1先」　而るに舊蘊《きゆううん》を遐年《かねん》に懷ふ。

【通釋】時に、漢王朝の國運も厄災の年を迎え、王朝を支える法秩序は崩壞した。國家に忠誠を盡くさぬ宦官どもがいがみ合いを繰り廣げ、皇宮は數多の兵によって取り圍まれた。こうして絢爛な宮室、深奧な宮殿は、あたかも鳥の巣が燃やされるがごとく、原野に火が放たれるがごとく、すべてが灰燼に歸してしまい、今となっては前庭にいばらがはびこるばかりのありさま。天下に最も繁榮する中原と、これを中心にどこまでも廣がる八方では、至る處で武器が縱横に振り回され、そうして戰場と化してしまい、とうとう都城は鹿やへらじかに根城にされるありさま。洛陽では草木が伸び放題、長安でも雜草ばかりの荒野となり、齊都臨菑では人影も見當たらず、楚都鄢郢も廢墟となってしまった。さて、これこそ曹魏が建國されたその時であり、鄴都の造營が始まったその時なのである。他の諸國と魏國とは言うなれば、不細工な犨麋と見目麗しい子都のごとき、土まんじゅうと仙界の方壺山のごとき歴然たる差があるのだ。さらに魏の國土とは、天上に照らせば畢星や昴星の分野に當たり、有虞や夏の後裔が住まうところであり、こうして禹の餘澤が遺され、聖天子たちの遺德が傳えられているのだ。ここを東西南北の四方にて觀測すれば全世界の中心であるし、ここを寒暖で測定すれば霜と露とがおなじようにあらわれる四季を持った地域なのである。だからこそ、晉の卜偃は先見の明でもって魏が榮えることを嘉したし、吳の季札は魏を詠った歌を聽いてその風格を稱讚したのだ。春秋時代の魏は衰微してしまったが、滿ち溢れんばかりの道德は管弦の調べにあらわれ、遙かな時を隔ててもなお、古くより積んできたこの德の傳統を長くながくここまで受け繼いできたのだ。

【解説】曹魏の來歷を說明する。明確な來歷のない「蜀都賦」はともかく、「吳都賦」で描かれる吳の來歷との大きな違いは、「曹魏」の來歷に限定している點であろう。「蜀都賦」は極めて曖昧な敍述に終始するし、「吳都賦」でも闔閭や夫差など歷代の「吳國の君主」や「建業に都とした王」を繫ぎあわせ、直接には孫氏一族とは關係の無い「吳」の歷史を描き出す。その一方で、「魏都賦」では明確に後漢末の混亂を契機として、「曹魏」が初めて興った時點からの說明を行っている。王朝そのものが備える歷史性という點で、吳蜀と魏とは明確な差が設けられているのである。その上で魏の領域についても、第91句「考之四隈則八埏之中（之を四隈に考ふれば則ち八埏の中）」とあるように、天下の中心であることが明示される。

99 爾其疆域則旁極齊秦
結湊冀道　上聲32皓
爾るに其の疆域《きょういき》は則ち旁《かたはら》に齊秦《せいしん》を極め、
冀道《きどう》を結湊し、

101 開胷殷衛
跨躡燕趙　上聲30小
胸を殷衛《いんえい》に開き、
燕趙《えんちょう》を跨《また》ぎ躡《ふ》む。

山林幽映
川澤迴繚　上聲29篠
山林　幽映《ゆうおう》として、
川澤　迴繚《かいりょう》す。

恆碣碪碍於青霄
河汾浩涆而皓溔　上聲30小
南瞻淇澳則綠竹純茂
北臨漳滏則冬夏異沼　上聲30小
神鉦迢遞於高巒
靈響時驚於四表　上聲30小
溫泉毖涌而自浪
華清蕩邪而難老　上聲32皓」
墨井鹽池
玄滋素液　入聲22昔
厥田惟中
厥壤惟白　入聲20陌
原隰畇畇
墳衍斥斥　入聲22昔
或嵬罍而複陸
或黀朗而拓落　入聲19鐸
乾坤交泰而絪縕
嘉祥徽顯而豫作　入聲19鐸

恆碣《こうけつ》 青霄に碪碍《がんがく》として、
河汾 浩涆として皓溔《こうよう》たり。
南のかた淇澳《きいく》を瞻《み》れば則ち綠竹 純茂にして、
北のかた漳滏《しょうふ》に臨めば、則ち冬夏 沼を異にす。
神鉦は高巒《こうらん》に迢遞《ちょうてい》として、
靈響は時に四表を驚かす。
溫泉《おんせん》は毖涌《ひよう》として自から浪だち、
華清《かせい》は蕩邪《とうじゃ》として老い難し。
墨井《ぼくせい》 鹽池《えんち》、
玄《くろ》き滋 素《しろ》き液あり。
厥《そ》の田は惟《こ》れ中にして、
厥の壤は惟れ白し。
原濕は畇畇《きんきん》として、
墳衍は斥斥《かんかん》たり。
或は嵬罍《かいらい》として複陸たり、
或は黀朗《こうろう》として拓落たり。
乾坤 交泰として絪縕《いんうん》たり、
嘉祥《かしょう》 徽顯《きけん》して 豫《あらかじ》め作《おこ》る。

是以兆眹振古　是を以て振古に兆眹し、
萌柢疇昔　入聲22昔　疇昔《ちゆうせき》に萌柢《ほうてい》す。
藏氣讖緯　氣を讖緯《しんい》に藏《おさ》め、
閟象竹帛　入聲20陌　象を竹帛《ちくはく》に閟《と》づ。
迴時世而淵默　時世を迴りて淵默し、
應期運而光赫　入聲20陌　期運に應じて光赫す。
曁聖武之龍飛　聖武の龍飛するに曁《およ》びて、
肇受命而光宅　入聲20陌」　肇《はじ》めて命を受けて光宅す。

【通釋】さて魏の領域について語るならば、廣くは齊や秦の國にまで及び、曹魏の都がある冀州と蠻夷の棲む道州とを結び附け、眼前には殷や衞の領域が廣がり、燕や趙の地域までにも跨がるほど。山林は奥深い廣がりを見せるし、川澤は歪曲した流れを見せる。恆山や碣石山は遙かに空を淩ぐほどにそそり立ち、黄河や汾水は勢いよく湧出しては廣域に流れてゆく。南の淇水の水際を眺めれば青々とした竹が豐かに茂り、北の漳水と滏水とに手を浸せば冬と夏の川のように水溫が異なっているという。神祕的な銅鑼が遙かな高峰に配置され、靈妙な音が時に應じて四方へと響き渡る。溫泉が豐かに湧き出すと自然と水面は波紋をつくり、華淸の泉は邪氣を淸めて老いを妨げることができるのだ。石墨を出す坑道と鹽の採れる池があり、そこには黑い水と白い液體とが滿ちている。冀州の田畑は中等であり、冀州の地質は肥沃だとは『尙書』にもある通り。平原と濕地はくまなく耕されており、堤防に圍まれた低地はどこまでも廣がる。起伏が激しく連なったところもあれば、光が降り注ぎ廣々としたところもある。天地の氣が通じ合って調和し、魏の繁榮を示す瑞祥が耀きをもってあらわされた。このように魏が榮えるであろう兆候は大昔から示され、太古からその基礎は芽生えていた。或いは王者の氣質を予言書の中にしまい込み、徴を古代の竹簡や絹の中に祕めてきたが、この鄴の都は時代を巡る中で沈默を守り續け、ふさわしい時期の訪れとともに盛んに輝きだし、これはまさに神聖なる武皇帝曹操が龍のごとく飛翔する時に至り、ようやく天命を受けてこの地を都に定めたのだ。

【解説】魏の領有する地域とその優位性が説明される。本段では魏の領有する範圍の明示と魏の繁榮の豫言が中心に描かれるが、前段に引き續き魏が中原を支配していることを述べる。これも第29～31句「正位居體者、以中夏爲喉、不以邊垂爲襟也（位を正して體に居る者は、中夏を以て喉と爲し、邊垂を以て襟と爲さざるなり）」と説明される、中原に位置することの優位性に關するものであり、かつこれが「讖緯」や「竹帛」など、記録として殘るものの中に見えることは注意すべき點である。

131 爰初自臻　　　爰《ここ》に初めて臻《いた》りし自り、
言占其良　下平10陽　言《ここ》に其の良きを占ふ。
謀龜謀筮　　　龜に謀り筮に謀り、
亦既允臧　下平11唐　亦た既に允《まこと》に臧《よ》しと。
修其郛郭　　　其の郛郭を修め、
繕其城隍　下平11唐　其の城隍を繕ふ。
經始之制　　　經始の制、
牢籠百王　下平10陽　百王を牢籠す。

畫雍豫之居　　雍豫《ようよ》の居を畫き、
寫八都之宇　上聲9麌　八都《はちと》の宇を寫す。
141鑒茅茨於陶唐　　茅茨《ぼうし》を陶唐《とうとう》に鑑《かんが》み、
察卑宮於夏禹　上聲9麌　卑宮《ひきゆう》を夏禹《かう》に察《み》る。
古公草創而高門有閌　　古公《ここう》草創して而して高門に閌有り、
宣王中興而築室百堵　上聲10姥」　宣王《せんおう》中興して而して室を築くこと百堵たり。
兼聖哲之軌　　聖哲の軌を兼ね、
幷文質之狀　去聲41漾　文質の狀を幷せ、
商豐約而折中　　豐約を商《はか》りて折中し、
准當年而爲量　下平10陽　當年に准じて量を爲す。
思重爻　　重爻《ちようこう》を思ひ、
摹大壯　去聲41漾　大壯《だいそう》を摹し、
151覽荀卿　　荀卿《じゆんけい》を覽、
采蕭相　下平10陽　蕭相《しようしよう》を采る。
俦拱木於林衡　　拱木《きようぼく》を林衡《りんこう》に俦《そな》へ、
授全模於梓匠　去聲41漾」　全模《ぜんぼ》を梓匠《ししよう》に授く。
遐邇悅豫而子來　　遐邇《かじ》悅豫《えつよ》して子のごとく來り、
工徒擬議而騁巧　去聲36效　工徒擬議して巧を騁す。

闡鉤繩之筌緒　鉤縄《こうじょう》を闡《ひら》きて緒を筌《はか》り、
承二分之正要　去聲35笑　二分を承けて要を正しくす。
揆日晷　日の晷《かげ》を揆《はか》りて、
考星耀　去聲35笑　星の耀きに考へ、
161 建社稷　社稷《しゃしょく》を建てて、
作清廟　去聲35笑」　清廟《せいびょう》を作れり。

【通釈】武帝曹操がまずこの地に足を踏み入れた時、ここの吉凶についてすぐさま占った。龜甲や筮竹にその結果を求めれば、やはりすべてが良いとのこと。そのため舊都の城郭の壁を修築し、その周圍の堀を修繕した。このように魏都の建造にあたっては、古の王が採用した法則に則り、長安や洛陽、そして各地の都城の様子を參考としたのだ。或いは帝堯が宮殿の屋根の茅葺きを切り揃えず、夏の禹王が宮室の屋根を低くしたことに倣ったし、立派な宮門には高い敷居が備えられ、それは古公亶父の創始したものであった。また百堵の部屋を築いたが、これは宣王が周を中興させた時と同じである。かくのごとく古の聖人の事績をまとめあげ、文飾と實質とのどちらに傾くことなく、豪奢と質素の狀態に鑑み、その年の實りに應じて予算を決めるのだ。『周易』の爻に思いを巡らし、大壯の卦を模範とし、かの荀卿のごとき、蕭何のごとき人を採用することにしたのだ。山林を掌る林衡の官に巨木を用意させ、皇帝の意向を大工に傳えたならば、遠方からも近鄰からも歡喜の聲が巻き起こり、多くの人が父を慕う子のごとく集まり、工人は設計圖について議論してはその技巧を盡くそうと努めたのだ。彼らは兩脚機や墨繩を用いての測定値を正確にし、春分秋分の正しい中心を天より授かった。晝には太陽がつくりだす影の長さを測り、夜は北極星の位置を參考に方位を定め、『周禮』に從い右に國土神と五穀の神を祀る祭壇を建て、左に祖先の廟堂をこしらえたのだ。

【解説】鄴都の造營に關する經緯を說明する。ここで描かれる都の造營は、「吳都賦」に見える都邑整備の様子と本質的に異なる。吳の都はしばしば贅を盡くした裝飾が施され、都邑賦乃至漢賦に見える諷諫の對象となっていることはこれまでにもしばしば述べてきたところである。對して魏の都は、第141・142句「鑒茅茨於陶唐、察卑宮於夏禹（茅茨を陶唐に鑑み、卑宮を夏禹に察る）」とあるように、奢侈の對極にある儉約を旨とした造營方法を採用する。これこそ從來の都邑賦の構成を繼承した部分である。また、古公亶父や周の宣王については、いずれも『詩經』大雅「緜」と小雅「斯干」からの引用であり、經書に基づく表現を用いている點は注意すべきである。

163 築曾宮以廻匝　　曾宮《そうきゅう》を築きて以て廻匝《かいそう》し、
比岡隒而無陂　上平5支　　岡隒《こうけん》に比して陂《かたむ》くこと無し。
造文昌之廣殿　　文昌《ぶんしょう》の廣殿を造りて、
極棟宇之弘規　上平5支　　棟宇《とうう》の弘規を極む。
嶵若崇山崛起以崔嵬　　嶵《たい》たること崇山《すうざん》の崛起《くつき》として以て崔嵬《さいかい》たるが若く、
髴若玄雲舒蜺以高垂　上平5支　　髴《たん》たること玄雲《げんうん》の蜺《げい》を舒べて以て高垂せるが若し。
瓌材巨世　　瓌材《かいざい》と巨世《きよせい》と、
堳塄參差　上平5支　　堳塄《そうちゅう》として參差《しんし》たり。
171 枌橑複結　　枌橑《ふんろう》 複《かさ》ね結び、

欒櫨疊施
丹梁虹申以並亙
朱桷森布而支離
綺井列疏以懸蔕
華蓮重葩而倒披
齊龍首而涌霤
時梗概於滮池
旅楹閑列
暉鑒抰振
181 榱題黮䨴
階陏嶙峋
長庭砥平
鍾簴夾陳
風無纖埃
雨無微津
巖巖北闕
南端逌遵
竦峭雙碣

上平5支　欒櫨《らんろ》 疊《かさ》ね施す。
丹梁《たんりよう》は虹のごとく申《の》びて以て並び亙り、
上平5支　朱桷《しゆかく》は森のごとく布きて支離たり。
綺井《きせい》は列ね疏《し》きて以て蔕を懸け、
上平5支　華蓮《かれん》は葩《はなびら》を重ねて倒《さかしま》に披《ひら》く。
龍首《りゆうしゆ》を齊《ひと》しくして霤《りゆう》を涌かし、
上平5支」　時に滮池《ひようち》に梗概す。
旅楹《りよえい》 閑《おほ》ひに列び、
上平17眞　暉《ひかり》 抰振《おうしん》に鑒《て》らす
榱題《すいだい》 黮䨴《たんたい》として、
上平18諄　階陏《かいじゆん》 嶙峋《りんじゆん》たり。
長庭は砥《と》のごとく平らかに、
上平17眞　鍾簴《しようきよ》 夾み陳ぶ。
風に纖埃《せんあい》無く、
上平17眞　雨に微津《びしん》無し。
巖巖《がんがん》たる北闕、
上平18諄　南端 遵ふ逌《ところ》。
竦《しようしよう》 峭たる雙碣、

方駕比輪　上平18諄　駕を方《なら》べ輪を比《なら》ぶ。
191 西闢延秋　西のかた延秋《えんしゅう》を闢《ひら》き、
東啓長春　上平18諄　東のかた長春《ちょうしゅん》を啓《ひら》く。
用覲羣后　用《もつ》て群后を覲《み》、
觀享頤賓　上平17眞」　享を觀て賓を頤《やしな》ふ。

【通釋】ところで、高層の宮殿を環狀に巡らせて作り、或いは眞っ直ぐに造形した。文昌殿と名附ける廣大な宮殿を造營したが、その宏大な規模はあらゆる建築の中で群を拔いている。宮殿を高く見上げると山が獨り擢んでて險しくそそり立つようで、その上に葺かれた宮殿の屋根瓦は、黑雲が虹のように光りを放ち、上から下へと垂れ込めるようである。珍奇な木材や巨大な材木が重なり合い、棟木や垂木は至る處で結びつき、欒や櫨は一つ處でがっちりと組み合わさっている。丹塗りの梁は虹のごとく水平に伸びて平行に架けられ、朱塗りの垂木は森のごとく組まれ縱橫に渡されるのだ。天井に張り巡らされた飾り格子には花の萼が垂れ下がり、あたかも可憐な蓮が花瓣を幾重にも重ねて逆さまに花開かせたかのよう。龍の頭を象った雨流しには流れ込んだ水がほとばしり、それは時に勢いよく地面に注ぎ込んでゆく。連なった柱が何本も續き、柱の上に設けられた窓からは日の光が宮殿内に差し込んでくる。垂木の兩端は黑々と塗り込まれ、宮殿に備えられた階段は莊嚴さを保ってそこにある。宮殿の前の庭園は砥石のように滑らかに廣がり、その庭を夾むように鍾簴が設置される。ここでは風が吹けども塵が舞うことなく、雨が降れどもぬかるむことはない。高々とそびえ立つ北側の宮門に倣い、南側の宮門が設けられる。これらの宮門は宏大にして、車馬を並べて通過することができる。その西側には延秋門が、東には長春門がそれぞれ開かれ、ここ文昌殿では諸侯を朝見し、四方から訪れる賓客たちを饗應するのだ。

【解説】鄴都の正殿である文昌殿を描き出す。これ以降、三段にわたって文昌殿を起點とした鄴都の宮城の描寫が開始される。このような宮殿の内部や外装の描寫は、宮殿内へと殆ど入ることの叶わなかったと思われる左思には極めて困難な作業であったと思われる。彼は先行する歴代都邑賦の中でも班固「西都賦」や張衡「西京賦」を參考とすることで、これらの宮殿の描寫を完成させている。このように宮殿の具體的な描寫は實見が不可能なため先行作品に依存するものの、建造物の配置については極めて正確に行われており、このことは該當箇所に對する張載注の内容より窺い知れる。これは左思が序文で「其山川城邑、則稽之地圖（其れ山川城邑は、則ち之を地圖に稽み）」と言うように、恐らくは地圖を參照したことによる成果として、その位置關係が把握できたのであろう。また、ここに張載注の一つの典型を認めることができ、第169～178句「瓌材巨世……時梗概於滮池（瓌材と巨世と……時に滮池に梗概す）」の張載注は、僅かに第174句「朱桷森布而支離（朱桷は森のごとく布きて支離たり）」の「桷」字に對して『爾雅』による説明を加えるのみである。その表現については、李善注が「西都賦」「西京賦」を引用しており、ここから張載の主眼が表現の解釋になかったことが讀み取れるのである。

左則中朝有赩　　左には則ち中朝の赩たる有り、
聽政作寢　上聲47寑　　聽政《ちょうせい》 寢を作す。
匪樸匪斲　　樸するに匪ず斲《けづ》るに匪ず、
去泰去甚　上聲47寑　　泰を去り甚を去り、
木無彫鎪　　木の彫鎪《ちょうしゅう》する無く、
土無綈錦　上聲47寑　　土の綈錦《ていきん》する無し。

201
玄化所甄　　玄化《げんか》の甄《な》る所、
國風所稟　上聲47寢」　國風《こくふう》の稟《う》くる所なり。
於前則宣明顯陽　　前に於けるや則ち宣明《せんめい》 顯陽《けんよう》、
順德崇禮　上聲11薺　順德《じゅんとく》 崇禮《すうれい》あり。
重闈洞出　　重闈《ちょうい》 洞出し、
鏘鏘濟濟　上聲11薺　鏘《しょうしょう》 鏘 濟濟《せいせい》たり。
珍樹猗猗　　珍樹 猗猗《いい》として、
奇卉萋萋　上聲12齊　奇卉 萋 萋《しょうしょう》たり。
蕙風如薰　　蕙風 薰の如く、
甘露如醴　上聲11薺」　甘露 醴の如し。

211
禁臺省中　　禁臺 省中、
連闥對廊　下平11唐　闥を連ねて廊を對す。
直事所繇　　直事の繇《よ》れる所、
典刑所藏　下平11唐　典刑の藏《おさ》むる所なり。
藹藹列侍　　藹藹《あいあい》たる列侍、
金蜩齊光　下平11唐　金蜩《きんちょう》 光を齊しくす。
詰朝陪幄　　詰朝《きっちょう》 幄に陪《はべ》り、
納言有章　下平10陽」　納言《のうげん》 章有り。

亟以柱後
執法內侍
符節謁者
典璽儲吏
膳夫有官
藥劑有司
肴醳順時
腠理則治
於後則椒鶴文石
永巷壼術
楸梓木蘭
次舍甲乙
西南其戸
成之匪日
丹青煥炳
特有溫室
儀形宇宙
歷像賢聖

去聲7志
去聲7志
上平7之
去聲7志」
入聲6術
入聲5質
入聲5質
入聲5質」
去聲45勁

亟《つ》ぐに柱後を以てし、
執法《しつほう》 内に侍る。
符節《ふせつ》 謁者《えつしゃ》、
璽を典り吏を儲く。
膳夫《ぜんふ》 官有り、
藥劑《やくざい》 司有り。
肴醳《こうえき》 時に順ひ、
腠理《そうり》 則ち治む。
後に於けるや則ち椒鶴《しょうかく》 文石《ぶんせき》、
永巷《えいこう》 壼術《こじゅつ》あり。
楸梓《しゅうし》 木蘭《もくらん》、
次舍《じしゃ》もて甲乙《こうおつ》す。
其の戸を西南にして、
之を成すに日匪ず。
丹青 煥炳《かんへい》として、
特に溫室《おんしつ》有り。
宇宙に儀形し、
賢聖を歷像す。

圖以百瑞　去聲43映　圖《えが》くに百瑞を以てし、
綷以藻詠　去聲43映　綷《あつ》むるに藻詠を以てす。
芒芒終古　芒芒《ぼうぼう》たる終古、
此焉則鏡　去聲43映　此《こ》れ焉《ここ》に則ち鏡《かんが》みる。
241　有虞作繪　有虞《ゆうぐ》繪を作し、
茲亦等競　去聲43映」　茲《こ》れ亦た等しく競ふ。

【通釋】文昌殿の東側には、丹塗られた柱を備えた内朝として、聽政殿が造營された。それは敢えて資材を眞っ直ぐにすることも削り出すこともせず素材そのままを用い、驕奢を捨て去り過度な装飾を取り拂い、木材にきらびやかな雕琢を施すことなどもせず、土にも厚絹や錦で覆うことはしなかった。このように、ここでは聖人による教化が顯現し、國風にみえる精神が繼承されているのだ。

さて、聽政殿の前には宣明門や顯陽門、順徳門や崇禮門があり、宮中の各門が何層も重なり合うように内外を繫ぎ、衣冠を整えた官僚がここをこぞって通り拔ける。珍かな樹木が見事な枝振りを見せれば、奇妙な草がこんもりと生い茂る。香り草より溢れる芳香は邪氣を斥ける薫のよう、太平の世に降るという甘露は甘みを帯びた酒のよう。丞相らが勤めるという禁臺や省中は、幾重にも門が連なり、その間には渡殿が懸けられている。ここは宿直が控えるところであり、典籍や刑法を記した書物が收藏されるところ。盛んに列をなして侍る官僚たちは、みな一様に金蟬の冠飾りを輝かせている。ここでは宰相が天子の帳の傍らに侍り、彼らが紡ぎ出す文章には自ずと文飾が施されるのだ。その次には御史官が控え、執法官は内朝にて天子に近侍し、更には符節や謁者の官もおり、彼らは天子の玉璽を管理し、朝廷の一切を取り仕切っている。果ては食事にしても擔當官がおり、藥劑にしてもこれを掌る官職がある。彼らの手にかかれば、酒も肴も時節に適ったものが振る舞われ、皮膚の間に發症した病もすぐさま完治してしまう。

聽政殿の後方には後宮である鳴鶴堂や文石室、掖庭や宮中の小道が走り、楸梓坊や木蘭坊もあり、官舍の順次が甲乙によって定められている。宮中の門はあるいは西にあるいは南に向かって開かれ、これらは一日を待たずに完成してしまう。赤や青で色彩あざやかに輝かしく描かれた壁畫は、溫室殿にてこそ目にすることができる。ここには天地のあらゆる事象が収められ、歴代の聖人賢者たちの肖像畫も遺されている。更には、あらゆる瑞祥が繪畫にされ、贊や頌によって天子の恩寵が詠われる。どこまでも果てなく續くこの永遠の世にあって、これによって我が身を振り返ることができるのだ。有虞も繪畫によって自身の誡めとしたと言うが、ここ溫室殿のそれも匹敵するほどのものである。

【解說】文昌殿の東側の宮城を描き出す。ここでは文昌殿の東側に位置する聽政殿の姿を明示し、聽政殿の前後に廣がる建造物についての描寫が行われる。これらは一見して俯瞰的視點を獲得した描寫となっており、前段にも述べた「三都賦」序文で述べられる地圖の利用がその背景にあったことは充分に考え得ることである。また、第一章第二節（2）で詳述したが、この文昌殿を中心とした宮殿群の内容を理解する際には、ここに施された張載注を併せて參照することで、より具體的な位置把握が可能となる。また第197〜202句「匪樸匪斲……國風所稟（樸するに匪ず斲れるに匪ず……國風の稟くる所）」と述べるのは、質素儉約の重要性を説いた部分であり、「吳都賦」に見える過度な奢侈への偏向とは對極に位置する。これも歴代都邑賦を踏襲した描寫内容として理解されるとともに、曹魏を作品世界での上位に置こうとする左思の姿勢を確認することができる。

243 右則踈圃曲池　右には則ち踈圃《そほ》曲池《きよくち》、

下畹高堂
蘭渚莓莓
石瀨湯湯
弱蔞係實
輕葉振芳
奔龜躍魚
有睬呂梁
馳道周屈於果下
延閣胤宇以經營
飛陛方輦而徑西
三臺列峙以崢嶸
亢陽臺於陰基
擬華山之削成
上累棟而重霤
下冰室而沍冥
周軒中天
丹墀臨猋
增搆峩峩

下平11唐
下畹《かえん》　高堂《こうどう》あり。
蘭渚《らんしょ》　莓莓《ばいばい》として、
下平10陽
石瀨《せきらい》　湯　湯《しょうしょう》たり。
弱き蔞　實を係け、
下平10陽
輕き葉　芳を振るふ。
奔龜　躍魚ありて、
下平10陽」
呂梁《りょりょう》を睬《み》るがごとき有り。
馳道《ちどう》は果下に周屈《しゅうくつ》し、
下平14清
延閣《えんかく》は宇に胤《つ》ぎて以て經營す。
飛陛《ひへい》は輦を方《なら》べて西へ徑《こみち》し、
下平12庚
三臺《さんだい》は列なり峙《そばだ》ちて以て崢嶸《そうこう》たり。
陽臺《ようだい》を陰基《いんき》に亢《あ》げ、
下平14清
華山《かざん》の削り成せるに擬せり。
上は棟を累ねて霤を重ね、
下平15青」
下は冰　室《ひょうしつ》ありて沍《さむ》く冥《くら》し。
周軒《しゅうけん》　天に中ばにして、
下平4宵
丹墀《たんち》　猋《ひょう》に臨めり、
增搆《ぞうこう》　峩峩《がが》として、

清塵彯彯　下平4宵
雲雀踶甍而矯首
壯翼摛鏤於靑霄　下平4宵
雷雨窈冥而未半
曒日籠光於綺寮　下平3蕭
習步頓以升降
御春服而逍遙　下平4宵
八極可圍於寸眸
萬物可齊於一朝　下平4宵」
271 長塗牟首
豪徼互經　下平15靑
晷漏肅唱
明宵有程　下平14淸
附以蘭錡
宿以禁兵　下平12庚
司衞閑邪
鉤陳罔驚　下平12庚」

淸塵《せいじん》 彯彯《ひょうひょう》たり。
雲雀《うんじゃくいらか》 甍を踶《ふ》みて首を矯《あ》げ、
壯なる翼の鏤せるを靑霄に摛《し》く。
雷雨 窈冥《ようめい》として未だ半ばならず、
曒日《ごうじつ》 光を綺 寮《きりょう》に籠む。
步頓を習ひて以て升り降り、
春服を御して逍遙す。
八極も寸眸《すんぼう》に圍むべく、
萬物も一朝に齊《ひと》しかるべし。
長塗《ちょうと》 牟首《ぼうしゅ》ありて、
豪徼《ごうきょう》 互ひに經たり。
晷漏《きろう》 肅唱して、
明宵《めいしょう》 程り有り。
附するに蘭錡《らんき》を以てし、
宿するに禁兵《きんぺい》を以てす。
司衞《しえい》 邪を閑げば、
鉤陳《こうちん》 驚くこと罔《な》し。

【通釋】さて、文昌殿の西側には菜園や魚の泳ぐ池、田や高堂があり、蘭の植えられた水際が眼前に廣がり、石で仕切られた淺瀬は激しい流れを見せている。ここではか細い枝にすら實が結び、輕やかにそよぐ葉からは芳しい香りが漂ってくる。必死に足掻く龜や跳ね回る魚を水面に見れば、あたかも呂梁山からほとばしる急流を眼下に眺めるよう。天子の車馬がお通りになる御道は、果樹の下を行くがごとき高さであちこちへと巡り、長く延びる閣道が樓閣の間を繫げるかたちで設けられている。鳥が廣く飛び回るかのように輦を並べて西へと走れば、銅雀臺・金虎臺・冰井臺の三臺が眼前に迫り來るのを目にすることができよう。堅牢な基礎の上に臺が築き上げられ、これはあたかも華山を削り出して作り上げたかのよう。上にはひたすらに棟を組み上げて廂を重ね、下には冷ややかで薄暗い冰室が設けられてある。長く續く閣道は巡りめぐって天に半ばするほどであり、天子の掖庭は吹き上げるつむじ風を迎えている。高く築かれた室屋はどこまでも高く、それ故に塵一つない空間に輕やかに佇んでいる。鳳は甍にその足を置いて頭をもたげ、その大きな翼は靑空の中で耀きを放つ。かと思えば、雷雨によって視界は暗く、全貌の半ばほども見えない時や、煌々と照らし出す日光が樓閣の飾り窓を包み込む時もある。歩みを早めつ遲めつしながら樓臺を昇り降りし、こうして權力者は自らの御服を羽織って氣の向くままに歩き回り、八方の彼方をその眼下にひしと捉え、萬物をみずからの王朝のもとに結集させることができるのだ。どこまでも長く續く道や屋根を構えた廊下が延々と巡り、幅廣の道が上下に交差する。水時計は嚴格に時を刻み、晝夜の訪れにも一定の節度を保たせている。兵器や弩を架ける棚を設け、禁兵に宿直を命じ、衞兵らによって災厄は未然に防がれるので、天の紫微宮の鉤陳六星にあたる後宮が驚異に晒されることはない。

【解説】文昌殿の西側の宮城を描き出す。ここは主に銅雀臺で知られる三臺を中心とした風景が描かれる。これについても第一章第二節（2）で示したように、張載による詳細な注釋が施されており、三臺の位置關係が示されていたり、或いはそれぞれの大きさが表されている。因みに北から順に冰井臺、銅雀臺、金虎臺と並んでいるが、現在は金虎臺の基礎部分が遺址として遺されるのみで、他は河川の氾濫で流されてしまい、一面に田畑が廣がるばかりである。また、第267～270句「習步頓以升降、御春服而逍遙、八極可圍於寸眸、萬物可齊於一朝（步頓を習ひて以て升り降り、春服を御して逍遙す。八極も寸眸に圍むべく、萬物も一朝に齊しかるべし）」とあるが、本來「春服」は天子の着用する衣服を指す。となれば、ここで擧げられるのは後漢の獻帝ということになるが、それではこの場面にそぐわない。やはり、天子に比すべき權力を手中に收めた曹操を指すものとして理解するのが妥當であるように思われる。事實、第八章第一節に述べたように、曹操は天子と同等の權力をその掌中に收めている。

279	於是崇墉濬洫		是に於いて崇《たか》き墉《かき》 濬《ふか》き洫《みぞ》あり、
	嬰堞帶涘	上聲6止	堞《ちょう》を嬰《めぐ》らせ涘《し》を帶らす。
281	四門轐轐		四門 轐轐《けつけつ》として、
	隆廈重起	上聲6止	隆廈 重なり起これり。
	憑太清以混成		太清《たいせい》に憑りて以て混成し、
	越埃壒而資始	上聲6止	埃壒《あいがい》を越えて資《と》り始む。
	藐藐標危		藐藐《ばくばく》たる標危《ひょうき》、
	亭亭峻趾	上聲6止	亭亭《ていてい》たる峻趾《しゅんし》あり。
	臨焦原而不怳		焦原《しょうげん》に臨みて怳《おそ》れざるも、
	誰勁捷而无怨	上聲6止	誰か勁捷《けいしょう》にして怨《おそ》るること无からん。
	與岡岑而永固		岡岑《こうしん》と與に永く固く、

非有期乎世祀
陽靈停曜於其表
陰祇濛霧於其裏
菀以玄武
陪以幽林
繚垣開囿
觀宇相臨
碩果灌叢
圍木竦尋
篁篠懷風
蒲陶結陰
回淵漼
積水深
蒹葭蘩
藿蒻森
丹藕凌波而的皪
綠芰泛濤而浸潭
羽翮頡頏

上聲6止　世祀を期すること有るに非ず。
陽靈《ようれい》 曜《ひかり》を其の表に停め、
上聲6止」　陰祇《いんき》 霧を其の裏に濛《くら》くす。
菀とするに玄武《げんぶ》を以てし、
下平21侵　陪するに幽林《ゆうりん》を以てす。
垣を繚《めぐ》らして囿を開き、
下平21侵　觀宇 相ひ臨む。
碩果《せきか》 灌叢《かんそう》し、
下平21侵　圍木《いぼく》 竦尋《しょうじん》たり。
篁篠《こうじょう》 風を懷き、
下平21侵　蒲陶《ほとう》 陰を結ぶ。
回淵 漼《ふか》くして、
下平21侵　積水 深く、
蒹葭《けんか》 蘩《けん》として、
下平21侵　藿蒻《かんじやく》 森たり。
丹藕《たんぐ》 波を凌ぎて的皪《てきれき》とし、
下平21侵｜　綠芰《りよくし》 濤に泛かびて浸潭《しんたん》たり。
羽翮 頡頏《きつこう》し、

鱗介浮沈　下平21侵　鱗介　浮沈す。
栖者擇木　下平21侵　栖む者は木を擇び、
雊者擇音　下平21侵　雊《な》く者は音を擇ぶ。
311若咆渤澥與姑餘　渤澥《ぼっかい》と姑餘《こよ》とに咆《な》きたるが若く、
常鳴鶴而在陰　下平21侵　常に鳴鶴《めいかく》ありて陰に在り。
表清籞　清籞《せいぎょ》を表し、
勒虞箴　下平21侵　虞箴《ぐしん》を勒し、
思國卹　國を卹《うれ》ふるを思ひ、
忘從禽　下平21侵　禽に從ふを忘る。
樵蘇往而無忌　樵蘇《しょうそ》　往きて忌むこと無く、
卽鹿縱而匪禁　下平21侵」　鹿に卽くこと　縱《ほしいまま》にして禁ずるに匪ず。

【通釋】さて、高く構えられた城壁や深く掘られた外濠に覆われ、これらが城郭を巡り水溝を取り圍んでいる。都邑の四方に位置する城門は高々とたち、大規模な室宅が幾重にも並び建てられている。これらが高くそびえるさまはあたかも天の意に從い渾然とした氣の中から自然とできあがったかのようで、塵埃を超越してようやくかたちをなしたもののようである。これらは高々とそびえ、遙か遠くより認めることができるが、險しさを誇る焦原山より眺めてみても比べるべくもなく、いかな強く身のこなし優れた人でさえ、この樓閣には懼れを抱こうもの。この永久に堅固なままであろうことは丘や山といった自然と同じであり、年代の遠近を論じる必要など微塵もありはしない。太陽は樓闇の側に留めるかのように光をあて、雲雨の神はその内を暗く覆うかのように雨雲をあらわすのだ。
ところで、鄴都の西側に玄武苑と名附ける苑があり、この中には薄暗い姿を見せる林もある。ここでは垣根を巡らして庭園を開き、宮室までもが備えられている。果實が草木の雜茂する中にたわわに實をつけ、これらを圍う樹木も高くに葉を茂らせている。群がって生える竹は風を懐いて淸らかな氣をその空間内に含み、葡萄はそこここに蔓を伸ばして葉を敷き廣げては陰を作り出す。周邊の深い流れは、蓄積して底が見えないほどに深い池をつくり、その水邊では蒹と葭とが隔ててあり、藿と蒻とは連なり葉をつける。眞っ赤な蓮は波間に鮮やかな姿をあらわし、綠の菱は波の中をゆらゆらと漂っている。鳥は水間に浮かび、魚や貝は波間に姿を見せつ隱れつする。巣をこさえた鳥は木を選び、鳴き聲を上げるものは音を選ぶと言うが、これは渤澥と姑余の海に向かって鳴き聲をあげるようなもので、たえず鳴く鶴はおのずと分をわきまえているものである。草木鳥獸がその生を維持する所ではその亂獲を禁じ、山澤を管理する虞人による箴文によって田獵を誡め、國家が憂慮すべきことにこそ思いを致し、ただ禽獸を追い回すことにのみ快樂を覺えることを愼むのである。人々はあらゆる草木を無闇に伐採することなく、麋鹿を追い詰めてやたらと狩ることを敢えて禁じることはしていないが、これらは周の文王の德や齊の宣王の意と軌を一にするものである。

【解說】鄴都の城郭とその周圍を描き出す。ここでは鄴都を巡る城壁と樓閣の高くそびえる樣子を描いた後に、その西側に廣がる玄武苑を描き出すが、ここで注意すべきは、第313～318句「表淸籞……卽鹿縱而匪禁（淸籞を表し……鹿に卽きて縱にして禁ずるに匪ず）」ではなかろうか。ここでは田獵に對する訓戒が述べられており、これはまさしく「蜀都賦」「吳都賦」で盛んに繰り廣げられてきた狩獵に對する明確な批難として理解される。このような闇雲な亂獲を行わないことに魏の特異性と、そしてその優位性を認めることができるのである。また、第309・310句「栖者擇木、雊者擇音（栖む者は木を擇び、雊く者は音を擇ぶ）」とあるのは、「吳都賦」の第509・510句「鳥不擇木、獸不擇音（鳥は木を擇ばず、獸は音を擇ばず）」とあるのと對照的である。對象は同じであるものの、置かれた狀況が大きく異なっており、ここにも曹魏の道德を重視する姿勢を看て取ることができる。

319 腜腜坰野　　腜腜《ばいばい》たる坰野《けいや》、
奕奕菑畝　上聲45厚　奕奕《えきえき》たる菑畝《しぼう》あり。
321 甘茶伊蠢　　甘茶《かんと》 伊《こ》れ蠢《さかん》にして、
芒種斯阜　上聲44有　芒種《ぼうしゆ》 斯《こ》れ阜《ゆた》かなり。
西門溉其前　　西門《さいもん》 其の前に溉ぎ、
史起灌其後　上聲45厚　史起《しき》 其の後に灌ぐ。
墱流十二　　墱流《とうりゆう》 十二にして、
同源異口　上聲45厚」　源を同じくして口を異にす。
畜爲屯雲　　畜《つも》りて屯雲《とんうん》と爲り、
泄爲行雨　上聲9麌　泄《も》れて行雨《こうう》と爲る。
水澍稉稌　　水には稉稌《こうと》を澍《う》え、
陸蒔稷黍　上聲8語　陸には稷黍《しよくしよ》を蒔《ま》く。
331 黝黝桑柘　　黝黝《ゆうゆう》たる桑柘《そうたく》、
油油麻紵　上聲8語」　油油《ゆうゆう》たる麻紵《まちよ》あり。
均田畫疇　　均田 疇《あぜ》を畫《かぎ》り、

蕃廬錯列　入聲17薛　蕃廬《ばんろ》 錯《まじは》り列なる。
薑芋充茂　薑芋《きょうう》 充茂し、
桃李蔭翳　入聲16屑　桃李《とうり》 蔭翳《いんえい》す。
家安其所　家 其の所に安んじ、
而服美自悅　入聲17薛　美を服して自ら悅ぶ。
邑屋相望　邑屋 相ひ望みて、
而隔踰奕世　去聲13祭」　隔たり踰えて世を奕《かさ》ぬ。

【通釋】一面に美しく廣がる郊野や開墾したばかりの鮮やかに映える田があり、甘みを帶びた作物や苦みを持った作物が土から顔をのぞかせ、稻や麥が一樣にその穗先を垂らしている。ここは昔、西門豹が漳水を引き入れ灌漑をした場所であり、史起も治水事業を行った地なのだ。鄴都には十二を數える河川の分岐點があるが、これらはみな漳水を本流として後に新たな流れを形成したものである。この豐かな流れを用いなければその水量は積亂雲のごとく溢れんばかりに溜まってゆき、いざこれを用いたならば惠みの雨のごとくに田畑に潤いをもたらしてくれる。うるち稻や稻を水田に植え、高粱や黍を乾いた土地に種まく。そのほかにも、漆黑のごとく照り輝く桑や山桑があれば、艷やかに潤いを見せる痲や紵なども生っている。この田では畝が等間隔に定められ、屛と屋舍が雜多に建ち並ぶ。生姜や芋が至る處に育ち、桃や李が日の光を遮るほどに果實をつけている。家々は安らぎ、美しい衣服を着飾って樂しむ。それぞれの家屋は相い望める位置にあっても、互いにわざわざ交流することなく何世代にもわたたって續いている。

【解説】鄴都の周圍を描き出す。ここでは鄴都の郊外に廣がる田畑と人々の暮らしぶりが描かれるが、土地の活用法が注目されよう。すなわち、灌漑事業を行った上で濕り氣を帶びた土地と乾いた土地とで栽培する作物に違いを見せる。この當時にそれぞれの作物に適した土壤狀況が理解されていたことがわかる。

內則街衝輻輳		内には則ち街衝《がいしょう》 輻輳《ふくそう》して、
朱闕結隅	上平10虞	朱闕《しゅけつ》 隅を結べり。
石杠飛梁		石杠《せきこう》 飛梁《ひりょう》ありて、
出控漳渠	上平9魚	出でて漳渠《しょうきょ》より控《ひ》く。
䟽通溝以濱路		通溝《つうごう》を䟽《めぐ》らせ以て路を濱へ、
羅青槐以蔭塗	上平11模	青槐《せいかい》を羅《つら》ねて以て塗に蔭なす。
比滄浪而可濯		滄浪《そうろう》に比べて濯ぐべく、
方步櫚而有踰	上平10虞	步櫚《ほえん》に方《くら》べて踰《こ》ゆる有り。
習習冠蓋		習《しゅうしゅう》 習たる冠蓋、
莘莘蒸徒	上平11模	莘莘《しんしん》たる蒸徒あり。
斑白不提		斑白 提げず、
行旅讓衢	上平10虞	行旅 衢を讓る。
設官分職		官を設け職を分かち、
營處署居	上平9魚	營に處り署に居る。

夾之以府寺　上平9魚」
班之以里閭
其府寺則位副三事
官踰六卿　下平12庚
奉常之號
大理之名　下平14清
361 廈屋一揆
華屏齊榮　下平12庚
肅肅階䦪
重門再扃　下平15青
師尹爰止
毗代作楨　下平14清」
其閭閻則長壽吉陽
永平思忠　上平1東
亦有戚里
寘宮之東　上平1東
371 閈出長者
巷苞諸公　上平1東

之を夾むに府寺《ふじ》を以てし、
之に班ぐに里閭《りりょ》を以てす。
其の府寺は則ち位は三事に副《かな》ひ、
官は六卿を踰《こ》ゆ。
奉常《ほうじょう》の號、
大理《だいり》の名あり。
廈屋《かおく》 揆を一にし、
華屏《かへい》 榮を齊《ひと》しくす。
肅 肅《しゅくしゅく》たる階 䦪《かいきょう》ありて、
重門再ねて扃《とざ》す。
師尹《しいん》 爰《ここ》に止まり、
代を毗け楨を作せり。
其の閭閻《りょえん》は則ち長 壽《ちょうじゅ》 吉陽《きつよう》、
永平《えいへい》 思 忠《しちゅう》あり。
亦た戚里有りて、
宮の東に寘《を》けり。
閈は長者を出だし、
巷に諸公を苞《か》ぬ。

都護之堂　都護《とご》の堂、
殿居綺牕　上平4江　殿に綺牕《きそう》を居けり。
輿騎朝猥　輿騎《よき》 朝に猥《あつ》まりて、
蹀敀其中　上平1東」　其の中に蹀敀《ちょうき》せり。
營客館以周坊　客館を營みて以て坊を周《めぐ》らし、
餝賓侶之所集　入聲26緝　賓侶の集まれる所を餝《かざ》る。
瑋豐樓之閈閎　豐樓《ほうろう》の閈閎《かんこう》を瑋にし、
起建安而首立　入聲26緝　建安《けんあん》に起こりて首《はじ》めて立つ。
381 葺墻冪室　墻を葺き室を冪り、
房廡雜襲　入聲26緝　房廡《ぼうぶ》 雜《まじ》はり襲《かさ》なる。
剞劂罔掇　剞劂《きけつ》 掇《や》むこと罔く、
匠斲積習　入聲26緝　匠斲《しょうたく》 積み習へり。
廣成之傳無以疇　廣成《こうせい》の傳 以て疇《ひと》しき無く、
槀街之邸不能及　入聲26緝」　槀街《こうがい》の邸 及ぶ能はず。

【通釋】 鄴都城内に目を轉ずれば、街路が縱横に走り、朱塗りの樓閣が城郭の四隅に配され、石竇橋や浮橋は漳水の上に架けられ、漳水を仕切る漳渠堰も鄴都の西に設けられている。水溝は街中に巡らされ、その脇には陸道が設けられ、青々と葉をつける槐を植えて木陰が作り出される。この水路は滄浪の清流と比べても布帛を濯ぐに遜色なく、長く續く街路樹が作る日陰は廂ある廊下を凌ぐほどに素晴らしい。ここではしきりに往來する貴族の車馬や、徒歩にて行き交う人々を目にすることができるが、そこでは白髮交じりの老人すら手に何も持つことなく、餘所よりやってきた旅行客にも路を譲るのである。彼らはそれぞれに官職を設けて職掌を分かち、各々の官舍や官衙に籍を置いた。路を差し挾んで官署が配置され、また居住區が點在するように置かれた。

その官署では、位階が三公に匹敵するほどの大人物がおり、官職は『周禮』に見える六卿をも越えるほどの數が設けられた。或いは新たに奉常と號する官、大理の名を持つ官をそれぞれ新設した。これらの官舍はみな一様に構えられ、門の籬もひとし並みに揃えられている。肅々と階段が設けられ、折り重なる門は再び閉ざされてしまう。こうして周の太師であった尹氏はこの地に留まり、主君を扶けて政事を實行することで瑞祥を顯したのだ。

また貴顯たちの住むところとしては、長壽里や吉陽里、永平里や思忠里が整備され、或いは外戚の居宅が構えられた地區があり、これらは全て鄴都宮城の東側に置かれた。この區畫からは長者が輩出され、またこの巷間からは諸公を兼ねるほどの人物が現れた。都護府には、煌びやかな裝飾が施された窓が設けられ、車馬が早朝から集まり、その内側は收拾が附かなくなるほどに人々でひしめき合うという。客人を招く館を構えた地區を設け、賓客が集う場所を鮮やかに飾り附け、迫り立つ樓閣の門や路を美しく掃き清めたが、これは後漢末の建安年間になってようやく行われたものである。そうかと思えば、茅葺きの籬や左官によって塗り込められた部屋があり、荒廢した家屋が雜然と並ぶところもある。ここでは斧や刀の音が鳴り止むことなく、工人たちにとっての長きにわたる慣習が培われてきた。彼らの住居は秦の客館である廣成傳にも勝るとも劣らず、蠻夷の民の住居ですら及ぶべくもないほど。

【解説】鄴都の内部を説明する。「蜀都賦」「吳都賦」と比較して、都邑としての機能がより充實していることは明らかであろう。鄴都城内の街並みを描寫して後に、官署と貴顯たちの居域を描き出すが、まず第355・356句「夾之以府寺、班之以里閭（之を夾むに府寺を以てし、之を班ぐに里閭を以てす）」とこれらの存在を明示した上で、官署については第357〜366句で、貴顯たちの住まいについては第367〜376句で、それぞれ具體的に説明される。また、その後に客人を招く迎賓館や工人たちの暮らすあばら家が對比的に擧げられるが、總じて、鄴都に暮らす人々の多様性をここに認めることができる。

387 廓三市而開廛　　三市を廓《ひら》きて廛《いちくら》を開き、
籍平逵而九達　去聲14泰　平逵の九達に籍《よ》る。
班列肆以兼羅　　列肆《れっし》を班《わか》ちて以て兼羅《けんら》し、
設闤闠以襟帶　去聲14泰　闤闠《かんき》を設けて以て襟帶《きんたい》す。
391 濟有無之常偏　　有無の常偏を濟《すく》ひ、
距日中而畢會　去聲14泰　日中に距《いた》りて畢《ことごと》く會す。
抗旗亭之嶤嶭　　旗亭《きてい》の嶤嶭《ぎょうげつ》なるを抗《あ》げ、
侈所覘之博大　去聲14泰」　覘《み》る所の博大なるを侈《おご》る。
百隧轂擊　　百隧　轂擊《こくげき》して、
連軫萬貫　去聲29換　軫を連ねること萬貫たり。
憑軾捶馬　　軾に憑り馬に捶《むちう》ちて、
袖幕紛半　去聲29換　袖幕《しゅうまく》　紛半《ふんはん》たり。
壹八方而混同　　八方を壹にして混同し、

極風采之異觀　去聲29換　風采の異觀を極む。
401 質劑平而交易　質劑平らかにして交易し、
刀布貿而無筭　去聲29換」　刀布貿《か》へて筭《かず》無し。
財以工化　財は工を以て化し、
賄以商通　上平1東　賄は商を以て通ず。
難得之貨　得難きの貨、
此則弗容　上平3鍾　此れ則ち容れず。
器周用而長務　器 用を周《あまね》くして長く務め、
物背窳而就攻　上平1東　物 窳《ゆが》むに背きて就ち攻む。
不鬻邪而豫賈　邪《よこしま》なるを鬻《ひさ》ぎて豫《あらかじ》め賈《か》はず、
著馴風之醇醲　上平3鍾」　馴風《じゅんふう》の醇醲《じゅんじょう》を著す。
411 白藏之藏　白藏《はくぞう》の藏は、
富有無隄　上平12齊　富有 隄《かぎ》り無し。
同賑大内　賑《にぎはひ》を大内に同じくし、
控引世資　上平6脂」　世資を控引す。
賨幏積墆　賨幏《そうか》 積墆《せきたい》し、
琛幣充牣　去聲21震　琛幣《ちんぺい》 充牣《じゅうじん》す。
闤石之所和鈞　闤石《かんせき》の和鈞《わきん》せし所、

財賦之所底愼　去聲21震　財賦《ざいふ》の底愼《ししん》せし所。
燕弧盈庫而委勁　燕弧《えんこ》庫《くら》に盈《み》ちて委勁《いけい》にして、
冀馬塡廄而駔駿　去聲22稕」　冀馬《きば》廄《うまや》に塡《み》ちて駔駿《そうしゅん》たり。

【通釋】さて、朝、午後、夕暮れの三種の市を開き、そのための路を設けるが、これらは平素の街路である九方に通じる大通りを借りたものである。多くの店舗が軒を連ね商品を敷き並べ、こうして襟と帶のように近接して市が展開される。ここでは巨萬の富を得るか一文無しになるかの狹間で、日中になると商人たちが一堂に顏を合わせるのだ。酒樓の門前では高々と旗のぼりが揭げられ、古今東西の廣きより收集した商品を商人自ら高らかに喧傳する。市に向かうあらゆる道が車馬のぶつからんほどに混雜し、その樣相は馬車の横木を連ねれば一萬貫が積み上がるほど。御者は前輪の横木に腰掛けて鞭を振るうが、御者の袖と車馬の幌が紛然一帶となるほどの混みよう。八方の樣々な習俗を一つところに混ぜ合わせ、各地の異なる風俗や事象を集結させる。市を掌る官吏は値を公正に保った商いをさせ、刀錢や布でもって貸し借りがないよう市の管理を徹底した。商品は匠の手によって產み出され、そして商人の手によって流通する。たとえ遠方から屆いた珍しい品であろうと、市にとって無益な物であれば、ここでは商品として並べられることはない。貨物は日用に堪えて長きにわたって使えるものでなくてはならず、商品も濫りな裝飾を取り去り普段使いのものが揃えられる。あらゆる商品は適正でなければ市で賣買されるべくもなく、これは濃厚な酒の薰りのごとく自然と釀成されてきた習慣なのである。鄴都の西にある白藏の藏には、溢れんばかりの富が蓄えられ、この財物は中原にあるという大內の藏にも匹敵する規模であり、世の資材を一箇所に集中させたものである。ここには南蠻からの租稅や布が何段にも積み重ねられ、珠玉や布帛といった稀少品が庫の中に充ち滿ちている。これらの資材は天秤によって公平性がしかと確認されたものであるし、租税についても適正であるかが嚴正に判斷されたものばかり。こうして燕の國の角は庫に充ちるほどに積み上げられ、冀州の素晴らしき馬が廏舍に溢れることになるのだ。

【解説】鄴都における市場の様子を描き出す。市場の様子は「蜀都賦」「呉都賦」にも同樣に描かれるため容易に比較できる。まず「魏都賦」のみに指摘できる點としては公に管理された市であることが指摘できる。常に官吏による監視が行われることによって適正に市場が運營されるといった狀況は、「蜀都賦」「呉都賦」には見られない。また、陳列品についてもただ珍しければよいというようなことはなく、實用に堪え得る物でないとならない點も、同じく他の二篇では確認できない。つまり、これも道德に基づく政治の一環として理解できる現象なのである。但し、官吏による徹底的な管理によるものかはわからないが、「蜀都賦」や「呉都賦」ほどには市場に集う民衆の姿が想像できず、そのためかさほど活氣に涌いているようには感じられない。

421至乎勍敵糾紛
庶土罔寧　下平15青
聖武興言
將曜威靈　下平15青
介冑重襲
旍旗躍莖　下平13耕
弓珧解檠
矛鋋飄英　下平12庚

勍《つよ》き敵　糾紛《きゆうふん》として、
庶土《しよど》　寧《やす》きこと罔《な》きに至りて、
聖武《せいぶ》　言を興《おこ》して、
將に威靈を曜《かがや》かさんとす。
介冑《かいちゆう》　重ね襲ね、
旍旗《せいき》　莖《さを》を躍らす。
弓珧《きゆうよう》　檠《えい》を解き、
矛鋋《ぼうせん》　英を飄す。

三屬之甲　　三屬《さんぞく》の甲、
縵胡之纓　下平14清　縵胡《まんこ》の纓あり。
控絃簡發　　絃を控きて簡《えら》び發ち、
妙擬更嬴　下平14清」　妙なること更嬴《こうえい》に擬ふ。
齊被練而銛戈　　被練《ひれん》を齊《ととの》へて戈を銛《するど》くし、
襲偏裻以讚列　入聲17薛　偏裻《へんとく》を襲ねて以て讚列《かいれつ》す。
畢出征而中律　　畢《ことごと》く出征して律に中り、
執奇正以四伐　入聲10月　奇正《きせい》を執りて以て四《よも》に伐つ。
碩畫精通　　碩畫《せきかく》 精通して、
目無匪制　去聲13祭　目するに制に匪《あら》ざる無し。
推鋒積紀　　鋒を推して紀を積み、
鋩氣彌鋭　去聲13祭　鋩氣《ぼうき》 彌《いよい》よ鋭し。
三接三捷　　三たび接《まじ》はり三たび捷《か》ち、
旣晝亦月　入聲10月」　旣に晝にして亦た月《よる》なり。

【通釋】ところで漢朝の末に各地に力を持った群雄が割據し、中國全土に安寧を詠える土地は消え去り、ここでようやく武皇帝曹操が名乘りを揚げ、その威力を天下に轟かせようとした。鎧を幾重にも重ねて身につけ、戰旗の竿を勢いよく振り、弓箱の封印を解き、矛や鋋を盛大に風の中に翻したのだ。三連の兜をかぶり、縵胡の纓を締め、弦を引き絞り獲物を見定めて放てば、その妙技はあたかも古の名手たる更羸と見紛うばかり。戰裝束も整然と、構えた矛も鋭く光り、戰闘服に身を包んで中國全土へ軍を進める。彼らは出征先でも規則に準じ、奇策と正攻法とを驅使して四方を討伐したのだ。曹操は大計を案じることに精通し、一瞥すれば立ち所に相應しい作戰を立案してしまうほど。こうしてひたすらに戰場で刃を振るうことおよそ三十年、その士氣はますます意氣軒昂となり、三たび戰場に臨めば三たび勝利を収めるほどで、白晝に始めた戰いが氣附けばもう月明かりの中で行われるほど。

【解説】後漢王朝の混亂から曹操の臺頭までを描き出す。これは「蜀都賦」「吳都賦」における狩獵前の準備段階に關する描寫の代替として描かれている。これ以降の張載注は、彼の史官としての職掌に基づく知識が遺憾なく發揮されている。詳細は第八章第一節に述べた通りであるが、後漢及び曹魏の元號を多用することで「魏都賦」本文に描かれる内容と史實とを結び附けることに成功している。因みに、曹操の戰歴について、張載注は「一紀、十二年。推鋒積紀、謂魏武帝從初平元年起兵至建安二十五年、軍無不尅（一紀は十二年。鋒を推し紀を積むは、謂ふこころは魏武帝の初平元年〔一九〇〕に兵を起こして從り建安二十五年〔二二〇〕に至るまで、軍の尅たざる無し）」と、その無敗であることを强調する。

443
剋翦方命　　方命《ほうめい》を剋《せ》め翦《たひら》げ、
呑滅咆烋　下平20幽　咆烋《ほうこう》を呑み滅ぼす。
雲撤叛換　　雲のごとく叛換《はんかん》を撤《しりぞ》け、
席卷虔劉　下平18尤　席のごとく虔劉《けんりゅう》を卷く。
祲威八紘　　威を八紘に祲《さか》んにし、

荒阻率由　下平18尤
洗兵海島
刷馬江洲　下平18尤
振旅輷輷
反旆悠悠　下平18尤
凱歸同飲
䟽爵普疇　下平18尤
朝無刓印
國無費留　下平18尤」
喪亂既弭而能宴
武人歸獸而去戰　去聲33線
蕭斧戢柯以柙刃
虹旍攝麾以就卷　去聲33線
斟洪範
酌典憲　去聲25願
觀所恆
通其變　去聲33線
上垂拱而司契

荒阻《こうそ》 率ひ由る。
兵を海島に洗《すす》ぎ、
馬を江洲に刷《みずか》ふ。
振旅《しんりよ》 輷輷《でんでん》として、
反旆《はんはい》 悠悠《ゆうゆう》たり。
凱歸して同《とも》に飲み、
爵を䟽《わか》ちて普《あまね》く疇《ひと》し。
朝に刓印《がんいん》無く、
國に費留《ひりゆう》無し。
喪亂 既に弭《や》みて能く宴《やす》く、
武人 獸を歸して戰を去《す》つ。
蕭斧《しようふ》 柯《え》を戢《をさ》めて以て刃を柙《さしはさ》み、
虹旍《こうせい》 麾《はた》を攝《おさ》めて以て卷くに就く。
洪範《こうはん》を斟み、
典憲《てんけん》を酌む。
恆《つね》なる所を觀、
其の變に通ず。
上には垂拱《すいこう》して契を司り、

下緣督而自勸
道來斯貴
利往則賤
囹圄寂寥
京庾流衍

下には緣督《えんとく》して自ら勸む。　去聲25願
道來たりて斯れ貴く、
利往きて則ち賤し。　去聲33線
囹圄《れいご》寂寥《せきりよう》とし、
京庾《けいゆ》流衍《りゆうえん》せり。　去聲33線」

【通釋】まず手始めに董卓の首級を擧げ、韓暹や楊奉らを獻帝の名の下に攻め滅ぼした。さらには袁紹の叛旗に對してこれも完膚なきまでに叩き潰し、呂布や袁術、韓遂や馬超、劉表らをことごとく撃破した。その威勢は八方の彼方にまで及び、そのため邊境の地もみな歸屬した。兵を海邊の島に憩わせ、馬を川の中洲に休ませ、歸還の行軍は馬車の音もがらがらと、はためく旗は悠然と風に搖れる。凱旋歸國して皆で快飲し、將兵にかかわりなく杯を交わし合った。封地が濟んでいない者は朝廷内におらず、論功が賞されない者は國內に誰一人としていなかった。ここにようやく人民が離散しなければならない戰亂の世は過ぎ去り、太平の世を迎え、軍人も牛馬を野に放ち戰場から身を退け、鋭利な斧もその柄を納めて刃を箱の中に收納し、虹を描いた旗も指圖旗の部分を巻き取り納めたのである。箕子が傳えたという政治の基本法則を汲み取り、典範や守るべき規則を酌み、恆久不變のところを注視しつつ、その中で變化していく部分にも精通していった。天子に對しては垂拱の禮で執法を掌り、臣民に對しては中道による方針を示して自ら實踐してゆく。道を近づけてこれを尊重し、利を遠ざけてこれを蔑視する。だからこそ獄中には罪人が誰一人としておらず、國庫には資材が限りなく積み上げられるのだ。

【解說】曹操による華北平定の過程を描き出す。これは「蜀都賦」「吳都賦」における狩獵及び漁に關する描寫の代替として配置される。「蜀都賦」「吳都賦」の二篇と最も異なるのは、狩獵に關する描寫が實際の戰爭に關する描寫になっていることは當然のことであるが、血なまぐささを感じられる描寫が見られない點であろう。「魏都賦」においてはどのように敵を擊破したかではなく、誰を擊破したかに注意が向かったのであろう。そのため、第443～446句「剋翦方命……席巻虔劉（方命を剋め翦らげ……席のごとく虔劉を巻く）」に對する張載注は實際に曹操が滅ぼしてきた董卓や袁紹、呂布や袁術、韓遂や馬超、劉表らの群雄を擧げることで、華北平定の過程として理解している。例えば第443句に對する張載注に「剋翦方命者、謂始起兵誅董卓之首、亂漢室也（方命を剋め翦ぐは、謂ふこころは始め兵を起こして董卓の首を誅す、漢室を亂せばなり）」とあるがごとくである。第447句以降で戰亂の世を終えてからの敍述が展開されることからも、本段の主題が平定手段に關する敍述でなかったことが窺われよう。

471 於時東鯷卽序　時に於いて東鯷《とうてい》序に卽き、
西傾順軌　上聲5旨　西傾《せいけい》軌に順ふ。
荊南懷憓　荊南《けいなん》憓《したが》はんことを懷ひ、
朔北思韙　上聲7尾　朔北《さくほく》韙《よ》きことを思ふ。
緜緜迥塗　緜緜《めんめん》たる迥塗《けいと》、
驟山驟水　上聲5旨　山に驟《しばしば》し水に驟《しばしば》す。
繈負賮贄　賮贄《じんし》を繈負《きようふ》し、
重譯貢篚　上聲7尾」　譯を重ねて篚《はこもの》を貢とす。
髽首之豪　髽首《さしゆ》の豪、
鐻耳之傑　入聲17薛　鐻耳《きよじ》の傑あり。

服其荒服
歛衽魏闕　入聲10月
置酒文昌
高張宿設　入聲17薛
其夜未遽
庭燎晰晰　入聲17薛
有客祁祁
載華載裔　｜入聲
岌岌冠縰
纍纍辮髮　入聲10月」
清酤如濟
濁醪如河　下平7歌
凍醴流澌
溫酎躍波　下平8戈
豐肴衎衎
行庖皤皤　下平8戈
愔愔醧讌
酣湑無譁　下平9麻」

其の荒服《こうふく》を服し、
衽《じん》もて魏闕《ぎけつ》に歛《をさ》む。
酒を文昌《ぶんしょう》に置きて、
高張 宿《あらかじ》め設けたり。
其の夜未だ遽《なか》ばならざるに、
庭の燎《ともしび》 晰晰《せいせい》たり。
客有り祁祁《きき》として、
載《すなは》ち華し載《すなは》ち裔なり。
岌 岌《ぎゅうぎゅう》たる冠縰《かんし》、
纍纍《るいるい》たる辮髪《べんぱつ》あり。
清らかなる酤《こ》は濟《せい》の如く、
濁りたる醪《ろう》は河《か》の如し。
凍醴《とうれい》 澌《なみ》を流し、
溫酎《おんちゅう》 波を躍らす。
豐肴《ほうこう》 衎衎《えんえん》として、
行庖《こうほう》 皤皤《はは》たり。
愔愔《いんいん》として醧讌《よえん》し、
酣湑《かんしよ》して 譁《かまびす》しきこと無し。

【通釋】こうなってからは、東鯷の人が序列に從うようになり、西戎の民が車馬を奉じて歸順し、南の蠻族は臣下の禮を取らんことを願い、北の異民族も我が王朝を讚えようと思うようになった。どこまでも續く道程を巡りめぐり、幾重にも續く山や川を踏み越えて、各地の價値あるものをその背に負い、何度も通譯を重ねて獻上の品を持ってくるのだ。他にも髽首の豪族や、鏤耳の傑物も、彼らの故鄉の衣服を身にまとい、袖を納めて魏の帝闕のもとに拜謁を行う。魏においては、文昌殿に酒を調え蠻族をもてなし、あらかじめ琴の弦を強めに張り宴席に備えさせる。その夜はまだ暮れ果てぬ頃から、庭では煌々と松明が燈っている。そうして一座を眺め渡してみると、あらゆる地方からあまたの客人が訪れ、中原の民と邊境の民とが互いに樂しみ、諸侯の頭上に高々と載せられた冠や、蠻夷のこんもりと編み上げられた頭髮を見ることができる。澄んだ酒は濟水のようで、濁り酒は黄河のよう。冷や酒は波が引くように喉元を滑り降り、熱燗は波が押し寄せるように鼻を抜けてゆく。豐富な肴が所狹しと並べられ、料理人もあくせくと準備に追われる。和らいだ雰圍氣の中で宴會は行われ、湑樂が奏でられると甘美な演奏に皆うっとりと聞き惚れるばかり。

【解説】中原に平安が訪れたことで四方の蠻族が來朝し、歡待の宴が催される樣子が描かれる。これは「蜀都賦」「吳都賦」における狩獵を終えてからの參加者への慰勞の宴席の代替として描かれるものである。宴席の催される場が「吳都賦」と大きく異なることから、必然的にその內容にも差が見られる。「魏都賦」では四方の異民族による歸順とそれに伴う朝貢があり、彼らに對する歡待の意味での宴席が文昌殿において設けられている。そのため宴席の參列者も拜謁を必要とするなど、禮に則った行動が取られている。「吳都賦」の該當箇所での宴席が雜然とした慌ただしさを想像させるものであったのに比べると、本段に描かれる內容からは、整然とした落ち着いた雰圍氣が感じられる。

延廣樂
奏九成　　下平14清
冠韶夏
冒六莖　　下平13耕
僸響起
疑震霆　　下平15青
天宇駭
地廬驚　　下平12庚
億若大帝之所興作
　二嬴之所曾聆　　下平15青」
金石絲竹之恆韻
匏土革木之常調　　去聲34嘯
干戚羽旄之飾好
清謳微吟之要妙　　去聲35笑
世業之所日用
耳目之所聞覺　　去聲36效」

廣樂《こうがく》を延き、
九成《きゅうせい》を奏し、
韶《しょう》夏《か》を冠し、
六莖《りくけい》を冒ふ。
僸響《そうきょう》 起こりて、
震霆《しんてい》ならんことを疑ひ、
天宇 駭き、
地廬 驚く。
億《おほ》いなるかな大帝の興作《こうさく》せる所にして、
二嬴《にえい》の曾《かつ》て聆《みみ》にせる所なるが若し。
金石《きんせき》 絲竹《しちく》の恆韻《こういん》、
匏土《ほうど》 革木《かくぼく》の常 調《じょうちょう》、
干戚《かんせき》 羽旄《うぼう》の飾好、
清謳《せいおう》 微吟《びぎん》の要妙あり。
世業の日に用ゐし所、
耳目の聞きて覺ゑし所なり。

雜糅紛錯
兼該泛博
鞮鞻所掌之音
韎昧任禁之曲
以娛四夷之君
以睦八荒之俗

雜糅《ざつじゅう》 紛錯《ふんさく》し、
兼該《けんがい》 泛博《はんはく》す。　入聲19鐸
鞮鞻《ていく》 掌る所の音、
韎昧《いまい》 任禁《じんきん》の曲あり。　入聲3燭
以て四夷《しい》の君を娛しまし、
以て八荒《はっこう》の俗を睦まじくす。　入聲3燭」

【通釋】天帝の樂を陳べ、九奏の樂を演奏し、舜や禹の御代の曲を冒頭に、顓頊の樂をも範疇に入れ、これらの樂曲の演奏により喧しい音色が起こると、あたかも雷霆が轟き地鳴りがしたかのようで、天が駭懼すれば、地も驚嘆するほど。これこそは遠いとおい昔に天帝が新たに作り上げたもので、秦の穆公と趙簡子がかつて耳にしたものばかり。鐘、磬、琴瑟、簫管が奏でる餘韻ある響き、笙、土笛、鼓、柷が興すいつも通りの調べ。武舞に供される斧や盾も、文舞に用いられる羽や尾の裝飾もともにあでやかに、清らかな歌聲や細く透き通る聲にも微妙さが含まれている。これらは先祖傳來の業として日々行われてきたもので、毎日その耳目で見聞きすることで身につけてきたものであった。音色の織りなす綾模樣は入り亂れ、これらが醸し出す廣がりは果てしもない。周の樂官が司ってきた四夷の樂、その中には東の韎昧や南の任、北の禁の曲も含まれる。こうして四夷の君を愉しませ、中原と異なる八方の風俗に住まう者たちをも和ませるのだ。

【解説】四方の蠻族を招來しての宴席で供される歌舞音曲を描き出す。これは主に「吳都賦」における狩獵及び漁を終えてからの慰勞の宴席での歌舞音曲に對する代替として配置される。前段でも述べたが、やはり文昌殿という鄴都の正殿で開かれる歡待の宴であるためか、無闇な樂曲の演奏が行われるのではなく、あらかじめ決められた演目に沿って演奏され、かつ朝貢してきた異民族の鄕里の曲をも演奏するといった配慮も見られ、ここからもやはり雜然とした雰圍氣は感じられない。このような禮に則った行動が取れることが、蜀と呉の人々との違いとして「魏都賦」では描き出されているように思われる。なお、第511・512句について、李善は『毛萇詩傳』に「東夷之樂曰韎（東夷の樂を韎と曰ふ）」とあり、『孝經鈎命決』に「東夷之樂曰昧（東夷の樂を昧と曰ふ）」とあるを引き、「然韎昧皆東夷之樂、而重用之、疑誤也（然らば韎昧は皆な東夷の樂にして、而して之を重用す、疑ふらくは誤りなり）」と判斷する。直後の第513句に「四夷の君を娯します」と見える以上、樂曲から西戎の樂が除かれたとは思えず、李善の判斷は正しいが、譯ではひとまず注釋に從った。

521 既苗既狩　　　既に苗《びょう》し既に狩《しゅ》し、
爰遊爰豫　去聲9御　　　爰《ここ》に遊び爰に豫す。
藉田以禮動　　　藉田《せきでん》 禮を以て動き、
大閱以義擧　｜去聲　　　大閱《たいえつ》 義を以て擧ぐ。
備法駕　　　法駕《ほうが》を備へ、
理秋御　去聲9御　　　秋御《しゅうぎょ》を理む。
顯文武之壯觀　　　文武の壯觀を顯はし、
邁梁騶之所著　去聲9御」　　　梁騶《りょうすう》の著せし所に邁《す》ぎたり。
林不槎栫　　　林には槎栫《さげつ》せず、

澤不伐夭　上聲32皓　澤には伐夭《ばつよう》せず。
斧斨以時　斧《ふ》斨《しょう》 時を以てし、
罾罞以道　上聲32皓　罾罞《そうぼう》 道を以てす、
德連木理　德 木理《ぼくり》を連ね、
仁挺芝草　上聲32皓　仁 芝草《しそう》を挺づ。
皓獸爲之育藪　皓獸《こうじゅう》 之が爲に藪に育ち、
丹魚爲之生沼　上聲30小　丹魚《たんぎょ》 之が爲に沼に生る。
矞雲翔龍　矞雲《きつうん》 翔龍あり、
澤馬亍阜　上聲32皓　澤馬《たくば》 阜《おか》に亍《たたず》む。
山圖其石　山は其の石を圖き、
川形其寶　上聲32皓　川は其の寶を形す。
莫黑匪烏三趾而來儀　黑しとして烏に匪ざる莫く三趾ありて來儀す。
莫赤匪狐九尾而自擾　上聲30小　赤しとして狐に匪ざる莫く九尾ありて自ら擾《な》れたり。
嘉頴離合以蓴蓴　嘉頴《かえい》 離合して以て蓴蓴《そんそん》たり、
醴泉涌流而浩浩　上聲32皓　醴泉《れいせん》 涌き流れて浩浩《こうこう》たり。
顯禎祥以曲成　禎祥《ていしょう》を顯《あら》はして以て曲成《きょくせい》し、
固觸物而兼造　上聲32皓　固《まこと》に物に觸れて兼ね造《いた》す。
蓋亦明靈之所酬酢　蓋し亦た明靈《めいれい》の酬酢《しゅうさく》する所、

休徵之所偉兆

上聲30小」

休徵《きゅうちょう》の偉兆《いちょう》する所なり。

【通釋】夏と冬には田獵を濟ませ、春と秋には御幸を行う。藉田の儀は禮に則り執行され、大閱の儀は義によって擧行される。天子の御する六頭立ての馬車を備え、同じく天子の車馬を萬全の狀態に保つ。こうして文武百官の莊嚴なさまを天下へ見せつけ、これは古の天子が田獵したことを詠った梁騶の曲にも劣ることはない。林に立ち入ってひこばえを刈り取ることはなく、澤に踏み込みまだ幼き禽獸を妄りに伐つことはない。斧は時節に順って振るわれ、網も道德に則って擲たれる。德あればこそ連理樹があらわれ、仁あればこそ芝草が生じるのである。また白鹿や白麏は藪の中に育ち、赤き魚も沼の內に生活することができるのだ。そして赤々とした雲中より龍が翔けだし、澤から現れる瑞馬は丘に佇むのである。更には山にはこれらの瑞祥を記した圖石が出現し、川にはこれら瑞祥に關する寶物があらわれるのだ。或いは黑々とした三足の烏が來朝し、赤々とした九尾の狐までもが顔を出してくる。めでたき稻穗は重たげにその穗先を垂れ、甘き泉はこんこんと涌き立ち流れを形成する。これほどに吉祥が發現するのに乘じて計畫を練り上げ、實にこのような瑞祥の發現を契機としたのだ。これらはそもそも靈妙なる神々との交流を果たした結果であり、吉祥が大いに顯れでた結果なのである。

【解說】曹魏の繁榮を豫兆する瑞祥の發現を描き出す。これ以降の四段は「蜀都賦」「吳都賦」には該當する部分は見られない。これ以降の描寫が後漢王朝から曹魏への禪讓と、曹魏王朝から西晉への禪讓に關する內容となるためである。「蜀都賦」「吳都賦」はあくまで吳蜀二國の優劣論でしかなく、魏とは優劣を競う上での正當性がなく、現實世界における王朝としての正統性も存在しないのである。となれば、正統性の議論を篇內で述べる必然性は消滅する。因みに、ここに擧げられる瑞祥については、第八章第一節で論じた通り、張載によってその殆どの實在が證明されている。これを左思も把握した上で「魏都賦」に描き出したのであれば、この瑞祥の發現は廣範圍にわたる人々に共有されていた現象であったと考えられる。

549	旼旼率土		旼旼《びんびん》たる率土、
	遷善罔匱	去聲6至	善に遷りて匱《とも》しき罔し。
551	沐浴福應		福應に沐浴《もくよく》し、
	宅心醰粹	去聲6至	心を醰粹《たんすい》に宅《お》けり。
	餘糧栖畝而弗收		餘糧《よりよう》畝《うね》に栖《お》きて收めず、
	頌聲載路而洋溢	入聲5質	頌聲《しょうせい》載《すなは》ち路《おほ》きにして洋溢《よういつ》す。
	河洛開奧		河洛《からく》奧を開き、
	符命用出	入聲6術	符命《ふめい》用て出づ。
	翩翩黃鳥		翩翩《へんぺん》たる黃鳥《こうちょう》、
	銜書來訊	入聲5質	書を銜《くは》へて來たり訊ぬ。
	人謀所尊		人謀《じんぼう》の尊ぶ所、
	鬼謀所秩	入聲5質	鬼謀《きぼう》の秩《さだ》むる所なり。
561	劉宗委馭		劉宗《りゅうそう》馭《ぎょ》を委《ゆだ》ね、
	巽其神器	去聲6至	其の神器《しんき》を巽《ゆづ》る。
	闚玉策於金縢		玉策《ぎょくさく》を金縢《きんとう》に闚《うかが》ひ、

案圖籙於石室　入聲5質　圖籙《ずろく》を石室《せきしつ》に案ず。
考曆數之所在　曆數《れきすう》の在る所を考へ、
察五德之所莅　去聲6至　五德《ごとく》の莅《のぞ》む所を察《み》る。
量寸旬　寸旬《すんじゅん》を量り、
涓吉日　入聲5質　吉日《きちじつ》を涓《えら》び、
陟中壇　中壇《ちゅうだん》に陟《のぼ》り、
卽帝位　去聲6至」　帝位《ていい》に卽《つ》く。

【通釋】調和がもたらされたこの中國では、惡から善へと戻ることで何もかもが充足し、天の祝福にその身を沈め、人心は混じり氣なき純粹さを手に入れた。ここに至って餘分な糧秣は田畑にそのままで收穫されることなく、天下を贊美する歌聲がそこここから溢れ出るように聞こえてくるようになった。黄河と洛水がその奧底を開け、ここに所謂河圖洛書が出現した。更には翼を羽ばたかせた黄鳥が、書を銜えてわざわざやって來た。これらはまさしく人智の崇め奉るものであり、神慮が順序立ててあらわれたものである。後漢王朝は天下の主權をことごとく魏に讓ることを決心し、その帝位の象徵たる玉璽を授けることにした。皇帝の事績を記した玉牒を黄金の箱にしまい、帝王所有の圖籍をすべて祕書に收藏し、正朔のあるべきところを考察し、五德の強く望むところを明らかにした。こうして曹氏は度量衡を定め、吉日を選び、中壇へと登り、ここに曹丕が帝位に卽き、曹魏王朝が建てられたのである。

【解說】後漢王朝から曹魏への禪讓が決心されることが描き出される。前段から續く瑞祥の發現については、その直前の第521・522句の張載注で建安年間の史實と結び附けられるのに對して、いずれも延康もしくは黄初年間であることが示される。これが意圖することは曹操の死去と曹丕の皇帝への卽位であり、これ以降は王朝としての曹魏が描かれている。また、本段から後段にかけての三字句の連續は、その運用方法に鑑みた場合、後漢王朝から曹魏への禪讓、すなわち漢魏革命の圓滑な連續性を強調しようとする左思の意思を讀み取ってよいかもしれない。

改正朔
易服色 入聲24職
繼絕世
脩廢職 入聲24職
徽幟以變
器械以革 入聲21麥
顯仁翌明
藏用玄默 入聲25德
菲言厚行
陶化染學 入聲4覺
讎校篆籀
篇章畢觀 入聲23錫
優賢著於揚歷

正朔《せいさく》を改め、
服色《ふくしょく》を易《か》へ、
絕世《ぜっせい》を繼ぎ、
廢職《はいしょく》を修《おさ》む。
徽幟《きしょく》以て變じ、
器械《きかい》以て革《あらた》む。
仁を顯《あきら》かにして翌明し、
用を藏《おさ》めたること玄默たり。
言を菲《うす》くして行を厚くし、
化を陶し學に染む。
篆籀《てんちゅう》を讎校《しゅうこう》し、
篇章《へんしょう》畢《ことごと》く觀《み》る。
優賢 揚歷に著れ、

匪孽形於親戚　入聲23錫」　匪孽《ひげつ》 親戚に形る。
本枝別幹　本枝《ほんし》 幹を別ち、
蕃屏皇家　下平9麻　皇家に蕃屏《はんぺい》す。
勇若任城　勇たるは任城《じんじょう》の若く、
才若東阿　下平7歌　才あるは東阿《とうあ》の若し。
抗旍則威嶮秋霜　旍《はた》を抗《あ》ぐれば則ち威 秋霜《しゅうそう》より嶮しく、
摛翰則華縱春葩　下平9麻」　翰《ふで》を摛《の》ぶれば則ち華 春葩《しゅんは》を縱《ほしいまま》にす。
591 英喆雄豪　英喆《えいてつ》 雄豪《ゆうごう》、
佐命帝室　入聲5質　命を帝室に佐《たす》く。
相兼二八　相は二八を兼ね、
將猛四七　入聲5質　將は四七より猛し。
赫赫震震　赫赫《かくかく》 震震《しんしん》として、
開務有謐　入聲5質　開務 謐《しづ》かなること有り。
故令斯民覩泰階之平　故に斯民《しみん》をして泰階《たいかい》の平らかなるを覩《み》、
可比屋而爲一　入聲5質」　屋を比べて一と爲すべからしむ。

【通釋】こうして正朔を改め、服色をも變え、恩赦により世繼ぎの不在を理由に改易された者はこれを繼承させ、官職を失った者は復職させた。王朝を示す幟印を變え、祭祀で用いる禮器と武具を改めた。文帝曹丕には仁明の德が備わっており、功用を心に留めて輕々しく表に出すことはない。言葉を輕んじて行動をこそ重んじ、徳化に薫陶を受け學問の風に染まり、小篆や大篆の對校を行い、祕府に保管する文獻にはすべて目を通した。優秀で賢なる者ならば試みに登用し、私心なき者は曹氏の親族よりあらわれる。だからこそ、曹魏政權の諸侯の多くは曹氏一族から輩出され、曹氏の藩屏として機能したのだ。勇猛さでは任城王曹彰が、文才にかけては東阿王曹植がいるが、曹彰が一度旗を振るえばその威力は秋の霜よりも嚴しく、曹植がさっと筆を躍らせれば華麗な文章は春に咲く花よりも見事。このように英雄や豪傑たちが、その命をかけて王朝を守り抜いたのだ。大臣には舜の八元八凱にも匹敵する者どもが、武將には光武帝の二十八將よりも勇猛な者がいる。彼らの威勢は赤々とかがやき、そして地を震わすほど。こうして國家事業を次々と成し遂げ、國に靜謐をもたらしたのだ。だからこそ中華の民に天下太平を享受し、室屋を並べて一つの國家となさしめたのである。

【解説】曹魏王朝の建國以後の政治狀況を描き出す。ここで注目すべきは、曹魏王朝建國以後、とりわけ文帝曹丕が崩御して以後の歴史を描き出さないことにある。これについては第九章第四節に詳述したが、左思が屬した司馬氏一族への政治的配慮が存在する。曹魏王朝の後半期は殆ど司馬氏一族による權力簒奪過程によって占められる。これを作品中で詳細に描き出すことは、司馬氏から見れば自らに都合の良くない事實が強調されることに他ならない。だからこそ、左思は曹魏王朝の全盛期、すなわち文帝曹丕が帝位に卽いて直後を殊更に描き出したと言えるし、むしろここまでしか書き表すことができなかったとも言えるのである。

599 筭祀有紀　　筭祀《さんし》に紀《のり》有り、
天祿有終　上平１東　天祿《てんろく》に終はり有り。

601 傳業禪祚		業を傳へ祚を禪《ゆづ》り、
高謝萬邦	上平4江	高く萬邦《ばんぽう》に謝す。
皇恩綽矣		皇恩《こうおん》 綽《ゆた》かにして、
帝徳沖矣	上平1東	帝徳《ていとく》 沖《むな》し。
讓其天下		其の天下を讓《ゆず》れる、
臣至公矣	上平1東	臣たる至公《しこう》なるかな。
榮操行之獨得		操行《そうこう》の獨り得たるを榮えとし、
超百王之庸庸	上平3鍾	百王の庸庸《ようよう》たるを超ゆ。
追亙卷領與結繩		追ひて卷領《けんりよう》と結繩《けつじよう》とに亙り、
睠留重華而比蹤	上平3鍾	重華《ちようか》を睠《かへり》み留めて蹤《あと》を比ぶ。
611 尊盧赫胥		尊盧《そんろ》 赫胥《かくしよ》、
羲農有熊	上平1東	羲農《ぎのう》 有熊《ゆうゆう》、
雖自以爲道洪化以爲隆		自ら以爲《おもへ》らく道洪《ひろ》く化して以て隆と爲し、
世篤玄同	上平1東	世よ篤く玄同なりと雖も、
奚遽不能與之踵武		奚《なん》ぞ遽《すみや》かに之と武を踵《つ》ぎて、
而齊其風	上平1東」	其の風を齊《ひと》しくすること能はざらん。
是故料其建國		是の故に其の建國《けんこく》を料り、
析其法度	去聲11暮	其の法度《ほうど》を析り、

621
諮其考室　　其の考室《こうしつ》を諮り、
議其擧厝　去聲11暮　　其の擧厝《きよそ》を議る。
復之而無斁　　之を復して斁《いと》ふこと無く、
申之而有裕　去聲10遇　　之を申《もち》ゐて裕《ゆたか》なること有り。
非疏糲之士所能精　　疏糲《それい》の士の能く精《くは》しくする所に非ずして、
非鄙俚之言所能具　去聲10遇」　　鄙俚《ひり》の言の能く具ふる所に非ず。

【通釋】とはいえ、王朝の命數にも終末があり、天からの恩寵にも終焉を迎える時が來るもの。曹氏は司馬氏に帝業を傳えて帝位から退き、高らかに中華世界に謝したのだ。こうして皇帝の臣民への恩愛は滿ち溢れるも、その恩德は虛しきものになってしまった。しかし、司馬氏に天下を讓り、臣下たらんとする曹氏の態度はなんとも公正無私なものであろう。操ある行いがひとり時宜を得ることをよしとし、歷代諸王の矮小さを輕々と超越し、それは卷領や結繩を用いた有道の君主を淩駕し、舜が禹に禪讓したことに心を致してこれを踏襲したのだ。尊盧や赫胥、羲農や有熊などのように、たとえ道が大きく變化して隆盛をもたらし、世の中がよく人心が和同しようとも、ただちに歷代の聖王の跡を繼ぎ、その國風を同じくすることは決して容易なことではない。だからこそ帝室を創業せんことを計り、國家の法制度を分析し、宮室を整備することに思いを巡らし、天子の立ち居振る舞いについて論議を繰り廣げたのである。議論を何度も繰り返したおかげで、その成果を採用して豐かな實りがもたらされたのである。これらは粗忽者では到底精通できるものではなく、田舍言葉では決して表現できないものである。

【解説】曹魏王朝による司馬氏への禪讓と西晉王朝の建國が描かれる。この一段こそが、歴代都邑賦の構成を踏襲しつつ、左思自身の政治的態度を表明するために、最も意識した部分ではなかったか。後漢王朝から曹魏への禪讓、曹魏王朝から西晉への禪讓と、その帝位を圓滑に讓り受けたことを、堯舜禹の三代にわたる禪讓過程に重ね合わせることで、左思が所屬する西晉王朝の正統性を宣揚することに成功しているためである。ここで、左思が目指したであろう「三都賦」著述の目的の一つが達成されたと考えてよかろう。

625 至於山川之倬詭		山川の倬詭《たくき》、
物產之魁殊	上平10虞	物產の魁殊《かいしゅ》に至るや、
或名奇而見稱		或ひは名 奇《あや》しくして稱せられ、
或實異而可書	上平9魚	或ひは實 異にして書すべし。
生生之所常厚		生生の常に厚き所、
洵美之所不渝	上平10虞」	洵美《じゅんび》の渝《かは》らざる所なり。
631 其中則有鴛鴦交谷		其の中には則ち鴛鴦《えんおう》 交谷《こうこく》、
虎澗龍山	上平28山	虎澗《こかん》 龍山《りゅうざん》、
掘鯉之淀		掘鯉《くつり》の淀、
蓋節之淵	下平1先	蓋節《がいせつ》の淵有り。
狋狋精衛		狋狋《しし》たる精衛《せいえい》、
銜木償怨	上平22元	木を銜へて怨みを償ふ。

常山平干		常山《じょうざん》 平干《へいかん》、
鉅鹿河間	上平28山	鉅鹿《きょろく》 河間《かかん》、
列眞非一		列眞《れつしん》 一に非ず、
往往出焉	下平2仙	往往《おうおう》にして焉《ここ》に出づ。
昌容練色		昌容《しょうよう》 色を練し、
犢配眉連	下平2仙	犢《とく》 眉連《びれん》に配す。
玄俗無影		玄俗《げんぞく》 影無く、
木羽偶仙	下平2仙	木羽《ぼくう》 仙に偶ふ。
琴高沈水而不濡		琴高《きんこう》 水に沈みて濡れず、
時乘赤鯉而周旋	下平2仙	時に赤鯉《せきり》に乘りて周旋《しゅうせん》す。
師門使火以驗術		師門《しもん》 火を使ひて以て術を驗《あらは》にし、
故將去而林燔	上平22元」	故に將に去りなんとして林燔《も》ゆ。
易陽壯容		易陽《えきよう》の壯容《そうよう》、
衞之稚質	入聲5質	衞《えい》の稚質《ちしつ》、
邯鄲躧步		邯鄲《かんたん》の躧步《さいほ》、
趙之鳴瑟	入聲7櫛	趙《ちょう》の鳴瑟《めいしつ》、
眞定之梨		眞定《しんてい》の梨《なし》、
故安之栗	入聲5質	故安《こあん》の栗あり。

661

醇酎中山
流湎千日
淇洹之筍
信都之棗
雍丘之粱
清流之稻
錦繡襄邑
羅綺朝歌
緜纊房子
縑總清河
若此之屬
繁富夥夠
非可單究
是以抑而未罄也

醇酎《じゆんちゆう》は中山《ちゆうざん》、
流湎《りゆうめん》すること千日。　入聲5質」
淇洹《きえん》の筍《たけのこ》、
信都《しんと》の棗《なつめ》、　上聲32晧
雍丘《ようきゆう》の粱《りよう》、
清流《せいりゆう》の稻あり。　上聲32晧」
錦繡《きんしゆう》は襄邑《じようゆう》、
羅綺《らき》は朝歌《ちようか》、　下平7歌
綿纊《めんこう》は房子《ぼうし》、
縑總《けんそう》は清河《せいが》なり。　下平7歌」
此の若きの屬、
繁く富み夥《ことごと》く夠《おほ》し。
單《ひとへ》に究むべきに非ず、
是を以て抑《おさ》へて未だ罄《つ》くさざるなり。

【通釋】例えば、山や川の異彩を放つものや、物產で殊更にすぐれたるものは、あるものは名前が奇怪であったために有名になり、あるものはその實が珍しかったために書物に記されている。これらは生きとし生けるものがいつも大切にし、眞の美しさの決して變わることがないものである。その中でも特筆すべきは、鴛鴦水と交谷水、虎澗と龍山、掘鯉淀や、蓋節淵などか。ひらひらと飛び回る精衛は、その口に枝を銜えて贖罪に勵み、常山や平干、鉅鹿や河間の地には、神仙は何も一人に限ったものではなく、往々にして現れ出るものなのだ。常山の昌容は二百年餘り容貌が衰えず、鄴都の犢子は眉の繋がった娘と婚姻し、河間の玄俗は晝日中でも影を持たず、鉅鹿の木羽は仙人に遇いともに仙界へと移ったという。趙の琴高は水中に入るも何ら濡れることなく、時に赤鯉に乗り周遊したし、平干の師門は炎でもってその術をあらわし、そのためにこの地を去ろうとして野山を焼き拂ったという。話題は變わって、易容の人は壯年の容貌が知られ、衞の人はみな童顔である。邯鄲の美女は舞の足運びに特徴があるし、同様に趙の人は瑟を鳴らすことを得意とする。また物産については、眞定の梨、故安の栗があれば、中山の燒酎は、一度飲み干せば千日も醉いが回り續ける。淇洹の筍、信都の棗、雍丘の高粱、清流の稻などが獻上品として知られようか。あるいは艷やかな衣は襄邑が、滑らかな薄絹では朝歌が、綿を用いた服では房子が、靑みを帶びた帛では清河だろう。このような物は、數限りなく存在し、逐一追求することなどできない。充分とは言えないもののこの邊りで止めておくことにしよう。

【解説】魏の領域内に見える奇異な山川や神仙、人々や物産を描き出す。これは「蜀都賦」「吳都賦」における自然環境及び天然資源について描寫したものを代替したものである。「蜀都賦」「吳都賦」では都邑描寫部分の前に配置されるが、「魏都賦」では作品の終盤であり、かつその内容も基本的には具體的名稱とその產出地が中心となっている。これは作品内での優先順位に鑑みた際に、「魏都賦」ではこれらを描き出すことが重視されなかったことを示唆する。

669 蓋比物以錯辭　　蓋し物を比べて以て辭を錯《まじ》へ、

述清都之閑麗
雖選言以簡章
徒九復而遺旨
覽大易與春秋
判殊隱而一致
末上林之隤墻
本前脩以作系
其軍容弗犯
信其果毅
糾華綏戎
以戴公室
元勳配管敬之績
歌鍾析邦君之肆
則魏絳之賢
　有令聞也
閑居隘巷
室邇心遐
富仁寵義

去聲12霽
上聲5旨
去聲6至
去聲12霽」
去聲8未
入聲5質
去聲6至」
下平9麻

清都《せいと》の閑麗を述ぶ。
言を選びて以て章を簡《えら》ぶと雖も、
徒《いたづら》に九たび復して旨を遺せり。
大易《たいえき》と春　秋《しゅんじゅう》とを覽、
殊隱《しゅいん》を判《わか》つも一致なり。
上林《じょうりん》の墻《かき》を隤てることを末とし、
前修を本とし以て系を作す。
其の軍容《ぐんよう》は犯さず、
其の果毅《かき》を信《の》ぶ。
華を糾して戎を綏《やす》んじ、
以て公室を戴《いただ》く。
元勳《げんくん》 管敬《かんけい》の績に配し、
歌鍾《かしょう》 邦君《ほうくん》の肆を析《わか》つるは、
則ち魏絳《ぎこう》の賢にして、
令聞《れいぶん》有り。
隘巷《あいこう》に閑居《かんきょ》し、
室は邇《ちか》く心は遐《はる》かなり。
仁に富み義に寵し、

職競弗羅　下平7歌　競ふを職《もと》として羅ならず。
千乘爲之軾廬　千乘 之が爲に廬に軾し、
諸侯爲之止戈　下平8戈」　諸侯 之が爲に戈を止むるは、
則干木之德　則ち干木《かんぼく》の德にして、
　自解紛也　自から紛を解けり。
貴非吾尊　貴ぶは吾が尊に非ず、
重士踰山　上平28山　士を重んずること山を踰ゆ。
親御監門　親ら監門に御となり、
嗛嗛同軒　上平22元　嗛嗛《けんけん》として軒を同じくす。
搦秦起趙　秦《しん》を搦《おさ》へ趙《ちょう》を起こし、
威振八蕃　上平22元」　威 八蕃《はつばん》を振るはすは、
則信陵之名　則ち信陵《しんりょう》の名にして、
　若蘭芬也　蘭芬《らんふん》の若し。
英辯榮枯　英辯《えいべん》 枯れたるを榮《はなひら》かせ、
能濟其厄　入聲21麥　能く其の厄《わざはひ》を濟《すく》ふ。
位加將相　位は將相を加へ、
窒隙之策　入聲21麥　隙《げき》を窒《ふさ》ぐの策あり。
四海齊鋒　四海に鋒を齊《ひと》しくし、

一口所敵　　　　　一口もて敵する所なるは、
則張儀張祿　　　　則ち張儀《ちょうぎ》張祿《ちょうろく》にして、
亦足云也　入聲23錫」　亦た云ふに足れり。

【通釋】思うに、色々と事物を列擧しては言葉をあれこれと弄して、この淸らかな都の靜かなるも麗しき様子を述べ陳ねてきた。こうして言葉を選別して文章を練りあげてきたとはいえ、ただただ幾度も同じ事を繰り返すばかりで、その骨子はまだ披露できていない。『周易』と『春秋』とを見てみれば、その本質的な主旨は瞭然であろう。昔に上林苑の垣根が崩れ落ちたことなどは些末なこと、魏に縁ある先の賢人に基づいてその系譜を辿ってみようかと思う。その軍勢は規律を犯すことなく、果斷にして剛毅な判斷によって、中華を平定し戎狄を安寧に導き、もって晉國を奉戴した。かの人の大功は管仲のそれに擬えられ、獻納された晉の悼公の歌鍾の一半を下賜されたが、これこそ魏絳の賢によるものであり、その名は廣く知られている。

狹い路地裏にひっそりと住み、その家屋は近くとも心は遙か彼方に馳せ、仁に富み義に厚く、泰然自若として俗界と事を構えることはない。千乘もの馬車が彼のあばら家の前で拜禮し、諸侯は彼に從い矛を交えることをやめた。これこそ段干木の德のなせる技であり、自然と紛爭が解決されたのである。

貴顯の身など何も惜しくはない。賢者を重んずること丘山の高きを越える。自ら侯嬴のもとに御し、へりくだってその車をともにした。秦國を押さえ込み趙國の勃興を補け、その威嚴をあらゆる方向へ發揮した。これこそが信陵君の名聲によるものであり、蘭の芳香がここまで流れてくるかのよう。

英ある辯舌は枯れ果てた木ですらも花開かせるというが、かの人たちはその辯舌によって國家の危難を救ったという。位階は將軍と大臣とが加官され、穴を塞ぐための策略を張り巡らした。中國全土が一齊に蜂起する中で、ただその口先一つで敵と渡り合ったのだ。これこそ張儀と張祿の二人であり、またこの場で名を擧げるに足る人物である。

【解説】第707句「則張儀張祿（則ち張儀張祿にして）」は、底本は「則」字がない。『胡氏考異』に基づき改めた。また、他の人物（魏絳・段干木・信陵君）の上に「則」字があることから、ここにも「則」字は必要である。魏に地縁を持つ人物を列擧することで魏の本質を説明する。「蜀都賦」に擧げられた司馬相如、嚴君平、王褒、揚雄らと比較すれば、その違いは比較的明瞭である。「蜀都賦」で擧げられるのは、文學及び思想の差こそあれ、いずれも著述において名を爲した人物たちである。その一方で、「魏都賦」で擧げられる魏絳、段干木、信陵君、張儀、張祿は、本段で説明される内容から判斷する限りでは、實際の政治において有用な人物たちである。この點については、更に考える必要があろうが、少なくとも擧げられる人物における傾向の違いは意識されてよいように思われる。

709 搉惟庸蜀與鴝鵲同窠　　搉《まこと》に惟《おもん》みれば庸蜀《ようしょく》は鴝鵲《くしゃく》と窠を同じくし、

句呉與鼃黽同穴　入聲16屑　句呉《くご》は鼃黽《あぼう》と穴を同じくす。

711 一自以爲禽鳥　　一は自ら以爲《おもへ》らく禽鳥なりと、

一自以爲魚鼈　入聲17薛　一は自ら以爲らく魚鼈なりと。

山阜猥積而踦嶇　　山阜　猥積《わいせき》して踦嶇《きく》にして、

泉流迸集而咉咽　入聲16屑　泉流　迸集《ほうしゅう》して咉咽《おうえつ》たり。

隰壤瀸漏而沮洳　　隰壤　瀸漏《せんろう》して沮洳《しょじょ》にして、

林藪石留而蕪穢　去聲20廢　林藪　石留《せきりゅう》ありて蕪穢《ぶわい》なり。

窮岫泄雲
日月恒翳　去聲12霽
宅土熇暑
封疆障癘　去聲13祭
721 蔡莽螫刺
昆蟲毒噬　去聲13祭
漢罪流禦
秦餘徙帤　去聲13祭
宵貌蕞陋
稟質蓬脆　去聲13祭
巷無杼首
里罕耆耋　入聲16屑
或魋髻而左言
或鏤膚而鑚髮　入聲10月
731 或明發而嬥歌
或浮泳而卒歲　去聲13祭
風俗以蚉果爲嬨
人物以戕害爲藝　去聲13祭

窮岫《きゆうしゆう》雲を泄らし、
日月恒に翳《かく》る。
宅土《たくど》熇暑《こうしよ》にして、
封疆《ほうきよう》障癘《しようれい》あり。
蔡莽《さいぼう》螫刺《せきし》して、
昆蟲毒噬《どくぜい》す。
漢の罪流され禦《ふせ》ぎ、
秦の餘徙《うつ》されたる帤《つみびと》なり。
貌を宵《う》けたること蕞陋《さいろう》にして、
質を稟《う》けたること蓬脆《さぜい》なり。
巷に杼首《ちよしゆ》無く、
里に耆耋《きてつ》罕《まれ》なり。
或ひは魋髻《ついけい》して左言《さげん》し、
或ひは膚を鏤《ちりば》めて髮を鑚れり。
或ひは明發《めいはつ》まで嬥歌《おうか》し、
或ひは浮泳《ふえい》して歲を卒《お》ふ。
風俗は蚉果《かいか》を以て嬨《よ》しと爲し、
人物は戕害《しようがい》を以て藝と爲す。

威儀所不攝
憲章所不綴
由重山之束阨
因長川之裾勢
距遠闕以闚闟
時高櫟而陛制
薄戍緜冪無異蛛蝥之網
弱卒瑣甲無異蟷蜋之衛
與先世而常然
雖信險而勦絕
揆既往之前迹
卽將來之後轍
成都迄已傾覆
建業則亦顚沛
顧非累卵於疊基
焉至觀形而懷怛
權假日以餘榮
比朝華而菴藹

入聲17薛
去聲13祭
去聲13祭
去聲13祭
入聲17薛
入聲17薛
去聲14泰
入聲12曷
去聲14泰

威儀《いぎ》の攝《つら》ねざる所、
憲章《けんしょう》の綴《つら》ねざる所なり。
重山の束阨《そくあい》に由り、
長川の裾勢《きょせい》に因る。
遠闕《えんかん》を距《ふせ》ぎて以て闚闟《きゆ》し、
時に高櫟《こうそう》ありて陛制《へいせい》す。
薄き戍《まも》り綿冪《めんばく》し蛛蝥《ちゆぼう》の網に異なる無し。
弱き卒の瑣甲《さこう》は蟷蜋《とうろう》の衛に異なる無し。
先世と與にして常に然り、
信《まこと》に險なりと雖も勦絕《そうぜつ》たり。
既往《きおう》の前迹《ぜんせき》に揆《はか》りて、
將來の後轍《こうてつ》に卽く。
成都《せいと》は迄に已に傾覆《けいふく》し、
建業《けんぎょう》も則ち亦た顚沛《てんぱい》せん。
顧《おもん》みるに卵《たまご》を疊基《じょうき》に累ぬるに非ず、
焉《いづく》んぞ形を觀て怛《おそれ》を懷くに至らん。
權《かりそめ》に日を假りて以て餘榮あり、
朝華《ちょうか》に比べて菴藹《あんあい》たり。

覽麥秀與黍離
可作謠於吳會
去聲14泰」

「麥秀《ばくしゅう》」と「黍離《しょり》」とを覽て、
謠《うた》を吳會に作るべし。

【通釋】さてさて、少しばかり考えてみれば、凡庸な蜀と鴝鵲とは巣穴を同じくし、狗畜生の吳はすっぽんと穴藏を同じにしているようなものだ。かたや自分のことを鳥や獸とでも、かたや自分のことを魚や黿などとでも思っているのであろう。蜀はただ山岳地帯が雜然と折り重なって行く手を阻むだけ、吳も水の流れが集まりせき止められているだけ。低濕地では水が漏れ出てぬかるんでしまい、林や藪の中では石が散在して荒蕪してしまっている。奥深い峰々の穴からは雲が泄れだし、晝も夜もただただ雲に覆われてしまう。そのよって立つべき領土は灼熱の暑さ、その封土は流行り病が蔓延するほど。こうして蔡や莽といった毒草に傷つけられ、毒を持った蟲に咬みつかれるという。かと思えば、漢の時代の罪人の流刑地であるし、秦の世の咎人が遷された場所でもある。その容貌は醜惡、その性格も粗忽。だからこそ、そこらに長壽の者はおらず、里にも老人は殆ど見られない。ある者は髮を結って兩耳に垂らして言語を理解しない、ある者は身體に墨をちりばめて髮は後ろにひとまとめ。ある者は明け方から急を迫る歌をうたい、ある者は水面を浮き沈みしながら一生を終える。風俗は蠻勇をこそ好人物とみなし、人物は殘虐であればこそ能力有りと認められるありさま。禮儀なぞの整ったところではなく、法制度の通じるところではない。幾重にも連なる山々を巡る狹く險しい閣道に恃み、長く果てしない河の形勢に賴るばかり。遠く離れた難關の地より叶うはずもない野望を懷き、澤の中に設けられた物見櫓の高きから人民を統制するのみ。薄い護りは心許なく、蜘蛛の網と何ら變わることはないし、弱い兵卒やぼろぼろの防具では、身の程知らぬ蟷螂と同じ。これは吳に君臨した夫差や蜀に立った公孫述とまったく同じであり、峻險なる要害によったとしてもいつかは滅びてしまおう。すでに起きた過去の歴史に基づいて、これから起こるであろう將來を考えれば、成都によった蜀はすでに傾國の憂き目に遭ってしまったし、建業を都とする吳もまた危急存亡の時を迎えようとしているではないか。よくよく思いを致せば、これは積み上げられた碁盤の上に更に卵を重ねるのではない、どうしてその様子を目にして嘆き悲しむ必要などがあろう。かりそめにも二國の君が太陽の餘光に與ったとしても、それは木槿の花が朝にぱっと花開かせるも暮れにはすべて散ってしまうのと同じこと。かの亡國を詠った「麥秀」と「黍離」の歌を目にしては、同じく孫吳の滅亡を詠う民謠も容易に創作できようもの。

【解説】 第748句「建業則亦顚沛（建業も則ち亦た顚沛せん）」は、底本は「業」字を「鄴」字に作る。『胡氏考異』に基づき改めた。議論の冒頭で述べた蜀と吳の優位性を改めて否定する。西蜀公子と東吳王孫が主張した各地の自然環境やその土地の人物の性格、あるいはその歴史について、再度あらゆる側面から否定している。本段において着目すべきは、第745～754句「揆既往之前迹……可作謠於吳會（既往の前迹に揆りて……謠を吳會に作るべし）」であろう。ここからは「三都賦」の著述時期が西晉王朝によって平吳が行われていた一時期であったことと、蜀と吳の兩王朝に對して「亡國」という要素が附與されたことが看て取れる。これこそが第三章第四・五節で論じた「三都賦」と鮑照「蕪城賦」及び庾信「哀江南賦」とを結び附ける部分である。

755 先生之言未卒　　先生の言 未だ卒《おは》らざるに、
吳蜀二客　　吳蜀の二客、
矆焉相顧　　矆焉《かえん》として相ひ顧《かへり》み、
䁥焉失所　　䁥焉《てきえん》として所を失へり。

有靦蓸容
神惢形茹
761 弛氣離坐
㥏墨而謝曰
僕黨淸狂
怵迫閩濮
習蓼蟲之忘辛
翫進退之惟谷
非常寐而無覺
不覩皇輿之軌躅
過以仉剽之單慧
歷執古之醇聽
771 兼重性以賘繆
偭辰光而罔定
先生玄識
深頌靡測
得聞上德之至盛
匪同憂於有聖

入聲1屋
入聲3燭
入聲3燭」
去聲46徑
去聲46徑
去聲45勁

靦蓸《てんぼう》たる容《かたち》有り、
神惢《うたが》ひ形茹《くさ》る。
氣を弛《ゆる》めて坐を離れ、
㥏墨《てんぼく》して謝して曰く、
僕黨《ぼくとう》淸狂《せいきょう》にして、
閩濮《びんぼく》に怵迫《ちゅつはく》す。
蓼蟲《りょうちゅう》の辛《から》きを忘れたるに習ひ、
進退の惟《こ》れ谷《きは》まることを翫《なら》ふ。
常に寐ねて覺むること無きに非ざるも、
皇輿《こうよ》の軌躅《きしょく》を覩《み》ず。
過《あやま》ちて仉剽《へんひょう》の單慧《たんけい》なるを以てし、
執古《しゅうこ》の醇聽《じゅんちょう》に歷《あ》ふ。
兼ねて性《あやま》ちを重ねて以て繆《あやまり》を賘《かさ》ね、
辰光《しんこう》に偭《そむ》きて定まること罔《な》し。
先生の玄識《げんしき》、
深頌《しんしょう》測《はか》ること靡《な》し。
上德《じょうとく》の至盛《しせい》を聞くを得、
憂《うれ》ひを有聖《ゆうせい》に同じくするに匪ず。

抑若春霆發響		抑《そもそ》も春霆《しゅんてい》の響きを發して、
而驚蟄飛競	去聲43映	驚蟄《けいちつ》飛び競ひ、
潛龍浮景		潛龍《せんりゅう》の景《ひかり》を浮かべて、
而幽泉高鏡	去聲43映	幽泉《ゆうせん》高く鏡すが若し。
雖星有風雨之好		星に風雨の好み有りて、
人有異同之性	去聲45勁	人に異同の性有ると雖も、
庶覿蔀家與剝廬		庶《さいは》ひに蔀家《ほうか》と剝廬《はくろ》と、
非蘇世而居正	去聲45勁」	世を蘇《さと》りて正に居るに非ざるを覿《み》る。
且夫寒谷豐黍		且《か》つ夫れ寒谷《かんこく》の黍に豐かなるは、
吹律暖之也	上平7之	律を吹きて之を暖むればなり。
昏情爽曙		昏情《こんじょう》の爽《あき》らかに曙《あき》らかなるは、
箴規顯之也	上平7之」	箴規《しんき》の之を顯《あらは》せばなり。
雖明珠兼寸		明珠《めいしゅ》寸を兼ね、
尺璧有盈	下平14清	尺璧《しゃくへき》盈つること有り、
曜車二六		車を曜《て》らすこと二六にして、
三傾五城	下平14清」	三たび五城を傾くと雖も、
未若申錫典章之爲遠也		未だ典章《てんしょう》を申錫《しんしゃく》するの遠きを爲すに若かず。
亮曰		亮《まこと》に曰く、

日不雙麗　去聲12霽　日は雙《ふた》つながら麗ならず。
世不兩帝　去聲12霽」　世は兩《ふた》つながら帝あらず。
天經地緯　去聲8未　天は經し地は緯し、
理有大歸　上平8微」　理 大歸に有り。
799安得齊給守其小辯也哉　安《いづく》んぞ齊給《せいきゅう》にして其の小辯《しょうべん》を守ることを得んや。

【通釋】魏國先生の話が終わらないうちから、西蜀公子と東呉王孫の二客は、驚愕の面持ちで互いに顔を見合わせ、茫然自失として、慚愧に堪えない様子で、落ち込み激しく今にも死なんとするよう。氣を取り直して座より離れると、恥ずかしさの餘り顔色を暗くしながら、謝罪の言葉を申し述べた。

私たちはこれまで、放埒として俗人離れした振る舞いで呉蜀の人々を苦しめてきました。それは蓼食う蟲も好き好きと言うに習い、これに耽溺するうちに、自らの進退が窮まってしまっていることにも慣れてしまったのです。常に眠ることがなければ目を覺ますこともなく、そのため國家を運營するための先哲の遺範を參考にすることもありませんでした。ただ凡庸な者が輕率な過ちを重ねて參りましたが、ここにこれまでの醇厚な道理に耳を傾ける機會に恵まれました。これまでにも數え切れないほどの過ちを繰り返してきましたが、それはあたかも月の光に目が眩んでしまったかのようでした。いま、先生のその奥深き思慮から出る、魏が備える徳への深い稱讃は私たちには測るべくもありません。幸いにも上皇の盛んなる威德を拜聽することができましたが、これは聖人が天下を憂慮したこととなんら變わるものではありません。あたかも春雷が鳴り響き、蟲たちが慌てて土の中より飛び出し、水中深くに潜んでいた龍が姿をあらわして太陽を持ち上げ、波紋一つ無い靜かな泉を高らかに照らしつけるようなものです。星にはそれぞれ風雨の好みがあり、人にはそれぞれ性格の別があると言いますが、幸いなことに、いま私たちは貧者のあばら家と困窮の極致を目にすることができましたが、これはこの世を悟り正道に居たからではありません。そもそも寒さ厳しい谷あいで豊かに黍が實るのは、鄒衍が律を吹いてかの地を溫暖ならしめたからですが、暗き性情が晴れやかに明るくなったのは、先生の訓戒があったからこそであります。僅かに一寸ばかりの寶珠や缺けたる所のない壁があり、これらが十二臺もの馬車を明々と照らし、三たび五城を陥落させたとは言え、先生の教戒を開陳してくださることの遠大さには及ぶべくもありません。まことに言ったものです。太陽が二つは昇ることがないように、この世界に二人の皇帝が並び立つことはありません、と。天地が進むべき正しい筋道については、その道理はまさに歸すべきところがあるのです。どうして私たちがこれまでに述べてきた主張をかたくなに守り通す必要がありましょう。もはやその必要などは露ほどにもありはいたしません。

【解説】本段は總括として、西蜀公子と東吳王孫による魏國先生への謝罪と感謝の言葉が綴られる。複數篇で構成される都邑賦の場合、後半に描かれる都邑作品内での正當性が與えられる。となれば、「三都賦」において「魏都賦」に正當性が附與されるのは、歷代都邑賦を理解している者であれば、直ちに豫想できる內容である。その上で「三都賦」に特徵的なのは、王朝の正統性の問題が關係する點にある。蜀と吳と魏の三王朝に對する正統性の所在の議論として「三都賦」は理解されるのである。作者である左思は西晉王朝に所屬するがために、蜀と吳の正統性を主張することは極めて困難である。殘るは魏のみであり、曹魏王朝の正統性を主張することで間接的に西晉王朝の正統性をも保證することができるのである。このように見た場合、「三都賦」とりわけ「魏都賦」には、漢魏革命と魏晉革命を描き出すことで、西晉王朝を正統化するという、ある種の豫定調和が存在していたと考えてよいようにも思われる。

引用及び參考文獻一覽

本書の中に引用した文獻を中心に、執筆に際して特に參照したものに限定し、邦文と中文に分類した一覽を載せる。

【邦文】

青山　定雄「六朝時代に於ける地方誌編纂の沿革」（『池內博士還曆記念東洋史論叢』、座右寶刊行會、一九四〇年）
青山　定雄「六朝時代の地方誌について――撰者とその內容――」（東方文化學院東京研究所、『東方學報』〔東京〕第十二册第三號、一九四二年）
赤井　益久「自注の文學――『元氏長慶集』を中心として――」（『中國古典研究』第四十七號、二〇〇二年）
網　祐次『中國中世文學研究　南齊永明時代を中心として』（新樹社、一九六〇年）
安藤　信廣『庾信と六朝文學』（創文社、二〇〇八年）
池田　秀三『中國古典學のかたち』（研文出版、二〇一四年）
一海　知義・興膳　宏『陶淵明　文心雕龍』（『世界古典文學全集』第二十五卷、筑摩書房、一九八三年）
伊藤　正文『建安詩人とその傳統』（創文社、二〇〇二年）
內田　吟風「『異物志』考――その成立と遺文――」（『森鹿三博士頌壽記念論文集』、同朋社出版、一九七七年）
岡村　繁「班固と張衡――その創作態度の異質性――」（『小尾博士退休記念中國文學論集』、第一學習社、一九七六年）
岡村　繁『文選の研究』（岩波書店、一九九九年）

小尾　郊一　『眞實と虛構――六朝文學』（汲古書院、一九九四年）

嘉瀨　達男　「楊雄「蜀都賦」と都邑賦」（『小樽商科大學人文研究』第百二十六輯、二〇一三年）

加藤　國安　『越境する庾信――その軌跡と詩的表象』上・下卷（研文出版、二〇〇四年）

狩野　充德　『文選音決の研究』（溪水社、二〇〇〇年）

川本　芳昭　『魏晉南北朝時代の民族問題』（汲古書院、一九九八年）

川本　芳昭　『中華の崩壞と擴大　魏晉南北朝』（中國の歷史、講談社、二〇〇五年）

栗山　雅央　「『東文選』所收の辭賦類作品について」（九州大學中國文學會、『中國文學論集』第四十六號、二〇一七年）

興膳　宏　『潘岳　陸機』（中國詩文選、筑摩書房、一九七三年）

興膳　宏　『六朝詩人傳』（大修館書店、二〇〇〇年）

興膳　宏　『亂世を生きる詩人たち　六朝詩人論』（研文出版、二〇〇一年）

興膳　宏　『新版　中國の文學理論』（中國文學理論研究集成1、清文堂、二〇〇八年）

興膳　宏　『中國文學理論の展開』（中國文學理論研究集成2、清文堂、二〇〇八年）

小林　春樹　「三國時代の正統理論について」（『東洋研究』第一百三十九號、二〇〇一年）

小南　一郎　『楚辭とその注釋者たち』（朋友書店、二〇〇三年）

齋藤　希史　「謝靈運の山居――〈居〉の文學（二）」（京都大學文學部中國語學中國文學研究室、『中國文學報』第六十一册、二〇〇〇年）

佐竹　保子　『西晉文學論――玄學の影と形似の曙』（汲古書院、二〇〇二年）

佐藤　大志　『六朝樂府文學史研究』（溪水社、二〇〇三年）

佐藤　利行『西晉文學研究――陸機を中心として――』（白帝社、一九九五年）
斯波　六郎『中國文學における孤獨感』（岩波書店、一九五八年）
斯波　六郎『陶淵明詩譯注』（北九州中國書店、一九八一年版、初版は東門書房より一九五一年）
清水　茂『中國目錄學』（筑摩書房、一九九一年）
清水　凱夫『新文選學『文選』の新研究』（研文出版、一九九九年）
鈴木　修次『漢魏詩の研究』（大修館書店、一九六七年）
鈴木　虎雄『賦史大要』（冨山房、一九三六年）
洲脇　武志『漢書注釋書研究』（游學社、二〇一七年）
闕　清孝「郭璞の注釋學――『爾雅注』の方法――」（東方學會、『東方學』第百九輯、二〇〇五年）
高木　正一『鍾嶸詩品』（東海大學古典叢書、東海大學出版會、一九七八年）
高橋庸一郎『中國文化史上における漢賦の役割――付樂府詩論』（阪南大學叢書、晃陽書房、二〇一一年）
高橋　和巳『高橋和巳全集』第十五卷「中國文學論二」（河出書房新社、一九七八年）
橋　英範「謝靈運「山居賦」の自注について」（廣島大學、中國中世文學會、『中國中世文學研究』第六十三・六十四號、二〇一四年）
田中　靖彥「陳壽の處世と『三國志』」（駒澤史學會、『駒澤史學』七十六號、二〇一一年）
谷口　洋「賦に自序をつけること――兩漢の交における「作者」のめざめ」（東方學會、『東方學』第百十九輯、二〇一〇年）
CHARLES VERNON「京都賦の對話部分について」（廣島大學文學部中國中世文學研究會、『中國中世文學研究』第十二號、

一九七七年）
津田　資久「陳壽傳の研究」（『北大史學』第四十一號、二〇〇一年）
津田　資久「『魏志』の帝室衰亡敍述に見える陳壽の政治意識」（東洋文庫、『東洋學報』第八十四卷第四號、二〇〇三年）
土屋　聡「『世說』の編纂と劉宋貴族社會」（九州大學中國文學會、『中國文學論集』第三十三號、二〇〇四年）
土屋　聰『六朝寒門文人鮑照の研究』（汲古書院、二〇一三年）
戸川　貴行『東晉南朝における傳統の創造』（汲古書院、二〇一五年）
戸髙留美子「「三都賦」における「兩都賦」、「二京賦」の踏襲と發展について」（『學藝國語國文學』三十五號、二〇〇三年）
戸髙留美子「「三都賦」小考――都城賦制作意義の變容とその背景について――」（『お茶の水女子大學中國文學會報』第二十三集、二〇〇四年）
戸髙留美子「「三都賦」の「實證」――引用資料の傾向について」（六朝學術學會、『六朝學術學會報』第七集、二〇〇六年）
富永　一登『文選李善注の研究』（研文出版、一九九九年）
冨谷　至『木簡・竹簡の語る中國古代　書記の文化史』（增補新版、岩波書店、二〇一四年）
中島　千秋『賦の成立と展開』（關洋紙店印刷所、一九六三年）
中島　千秋『文選（賦篇）上』（新釋漢文大系、明治書院、一九七七年）
中村　圭爾『六朝貴族制研究』（風間書房、一九八七年）
中村　圭爾『六朝政治社會史研究』（汲古書院、二〇一三年）

長谷川滋成「左思の苦惱」（『小尾博士退休記念中國文學論集』、第一學習社、一九七六年）
林田愼之助『中國中世文學評論史』（創文社、一九七九年）
東　美緒「謝靈運「山居賦」とその自注」（九州大學中國文學會、『中國文學論集』第四十二號、二〇一三年）
福原啓郎『西晉の武帝 司馬炎』（白帝社、一九九五年）
福原啓郎「賈謐の「二十四友」に所屬する文人に關するデータ」（京都外國語大學、『研究論叢』第七十號、二〇〇七年）
福原啓郎『魏晉政治社會史研究』（京都大學學術出版會、二〇一二年）
藤原　尚「「三都の賦」の表現の特長について」（廣島大學文學部中國中世文學研究會、『中國中世文學研究』第七號、一九六八年）
船木勝馬「晉朝における史官・修史をめぐって」（『論集中國社會・制度・文化史の諸問題 日野開三郎博士頌壽記念』、中國書店、一九八七年）
本田　濟『東洋思想研究』（創文社、一九八七年）
前野直彬『山海經 列仙傳』（全釋漢文大系、集英社、一九七五年）
牧角悦子「經國と文章――建安における文學の自覺（一）」（三國志學會編『林田愼之助博士傘壽記念三國志論集』、汲古書院、二〇一二年）
牧角悦子「『文選』序文と詩の六義：賦は古詩の流」（六朝學術學會、『六朝學術學會報』第十六集、二〇一五年）
松浦友久『日本上代漢詩文論考』（松浦友久著作選Ⅲ、研文出版、二〇〇四年）
松田　稔『『山海經』の基礎的研究』（笠間書院、一九九五年）
松原　朗「六朝期における離別詩の形成（下）の三――盛唐期の臺閣士人と送別詩の確立」（早稻田大學、中國詩文

研究會、『中國詩文論叢』第十四集、一九九五年)
松本　幸男　『魏晉詩壇の研究』(朋友書店、一九九五年)
宮崎　市定　『九品官人法の研究　科擧前史』(中央公論社、一九九七年版)
森野　繁夫　『六朝詩の研究――「集團の文學」と「個人の文學」――』(第一學習社、一九七六年)
森野　繁夫　『文選雜識』第一・三・四冊(第一學習社、一九八一・一九八四・一九八五年)
安田　二郎　『六朝政治史の研究』(京都大學學術出版會、二〇〇三年)
矢田　博士　「西晉期における《四言詩》盛行の要因について――「應詔・應令」及び「贈答」の詩を中心に――」(早稻田大學、中國詩文研究會、『中國詩文論叢』第十四集、一九九五年)
矢田　博士　「愍懷太子の東宮における詩歌制作の新たなる展開」(六朝學術學會、『六朝學術學會報』第九集、二〇〇八年)
矢田　博士　「西晉武帝期の侍宴詩について」(早稻田大學、中國詩文研究會、『中國詩文論叢』第二十九集、二〇一〇年)
矢野　主稅　「起家の制について――南朝を中心として――」(『長崎大學教育學部社會學論叢』第二十四號、一九七五年)
吉川幸次郎　『吉川幸次郎全集』第七卷「三國志實錄　曹植兄弟」(筑摩書房、一九六八年)
吉川幸次郎　『吉川幸次郎全集』第二十一卷「「歷代賦彙」影印本解說」(筑摩書房、一九七五年)
吉川　忠夫　「汲冢書發見前後」(京都大學人文科學研究所、『東方學報』(京都)第七十一册、一九九九年)
渡邉　義浩　『三國政權の構造と「名士」』(汲古書院、二〇〇四年)
渡邉　義浩　『西晉「儒教國家」と貴族制』(汲古書院、二〇一〇年)
渡邉　義浩　「經國と文章――建安における文學の自覺(一)」(三國志學會編『林田愼之助博士傘壽記念三國志論集』、汲古書院、二〇一二年)

【中文】

王運熙・楊明『魏晉南北朝文學批評史』（上海古籍出版社、一九八九年）
王德華「左思「三都賦」鄴都的選擇與描寫――兼論〝洛陽紙貴〞的歷史與政治背景」（『浙江大學學報 人文社會科學版』第四期、二〇一三年）
王立羣『『文選』版本注釋總合研究』（大象出版社、二〇一四年）
王琳『六朝辭賦史』（黑龍江教育出版社、一九九八年）
王琳『齊魯文人與六朝文風』（齊魯書社、二〇〇八年）
王連科「傅咸與「紙賦」」（『黑龍江造紙』二〇〇五年第一期）
岡村繁著・陸曉光譯『文選之研究』（『岡村繁全集 第二卷』、上海古籍出版社、二〇〇二年）
郭麗「左思「齊都賦」佚文考」（『第九屆國際辭賦學學術研討會豫稿集』、二〇一一年）
許逸民『金樓子校箋』上・下册（中華書局、二〇一一年）
許結「論賦注批評及其章句學意義」（『中國韻文學刊』二〇一一年第四期）
姜亮夫『張華年譜』（古典文學出版社、一九五七年）
皋于厚『漢魏六朝文學論稿』（東南大學出版社、二〇〇七年）
胡大雷『『文選』編纂研究』（廣西師範大學出版社、二〇〇九年）
胡大雷『中古賦學研究』（廣西師範大學出版社、二〇一一年）
胡道靜『中國古代的類書』（中華書局、二〇〇五年版。初版、一九八二年）

顧　　農『文選論叢』（廣陵書社、二〇〇七年）
査屛球『從游士到儒士』（復旦大學出版社、二〇〇五年）
葉日光『左思生平及其詩之析論』（文史哲學集成、文史哲出版社、一九七九年）
靜永健著・陳翀譯「漢籍初傳日本與「馬」之淵源關係考」（『浙江大學學報 人文社會科學版』第五期、二〇一〇年）
饒宗頤『中國史學上之正統論――中國史學觀念探討之一』（龍門書店、一九七七年）
徐公持『浮華人生 徐公持講西晉二十四友』（天津古籍出版社、二〇一〇年）
徐傳武『左思左棻研究』（中國文聯出版社、一九九九年）
曹道衡・沈玉成『中國文學家大辭典 先秦漢魏晉南北朝卷』（中華書局、一九九六年）
曹道衡・劉躍進『南北朝文學編年史』（人民文學出版社、二〇〇〇年）
曹道衡『漢魏六朝辭賦』（上海古籍出版社、二〇一一年）
踪　凡「東漢賦注考」（『文學遺產』二〇一五年第二期）
踪　凡「三國賦注家及其賦注略考」（『中國文選學研究會第十二屆年會曁先唐文學國際學術研檢討會論文集【第一組】』廈門大學、二〇一六年）
孫明君『漢魏文學與政治』（商務印書館、二〇〇三年）
孫明君『兩晉士族文學研究』（中華書局、二〇一〇年）
張伯偉『中國古代文學批評方法研究』（中華書局、二〇〇二年）
陳　翀「曹憲籍貫行歷新證及其《文選》佚注彙考――《集注文選》成書前史研究」（程章燦・徐興無編『《文選》與中國文學傳統――第九屆《文選》學國際學術研討會論文集』、中華書局、二〇一四年）

陳　翀　「《文選集注》李善表卷之復原及作者問題再考——以慶應義塾大學圖書館藏舊鈔本《文選表注》爲中心」（王立羣編『第十屆文選學國際學術研討會論文集』、河南大學出版社、二〇一四年）
程章燦『魏晉南北朝賦史』（江蘇古籍出版社、二〇〇一年版。初版、一九九二年）
田余慶『東晉門閥政治』（北京大學出版社、二〇〇五年版。初版、一九八九年）
唐明元『魏晉南北朝目錄學研究』（巴蜀書社、二〇〇九年）
馬積高『賦史』（上海古籍出版社、一九八七年）
潘吉星『中國造紙史』（上海人民出版社、二〇〇九年）
范鳳書『中國私家藏書史』（大象出版社、二〇〇九年版。初版、二〇〇一年）
兪士玲『西晉文學考論』（南京大學出版社、二〇〇八年）
羅宗强『魏晉南北朝文學思想史』（中華書局、一九九六年）
李艷紅・踪凡「曹大家「幽通賦注」及其注釋學意義」（『中國文選學研究會第十二屆年會暨先唐文學國際學術研檢討會論文集【第一組】』廈門大學、二〇一六年）
李劍國『新輯搜神記　新輯搜神後記』上・下（中華書局、二〇〇七年）
劉志偉『文選資料彙編　賦類卷』上・下（中華書局、二〇一三年）
劉大軍・喩爽爽『中國私家藏書　先秦至明代（上）』（貴州人民出版社、二〇〇九年）
劉躍進『中古文學文獻學』（江蘇古籍出版社、一九九七年）
廖國棟『魏晉詠物賦研究』（文史哲學集成、文史哲出版社、一九九〇年）

あとがき

これまでの研究生活を振り返ってみると、叱られてばかりだったように思う。中國文學研究室に配屬された當時は、竹村則行先生と靜永健先生が指導教員として在籍しておられた。兩先生には大學院進學を早い段階で宣言したこともあってか、他の學生に比べてよく叱られた。その中でも特に記憶に殘るものを擧げることにする。竹村先生の最初の演習は『古文眞寶』講讀であったが、まだ研究室に慣れていなかった私は先輩に殆ど質問できず、一人でなんとか發表資料をまとめて當日に臨んだ。發表後の討論時に竹村先生より三度質問され、三度ともわからないと答えたところ、先生は「わかりました、もう君には聞きません」とおっしゃり、以後はその場に私がいないかのように演習が進んでいった。また、靜永先生にも本書の基礎となった『文選』講讀の演習の中で、普段は三時間を超えて發表と議論が繰り廣げられるのだが、近年の受講生では唯一ではないかと思う開始三十分でのやり直しを命じられたこともあった。當時は叱られたことにのみ意識が向かっていたが、今にして思えば、自らが讀み込んだ資料に責任を持つとともにそれが決して獨善的にならないようにという、研究者としての姿勢を教戒として示してくださったのだと思う。また、大學院に進學してからは生活の中心が研究室になり、多くの時間をここで過ごしたが、先輩や後輩には相談や愚癡を聞いてもらい迷惑をかけてしまうことも多かった。それでも、その時の何氣ない言葉や指摘が後の生活や研究に活きることもあり非常にありがたかった。

學外でも多くの先生方や研究者に助けていただいた。私が主な研究對象としたのが西晉文學であったこともあり、六朝學術學會では折に觸れて發表の機會を與えていただき、都度貴重なご指摘を頂戴することができた。また、中國で開催された文選學や辭賦學などの國際學會への參加も同様に多くの學問的示唆を與えてもらえた。學會への參加は確かに幾らかの出費を伴うものではあるが、文章を通じてしか交流できなかった先生方と對面でき、時には直接質問をぶつけることもでき、學會に參加することで成長を促してもらえたように思う。そして、二年間の中國留學時では、北京の清華大學で孫明君先生の指導を賜ることができた。孫先生が研究の際に重視される「政治と文學」の關わりは、拙著の中でもその研究方法の主要な部分を占めている。

私自身は決して眞面目と言える譯でもなければ、才能に惠まれている譯でもなかったが、それでも博士號を取得して、こうして拙著としてまとめることができた。これもひとえにこれまでにご指導くださった多くの先生方、そしていつも私の話を聞いてくださった先輩後輩のおかげだと思う。

本書は、筆者の博士學位請求論文をもとに構成したものである。審査に當たっては、主査として靜永健先生に、副査として川本芳昭先生、柴田篤先生、南澤良彥先生に審査していただいた。その際のご指摘のすべてを消化できた譯ではないが、先生方のご意見を參考にすることで、なんとか拙著としてまとめ上げることができた。

とかく辭賦研究は、難解であるという理解から敬遠されがちである。本書の中でも指摘したが、國內では極めて停滯している狀況にある。しかし、所謂「文學」の中では「辭賦」は最も古い文體に屬するものであり、後世の各文體に與えた影響も大きい。その點においてより一層の充實が圖られてもよいのではないかと思う。確かに表現は難解であるし、詩歌に比べると長篇のものも多い。それでも時間をかけて本文と向き合えば、なんとか作者の意圖するところを理解することはできる。拙著で論じたことは數ある辭賦作品の一部であり、その全體像を眺め渡すことはなかなかに困難を伴うものではあるが、今後も辭賦が描き出す世界を可能な限り見定めていきたいと思っている。

汲古書院編集部の小林詔子氏には、遲くなりがちな私の作業を辛抱強く待っていただくとともに、丁寧にご指摘いただくこと度々であった。心より御禮申し上げたい。

最後に兩親と家族に感謝をしたい。大學院進學以降、父と母には常に物心兩面で支えてもらったし、どんな時でも私が研究者を目指すことを疑うことなく應援してくれた。拙著の刊行で少しはその恩をかたちとして返せたのではないかと思う。妻と娘には博士論文を執筆し、こうして出版に向けた作業を行う中で多くの苦勞をかけた。衝突することも度々ではあるが、二人がいてくれるからこそ、生來怠惰な自分を昔より少しは律することができるようになれたと思う。

こうしてあとがきを讀み返してみると、私は多くの人の叱咤激勵に助けられてきたのだと實感する。そして、研究とは一人ではできないものだとつくづく痛感させられる。左思は十年の歳月をかけて「三都賦」を執筆したが、私も大學院に進學してほぼ十年でこうして拙著を刊行することができた。「洛陽紙貴」は望むべくもないが、中國文學研究に資するところがあれば望外の喜びである。

二〇一八年十月　福岡　西新

栗山雅央

初出一覽

序論

書き下ろし。

上篇　「三都賦」前後の賦作とその周縁

第一章　漢賦からの繼承と發展

「「三都賦」本文にみる漢賦からの繼承と發展」（九州大學中國文學會、『中國文學論集』第四十一號、二〇一二年）をもとに加筆修正。

第二章　「齊都賦」著述から見る「三都賦」の構想

書き下ろし。

＊九州中國學會第六十二回大會（於久留米工業高等專門學校、二〇一四年五月）に於ける口頭發表「「齊都賦」から見た左思「三都賦」の構想」に基づく。

第三章　「三都賦」以後の都邑賦の展開とその變容

「六朝期における「三都賦」以後の都城賦の展開について」（九州大學中國文學會、『中國文學論集』第四十三號、二〇一四年）をもとに加筆修正。第四・五節は書き下ろし。

第四章　兩晉時期の文章創作における「紙」

「兩晉時期の文章創作における「紙」」（九州中國學會、『九州中國學會報』第五十四卷、二〇一六年）をもとに加筆修正。

第五章　後漢から兩晉時期における賦注の確立について

「後漢から兩晉時期における賦注の確立について」（九州大學中國文學會、『中國文學論集』第四十五號、二〇一六年）をもとに加筆修正。

中篇　「三都賦」と西晉武帝期の政治・學術

第六章　左思「三都賦」は何故洛陽の紙價を貴めたか

「左思「三都賦」は何故洛陽の紙價を貴めたか」（九州大學中國文學會、『中國文學論集』第三十八號、二〇〇九年）をもとに加筆修正。

第七章　「三都賦」劉逵注の注釋態度

「「三都賦」劉逵注の注釋態度」（九州大學中國文學會、『中國文學論集』第四十號、二〇一一年）をもとに加筆修正。

第八章　「三都賦」と中書省下の文人集團――張載注の分析を中心に――

「「三都賦」と中書省下の文人集團――張載注の分析を中心に」（六朝學術學會、『六朝學術學會報』第十三集、二〇一二年）をもとに加筆修正。

第九章　左思「三都賦」と西晉武帝司馬炎

「左思「三都賦」と西晉武帝司馬炎」（日本中國學會、『日本中國學會報』第六十六集、二〇一四年）をもとに加筆修正。

結論　六朝辭賦文學の再評價

書き下ろし。

下篇　譯　篇

『文選集注』を底本とした「三都賦」通釋及び解說

書き下ろし。

＊但し、この通釋及び解說の基礎は、筆者の九州大學在學時に行われた『文選』演習での「三都賦」講讀にある。

タ行

書名・作品名等索引

＊本索引は『西晉朝辭賦文學研究』に採錄された書名・作品名などの索引である。なお、「三都賦」の序及び本文については、本書の下篇に通釋を掲載しているので、ここでは採錄していない。但し、「三都賦」を含めた各作品の注釋（劉逵注や張載注など）は本書の考察で特に重要と思われるので、敢えて採錄している。また、複數篇で構成される作品については、全體（「兩都賦」）と個別（「西都賦」「東都賦」）の作品名の兩方で採錄した。さらに、作品の題目はすべて音讀みに從って配列し（「紙賦」＝「シ、フ」）、經書や史書等からの引用の場合は篇名や巻數まで併記するようにした。

著者紹介
栗山　雅央（くりやま　まさひろ）

1985年、大分縣生まれ、福岡縣育ち。2015年、九州大學大學院人文科學府博士後期課程修了、文學（博士）。現在、西南學院大學國際文化學部（言語教育センター）助教。専門は、中國・日本・朝鮮における辭賦文學及びその注釋などを含む辭賦の受容史。

〔論文一覽〕
「左思「三都賦」は何故洛陽の紙價を貴めたか」（九州大學中國文學會、『中國文學論集』第38號、2009年）、「「三都賦」劉逵注の注釋態度」（九州大學中國文學會、『中國文學論集』第40號、2011年）、「「三都賦」と中書省下の文人集團――張載注の分析を中心に」（六朝學術學會、『六朝學術學會報』第13集、2012年）、「左思「三都賦」と西晉武帝司馬炎」（日本中國學會、『日本中國學會報』第66集、2014年）、「兩晉時期の文章創作における「紙」」（九州中國學會、『九州中國學會報』第54卷、2016年）、「後漢から兩晉時期における賦注の確立について」（九州大學中國文學會、『中國文學論集』第45號、2016年）、「『東文選』所收の辭賦類作品について」（九州大學中國文學會、『中國文學論集』第46號、2017年）ほか。

西晉朝辭賦文學研究

平成三十年十二月二十五日　發行

著　者　栗　山　雅　央
發行者　三　井　久　人
整版印刷　富士リプロ㈱
發行所　汲　古　書　院
〒102-0072　東京都千代田區飯田橋二-五-四
電　話　〇三（三二六五）九七六四
ＦＡＸ　〇三（三二二二）一八四五

ISBN978-4-7629-6627-9　C3098

KYUKO-SHOIN, CO., LTD. TOKYO.